致命的白色

ROBERT GALBRAITH

〔英〕罗伯特·加尔布雷思——著

施红梅——译

人民文学出版社

著作权合同登记号　图字 01-2020-1755

Robert Galbraith
LETHAL WHITE

First published in Great Britain in 2018 by Sphere
Copyright © 2018 by J. K. Rowling.
The moral right of the author has been asserted.
All characters and events in this publication, other than those
clearly in the public domain, are fictitious and any resemblance
to real persons, living or dead, is purely coincidental.
No part of this publication may be reproduced, stored in a
retrieval system, or transmitted, in any form or by any means, without
the prior permission in writing of the publisher, nor be otherwise circulated
in any form of binding or cover other than that in which it is published
and without a similar condition including this condition being
imposed on the subsequent purchaser.
Simplified Chinese edition copyright ©
Shanghai 99 Readers' Culture Co., Ltd., 2021
All rights reserved.

图书在版编目(CIP)数据

致命的白色 /(英)罗伯特·加尔布雷思著;施红梅译. —北京:人民文学出版社,2021
ISBN 978-7-02-015631-3

Ⅰ.①致… Ⅱ.①罗…②施… Ⅲ.①长篇小说-英国-现代 Ⅳ.①I561.45

中国版本图书馆 CIP 数据核字(2019)第 180040 号

总 策 划　黄育海
责任编辑　朱卫净　张玉贞
封面设计　汪佳诗

出版发行　人民文学出版社
社　　址　北京市朝内大街 166 号
邮政编码　100705
网　　址　http://www.rw-cn.com
印　　制　上海盛通时代印刷有限公司
经　　销　全国新华书店等
字　　数　546 千字
开　　本　710×1000 毫米　1/16
印　　张　41.5
版　　次　2021 年 3 月北京第 1 版
印　　次　2021 年 3 月第 1 次印刷
书　　号　978-7-02-015631-3
定　　价　99.00 元

如有印装质量问题,请与本社图书销售中心调换。电话:010-65233595

谨以此书献给迪和罗杰,
并纪念美丽的白色高跟鞋

目 录

序曲 /001

一年之后

1/029	19/166
2/039	20/173
3/045	21/184
4/057	22/194
5/061	23/202
6/069	24/205
7/076	25/212
8/086	26/222
9/094	27/236
10/105	28/247
11/115	29/256
12/124	30/259
13/131	31/261
14/143	32/263
15/147	33/268
16/152	34/276
17/157	35/280
18/162	

第二部分

36/287	53/462
37/297	54/469
38/303	55/486
39/315	56/495
40/319	57/510
41/330	58/514
42/343	59/531
43/362	60/533
44/372	61/538
45/379	62/550
46/383	63/558
47/394	64/568
48/404	65/573
49/418	66/585
50/430	67/593
51/439	68/604
52/453	69/620

一个月后

尾声 /643

致谢 /654

附录 /656

序曲

亲爱的吕贝克,幸福首先意味着天真的平静、快乐之感。

——亨利克·易卜生《罗斯莫庄》

要是那两只天鹅能在深绿色的湖里并肩徜徉,那么拍出来的照片完全可能会成为这位婚礼摄影师的顶峰之作。

摄影师不愿意改变眼前这对新婚夫妇的位置,树冠下柔和的光线照在新娘松散的红色鬈发上,将她变成了拉斐尔前派画作中的天使,并且突出了她丈夫轮廓分明的颧骨。他不记得上次受托拍摄如此漂亮的夫妇是多久以前的事了。面对如此俊美的新婚夫妇马修·坎利夫先生和太太,他无需展示圆滑的说服技巧;无需对女士采用特别的角度好去隐藏她背部的赘肉(如果说还有点要说的话,那就是新娘有点太瘦了,不过上镜倒是非常好看);他亦无需建议新郎稍微闭上嘴巴,因为坎利夫先生牙齿平整、洁白无瑕。唯一需要隐藏的,其实也可以从最后的成像中抹去,那就是新娘的前臂上留下的丑陋疤痕:紫色和铁青色,缝线的针痕仍然清晰可辨。

早上摄影师来到新娘父母家时,她正戴着一个橡胶和弹力织物的支架。她把手臂抽出来拍照时,着实让摄像师大吃一惊。他甚至怀疑新娘是否在婚礼前有过拙劣的杀人企图,因为他曾经目睹过那样的行径。在这一行干了二十年后，什么样的状况他都能看到。

"我遭到了袭击。"坎利夫太太——或者两个小时前的罗宾·埃勒克特——说道。摄影师有点神经质，他击退了脑海里钢刀刺进柔软苍白的肉里的意象。谢天谢地，丑陋的印记此刻被坎利夫太太的奶油玫瑰花束遮挡住了。

天鹅，该死的天鹅。如果两只都从背景中消失，那也没什么大不了的，但其中一只不停地在潜水，它背部毛茸茸的金字塔从湖心伸出来，像羽毛状的冰山一样，扭曲的动作在水面上划出一道弧线，因此对其进行数字化的消除就比年轻的坎利夫先生意识到的要复杂得多，他已经提出了这种补救方法。而与此同时，天鹅的伴侣继续潜伏在岸边：优雅、安详、坚定地待在镜头之外。

"你拍到了吗？"新娘问道，已经非常明显地不耐烦了。

"你看起来美极了，像花儿一样。"新郎的父亲杰弗里站在摄影师后面说道，听上去已经喝醉了。新人的父母、伴郎和伴娘都在附近的树荫下观看拍照。最小的伴娘是一个蹒跚学步的孩子，因为被禁止往湖里扔鹅卵石，此刻正向母亲哭诉，她母亲在不停地、气恼地低声跟她说话。

"你拍到了吗？"罗宾又问了一遍，没理会她的公公。

"差不多了，"摄影师撒谎道，"请再向新郎靠近一点，罗宾。就是这样，开心地笑一笑。灿烂点，好了！"

这对夫妇之间的紧张关系不能完全归咎于拍摄的困难。摄影师对此毫不关心，他可不是什么婚姻顾问。他知道有的夫妇在他看测光表时，就已经相互朝对方大声尖叫了。曾经有个新娘气冲冲地离开了自己的婚宴。为了让朋友们开心，他至今依然保留着在1998年拍摄的一张模糊照片，照片中的新郎正用头去撞他的伴郎。

尽管这对夫妇长相俊美，但他并不羡慕他们。新娘手臂上的那道长长的伤疤从一开始就让他敬而远之，他觉得整件事充满不祥且令人厌恶。

"不拍了，"新郎突然说道，放开了罗宾，"我们已经拍够了，对吧？"

"等等，等一下，另一只游过来了！"摄影师恼火地说道。

就在马修放开罗宾的空当，远处在岸上的那只天鹅开始穿过深绿色的水面朝它的伴侣游过来。

"你认为那帮混蛋是故意的，对吗，琳达？"杰弗里笑着对新娘的母亲说，"该死的东西。"

"没关系，"罗宾说着，把长裙子从鞋子上拉了起来，鞋子的后跟有点低，"我相信我们已经拍到了一些东西。"

她大步走出矮树丛，沐浴在炽热的阳光下，穿过草坪，径直朝十七世纪的城堡走去。大多数参加婚礼的宾客此刻正在城堡里转悠，一边喝着香槟，一边欣赏着酒店的美景。

"我觉得是她的胳膊疼了。"新娘的母亲对新郎的父亲说道。

胡说八道，摄影师带着一种冰冷的愉悦想道，他们鱼贯进入了车里。

这对夫妇在离开教堂、沐浴在五彩纸屑下时看上去很开心，但一到了乡间别墅酒店，他们就摆出那种勉强抑制住怒火的僵硬表情。

"她会好的，只需要喝上一杯。"杰弗里舒舒服服地说道。

"去陪着她，马特①。"

马修已经去追他的新娘，她穿着细高跟鞋在草坪上穿行，马修轻而易举就追上了她。其他的人也紧随其后，伴娘们薄荷绿的雪纺礼服在热风中荡漾。

"罗宾，我们需要谈一谈。"

"那就谈吧。"

"停一下，可以吗？"

"如果我停下，家人就都跟上来了。"

马修朝后看了一眼，她说对了。

"罗宾——"

---

① 马修·坎利夫的昵称。

"别碰我的手臂!"

她伤口的疼痛在热空气里剧烈跳动。罗宾想去找到那个里面装着结实的橡胶保护支架的套子,但是不管在哪儿,都不会在他们的新婚套房里。

站在旅馆阴影下的一大群客人渐渐看得更清楚了。女人们很容易区分,因为她们戴着帽子。马修的苏姨妈戴着一顶蓝色的电动马车轮子,罗宾的嫂子珍妮戴着一个黄色羽毛做成的令人吃惊的糖果。

男宾们都穿着深色西装,看起来很一致,难以区别。从那么远的距离看不出科莫兰·斯特莱克是否就在其中。

"停一下,好吗?"马修说。因为他们很快就超过了家人,家人的步伐和他那蹒跚学步的侄女保持了一致。

罗宾停了下来。

"我看到他很震惊,仅此而已。"马修小心翼翼地说道。

"我想,你认为我希望他在仪式举行到一半时闯进来,把花打翻在地上,对吧?"罗宾问道。

如果不是因为她试图抑制的微笑,马修本可以忍受这种回应。他没有忘记她的前老板闯入他们的婚礼时她脸上的喜悦之情。他不知道自己是否能原谅她说"我愿意"时,眼睛却在盯着科莫兰·斯特莱克那个又大又丑又混乱的家伙,而不是她的新婚丈夫。全体宾客一定都看到了她是如何对前老板粲然一笑的。

他们的家人再次追上他们了。马修轻轻地抓住罗宾的上臂,手指放在刀伤上方几英寸[①]处,扶着她继续往前走。她是自愿来的,但他此时怀疑这是因为她希望离斯特莱克更近罢了。

"我在车里已经说过,如果你想回去为他工作——"

"那我就是个'该死的白痴'。"罗宾说。

此刻,那些聚集在露台上的人已经清晰可辨,可罗宾没有看到

---

① 1英寸等于2.54厘米。

斯特莱克的踪影。他是个大个子，即使是站在她那六英尺①多高的兄弟和叔叔中间，她也应该能够认出他来。斯特莱克出现时，她的情绪高涨，像被雨水淋湿的雏鸟一样朝地面翻滚。他准是在仪式结束后就走了，而不是乘坐小巴士来到酒店。他的短暂露面表明了一种善意的姿态，仅此而已。他不是来重新雇用她的，只是前来祝贺她开始了新的生活。

"看吧，"马修说道，显得更为热情了，她知道他也扫视了人群，没有见到斯特莱克，于是得出了同样的结论，"我在车里想说的是，你想做什么由你自己决定，罗宾。如果他想——如果他想要你回去——看在上帝的分上，我只是担心你。为他工作不太安全，对吧？"

"是的，"罗宾说道，感觉到伤口在刺痛，"是不安全。"她转身面对着父母和其他家庭成员，等待他们赶上来。太阳照在她裸露的肩膀上，她的鼻孔里充满了甜甜的、痒痒的热草的气息。

"你想去罗宾舅妈那里吗？"马修的姐姐问道。

蹒跚学步的格蕾丝亲切地抓住罗宾受伤的手臂，摇晃着，引发了罗宾痛苦的尖叫。

"噢，我很抱歉，罗宾——格蕾西②，放手——"

"香槟！"杰弗里喊道。他伸出胳膊搂住罗宾的肩膀，把她领向期待的人群。

正如斯特莱克对这家高档乡间酒店所期望的那样，男厕所没有异味，一尘不染。他真希望自己可以带上一品脱啤酒到凉爽、安静的厕所隔间去喝，可是，这样做可能会加深别人对他的印象：他是个声名狼藉的酒鬼，被从监狱里保释出来参加婚礼。接待人员虽然

---

① 1英尺等于0.3048米。
② 格蕾丝的昵称。

接受了他是坎利夫-埃勒克特婚礼派对的一员，但几乎毫不掩饰地对他表示怀疑。

即使是在没有受伤的情况下，斯特莱克看起来也令人生畏，他身材魁梧、肤色黝黑、脸色阴沉，而且总是摆出一副拳击手的姿态。今天，他也许刚从拳击场里爬出来——鼻子破了，呈紫色，比平常肿大了一倍，两只眼睛都有淤青，一只耳朵被新缝的黑色针脚弄得红红的、黏糊糊的。尽管他最好的西服在上次穿的时候被洒出的酒弄脏了，弄皱了，但至少他手掌上的刀伤被绷带包扎起来遮住了。你能对他的外表做出的最好评价是，他在前往约克郡之前，已经设法弄到了与之相配的鞋子。

他打了个哈欠，闭上疼痛的眼睛，把头暂时靠在冰冷的隔墙上。他太累了，很容易坐在马桶上就能睡着。不过，他需要找到罗宾，请求她——如果有必要的话，恳求她——原谅他解雇了她，然后，再请她回去工作。先前他们在教堂里目光相对时，他认为从罗宾的脸上看到了喜悦。她挽着马修的手臂经过的时候，肯定对他笑了。于是，他匆匆穿过墓地去找朋友尚克尔，让他驾车跟着小巴士去婚宴处。此时，尚克尔正睡在停车场里为这次行程借来的奔驰车上。

斯特莱克不想留下来吃饭或是发表讲话——解雇罗宾之前，他就收到了参加婚礼的邀请，但他没有回复。他只想和她谈几分钟，但到目前为止，事实证明这不可能。他已经忘记婚礼是什么样子了。他在拥挤的阳台上寻找罗宾时，发现自己成了一百双好奇的眼睛的焦点，让他浑身不舒服。他谢绝了不喜欢的香槟酒，退回到酒吧寻找啤酒。他后面跟着一个黑头发的年轻人，嘴唇和额头跟罗宾长得很像，一群叽叽喳喳的年轻人紧随其后，人人都面带抑制不住的兴奋表情。

"你就是斯特莱克吧？"那个年轻人问道。

侦探点了点头。

"他是马丁·埃勒克特，"另外一个年轻人介绍说，"罗宾的弟弟。"

"你好！"斯特莱克说着，举起那只缠着绷带的手，表明他的手疼不能握手，"她在哪儿，你知道吗？"

"已经拍完照了。"马丁说着，指着另一只手里握着的苹果手机。

"你上新闻了，你抓住了沙克尔韦尔开膛手。"

尽管手掌和耳朵上有了新的刀伤，但他觉得十二小时前发生的暴力事件似乎是很久远的事了。他把凶手逼入绝境的那个肮脏的藏身之处与这家四星级酒店之间的反差如此强烈，它们似乎是截然不同的现实。

酒吧里进来了一位女士，她那绿松石头饰在白金色的头发里颤抖着。她也拿着手机，眼睛迅速地上下移动，查看他是否是活生生的斯特莱克。他敢肯定，女士的手机屏幕上有他的照片。

"对不起，我要去撒尿。"斯特莱克对马丁说道，在又有人接近他之前就走开了。他经过那位疑神疑鬼的接待员身边，躲进了洗手间。

他又打了个哈欠，看了看表。罗宾现在肯定已经拍完照片了。医院给他的止痛药早已失效，他痛苦地做了个鬼脸。他站起身来，打开门，从呆若木鸡的一群陌生人中走出去。

在空无一人的餐厅尽头，已经组建起了一支弦乐四重奏乐队。他们开始演奏的时候，婚礼队伍正在组织成一条接待线，罗宾认为在筹备婚礼的过程中她准是已经同意了。她放弃了对这一天的安排承担很大的责任，于是不断地收到这样的小惊喜。例如，她忘记了他们已经同意在酒店而不是在教堂拍照。要是他们没有立刻驾着戴姆勒奔驰车飞驰离开就好了，那么仪式结束后，她可能就有机会和斯特莱克说上话，请他——如果有必要的话，恳求他——让她回去。可是，他没和她说上话就已经走了，留下她一直在思忖，不知自己是否有勇气，或者说足够谦卑，在婚礼之后给他打电话，请求他让自己回去工作。

离开阳光灿烂的花园，房间里似乎有些阴暗。墙上镶着木板，挂着锦缎窗帘和镀金画框的油画。空气中弥漫着插花的浓郁香味，雪白的桌布上，玻璃和银器闪闪发光。弦乐四重奏在房间回响的木箱里听起来很响亮，但很快就被客人们爬上楼梯、挤在平台上谈笑风生以及觥筹交错淹没了。

"那么，我们走吧！"杰弗里吼道，他似乎比任何人都更享受这一天，"把他们带进来吧！"

假如马修的母亲还活着，罗宾怀疑杰弗里是否能够充分表达自己的热情。因为已故的坎利夫太太总会冷眼旁观，不停地抱怨，不断地检查任何情绪失控的迹象。坎利夫太太的妹妹苏，第一个来到接待处。脸上带着寒霜，因为她本想坐在上桌，却惨遭拒绝，被剥夺了特权。

"你好吗，罗宾？"她问道，轻啄着罗宾耳边的空气。罗宾感到痛苦、失望和内疚，因为她感到不快乐，她突然意识到这位新姨妈有多讨厌她。"衣服很漂亮。"苏姨妈说道，眼睛却注视着英俊的马修。

"我希望你母亲……"她刚开始说，就倒抽了一口凉气，把脸埋进手上准备好的手帕里。

越来越多的朋友和亲戚挤了进来，个个喜气洋洋，相互亲吻、握手。杰弗里一直站在迎接线上，热情地熊抱每一个没能积极反抗的客人。

"他还是来了。"罗宾最喜欢的表妹凯蒂说道。如果她没有怀孕的话，她会是今天的伴娘。今天是她的预产期，罗宾惊奇地发现她竟然还能走路。她俯身亲吻罗宾时，肚子就像西瓜一样坚硬。

"谁来了？"罗宾问道，凯蒂走到一旁拥抱马修。

"你的老板斯特莱克。马丁刚才在和他长篇大论……"

"我觉得你还是到那边去吧，凯蒂，"马修指着屋子中央的一张桌子，"我猜你会想让脚休息一下，在炎热的天气里一定很难受吧？"

罗宾几乎没有关注又来了几位客人。她心不在焉地回应着他们的美好祝愿，眼睛不时地盯着客人通过的门口。凯蒂到底是不是说斯特莱克就在酒店里呢？他跟着她从教堂来到这里了吗？他就要出现了吗？他躲到哪儿去了？她到处找遍了——阳台上、走廊上、酒吧里。希望如潮水般涌起，但又一次次退却。也许是因缺乏机智著称的马丁把他赶走了？然后，她提醒自己，斯特莱克可不是那么软弱的生物。于是，希望再次涌上心头，虽然只是内心在经受这些期望和恐惧的游历，但她不可能表现出那些不存在的更为传统的婚礼日情绪。她知道，马修已经感觉到了这一点，并对此心生怨恨。

"马丁！"弟弟一出现，罗宾就兴高采烈地叫道，他和同伴们已经喝了三品脱啤酒了。

"我猜你应该已经知道了吧？"马丁说，理所当然地认为她肯定知道了。他手里拿着手机。前一天晚上，他睡在一个朋友家，这样他的卧室就可以挪出来给从南方来的亲戚住了。

"知道什么？"

"他昨晚抓住了开膛手。"

马丁举起手机屏幕给她看那条新闻。看到开膛手的身份，她倒吸了一口冷气。那个男人留下的刀伤疼痛正在她的前臂上剧烈跳动。

"他还在这儿吗？"罗宾问道，她豁出去了。

"斯特莱克呢？他说要留下来吗，马特？"

"看在上帝的分上。"马修咕哝道。

"对不起，"马丁说，看出了马修的恼怒，"我挡住队伍了。"

他无精打采地走开了。罗宾转过身来看着马修，仿佛从热成像中看到了他心中的愧疚。

"你已经知道了。"她说，心不在焉地和一个已经靠过来、期待着被亲吻的姑妈握手。

"知道什么？"马修迅速问道。

"斯特莱克抓住了……"

但此时马修大学时期的老朋友兼同事汤姆和他的未婚妻莎拉需要得到她的关注。她几乎没听见汤姆在说什么，因为她一直盯着门口，希望斯特莱克会出现。

"你已经知道了。"汤姆和莎拉一走开,罗宾又重复了一遍。此时出现了一个空隙。杰弗里遇到了一位来自加拿大的表弟。"难道不是吗?"

"我今天早上从新闻里听到了事情的结局。"马修咕哝道,他越过罗宾的头上望向门口,表情变得僵硬起来,"好吧,他来了。你如愿以偿了。"

罗宾转头望去。斯特莱克刚刚走进房间,浓密的胡茬上面有只眼睛呈灰色和紫色,一只耳朵肿起,被缝了线。他们四目相对时,他举起缠着绷带的手,试图苦笑,但以一阵畏缩告终了。

"罗宾,"马修说,"听着,我需要……"

"等一会儿。"她开心地说道,这一整天她都没有这样开心过。

"在你和他谈话之前,我需要告诉……"

"马特,求你了,不能等会儿再说吗?"

没有一个家人想要耽搁斯特莱克,他的伤口意味着他不能握手。他把缠着绷带的那只手放在前面,侧身拖着脚跟着队伍往前走。杰弗里怒视着他,甚至罗宾的母亲,先前在他们唯一的一次见面时就喜欢上了他,而此时,斯特莱克直呼其名向她打招呼时,她也无法强颜欢笑。似乎餐厅里的每一位客人都在看着他们。

"你没必要这么夸张吧?"当斯特莱克终于站在罗宾面前时,她笑容满面地对着他肿胀的脸说道。斯特莱克咧嘴回笑,虽然很痛苦:毕竟,他不顾一切地奔波了两百英里[①]路,看到她对他的笑容,一切都很值得。"竟然冲进教堂,你只要打电话来就可以了。"

"是啊,很抱歉把花打翻了,"斯特莱克说,同时向闷闷不乐的马修道歉,"我打过电话,但是……"

"我今天早上没带手机。"罗宾说,意识到自己挡住了排队,但她毫不在乎。"绕过我们吧。"她愉快地对马修的老板说,她是个高个子红头发的女人。

---

① 1英里等于1.609344千米。

"不是的，我打过电话——两天前，对吗？"斯特莱克说。

"什么？"罗宾说，此时马修正与杰米玛生硬地交谈着。

"我打过几次电话，"斯特莱克说，"我还留了言。"

"我没有接到任何电话，"罗宾说，"也没有看到留言。"

一百位客人叽叽喳喳、叮叮咚咚、叮叮当当的声音，以及弦乐四重奏的轻柔旋律，似乎突然之间全被压抑住了，仿佛有一股强烈的冲击泡沫压到了她的身上。

"什么时候——你做了什么——两天前？"

自从来到父母家后，罗宾就一直没完没了地忙于繁琐的婚礼杂务，但还是设法不时地偷偷查看自己的手机，希望斯特莱克打过电话或发过短信。半夜一点，她独自躺在床上，查看了全部通话记录，希望能找到一个错过的来电显示，但发现通话记录被删除了。在过去的几个星期里，她几乎没有睡过觉，因此断定是因为自己筋疲力尽，于是错按了按钮，不小心把通话记录删除了……

"我不想留下来，"斯特莱克咕哝道，"我只是想说声对不起，请你回来——"

"你必须留下来。"罗宾说着伸出手抓住他的胳膊，仿佛担心他会逃走似的。

她的心跳得飞快，她感到喘不过气来。她知道，当嗡嗡作响的房间似乎在她周围摇晃时，她的脸已经失去了血色。

"请留下来。"她说，仍然紧紧地抓着他的胳膊，无视马修在她身边发怒的样子。"我需要——我想和你谈谈。妈妈？"她叫道。

琳达从迎宾队伍中走了出来。她似乎一直在等着被召唤，不过看上去并不高兴。

"请把科莫兰加到一张桌子上好吗？"罗宾说，"是否能把他和斯蒂芬、珍妮安排在同一张桌上？"

琳达面无表情地领着斯特莱克走了。最后几位客人等着向新婚夫妇表示祝贺，不过罗宾再也挤不出笑容，也不再跟人寒暄了。

"为什么我没有接到科莫兰的电话？"她问马修，一位老人抽着烟走向桌子，既没有受到欢迎也没有得到问候。

"我一直想要告诉你……"

"为什么我没有接到电话，马修？"

"罗宾，我们可以晚一点再谈论此事吗？"

真相突然向她袭来，让她喘不过气来。

"你删除了我的通话记录，"她说，脑海中迅速进行推理，"那天我从加油站的洗手间出来的时候，你问了我的手机密码，"最后两位客人看了一眼新郎和新娘的表情，就匆匆走过，没有要求他们的问候，"你拿走了我的手机，说是有关蜜月的事。你听了他的留言了吗？"

"是的，"马修说，"我把它删除了。"

一直压在她身上的寂静似乎变成了一阵尖厉的哀鸣。她感到头晕眼花，她站在这里，被仪式义务钉在现场动弹不得。她穿着一件自己不喜欢的大大的白色蕾丝礼服，礼服因为婚礼延迟而拿去修改过。她眼角的余光扫到一百张在晃动的模糊不清的脸庞，客人们饥饿难耐，充满期待。她看到了斯特莱克，他正背对着她站在琳达旁边，等待着在她哥哥斯蒂芬身边多加一个位置。罗宾想象着自己大步走到他跟前对他说："咱们离开这里吧。"如果她这样做的话，他会怎么回答呢？

她的父母为这一天花了数千英镑。拥挤的宾客们正等待着新郎和新娘到高位就座。罗宾的脸色比婚纱还要苍白，她跟着新婚丈夫来到他们的座位上，房间里爆发出一阵掌声。

挑剔的侍者似乎决心要延长斯特莱克的不适。他别无选择，只好站在桌子前，等着额外的位子摆好，每张桌上的客人都能看到他。琳达比斯特莱克矮了将近一英尺，一直站在他身边，那个年轻的侍者不慌不忙地调整着甜点餐叉，转动着餐盘，使其形状与邻桌的保持一致。斯特莱克能看到琳达银色帽子下面的一小部分脸，她看上去很生气。

"非常感谢。"侍者终于走到一旁,斯特莱克说道。可是他刚抓住椅背,琳达就轻轻地把手放在他的袖子上。她温柔的触摸如同一个枷锁,伴随其中的是一位母亲的愠怒以及终结好客的气氛。她和女儿长得很像。她正褪色的头发也是红金色的,银白色的帽子越发衬托出她那双清澈的灰蓝色眼睛。

"你为什么会来这儿?"她咬牙切齿地问道。侍者们在周围忙着递送开胃菜。至少食物的到来分散了其他客人的注意力。客人们转向期待已久的饭菜,开始高谈阔论。

"我来请求罗宾回去和我一起工作。"

"你解雇了她,已经伤了她的心。"

斯特莱克本来有许多话要说,但想到琳达看到那八英寸长的刀伤时所遭受的痛苦,出于尊重,他没有说下去。

"她已经因为你工作被袭击过三次,"琳达说道,脸色涨得通红,"三次了。"

事实上,斯特莱克原本可以告诉琳达,他只对第一次的袭击承担责任;第二次袭击是在罗宾无视他的明确指示后发生的;第三次是由于罗宾非但不服从他的指示,而且还危及了谋杀案案件的调查和他的全部业务。

"她一直没睡觉,晚上我听到她……"

琳达的眼睛里闪着泪光。她放开了他,低声说道:"你没有女儿,你不会明白我们经历了什么。"

斯特莱克还没来得及集中疲惫不堪的各项官能,罗宾就已走到了上桌。他看到罗宾的眼睛扫过未动过的开胃菜。她露出痛苦的表情,好像害怕他会离场似的。他微微扬起眉毛,终于坐了下来。

他左边的一个大块头动了一下。斯特莱克转过来,看到一双更像罗宾的眼睛,眼睛下方是好斗的下巴,上方则是浓密坚硬的眉毛。

"你准是斯蒂芬吧?"斯特莱克说道。

罗宾的哥哥咕哝了一声,仍然对他怒目而视。他们都是大块头,紧挨在一起,斯蒂芬伸手去拿啤酒时,肘部擦到了斯特莱克的肘部。

桌子上其余的人都盯着斯特莱克。他举起右手，无精打采地敬了一个礼，抬起手时才记起这是包扎起来的那只手，于是发现自己正在把更多的注意力吸引到身上。

"嗨，我是珍妮，斯蒂芬的妻子，"斯蒂芬另一侧一位肩膀宽阔的黑发女人说道，"你好像可以喝这个。"

她把一品脱没动过的啤酒放在斯蒂芬的盘子里递给他。斯特莱克感激涕零，简直想要去亲吻她。鉴于斯蒂芬的怒容，他只是由衷地说了句"谢谢"，然后一口气喝了一半下去。他用余光看见珍妮在斯蒂芬的耳旁小声嘀咕着什么。斯蒂芬看到斯特莱克再次放下酒杯时，清了清嗓子，粗声粗气地说道：

"祝贺络绎不绝吧，我想。"

"为什么？"斯特莱克茫然地问道。

斯蒂芬的表情变得温和了一些。

"你抓住了凶手啊？"

"哦，是的。"斯特莱克说道，左手拿起叉子，戳起开胃菜三文鱼，把它整个地吞了下去。他注意到珍妮在笑，这才意识到他应该以更为尊重的方式对待三文鱼。

"不好意思，"他咕哝道，"我太饿了。"

而此时，斯蒂芬正带着赞许的目光注视着他。

"里面没有什么内容，对吧？"他说，低头看着自己的慕斯。

"主要是空气。"

"科莫兰，"珍妮说，"你能不能向乔纳森招招手？他是罗宾的另一个哥哥——就在那边。"

斯特莱克朝指示的方向望去，一个和罗宾肤色相同的瘦削青年从邻桌热情地挥着手。

斯特莱克简短而羞怯地回了一个礼。

"那么，你想要她回去，是吗？"斯蒂芬冲他嚷道。

"是的，"斯特莱克回答，"我是希望如此。"

他本以为斯蒂芬会生气，不料他长叹了一声。

"我应该高兴才是，从来没有见过她为你工作时的那种开心劲儿。小时候，她说想成为一名警察，我还为此对她发过火，"他说道，"真希望我当时没那么干。"他从侍者手里接过啤酒，喝了一大口后又继续说道，"我们对她太混蛋了，回头看，然后她……好吧，现在她能更好地证明自己了。"斯蒂芬的目光漫不经心地移到上桌，斯特莱克背对着上桌，觉得偷瞄罗宾一眼也情有可原。只见她沉默不语，既不吃东西也不看马修。

"现在不行，伙计。"他听见斯蒂芬说话，转回头来，看见他的邻居伸出又长又粗的胳膊，把斯特莱克和马丁的一个朋友隔开。此人已经站起来，弯下腰准备要问斯特莱克一个问题。他羞愧地退了回去。

"谢谢。"斯特莱克说，喝完了珍妮的啤酒。

"得习惯吃这玩意儿，"斯蒂芬说，一口吞下了自己的慕斯，"你抓住了沙克尔韦尔开膛手，你会出名的，伙计。"

人们都说受到惊吓后看东西会变得模糊不清，但罗宾不是这样。她周围的房间依然清晰可见，每一个细节都清晰可辨：透过挂着窗帘的窗户射进来的明亮的方形光线，玻璃上方湛蓝天空的珐琅亮度；被胳膊肘和凌乱的酒杯挡住的缎子桌布，嬉戏和痛饮的客人们逐渐泛红的脸颊，苏姨妈的贵族气派并没有因为与邻座闲聊而变得柔和，珍妮那顶傻傻的黄帽子在同斯特莱克开玩笑时微微颤动。她看到了斯特莱克，眼睛频繁地落在他的背上，因此可以非常准确地看清楚他西装外套上的皱褶，他后脑勺上浓密的黑色鬈发，以及因为左耳刀伤造成的两只耳朵厚度的差别。

不，她在迎宾时分发现真相所受到的震惊并没有使周围的环境变得模糊不清。相反，它影响了她对声音和时间的感知。她一度知道马修在催促她吃饭，但直到她满满一盘食物被殷勤的侍者拿走后，她才意识到这一点。因为对她所说的一切，都要渗透到马修承认对她背信弃义后封闭起来的那堵厚厚的墙里。在把她和房间里的众人完全隔离开来的无形的隔离室里,肾上腺素在她体内狂飙,一次又一次地催促她站起来走出去。

如果斯特莱克今天没有来,她也许永远不会知道他希望她回去工作,她原本可以免受被他解雇的那个可怕的夜晚以来所遭受的耻辱、愤怒、羞辱和伤害。马修试图否认可能拯救她的东西,否认她在别人熟睡的深夜为之哭泣的东西:恢复她的自尊,恢复那份对她意味着一切的工作,以及恢复那份从她身边被夺走后才知道是她人生的奖赏之一的友谊。马修撒了谎,而且一直在撒谎。在婚礼前的那些日子里,她一直在苦苦挣扎,为失去了自己所爱的生活而假装过得开心,可马修却一直在微笑,在欢笑。难道是因为她骗过他吗?难道他相信她会因为和斯特莱克的生活结束了而真正开心吗?如果是的话,那么她嫁给了一个根本不懂她的男人,假如他并不懂她……

布丁被撤走了,罗宾不得不对关心她的侍者报以假笑,侍者问她是否需要吃点别的,因为这已经是她碰都没碰一下的第三道菜了。

"我想你没有带着上了膛的枪吧?"罗宾问马修。

马修被她的严肃态度愚弄了,他笑了笑,迷惑不解。

"没什么,"她说,"不要紧。"

"看在上帝的分上,罗宾。"马修说,她带着愤怒而又快乐的悸动知道,马修有点惊慌失措了,害怕她会做什么,害怕接下来会发生什么。

侍者端上了装在光滑的银壶里的咖啡。罗宾看着他们倒咖啡,看到桌子上放在小托盘里的点心;看到莎拉·沙德洛克穿着一件紧身的绿松石无袖连衣裙,在演讲前匆匆穿过房间走向浴室;看到即将临盆的凯蒂穿着平底鞋跟在后面,凯蒂的脚又肿又累,大肚子挺在前面。随即,罗宾的眼睛再次回到斯特莱克的背上。他一边狼吞虎咽地吃着小点心,一边和斯蒂芬说话。罗宾很高兴能把他安排在斯蒂芬身边,她一直认为他们会相处融洽。

这时传来了要求宾客安静的声音,紧随其后的就是椅子发出沙沙的、烦躁的声音和大面积的刮擦声，所有背对着上桌的人都在把椅子转过来看着说话者。罗宾和斯特莱克四目相对，她看不懂他的表情。直到罗宾的父亲站起来，扶正了眼镜开始说话，斯特莱克才把目光从她身上移开。

斯特莱克很想躺下，要不然就是回到车里和尚克尔在一起，在车里，他至少可以把座位放倒。在过去的四十八个小时里，他差不多只睡了两个小时。吃了大量的止痛药，刚才又喝了四品脱啤酒，让他昏昏欲睡。他一直用手支撑着脑袋打着瞌睡，当太阳穴从指关节上滑下来时，他猛地往后一靠惊醒了过来。

他从来没有问过罗宾的父母是做什么的。如果说迈克尔·埃勒克特在发言中曾提及自己的职业，斯特莱克也没有注意到。迈克尔看上去很温和，戴着一副喇叭状的眼镜，像个教授的样子。孩子们都和他一样高，不过，只有马丁继承了他的黑发和淡褐色的眼睛。

罗宾失业的时候，演讲稿已经写好了，或者是重写过了。迈克尔满怀爱意地赞美着罗宾的个人品质，她的智慧、韧性、慷慨和善良。当说到他为唯一的女儿感到骄傲时，他不得不停下来清了清嗓子。罗宾本应取得的成就却一片空白，她实际做过什么或经历了什么，都只字未提。当然，罗宾幸存下来的有些东西是不适合在这里提及的，也不适合被这些戴着羽毛和扣眼的客人听到，但她能够幸存下来，在斯特莱克的眼中，就是这些品质的最好证明，哪怕他昏昏欲睡，也应该承认这一点。

而其他人似乎却不这么认为。迈克尔没有提到刀子或伤疤、大猩猩面具或头套就得出结论时，斯特莱克甚至在人群中觉察到了一丝轻松。

接下来是新郎发言。马修在热烈的掌声中站了起来，但罗宾的手仍然放在膝盖上，凝视着对面的窗户，太阳低垂在无云的天空中，在草坪上投下长长的阴影。

房间里的某个地方有一只蜜蜂在嗡嗡地叫着。斯特莱克不像关心迈克尔那样担心会冒犯马修,他调整了坐姿,交叉双臂,闭上了眼睛。大约有一分钟左右,他听着马修在讲述他和罗宾是如何从小就已相识,可是直到上了六年级,他才注意到那个曾经在汤匙盛蛋赛跑中击败他的小女孩变得有多么漂亮……

"科莫兰!"

他猛然惊醒过来,从胸口湿漉漉的地方判断,自己刚才肯定一直在流口水。他睡眼惺忪地环顾了一下四周,看见斯蒂芬正在用胳膊肘推他。

"你在打鼾。"斯蒂芬小声说道。他还没来得及回答,房间里又爆发出一阵掌声。

马修坐下来,面无笑容。

肯定快要结束了……可是还没完,马修的伴郎已经站起来了。再次醒来,斯特莱克意识到他的膀胱有多满。他衷心希望这个家伙说话能够快一点。

"我和马特第一次见面是在橄榄球场上。"他说道,房间后方的一张桌子爆发出醉醺醺的欢呼声。

"上楼,"罗宾说道,"马上。"

坐到上桌以后,这是她对丈夫说的第一句话。为伴郎演讲的掌声还没有消退,斯特莱克正站着,但罗宾看得出他想去洗手间,因为她看见他停下来向侍者问路。无论如何,她现在知道,斯特莱克希望她回去工作,并相信他会留下来,听她亲口答应此事,上开胃菜时他们交换的眼神也给她传递了同样的讯息。

"半小时后乐队就要来了。"马修说道。

"我们得……"

可是罗宾已经起身向门口走去,带着那个让她在父亲的发言中、马修紧张的话语中、伴郎喋喋不休的橄榄球俱乐部熟悉的旧闻中保持冷漠和没有掉泪的无形的隔离室。她模糊地记得,母亲试图在她挤过客人中间时拦住她,但她没有在意。她刚才顺从地坐着,等到客人们吃完了饭，听完了讲话。整个世界欠她一段隐私和自由的时间。

她大步走上楼梯，裙摆遮住了廉价的鞋子。走到铺着厚地毯的长廊，她不知道自己要去哪里，只听见马修的脚步声在她身后匆匆响起。

"请问，"她对一个从橱柜里推出亚麻篮子、穿着西服背心的年轻人说，"新婚套房在哪儿？"

他看了看她，又看了看马修，傻笑起来。他居然傻笑起来。

"别像个白痴。"罗宾冷冷地说道。

"罗宾！"马修叫道，年轻人的脸红了。

"往那边走。"年轻人指着方向，嘶哑地说道。

罗宾继续前行，她知道马修有钥匙。昨天晚上，他和伴郎就住在旅馆里，不过没有住在新婚套房。

马修一打开门，她就大步走了进去，扫视着床上的玫瑰花瓣、冰柜里的香槟，还有写给坎利夫夫妇的大信封。看到那个原本打算带着去神秘蜜月旅行的旅行箱时，她如释重负。她拉开了旅行箱拉链，把未受伤的手臂伸进里面，找到为拍照而取下的支架。她把支架套回到伤口几乎没有愈合的疼痛的前臂上，拧下了手指上的新婚戒指，砰的一声把它扔到香槟酒桶旁边的床头柜上。

"你这是干什么？"马修说道，听起来既惶恐不安又咄咄逼人，"难道——你是想取消婚礼吗？你不想结婚了吗？"

罗宾盯着他。她原以为只要他们单独在一起，她就会感到轻松，就可以畅所欲言，但他的种种暴行嘲弄了她想表达这一想法的企图。从他闪烁的眼睛里，从他挺直的肩膀上，她读出了他对自己沉默的恐惧。不管他是否意识到这一点，他把自己精确地置于了她和门之间。

"好吧，"他大声说道，"我知道我应该——"

"你知道那份工作对我意味着什么，你是知道的。"

"我不想让你回去，好吗？"马修喊道，"罗宾，你遭到袭击，而且被刺伤了！"

"那是我自己的过失！"

"可他妈的是他把你开除了！"

"那是因为我做了一件他不让我做的事——"

"我就知道你他妈的会为他辩护！"马修吼道，完全失去了理智，"我就知道，只要你跟他说过话，你就会像只该死的哈巴狗一样飞奔回去！"

"你不能替我做那些决定！"她喊道。

"马修，没人有权拦截我的电话，删除我的留言！"

克制和伪装统统消失了。他们只是在短暂的喘息声中，偶尔听到彼此的声音，双方都像燃烧的长矛在触及目标前烧成灰烬一样，在房间里号叫着发泄自己的怨恨和痛苦。罗宾疯狂地做着手势，随着手臂发出强烈抗议而痛苦的尖叫；马修自以为是地、愤怒地指出，罗宾永远留下的伤疤源自她和斯特莱克一起工作时的鲁莽、愚蠢。什么都没有达成，什么也没有得到原谅，什么都没有得到道歉：破坏了过去十二个月的争论导致了这场战火，这场预示着战争的边界冲突。窗外，下午迅速消逝在夜幕中。罗宾脑门上的青筋怦怦直跳，胃在翻腾，快要窒息的感觉威胁着她。

"你讨厌我工作的那些时间——你根本不在乎那是我这辈子第一次在工作中感到快乐，所以你撒谎了！你知道它对我意味着什么，但你撒谎了！你怎么能删除我的通话记录，你怎么能删除我的语音信箱？"

她猛然跌坐在一张有流苏的椅子上，双手抱头，由于愤怒的冲击、由于空空如也的肚子受到震动而头晕目眩。

在远处的某个地方，在铺着地毯、寂静无声的酒店走廊里，一扇门关上了，一个女人咯咯地笑着。

"罗宾。"马修嘶哑地说道。

她听见他向她走来，但她伸出一只手把他推开了。

"别碰我。"

"罗宾,我知道我不应该那样做。我是不想让你再受伤害。"

她几乎听不到他说话。她不仅对马修感到愤怒,也对斯特莱克感到生气。他应该再打电话来的,他应该一直不停地给她打电话。假如他那样做了,那么她此时就有可能不会出现在这里。

这一想法把她吓了一跳。

如果我知道斯特莱克希望我回去工作,我还会嫁给马修吗?

她听到马修夹克的窸窣声,猜想他是在看手表。也许等在楼下的客人们以为他们俩是为了美满婚姻才失踪的。她可以想象他们不在的时候杰弗里开的下流玩笑。乐队准是已经就位一个小时了。她再次想起这一切花了父母多少钱,以及曾经因为婚礼延期而失去的押金。

"好了,"她平淡地说道,"我们下去跳舞吧。"

她站起来,不慌不忙地抚平裙子,马修满腹狐疑地看着她。

"你确定吗?"

"我们必须把今天对付过去,"她说,"客人们大老远来到这里,爸爸妈妈为此付了很多钱。"

撩起裙子,她向套间的门口走去。

"罗宾!"

她转过身来,期待着他说"我爱你",期待着他微笑、恳求,促成更真诚的和解。

"你最好戴上这个。"他说着,递给她刚才她摘下的结婚戒指,表情和她的一样冷漠。

考虑到打算要待到能和罗宾再谈一下,斯特莱克想不出比继续喝酒更好的办法。他从斯蒂芬和珍妮心甘情愿的保护中撤了出来,觉得他们应该自由自在地享受朋友和家人的陪伴,于是又回到了他通常用来打消陌生人好奇心的方法上:利用他那令人畏惧的身材和习惯性的粗暴表情。他在酒吧的尽头潜伏了一会儿,独自喝了一品脱酒,然后走到阳台上。他站在那里,和其他烟客隔着一段距离,凝视着斑驳的夜晚，呼吸着珊瑚色的天空下青草散发出的芬芳。就连马丁和他的朋友们，此时虽然像十几岁的青少年一样围成一圈酩酊大醉，吞云吐雾，但没有谁够大胆过来纠缠他。

过了一段时间，客人们被巧妙地集合起来，一起被领进了木镶板的房间。他们不在的时候，房间已经被改成了舞池。一半的桌子被移走，其余的移到一边去了。乐队已在扩音器后面准备就绪，但新郎和新娘仍然不见踪影。一个满头大汗、肥肥胖胖、面色红润的男人已经拿新人缺席的事情开了好几个玩笑，斯特莱克猜想那人应该就是马修的父亲。这时，一个穿着松绿石紧身连衣裙的女人向他打招呼，她走近握手时，羽毛般的头发装饰挠得他的鼻子直发痒。

"你是科莫兰·斯特莱克，对吧？"她说道，"真是幸会！我是莎拉·沙德洛克。"

斯特莱克知道莎拉·沙德洛克的一切。她曾在大学时和马修上过床，当时马修和罗宾是异地恋。斯特莱克又一次指了指他的绷带，表示他无法和她握手。

"啊，你这可怜的家伙！"

一个醉醺醺的秃顶男人突然出现在莎拉身后，他的实际年龄可能比看上去要年轻一些。

"我是汤姆·特维，"他说道，用涣散的眼神看着斯特莱克，"他妈的干得好。干得好，伙计。他妈的干得好。"

"我们早就想见你了，"莎拉说，"我们是马特和罗宾的老朋友。"

"沙克尔韦尔·瑞普——开膛手，"汤姆说道，有点轻微地打嗝，"他妈的干得好。"

"看看你，可怜的家伙，"莎拉再次说道，一边对着他淤青的脸微笑，一边抚摸着他的肱二头肌，"不是他干的，对吗？"

"大家都想知道，"汤姆说，醉眼蒙眬地笑着，"几乎无法克制他妈的自己。应该由你来发言，而不是亨利。"

"哈哈，"莎拉说道，"我想，那是你最不愿意做的事吧。你准是抓捕了罪犯后就直接来这里了——嗯，我不知道——是这样的吗？"

"对不起，"斯特莱克面无笑容地说道，"警察叫我不要谈论此事。"

"女士们，先生们，"被马修和罗宾悄悄走进房间弄得措手不及、苦恼的司仪急忙说道，"请大家欢迎坎利夫先生和夫人！"

当这对新婚夫妇毫无笑容地走到舞池中央时，除了斯特莱克外，大家都开始鼓掌。乐队的主唱从司仪手中接过麦克风说道：

"这是一首新人过去的歌曲，对马修和罗宾来说意义重大。"马修把手放在罗宾的腰上，握住了她的另一只手。

婚礼摄影师从阴影中走出来，又开始咔嚓咔嚓地按起了快门，看到新娘手臂上丑陋的橡胶支架再次出现，他皱了皱眉头。

随即响起了"呼叫乐队"的歌曲《无论你要去哪里》的第一小节。罗宾和马修旋转起来，避开了对方的脸。

> 最近，我一直在想，
> 谁会取代我的位置
> 当我离开，你需要爱
> 来照亮你脸上的阴影……

作为"我们的歌"，选择这一首真是奇怪，斯特莱克想道……他看到马修靠罗宾更近了一些，看到他的手紧紧搂住了她的细腰，他英俊的脸低下来，在她耳边低语着什么。

太阳神经丛附近的某处震动穿透了疲惫、放松和酒精的迷雾，正是这种迷雾让斯特莱克一整天都远离了这场婚礼的现实意义。此刻，斯特莱克看着这对新婚夫妇在舞池中翩翩起舞，罗宾身穿白色长裙，头上戴着玫瑰花环，马修身着深色西装，脸紧贴着新娘的脸颊，斯特莱克被迫承认他是有多久、有多么希望罗宾不会结婚。他希望她是自由的，像他们在一起时的那样自由自在。自由，这样的话，假如情况改变……那么就有可能性……自由，这样的话以便有一天，他们可能会发现还能为彼此做点什么。

去他妈的。

如果她想谈谈，她会给他打电话的。他把空杯子放在窗台上，转身从其他客人中间走过，客人们退到一边给他让路，他的表情是那么阴沉。

罗宾转过身，看见斯特莱克离开了。他打开了门，走了出去。

"放开我。"

"什么？"

她挣脱开马修，为了行动方便，又把裙子提了起来，小跑着离开舞池，差点就撞到了父亲和苏姨妈，他们正在附近安静地跳着华尔兹。马修独自站在房间中央，罗宾奋力地穿过目瞪口呆的旁观者们，朝刚刚关上的大门走去。

"科莫兰！"

他已经走下了一半楼梯，听到有人叫他，就转过身来。他喜欢她那戴着约克郡玫瑰王冠下的长长的松散的鬈发。"恭喜你！"

"你真的想让我回去吗？"

他勉强地笑了笑。

"我刚和尚克尔开了他妈的好几个小时的车来到这里，我强烈怀疑那是辆偷来的车。我当然希望你回来。"

她笑了，眼里却涌出了泪水。

"尚克尔来了吗？你应该把他带进来的！"

"尚克尔？进来这里吗？他会翻遍每个人的口袋，然后撬开招待会的钱柜。"

她又笑了几声，眼泪从满是泪水的眼眶里流出来，顺着脸颊滚了下来。

"你打算睡哪儿？"

"睡车里，尚克尔开车送我回家。他会为此向我索要一大笔钱。不过没关系，"正当罗宾想开口时，他又粗声粗气地补充道，"只要你能回来，那就很值得的，比什么都值得。"

"这一次，我想签一份合同，"罗宾说，她严厉的语气被眼神出卖了，"一份合适的合同。"

"你会得到的。"

"那就好，那么，到时候见……"

她什么时候才能见到他？她还要去度两周的蜜月。"让我知道。"斯特莱克说。他转过身，又开始下楼。"科莫兰！"

"怎么了？"

她朝他走下去，直到站在他上面的一级台阶。此时，他们的眼睛处在同一平面上。

"我想听听你是怎么抓住他的，还有所有的事情。"

他笑了。

"我会一直保留着。不过，如果没有你，我是做不到的。"

他们谁也说不清是谁先采取了行动，也不知道是否双方同时行动。还没等反应过来发生了什么事，他们就已经紧紧地抱在了一起，罗宾的下巴搭在斯特莱克的肩膀上，他的脸贴在她的头发上。他的身上有汗味、啤酒味和手术的酒精味，她的身上有玫瑰花味，还有她不在办公室时他怀念的那种淡淡的香水味。对她的感觉既新鲜又熟悉，好像他很久以前就抱着她了，好像多年来他一直不知道就错过了。透过楼上紧闭的大门，传来乐队的演奏：

无论你去哪儿，我都紧紧相随；
只要我能拥有你……

就像突然伸手抓住对方一样，他们突然就分开了。泪水从罗宾的脸上滚落下来。有那么疯狂的一瞬间，斯特莱克太想冲口说出："跟我走吧。"但有些话是永远也不能说出口、却又无法忘记的，他知道，这句话就属于这类。

"让我知道。"他重复道。他试图微笑，但这样做弄疼了他的脸。他挥了挥打着绷带的手，头也不回地走下了楼梯。

她看着他离开，狂乱地拭去脸上滚烫的泪水。如果他说"跟我走吧"，她知道她会随他而去，可那又能怎么样呢？罗宾大口地吸着气，用手背擦了擦鼻子，转过身，又一次次提起裙子，慢慢地朝丈夫走去。

一年之后

1

我听说他想要扩张……他想要找寻一位能干的助手。

——亨利克·易卜生《罗斯莫庄》

人们对名声的普遍渴望是这样的：那些偶然或不情愿获得名声的人，都会徒劳地等待怜悯。

在沙克尔韦尔开膛手被捕后的几个星期里，斯特莱克一直担心，他最伟大的侦探胜利可能会对他的职业生涯造成致命的打击。到目前为止，他的侦探社由此得到的零星宣传，现在看来就像溺水之人在最后沉入深渊之前的两次沉没一样。他牺牲了那么多、那么努力地工作才取得的事业，在很大程度上依赖于他在伦敦街头不为人知的通行能力。然而，随着一名连环杀手的被捕，他已经成为公众想象中的一个耸人听闻的怪人、智力竞赛节目中的一个笑话，因为他拒绝变成人们好奇心的猎物。

在榨干了斯特莱克抓住开膛手的聪明才智的最后一丝价值后，各家报纸挖出了斯特莱克的家族史。他们称之为"色彩斑斓"，尽管对他来说，那是他一生中如影随形的笨重的内心肿块，他宁愿不去探究：摇滚明星父亲、已故的追星族母亲、以失去半截右腿而告终的军旅生涯。满脸堆笑的记者们拿着支票簿，突然袭击了他唯一的同父异母的姐姐露西，他们曾一起度过了童年。军队里的熟人给出了不太友善的评论，说斯特莱克所知道的是粗鄙的幽默，此外还表现出嫉妒和轻蔑的样子。斯特莱克只见过父亲两次，他没有用父亲的姓氏。父亲通过一名公关人员发布了一份声明，暗示了一种根本不存在的友好关系正在发展，而不是窥探的目光。开膛手被捕后的余震在斯特莱克的生活中回荡了一年，他不确定这些余震是否已经过去。

当然，成为伦敦最著名的私家侦探也有好处。审判结束后，新客户蜂拥而至，因此他和罗宾两人在体力上无法承担所有的工作。斯特莱克明智地保持低调，几个月来，他一直待在办公室里，而转包雇员——大多数先前当过警察或是当过兵，还有一些来自世界各地的私人保安——承担了大量的工作。斯特莱克承担夜班和文书工作。经过一年的努力，他们干了扩大后的侦探社所能应付的尽可能多的工作后，斯特莱克设法给了罗宾一个逾期的加薪，解决了他最后的未偿债务，并购买了一辆有十三年车龄的宝马3系列。

在露西和他的朋友们看来，有了汽车和增加了雇员意味着斯特莱克终于达到了一种蒸蒸日上的稳定状态。事实上，一旦支付了伦敦市中心车库的高昂费用和付清员工的工资后，斯特莱克能花在自己身上的钱几乎所剩无几，他继续住在办公室楼上的两个房间里，用单圈炉灶做饭。

自由承包人提出的行政要求以及该侦探社可以利用的男女工作人员的质量参差不齐，一直令斯特莱克头痛不已。斯特莱克只找到了一名半固定的员工安迪·哈钦斯，一位身材瘦削、表情阴郁的前警察，比他的新老板大十岁。他是由斯特莱克在伦敦警察厅的朋友、探长埃里克·沃德尔极力引荐的。哈钦斯因左腿几乎突然瘫痪，随后被诊断出患有多发性硬化症而提前退休。在申请合同工时，哈钦斯曾警告过斯特莱克，说他可能并不总是健康的。他解释说，这是一种无法预测的疾病，但他已经三年没有复发了。他遵循一种特殊的低脂饮食，听起来很具惩罚性：不吃红肉，不吃奶酪，不吃巧克力，不吃油炸食品。安迪做事有条不紊，很有耐心，可以在没有监督的情况下完成工作,这比斯特莱克雇用的除罗宾以外的其他任何人都更值得信任。对斯特莱克来说,至今仍然觉得不可思议的是,罗宾走进了他的生活,成为了他的合伙人和杰出的同事。

不过,他们是否仍然还是朋友则是另一个问题。

在罗宾和马修的婚礼两天后,守在他的公寓门口的媒体害得他离开了公寓。他依然无法打开电视而不会听到自己的名字。他拒绝了朋友和姐姐的邀请,在纪念碑站附近的一家旅行之家酒店寻求庇护。在那里,他得到了自己渴望的孤独和隐私;在那里,他可以不受打扰地睡上几个小时;在那里,他喝下了九罐啤酒,越来越想和罗宾说话,他把空罐子扔到房间另一头的垃圾筒里,准头一次不如一次。

自从他们在楼梯上拥抱之后,就再没有联系过。在随后的几天里,斯特莱克的思绪反复地转向这个问题。他确信罗宾会经历一段地狱般的时光,躲在马什姆,一边决定是要直接离婚还是要保持婚姻关系,一边安排出售他们的公寓,同时还要应对来自媒体和家庭的压力。斯特莱克不知道当接通她的电话后,他究竟要说些什么。他只知道想要听到她的声音。于是,他醉醺醺地在背包里翻找着,发现由于睡眠不足而匆忙离开了公寓,没有带上充电线,而他的手机没电了。但他毫不气馁,拨通了查号台,在多次要求更清楚地重复之后,终于接通了罗宾父母家的电话。

罗宾的父亲接起了电话。

"嗨,能让罗宾接电话吗?"

"罗宾?恐怕她还在度蜜月。"

斯特莱克一时头脑发昏,不太明白对方和他说了些什么。

"哪位?"迈克尔·埃勒克特问道,然后生气地补充道,"我猜应该是另一位记者。我女儿在国外,我希望你别再往我家里打电话了。"

斯特莱克挂断了电话,然后继续喝酒,直到昏睡过去。

他的愤怒和失望已经持续了好几天，他的意识丝毫没有减弱，他知道许多人会说他没有权利干涉雇员的私生活。假如罗宾乖乖地和他心里称其为"那个混蛋"的男人一起上了飞机，那么她就不是他想象中的那个女人。然而，当他坐在旅行之家酒店里，拿着崭新的充电器和更多的啤酒，等着自己的名字从新闻中消失时，一种近乎沮丧的情绪袭上了他的心头。

他有意识地想转移对罗宾的思念，于是接受了他通常会避免的邀请，从而结束了强加给自己的孤独：与探长埃里克·沃德尔、沃德尔的妻子艾普丽尔和他们的朋友可可共进晚餐。斯特莱克非常清楚自己走入了圈套，可可之前曾试图通过沃德尔查验斯特莱克是否单身。

可可身材娇小，体态轻盈，一头番茄色的红头发，非常漂亮，职业是文身师，同时也是一名兼职滑稽舞蹈演员。他本应该看到危险信号，在他们开始喝酒之前，可可就已经笑得花枝乱颤，有些歇斯底里。斯特莱克把她带到旅行之家酒店的床上，就像他喝了九罐"替牌"啤酒一样。

在接下来的几个星期里，可可有些放纵。斯特莱克对此感觉并不好，但逃离媒体的一个好处是，一夜情让你更难找到自己。

如今一年过去了，斯特莱克不知道为什么罗宾会选择留在马修身边。他猜想是因为她对丈夫的感情太深，所以对他真正是什么样的人视而不见。如今，斯特莱克自己也有了一段新恋情，而且已经持续了十个月，是他和夏洛特分手以来最长的一次恋情。夏洛特曾经是他唯一打算与之结婚的女人。

侦探搭档之间的情感距离已经成为日常生活中一个简单事实。斯特莱克对罗宾的工作挑不出毛病。她及时、细致、主动、聪明地完成了布置给她的每项任务。然而，他注意到一种从未有过的紧绷的表情。他觉得她比往常略显不安，有一两次，在他的合作伙伴和分包商之间分配工作时，他捕捉到了一种不同寻常的茫然、漫不经心的表情，这让他感到不安。他知道一些创伤后应激障碍的症状，而她现在恰恰是从两次几乎致命的袭击中幸存下来。在阿富汗失去了半条腿之后，他也经历过分裂，发现自己突然间从现在的环境中脱离出去，穿越到了他所乘坐的"维京人号"解体之前的那几秒钟里，他的身体和军事生涯都充满了不祥的预兆和恐惧。他一直非常不喜欢被任何人驱赶，直到今天，他还会梦见鲜血和痛苦，有时他会被吓醒，大汗淋漓。

然而，当他试图用雇主的身份，以一种冷静、负责任的口吻讨论罗宾的精神健康时，她会以一种断然的语气和一种他怀疑可以追溯到解雇的怨恨，斩断他的去路。从那以后，他注意到她自愿接受更为棘手的、天黑后的任务，而安排这些工作总会让他有些头疼，所以他也不再试图让她从事最安全、最平凡的工作了。

他们彼此彬彬有礼，和蔼可亲，一本正经，轻描淡写地谈论着各自的私生活，而且也只在必要的时候才会提及。罗宾和马修刚搬了家，斯特莱克坚持让她休假一周。罗宾一直抗拒，但斯特莱克说服了她。他提醒她，她几乎一整年都没有休过假，语气不容辩驳。

周一，最近使斯特莱克不满意的分包商，是个在服役期间他不认识的傲慢的前红帽，骑着摩托车撞上了本应跟踪的出租车后部。斯特莱克一直想要解雇他，这给了他一个发泄怒火的机会。斯特莱克的房东也选择了在本周通知他，他和丹麦大街上几乎所有写字楼的老板一样，已经把房子卖给了一个开发商。失去办公室和家的威胁此刻正笼罩着侦探。

为了应对特别糟糕的几天，斯特莱克雇用了一名临时工丹尼斯，在罗宾不在的时候负责基本的文书和接听电话工作，这名临时工就像他遇到的所有女人一样令人恼火。她不停地说话，声音尖细，带着鼻音，甚至能穿透他那间关着门的办公室。后来，斯特莱克只好戴着耳机听音乐。而结果是，为了让他听见，丹尼斯不得不连连敲门，大声喊叫。

"什么事？"

"我刚发现这个，"丹尼斯说，在他面前挥舞着一张潦草的纸条，"上面写着'诊所'……前面有一个以'V'开头的单词……约见时间是半个小时——我需要提醒你吗？"

斯特莱克认出了罗宾的笔迹。第一个字母确实难以辨认。

"不用，"他说，"把它扔掉吧。"

斯特莱克带着些许希望，希望罗宾能安静地为她可能遭受的任何精神问题寻求专业帮助。斯特莱克重新戴上耳机，回到正在阅读的报告中，但发现很难集中注意力。因此，他决定提早离开，去见一个可能的新分包商。这么做主要是为了避开丹尼斯，他要去最喜欢的酒吧见那个男子。

沙克尔韦尔开膛手被捕后，斯特莱克不得不数月避开托特纳姆酒吧，因为记者们埋伏在那里等他，有消息称他是这家酒吧的常客。即使到了今天，他还是怀疑地环顾了一下四周，确定安全了才进入酒吧，点了他常喝的"厄运沙洲"啤酒，然后退到角落里的一张桌子旁。

斯特莱克比一年前瘦了，部分原因是他努力放弃了作为主食的薯片，部分原因是他的工作量太大。体重的减轻减少了他截肢的压力，所以坐下和放松都不那么引人注目了。他喝了一大口啤酒，习惯性地伸了伸膝盖，享受着相对轻松的活动，然后打开随身携带的纸板文件。

里面的纸条是那个把摩托车撞到出租车后部的白痴做的，根本不精确。斯特莱克不能失去这个客户，但他和哈钦斯应付目前的工作量都有点吃力了。所以他急需一名新员工，不过，他并不完全确定即将进行的面试是否是明智之举。在做出大胆的决定去面试一个五年都没有见过的人之前，他并没有征求罗宾的意见。托特纳姆酒吧的门打开了，山姆·巴克利准时出现时，斯特莱克还在怀疑自己是否在犯一个非常严重的错误。他几乎可以在任何地方都能认出这个格拉斯哥人是一名退役士兵，他的V领套头衫下面罩着T恤，头发剪得很短，穿着紧身牛仔裤和超白的运动鞋。斯特莱克站起身，伸出手来，巴克利似乎也轻松地认出了他，他笑着说道：

"就已经喝上了哦？"

"要来一杯吗？"斯特莱克问道。在等待巴克利的啤酒上来时，斯特莱克在吧台后面镜子里看着这个前步枪手。巴克利只有三十岁出头，但头发过早地变白了。不过，他和斯特莱克记忆中的一模一样。浓浓的眉毛、又大又圆的蓝眼睛和结实的下巴，有点像猫头鹰。斯特莱克以前就喜欢巴克利，即使是在努力将他送上军事法庭的时候。

"还在抽烟吗？"斯特莱克把啤酒递给他后就坐了下来，问道。

"现在只抽电子烟，"巴克利说，"我们有了个孩子。"

"恭喜啊，"斯特莱克说道，"那么，是出于健康考虑吗？"

"是啊，类似于那样。"

"带劲吗？"

"凑合吧，"巴克利粗声粗气地说，"你他妈的知道的，只有娱乐用途，伙计。"

"那么，你现在是在哪儿买呢？"

"网上，"巴克利喝着啤酒说，"很容易，我第一次买的时候，我想，这他妈的行不通吧？但后来我想，哦，好吧，就当是一次冒险。他们把它伪装在香烟的包装里寄给你。选择整个菜单。互联网是个好东西。"

他笑着说："这是怎么回事？我没料到那么快就能听到你的消息。"

斯特莱克犹豫了一下说道："我想给你提供一份工作。"

巴克利停顿了一下，盯着他，然后把头朝后一仰，大笑起来。"妈的，"他说，"为什么不直说呢？"

"你是怎么想的？"

"我并没有每天晚上都抽电子烟，"巴克利急切地说，"我没有，我说真的。我的妻子不喜欢。"斯特莱克紧紧地抓着文件，思忖着。

斯特莱克是在德国处理一起毒品案时遇到巴克利的。与社会的其他地方一样，英国军队内部也有买卖毒品的情况。为了去调查一起看起来比大多数更为专业的毒品案，他专门成立了一个特别调查部门。巴克利被认为是关键成员，在他的装备包里发现了一公斤重的摩洛哥大麻，这无疑是斯特莱克见他的理由。

巴克利坚持说自己是被诬告的，斯特莱克在旁听他的审讯时也倾向于同意他的说法，尤其是因为步枪手似乎太聪明了，不可能找不到一个比陆军装备包底部更好的藏身之处。另一方面，有充足的证据表明，巴克利一直在定期吸毒，而且不止一个目击者发现他的行为变得很古怪。斯特莱克觉得巴克利被当成了一个方便的替罪羊，于是决定自己动手去挖掘内幕。

结果他却挖掘出来与建筑材料和工程用品相关的有趣信息，这些材料和工程用品正以令人难以置信的速度被重新订购。虽然斯特莱克不是首次发现这样的腐败，但碰巧的是，两名负责这些神秘消失并且高度转售商品的官员正急不可待地想将巴克利送上军事法庭。

巴克利在与斯特莱克一对一的面谈中，惊讶地发现，这位英国皇家宪兵部队特别调查处的警卫官突然感兴趣的不是大麻，而是与建筑合同有关的异常情况。一开始他很谨慎，考虑到他的处境，他肯定不会被人相信，但最终他向斯特莱克承认，他不仅注意到了别人看不到的东西，而且选择了不去调查，但是用表格记录下了这些官员到底偷了多少钱。对巴克利来说，不幸的是，相关的军官已经听到了风声，知道巴克利对他们的行动过于感兴趣了，不久之后，巴克利的装备袋中就出现了一公斤大麻。

巴克利向斯特莱克出示他一直保存的记录时（笔记本比大麻藏得巧妙得多），斯特莱克对其呈现出的方法和主动性印象深刻，因为巴克利从未受过调查技巧方面的训练。斯特莱克问他为什么要进行这项没人付钱的调查，而且还给他带来了这么大的麻烦，巴克利耸了耸肩说：“那样干不对，是吗？他们是在抢劫军队。纳税人的钱，他们他妈的放在了自个儿的兜里。”

斯特莱克在此案上投入的时间比他的同事们认为值得花去的时间要长得多，最终，由于斯特莱克对此事的额外调查增加了砝码，巴克利搜集的有关他上司活动的卷宗给他们定了罪。当然，这是英国皇家宪兵部队特别调查处的功劳，但斯特莱克确保了对巴克利的指控得以悄悄地平息下来。

"你说到工作，"酒吧里嗡嗡声叮当声不绝于耳，巴克利大声问道，"是说做侦探之类的事吗？"

斯特莱克看得出，这个想法对巴克利很有吸引力。

"是的，"斯特莱克回答道，"上次见你以后，你在做什么呢？"

答案令人沮丧，但并非出乎意料。巴克利在退伍的头几年里很难找到或守住一份固定的工作，他一直在为他姐夫的公司做一些粉刷和装饰的工作。

"主要靠我妻子赚钱，"他说，"她有一份好工作。"

"好吧，"斯特莱克说，"我想刚开始我一周可以给你几天时间，按自由职业者付费。如果不行的话，我们任何一方都可以随时离开。这样公平吗？"

"好的，"巴克利说，"是的，很公平。你付我多少薪水呢？"

他们讨论了五分钟有关薪水的问题。斯特莱克解释了他的其他员工如何将自己设置为私人承包商，以及如何将收据和其他专业费用带入办公室进行报销。最后，他打开文件，翻动着给巴克利看里面的内容。

"我需要你跟踪这个人，"斯特莱克指着一张照片说道，照片上是一个胖嘟嘟的年轻人，长着一头浓密的鬈发，"拍一些他和谁在一起，以及在做什么的照片。"

"哦，好的。"巴克利说着拿出手机，拍下了跟踪目标的照片和地址。

"我的另一个员工今天在监视着，"斯特莱克说，"但我需要你从明天早上六点起到他的公寓外面。"

他很高兴地注意到巴克利并没有对那么早就开始工作提出质疑。

"那个姑娘怎么了?"巴克利边问边把手机放回口袋,"就是和你一起上报纸的那个?"

"罗宾吗?"斯特莱克说,"她在度假,下周回来。"

他们握手道别,享受了片刻的乐观之后,斯特莱克才想起他现在应该回办公室了。这就意味着他得靠近丹尼斯,忍受她鹦鹉般的喋喋不休,还有口里塞满东西说话的习惯,以及她总是无法记住他厌恶寡白的奶茶。

为了回办公室,他不得不选择穿过托特纳姆法院路的顶部一直在施工的道路工程。等过了最嘈杂的路段之后,他给罗宾打电话,想告诉她,自己已经聘用了巴克利,但电话直接转到了语音信箱。他想起她现在应该是在那个神秘的诊所,于是没有留言就挂断了电话。

走着走着,他突然想到,他一直认为那个诊所和罗宾的精神健康有关,但是假如……

突然,手里的电话响了,是办公室的号码。

"你好?"

"斯特莱克先生?"电话那头传来丹尼斯惊恐的叫声,"斯特莱克先生,你能快点回来吗?求你了——有位先生——他急着要见你——"

在她身后,斯特莱克听到一声巨响和一个男人的喊叫声。

"请尽快回来!"丹尼斯尖叫道。

"就在路上!"斯特莱克大叫着,笨拙地跑了起来。

2

他看上去不像是被允许来到这里的那种人。

——亨利克·易卜生《罗斯莫庄》

斯特莱克气喘吁吁,右膝疼痛,靠扶手把自己拉上通向办公室的金属楼梯的最后几步。有两个声音透过玻璃门回响,一个是男声,另一个是尖锐的、惊恐的女声。斯特莱克冲进房间时,丹尼斯背靠在墙上,喘着粗气说道:"哦,感谢上帝!"

斯特莱克判断出房间中央的那个男子二十五岁左右。黑头发散乱地披挂在一张又瘦又脏的脸庞周围,脸上突兀的是那双灼热的、凹陷的眼睛。他的T恤、牛仔裤和连帽衫都撕破了,脏兮兮的,运动鞋的鞋底从皮革上脱落了。一股未经清洗的动物恶臭扑鼻而来。

毫无疑问,这个陌生男子患有精神疾病。因为每隔十秒钟左右,在一种无法控制的抽搐中,他就会触碰一下鼻尖,鼻尖因反复敲打而变得通红,接着用微弱的空洞的声音敲打着瘦削的胸骨中央,然后把手垂到一边。几乎同时,他的手又会再次飞到鼻尖上。他好像忘记了如何在胸前画十字,或者为了追求速度而简化了动作。鼻子、胸部、把手放在身体两侧;鼻子、胸部、把手放在身体两侧。机械的动作让人看了很难受,尤其是当他几乎没有意识到自己正在如此这般。他是你在首都看到的那些总是别人的麻烦的生病和绝望的人;就像地铁上的人们尽量避免与之有眼神接触的旅行者;或是人们穿过马路以避让在街角处大声咆哮的女人。支离破碎的人性太过普通,不会长久地困扰想象。

"你是他吗?"当他的手再次碰到鼻子和胸口时,那个眼睛灼热的男子说道,"你是斯特莱克吗?你是侦探吗?"他的手不是从鼻子飞到胸部,而是突然用力拉裤子的前裆开口。丹尼斯呜咽着,好像害怕他会突然暴露自己似的。实际上,这完全有可能。

"我是斯特莱克,是的。"侦探说着,走到陌生人和临时工中间,"你还好吧,丹尼斯?"

"是的。"她低声说,仍然靠在墙上。

"我看到一个孩子被杀了,"陌生人说道,"被掐死了。"

"好了,"斯特莱克实不动声色地说道,"我们为什么不进去呢?"他示意男子到里面的办公室去。

"我要撒尿!"男子拉着拉链说道。

"那就走这边吧。"

斯特莱克把他领到办公室外面的厕所门口。门在他身后砰地关上后,斯特莱克悄悄地回到丹尼斯身边。

"发生了什么事?"

"他想见你,我说你不在,他生气了,就开始砸东西!"

"给警察打电话,"斯特莱克轻声说道,"告诉他们我们这儿有个重病人,可能是精神病患者。不过,等我把他带进我的办公室你再打电话。"

卫生间的门砰的一声打开了。陌生男子的裤子前门张得大大的。他似乎没有穿内裤。他疯狂地摸着鼻子和胸部,没有意识到裤裆处露出了一大片黑色阴毛。丹尼斯又呜咽了一声。

"这边走。"斯特莱克轻快地说。男子慢吞吞地穿过内门,短暂的休息之后,他身上的臭味更加浓烈了。

斯特莱克邀请男子坐下,他就坐在客户的椅子边上。

"你叫什么名字?"斯特莱克坐在桌子的另一边问道。

"比利。"男子说道,他的手已经连续三次从鼻子飞到胸口。第三次当他的手垂了下来,他用另一只手抓住了它,紧紧地握着。

"你看见一个孩子被勒死了吗,比利?"斯特莱克说。此时丹尼斯正在隔壁房间急促地说道:

"警察,快点!"

"她说什么?"比利问道。他紧张地瞥了一眼外面的办公室,一只手紧握着另一只手,试图抑制抽搐。

"没什么,"斯特莱克轻松地说道,"我有几个不同的案子。你跟我说说这个孩子吧。"

斯特莱克伸手去拿便签簿,动作缓慢而谨慎,仿佛比利是一只可能受到惊吓的野鸟。

"他被勒死了,在马上。"

丹尼斯正隔着薄薄的隔墙,对着电话大声说个不停。

"是什么时候的事?"斯特莱克问道,仍在写着。

"很久了……当时我还是个孩子。那是一个小女孩,但他们说那是一个小男孩。吉米在那儿,他说我没看到,但我看到了。我看见是他做的。掐死了,我看到了。"

"是在马上,对吗?"

"就在马上。但他们并没有把她埋在那里。他。就在山谷里,在我们爸爸家的旁边。我看到他们在做这件事,我可以带你去那个地方。她不让我挖,但她会让你挖的。"

"是吉米干的,对吗?"

"吉米没有勒死过任何人!"比利生气地说,"他和我一起看到的。他说没有发生,但他在撒谎,他当时在场。他吓坏了,你知道。"

"我明白了,"斯特莱克撒谎道,继续记着笔记,"好吧,如果我要去调查的话,我需要你的地址。"

斯特莱克还以为会遭到拒绝,但比利急切地伸手去拿递过来的信纸和钢笔。又一阵体味袭来。比利写了起来，但似乎又突然想到了更好的主意。

"不过，你不会来吉米家吧？他会揍我的。你不能来吉米家。"

"不，不，"斯特莱克安慰他说，"我只需要你的地址作为记录。"

丹尼斯刺耳的声音从门外传出来。

"我需要比那更快的人来，他非常不安！"

"她在说什么？"比利问道。

令斯特莱克懊恼的是，比利突然把最上面的那张纸撕下来，揉成一团，然后又开始用他握住那张纸的拳头触碰鼻子和胸口。

"别管丹尼斯，"斯特莱克说，"她正在和另一位客户打交道。我能给你拿杯饮料吗，比利？"

"有什么喝的？"

"喝茶还是咖啡？"

"为什么呢？"比利问道，这个提议似乎使他更加怀疑了，"你为什么非要让我喝东西呢？"

"如果你想喝的话就喝，不想喝就算了。"

"我不需要药！"

"我没有药给你。"斯特莱克说道。

"我没有精神病！他勒死了那孩子，他们把他埋了，就在我们爸爸房子旁边的小山谷里。它被裹在毯子里。粉红色的毯子。那不是我的错。我只是个孩子。我不想去那儿。我只是个小孩子。"

"你知道那是多少年前的事吗？"

"很久了……很多年了……我无法把它从我的脑袋里抹去，"比利说道，他瘦削的脸上眼睛在灼烧，握着纸的拳头上下拍打着，碰一下鼻子，碰一下胸口，"他们把她埋在一条粉红毯子里，就在我爸爸房子旁边的小山谷里。但事后他们说那是个男孩。"

"比利，你爸爸的房子在哪儿？"

"她现在不让我回去了。不过你可以去挖，你可以去。掐死了她，他们干的，"比利说，用鬼魂似的眼睛盯着斯特莱克，"但吉米说那是个男孩。被勒死了，就在……"

有人敲门。斯特莱克还没来得及告诉丹尼斯不要进来，她就把头探了进来，斯特莱克回来了以后，她勇敢多了，感觉自己非常重要。

"他们来了，"她说，脸上夸张的表情足以让没有比利那么神经兮兮的男人感到害怕，"现在就在路上。"

"谁来了？"比利问道，跳了起来，"谁在路上？"

丹尼斯猛地把头退出房间，关上了门。木门上发出了轻轻的撞击声，斯特莱克知道她正靠在门上，试图把比利关在里面。

"她只是在说我在等待的快递，"斯特莱克一边安抚比利，一边站了起来，"继续说说……"

"你做了什么？"比利大叫着，后退到门口，不断地摸着鼻子和胸口，"谁来了？"

"没有人要来。"斯特莱克说，但比利已经试图在把门推开了。面对阻力，他拼命撞门。丹尼斯被撞到一边，发出尖叫。斯特莱克还没来得及从桌子旁走出来，比利就冲出了外面的大门。他们听见他一次三下地跳下金属楼梯，斯特莱克愤怒不已，因为他知道自己没有希望抓住一个比他更年轻的、而且明显更为健康的人，于是转身跑回到办公室。他把窗框举起来，探出身子，正好看见比利跑到在街角处，一下子就无影无踪了。

"妈的！"

一个正走进对面吉他店的男人疑惑地环顾四周，想知道声音的来源。

斯特莱克缩回头来，对丹尼斯怒目而视，她正在他的办公室门口掸去身上的灰尘。难以置信的是，她看起来竟然对自己很满意。

"我试图把他关在里面。"她骄傲地说。

"是的，"斯特莱克说道，竭力克制住自己的情绪，"我看见了。"

"警察已经在路上了。"

"太棒了。"

"你想喝杯茶吗?"

"不要。"他咬牙切齿地说道。

"那我想我要去清洗一下卫生间,"她说,然后低声补充道,"我想他没有冲水。"

3

> 我独自作战，在绝对保密的情况下完成了那次战斗。
>
> ——亨利克·易卜生《罗斯莫庄》

走在陌生的德特福德街上，罗宾暂时变得轻松愉快起来。她在想自己上次有这种感觉是什么时候，应该是一年多前了吧。午后的阳光，五彩缤纷的店面，熙熙攘攘的喧闹声，让她精力充沛，精神振奋。她在庆祝自己再也不需要去维里埃信托诊所了。

她的治疗师对她要终止治疗感到很不快。

"我们推荐一门完整的课程。"她曾经说过。

"我知道，"罗宾回答道，"但是，嗯，很抱歉，我想这个治疗对我已经大有好处了。"治疗师的笑容有些冷淡。

"认知行为疗法（CBT）很棒，"罗宾说，"的确有助于缓解焦虑，我会坚持下去的……"

她深吸了一口气，两眼盯着那个女人的玛丽·简牌低跟鞋，然后强迫自己直视着她的眼睛。

"……但我觉得这部分没有帮助。"

接着又是一阵沉默。五个疗程后，罗宾已经习惯了这样的沉默。在正常的交谈中，长时间的停顿、只是看着对方、等着对方开口说话，会被认为是粗鲁的行为或是消极的挑衅，但她知道，在心理动力疗法中，这是标准做法。

罗宾的医生给她安排了国家健康保险的免费治疗的转诊，但候诊名单太长了，她决定支付治疗费用，马修没有开口支持。她知道，马修几乎忍不住要说，理想的解决办法就是放弃让她患上创伤后应激障碍（PTSD）的工作，在马修看来，考虑到她所面临的危险，这份工作的报酬太低了。

"你看，"罗宾继续讲述准备好的说辞，"我的生活和那些认为知道什么对我是最好的人之间是隔着墙的。"

"嗯，是的，"治疗师以一种罗宾觉得会被认为超越了诊所的墙壁的屈尊俯就的姿态说道，"我们已经讨论过……"

"而且……"

罗宾生性温和有礼。另一方面，治疗师一再敦促她在这间昏暗的小房间里说出赤裸裸的真相，房间的暗绿色的花盆里种着吊兰，低矮的松木桌子上放着一堆人体大小的纸巾。

"……说实话，"她说道，"你会觉得自己就是他们中的另类。"

又一次停顿。

"好了，"治疗师笑着说，"我是来帮你得出你自己的结论，关于……"

"是的，但你是通过……一直推动我。"罗宾说，"真是好斗。你挑战我所说的一切。"

罗宾闭上眼睛，一股巨大的倦意席卷而来。她的肌肉酸痛无比。她花了整整一个星期的时间组装扁平包装的家具，把一箱箱的书搬来搬去，还要把画挂在墙上。

"我从这里出去，"罗宾说，又睁开了眼睛，"感觉累坏了。我回家看到我丈夫，他也如此。他总是郁郁寡欢，沉默不语，在鸡毛蒜皮的事上都对我吹毛求疵。然后我给妈妈打电话，结果情况也差不多。唯一没有时刻盯着我不放的人就是……"

她突然停了下来，然后说道：

"是我的工作伙伴。"

"斯特莱克先生。"治疗师甜蜜地说道。

罗宾和治疗师一直争执不下的是，罗宾拒绝讨论自己与斯特莱克的关系，只是承认他不知道沙克尔韦尔开膛手案对她的影响有多大。她坚决表示，他们的私人关系与她目前的问题毫不相干。从那以后，治疗师在每次治疗中都会提起他来，但罗宾一直拒绝参与这个话题。

"是的，"罗宾说，"是他。"

"你自己承认，你还没有把全部忧虑告诉他。"

"好了，"无视最后一句话，罗宾说道，"我今天真的只是来告诉你我要走了。就像我说的，我发现认知行为疗法真的非常有用，我将继续保持这些练习。"

治疗师似乎对罗宾甚至不准备待满一个小时感到愤怒，但罗宾已经支付了整个疗程的费用，因此可以随意离开，给她的感觉像是一天中额外多出来了一个小时。罗宾觉得有理由不用着急回家继续整理行李，于是给自己买了个蛋筒冰淇淋，在新地区阳光普照的街道上闲逛，尽情享用。

她像一只蝴蝶一样追逐着自己的快乐，因为她害怕快乐会逃走。她来到了一条安静的街道上，强迫自己集中精力，欣赏这陌生的景色。毕竟，她很高兴离开了西伊林的老公寓，那里有太多不堪的回忆。在审判过程中，很明显，沙克尔韦尔开膛手跟踪和监视罗宾的时间远远超出了她的想象。警察甚至告诉罗宾，他们认为杀手曾在黑斯廷斯路附近游荡，潜伏在停着的车辆后面，离她家的前门只有几码远。

虽然罗宾不顾一切地想要搬家，但她和马修还是花了十一个月的时间才找到一个新的住处。主要的问题是马修决心要"在财产阶梯上再上一层楼"，因为他现在有了一份薪水更高的新工作，而且继承了已故母亲的一份遗产。罗宾的父母也表示愿意帮助他们，考虑到旧公寓让人联想到可怕的东西，但伦敦的房价实在太过昂贵。马修曾三次下过决心要买那些实际上远远超出他们价格范围的公寓，他们三次没有买到罗宾本可以告诉他、价格要比他们能提供的价格高出数千英镑的房子。

"太荒谬了!"他不停地说,"不值那个价!"

"只要人们打算付钱,不管是多少都是值得的。"罗宾说过。对于一个会计不懂得市场力量的运作感到沮丧,她已经准备好要搬到任何地方去,哪怕只有一个单间,以摆脱那个一直萦绕在她梦中的杀手的阴影。

就在她准备折回大路的时候,目光被一堵砖墙的洞口吸引住了,砖墙的两侧是门柱,门柱顶部是她所见过的最奇怪的尖顶装饰。

一对巨大的、摇摇欲坠的石头头盖骨矗立在门柱上雕刻的骨头上,门柱上方矗立着一座高大的方形塔。罗宾一边想着尖顶装饰本该是面朝家的方向的,一边走近去看那些空洞的黑色眼窝。在一些奇幻电影中,海盗宅邸的正面就装饰着空洞的黑色眼眶。透过洞口往里看,罗宾看见一座教堂和长满青苔的坟墓躺在鲜花盛开的空荡荡的玫瑰园里。

她边吃冰淇淋边逛圣尼古拉斯教堂,那是一所古老的红砖学校的奇特混合物,嫁接在粗糙的石塔上。最后,她坐到一张木制长椅上,椅子被太阳烤得很热,令人不舒服。伸展了一下她疼痛的后背,闻着温暖的玫瑰香味,然后意愿突然违背了她,让她想起了约克郡的酒店套房。大约在一年前,一束鲜红的玫瑰见证了她在婚宴舞池中抛弃马修的经历。

马修、他的父亲、他的苏姨妈、罗宾的父母和哥哥斯蒂芬都聚集在婚礼套房里,罗宾躲在里面逃避马修的愤怒。他们一个接一个冲进来时,她正在换婚纱,他们都想知道究竟发生了什么事。

随之而来的是一片嘈杂声。斯蒂芬首先明白了马修删除了斯特莱克的电话,开始对马修大喊大叫;杰弗里醉醺醺地要求弄清楚,既然斯特莱克没有回复,为什么允许他留下来吃晚饭;马修对他们大声嚷嚷,叫他们别插手,说这是他和罗宾之间的事;而苏姨妈一遍又一遍地说:"我从没见过新娘在跳第一支舞的时候就走出去的。

从来没有！我从没见过新娘在跳第一支舞就走了的。"

琳达终于明白了马修的所作所为，也开始责备他。杰弗里挺身而出，为儿子辩护，要求知道琳达为什么想让女儿回到一个让她被刺伤的男人身边。马丁也来了，他已经喝得酩酊大醉，给了马修一拳，没人能解释清楚理由。而罗宾则退到浴室里去，令人难以置信的是，她一整天都没吃东西，竟然还吐了。

五分钟后，罗宾不得不让马修进到卫生间，因为他的鼻子流血了，而他们的家人还在隔壁卧室相互叫嚣，马修用一堆卫生纸按住了鼻孔，他请求罗宾和他一起去马尔代夫，不是去度蜜月，不再是度蜜月了，而是私下里把事情处理好。"离开，"他沙哑地说道，指着吵闹之处，"离开这里，否则会有媒体报道的。"然后他又不满地补充道："为了开膛手的事，他们会追逐你的。"

他对血淋淋的厕纸冷眼旁观，对罗宾在舞池里羞辱他的行为大发雷霆，对马丁打他之事大光其火。他邀请罗宾登上飞机毫无浪漫之处。他提议召开一次峰会，给各自一次冷静讨论的机会。如果经过认真考虑，他们得出结论认为这桩婚姻是个错误，那么他们将在两周后回家，发表联合声明，然后分道扬镳。

那一刻，可怜的罗宾手臂在蠢蠢欲动，在斯特莱克的手臂围绕她时内心升起的感情极大地震撼着她。罗宾知道媒体现在试图找到她，她不必把马修看作盟友，但至少可以将他视作一个逃避的退路。想到登上飞机，离开好奇心、流言蜚语、愤怒、关心和不请自来的建议的海啸，知道只要她留在约克郡，这些东西就会把她吞没。于是，马修的提议非常具有吸引力。

因此，他们就一起离开了，在飞机上几乎没有说过话。马修在那么长的飞行时间里一直在想什么，她从来没有问过。她只知道，自己想的是斯特莱克，看着云朵从窗口飘过，她一遍又一遍地回忆着他们的拥抱。

我爱上他了吗？她反复问自己，但没有得出任何肯定的结论。

她对这个问题的思考持续了好几天，这是她无法向马修透露的内心折磨。他们在白色的海滩上散步，讨论着两人之间的紧张关系和怨恨。晚上马修睡在客厅的沙发上，罗宾睡在楼上挂着蚊帐的双人床上。他们有时会争吵，有时又陷入痛苦和愤怒的沉默。马修一直盯着罗宾的手机，想知道它在哪里，不停地拿起手机检查。她知道马修是在查看她老板的消息或电话。

更糟糕的是，根本没有来自斯特莱克的任何消息。显然，斯特莱克对和她谈话不感兴趣。楼梯上的拥抱，让她的思绪蹦蹦跳跳来来回回，就像小狗欢快地跑向刺鼻的灯柱，对斯特莱克而言，似乎远没有对她那么意义重大。

一夜又一夜，罗宾一个人在海滩上散步，听着大海深沉的呼吸，她受伤的手臂在橡胶护具下冒着汗，她把手机留在别墅里，这样马修就没有理由跟踪她，看看她是否在秘密地和斯特莱克通话。

可是到了第七天晚上，马修回到别墅，她决定给斯特莱克的办公室打电话。尽管她不肯承认，自己早就制定了这样的计划。酒吧里有固定电话，而她早已把办公室的电话号码背了下来。电话会被自动转到斯特莱克的手机上。至于电话接通后要说什么，她不知道，但她确信，如果听到斯特莱克的声音，她的真实感情就会一览无遗了。电话铃声在遥远的伦敦响起时，罗宾的嘴已经发干了。

有人接了电话，但是有好几秒钟都没有人说话。罗宾听到有动静，然后听到咯咯的笑声，最后终于有人说话了。

"喂？这是科米——沃米——"接听电话的女人放声大笑，罗宾听到某处传来斯特莱克的声音，半是高兴，半是恼火，当然还有熏天的醉意。

"给我！严肃点，给——"

罗宾砰的一声把听筒放回原位，脸上和胸口冒出了汗：她感到羞耻、愚蠢和耻辱。他和另一个女人在一起。从笑声可以听出他们无疑是亲密无比的。那个不知姓名的女孩一直在调戏他，接听他的手机，叫他（多么讨厌）"科米"。

她下定决心，如果斯特莱克问起她有关挂掉电话的事，她会坚决否认。她会咬紧牙关撒谎，假装不知道他在说什么……

电话里女人的声音像一记耳光重重地打在她身上。假如斯特莱克在他们拥抱不久后就带别的女人上床——而且她完全可以拿自己的性命来担保，不管那个女孩是谁，不是刚刚和斯特莱克睡过，就是马上要和他睡了——他并没有在伦敦枯坐着，为自己对罗宾·埃勒克特的真实感情而备受折磨。

嘴唇上的盐使她口渴不已，她拖着沉重的脚步穿过黑夜，在柔软的白色沙地上留下了深深的印迹，海浪在她身边不停地拍打。她终于哭出声来，问自己，有没有这种可能，她把感激和友谊与某种更深层次的东西混淆起来了？难道她是把对侦探工作的热爱误认为是对给她提供这份工作的雇主的爱了吗？她当然钦佩斯特莱克，而且非常喜欢他。他们一起经历了许多惊险时刻，所以她自然而然地感觉和他很亲近，但那就是爱吗？

独自一人在温暖的、蚊子嗡嗡作响的夜晚，海浪在岸边叹息，罗宾搂着疼痛的胳膊，沮丧地提醒自己，对于一个快要过二十八岁生日的女人来说，她与男人交往的经验少得可怜。马修是她所知道的一切，她唯一的性伴侣，一个十年来对她来说安全的地方。如果她对斯特莱克产生了迷恋——她用了母亲可能会用的老掉牙的词——这难道不是她这个年龄阶段大多数女性所具有的缺乏多样性和试验性的自然副作用吗？她对马修忠心已久，难道她不应该在某一天抬起头来，想起还有其他的生活，还有其他的选择吗？难道她不是早就注意到马修不是世界上唯一的男人吗？她对自己说，斯特莱克只不过是她与之待在一起时间最多的那个人，所以很自然而然，她把疑惑、好奇心和对马修的不满都投射到了他的身上。

正如她对自己所说的那样，她已经理智地分析了自己对斯特莱克的迷恋，于是在来度蜜月的第八天晚上，她做出了一个艰难的决定。她想早点回家，向家人宣布他们分开了。她必须告诉马修，这与任何人无关，是经过痛苦和认真的思考后才做出的决定，她认为他们不太合适继续这段婚姻。

她仍然记得自己推开房门，准备迎接一场从未发生过的战斗时，那种既惊慌又恐惧的感觉。马修瘫坐在沙发上，看到她时，含糊不清地叫道："妈妈？"

马修的脸上、胳膊上和腿上都闪耀着汗水。罗宾向他走去，看到他的左臂内侧有一条难看的黑色血管，好像有人用墨水灌满了它。

"马特？"

听到她的声音，马修才意识到她不是他死去的母亲。

"感觉……不舒服，罗布……"

她急忙冲向电话，给旅馆打了个电话请医生。医生到时，马修已经神志不清了。他们发现他的手背上有抓伤，担心地断定他可能得了蜂窝织炎。罗宾从忧心忡忡的医生和护士的脸上看得出来，情况十分严重。马修不时地看到一些人影在小屋阴暗的角落里移动，而那些人并不存在。

"那是谁？"他不停地问罗宾，"那边的那个人是谁？"

"这里没有别人，马特。"

此时，她正握着他的手，而护士和医生在讨论住院事宜。

"别离开我，罗布。"

"我不会离开你的。"她原本的意思是说，她现在哪儿也不去，而不是说她会永远待在他身边，可是马修已经哭了起来。

"哦，感谢上帝。我以为你要离开我了……我爱你，罗布。我知道我搞砸了，但我爱你……"

医生给马修服用了抗生素，然后去打电话。神志不清的马修紧紧抱住妻子，感谢她。有时，他会再次陷入这样一种状态：他觉得自己又看到房间空荡荡的角落里有些影子在移动，他又两次嘀咕着死去的母亲。在那个漆黑如墨的热带夜晚，罗宾独自听着翼状昆虫撞击着窗户上的纱窗，时而安慰，时而注视着这个她从十七岁就爱上的男人。

马修得的不是蜂窝织炎。在接下来的二十四小时里，感染对抗生素产生了反应。马修从突如其来的急性病中恢复过来后，不时地以罗宾从未见过的虚弱和脆弱神情注视着她。罗宾知道，马修是害怕她留下的这一许诺只是暂时的。

"我们不能把它全扔掉，对吗？"他在床上沙哑地问她，医生坚持要他躺在床上，"这么多年了？"

她和他谈论那些美好的时光，那些共同度过的时光，她提醒自己那个咯咯笑着叫斯特莱克为"科米"的女孩。她想象着回家后要求解除婚姻关系，因为这段婚姻并非完美无缺。想起了父母在她憎恨的婚礼那天所花费的钱。

蜜蜂在她周围墓地玫瑰丛里嗡嗡作响，罗宾千百次地问自己，如果马修没有在珊瑚上划伤自己，那么她现在会在哪里。她现在已经终止的治疗中，大部分时间都充满了需要谈论的问题，自从她同意保持婚姻关系以来，这些问题一直困扰着她。

在随后的几个月里，特别是当她和马修相处得相当不错的时候，她觉得给这桩婚姻一个公平的审判是对的，但她从来没有忘记从审判的角度来考虑这件事，这本身有时就使她在夜里无法入睡，她责备自己，因为马修康复后，她的懦弱并没有把自己解救出来。

她从来没有向斯特莱克解释过究竟发生了什么事，为什么她会同意设法维持这段婚姻。也许，这就是他们的友谊变得如此冷淡和疏远的原因。度完蜜月回来后，她发现斯特莱克对她的态度产生了变化——也许，她承认，她对他的态度也产生了变化，因为她从马尔代夫酒吧给他打电话时听到的声音，让她彻底绝望了。

"那么，你是要坚持到底了，对吗？"他瞥了一眼她的无名指上的戒指，粗鲁地问道。

他的语气激怒了她，因为事实上，他从来没有问过她为什么要这样做。从那以后他就再也没有问过她的家庭生活，甚至没有暗示过，他还记得在楼梯上的拥抱。

不管斯特莱克是否以这种方式安排了工作，自从沙克尔韦尔开膛手事件之后，他们就再也没有一起办案。罗宾模仿她的资深搭档，退回到了冷静的专业态度。

但有时她又害怕斯特莱克不再像从前那样重视她了,因为她已经证明了自己是如此的守旧和懦弱。几个月前,在一次尴尬的谈话中,他建议她休假,问她是否觉得已经完全从刀袭事件中恢复过来了。罗宾认为这是对她勇气的一种蔑视,担心自己会再次被边缘化,失去她目前的生活中唯一感到满足的一部分,她坚持说自己已经完全康复,并加倍努力地专注于工作。

包里设为无声的手机发出了震动。罗宾把手伸进去,看看是谁打来电话。是斯特莱克打来的。她还注意到他早些时候给她打过电话,当时她正在愉快地告别维里埃信托诊所。

"嗨,"她说,"我先前没有接到你的电话,对不起。"

"没事,还好吗?"

"很好。"她说。

"我只是想让你知道,我已经雇了一个新的分包商,名字叫山姆·巴克利。"

"太好了,"罗宾说,看着一只苍蝇在一朵丰润的粉红玫瑰上闪闪发光,"他是什么背景?"

"军队。"斯特莱克说。

"军事警察吗?"

"呃……不完全是。"

他在给罗宾讲述山姆·巴克利的故事时,罗宾发现自己笑了。

"这么说,你雇用了一个吸大麻的油漆工和装潢工?"

"电子烟,大麻电子烟,"斯特莱克纠正她,罗宾听得出他也在笑,"他正在努力保持健康,为了新生儿。"

"嗯,他听上去……很有趣。"

她等待着,但斯特莱克没有说话。

"那么,星期六晚上见。"她说。

罗宾本来觉得没必要邀请斯特莱克参加她和马修的暖屋派对,可是她已经邀请了他们最正规、最可靠的分包商安迪·哈钦斯,觉得不邀请斯特莱克参加派对会有些奇怪。她很惊讶斯特莱克接受了邀请。

"好的，到时候见吧。"

"罗蕾莱会来吗？"罗宾问，想尽量显得随意些，但不确定是否成功了。

回到伦敦市中心后，斯特莱克觉得他在这个问题中发现了一个讽刺的音符，仿佛是在挑战他，要他承认他的女朋友有一个可笑的绰号。有一次，他差点就此事拉住她，想问她"罗蕾莱"这个名字有什么问题，想要和她争论一番，但这是一个危险的领域。

"是的，她会来的。是邀请两个人的……"

"是的，当然是，"罗宾急忙说道，"好吧，再见……"

"等一下。"斯特莱克说。

他一个人在办公室，因为他早早地把丹尼斯赶回家了。临时工并不想离开，毕竟她是按小时计酬，滔滔不绝地说个不停。斯特莱克向她保证，只要她收拾好所有的东西，他就会付她一天的工钱。

"今天下午发生了一件趣事。"斯特莱克说。

罗宾聚精会神地听着斯特莱克生动地描述了比利的短暂拜访，没有打断他。到最后，她忘了曾担心斯特莱克的冷漠。事实上，他现在听起来就像一年前一模一样。

"他肯定是精神有问题，"斯特莱克说，眼睛望着窗外晴朗的天空，"可能是精神病。"

"是的，不过……"

"我知道。"斯特莱克说。他拿起便笺簿，比利撕掉了已经写了一半的地址，心不在焉地用另一只手摆弄着。"他是不是精神有问题，所以认为自己看到了一个孩子被勒死？还是说虽然他精神有问题，但是他的确看到了一个孩子被勒死？"

两人都沉默了一会儿，在这段时间里，他们都在脑海里把比利的故事过了一遍，知道对方也在做同样的事情。这短暂的、友好的沉思突然结束了，因为有一只可卡犬，罗宾没有注意到它在玫瑰丛中嗅来嗅去，毫无预兆地把它冰冷的鼻子放在她裸露的膝盖上，吓得她尖叫起来。

"怎么回事？"

"没事——是一条狗……"

"你在哪儿？"

"在墓地。"

"什么？为什么在那儿？"

"只是在探索这个地区，我最好还是走吧。"她说着站了起来。

"家里还有一个组合家具在等着我呢。"

"你说得对，"斯特莱克说，恢复了他一贯的活泼，"周六见。"

"我很抱歉，"当罗宾把手机放回包里时，那只可卡犬年迈的主人说道，"你怕狗吗？"

"一点也不怕，"罗宾笑着说道，拍了拍可卡犬柔软的金色脑袋，"它让我吃了一惊，仅此而已。"

穿过那些巨大的头骨朝新家走去时，罗宾想起了比利，斯特莱克描述得如此栩栩如生，以至于觉得自己好像也见过他了。

她沉浸在自己的思绪之中，整整一个星期以来，第一次在经过白天鹅酒吧时忘记抬头看一眼。在街道的高处，在大楼的拐角处，雕刻着一只天鹅，每当罗宾经过看到它时，就会想起自己那悲惨的婚礼。

4

那么，你打算在城里做什么呢？

——亨利克·易卜生《罗斯莫庄》

在六英里半之外，斯特莱克把手机放在桌上，点燃了一支香烟。比利逃走后，他忍受了半个小时的采访折磨，罗宾对他的故事兴趣浓厚，这让他很是宽慰。接到丹尼斯电话的两名警察似乎很高兴有机会让著名的科莫兰·斯特莱克承认他的错误，慢悠悠地确定，他既没有问出可能是精神失常的比利的全名，也没有问出他的地址来。

午后的阳光斜射在他书桌上的笔记本上，笔记本表面露出微弱的凹痕。斯特莱克把香烟扔进了他很久以前从一家德国酒吧偷来的烟灰缸里，拿起记事本，左右倾斜，试图分辨出这些印象组成的字母字样，然后伸手拿了一支铅笔，在上面轻轻地描了一下。很快，凌乱的大写字母就显露出来，清晰地拼出了"查理蒙特路"的字样。比利写下房子或公寓名时比写街道名要轻一些。因此，其中一个模糊的凹痕看起来要么是5，要么是不完整的8，但是间距暗示着不止一个数字，也许是一个字母。

斯特莱克有一种不可救药的癖好——喜欢刨根问底，这使他和别人一样感到不便。尽管他又饿又累，而且已经打发走了临时工，他完全可以把办公室关起来，但他还是把那张写有街道地址的纸张撕了下来，走进外面的房间，打开了电脑。

英国有好几条查理蒙特路，不过，比利不太可能去很远的地方，斯特莱克猜想那应该就是东汉姆的那条路。网上的记录显示，有两个叫威廉姆斯的人住在那里，但两个人都超过了六十岁。想起比利曾经害怕斯特莱克会出现在"吉米的住处"，他搜索了一下吉米和詹姆斯，找到了四十九岁的詹姆斯·法拉迪的详细资料。

斯特莱克在比利潦草的字迹下面记下了法拉迪的地址，尽管他一点也不相信法拉迪就是他要找的人。一方面，他家的门牌号上没有5或8；另一方面，比利的极度不整洁表明，和他住在一起的人必须对他的个人卫生采取相当宽容的态度。而法拉迪是和妻子住在一起，似乎还有两个女儿。

斯特莱克关掉了电脑，但仍然心不在焉地盯着黑暗的屏幕，想着比利的故事。粉色毯子的细节一直困扰着他。对于患有精神错乱的妄想者来说，这似乎是一个太过具体而乏味的细节。

想到需要为一份有报酬的工作早起，斯特莱克振作了起来。离开办公室之前，他把那张写着比利笔迹和法拉迪地址的纸条塞进了钱包。

伦敦是英国女王登基六十周年庆典的中心，现在正准备主办奥运会。英国国旗和2012年伦敦奥运会的会徽随处可见——标语、横幅、彩旗、钥匙环、杯子和雨伞上都印着它们，而奥运商品几乎塞满了每个商店的橱窗。在斯特莱克看来，这个会徽就像随意扔在一起的荧光玻璃碎片，他对官方的吉祥物也同样不感兴趣，在他看来，官方吉祥物就像一对独眼白齿。

人们对首都产生了既兴奋又紧张的情绪，毫无疑问，这是源于英国人担心这个国家会出洋相的长期的恐惧。无法获得奥运门票的抱怨成为一个主要的话题，未买到票的人们谴责门票紧张，主张组委会应该给每个人公平和平等的机会到现场观看比赛。斯特莱克本想去看拳击比赛，却没能买到票。他的老同学尼克邀请他去看马术比赛，斯特莱克大声地对他进行了嘲笑，而尼克的妻子伊尔莎却欣喜若狂地接受了邀请。

哈利街并没有受到奥运热的影响，斯特莱克计划要在周五对那里的一名整容外科医生进行监控。维多利亚时代的宏伟门面向世界展示了他们一贯的冷酷面孔，没有被花哨的标志或旗帜所玷污。

斯特莱克穿着他适合这份工作的最好的意大利西装，在对面一栋大楼的门口找了个位置，假装在用手机聊天，实际上他是在监视两位合伙人昂贵的咨询室的入口，其中一位是斯特莱克的客户。

"滑头医生"，这是斯特莱克给他的猎物起的外号，正慢慢地实践他的名字。可能是被不道德的合伙人吓到了，他的客户意识到滑头最近做了两次隆胸手术，而这些手术并没有记录在公司的账本上后，于是跟他对质。考虑到最坏的情况，这位年老的合伙人前来向特斯莱克寻求帮助。

"他的辩解站不住脚，漏洞百出，他是，"白发苍苍的外科医生说，嘴唇僵直，但充满了不祥的预感，"他一直是个……呃……玩弄女性的花花公子。在与他正面交涉之前，我查阅了他的互联网历史，发现了一个网站，年轻女性可以通过这个网站为自己的整容手术募集现金，用自己露骨的照片来换取。我担心……我几乎不知道……但也可能是他和这些女人达成了一个协议，就是不用……货币。他要求其中两名较为年轻的女性拨打一个我不熟悉的电话号码，由此显示，作为'独家安排'的回报，手术可能是免费的。"

到目前为止，斯特莱克还没有看到滑头医生在正常工作时间之外见过任何女人。周一和周五，他待在哈利街的咨询室里，中间几天则待在自己经营的私人医院里。每当斯特莱克尾随着他离开工作地点时，他都只是走几步路去买巧克力，他似乎对巧克力上瘾。每天晚上，斯特莱克开着他那辆蓝色的旧宝马车尾随他，都会看到滑头医生开着自己的宾利车，回到住在格拉茨克洛斯的妻子和孩子们身边。

今晚，两位外科医生都将和妻子一起参加皇家外科医学院的晚宴，所以斯特莱克把他的宝马留在了昂贵的车库里。时间过得单调乏味，斯特莱克靠在栏杆上、停车表和门道上，每隔一段时间就转换一下义肢上的重量。源源不断的客户按下了滑头医生的门铃，一个接一个地进去了。全都是女性，大多数都很时尚，打扮得体。五点钟时，斯特莱克胸前口袋里的手机震动了一下，他看到了客户发来的一条短信：

可以安全下班了，准备和他一起去多切斯特。

斯特莱克倔强地在附近徘徊，大约十五分钟后，他看着两个合伙人离开大楼。他的委托人身材高大，头发花白；而滑头很时尚，光滑的橄榄色皮肤，闪闪发光的黑色头发，穿着三件套西装。斯特莱克看着他们上了一辆出租车离开，然后打了个呵欠，伸了个懒腰，盘算着回家，可能还要带个外卖。

可是几乎违心地，他掏出了钱包，展开了那张皱巴巴的纸，上面是他努力复原的比利写下的街名。

一整天，他都在想，如果滑头医生早点下班，他也许会去查理蒙特路找比利，但他感觉太累了，腿也很疼。如果罗蕾莱知道他晚上休息，就会去见她。另一方面，他们已经打算明天晚上一起去罗宾家参加暖屋派对，要是他今晚就待在罗蕾莱家里，明天聚会之后就很难脱身了。即使有机会，他也从来没有连续两个晚上待在罗蕾莱的公寓里。他希望罗蕾莱能根据他的时间来限制他去她公寓的权利。

他抬头望着六月晴朗的天空，叹了口气，似乎希望天气能够阻止他。可是那天晚上天朗气清，侦探社的工作十分繁忙，他不知道下次什么时候才能有几个小时的空闲时间。假如他想去查理蒙特路，那今晚就得去。

5

　　我完全能理解你对公众集会的恐惧……害怕经常参加集会的乌合之众。

——亨利克·易卜生《罗斯莫庄》

　　斯特莱克的行程正好赶上交通高峰期，从哈利街到东汉姆花了他一个多小时。找到查理蒙特路的时候，他的残肢已经疼痛难忍。看到长长的住宅区街道，他简直后悔不迭，没有简单地把比利当作精神病患者来处理。

　　这些梯田式的房屋外观参差不一：有些是光秃秃的砖房，有些是粉刷过的，还有一些是鹅卵石砌成的。窗户上挂着英国国旗，那是奥运狂热的进一步证据或是英国王室登基六十周年纪念的遗迹。房屋前面的小块土地依据人们的喜好被改造成小型花园或垃圾堆。半路上放着一张脏兮兮的旧床垫，谁想要谁就拿去。

　　第一眼看到詹姆斯·法拉迪的住宅，并没有让斯特莱克产生已经走到旅程终点的希望，因为这是街道上维护得最好的住宅之一。前门周围加装了一个彩色玻璃的小门廊，每扇窗户上都挂着褶裥窗帘，黄铜信箱在阳光下闪闪发光。斯特莱克按下了塑料门铃，等待着。

　　过了一会儿，一个愁眉苦脸的女人打开了门，放出一只银斑猫，它一直盘踞在门后,似乎在等待只要一有机会就逃跑。女人穿着印有"爱是……"字样的卡通围裙,映衬着愤怒的表情,有点尴尬。一股浓烈的烤肉味从屋里飘了出来。

"嗨,"斯特莱克说道,闻到烤肉的香味垂涎欲滴,"不知道你能不能帮帮我,我在找比利。"

"你找错地址了,这儿没有叫比利的。"

她想把门关上。

"他说他是和吉米住在一起的。"斯特莱克说,往前走了一点。

"这儿也没有叫吉米的。"

"对不起,我以为有个叫詹姆斯……"

"没有人叫他吉米,你找错房子了。"

她随即关上了门。

斯特莱克和银斑猫对视着,猫高傲地坐在垫子上,开始以一种无视斯特莱克的神气梳理自己。

斯特莱克回到人行道上,点燃了一支香烟,在街上来回张望。据他估计,查理蒙特路上有两百所房子。敲开每家每户的门需要多长时间?不幸的是,要比一整夜还长,而且,比他可能很快就有的时间还长。他继续往前走,感到十分沮丧,脚也越来越痛。他从窗口往里张望,仔细打量过路人——想看看是否有像他昨天遇到的那名男子。有两次,他问进出家门的人是否认识"吉米和比利",他说把他们的地址弄丢了,但那些人都回答说不认识。

斯特莱克步履蹒跚地向前走,尽量不一瘸一拐。

最后,他来到了一片已被买下来要改建成公寓的房子前。两扇前门并排地挤在一起,前面的地块已经浇上了混凝土。

斯特莱克慢了下来,一张撕破了的A4纸被钉在一扇最破旧的门上,上面的白色油漆正在剥落。一种微弱而又熟悉的兴趣刺痛感把斯特莱特吸引到门口,他永远不会以冠之以"预感"而为荣。

潦草的留言内容如下:

7:30的会议从酒吧转移到维卡拉奇巷的威尔社区中心,街道尽头左转

吉米·奈特

斯特莱克用手指撩起那张纸,看到一个以5结尾的房号,放下纸来,走到积满灰尘的窗户往里探看。

一张旧床单被钉起来挡住阳光,但有一个角掉了下来。斯特莱克很高,可以眯起眼睛透过玻璃的裸露部分看到一部分空房间,里面有一张敞开的沙发床,床上有一床染色的羽绒被,角落里有一堆衣服,纸板箱上放着一台便携式电视。地毯被一大堆空啤酒罐和满溢的烟灰缸遮住了。这看起来有点希望。他回到油漆剥落的前门,举起一只大拳头敲了敲门。

没有人回答,也没有听到里面有任何动静。

斯特莱克又看了看门上的那张字条,然后就出发了。左转进入维卡拉奇巷,他看到社区中心就在他的正前方。"水井"二字在闪闪发光的有机玻璃中显现出来。

玻璃门外面站着一位老人,戴着一顶毛式帽子,留着稀疏的灰白胡须,手里拿着一叠传单。斯特莱克走近时,这个T恤上印着切·格瓦拉褪色面孔的男人斜眼看着他。斯特莱克的意大利西装虽然没有系领带,却发出了不合时宜的正式信号。当社区中心显然是斯特莱克的目的地时,散发传单者侧身挡住了入口。

"我知道我迟到了,"斯特莱克假装生气地说道,"但我刚刚才发现该死的场地变了。"

他的自信和身材似乎都使那个戴着毛式帽子的人感到不安,尽管如此,他似乎觉得立即向一个西装革履的人投降不值得。

"你代表谁?"

斯特莱克已经迅速看清了另一个拿传单的人的胸前字母大写的词语:异议——抗命——分裂,以及(相当不协调的)分配。还有一幅粗糙的漫画,画的是五个肥胖的商人抽着雪茄,组成奥运五环。

"我爸爸，"斯特莱克说，"他担心他们会在他的那份上浇筑混凝土。"

"噢。"长胡子的男人说道，闪到一边。斯特莱克从他手里抽出一张传单，走进了社区中心。

除了一个西印度裔的灰头发女人外，没看见其他人。女人正从一扇开了一英寸的内门往里张望。斯特莱克刚刚听到远处房间里有个女性的声音。很难听清她在说什么，但她抑扬顿挫的声调像是在长篇大论。那个女人意识到有人站在后面，就转过身来。斯特莱克的西服似乎对她产生了与对门口那个留着胡子的男人相反的影响。

"你是从奥运会来的吗？"她低声说道。

"不是，"斯特莱克说道，"只是感兴趣而已。"

她轻轻地把门打开让他进去。

大约有四十个人坐在塑料椅子上。斯特莱克找了一个最近的空位坐下，扫视着他前面的后脑勺，想找到比利那乱蓬蓬的齐肩长发。

前面摆放了一张供发言者使用的桌子。一位年轻的女孩正在演讲，在桌子前踱来踱去。她的头发染成像斯特莱克难以忘怀的一夜情对象可可那样的鲜红色。她说着一串串未完成的句子，偶尔在从句中迷失了自己，忘了去掉"h"音。斯特莱克感觉她已经谈了很长时间。

"……想想到这里的擅自占地者和艺术家——因为这是一个合适的社区，对吧，然后等他们就像剪贴画一样来到这里，如果你知道什么对你有好处，然后离开，结束这暴虐的法律，这是特洛伊的木马——这是一个协调一致的运动，就像……"

一半的观众看起来像学生。在年纪较大的成员中，斯特莱克看到被他视为坚定的抗议者的男男女女，有些人穿着印有左翼口号的T恤，如同他们站在门口的那个朋友。他不时地看到一些不太可能出现的人物，猜想这些人都是社区中对伦敦东部奥运会的到来不抱好感的普通成员：也许是蹲踞型的行为艺术；还有一对正在窃窃私语的老夫妇，斯特莱克想他们可能是真的担心自己的配额。斯特莱克看着他们恢复了与坐在教堂里的人们相称的温顺忍耐的态度，猜想他们已经同意，如果不引起太多的注意，他们是不可能轻易离开的。一个满身无政府主义文身的男孩正在剔牙，动静不小。

在说话的女孩后面坐着另外三个人：一个年长的女人和两个男人，他们在小声交谈。其中一个男人至少有六十岁，胸部发达，下巴尖尖，带着一副好斗的神气，就像在纠察线上战斗过，并成功地与顽固不化的管理部门摊牌。另一个男人深沉的黑眼睛里有些东西使斯特莱克扫视了一下手里的传单，想证实一下眼前的怀疑。

抵抗奥林匹克运动社区（简称 CORE）
2012 年 6 月 15 日
下午 7:30 东汉姆 66 白马酒吧
演讲者：
莉莲·斯威廷——伦敦东部荒野保护
沃尔特·弗雷特——工人联盟 / CORE 活动家
弗利克·普渡——反贫困活动家 / CORE 活动家
吉米·奈特——真正的社会党 / CORE 组织者

尽管他留着浓密的胡茬，看上去邋邋遢遢的，但那个眼窝凹陷的人远远没有比利肮脏，他的头发肯定是在最近几个月里修剪过了。他看上去三十五岁左右，虽然他的脸更方正，肌肉也更发达，但他的黑发和苍白的皮肤与斯特莱克的访客一样。根据现有的证据，斯特莱克会押很大赌注：吉米·奈特是比利的哥哥。

吉米结束了与工人联盟同事的轻声低语后，向后靠在座位上，双臂交叠，一副心不在焉的表情，表明他没有在听这位年轻女士说话，和其他越来越焦躁不安的听众一样。斯特莱克这时意识到，坐在他前面一排有一个不起眼的男人正在观察他。斯特莱克遇到那人淡蓝色的目光时，他急忙把注意力转向仍在说话的弗利克。观察到这位蓝眼睛男子干净的牛仔裤、朴素的 T 恤和整洁的短头发，斯特莱克认为如果那名男子早上没有刮胡子的话,效果会更好。但也许,对于像这样一个摇摇欲坠的组织,伦敦警察厅认为不值得派出最好的人选。当然,便衣警察的出现是意料之中的事。就当前而言,任何计划扰乱或抵制奥运会安排的组织都可能受到监视。

在离便衣警察不远的地方坐着一个穿衬衫的亚洲青年,看起来很职业化。他又高又瘦,一边目不转睛地看着演讲者,一边咬着左手的指甲。发现斯特莱克在观察他,那人动了一下,把手指从嘴里拿出来,他把手指咬出血了。

"很好,"一个男人大声说道,听众听出是个权威的声音,便坐直了一些,"非常感谢,弗利克。"

吉米·奈特站起来,带头为弗利克鼓掌,掌声并不热烈。弗利克绕过桌子走了回来,坐在两个男人之间的空椅子上。

吉米·奈特穿着破旧的牛仔裤和没熨过的T恤,让斯特莱克想起了他过世的母亲的情人。他可能是尘垢乐队的贝斯手,也可能是长相英俊的罗迪乐队的贝斯手,他的手臂肌肉发达,身上有文身。斯特莱克注意到,那个不起眼的蓝眼睛男人的脊背绷得紧紧的。他一直在等待着吉米。

"大家晚上好,非常感谢你们的光临。"

他的个性就像一首热门歌曲的第一节那样充满了整个房间。从吉米的几句话里,斯特莱克就知道,他是那种在部队里要么是出类拔萃的人,要么就是个不服从命令的混蛋。吉米的口音,和弗利克的口音一样,透露出不确定的出处。斯特莱克认为,伦敦佬可能被嫁接到了一个微弱的乡村毛刺身上,而他做得更为成功。

"所以说,奥运会的脱粒机驶进了伦敦东部!"

他灼热的眼睛扫视着刚开始集中精力的人群。

"把房屋夷为平地,撞死骑自行车的人,挖起属于我们所有人的土地,或是做着诸如此类的事。

"你们已经从莉莲那里听到他们对动物和昆虫栖息地的所作所为。我在这里是想谈谈对人类社区的侵犯问题。他们在我们的土地上浇筑混凝土，是为了什么呢？他们是在建设我们需要的社会住房还是医院呢？当然不是！不是的，我们正在建设耗资数十亿英镑的体育场，为了宣传资本主义制度，女士们，先生们。我们被要求颂扬精英主义，而在障碍之外，普通民众的自由正受到侵犯、侵蚀和剥夺。

"他们告诉我们，我们应该庆祝奥运会，所有光鲜亮丽的新闻发布都被右翼媒体消化和反哺。崇拜国旗，煽动中产阶级狂热的沙文主义！来崇拜我们光荣的奖牌得主吧——这是一枚闪闪发光的金牌，是那些用别人的一大壶尿来遮掩一大笔贿赂的人！"

大家低声表示同意。有几个人鼓掌。

"我们应该为公立学校的男孩女孩可以参加体育锻炼而感到兴奋，而我们其他人的运动场却被卖掉以换取现金！溜须拍马就是我们国家的奥林匹克运动！我们把那些在他们身上投资了数百万英镑的能骑自行车的人奉为神明，他们把自己当作遮羞布卖给那些排队在栅栏上签名的掠夺地球、逃税的混蛋——那些栅栏正把劳动人民拒之门外！"

响起的掌声既是为了他的表演，也是为了他的言语。斯特莱克身边的那对老夫妇和那个亚洲人没有鼓掌，吉米略带凶狠但英俊的脸上洋溢着正义的愤怒。

"看到这个了吗？"他一边说，一边从身后的桌子上扫过一张写着"2012"的纸，这张纸上的字参差不齐，斯特莱克非常不喜欢。"欢迎来到奥运会，我的朋友们，法西斯的遗梦。看到标志了吗？你们看到了吗？这是一个破损的纳粹党的卐字记号！"

人群大笑起来，响起了更多的掌声，掩盖了斯特莱克肚子发出的轰隆声。他不知道附近是否有外卖。他甚至还在盘算是否有时间离开，去买些吃的回来。此时，他先前看见的那个白发苍苍的西印度群岛女人打开了大厅大门，把门撑开。她的表情清楚地表明，CORE 现在已经不受欢迎了。

然而，吉米仍然精力充沛、滔滔不绝。

"这种所谓的对奥林匹克精神、公平竞争和业余主义的庆祝,正在使压迫和专制正常化!醒醒吧:伦敦正在被军事化!几个世纪以来,英国一直在磨炼殖民和侵略战术。如今,这个国家抓住奥运会这个绝佳的借口,向普通民众部署警察、军队、直升机和枪支!一千台额外的闭路电视摄像头——匆匆通过的额外法律——你认为当资本主义的狂欢继续时,它们会被废除吗?"

"加入我们吧!"吉米喊道,此时社区中心的工作人员沿着墙慢慢地向大厅前面走去,紧张而坚定。"CORE是一场更广泛的全球正义运动的一部分,以反抗未来应对镇压!我们正在与首都所有的左派反压迫运动共同奋斗!我们将举行合法的示威游行,使用一切和平抗议的手段,这个正迅速成为被占领的城市仍然允许我们所使用的手段。"

随后响起了更多的掌声,而斯特莱克旁边的那对老夫妇看上去十分痛苦。

"好了,好了,我知道。"吉米对社区中心的工作人员补充道,这时工作人员已经走到观众面前,胆怯地做着手势。"他们想让我们出去,"吉米摇摇头笑着对人群说,"他们当然会这么做,当然如此。"

有几个人对社区中心的工作人员发出嘘声。

"想要听到更多的话,"吉米说,"就和我们去路那头的酒吧。传单上有地址!"

大多数人都鼓掌了。便衣警察站了起来。那对老夫妇已经朝门口跑去了。

6

> 我……我被告知人们认为我是一个邪恶的狂热分子。
>
> ——亨利克·易卜生《罗斯莫庄》

椅子嘎吱作响，包包挎到肩上。大部分观众开始朝后面的门走去，但有些人似乎不愿意离开。斯特莱克朝吉米走了几步，希望能和他谈谈，但那个年轻的亚洲人超过了他，年轻人正带着一种紧张而坚定的神情，急切地朝这位活动人士走去。吉米和工人联盟的沃尔特又说了几句话，然后注意到新来的人，便向沃尔特道别，并带着善意向前走去，与他显然认为是皈依者的人交谈。

然而，那个亚洲人一开口说话，吉米的表情就变得阴沉起来。他们在很快变得空旷的房间中央低声交谈，弗利克和一群年轻人在旁边闲逛等着吉米。他们似乎认为自己不是从事体力劳动的。社区中心的工作人员独自清理着椅子。

"让我来吧。"斯特莱克主动提出，从她手里拿过三把椅子，不顾膝盖上的剧痛，把它们抬到高高的一堆椅子上面。

"非常感谢，"她气喘吁吁地说道，"我认为我们不会让这伙人……"

她给沃尔特和其他几个人让路，让他们经过，然后才继续说下去。没有一个人对她表示感谢。

"再用一下中心的，"她愤愤不平地说，"我不知道他们是怎么回事。他们的传单是关于文明抵制的，我不知道其他还有什么。"

"你是支持奥运的，对吗？"斯特莱克问道，一边把一把椅子放到一堆椅子上面。

"我孙女参加了一个跑步俱乐部，"她说，"我们有票，她已经急不可待。"

吉米还在和那个年轻亚洲人说话。两人之间似乎发生了小小的争执。吉米似乎很紧张，他的眼睛不停地在房间里转来转去，不是在伺机逃跑，就是在查看有没有人偷听。大厅里的人快要走光了，两人开始向出口走去。斯特莱克竖起耳朵，想听听他们在说什么，但只能听得到寥寥数语，其他的都被吉米的随从们在木地板上发出的沉重脚步声淹没了。

"……好多年了，伙计，对吗？"吉米生气地说，"所以你他妈的想做什么就做什么，是你自愿的……"

他们走远了。斯特莱克帮助社区中心的志愿者把最后一把椅子摞好，在她关灯的时候，问她去白马酒吧怎么走。

五分钟后，尽管斯特莱克最近下定决心要吃得更为健康，但还是在一家外卖店里买了一袋薯片，然后沿着白马路继续往前走，他被告知会在路的尽头找到同名酒吧。

斯特莱克一边吃薯片一边思考着去和吉米·奈特交谈的最佳方式。门口切·格瓦拉的那位老粉丝的反应表明，斯特莱克目前的着装无法培养反资本主义抗议者的信任。吉米有一副经验丰富的强硬左派积极分子的神气，在奥运会开幕前高度紧张的气氛中，他可能预料到了官方会对他的活动感兴趣。事实的确如此，斯特莱克能看见那个相貌平平、蓝眼睛的男人，双手插在牛仔裤口袋里，跟在吉米后面。斯特莱克的首要任务就是要让吉米放心，他不是来调查CORE的。

白马酒吧原来是一座丑陋的预制建筑，坐落在一个繁忙的路口，面对着一个大公园。一座白色的战争纪念碑的底座上整齐地排列着罂粟花圈，就像对对面的外部饮酒区域的一种永恒的谴责，那里的旧烟头厚厚地躺在布满杂草的裂开的混凝土上。喝酒的人们在酒吧前转来转去，都在抽烟。斯特莱克看到吉米、弗利克和其他几个人站在一扇装饰着巨大的西汉姆旗帜的窗户前。没看见那个高个子的年轻亚洲人，但便衣警察独自在他们小组的外围徘徊。

斯特莱克进去拿了一品脱酒。酒吧的内饰主要是圣乔治十字旗和更多西汉姆联队的装备。斯特莱克买了一品脱约翰·史密斯酒后，回到前院，点上一支香烟，朝围着吉米的那群人走去。在他们觉察到这个穿西装的大个子陌生人想从他们这里得到点什么之前，吉米一直搂着弗利克的肩膀。谈话戛然而止，每个人脸上都露出了怀疑的神色。

"嗨，"斯特莱克说，"我叫科莫兰·斯特莱克。吉米，能和你说句话吗？是有关比利的。"

"比利？"吉米厉声重复道，"为什么？"

"我昨天见过他。我是个私家侦探——"

"奇斯韦尔派他来的！"弗利克转过身来，惊恐地对吉米说。

"过来！"他咆哮着。

当其他的人带着好奇和敌意打量着斯特莱克时，吉米示意斯特莱克跟着他走到人群外面。令斯特莱克吃惊的是，弗利克紧紧跟随着他们。当这位激进分子经过时，留着寸头发型、戴着西汉姆联队帽子的男人们向他点头致意。吉米在两个陈旧的白色护柱旁停了下来，护柱顶上有马头，确认没有人能听见他们的谈话后，他对斯特莱克说道：

"你刚才说你叫什么来着？"

"科莫兰，科莫兰·斯特莱克。比利是你哥哥吗？"

"是我的弟弟，"吉米说，"你说他去找过你？"

"是的，昨天下午。"

"你是私家……？"

"侦探，是的。"

斯特莱克从弗利克的眼神里看出她已经认出了他。她的脸胖乎乎的，有些苍白，如果没有那些野蛮的眼线和乱蓬蓬的番茄似的红头发，她会显得天真无邪。她再次迅速转向吉米。

"吉米，他是……"

"沙克尔韦尔开膛手？"吉米又点了一支香烟，眼睛越过打火机盯着斯特莱克，"卢拉·兰德里？"

"是我。"斯特莱克说道。

斯特莱克用余光注意到弗利克的眼睛顺着他的身体向下移动，一直到他的小腿。她的嘴扭曲着，显出轻蔑的样子。

"比利去找你了？"吉米重复道，"为什么？"

"他告诉我，他目睹了一个孩子被勒死。"斯特莱克说。

吉米愤怒地吐着烟。

"哦，他的脑袋坏掉了，精神分裂症患者情感障碍。"

"他好像是病了。"斯特莱克表示同意。

"他就告诉你这些吗？他看见一个孩子被勒死了？"

"似乎已经足够继续调查下去了。"斯特莱克回答。

吉米的嘴唇弯曲起来，露出一本正经的微笑。

"你不相信他，对吗？"

"没错，"斯特莱克如实说道，"但我认为他不该在那种状况下在街上游荡，他需要帮助。"

"我认为他不比平时更糟，你呢？"吉米问弗利克，带着些故作冷静的询问口气。

"是的，"她转过身来对斯特莱克说道，几乎毫不掩饰对斯特莱克的敌意，"他时好时坏，吃了药就好了。"

她的口音明显变得更加中产阶级化，与他们的其他朋友相去甚远。斯特莱克注意到她眼角的一坨眼屎上画着眼线。斯特莱克的大部分童年时间都生活在肮脏的环境中，他发现不讲卫生的习惯很难让人喜欢，除非是在那些非常不快乐或生病的人身上，清洁变得无关紧要。

"你以前当过兵，是吗？"她问道，但吉米的声音盖过了她。

"比利是怎么知道如何找到你的？"

"通过电话号码查询台吧？"斯特莱克询问道，"我又不是住在蝙蝠洞里。"

"比利不知道如何使用查询台。"

"但他设法找到了我的办公室。"

"没有某个死去的孩子，"吉米突然说道，"全是他胡思乱想出来的，他想到什么就会一个劲儿地想下去。你没看到他抽搐吗？"

吉米以残酷的准确性模仿着一只抽搐的手强迫性地从鼻子摸到胸部的动作。弗利克大笑起来。

"是的，我看到了。"斯特莱克冷冷地说，"那么说，你不知道他在哪儿？"

"从昨天早上起就没见过他。你要找他干什么？"

"就像我说的，他看起来一点也不适合一个人四处游荡。"

"你还真有公德心，"吉米说，"一个有钱有名的侦探竟然在担心我们的比尔。"

斯特莱克沉默不语。

"你当过兵，"弗利克重复道，"对吗？"

"是的，"斯特莱克低头看着她说，"和这有什么关联？"

"只是说说而已，"她有些气恼，脸微微转红，"你不是一直都这么担心别人会受伤吗？"

斯特莱克很熟悉那些与弗利克观点相同的人，但他什么也没说。如果他告诉她，他参军是为了刺杀孩子，她可能也会相信。

吉米似乎也不愿意再听到弗利克对军队的看法，他说道：

"比利会没事的。他有时会来找我们，然后又离开，总是这样的。"

"他不在你身边的时候住在哪儿？"

"在朋友那里，"吉米耸耸肩说，"我不知道他们全部人的名字。"然后，他又自相矛盾地说道，"我今晚会打电话看看，确认他没事。"

致命的白色

"你说得对。"斯特莱克说,喝完啤酒,把空酒瓶递给一个有文身的酒吧工作人员,工作人员正穿过前院,从喝完酒的顾客手里拿走酒杯。斯特莱克吸了最后一口烟,把它扔到有裂缝的前院,让它加入了成千上万的兄弟们的行列,用假脚踩了一下,然后掏出了钱包。

"帮我个忙,"他拿出一张卡片递给吉米,对他说,"等比利出现了再联系我,好吗?我想知道他是否安全。"

弗利克嘲弄地哼了一声,但吉米似乎有点措手不及。

"嗯,好吧。好的,我会的。"

"你知道哪路公共汽车能最快把我送回丹麦街吗?"斯特莱克问他们。他再也无法忍受走上一长段路去坐地铁了。公共汽车正以诱人的频率驶过酒吧。吉米似乎对这个地区了如指掌,给斯特莱克指明了适当的地点。

"非常感谢。"斯特莱克一边把钱包放回夹克里,一边漫不经心地说道,"比利告诉我,孩子被勒死的时候你也在场,吉米。"

弗利克迅速把头转向吉米,泄露了秘密。而后者做了更好的准备,他的鼻孔张得大大的,但除此之外,他做了一件值得称赞的事,装出毫不惊慌的样子。

"是啊,他那可怜的脑袋把整个恶心的场面都想出来了,"他说,"有时候他觉得我们死去的妈妈可能也在场。我想,下一个就是教皇了。"

"很悲伤,"斯特莱克说,"希望你能设法找到他。"

斯特莱克举起一只手告别,留下他们站在前院。尽管吃了薯片,他还是饿了,他的残肢在抽痛,到达公共汽车站时,他已经一瘸一拐了。

等了十五分钟后,公共汽车来了。两个坐在斯特莱克前面的醉醺醺的年轻人就西汉姆联队新签下尤西·耶斯凯莱伊宁的价值展开了冗长而反复的争论,他们谁也不会正确读出他的名字。斯特莱克从脏兮兮的窗户茫然地望着外面,腿疼得要命,他渴望睡到自己的床上，却无法放松。

尽管承认这一点让人恼火，但去查理蒙特路的行程并没有消除他对比利所述故事的小小怀疑。想起弗利克突然惊恐地瞥了吉米一眼，最重要的是她脱口而出的惊叫："是奇斯韦尔派他来的！"这种微不足道的怀疑变成了侦探内心平静的一大障碍，而且可能是永久的障碍。

7

你认为你会留在这里吗？我是说永远地。

——亨利克·易卜生《罗斯莫庄》

经过一周漫长的整理行李和家具的时间后，罗宾很乐意能在周末放松一下，但马修正期待着乔迁派对，他邀请了很多同事前来参加。这条街有趣而浪漫的历史激发了他的自豪感，这是在德特福德还是造船中心时为造船者和船长们修建的街道。马修可能尚未抵达他梦想的住宅区，但是一条布满漂亮老房子的鹅卵石街道，正如他所希望的那样，是一个"进步"，即使他和罗宾只是租了一个带着窗框的整洁的砖盒子，前门上有着小天使的模型。

罗宾第一次建议重新租房时，马修表示反对，但罗宾战胜了他，说再也忍受不了在黑斯廷斯路继续住上一年，而购买高价房屋的计划也落空了。用上了继承的遗产和马修的新工作的报酬，他们勉强租得起一套漂亮的三居室房子，把出售黑斯廷斯路那套公寓所得的钱一分不动地存入了银行。

他们的房东是一位要去纽约总部工作的出版商，他对自己的新房客很满意。作为一个四十多岁的同性恋者，他很欣赏马修整洁的外表，并在搬家那天特意亲自把钥匙交给了马修。

"我同意简·奥斯丁关于理想房客的观点,"他站在鹅卵石铺就的街道上对马修说,"已婚男人,没有孩子,这正是人们所希望的状态。没有女人,房子永远得不到很好的照顾!或者说,你们俩是共同分担家务的?"

"当然。"马修笑着说。罗宾此时正抱着一盒植物,跨过两个男人身后的门槛,给予了具有讽刺意味的反驳。

她怀疑马修没有向朋友和同事透露他们是房客而不是房主。她谴责自己日益倾向于观察马修的卑劣或奸诈行为,即使是在一些鸡毛蒜皮的小事情上,她也不放过他,并因为总是把他想得很坏而私下惩罚自己。正是本着这种自我谴责的精神,她才同意举办这次聚会,不仅买了酒和塑料杯,做好了食物,还把厨房里的一切都收拾妥当。马修重新布置了家具,花了几个晚上的时间整理了苹果播放器的播放列表。罗宾匆忙上楼换衣服的时候,苹果播放器正大声播放着卡萨比安的《切断》的前面几小节。

罗宾的头发在泡沫卷里,她决定弄成结婚那天的发型。客人即将到来之际,她抓紧时间一边把卷轴拉了出来,一边用力拉开衣柜门。她有一条新裙子,是一条合身的浅灰色连衣裙,但她担心灰色会衬得脸色不好。她犹豫了一下,拿出了从未在公开场合穿过的那条祖母绿的罗伯托·卡沃利裙子。这是她拥有的最昂贵的一条裙子,也是最漂亮的。这是斯特莱克给她买的"离别"礼物,是她当临时工时帮他抓住了他们的第一个杀手之后得到的礼物。她兴奋地给马修看礼物时,马修当时脸上的表情使得她从未穿过这条裙子。

不知何故,她把裙子紧贴着自己时,思绪飘向了斯特莱克的女朋友罗蕾莱。罗蕾莱总是身穿宝石色的衣服,她的穿着打扮很像二十世纪四十年代的画报。她和罗宾一样高,一头乌黑发亮的头发就像维罗妮卡·莱克那样遮住了一只眼睛。罗宾知道罗蕾莱三十三岁,在白垩农场路和别人合伙经营着一家夸张的老式服装店。有一天,斯特莱克无意中泄露了这个信息,罗宾便在心里记了下来,回家就上网查看。这家服装店看起来既迷人又成功。

"就差一刻时间了,"马修说着,匆匆走进卧室,一边进来一边脱 T 恤,"我可以快速地冲个澡。"

他看见罗宾正把绿裙子紧贴在自己身上。

"我还以为你会穿那件灰色的呢?"

他们的目光在镜子里相遇了。赤裸的胸部、黝黑的皮肤和英俊的外表,马修的五官是如此匀称,以至于镜子里的映像几乎和他真实的外貌一模一样。

"我觉得灰色的那件会让我的脸色显得苍白。"罗宾说。

"我更喜欢灰色的那件,"他说,"我喜欢苍白的你。"

罗宾勉强笑了笑。

"好吧,"她说,"我穿灰色的。"

换好衣服后,她用手指梳理了一下鬈发,把它们弄得蓬松一些,穿上一双系带的银色凉鞋,匆匆下了楼。她刚走到大厅门铃就响了。

要是让罗宾猜测谁会先到,她一定会说是刚刚订了婚的莎拉·沙德洛克和汤姆·特维。就像莎拉要设法赶上忙碌的罗宾,确保有机会在别人到来之前在房子里四处转转,并能找到一个地方好让她能看到所有到达的客人。果然,当罗宾打开大门时,莎拉就站在门口,身着耀眼的粉色衣服,怀里抱着一大束花。汤姆则拿着啤酒和葡萄酒。

"哦,太棒了,罗宾。"莎拉一走上门阶,环顾着大厅低吟道。她心不在焉地拥抱了一下罗宾,眼睛望着楼梯,马修正一边整理着衬衫一边下楼。"好可爱,这些是送给你的。"

罗宾发现自己被一丛观星百合花簇拥着。

"谢谢,"她说,"我这就去把花插到水里。"

家里没有足够大的花瓶来盛这些花,但是罗宾不能把它们留在水槽里。她能听到厨房里传来莎拉的笑声,甚至超过了酷玩乐队和蕾哈娜的声音,他们正伴着马修的苹果播放器高唱《中国公主》。罗宾从碗柜里拖出一只水桶,往里面装水,不小心溅了自己一身。

她记得,他们曾经讨论过马修会不会在办公室午餐时间带莎拉出去吃午饭。他们二十出头的时候,在罗宾发现马修和莎拉偷情后,他们甚至讨论过与她断绝来往。然而，汤姆帮助马修获得了他现在在汤姆公司的高薪职位。而且，既然莎拉自豪地拥有了一颗大钻石，马修似乎并不认为与未来的特维先生和太太交往会有丝毫的尴尬。

罗宾能听见他们三个在楼上走来走去。马修正领着他们参观卧室。罗宾把装满百合的水桶从水槽里提出来，推到水壶旁边的一个角落里，心里在想，莎拉带花来只是为了让她走开一会儿，有这样的怀疑念头是不是很卑鄙？从大学时代起，莎拉对马修的轻浮态度就未消停过。

罗宾给自己倒了一杯酒，走出厨房，马修领着汤姆和莎拉走进了客厅。

"……尼尔森勋爵和汉密尔顿夫人本应住在19号，但那时候这条街叫作联合街。"他说，"好了，谁想喝上一杯？厨房里都准备好了。"

"好棒的地方，罗宾，"莎拉说，"这样的房子可不常出现，你真是太幸运了。"

"我们只是租的。"罗宾说道。

"真的吗？"莎拉机警地问道，罗宾知道莎拉正在得出她自己的结论，不是关于房地产市场，而是关于罗宾和马修的婚姻。

"你的耳环真漂亮。"罗宾说，很想换个话题。

"是吧？"莎拉说着，把头发往后拉了拉，好让罗宾看得更清楚些，"是汤姆送的生日礼物。"

门铃又响了起来。罗宾去开门，希望来的是她邀请的为数不多的几个客人之一。当然，她没有期待会是斯特莱克。他准会迟到，就像他参加她邀请他的每一次私人活动那样。"哦，感谢上帝。"罗宾说道，看到是凡妮莎·埃克温西，她惊讶地发现自己竟然松了一口气。

凡妮莎是一名警察，个子很高，皮肤黝黑，眼睛呈杏仁状，身材酷似模特，沉着冷静，令罗宾羡慕不已。她独自一个人来参加聚会。她在伦敦警察局的法医服务部门工作的男朋友已经有约在先了。

罗宾很失望，她一直盼望能够见到他。

"你没事吧？"凡妮莎进来后问道。她拿着一瓶红酒，穿着一件深紫色的连衣裙。罗宾又想起了楼上的那件翠绿色的卡沃利，真希望自己穿的是那条裙子。

"我很好，"她说，"到后面去吧，你可以在那儿抽烟。"

她领着凡妮莎穿过客厅，经过莎拉和马修身边，他们正当面嘲笑汤姆秃顶。

小庭院花园的后墙爬满了常春藤，陶土盆中种着维护良好的灌木。罗宾不抽烟，但她先前在外面放了烟灰缸和几把折椅，还在周围点上了茶烛。马修话里有话地问她，为什么要为抽烟的人如此大费周章？她很清楚马修为什么这么问，但假装糊涂。

"我以为杰迈玛是抽烟的？"她假装困惑地问道。杰迈玛是马修的老板。

"哦，"马修说，有点措手不及，"是的——是的，但只是在社交场合抽烟。"

"嗯，我很确定这是个社交场合，马特。"罗宾甜甜地说。

她给凡妮莎端来一杯饮料，回来时发现她情绪高涨，她那可爱的眼睛正盯着莎拉·沙德洛克，后者还在嘲笑汤姆的发丝，马修是她的忠实同谋。

"就是她，是吗？"凡妮莎问。

"是她。"罗宾说。

她很感激这种小小的精神上的支持。罗宾和凡妮莎成为朋友好几个月后，罗宾才向她吐露了和马修的往昔。在此之前，她们晚上去电影院或廉价的餐馆时，只谈论警察的工作、政治和衣服。罗宾发现凡妮莎是比她所认识的任何女人都好得多的伙伴。马修见过她两次，他告诉罗宾，他觉得她"很冷"，但无法解释原因。凡妮莎有过一连串的男朋友，曾订过一次婚，但因男方出轨而取消了婚约。罗宾有时在想，凡妮莎是否觉得她可笑地缺乏经验，因为她就是那个嫁给读书时期的男朋友的女人。

几分钟后,十几个马修的同事及其伴侣拥进了客厅,他们显然是先去过了酒吧。罗宾看着马修向他们问候,并告诉他们饮料在哪里。他采用了她在晚上外出工作时听到的那种大声说笑的语调。这激怒了她。

派对迅速变得拥挤起来。罗宾做了介绍,告诉客人们在哪里可以找到饮料。她摆放了更多的塑料杯,分发了几盘食物,因为厨房里的人越来越多。只有当安迪·哈钦斯和他的妻子到达时,她才觉得可以放松片刻,多花点时间陪伴自己的客人。

"我给你做了一些专门的食物。"罗宾告诉安迪,把他和露易丝带到院子里,"这是凡妮莎,伦敦警察局的凡妮莎,安迪和露易丝——就待在那儿,安迪,我去拿吃的来,不含乳制品的食物。"

罗宾走进厨房,汤姆正靠在冰箱上。

"对不起,汤姆,我得进去……"

他向她眨了眨眼,然后挪到一边。罗宾想,才刚刚九点他就已经喝醉了。罗宾能听到莎拉在外面人群中发出响亮刺耳的笑声。

"我来帮你。"汤姆说着,按着冰箱门威胁要靠近罗宾。此时罗宾正弯下腰去取下层架子上为安迪准备的那盘不含乳制品的非油炸食品。"天哪,你的屁股真漂亮,罗宾。"

罗宾直起身子,没有吭声。尽管汤姆醉醺醺地笑了,但她能感觉到笑容后面隐藏的不快,就像一股凉风吹过。马修告诉过她,汤姆对自己的发际线很在意,甚至在考虑接受移植手术。

"衬衫不错。"罗宾说。

"这个吗?你喜欢吗?她给我买的。马特也有一件这样的,不是吗?"

"呃……我不确定。"罗宾说。

"你不确定,"汤姆重复道,发出短促而令人讨厌的笑声,"受过那么多的监视训练。罗布,你要多加注意家里的情况。"

罗宾既怜悯又愤怒地打量了他一会儿,觉得他已经醉得无法与之争辩,于是就拿着安迪的食物离开了。

当人们让道让她回到院子里时,她首先看到的是斯特莱克已经到了。他正背对着她在和安迪说话。罗蕾莱就在他身边,穿着一件鲜红的丝绸连衣裙,一头乌黑发亮的头发倾泻而下,像是昂贵的洗发水广告。不知何故,在罗宾短暂的缺席期间,莎拉已经设法混进了这个团体。凡妮莎和罗宾四目相对时,嘴角抽搐了一下。

"嗨。"罗宾说道,把食物放在安迪旁边的铁艺桌上。

"罗宾,你好!"罗蕾莱说,"这条街可真漂亮!"

"是啊,不是吗?"罗宾回应道,罗蕾莱吻了吻罗宾耳朵后面。

斯特莱克也弯下腰来。他的胡茬擦过了罗宾的脸,但他的嘴唇没有碰到罗宾的皮肤。他已经打开了他带来的六块"命运巧克力"中的一块。

罗宾在脑海里排练过见到斯特莱克来到她的新房子时要说的话:谈一些平静、随意的事情,听起来好像她已经没有什么遗憾,好像有某种他无法欣赏的奇妙的平衡力量,使天平倒向了马修。她还想问他关于比利和那个被勒死的孩子的奇怪的故事。然而,此时莎拉正在大谈特谈她在佳士得拍卖行的话题,大家都在听她说话。

"是的,我们将于3号拍卖'锁'。"她说道,"治安官,"她亲切地补充道,"为了那些不像她那样懂艺术的人,我们希望能卖到二十以上。"

"是千吗?"安迪问。

"是百万。"莎拉说,傲慢地轻轻哼出笑声。

马修在罗宾身后笑了,她自动地让开让他加入了那个圈子。罗宾注意到,马修的表情很专注,就像在讨论大笔资金的时候一样。也许,她想,这就是他和莎拉午餐时谈论的话题:钱。

《传奇的撒拉布列特马》去年卖了二千二百多万英镑,斯塔布斯的作品,第三大最值钱的早期绘画大师。

罗宾用眼角余光看见罗蕾莱那涂着猩红指甲油的手滑进斯特莱克的手里,斯特莱克的手掌上有一道记号,就是那把永远在罗宾手臂上留下伤疤的刀刻下的。

"不管怎样，无聊，无聊，无聊！"莎拉不真诚地说道，"已经聊够工作了！有人买到奥运会门票了吗？我未婚夫汤姆很生气，我们买到了乒乓球的票。"她做了个鬼脸，"你们的情况怎么样？"

罗宾看到斯特莱克和罗蕾莱交换了短暂的眼神，知道他们是在互相安慰，不得不忍受沉闷的奥运会门票的话题。罗宾突然希望他们没有来，于是退出了人群。

一个小时后，斯特莱克在客厅里和马修的一个同事讨论英格兰足球队在欧洲锦标赛中的机会，而罗蕾莱则在跳舞。自从他们在外面见面以来，罗宾没有和他说过一句话。罗宾拿着一盘食物穿过房间，停下来和一个红头发的女人说话，然后继续把盘子递给周围的人。她的发型使斯特莱克想起了她结婚那天的场景。

她去那家不知名的诊所引起了斯特莱克最大的怀疑，他打量着她穿着紧身灰色连衣裙的身材。很显然，她没有怀孕，而且她喝酒的事实似乎是进一步的反证，但也许，他们刚刚开始试管婴儿的过程。

在斯特莱克的对面，透过跳舞的人群，可以看到站着凡妮莎·埃克温西。斯特莱克很惊奇会在聚会上看到她。她靠在墙上和一个高个子的金发男子说话，从男子过分殷勤的态度来看，他似乎暂时忘记了自己戴着结婚戒指。凡妮莎看了一眼房间对面的斯特莱克，苦笑了一下，表示她不介意他把他们分开。关于足球的谈话并没有那么吸引人，不谈也罢。于是在接下来一个方便的停顿时间，他绕过跳舞的人群去和凡妮莎交谈。

"晚上好。"

"你好，"她说，优雅地接受了他在脸颊上的轻吻，优雅是她所有动作的特点，"科莫兰，这是欧文——对不起，我没听清你姓什么。"

没过多久，欧文就对凡妮莎的一切失去了希望，无论是和一个漂亮女人调情的乐趣，还是她的电话号码。

"没想到你和罗宾这么要好。"欧文走后,斯特莱克说道。

"是的,我们经常一起出去玩,"凡妮莎说,"听说你解雇她后,我给她写了个便条。"

"哦,"斯特莱克说,大口地吃着命运棒,"不错。"

"她打电话来感谢我,我们最后一起去喝了一杯。"罗宾从来没有对斯特莱克提起过这件事,但斯特莱克很清楚,自从她度完蜜月回来后,他一直竭力阻止谈工作以外的其他事情。

"漂亮的房子。"他评论道,尽量不把这个装修雅致的房间与他办公室阁楼上的厨房和客厅进行比较。他想,马修一定赚了不少钱所以才买得起这所房子,依靠罗宾的加薪当然不可能做到这一点。

"是的,很漂亮,"凡妮莎说,"是他们租的。"

斯特莱克一边看着罗蕾莱跳舞,一边思考着这个有趣的信息。凡妮莎的语气中透露出一种暗示,她也认为这是一个与房地产市场无关的选择。

"要归咎于海洋细菌。"凡妮莎说。

"什么?"斯特莱克问道,他彻底糊涂了。她狠狠地瞪了他一眼,然后笑着摇摇头。

"没什么。忘了吧。"

"是的,我们还不错,"斯特莱克听到马修在音乐的间歇对那个红头发女人说道,"我们弄到了拳击比赛的票。"

你他妈的当然做得不错,斯特莱克烦躁地想,去摸口袋里更多的香烟。

"玩得开心吗?"罗蕾莱在出租车里问道,此时已是半夜一点了。

"没什么特别的。"斯特莱克看着迎面而来的汽车前灯说道。

他觉得罗宾一直在躲着他。在他们周四相对热情的谈话之后,他曾经希望——什么呢?是谈一谈,还是笑一笑?他一直很想知道罗宾的婚姻进展情况,但不知道太多也许更加明智。她和马修在一起似乎很融洽,但他们租房子的事实却很有趣。这是否意味着,即便是在潜意识里，他们也缺乏对共同未来的投资呢？难道这是一个更容易解决问题的安排吗？还有罗宾和凡妮莎·埃克温西的友谊，斯特莱克认为这是她独立于马修生活的另一个益处。

要归咎于海洋细菌。

这句话到底是什么意思？它和那个神秘的诊所有联系吗？罗宾生病了吗？

沉默了几分钟后，斯特莱克突然想到他应该问问罗蕾莱晚上过得怎么样。

"我还好，"罗蕾莱叹了口气，"恐怕你的罗宾有很多无聊的朋友。"

"是的，"斯特莱克说，"我想主要是她的丈夫。他是一个会计，还有点喜欢针锋相对。"他补充道，很喜欢这么说。

出租车在黑夜中颠簸前行，斯特莱克想起罗宾穿着灰色裙子的样子。

"你说什么？"他突然说道，因为感觉罗蕾莱好像跟他说过话。

"我说，你在想什么呢？"

"没什么。"斯特莱克撒谎道，因为这比说出实情更可取。他伸出一只胳膊搂住她，把她拉近，吻了吻她。

8

我保证！莫滕斯加德在世界上崛起了。现在有很多人在追逐他。

——亨利克·易卜生《罗斯莫庄》

周日晚上罗宾发短信给斯特莱克，问他想让她在周一做什么，因为她在休一周的假期之前已经移交了所有的工作。他简短地回答，"到办公室来"。于是第二天上午九点差一刻，罗宾准时来到办公室，无论她和合伙人之间有多少困难存在，她都很高兴回到那间破旧的屋子里。

她到的时候，斯特莱克里面的办公室的门敞开着。他正坐在桌子后面，拿着手机听电话。阳光落在破旧的地毯上的金色池塘里。过往车辆的嘈杂声很快就被旧水壶的咕嘟声淹没了。到达办公室五分钟后，罗宾就在斯特莱克面前放了一杯热气腾腾的深棕色泰福咖啡，斯特莱克对她竖起大拇指，以及一句无声的"谢谢"。罗宾回到自己的办公桌前，电话正闪烁着，显示有一条录音信息。她拨通了电话应答服务，一个冷静的女声告诉她，该电话是罗宾到达前十分钟打来的，大概当时斯特莱克是在楼上，或者正忙着接听另一个电话。

一阵沙哑的低语在罗宾耳边嘶嘶作响。

"对不起，我跑了出去，斯特莱克先生，对不起。但是我不能回来了。他把我关在这儿,我出不去,他在门上装了电线……"

这句话的结尾淹没在抽泣声中。罗宾很担心,试图去引起斯特莱克的注意,但他已经在转椅上转过身去看着窗外,还在听他的电话。罗宾从电话里那可怜的求救声中偶然听到了几句话。

"……出不去了……我一个人……"

"好吧,"斯特莱克在办公室里说,"那么周三好吗?好的。祝你愉快!"

"……请帮帮我,斯特莱克先生!"罗宾耳边的声音哀号着。

她啪的一声按下按钮,打开扬声器,那痛苦的声音立刻充满了办公室。

"如果我试图逃跑,门就会爆炸,斯特莱克先生,请帮帮我,请过来救我,我不应该来的,我告诉他我知道那个小孩的事,尸体很大,非常大,我以为可以相信他……"

斯特莱克在他的办公椅上打转,站起身大步走进外面的办公室。一声沉闷的响动,好像是听筒掉了。抽泣声在远处继续着,好像那个心烦意乱的说话者正跌跌撞撞地离开电话。

"又是他,"斯特莱克说道,"比利,比利·奈特。"啜泣声和喘息声变得大声了,比利狂乱地小声说话,嘴唇显然压在了话筒上。

"门口有人。帮帮我,帮帮我,斯特莱克先生。"电话挂断了。

"记下电话号码,"斯特莱克说。罗宾伸手去拿听筒要拨1471,但她还没来得及拨出去,电话又响了。她抓起电话,眼睛盯着斯特莱克。

"科莫兰·斯特莱克办公室。"

"啊……是的,早上好。"一个深沉而有教养的声音说道。罗宾对斯特莱克做了个鬼脸,摇了摇头。

"妈的。"斯特莱克咕哝着,回到自己的办公室去拿茶。

"请斯特莱克先生听电话。"

"恐怕他现在正在接另一个电话。"罗宾撒谎道。

这是他们一年来的标准做法,给客户回电话,淘汰记者和怪人。

"那我等着。"打电话的人说,他听起来很挑剔,习惯于按自己的意愿做事。

"恐怕还得等一会儿。我可以记下您的电话,稍后让他给您回电话好吗?"

"好吧,不过得在十分钟之内,因为我很快要去开会。告诉他,我想和他谈一谈希望他为我做的工作。"

"恐怕我不能保证斯特莱克先生能亲自承担这项工作。"罗宾说,这也是转移媒体注意力的标准反应,"我们侦探社目前已经客满了。"

她拉过笔和纸来。

"您说什么样的工作……?"

"一定得斯特莱克先生来做,"电话那头的声音坚定地说道,"跟他说清楚。必须斯特莱克先生本人,我叫奇斯韦尔。"

"您的名字怎么拼写?"罗宾问道,不知道是否听对了。

"奇——斯——韦——尔——(C-H-I-S-W-E-L-L),贾斯帕·奇斯韦尔,你叫他拨打我下面告诉你的号码。"

罗宾记下了奇斯韦尔告诉她的电话号码,向他道了声早安,放下了听筒。斯特莱克坐在他们为客户在外面房间准备的假皮沙发上,该沙发有个不好的习惯,当你移动位置时,它会发出令人意想不到的放屁声。

"一个叫贾斯帕·奇斯韦尔的男子,拼写为C-H-I-S-W-E-L-L,想让你为他做一份工作。他说一定得由你本人而不是其他人来做。"罗宾困惑地皱起了眉头。"我知道这个名字,是不是?"

"是的,"斯特莱克说,"他是文化部长。"

"哦,上帝,"罗宾说,意识到了这一点,"当然!就是那个留着奇怪头发的大个子!"

"就是他。"

罗宾突然有了一连串模糊的记忆和联想。她似乎还记得这位部长过去的一段风流韵事、耻辱辞职、改过自新,最近又爆出了一桩丑闻,又一个令人不快的新闻故事……

"前不久他的儿子不是因为过失杀人而被送进了监狱吗？"她说道，"就是奇斯韦尔，对吧？他儿子嗑药后开车撞死了一位年轻的母亲？"

斯特莱克似乎从远处唤回了注意力，脸上浮现出一种奇怪的表情。

"是的，我想起了。"斯特莱克说。

"怎么了？"

"实际上有几件事，"斯特莱克说，一只手抚摸着胡子拉碴的下巴，"我先说一下，我周五找到了比利的哥哥。"

"怎么找到的？"

"说来话长，"斯特莱克说，"但事实证明，吉米是抗议奥运会组织的一员。他们称自己为'CORE'。他和一个女孩在一起，我告诉他们我是个私家侦探时，那女孩说的第一句话就是，是'奇斯韦尔'派他来的。'"

斯特莱克一边喝着精心沏好的茶，一边思考着这一点。

"可是奇斯韦尔并不需要我去那里盯着，"他继续自言自语道，"那里已经有个便衣了。"

虽然罗宾很想听听奇斯韦尔的电话引起斯特莱克困扰的是什么事，但并没有催促他，只是静静地坐着，好让他仔细考虑一下新情况。她不在办公室时，斯特莱克念念不忘的恰恰是这种机智。

"听着，"他终于继续说道，仿佛没有中断过似的，"因过失杀人罪入狱的儿子不是——也不是——奇斯韦尔唯一的儿子。他的长子名叫弗雷迪，死在伊拉克。是的，弗雷迪·奇斯韦尔少校，女王的皇家骠骑兵，在巴士拉的一次袭击中丧生。我还在特别调查局的时候调查过他的死因。"

"那么说你认识奇斯韦尔？"

"不，从来没有和他接触过。你通常不会见到家人……几年前我也见过奇斯韦尔的女儿。稍微有点认识，见过她几次，她是夏洛特的老校友。"

一听到夏洛特的名字，罗宾就一阵战栗。她一直对夏洛特好奇不已，不过她能成功地掩饰过去。夏洛特和斯特莱克断断续续交往了十六年，在这段关系混乱地、显然是永久地结束之前，他本来是要和夏洛特结婚的。

"真遗憾，我们找不到比利的电话号码。"斯特莱克说道，再次用毛茸茸的大手捂住下巴。

"如果他再打电话来，我一定会把号码弄到手。"罗宾向他保证。"你打算给奇斯韦尔回电话吗？他说就要去开会了。"

"我很好奇他想要我做什么，可问题是我们是否还有时间匀给另一个客户。"斯特莱克说，"我们想想看……"

他把双手放在脑后，皱着眉头望着天花板，在阳光的照射下，天花板上出现了许多细小的裂缝。管他的……毕竟，这个办公室很快就是开发商的问题了……

"我让安迪和巴克利盯着韦伯斯特家的孩子。顺便说一下，巴克利干得不错。我让他监视了整整三天，拍了很多照片，一应俱全。

"还有那个老滑头医生，他仍然没有干任何有新闻价值的事。"

"真丢脸，"罗宾说，然后控制住自己，"不，我不是那个意思，我是说好的。"她揉了揉眼睛。"这份工作，"她叹了口气，"会扰乱你的道德规范。今天谁在盯着滑头呢？"

"我本来想让你去盯梢他的，"斯特莱克说，"可是客户昨天下午打电话来说，他忘了告诉我滑头在巴黎参加一个研讨会。"

眼睛仍然盯着天花板，在沉思中眉头紧锁，斯特莱克说道：

"我们有两天要参加从明天开始的技术会议。你选哪一个，是想去哈利街还是埃平森林的会议中心？如果你愿意，我们可以交换。你是想明天盯着滑头呢，还是和几百个穿着超级英雄T恤的臭烘烘的极客在一起？"

"并非所有的技术人员都有臭味，"罗宾谴责斯特莱克，"你的朋友斯潘纳就没有。"

"你是不会想要根据斯潘纳来这里时喷了多少除臭剂做出判断

的。"斯特莱克说。

斯潘纳是斯特莱克的老朋友尼克的弟弟，他在斯特莱克的生意迅猛发展时，为他们的电脑和电话系统进行过彻底的检修。他喜欢罗宾，罗宾和斯特莱克对此都非常清楚。

斯特莱克揉着下巴，仔细考虑了各种选择。

"我给奇斯韦尔回电话，看看他到底想要我干什么。"他最后说道。

"你永远不会知道，可能是一份比那个妻子到处乱搞的律师委托的事务更为重要的工作。那个律师是等候名单上的下一个，对吗？"

"他，或者是那个嫁给法拉利经销商的美国女人。他们俩都在等着呢。"

斯特莱克叹了口气。不忠给他们提供了大部分的工作。

"我希望奇斯韦尔的妻子没有出轨。我希望能有所变化。"

斯特莱克一站起来，沙发就像往常一样发出排气的声音。他大步走回内屋时，罗宾在他身后喊道：

"那么，你希望我完成这些文书工作吗？"

"如果你不介意的话。"斯特莱克说着随手把门关上。

罗宾回到电脑前，心情十分愉悦。他们刚才谈到比利·奈特和奇斯韦尔的时候，有个街头艺人在丹麦街上开始演唱"没有女人，没有哭泣"。有那么一会儿，罗宾感觉仿佛她和斯特莱克回到了一年前，当时斯特莱克还没有解雇她，而她也还没有嫁给马修。

与此同时，斯特莱克在里间拨通了贾斯帕·奇斯韦尔的电话，几乎立刻就有人接听了电话。

"奇斯韦尔。"电话那头的声音咆哮道。

"我是科莫兰·斯特莱克，"侦探说道，"您刚才和我的搭档通过电话。"

"啊，是的，"文化部长说，他的声音听起来像是坐在汽车后座上，"我有个工作要交给你做。我不想在电话里谈。不巧的是，我今天白天和晚上都很忙，但明天可以。"

"看那些伪君子……"街头艺人唱道。

"对不起,明天没有时间,"斯特莱克看着一粒粒尘埃从明亮的阳光中落下说道,"事实上,我要到星期五才有时间。能告诉我要谈什么样的工作吗,部长?"

奇斯韦尔的反应既紧张又愤怒。

"我不能在电话里讨论这个问题,如果你关心的是报酬问题,我保证让你满意。"

"不是钱的问题,是时间的问题。星期五之前我的时间都已经排满了。"

"噢,看在上帝的分上……"

奇斯韦尔突然把手机从嘴边拿开,斯特莱克听到他在激烈地和别人交谈。

"离开这里,你这个笨蛋!离开——看在他妈的分上!不,我要走路。我他妈的要走路,把门打开!"

在背景中,斯特莱克听到一个男人紧张地说道:

"对不起,部长,那是禁止入内的……"

"我不管!打开这扇——打开这扇该死的门!"

斯特莱克等待着,扬起眉毛。他听到车门砰地关上的声音,急促的脚步声,然后贾斯帕·奇斯韦尔再次开口说话,他的嘴靠近了听筒。

"工作很紧急!"他咬牙切齿地说道。

"如果不能等到星期五,恐怕您得另找别人了。"

"我的脚是我唯一的马车。"那个卖艺人唱道。

奇斯韦尔沉默了几秒钟,最后说道:

"一定得由你来做这事,我们见面的时候我会解释的,但是——好吧,如果必须等到星期五,那就在普拉特俱乐部见吧。公园广场。十二点,我请你吃午餐。"

"好的,"斯特莱克同意了,此时他已经被彻底激起了兴趣,"普拉特俱乐部见。"

他挂断电话，回到办公室，罗宾正在打开邮件并进行分类。他告诉了罗宾谈话的结果，罗宾帮他在谷歌上搜索普拉特俱乐部。

"我没想到现在还有这样的地方。"看了一会浏览器后，罗宾难以置信地说道，"什么样的地方？"

"这是一个绅士俱乐部……非常保守……除了在午餐时间作为俱乐部成员的客人可以进入外，女性不许进入……而且为了避免混淆，"罗宾从维基百科的页面上读道，"所有的男性员工都叫乔治。"

"那么假如他们雇用的是一个女人呢？"

"很显然，他们在上世纪八十年代就雇用了一个女人，"罗宾说，她的表情忧喜参半，"他们叫她乔治娜。"

9

你最好不要知道,那样对我们俩都是最好的。

——亨利克·易卜生《罗斯莫庄》

星期五上午十一点半,西装革履、胡子刮得干干净净的斯特莱克从格林公园地铁站出来,沿着皮卡迪利大街往前走。双层巴士驶过奢侈品商店的橱窗,这些商店利用奥运热推出了各种各样的组合商品:金色包装的巧克力奖牌、英国国旗粗革皮鞋、古董运动海报,以及被吉米·奈特反复提及的像断了的十字记号的锯齿状徽标。

斯特莱克留出了充裕的时间到普拉特俱乐部,两天来他几乎无法减轻义肢的重量,他的腿又疼了。原本希望昨天参加的埃平森林的技术会议能给他一些休息时间,结果却令他大失所望。他的目标是最近被一家初创企业解雇的合伙人,被怀疑试图将新应用的关键功能出售给竞争对手。有那么几个小时,斯特莱克一直跟着这个年轻人从一个摊位走到另一个摊位,记录下他的所有活动和互动,希望总有一刻年轻人会因为太累而坐下来。然而,从顾客们站在高桌旁的咖啡吧,到每个人都站着用手指从塑料盒子里拿出寿司的三明治吧台,有八个小时的时间,他的跟踪目标不是在走路就是停下来站着。因为斯特莱克头一天在哈利街上潜伏了好长时间,毫不奇怪昨晚取下义肢时感到非常不舒服，而且把残肢和人造胫骨分开的胶垫很难取出来。斯特莱克经过凉爽的里兹酒店的白色拱门时，衷心希望普拉特俱乐部至少有一把宽敞舒适的椅子。

他向右拐进了圣詹姆斯街，这条街把他引向一个缓坡，一直向下延伸到十六世纪以来的圣詹姆斯宫。由于斯特莱克既没有能力也没有兴趣在绅士服装店购买衣服、在老牌枪支商店购买枪支，或是在有数百年历史的老酒商那里购买名酒，他通常不会单独来到伦敦的这个地区。然而，当越来越靠近公园广场时，他想起了一段往事。十多年前，他和夏洛特曾一起走过这条街道。

他们当时是沿着缓坡往上走，而不是往下走，是去和夏洛特当时还在世的父亲共进午餐。当时斯特莱克正在休假，他们又开始做一件对所有认识他们的人来说难以理解、显然注定要失败的事情。他们双方的任何一方，从来没有一个支持者。斯特莱克的朋友和家人对夏洛特的看法从不信任到厌恶应有尽有，而夏洛特的朋友和家人则认为斯特莱克这个声名狼藉的摇滚明星的私生子，是夏洛特震惊和反叛的又一表现。斯特莱克的军旅生涯对她的家庭来说毫无意义，或者更确切地说，这只不过是他作为平民不适合追求教养良好的美人的又一个迹象，因为在夏洛特那一阶级的绅士们，不会进入宪兵队，而是参加骑兵队或警卫团。

他们走进附近一家意大利餐馆时，夏洛特紧紧地握着他的手。时至如今，斯特莱克已不记得餐馆的确切位置了。他只记得，他们走近饭桌时，安东尼·坎贝尔爵士脸上的愤怒和不满。还没来得及开口，斯特莱克就知道夏洛特并没有告诉父亲，她和斯特莱克已经恢复了恋情，或者告诉父亲她会把他带来。这完全是夏洛特式的疏忽，上演了夏洛特惯常的一幕。斯特莱克早就相信，很显然，她是出于对冲突的贪得无厌的需求而策划了这样的局面。在她惯常的说谎中，往往会爆发出令人心碎的诚实，在他们关系接近尾声的时候，她告诉斯特莱克，至少在战斗中，她知道自己还活着。

当斯特莱克与公园广场平行，一排米色联排别墅从圣詹姆斯大街衍生出来,他注意到突然想起夏洛特紧紧抓住他的手的记忆不再让他感到痛苦。他觉得自己就像个酒鬼,第一次闻到啤酒的味道不会冒汗,也不必与绝望的渴望做斗争。当他走近普拉特俱乐部那扇上面有锻铁栏杆的黑门时,他想,也许就是这里吧。也许,在她告诉他不可饶恕的谎言,他永远离开了她的两年之后,他已经痊愈了,虽然他并不迷信,但他有时也把它看作百慕大三角,一个他害怕被拉下去的危险地带,被夏洛特对他的神秘诱惑拖进去的痛苦和伤痛的深渊。

带着一丝庆幸,斯特莱克敲了敲普拉特俱乐部的大门。

一个娇小的、慈母般的女人开了门。她那突出的胸脯和机警、明亮的眼睛使斯特莱克想起了知更鸟或鹟鹩。她开口说话时,他从中捕捉到了西方国家的腔调。

"你就是斯特莱克先生吧,部长还没到,进来吧。"

他跟着她穿过门槛,走进一个大厅,从那里可以看见一张巨大的台球桌。浓郁的深红色、绿色和深色木材占主导地位。那位女管家,斯特莱克猜她就是乔治娜,领他走下了一段陡峭的楼梯,斯特莱克小心翼翼地紧紧地抓着栏杆。

楼梯通向舒适的地下室。天花板已经塌得很低,似乎有一个大梳妆台支撑着一部分,上面摆着各式各样的瓷盘,最上面的瓷盘有一半嵌在石膏里。

"我们这里不是很大,"她说,陈述了显而易见的事实,"有六百个会员,但我们一次只能招待十四人。你想喝点什么吗,斯特莱克先生?"

斯特莱克谢绝了,但接受了邀请坐到一张皮制椅子里,被一块老旧的杂物板围着。

小空间被拱门分割成了休息区和用餐区。房间另一半的长桌上设了两个位置,就在紧闭的小窗户下面。地下室里除了他和乔治娜之外,还有一个穿着白大褂的厨师,在距离斯特莱克只有一码[①]远的

[①] 1码等于0.9144米。

一个小厨房里工作。厨师用法国口音对斯特莱克表示欢迎，然后继续切割冷烤牛肉。

这里与斯特莱克跟踪的那些不安分的丈夫和妻子们所在的时髦餐馆截然相反，那些餐馆里的灯光用作玻璃和花岗岩的补充，刻薄的餐馆评论家们像时尚的秃鹫一样坐在不舒服的现代椅子上。而普拉特俱乐部灯光昏暗，黄铜照明灯点缀着暗红色的壁纸，玻璃盒里的鱼标本、狩猎版画和政治漫画在很大程度上模糊了这些彩灯。在房间一侧的蓝白瓷砖壁龛里，放着一个古老的铁炉。瓷器盘子、破旧的地毯、摆放着普通的番茄酱和芥末的桌子，这一切营造了一种舒适随意的氛围，仿佛一群贵族男孩把他们喜欢的成人世界的所有东西——游戏、饮料和奖杯——都拖到地下室，保姆会在那里对他们微笑、安慰和赞美。

十二点到了，但奇斯韦尔还没有来。不过，"乔治娜"很友好，向斯特莱克提供了俱乐部的很多信息。她和她的厨师丈夫就住在这里。斯特莱克不禁想到，这一定是伦敦最贵的房地产之一。乔治娜告诉他，这个小俱乐部成立于1857年，维持下去花了某人不少钱。

"是的，这是德文郡公爵的房产，"乔治娜欢快地说道，"你看到我们的赌注簿了吗？"

斯特莱克翻开那本厚厚的皮革装订的大部头书，上面记载着很久以前的赌注。用一种可以追溯到二十世纪七十年代的潦草字体写道：撒切尔夫人将组建下一届政府。赌注：一顿龙虾晚餐，龙虾比男人勃起时的生殖器还要大。

看到这里，斯特莱克咧嘴笑了，此时头顶上响起了铃声。

"部长来了。"乔治娜说着，匆匆上楼去了。

斯特莱克把赌注簿放回书架，回到座位上。头顶传来沉重的脚步声，然后下了楼梯，伴随着的还是他周一听到的那种暴躁、不耐烦的声音。

"不，金瓦拉，我不能。我刚告诉你原因，我有个午餐会议……不，你不能……那么，五点钟，是的……是的……是的！……

再见！"

一双穿着黑鞋的大脚走下楼梯，贾斯帕·奇斯韦尔出现在地下室，带着凶狠的神气四处张望。斯特莱克从扶手椅上站了起来。

"啊，"奇斯韦尔说，两眼从浓眉下面仔细打量着斯特莱克，"你在这里。"

就六十八岁的年纪来说，贾斯帕·奇斯韦尔保养得相当不错。他身材魁梧，肩膀浑圆，满头白发，虽然似乎难以置信，却是他本人的头发。他的头发很容易成为漫画家的攻击目标，因为又粗又直，而且相当长，从他的头上突出来的样子让人联想到假发，或者会被不友善的人说成是烟囱刷。头发下长着一张大红脸，一双小眼睛和凸起的下唇，使他看上去永远像个快要发脾气的过度发育的婴儿。

"我的妻子，"他对斯特莱克说道，手里挥舞着手机，"毫无预兆地到城里来。她在生闷气，以为我可以抛下一切。"

奇斯韦尔伸出一只汗津津的大手和斯特莱克握了握，然后脱下了厚厚的大衣，尽管天气很热，他还穿着厚大衣。就在他脱衣服的时候，斯特莱克注意到他磨损的军队领带上的别针。外行人可能会认为这是一匹摇摆木马，但斯特莱克立刻认出它是汉诺威的白马。

"女王自己的骠骑兵。"斯特莱克说道，两人坐下时都对它点了点头。

"是的，"奇斯韦尔说，"乔治娜，我要喝点我和阿拉斯泰尔在这里时你给我喝过的雪利酒。你呢？"他冲着斯特莱克嚷道。

"不喝，谢谢。"

虽然远远没有比利·奈特那么脏，但奇斯韦尔身上也好闻不到哪里去。

"是的，女王自己的骠骑兵。亚丁湾和新加坡，那些快乐的日子。"

然而，他此刻似乎并不开心。近距离看，他红润的皮肤上有一种奇怪的斑块。粗糙的头发根部有着厚厚的头皮屑，蓝色衬衫腋下有大片的汗渍。这位部长的外表特征十分明显，在斯特莱克的委托人中并不罕见，他是一个精神极度紧张的男人。他的雪利酒送达时，他一口就吞下了大部分。

"我们移过去好吗？"他建议道，不等对方回答就大声喊道，"乔治娜，我们马上开吃。"

他们坐到餐桌旁，餐桌上铺着像罗宾婚礼上的那种坚硬的雪白桌布。乔治娜给他们带来了厚厚的冷烤牛肉片和煮土豆，这是英国人的育儿食品，平淡无奇，但也不至于太糟糕。当管家离开后，把他们安静地留在满是油画和死鱼的昏暗的餐厅时，奇斯韦尔才又开口说话。

"你去参加了吉米·奈特的会议。"他不假思索地说道，"那儿有个便衣警察认出了你。"

斯特莱克点了点头。奇斯韦尔把一个煮土豆塞进嘴里，气呼呼地嚼着，咽了下去，然后说道：

"我不知道是谁付钱让你去调查吉米·奈特的，也不知道你已经知道了他的什么内幕，但不管是谁指派你，也无论你掌握了什么，我都准备花双倍的价钱来获取这些信息。"

"恐怕我对吉米·奈特没有任何了解，"斯特莱克说，"也没有人付钱让我去参加会议。"

奇斯韦尔看上去很震惊。

"那么，你为什么会去那儿呢？"他问道，"你不会要告诉我，你打算抗议奥运会吧？"

他说"抗议"的"抗"字说得太重，一小块土豆竟从他的嘴里飞出来越过了桌子。

"不是的，"斯特莱克说，"我想去找我以为可能会参加会议的人，可他们没有参加。"

奇斯韦尔再次攻克起他的牛肉，仿佛是牛肉冤枉了他似的。有那么一会儿，房间里只有他们的刀叉刮擦瓷器的声响。奇斯韦尔把最后一个煮土豆戳起来放进嘴里，把刀叉当啷一声落在盘子里，然后说道：

"在我听说你在监视奈特之前,我一直就想雇个侦探。"

斯特莱克沉默不语。奇斯韦尔狐疑地看着他。

"你的名声非常不错。"

"谢谢你这么说。"斯特莱克说。

奇斯韦尔继续带着一种狂怒的绝望神情盯着斯特莱克,仿佛在想,是否敢对侦探寄予厚望,不会让他在被失望困扰的生活中再次失望。

"我被敲诈了,斯特莱克先生,"他突然说道,"被两个临时的——虽然可能不稳定——结盟的男人敲诈了,其中一个就是吉米·奈特。"

"我明白了。"斯特莱克说,也把刀叉放在一起。乔治娜似乎通过某种心理过程知道斯特莱克和奇斯韦尔已经吃饱了主菜,于是过来收拾餐碟,然后拿来糖浆馅饼。当她回到厨房,两人都吃了一大块布丁后,奇斯韦尔才继续讲述他的故事。

"没有必要讲那些肮脏的细节,"他斩钉截铁地说道,"你只需要知道,吉米·奈特知道我做了一件不愿让第四等级的绅士们[①]知道的事。"

斯特莱克什么也没说,但奇斯韦尔似乎认为他的沉默带有指责的意味,因为他尖刻地补充道:

"没有犯罪。尽管有些人可能不喜欢,但这在当时是合法的——但就是顺便提一下,"奇斯韦尔说着喝了一大口水,"几个月前,奈特来找我,要我给他四万英镑的封口费。我拒绝付款,他就威胁说要揭发我,不过,由于他似乎没有任何证据证明他的说法,我大胆地希望他不会对威胁采取后续的行动。

"没有新闻报道出来,所以,我断定他没有证据。几周后他又来找我,要求我给他先前索要款项的一半,我再次拒绝了。

"就在那时,我想,他为了给我施加更大的压力,于是走近了杰

---

① 子爵,英国第四等级贵族的成员,位于伯爵之下,男爵之上。

兰特·温恩。"

"对不起,我不知道谁是……"

"德拉·温恩的丈夫。"

"德拉·温恩,那个体育部长?"斯特莱克吃惊地问道。

"是的,当然是德拉——温恩——体育部长。"奇斯韦尔厉声说道。

正如斯特莱克所熟知的,德拉·温恩阁下是一位六十出头的威尔士女士,一出生就双目失明。无论属于哪个党派的人士,都很钦佩这位自由民主党人,她在竞选议员之前曾是一名人权律师。她经常和她的导盲犬——一条浅黄色的拉布拉多犬——一起出镜。最近,媒体对她的报道铺天盖地,因为她目前主管残奥会事务。斯特莱克在塞利奥克医院以适应在阿富汗失去的一条腿时,德拉去那里看望过他们,对她的聪明才智和同情心留下了良好的印象。至于她的丈夫,斯特莱克就一无所知了。

"我不知道德拉是否知道杰兰特在干什么,"奇斯韦尔叉起一块糖浆馅饼,一边嚼一边继续说道,"也许知道吧,不过她不会招惹麻烦。似是而非的推诿。神圣的德拉不可能参与勒索,对吧?"

"她丈夫向你要钱了吗?"斯特莱克怀疑地问道。

"哦,不,没有。杰兰特是想把我赶出办公室。"

"有什么特别的原因吗?"斯特莱克问。

"我们之间的敌意可以追溯到多年前,完全是毫无根据的——但这无关紧要,"奇斯韦尔愤怒地摇摇头说道,"杰兰特走到我跟前说希望这不是真的,还说要给我一个解释的机会。他是一个令人厌恶、心理扭曲的小男人,一辈子都在帮妻子拎包,帮她接听电话。他想要拥有实权的想法很自然。"

奇斯韦尔喝了一大口雪利酒。

"所以,正如你所看到的,斯特莱克先生,我的处境有点不妙。即使我想还清吉米·奈特的债务,我还得对付一个想让我丢脸的人,这个人很可能会拿到证据。"

"温恩怎么能拿到证据呢？"

奇斯韦尔又吃了一大口糖浆馅饼，回头瞥了乔治娜一眼，看看她是否还安然地待在厨房里。

"我听说了，"他咕哝着，一层薄薄的面糊从松垂的嘴唇上飞了出来，"可能有一些照片。"

"照片？"斯特莱克重复道。

"当然，温恩不可能有照片。如果有的话，一切早就结束了。但他也许能有办法找到照片，是的。"

他把最后一块馅饼塞进嘴里，说道："当然，这些照片也许并不能证明我有罪。据我所知，没有明显的记号。"

坦率地说，斯特莱克感到十分困惑。他太想冲口问"部长，什么东西上有明显的记号"，但还是克制住了。

"那都是六年前的事了。"奇斯韦尔继续说道，"我脑子里一遍又一遍地回想起这该死的东西。可能是其他的参与者说出去的，但我对此表示怀疑，非常怀疑。失去的太多了。不，一切都取决于奈特和温恩能挖到什么。我强烈怀疑温恩已经得到这些照片，否则的话他就会直接去找媒体了。我认为这不是奈特的首选，他只想要钱。"

"所以我就来到这里，斯特莱克先生，前无去路，后有追兵。几个星期以来，这事一直困扰着我，不得安宁。"

他用小眼睛盯着斯特莱克，侦探不禁想起了一只鼹鼠，正对着等着把它压扁的盘旋的铁锹眨着眼睛。

"我听说你去参会的时候，还以为你是在调查奈特，而且已经抓到了他的一些把柄。我得出了结论，要想摆脱这种可怕的局面，唯一的办法就是在他们拿到这些照片之前，找到可以用来对付他们每个人的东西。以毒攻毒。"

"以勒索应对勒索吗？"斯特莱克问道。

"我不想从他们那里得到任何东西，只要他们别来烦我。"奇斯韦尔迅速说道，"找到讨价还价的筹码，这就是我想要的。我是按照法律行事的，"他坚定地说，"是按我的良心行事的。"

奇斯韦尔并不是一个特别讨人喜欢的人，但斯特莱克完全可以想象，等待公众曝光的持续悬念将是一种折磨，尤其是对一个已经忍受了相当一部分丑闻被曝光的人来说。昨天晚上，他对这位潜在客户不多的研究中发现了一些喜闻乐见的描述：结束了第一次婚姻的婚外情；因为"神经衰弱"在诊所待了一个星期的第二任妻子；由于吸食可怕的毒品引发的车祸害死了一位年轻母亲的小儿子。

"这是一项非常艰巨的任务，奇斯韦尔先生，"斯特莱克说，"要彻底调查奈特和温恩需要两三个人手，尤其是在时间紧迫的情况下。"

"我不在乎花多少钱，"奇斯韦尔说道，"我不在乎你是不是要把你的全部探员都放在这件事上。"

"我不相信温恩没有诡诈之处，他是个鬼鬼祟祟的小癞蛤蟆。他们作为夫妻，有些地方实在有趣。她，是光明的盲人天使，"奇斯韦尔撇了撇嘴，"而他，作为她的贴身心腹，一贯诡计多端，暗中伤人，搜罗能得到的每一份赠品。准是有什么内情，一定有。"

"至于奈特，有些事肯定警方还没有发现。他一向就是个流氓，是个彻头彻尾的下流货。"

"在吉米·奈特开始勒索你之前，你就认识他吗？"斯特莱克问道。

"哦，是的，"奇斯韦尔说，"奈特一家是我的选民。他父亲是个打零工的，替我们家干了不少活。我没见过他的母亲。我相信在他们三人搬进斯泰达小屋之前她就死了。"

"我明白了。"斯特莱克说。

他回想起比利痛苦的话语，"我看见一个孩子被勒死了，但是没人相信我"。回忆起比利马虎地画着半个十字时从鼻子到胸口的紧张动作，以及那个死去的孩子被埋在粉红色毯子里的平淡而精确的细节。

"奇斯韦尔先生，在我们讨论条件之前，我想应该告诉你一些事情。"斯特莱克说道，"我之所以去参加CORE的会议，是因为我想找到奈特的弟弟，他的名字叫比利。"

奇斯韦尔的近视眼睛之间的皱纹加深了一点。

"是的，我记得他们家有两个孩子，但吉米要大得多——我猜要大十岁或者是更多。我没见到——比利，是吗？——很多年了。"

"哦，他得了严重的精神疾病，"斯特莱克说，"上周一他跑来找我，给我讲述了一个奇怪的故事，然后就跑掉了。"

奇斯韦尔等着听下去，斯特莱克确信觉察到了他的紧张。

"比利声称，"斯特莱克继续说道，"在他很小的时候目睹了一个小孩被勒死的过程。"

奇斯韦尔既没有表现出退缩，也没有表现出惊慌；他既没有咆哮，也没有暴怒。他没有询问他是否收到了指控，也没有探问此事究竟和他有什么关系。他没有像个罪犯那样为自己进行华丽的辩护，然而斯特莱克可以发誓，对奇斯韦尔而言，这绝对不是一个新鲜的故事。

"那么，他声称是谁勒死了孩子呢？"他用手指摸着酒杯的柄子问道。

"他没有告诉我——或者不会告诉我。"

"你认为这就是奈特敲诈我的原因吗？谋杀婴儿？"奇斯韦尔粗暴地问道。

"我觉得你应该知道我为什么要去找吉米。"斯特莱克回答。

"我问心无愧。"贾斯帕·奇斯韦尔铿锵有力地说道。他喝完了最后一口水，把空杯子放回桌上，补充道："没有人能为意想不到的后果负责。"

10

我相信我们两个人在一起就能成功。

——亨利克·易卜生《罗斯莫庄》

一小时后，侦探和部长从公园广场14号出来，走了几步路，回到了圣詹姆斯街。奇斯韦尔喝了咖啡后变得不那么乖戾，不那么一本正经了，斯特莱克怀疑是因为他已经采取了一些行动，可以卸下显然已成为一种几乎无法忍受的恐惧和悬念的负担，因而松了一口气。他们已经谈妥了条件，斯特莱克对这笔交易感到很满意，因为这是一段时间以来侦探社获得的报酬更高、挑战性更强的工作。

"好了，谢谢你，斯特莱克先生，"奇斯韦尔凝视着圣詹姆斯教堂说道，两人都在拐角处停下了脚步，"我得在这儿和你道别了，因为我已经和儿子约好了。"

然而，他却没有动。

"你调查过弗雷迪的死因？"他突然说道，用眼角瞟了一眼斯特莱克。

斯特莱克没有料到奇斯韦尔会提起这个话题，尤其是在这儿，在地下室经过激烈的讨论之后，才会提起这个话题。

"是的，"斯特莱克回答道，"我很抱歉。"

奇斯韦尔的眼睛仍然目不转睛地盯着远处的一家画廊。

"我在报告上看到你的名字，"奇斯韦尔说，"不同寻常的名字。"

他咽了口唾沫，眼睛仍然斜视着画廊。奇怪的是，他似乎不愿意去赴约。

"弗雷迪是个好孩子，"他说，"非常棒，加入了我以前的军团——嗯，差不多。你知道的，女王的骠骑兵早在1993年就与女王的皇家爱尔兰军合并了，所以他加入的是女王的皇家骠骑兵。"

"前程远大，充满活力。当然，你从来没有见过他。"

"是的。"斯特莱克说道。

一些礼貌的评论似乎是必要的。

"他是您最大的孩子，对吗？"

"四个孩子中的老大，"奇斯韦尔点点头说道，"还有两个女孩。"他变了声调把她们赶走了，意思是她们只不过是女性，没什么价值，"还有另外这个男孩，"他阴郁地补充道，"他进了监狱。也许你看过报纸了？"

"没有。"斯特莱克撒谎道，他知道个人信息被散布在报纸上是什么感觉。假装没读过是最仁慈的做法，如果可信的话，让人们讲述自己的故事也是最为礼貌的做法。

"拉夫，他一辈子都是麻烦。"奇斯韦尔说，"我在那里给他找了份工作。"

他用一根粗手指指着远处的画廊窗户。

"他放弃了艺术史学位，"奇斯韦尔说，"这画廊是我的一个朋友开的，他答应接纳拉夫。我妻子认为他注定要失败。他开车撞死了一位年轻的母亲，他当时磕了药。"

斯特莱克一言不发。

"好吧，再见。"奇斯韦尔说，似乎从忧郁的恍惚中走了出来。他再次伸出汗津津的手，和斯特莱克握了握，然后大踏步走开了，裹着他厚厚的外套，在这个晴朗的六月天，这太不合适了。

斯特莱克沿着圣詹姆斯街朝着相反的方向走去，边走边掏出手机拨通电话。响了三声后,罗宾就接听了电话。

"我需要见你,"斯特莱克开门见山地说道,"我们接了一份新活,一份大活。"

"该死!"她说道,"我此刻在哈利街。知道你和奇斯韦尔在一起,我不想打扰你,但安迪的妻子从梯子上摔下来摔伤了手腕。安迪送她去医院的时候,我说我来盯着滑头。"

"妈的,巴克利在哪里?"

"仍然在盯韦伯斯特的梢。"

"滑头在他的咨询室吗?"

"是的。"

"我们要冒这个险,"斯特莱克说道,"他通常在周五会直接回家。这事很紧急,需要当面告诉你。你能在约克公爵街的红狮酒吧和我见面吗?"

与奇斯韦尔共进午餐时,斯特莱克没有喝酒,他宁愿回到办公室再喝。如果说他穿着西装在东汉姆的白马酒吧露面显得很突兀的话,那么这样的打扮在梅菲尔就很完美了。两分钟后,他走进约克公爵街的红狮酒吧,拿了一品脱的"伦敦骄傲"啤酒,坐在角落的一张桌子旁,用手机查阅德拉·温恩和她的丈夫,阅读一篇关于即将举行的残奥会的文章,其中多次提到德拉。

"嗨。"二十五分钟后,罗宾来了,把包放到斯特莱克对面的座位上。

"想要喝点什么吗?"斯特莱克问道。

"我自己去拿。"罗宾说。

"怎么了?"几分钟后,她拿着一杯橙汁回到他身边时问道。斯特莱克对急不可耐的罗宾微笑起来。"到底怎么回事?奇斯韦尔想要什么?"

这家酒吧只有一个马蹄形的空间围绕着一个吧台,此时已经挤满了衣着时髦的男男女女,他们很早就开始过周末了,或者,像斯特莱克和罗宾一样,一边喝酒一边谈工作。斯特莱克压低声音,把他和奇斯韦尔之间发生的事告诉了她。

"哦,"等斯特莱克终于说完后罗宾茫然地说道,"那么说我们……我们要想办法找到德拉·温恩的把柄吗?"

"是她丈夫的,"斯特莱克纠正她说,"奇斯韦尔更喜欢讨价还价的筹码这个短语。"

罗宾一言不发,只是呷了一口橘子汁。

"勒索是非法的,罗宾,"斯特莱克说道,完全读懂了她不安的表情,"奈特想从奇斯韦尔身上榨取四万英镑,而温恩想强迫他辞职。"

"所以,他要反过来勒索他们,而我们还要帮他的忙,是吗?"

"我们每天都在找人们的把柄。"斯特莱克粗暴地说道,"现在开始为此感到内疚有点晚了。"

他喝了一大口啤酒,不仅为她的态度感到恼火,而且为把自己的怨恨表露无遗而恼怒。罗宾和丈夫住在阿尔伯里街一栋漂亮的带窗框窗户的房子里,他却住在两间阴冷的房间,而且可能很快就会因重新修建街道而被赶走。侦探社以前从未得到过一份能提供三个人充分就业的工作,而且可能要持续几个月。斯特莱克并不是要为热衷于此而道歉。经过多年的独自经营,他感到疲倦,因为每当侦探社陷入困境,他就会重新陷入困境。他对自己的业务怀有野心,但如果不建立一个更为良性的银行余额户头,就无法实现这一目标。无论如何,他觉得有必要捍卫自己的立场。

"我们就像律师,罗宾。我们是站在客户一边的。"

"前几天你拒绝了那个想知道他妻子在哪儿的投资银行家……"

"因为他妈的很明显,如果他找到她,就会伤害她。"

"好吧,"罗宾说,眼神带着一丝挑衅,"如果他们已经发现了关于奇斯韦尔的事情……"

但她还没说完,一个通过手机正在和同事深入交谈的高个子男人径直走到罗宾的椅子边上,把她向前推到桌子上,打翻了她的橙汁。

"嘿！"斯特莱克叫道，罗宾在试图擦掉湿透的衣服上的汁液，"道歉吗？"

"哦，天哪，"那人慢吞吞地说道，眼睛盯着被果汁浸湿的罗宾，有几个人转过头来盯着他们，"是我干的吗？"

"是的，就是你他妈的干的，"斯特莱克说着站起来，走到桌子旁边，"你这可不是道歉！"

"科莫兰！"罗宾警告道。

"好吧，我很抱歉。"那人说，好像做出了巨大的让步，但考虑到斯特莱克的体型，他的道歉似乎变得真诚了些，"说真的，我确实抱……"

"滚开！"斯特莱克咆哮道。"交换一下座位，"他对罗宾说，"如果有其他笨手笨脚的家伙经过，就只会撞到我而不是你了。"

罗宾既尴尬又感动地拿起也已经湿透了的手提包，照他的要求做了。斯特莱克回到桌边，抓起一叠纸巾，递给她。

"谢谢。"

为了不让她受到伤害，他自愿坐在一张满是橙汁的椅子上，这让罗宾很难保持好斗的姿态。罗宾一边轻轻擦着果汁，一边探身轻轻地说道："你知道我在担心什么，就是比利所说的话。"薄薄的棉布衣服粘在她身上，斯特莱克目不转睛地盯着她的眼睛。

"我问过奇斯韦尔这个问题。"

"是吗？"

"当然啊。你想，当他说起被比利的哥哥勒索时，我还能想到什么呢？"

"他说了什么？"

"他说，他没有弄死过人，但没有人能为意想不到的后果负责。"

"这到底是什么意思？"

"我问了。他给我举了一个例子，假如一个男人掉了一颗薄荷糖，一个小孩捡到后被薄荷糖噎死了……"

"什么？"

"我和你一样不知道。我猜比利没有回电话吧？"

罗宾摇了摇头。

"听着，最有可能的就是比利的幻觉。"斯特莱克说道，"我把比利说的事告诉奇斯韦尔时，并没有觉得他感到内疚或是害怕……"

他说此话的时候，想起了掠过奇斯韦尔脸上的阴影，以及他所得到的印象，奇斯韦尔对这个故事并不完全陌生。

"那么他们勒索奇斯韦尔什么呢？"罗宾问道。

"这我可不知道，"斯特莱克说，"他说这件事发生在六年前，这与比利的故事不相符，因为六年前比利已经不是小孩子了。奇斯韦尔说，有些人会认为他当时的行为不道德，但并不违法。他似乎是在暗示，他当时那样干的时候并不违法，但现在违法了。"

斯特莱克忍住了呵欠，啤酒和下午的酷热使他昏昏欲睡。他晚些时候要到罗蕾莱家去。

"这么说，你相信他？"罗宾问。

"我相信奇斯韦尔吗？"斯特莱克大声地说出了内心的疑惑，眼睛盯着罗宾身后雕刻精美的镜子，"如果非要我打赌的话，我会说他今天对我说的是实话，因为他已经绝望了。我认为他总体上是否值得信赖呢？可能与其他人差不多。"

"你不喜欢他，是吗？"罗宾怀疑地问道，"我一直在读有关他的新闻。"

"有些什么呢？"

"支持绞刑，反对移民，投票反对增加产假……"

她没有注意到在她继续往下说的时候斯特莱克不由自主地低头看了一眼她的身材。

"鼓吹家庭价值观，然而却为了一名记者离开了结发妻子……"

"好吧，我不会选他当酒友，但他有一点可怜。他失去了一个儿子，而另一个刚刚害死了一个女人……"

"嗯，是的，你说过了，"罗宾说，"他主张把小偷小摸类的罪犯关起来，严加惩处，可是他儿子开车撞死了别人的母亲，他却使出浑身解数减短他的刑期……"

她突然住了口，因为听见一个女声在大叫："罗宾！好巧啊！"

只见莎拉·沙德洛克和两个男人一起走进了酒吧。

罗宾无法控制地发出咕哝声，"噢，上帝。"然后大声说道，"莎拉，嗨！"

她愿意付出很多以避免这次邂逅。莎拉准会欢天喜地告诉马修，她在梅菲尔的一家酒吧里看到了罗宾和斯特莱克单独会面，而一个小时前，罗宾还在电话里告诉马修她正独自一人在哈利街。

莎拉坚持要绕过桌子来拥抱罗宾，罗宾相信，假如莎拉不是和男人一起来，她是不会这么做的。

"亲爱的，你怎么了？全身都黏糊糊的！"

在梅菲尔她比罗宾遇见过她的任何地方都要优雅，而且对罗宾的热情增加了好几度。

"没什么，"罗宾喃喃地说道，"橙汁洒了，仅此而已。"

"科莫兰！"莎拉快活地叫道，扑过来亲吻斯特莱克的脸颊。罗宾注意到，斯特莱克无动于衷地坐着没有反应，这让她十分高兴。"来放松一下？"莎拉说着，会意地朝他们俩微笑。

"工作。"斯特莱克坦率地说道。

没有得到留下来的邀请，莎拉便带着同事沿着吧台走了。

"我忘了佳士得就在拐角处。"罗宾嘀咕道。

斯特莱克看了看表。他不想穿着西装去罗蕾莱家，事实上，他的西装已经被罗宾原来座位上的橙汁弄脏了。

"我们需要讨论如何开展这项工作，因为明天就开始了。"

"好吧。"罗宾有些不安地说，因为她已经很久没有在周末工作了。马修已经习惯了她周末会待在家里。

"没事的，"斯特莱克说道，显然看出了她的心思，"我要到星期一才需要你。"

"这份工作至少需要三个人来干。我认为我们得到有关韦伯斯特的信息已经足够让客户满意了，让安迪专门盯着滑头医生，让另外两个等待列表上的客户知道这个月我们帮不了他们，巴克利可以和我们俩一起做奇斯韦尔的案子。

"周一，你就进入下议院。"

"要我干什么？"罗宾吃惊地问道。

"你要去扮演奇斯韦尔的教女，这位教女对在议会工作很感兴趣。然后接近杰兰特，他就在奇斯韦尔办公室走廊的另一头管理德拉的选区办公室。去跟他搭讪……"

他喝了一大口啤酒，从杯子上方朝她皱了皱眉头。

"什么？"罗宾问道，不知道接下来还有什么。

"你对于……"斯特莱克说道，他的声音太小，罗宾不得不凑过去听他说，"违法的事怎么看？"

"嗯，我倾向于反对它，"罗宾说道，不知是喜是忧，"这就是我想做调查工作的原因。"

"那么，假如法律有灰色地带，而我们无法通过其他途径获取信息呢？你要记住，温恩是在犯法，他想要挟一位内阁成员辞职。"

"你是说窃听温恩的办公室吗？"

"一点没错，"斯特莱克说道，他完全读懂了她可疑的表情，接着说，"听着，按照奇斯韦尔的说法，温恩是个喜欢高谈阔论的大嘴巴，这就是为什么他只能一直困在选区的办公室，远离妻子在体育部的工作。显然，他大部分时间都开着办公室的门，大谈特谈选民的机密事务，把私人文件扔在公共厨房。你很有可能在不需要窃听器的情况下就能诱使他做出轻率的举动，但我认为我们不能指望这个。"

罗宾把杯子里的橙汁喝光了，沉思了一下，然后说道："好吧，我来做。"

"确定吗？"斯特莱克问，"很好，但你不能带设备进去，因为你得通过一个金属探测器。我们说好我明天会把窃听器送去给奇斯韦尔，你一进去他就会给你的。

"你需要有个假名。等你想好了就发短信给我，好让奇斯韦尔知道。实际上，你可以再用一次威尼西亚·霍尔。奇斯韦尔是那种会有教女叫威尼西亚的家伙。"

"威尼西亚"是罗宾的中间名，由于罗宾此时太过担心和兴奋，没有从斯特莱克的假笑中发现他在从中找乐子。

"你还得乔装打扮一番，"斯特莱克说，"不需要太大的改变，但奇斯韦尔记得你在关于开膛手的报道中的样子，所以，我们得假设温恩也会记得。"

"天气太热了，不适合戴假发，"罗宾说道，"我可以试试戴上彩色隐形眼镜。我现在就可以去买一副，也许还可以在隐形眼镜上面再戴上普通的镜片。"她抑制不住地又微笑起来，"下议院！"她激动地重复道。

在酒吧的另一边，沙拉·沙德洛克那颗白金色的头闯入了罗宾的视线，罗宾的兴奋之情也随之褪去。莎拉刚刚调整好姿势，好让罗宾和斯特莱克一直在她的视线之内。

"我们走吧。"罗宾对斯特莱克说。

他们走回地铁站时，斯特莱克解释说巴克利将会跟踪吉米·奈特。

"我做不到，"斯特莱克遗憾地说，"我已经向他以及他的伙伴暴露了我的身份。"

"那你打算干什么？"

"堵住漏洞，追踪线索，如果需要的话，值夜班。"斯特莱克说。

"可怜的罗蕾莱。"罗宾说。

这句话冲口而出，幸好旁边越来越拥挤的车辆川流不息，斯特莱克没有应答，罗宾希望他没有听到。

"奇斯韦尔提到他在伊拉克阵亡的儿子了吗？"她问道，就像想要掩饰已经发出的笑声而仓促咳嗽。

"是的，"斯特莱克说，"弗雷迪显然是他最喜欢的孩子，但这并不能说明他的判断力。"

"你这是什么意思?"

"弗雷迪·奇斯韦尔就是个混蛋。我调查了很多阵亡将士事件,从来没有这么多人问过我,那个死去的军官是不是被自己的手下从背后开枪打死的。"

罗宾看上去十分震惊。

"死亡是虚无的吗?"斯特莱克说了句拉丁语。

罗宾在与斯特莱克的工作中学了不少拉丁语。

"好吧,"她轻声说道,心里第一次对贾斯帕·奇斯韦尔产生了同情,"你不能指望他父亲会说他的坏话。"

他们在街道的尽头分了手,罗宾去买彩色隐形眼镜,斯特莱克向地铁站走去。

和罗宾谈话之后,斯特莱克感到异常愉快:在他们考虑这项具有挑战性的工作时,他们之间熟悉的友谊轮廓突然又浮现了出来。他喜欢看到她一想到要进入下议院就兴奋不已的样子;他喜欢成为那个给她提供这个机会的人;他甚至喜欢她对于他对奇斯韦尔故事的假设进行压力测试的方式。

快进车站时,斯特莱克突然转向一边,不料激怒了跟在他身后的怒气冲冲的商人。那人狂怒地发出啧啧声,勉强躲过了碰撞,气呼呼地大步跨进了地铁,而无动于衷的斯特莱克却靠在被太阳烘烤的墙上一边给探长埃里克·沃德尔打电话,一边享受着西装外套里透着的热气。

斯特莱克跟罗宾说的是实话。他不相信奇斯韦尔曾经勒死过一个孩子,但他对比利的故事的反应却不置可否地显得有些古怪。由于部长透露奈特一家曾经住在他家附近,斯特莱克现在知道比利在牛津郡时还是个"小孩子"。要缓解他对那条粉色毯子的持续不安,合乎逻辑的第一步是去查明该地区几十年前是否有儿童失踪,而且至今仍未找到。

11

让我们用自由、欢乐和激情来扼杀所有的记忆。

——亨利克·易卜生《罗斯莫庄》

罗蕾莱·贝文住在位于卡姆登的一套家具齐全的公寓里，就在她欣欣向荣的老式服装店的上面。当天晚上七点半斯特莱克来到了她的住处，一只手里拿着一瓶黑皮诺，另一只手把手机举在耳朵旁。罗蕾莱打开门，看到他打电话的熟悉的样子，冲他亲切地笑了笑，吻了吻他的嘴唇，把酒接过去，回到了厨房，厨房里正散发出令人愉悦的泰式炒面的香味。

"……或者试着打入 CORE 内部。"斯特莱克对巴克利说道，随即关上身后的门，走到罗蕾莱的客厅。客厅里挂着一幅沃霍尔的伊丽莎白·泰勒的大幅画像。"我会把找到的关于吉米的信息都发给你，他参加了几个不同的组织，不知道他是否在工作。他是东汉姆白马酒吧的常客，我觉得他是铁锤队的粉丝。"

"可能更糟，"巴克利说，声音很轻，他刚哄好正长牙的婴儿入睡，"他可能是切尔西的粉丝。"

"你要承认以前当过兵，"斯特莱克说着，一屁股坐在扶手椅上，把腿抬到一个位置合适的方形坐垫上，"因为你看起来就像个大兵。"

"没问题，"巴克利说，"我会是那个不知道自己要做什么的可怜小伙子，强硬的左翼分子喜欢这玩意，就让他们高我一等吧。"

斯特莱克笑着掏出香烟。尽管最初他有些怀疑，但现在，他认为雇用巴克利这事做对了。

"好吧，在你接到我的电话之前，先别行动。应该是星期天的某个时候打给你。"斯特莱克刚挂下电话，罗蕾莱就端着一杯红酒出现在他面前。

"厨房里需要帮忙吗？"斯特莱克问道，但身体却纹丝不动。

"不用，你就待在这儿。我很快就好了。"她微笑着回答。他很喜欢她那条二十世纪五十年代风格的围裙。

罗蕾莱回到厨房时，斯特莱克点起了烟。虽然罗蕾莱不抽烟，但她并不反对斯特莱克抽本森·赫奇斯韦尔牌香烟，只要斯特莱克使用她专门为他准备的那个装饰着欢腾贵宾犬的俗气烟灰缸就行了。

抽着烟，他承认自己羡慕巴克利能够渗透到奈特和他那帮极左同事中间。那是斯特莱克在宪兵队时很喜欢的工作。他想起了在德国的四名士兵，他们迷上了当地的一个极右翼组织。斯特莱克成功地说服了他们，说他和他们一样相信白人民族主义超级国家的存在，并打入了他们的一次会议，成功地逮捕和起诉了这四人，这件事让他特别满意。

打开电视，他看了一会儿第四频道的新闻，喝着酒，在愉悦地期盼着泰式炒面和其他感官享受中抽着烟，享受一次他的许多同事认为是理所当然但他却很少体验到的：周五晚上的放松和释放。

斯特莱克和罗蕾莱是在埃里克·沃德尔的生日聚会上认识的。从某种程度上说，那是一个尴尬的夜晚，因为那是斯特莱克在电话里告诉可可他对和她再次约会没有兴趣之后，第一次再见到可可。可可当时喝得酩酊大醉。半夜一点钟，当斯特莱克坐在沙发上与罗蕾莱交谈甚欢时，可可大步穿过房间，把一杯酒泼在他们俩人身上，然后怒气冲冲地消失在夜色中。直到第二天早上在罗蕾莱的床上醒来，斯特莱克才意识到，可可和罗蕾莱原来是老朋友。他认为这实际上会成为罗蕾莱的问题，而不是他的问题。可可不想和她再有任何瓜葛，但她似乎认为这样的交换很公平。

"你是怎么做到的？"他们再次见面时，沃德尔问斯特莱克，他真的很困惑，"哎呀，我想知道你的……"

斯特莱克扬起浓浓的眉毛，沃德尔似乎在插科打诨，言语间近乎恭维却又暗藏机锋。

"没什么秘密，"斯特莱克说，"有些女人就喜欢胖胖的一条腿的男人，头发像阴毛，鼻子还断了。"

"唉，这可是对我们精神卫生服务机构的可悲的控诉，竟然让你这种人在大街上逍遥法外。"沃德尔说道，惹得斯特莱克哈哈大笑。

罗蕾莱是她的真名，不是取自莱茵河神话中的魔女，而是取自玛丽莲·梦露在电影《绅士爱美人》中所扮演的角色，那是她母亲最喜欢的电影。她走在街上，男人们的眼睛会随着她而转动，可是，她既没有唤起斯特莱克的深切渴望，也没有引起如同夏洛特带来的那种灼热疼痛。他不知道这是因为夏洛特妨碍了他感受强烈的能力，还是因为罗蕾莱缺少某种必不可少的魔力。斯特莱克和罗蕾莱彼此都没有向对方说过"我爱你"。在斯特莱克看来，这是因为尽管他觉得她很可爱，也很有趣，但他不可能发自肺腑地说出这句话来。对他来说，假设罗蕾莱也有同样的感觉，那么一切就方便很多。

当时罗蕾莱刚刚结束了和男友长达五年的同居关系，斯特莱克在沃德尔家昏暗的客厅里望了她几眼后，就走过去和她攀谈。以前，罗蕾莱告诉他自己独享公寓，恢复自由有多棒时，他会相信她。不过，最近斯特莱克感到有点不快，因为每当他告诉罗蕾莱周末要工作时，就会感觉像暴风雨前的第一场大雨。如果斯特莱克质疑她，她就会否认，连连说道：不，不，当然不是，如果你必须工作的话……

不过，斯特莱克在他俩关系一开始就提出了不能妥协的条件：他的工作不可预测，财务状况也很差。他唯一想要的就是她的床，假如她要寻求可预见性或持久性的关系，那么他不是她要找的男人。

开始，她似乎对这样的条件很满意，过了十个月后，假如她对此不是那么满意的话，那么斯特莱克就会毫不费力地结束他们之间的关系。也许她已经觉察到了这一点，因为她没有尽力争辩。这使斯特莱克很高兴，不仅仅是因为他可以不用惹麻烦。他喜欢罗蕾莱，喜欢和她上床，而且觉得现在和她有这样的关系是可取的——出于一个他完全知道是怎么回事但又懒得深究的原因。

泰式炒面棒极了，他们的谈话也轻松有趣。斯特莱克对罗蕾莱只字不提他的新案子，只是说他希望这个案子既有利可图又有趣味性。一起洗完碗后，他们回到了卧室，卧室的墙壁是糖果粉色，窗帘上印着卡通女牛仔和小马。

罗蕾莱喜欢收拾打扮。那天晚上上床时，她穿着长袜和黑色紧身胸衣。她具有绝非一般的天赋，能在不陷入戏仿的情况下上演一场情色戏。只有一条腿，鼻子也断了，在这个轻浮美丽的闺房里，斯特莱克也许会觉得滑稽可笑，但她在他的赫菲斯托斯面前扮演阿芙洛狄忒的角色，演得如此巧妙，以致有时让他完全会忘记了罗宾和马修。

毕竟，很少有乐趣和一个真正需要你的女人给你的愉悦相媲美，第二天午饭时他有了这样的想法。他们肩并肩坐在一家人行道咖啡馆里，阅读着不同的报纸，斯特莱克抽着烟，罗蕾莱完美的指甲在他的手背上漫不经心地抚摸着。为什么他要告诉她今天下午他得工作呢？的确，他需要把窃听器放在奇斯韦尔在贝尔格莱维亚的公寓，但他本可以轻松地和她再共度一晚，回到卧室，回到长筒袜和紧身衣。这一前景无疑十分诱人。

然而，他内心的某种无法平息的东西不肯屈服。连续两个晚上待在罗蕾莱那里会打破这种模式；如果那样做的话，短暂的关系就会滑入真正的亲密关系。在斯特莱克的内心深处，他无法想象和一个女人一起生活、结婚、养育子女。在他重新适应失去了半条腿的生活的那些日子里，他曾和夏洛特一起规划过这些事情。在阿富汗一条尘土飞扬的路上，一枚简易爆炸装置炸弹将他从选择的生活中炸了出去，让他进入一个全新的身体和一个全新的现实世界。有时，他认为向夏洛特求婚是他截肢后暂时迷失方向的最极端的表现。他需要重新学习如何走路，并且，几乎同样艰难地要学习在军队之外生活。隔着两年的距离，他看到自己在其他一切都悄悄溜走之时试图紧紧抓住过去的某个部分。他对军队的忠诚，已经转移到了和夏洛特的未来之上。

"干得好，"当斯特莱克告诉老朋友戴夫·波沃斯他订婚的消息时，戴夫毫不犹豫地说道，"真可惜浪费了这么多实战训练。不过，被杀的风险略有增加，伙计。"

他真的想过婚礼会如期举行吗？他真的想象过夏洛特会安于他能给予她的生活吗？在他们经历了这一切之后，他们各自都以不洁的、个人的和独特的方式受到了伤害，他是否相信他们还能共同获得救赎？与罗蕾莱坐在阳光下，好像几个月来，他都全心全意地相信这一点，并且知道这是不可能的，从来没有将计划提前几周以上。夜里他抱着夏洛特，仿佛她是地球上的最后一个人类，仿佛只有世界末日才能把他们分开。

"再喝杯咖啡吗？"罗蕾莱轻声问道。

"我得走了。"斯特莱克说。

"我什么时候能再见到你呢？"斯特莱克付给侍者钱时，她问道。

"我跟你讲过，我接了个大案子，"他说，"在一段时间内，时间的安排会无法预料。我明天给你打电话。如果晚上有空，我们就出去。"

"好吧，"她微笑着说，又温柔地加了一句，"吻我。"

他照做了。罗蕾莱把丰满的嘴唇紧贴在他的嘴唇上，让他不由自主地回想起清晨的某些亮点。他们分开了，斯特莱克咧嘴一笑跟她道别，留她自己拿着报纸坐在阳光下。

文化部长打开了他在埃伯里街的家门，但没有邀请斯特莱克进屋。事实上，奇斯韦尔似乎急于想让侦探尽快离开。他接过那盒监听设备,咕哝说:"好的,好吧,我会确保让她拿到的。"正要关门时,他突然在斯特莱克身后喊道:"她叫什么名字?"

"威尼西亚·霍尔。"斯特莱克回答。奇斯韦尔关上了门,斯特莱克拖着疲惫的脚步,沿着满是金色联排别墅的安静街道往回走,朝地铁站和丹麦街走去。

比起罗蕾莱的公寓,他的办公室显得既荒凉又阴郁。他打开窗户,让楼下丹麦街的喧闹声传进来,音乐爱好者们继续参观乐器店和旧唱片店。斯特莱克担心,这些店会被即将到来的重建项目毁掉。引擎声和喇叭声,谈话声和脚步声,潜在买主的吉他即兴演奏和另一个街头艺人遥远的鼓槌声,在斯特莱克听来都很愉悦。他准备开始工作,知道如果他想从互联网上搜索到他的目标的生活,那就得在电脑椅上坐上好几个小时。

假如你知道去哪里搜索,并且有时间和专业知识,那么可以在网络空间中挖掘出许多存在的轮廓来:幽灵般的外骨骼,有时是部分的,有时是令人不安的完整的,由他们的血肉之躯所主导的生活。斯特莱克已经学到了许多技巧和秘密,甚至成为了互联网最为黑暗的角落里的内行。不过,通常最无辜的社交媒体网站也拥有着数不清的财富,有一小部分的交叉引用是用来汇编详细的个人历史必不可少的,而这些历史是他们粗心的主人从来没有打算要与世界分享的。

斯特莱克首先查阅了谷歌地图,查看吉米和比利成长的地方。斯泰达小屋显然太小,无足轻重,无法命名,但奇斯韦尔庄园的标志就很清楚,就在伍尔斯通村外面不远处。斯特莱克花了五分钟的时间,徒劳地扫视了奇斯韦尔庄园周围的几片林地,注意到几处可能是农舍的小广场——他们把它埋在了我爸爸家旁边的小山谷里——然后他又继续调查那位年长的、更为理智的哥哥。

斯特莱克发现CORE有一个网站,夹在庆祝资本主义和新自由主义的冗长辩论之间,有一份吉米计划示威或演讲的有用的抗议日程表,侦探把它打印出来并添加到他的文件中。然后他跟踪一个链接到了真正的社会党网站，该网站比 CORE 网站更繁忙、更混乱。在这个网站，他找到了吉米的另一篇长文，主张解散以色列的"种族隔离国家"以及击败对西方资本主义建制有压制作用的"犹太复国主义游说团体"。斯特莱克发现，贾斯帕·奇斯韦尔作为"公开宣称的犹太复国主义者"被列入了文章末尾的"西方政治精英"之列。

吉米的女友弗利克出现在"真实社会主义"网站的几张照片中，她在游行反对三叉戟时，留着乌黑的头发；而当她为在"真实社会主义"集会的露天舞台上演讲的吉米加油时，金发变成了粉红色。在链接到弗利克的推特账号之后，斯特莱克仔细阅读了她的时间表，那是令人倒胃口和充满谩骂的奇怪混合体。"我希望你他妈的得屁股癌，你这个保守党的贱人"字样就出现在一段视频剪辑的正上方，视频里一只小猫打喷嚏打得很厉害，以至于从篮子里掉了出来。

据斯特莱克所知，吉米和弗利克都没有或从未拥有过财产，这是他们两人的共同之处。他在网上找不到任何关于他们如何养活自己的线索，除非为极左网站写作的报酬要比他想象的丰厚。吉米从一个叫卡斯图里·库马尔的人那里租下了查理蒙特路上那套简陋的公寓。弗利克在社交媒体上偶然提到住在哈克尼，但在网上任何地方都找不到她的地址。

在更深入地挖掘了网上记录后，斯特莱克发现了一位年龄跟吉米相仿的詹姆斯·奈特，他似乎与一位名叫道恩·克兰西的女子同居了五年。在深入研究道恩的信息丰富、表情丰富的脸书页面后，斯特莱克发现她与吉米曾经结过婚。道恩是一名理发师，在回到家乡曼彻斯特之前，在伦敦经营着一家成功的企业。她比吉米大十三岁，目前似乎既没有孩子，也和前夫没有任何联系。然而，她在被甩女友的"所有男人都是垃圾"帖子上发表的一条评论引起了斯特莱克的注意，"是的，他是个混蛋，但至少他没有起诉你！我（再次）赢了！"

斯特莱克很感兴趣，于是把注意力转向法庭记录，经过一番挖掘，他发现了一些有用的信息。吉米曾两次被控聚众斗殴，一次是在反资本主义游行中，一次是在反三叉戟的抗议活动中，但这一次是在斯特莱克的意料之中。更有趣的是，在皇家法院和法庭事务处的网站上，吉米被列在一份无理取闹的诉讼人名单上。由于长期以来轻率的法律诉讼习惯，奈特现在"未经允许不得在法庭上提起民事诉讼"。

吉米显然曾经在诉讼中赢得了他的，或者说是州政府的钱。在过去的十年里，他对各种各样的个人和组织提起了民事诉讼。法律只支持过他一次，那是在2007年，他从扎内特工业公司获得了赔偿，因为该公司被发现在解雇他时没有遵循正当的程序。

吉米曾在法庭上代表自己起诉扎内特公司，并因获胜而沾沾自喜，于是又代表自己提起了其他几起诉讼，其中包括一个车库业主，两个邻居，一名他声称诽谤他的记者，两名他声称袭击过他的伦敦警察厅的警官，另外两个雇主，最后是他的前妻，他说前妻骚扰他，给他的收入造成了损失。

根据斯特莱克的经验，那些蔑视在法庭上使用代表权的人要么是精神失常，要么是傲慢自大，结果都一样。吉米的诉讼史表明他贪得无厌，没有原则，虽然头脑敏锐，但并不明智。在试图找出一个人的秘密时，了解他的弱点总是有用的。斯特莱克把吉米试图起诉的所有人的名字，还有他前妻的地址，都加到了他旁边的档案里。

接近午夜时分，斯特莱克回到了公寓，他急需睡眠。因为周日他一大早就起了床，将注意力转到杰兰特·温恩身上，一直蜷缩在电脑前直到黄昏时分，身边已经弄好了一个新的纸版文件，上面贴着"奇斯韦尔"的标签，里面装满了那两个勒索奇斯韦尔的男人的各式各样但已经过反复核对的信息。

他伸着懒腰，打着呵欠，突然意识到从敞开的窗户传进来的噪声。音乐商店终于关门了，邦戈鼓也停止了，但查令十字街的车流仍在隆隆作响。斯特莱克站了起来，靠在桌子上支撑身体，因为在电脑桌前坐了好几个小时，他的脚踝已经麻木了。他俯首从办公室的窗户向外望去，屋顶外面是一片橘红色的天空。

现在是周日晚上，不足两小时后，英格兰将在基辅举行的欧洲足球锦标赛四分之一决赛中对阵意大利。斯特莱克允许自己享受的为数不多的个人嗜好之一就是订购了天空频道，这样他就可以观看足球比赛了。他楼上的公寓里可轻松容纳的小便携式电视可能不是观看如此重要赛事的理想媒介，但他不能去酒吧观看，因为他周一得提早出发再次去监控滑头医生，一想到此事他就闷闷不乐。

他看了看手表，比赛前他还有时间买上一份中餐外卖，但还需要打电话给巴克利和罗宾安排一下接下来几天的工作。他正要拿起电话时，音乐提示音告诉他收到了一封电子邮件。

主题："牛津郡失踪的孩子"。斯特莱克把手机和钥匙放回桌上，点开了邮件。

斯特莱克：

　　这是我能做到的最快的搜索。显然，没有精确的时间框架很难进行搜索。据我所知，九十年代初/中期在牛津郡/威尔特郡发生的两起失踪儿童案件尚悬而未决。十二岁的苏基·刘易斯1992年10月从护理中心失踪。还有五岁的伊姆马穆·易卜拉欣在1996年失踪。父亲同时失踪，据悉是在阿尔及利亚。没有进一步的信息，就没有什么可做的了。

　　祝好，E

12

我们呼吸的空气里充满了风暴。

——亨利克·易卜生《罗斯莫庄》

罗宾坐在她和马修宽敞的新卧室的梳妆台前,夕阳在她身后的羽绒被上洒下红润的光芒。隔壁房间的烤肉正在冒着早先带有金银花香味的轻烟。她刚把马修留在楼下,马修躺在沙发上看英格兰对意大利的热身赛,手里拿着一瓶冰凉的佩罗尼。

罗宾打开梳妆台的抽屉,拿出一副藏在里面的彩色隐形眼镜。经过前一天的反复试验,她觉得淡褐色和她的草莓金发搭配起来最自然。她小心翼翼地取出第一只,然后又取出另一只,把它们放进她那水汪汪的蓝灰色虹膜上。她必须习惯戴着它们。在理想情况下,她整个周末都可以戴着,但马修看到她戴着彩色隐形眼镜时的反应阻止了她那么做。

"你的眼睛!"他困惑地盯着她看了几秒钟后说道,"该死的,看起来太可怕了,快把它们拿出来!"

鉴于周六已经被他们关于她工作的一次紧张分歧给毁了,她决定整个周末都不戴眼镜,因为它们会不断提醒马修她下周要去做什么。马修似乎认为,去下议院做卧底无异于叛国,而罗宾拒绝告诉他她的客户或目标是谁,使他更加恼火。

罗宾不停地对自己说马修是在担心她的安全,他不应该为此受到责备。这变成了一种精神上的锻炼,她表现得像在忏悔:你不能因为他出于担心而责怪他,去年你差点被杀,他希望你安全。然而,周五她和斯特莱克去喝酒的事实似乎比任何潜在的杀手更让马修担心。

"你不觉得你他妈的太虚伪了吗?"他说。

每当他生气时,鼻子和上嘴唇周围的皮肤就会绷紧。罗宾几年前就注意到了,但最近让她产生了一种近乎厌恶的感觉。她从未向她的心理医生提起过此事,感觉太恶心,太本能了。

"我怎么虚伪了?"

"和他舒舒服服地去喝小酒……"

"马特,我和他是在工作……"

"然后抱怨我和莎拉一起吃午餐。"

"和她一起吃午餐!"罗宾说道,气得血脉贲张。

"你就去吧!事实上,我是在红狮酒吧遇到她的,和下班的男人在一起。你要不要打电话给汤姆,告诉他,他的未婚妻和同事一起去喝酒?还是说,只有我一个人不被允许这么做?"

马修的鼻子和嘴唇周围的皮肤绷紧了,看起来像一只口鼻罩,罗宾想,就像一只咆哮的狗戴着一只苍白的口鼻罩。

"如果莎拉没有看见你们,你会不会告诉我你和他一起去喝酒了?"

"不会,"罗宾怒气冲冲地说道,"我就知道你对这件事的表现会像个笨蛋。"

这场争论的紧张后果一直持续到周日,但这绝不是他们上个月最严重的一次争吵。就在周日最后的几个小时里,随着英格兰队比赛的到来给他带来了欢乐,马修又变得和蔼可亲了。罗宾甚至主动从厨房里给他拿了一瓶佩罗尼,吻了吻他的前额,然后带着一种解脱的感觉离开了他,去试用她的彩色隐形眼镜和第二天的准备工作。

罗宾不停地眨眼睛,渐渐地感觉没有那么不舒服了。她走到床边，笔记本电脑放在那里。她把电脑拉过来，发现斯特莱克刚刚发来了一封电子邮件。

罗宾：
　　附件中是我对温恩夫妇做的调查。我明天之前会打电话给你作简短的介绍。

科斯

罗宾有点恼火，斯特莱克应该是在"见缝插针"且在夜间工作。难道他认为罗宾在周末就没有做任何研究吗？尽管如此，她还是点击了几个附件中的第一个，那是一份总结斯特莱克网上劳动成果的文件。

杰兰特·温恩

　　杰兰特·艾弗·温恩，1950年7月15日出生于卡迪夫。父亲是一名矿工。在文法学校接受教育，在卡迪夫大学遇见德拉。在担任她的选举代理人和在选举后管理她的议会办公室之前是"财产顾问"。网上没有关于他以前职业生涯的详细信息。没有一家公司是以他的名义注册的。与德拉住在伯蒙齐区萨瑟克公园路。

斯特莱克设法挖出了两张杰兰特和他著名妻子的劣质照片，罗宾自己也已经找到了那些照片，并保存在她的笔记本电脑里。她知道斯特莱克费了多大的劲才找到杰兰特的照片，因为前一天晚上马修睡觉的时候，她花了很长时间才找到照片。新闻摄影师似乎不觉得他给照片增加了多少内容。杰兰特身材瘦削，秃顶，戴着厚框眼镜，嘴巴看不到嘴唇，下巴很虚弱，地包天很明显，让罗宾想起了一只超重的壁虎。

斯特莱克还附上了体育部长的资料。

德拉·温恩

出生于 1947 年 8 月 8 日。姓琼斯。出生于威尔士格拉摩根谷并在此地长大。父母均为老师。出生时因双侧小视症而失明。五岁至十八岁就读于圣伊诺多克皇家盲人学校。少年时曾多次获得游泳奖项。(详情请参阅附件文章,也可参阅"公平竞争环境"慈善机构)。

尽管罗宾在周末尽可能多地阅读了有关德拉的文章,但她还是勤奋地读完了这两篇文章。文章所写的内容她几乎都已经知晓。德拉出生在威尔士选区,在成功竞选之前,她曾为一家著名的人权慈善机构工作。长期以来,她积极倡导贫困地区的体育事业,是残疾运动员的拥护者,也是利用体育运动帮助受伤退伍军人康复项目的支持者。她的慈善机构"公平竞争环境",旨在帮助年轻运动员和应对挑战的运动员,无论他们是贫困还是身体残疾,等等,该机构的成立受到了媒体的广泛报道。许多引人注目的体育界人士都花了时间去募集资金。

斯特莱克所附的两篇文章中都提到了罗宾从自己的研究中已经知晓的一件事:温恩夫妇和奇斯韦尔夫妇一样,都失去了一个孩子。德拉和杰兰特的独生女在十六岁时自杀身亡,就在德拉参加议会选举的前一年。罗宾读到有关德拉·温恩的每一篇文章都提到了这一悲剧,甚至那些赞扬她取得重大成就的文章也提到了这一点。她在议会的首次演讲中支持设立一个欺凌热线,除此之外,她从未谈论过自己孩子自杀的事。

罗宾的手机响了。检查了卧室的门是否关上之后,她接听了电话。"接得真快,"口里含着新加坡面条的斯特莱克粗声粗气地说道,"对不起……让我很吃惊……我刚拿到外卖。"

"我读了你的邮件,"罗宾说,她听到一声金属撞击声,确定他正在打开一罐啤酒,"非常有用,谢谢。"

"你的伪装弄好了吗?"斯特莱克问道。

"弄好了。"罗宾说着转身对着镜子审视自己。眼睛颜色的变化会让人的脸部改变那么大,真是奇怪。她打算在淡褐色的眼睛上戴一副透明眼镜。

"你对奇斯韦尔的了解已经足够假装是他的教女了吗?"

"当然可以了。"罗宾说。

"那就说说看,"斯特莱克说,"给我展示展示。"

"出生于1944年,"罗宾没有读她的笔记,马上脱口而出,"在牛津大学默顿学院学习古典文学,后来加入女王卫队,在亚丁和新加坡积极服役。

"和第一任妻子帕特里夏·弗利特伍德夫人有三个孩子:索菲亚、伊莎贝拉和弗雷迪。索菲亚结婚了,住在诺森伯兰,伊莎贝拉掌管着奇斯韦尔的议会办公室。"

"是吗?"斯特莱克问道,听起来有点吃惊,罗宾知道她发现了一些他没有发现的东西,很是高兴。

"伊莎贝拉就是你认识的那个女儿吗?"罗宾想起斯特莱克在办公室里说过的话,问道。

"没有到认识的地步。我和夏洛特一起与她见过几次面。大家都叫她伊茨·奇茨,那种上层阶级的昵称之一。"

"在奇斯韦尔让一名政治记者怀孕后,帕特里夏夫人就和他离婚了。"

"于是就有了艺术画廊里令人失望的儿子。"

"完全正确……"

罗宾把鼠标移到她保存的图片上,照片上是一个皮肤黝黑、异常英俊的年轻人,身着炭灰色西装,在一个黑头发、戴着墨镜的时髦女人的陪伴下走上法庭的台阶。他们长相相似,可是她看上去很年轻,不像是他的母亲。

"但在拉斐尔出生后不久,奇斯韦尔和这位记者就分手了。"罗宾说。

"家里人叫他拉夫,"斯特莱克说,"第二任妻子不喜欢他,认为奇斯韦尔应该在这个儿子出车祸后和他断绝关系。"

罗宾做了进一步的说明。

"很好,谢谢。奇斯韦尔的现任妻子金瓦拉,去年身体不太好。"罗宾继续说着,点开一张金瓦拉的照片,红头发,曲线优美,穿着黑色紧身连衣裙,戴着沉甸甸的钻石项链。她比奇斯韦尔小三十岁左右,对着镜头噘嘴。如果不知情的话,罗宾会猜他们是父女,而不是一对夫妇。

"是因为神经衰弱,"斯特莱克抢先一步说道,"是的。你认为是因为喝酒还是吸毒呢?"

罗宾听到一阵叮当声,猜想是斯特莱克刚把空啤酒易拉罐扔到了办公室的垃圾框里。那么说,他是独自一个人。罗蕾莱从来不会待在楼上的小公寓里。

"谁知道呢?"罗宾说道,眼睛仍然盯着金瓦拉·奇斯韦尔的照片。

"最后一件事,"斯特莱克说,"我刚刚得知,有两个孩子在牛津郡失踪了,时间正好和比利的故事相符。"

出现了短暂的停顿。

"你还在吗?"斯特莱克问道。

"是的……我在想,你不会相信奇斯韦尔勒死了一个孩子吧?"

"我不相信,"斯特莱克说,"时间对不上,如果吉米知道保守党的一位部长勒死了一个孩子,他才不会等上二十年后才试图将这事变成钱的。但我还是想知道,是不是比利想象自己看到有人被勒死了。我要深入研究一下沃德尔给的名单,如果其中任何一个名字可信的话,我会让你试探一下伊茨。她可能还记得有个孩子在奇斯韦尔庄园附近失踪的事。"

罗宾沉默不语。

"就像我在酒吧里说过的,比利病得不轻,也许什么事都没有,"斯特莱克说道,带着一丝辩护的意味。他和罗宾都很清楚,他以前曾经抛弃了付费案件和有钱的客户,去追查他人可能只是说谎的秘密。"我只是……"

"除非你调查清楚，否则你不能放松，"罗宾说道，"好吧，我明白了。"

罗宾看不到，不过斯特莱克咧嘴笑了，然后揉了揉疲惫的眼睛。

"好吧，祝你明天好运，"他说，"如果需要我，随时给我打电话。"

"那你打算干什么呢？"

"做点文书的工作。吉米·奈特的前任周一不上班，我周二要去曼彻斯特找她。"

罗宾突然对去年产生了怀旧之情，她和斯特莱克一起有过一次公路旅行，去询问那些经历了危险的男人之后幸存的女人。她不知道斯特莱克在计划此次旅行时是否想起过这件事。

"你在看英格兰对阵意大利的比赛吗？"她问。

"是的，"斯特莱克说，"没有其他事了，对吗？"

"没有了。"罗宾急忙说道，她并不想让他觉得想要耽误他，"那么再联系吧。"

没等斯特莱克说完再见，罗宾就挂断了电话，并把手机扔到了床上。

13

我不会让自己因为害怕可能发生的事情而被打倒在地。

——亨利克·易卜生《罗斯莫庄》

第二天早上罗宾醒来,感到气喘吁吁,她将手指放在喉咙上,试图扳开不存在的手。等马修醒来感到很困惑时,她已经起身走到卧室门口了。

"没事,我很好。"她咕哝着,马修还没来得及问清楚,她就摸索着找到了让她走出卧室的把手。

令人惊讶的是,自从她听到那个被勒死的孩子的故事以来,这种事就没有再发生过。罗宾确切地知道手指紧紧地绕着脖子的感觉,你会感到大脑一片黑暗,知道你马上就会不存在。她因被尖锐的记忆碎片所驱使而去接受了治疗,那是不同于正常的记忆,能够将她突然从身体中拽出来,把她扔回过去。她能闻到杀手被尼古丁熏黄了的手指,能感觉到杀手穿着运动衫的柔软肚子抵着她的后背。

她锁上浴室的门,穿着睡觉时穿的宽松 T 恤坐在地板上,把注意力集中到呼吸上,专注于裸露的双腿下凉爽的瓷砖,就像被教导的那样,观察着心脏的快速跳动,肾上腺素在她的血管中剧烈跳动,不是要对抗她的恐惧,而是要观察它。过了一会儿,她有意识地注意到她昨晚用过的薰衣草沐浴露的淡淡香味,并听到远处有一架飞机飞过。

你很安全。这只是一个梦,只是一个梦。

隔着两扇紧闭的门,她听到马修的闹钟响了。几分钟后,他敲了敲门。

"你还好吗?"

"没事。"罗宾从正在流淌的从水龙头上方回应道。

她打开了门。

"都好吗?"他问,仔细地看着她。

"我只是想撒尿。"罗宾轻快地回答道,一边回到卧室去拿彩色隐形眼镜。

在与斯特莱克一起工作之前,罗宾曾经与一家名为"临时解决方案"的侦探社签了约。他们派她去过的办公室现在在她记忆中变得混乱不堪,只剩下一些异常、奇怪和诡异的东西。她记得那个酗酒的老板,出于好意,她重写了他口述的信;她打开了抽屉,发现一副假牙和一条脏内裤;那个称她为"波比"的充满希望的年轻人,笨拙地想在背靠背的监视器前和她调情;那个在工作小隔间里贴满了演员伊恩·麦克肖恩照片的女人,还有那个在开放式办公室里和男朋友通过电话分手的女孩,对房间里其他地方洋溢的淫荡的声音无动于衷。罗宾怀疑那些和她有过短暂接触的人对她的记忆是否比她对他们的记忆要更清楚,甚至那个叫她"波比"的胆小的浪漫主义者,也不见得会记住她。

然而,从她到达威斯敏斯特宫的那一刻起,她就知道这里发生的一切将永远留在她的记忆中。仅仅是把游客抛在身后,穿过警察站岗的大门,就让她感到喜悦。走近宫殿,错综复杂的金色图案在清晨的阳光下完全被遮住了,那座著名的钟楼映衬在天空中,她的紧张和兴奋急剧增加。

斯特莱克告诉过她该用哪扇侧门。那扇侧门通向一个长长的、灯光昏暗的石头大厅，但首先她必须通过一个金属探测器和机场使用的那种 X 光机。罗宾取下背包接受扫描时，她注意到一个三十多岁、身材高挑、头发略显凌乱的金发女郎正在不远处等着，手里拿着一个用牛皮纸包着的小包裹。这个女人看着罗宾站在自动拍照的地方拍照，拍出的照片会出现在纸质的通行证上，然后将其戴在脖子上的挂绳上。当保安挥手示意罗宾往前走时，那个女人走上前来。

"是威尼西亚吗？"

"是的。"罗宾说。

"我是伊茨，"对方微笑着说，伸出一只手来。她穿着一件上面有大朵花纹图案的宽松衬衫，还有一条阔腿裤。"这是爸爸送来的。"她把手里的包裹塞进罗宾的手里，"我很抱歉，我们得快点了……真高兴你能准时到这儿……"

她疾步往前走，罗宾急忙跟在后面。

"我正在打印一堆文件，要交给在文化、媒体和体育部的爸爸——我现在忙得不可开交。爸爸作为文化部长，奥运会就要到了，简直要忙疯了……"

她领着罗宾几乎是小跑着穿过大厅，大厅的尽头是彩色玻璃窗，走廊像迷宫一样曲曲折折，一路上她都用充满自信的上流社会的腔调说话，她的肺活量给罗宾留下了深刻的印象。

"对了，我暑假就会离开这儿——和我的朋友杰克斯一起开一家装饰公司——我在这儿已经五年了——爸爸对此很不高兴——他需要一个非常得力的助手，他唯一喜欢的申请者拒绝了我们。"

她回头对罗宾说道，罗宾正急急忙忙地尽量赶上。

"我猜你没有认识很多私人助理吧？"

"恐怕不认识。"罗宾说，她在做临时工时没有交到任何朋友。

"快到了。"伊茨说，领着罗宾穿过了数不清的狭窄走廊，上面全都铺着罗宾在电视上看到的和下议院真皮座椅一样的绿色地毯。最后，她们来到一条岔路道，通向几扇哥特式拱形的厚重木门。

"这间是温恩的，"经过右边第一扇门时，伊茨低声说，"那间，"

她说着,向左边最后一扇门走去,"是我们的。"

她站到一边,让罗宾先进入房间。

办公室拥挤又杂乱。拱形的石窗上挂着网眼窗帘,窗外是露台酒吧,在泰晤士河耀眼的灯光下,隐约可见人影。有两张桌子、许多书架和一把绿色扶手椅。覆盖了一面墙的满溢的书架上挂着绿色的帘子,只遮住了部分堆放在上面的凌乱文件。文件柜上面放着一台电视显示器,画面是目前空荡荡的下议院内部,绿色长椅上空无一人。在一个矮架上,一把水壶放在不相配的马克杯旁边,上面的墙纸被弄脏了。台式打印机在角落里呼哧呼哧地工作着,吐出的一些文件已经滑落到破旧的地毯上。

"哦,该死。"伊茨说着,冲过去把它们捡起来,罗宾在她身后关上了门。伊茨把掉在地上的文件放回书桌上叠得整齐的一摞上,说道:"我很高兴爸爸把你带进来。他一直承受着太多的压力,他真的不需要承担我们现在的一切,但你和斯特莱克会解决的,对吗?温恩是个可怕的小人。"伊茨说着,伸手去拿一个皮革文件夹。"不够格,你知道。你和斯特莱克一起工作多久了?"

"有几年了。"罗宾一边说,一边解开伊茨给她的包裹。

"我见过他,他告诉你了吗?是的——我和他的前任夏丽[①]·坎贝尔在学校时认识。漂亮但很麻烦的夏丽。你认识她吗?"

"不认识。"罗宾说道。很久以前,在斯特莱克办公室外的一次险些相撞是她与夏洛特唯一的接触。

"我一直都很喜欢斯特莱克。"伊茨说道。

罗宾吃惊地看着她,伊茨却不慌不忙地往文件夹里塞文件。

"是的,人们看不见,但我能看见。他是那么的男性化……嗯……毫无悔意。"

"毫无悔意?"罗宾重复道。

"是的。他从不听任何人的废话,对别人认为他不是什么大人物

[①] 夏洛特为夏丽的昵称。

毫不在意，你知道……"

"难道他还配不上她吗？"

此话一说出口，罗宾就感到有点尴尬。她突然有一种奇怪的想要去保护斯特莱克的感觉。当然，这很荒谬：如果有人能照顾好自己，那个人就是斯特莱克本人。

"想来是这样的，"伊茨说，还在等着她的文件打印出来，"这几个月对爸爸来说太可怕了，他所做的似乎并不是错的！"她激烈地说，"前一分钟是合法的，下一分钟就不合法了。那不是爸爸的错。"

"什么不合法？"罗宾天真地问道。

"很抱歉，"伊茨和悦而坚定地回答，"爸爸说，知道的人越少越好。"

她透过窗帘窥视天空。"我不需要穿夹克，对吗？不……对不起，跑题了，爸爸需要这些东西，他十点钟要去见奥运赞助商。祝你好运。"

她急匆匆地走了，穿着花衣服，顶着蓬乱的头发。留下罗宾满心疑惑，但奇怪的是，她感到放心了。如果伊茨对她父亲的不端行为持有那么坚定的态度，那肯定不会是什么可怕的事——当然，前提是假设奇斯韦尔已经把真相告诉了女儿。

罗宾撕开了伊茨给她的小包裹的最后一层包装纸。正如她已知的那样，里面装着斯特莱克在周末送给贾斯帕·奇斯韦尔的六个监听设备。作为王室大臣，奇斯韦尔不像罗宾那样每天早晨都需要通过安检。她仔细检查了这些设备。它们具有普通塑料电源点的外观，并被设计成安装在真正的插头插座上，允许后者正常工作。只有附近有人说话时，这些设备才会开始录音。在伊茨走后的沉寂中，罗宾能听见自己的心跳。她的困难才刚刚开始。

她脱下外套，把它挂起来，然后从挎包里拿出一大盒丹碧丝卫生棉条，她带着这盒卫生棉条是为了藏住没有使用的窃听器。她只留下一个窃听器，其余的都藏到了卫生棉条里，然后把盒子放进桌子最下面的抽屉里。接下来，她在凌乱的书架上搜寻，找到一个空的文件盒,她把剩下的一个窃听器藏在一堆有打字错误的信件下面,那是她从一堆标有"要粉碎"的信件中取出来的。武装起来后,罗宾深吸了一口气,离开了房间。

自从她来到这里后,温恩的门就一直敞着。罗宾经过时,看见一个高个子的亚裔青年,戴着一副厚厚的眼镜,手里拿着一只水壶。

"嗨!"罗宾模仿伊茨大胆而愉快的腔调立刻说道,"我是威尼西亚·霍尔,我们是邻居!你是谁?"

"阿米尔,"对方带着伦敦工人阶级的口音嘟囔道,"马利克。"

"你是为德拉·温恩工作吗?"罗宾问道。

"是的。"

"哦,她太励志了,"罗宾激动地说,"实际上,她是我的女英雄。"

阿米尔没有回答,流露出想独自待着的表情。罗宾觉得自己就像试图骚扰一匹赛马的小猎犬。

"你在这儿工作多久了?"

"六个月。"

"你要去咖啡馆吗?"

"不去。"阿米尔说,仿佛是她向他提出了建议一样,猛地转过身,朝卫生间走去。

罗宾继续往前走,手里拿着文件盒子,在想她是否想象到了这个年轻人的行为中带有敌意而不是害羞。要是能在温恩的办公室里交个朋友会有很大帮助。

假装成贾斯帕·奇斯韦尔的伊茨式的教女妨碍了她。她不禁觉得,约克郡的罗宾·埃勒克特也许更容易和阿米尔成为朋友。

带着虚假的目的出发后,她决定在返回伊茨的办公室之前先探索一番。

奇斯韦尔和温恩的办公室就在威斯敏斯特宫,拱形的天花板、图书馆、茶室以及舒适宏伟的氛围,这里曾经很可能是一所古老的大学学院。

一条半掩着的通道,由巨大的石雕独角兽和狮子看守着,通向去往保得利大厦的自动扶梯。这是一座现代化的水晶宫,有一个折叠的玻璃屋顶,三角形的窗格由厚厚的黑色支柱固定着。下面是一个宽敞的开放式区域,那里有一个咖啡馆,议员和公务员在这里汇合交流。两侧全是树木,由一片片长长的浅水池组成的巨大水景在六月的阳光下变成了耀眼的水银带。

空气中弥漫着野心的颤栗,以及成为一个重要世界的一分子的感觉。在雅致的碎玻璃天花板下,罗宾经过了坐在真皮长椅上的政治记者身边,他们都在用手机查看着信息或正在讲电话,在笔记本电脑上打字,或是拦截下政客发表的评论。罗宾想,如果她没有去跟斯特莱克一起工作,她是否会喜欢在这里工作。

她的探索在第三栋,也是最阴暗、最无趣的建筑中结束,这些建筑是议员办公室的所在地,看上去和三星级酒店没什么两样,破旧的地毯,奶油色的墙壁,一排排一模一样的大门。罗宾往回走,手里仍然紧握着文件,在上次见到温恩的门五十分钟后,她再次经过。她迅速地查看了一下,发现走廊里已经空无一人,于是把耳朵贴在厚厚的橡树门上,感觉里面有动静。

"怎么样?"几分钟后罗宾回到办公室时,伊茨问道。

"我还没看见温恩呢。"

"他可能在文化、媒体和体育部。他会找任何借口去看德拉,"伊茨说,"来杯咖啡吗?"不过,她还没来得及离开办公桌,电话就响了。

伊茨接到一个怒气冲冲的选民的电话,抱怨无法获得奥运会跳水门票。"是的,我也喜欢汤姆·戴利,"她一边说,一边朝罗宾使眼色,"但这是彩票,夫人。"罗宾舀了速溶咖啡,倒了些新西兰牛奶,想到伊茨在办公室不知做过多少次她讨厌的这些事,突然感觉异常感激,因为自己永远摆脱了这样的生活。

"挂了啊,"伊茨冷淡地说道,放下听筒,"我们说到哪儿了?哦,杰兰特,是的。他很生气,德拉没有让成为 SPAD。"

"那是什么?"罗宾问道,放下给伊茨冲的咖啡,在另一张桌子旁坐了下来。

"就是特别顾问，像临时公务员，不过威望更高，可是你不能把这种职位给你的家人，不能那样做。总之，杰兰特是没有希望的，即使有可能，德拉也不想要他。"

"我刚才遇到和温恩一起工作的那个男人，"罗宾说，"阿米尔。他不太友好。"

"噢，他很古怪，"伊茨轻蔑地说道，"对我没礼貌。可能是因为杰兰特和德拉讨厌爸爸。我从来没有弄清真正的原因，但他们似乎讨厌我们所有人——哦，这提醒了我：爸爸一分钟前给我发了短信。说我弟弟拉夫这个星期晚些时候会来这里帮忙。也许吧，"伊茨补充道，虽然听上去并不是特别抱有希望，"如果拉夫还行的话，他也许能接替我的工作。不过，拉夫对敲诈之事一无所知，也不知道你到底是谁，所以什么也别说，好吗？爸爸大约有十四个教子教女，拉夫永远不会知道其中的区别。"

伊茨又喝了一口咖啡，然后突然压低了嗓门说道：

"我想你知道拉夫的事，报纸上写得到处都是。那个可怜的女人……太可怕了。她有一个四岁的女儿……"

"我确实看到了一些东西。"罗宾不置可否地说道。

"家里人只有我去监狱里探望过他，"伊茨说，"大家都对他的所作所为感到厌恶。金瓦拉——爸爸的妻子——说他应该保住性命，但她不知道怎么办。"她接着说道，"里面真是太可怕了……人们不知道监狱是什么样子……我是说，我知道他做了一件可怕的事，但是……"

她的话渐渐消失了。罗宾在想，也许有点小心眼，伊茨是不是在暗示，监狱不是像她同父异母的弟弟那样文雅的年轻人该待的地方。毫无疑问那是一次可怕的经历，罗宾想，但毕竟，他吸了毒，爬进一辆车，然后撞死了一位年轻的母亲。

"我还以为他在美术馆工作呢？"罗宾问。

"他把在德拉蒙德家美术馆的工作搞砸了，"伊茨叹了口气，"爸爸真得把他带进来看着才行。"

这些薪水是由公款支付的,罗宾想,又想起了部长的儿子因吸食毒品造成的致命事故而被判处不同寻常的短期徒刑一事。

"他怎么把画廊的工作搞砸了呢?"

让罗宾大为惊讶,伊茨忧郁的表情在突然爆发的笑声中消失了。

"哦,天哪,对不起,我不该笑的。原因就是他在厕所和另一个销售助理发生了性关系。"她咯咯地笑着,浑身颤抖,"我知道这并不好笑,但拉夫刚从监狱出来,他长得很帅气,总是能吸引任何他想要吸引的人。他们把他塞进西装,让他靠近一些漂亮的金发碧眼的艺术毕业生,他们还能希望会发生什么呢?不过,你可以想象,画廊老板对此不太高兴。他听到他们干这事,向拉夫发出了最后的警告。但是拉夫和那个女孩又去做了一次,所以爸爸大发脾气,说要让他来这里。"

罗宾并不觉得特别有趣,但伊茨似乎没有注意到,完全沉浸在自己的思绪里。

"你永远不知道,这也许会造就他们,爸爸和拉夫。"她满怀希望地说道,然后看了看表。

"我最好回几个电话。"她叹了口气,放下了咖啡杯,不过当她伸手去拿电话时,她僵住了,手指放在听筒上,一个唱着歌的男声在紧闭的门外走廊里响起。

"是他!温恩!"

"好吧,那我出去了。"罗宾说,又抓起了文件夹。

"祝你好运!"伊茨低声说道。

罗宾走到走廊里,看见温恩站在办公室门口,显然是在和里面的阿米尔说话。温恩手里拿着橙色字体的文件夹,上面写着"公平竞争竞技场"。听到罗宾的脚步声,他转过身面对她。

"哦,你好。"他带着卡迪夫抑扬顿挫的腔调说道,又退回到走廊里。

他的目光从罗宾的脖子往下看,落在她的胸脯上,然后又向上落在她的嘴上和眼睛上。罗宾一眼就看出了他是什么样的人。她在办公室见过很多类似的人，他们看你的方式会让你感到局促和害羞；当他们侧身跟在你后面或领你进门的时候，会把一只手放在你的背后游走；他们以阅读你的显示器为借口从你的肩膀偷看，还会对你的衣服发表一些无足轻重的评论，然后在下班后的酒会上就会对你的身材做出评论。假如你生气了，面对抱怨变得咄咄逼人，他们就会喊叫着说"只是开个玩笑"。

"哇，你适合在什么地方呢？"杰兰特问道，使得这个问题听起来很下流。

"我在贾斯帕叔叔这里实习。"罗宾说道，笑容灿烂。

"贾斯帕叔叔？"

"贾斯帕·奇斯韦尔，是的，"罗宾说，像奇斯韦尔家人一样，念"奇斯韦尔（Chisewell）"为"奇斯韦尔"，"他是我的教父。我是威尼西亚·霍尔。"罗宾说着伸出了手。

从温恩潮湿的手掌到他身上的一切似乎都让他有点像两栖动物。罗宾想，他的身体不太像壁虎，而更像一只青蛙，显眼的大肚子、细长的胳膊和腿、稀疏的油腻的头发。

"你是怎么成为贾斯帕的教女的？"

"噢，贾斯帕叔叔和我爸爸是老朋友了。"罗宾说，她已经准备好了一个完整的背景故事。

"是在军队里？"

"土地管理。"罗宾说道，继续她事先编好的故事。

杰兰特哦了一声，然后又说道："好漂亮的头发，是自然的吗？"

"是的。"罗宾说。

他的目光再次滑下她的身体。罗宾费了好大的劲才努力保持微笑。最后，罗宾滔滔不绝，咯咯地笑个不停，直到肌肉疼痛，直到同意如果她需要任何帮助，一定会喊他一声为止，罗宾才沿着走廊走开。她能感觉到温恩一直在注视着她，直至她消失在视线之外。

正如斯特莱克在发现吉米·奈特的诉讼习惯后所感觉到的那样，

罗宾确信她对温恩的弱点有了宝贵的洞察。根据她的经验，像杰兰特这样的男人，令人吃惊地倾向于相信他们的性挑逗会得到欣赏，甚至会得到回报。在她做临时工的生涯中，她花了不少时间来拒绝和避开这类男人，他们会在纯粹的客套中看到淫荡的邀请，对他们来说，年轻和缺乏经验是不可抗拒的诱惑。

罗宾扪心自问，有多少准备去找到让温恩丢脸的事情呢？她假装有文件要递送，故意穿过无止境的走廊，想象着当碍事的阿米尔在别处时，自己倚靠在温恩的桌子上，胸部与他的目光平齐，向他寻求帮助和建议，听着下流的笑话，笑得花枝乱颤。

然后，突然之间，她看到了可怕的想象，温恩突然扑了过来，那张满是汗水的脸朝她扑来，嘴张得大大的，感觉他的手攥住了她的手臂，把它们固定在她的两侧，感觉到他圆滚滚的肚子抵着自己，把她向后挤进文件柜里……

无边无际的绿色地毯和椅子，深色的木拱门和方形面板，随着想象中温恩的传球变成进攻，一切似乎变得模糊起来。她推开前面的门，仿佛可以用身体力量强迫自己克服恐惧……

呼吸。呼吸。呼吸。

"你第一次看到它的时候，是不是有点受不了？"

传来一个男人的声音，听起来很和善，已经不太年轻。

"是的。"罗宾说，几乎不知道自己在说什么。呼吸。

"是临时性的吧，呃？"然后又说道，"你没事吧，亲爱的？"

"是哮喘。"罗宾回应道。

她以前用过这个借口。这给了她一个停下来、深呼吸、重新融入现实之中的借口。

"带着吸入器吗？"老管家关切地问道。

他穿着双排扣礼服，系着白色领带，穿着燕尾服，佩戴着华丽的办公室徽章。在他意想不到的庄严中，罗宾疯狂地想起了那只在疯狂中突然出现的白兔。

"我把它忘在办公室了。我会没事的，只需要一秒钟……"

她跌跌撞撞地扎进了金色和彩色的火焰中，这使她感到越发压抑。她在电视上所看到的那个熟悉的、华丽的、维多利亚式哥特式的议员大厅，就在下议院的外面，在她的视野外围隐约出现了四尊前首相的巨大铜像——撒切尔、艾德礼、劳埃德·乔治和丘吉尔——而所有其他雕像的半身像都排列在墙上。在罗宾眼中，他们就像被割下的镀金头颅一样，有着复杂的花边和色彩斑斓的装饰，在她周围翩翩起舞，嘲笑她无法应对的华美。

她听到椅子腿的刮擦地板的声音，那位管家给她找了个座位，并让同事去拿杯水。

"谢谢……谢谢你……"罗宾麻木地说道，觉得力不从心，感到羞愧和尴尬。决不能让斯特莱克知道这一点。否则他会把她送回家，告诉她，她不适合做这份工作。而她也不能把这事告诉马修，马修会把这些插曲看作她继续进行监控工作这愚蠢行为所带来的羞耻和必然的后果。

当她恢复过来时，管家亲切地同她说话，几分钟后，她就能恰当地对他善意的话语做出回应。等她的呼吸恢复正常后，管家向给她讲述了爱德华·希思的半身像是如何随着他身旁的撒切尔雕像的落成而开始变绿的，以及如何处理它才使它恢复深棕色的青铜色。

罗宾彬彬有礼地笑了，站起身来，把空杯子递给他，再次表达感谢。

当她再次出发的时候，她在想，需要什么样的治疗才能回到从前的样子呢？

14

……假如我能成功地为这黑暗的丑恶带来一点光明,我会感到多么幸福啊!

——亨利克·易卜生《罗斯莫庄》

周二早晨斯特莱克起得很早。洗澡后,他装上义肢,穿好衣服,往热水瓶里倒满深棕色的茶水,从冰箱里拿出头天晚上做的三明治,把它们和两包俱乐部饼干、口香糖、几袋盐、醋薯片一起装进一只手提袋里,然后走到晨光里,前往停着宝马车的车库。他和在曼彻斯特的吉米·奈特的前妻约好十二点半理发。

在车上安顿下来,把食物袋放在伸手可及的地方,斯特莱克就穿上了留在车上的运动鞋,好让他的假脚能更好地操控刹车。然后拿出手机,给罗宾发短信。

从沃德尔给他的名字开始,斯特莱克花了周一的大部分时间,尽他所能地研究了警察告诉他的那两个孩子,他们是二十年前在牛津郡地区失踪的。沃德尔拼错了男孩的名字,害得斯特莱克耗费了很多时间,但他最终找到了有关伊马穆·易卜拉欣的媒体报道存档。在报道中,伊马穆的母亲声称,是和她分居的丈夫绑架了男孩,并把他带到阿尔及利亚。斯特莱克最终在一家致力于解决国际监护权问题组织的网站上挖掘到了两行关于伊马穆和他母亲的信息。斯特莱克由此得出结论，伊马穆还活着，而且和他的父亲相处得很好。

从一家护理院出走的十二岁的苏基·刘易斯的命运更加神秘莫测。斯特莱克终于在一个埋藏在旧新闻的故事中发现了一张她的照片。1992年，苏基从她所在的斯文顿的护理院消失了，从那以后，斯特莱克再也找不到任何关于她的消息。模糊的照片上是一个牙齿很多、身材矮小、五官端正、黑色短发的孩子。

是个小女孩，但他们说那是个小男孩。

所以，一个脆弱的雌雄同体的孩子可能在同一时间从地球上消失了，在大致的区域，比利·奈特声称目击了一个男孩或女孩被勒死了。

在车里，他给罗宾发了一则短信。

你能否尽量自然地问问伊茨，她是否还记得一个叫苏基·刘易斯的十二岁女孩的事情。二十年前，她从他们家附近的一家护理院逃走了。

他离开伦敦时，挡风玻璃上的灰尘在初升的太阳下闪闪发光，挡风玻璃变得模糊不清。开车不再像以前一样是一种乐趣了，斯特莱克买不起一辆经过特别改装的汽车，尽管他开的宝马车是自动档的，但宝马踏板的操作对他的义肢仍然是个挑战。在极具挑战性的情况下，他有时会用左脚踩刹车和油门。

当最终驶入M6公路时，斯特莱克希望以每小时六十英里的速度稳定行驶，但有个开着沃克斯豪尔·科萨的混蛋坚定地尾随着他。

"你他妈的超车啊。"斯特莱克咆哮道。他不想改变自己的速度，他已经很舒服地适应这一速度，不需要过多地使用假脚。他怒视着后视镜一会儿，直到开沃克斯豪尔的司机明白了暗示，超过了他。

斯特莱克在方向盘后面感到了这些天来前所未有的放松，他摇下车窗，享受明朗清新的夏日，思绪回到了比利和失踪的苏基·刘易斯身上。

她不会让我挖的,他在办公室里一边说,一边强迫性地敲打着鼻子和胸口,但她会让你挖的。

斯特莱克在想,"她"是谁呢?也许是斯泰达小屋的新主人?他们很可能反对比利要求在花圃里寻找尸体。

斯特莱克用左手在食品袋里摸来摸去,掏出来一包薯片,用牙齿把它撕开。他无数次提醒自己,比利的整个故事可能只是个幻想;苏基·刘易斯可能就在其他地方。并不是每个失踪的孩子都死了。也许苏基也被一个误入歧途的父亲或者母亲偷走了。二十年前,在互联网的萌芽阶段,那些想重塑自己或他人的人可能会利用地区警察之间不完善的沟通实施犯罪。即使苏基已经不在人世,也没有证据表明她就是被勒死的,更不用说是比利·奈特亲眼目睹了这一切。大多数人肯定会得出这样的结论:这是一个烟雾弥漫却没有明火的情况。

斯特莱克一边大口嚼着薯片,一边思考,每当涉及"大多数人"会怎么想的问题时,他通常会想到他同父异母的姐姐露西。在他七个同父异母的兄弟姐妹中,只有露西和他一起度过混乱不堪、四处游荡的童年。对他而言,露西代表了所有传统的和缺乏想象力的极致,尽管他们都是在与恐怖、危险和恐惧有着密切关系中长大的。

露西十四岁时和他们的舅妈长久地居住在康沃尔之前,他们的母亲把露西和斯特莱克从只够蹲着的地方拖到社区,从租来的公寓拖到朋友家的地板上,很少在同一个地方超过六个月,一路上让她的孩子们面对一群古怪的人、受过伤害的人和一些瘾君子。斯特莱克右手握着方向盘,左手摸索着寻找饼干,回忆起他和露西小时候目睹的噩梦般的景象:在肖尔迪奇的地下室公寓里,那个精神错乱的年轻人在和一个看不见的魔鬼搏斗;这个年轻人实际上在诺福克的一个神秘社区被鞭打过(在斯特莱克的记忆中,那是母亲丽达带他们去过的最糟糕的地方)。还有谢拉,那个丽达最脆弱的朋友和兼职妓女,为蹒跚学步的儿子被暴力男友伤害了大脑而哭泣。

那不可预知的、有时令人恐惧的童年使得露西顺从和渴望稳定。

她后来嫁给了一个斯特莱克并不喜欢的工料测量师，有了三个斯特莱克几乎不认识的儿子。她可能会把比利讲的那个关于被勒死的男孩或女孩的故事看作破碎心灵的产物，将其和其他她无法忍受去思考的东西一起迅速地扫到角落里。露西需要假装有暴力倾向和对一切事物保持陌生感，这些已经像他们死去的母亲一样消失在了过去；随着丽达的离去，她的生活变得无比安稳。

对此，斯特莱克完全理解。尽管他们之间有天壤之别，尽管她常常惹他生气，他还是很爱露西。不过，当他向曼彻斯特进发时，他还是忍不住把她和罗宾相提并论。在斯特莱克看来，罗宾似乎是在中产阶级稳定的典型环境中长大的，但她具有露西所没有的勇气。两个女人都遭受过暴力和虐待。露西的反应是把自己埋在一个她希望永远不会再遭受暴力和虐待的地方；而罗宾则几乎每天都直面它，调查和解决其他的犯罪事件和创伤问题，在同样的冲动驱使下，积极地解开复杂的问题和挖掘斯特莱克自己所认识到的真相。

太阳越升越高，肮脏的挡风玻璃上仍有斑驳的斑点，斯特莱克感到特别的遗憾，因为此时罗宾不在身边。罗宾是他见过的最好的理论实践者。她会为他拧开热水瓶，给他倒茶。一起开怀大笑。

自从比利带着令人不安的故事走进办公室，打破了一年多来逐渐成为他们友谊永久障碍的矜持，他们最近几次又回到了以前的戏谑方式……或者别的什么，斯特莱克想，过了一会儿，他又再次想到他在楼梯上把罗宾搂在怀里，闻着白玫瑰的芳香，还有她坐在办公桌前时办公室里弥漫的香水味……

在心里做了个鬼脸，他伸手拿起另一支烟点燃，强迫自己的注意力转向曼彻斯特以及他打算要向道恩·克兰西询问的问题，她和吉米·奈特做了五年的夫妻。

15

是的,她是一个古怪的人,她是。她总是高高在上……

——亨利克·易卜生《罗斯莫庄》

斯特莱克在向北飞驰之时,罗宾被传唤与文化部长本人单独会面,但对会面未作任何解释。

罗宾在阳光下走向文化、媒体和体育部,该部门在离威斯敏斯特宫几分钟路程的一栋爱德华时代的白色建筑里,她简直希望自己是挤在人行道上的游客之一,因为奇斯韦尔在电话里听起来心情不好。

罗宾本想告诉部长一些关于勒索者的有用信息,不过她才工作了一天半的时间,她能肯定的只有对杰兰特·温恩的第一印象已经得到证实:他懒惰、好色、自大而轻率。他办公室的门经常敞开着,他浅薄轻浮地谈论着选民的琐碎问题,或是借助名流权贵来抬高自己,歌唱般的高嗓门在走廊里回荡,试图给人这样的印象,仅仅管理一个选区办公室简直是小菜一碟。

每当罗宾走过他敞开的门时,他都会兴致勃勃地从办公桌边向她打招呼,流露出进一步接触罗宾的渴望。

然而,不管是出于偶然还是有意,阿米尔·马利克一直在阻挠罗宾把问候转化为谈话，马利克要么用问题打断温恩，要么就像他一小时前做的那样，当着罗宾的面把门关上。

文化、媒体和体育部巨大建筑的外部，连同它的石阵、柱子和新古典主义的外观，并没有让罗宾安心。室内经过了现代化改造，挂满了当代艺术作品，一座抽象的玻璃雕塑，悬挂在中央楼梯上方的圆顶上。一位看上去办事很有效率的年轻女子领着罗宾上楼。她以为罗宾真的是部长的教女，于是煞费苦心地向罗宾展示她所感兴趣的地方。

"这是丘吉尔厅，"向右拐时，她指着左边说道，"这就是他在胜利日那天发表演讲的阳台。部长就在这儿……"

她领着罗宾走过一条宽阔弯曲的走廊，走廊兼作开放式工作区。一些聪明能干的年轻人坐在右边长长的窗户前的一排桌子前，窗外是一个四合院，四合院的大小和规模形同一个圆形大剧场，有着高高的白色窗户墙。这里与伊茨用水壶煮速溶咖啡那拥挤不堪的办公室截然不同。事实上，一台装有豆荚的大大的昂贵机器放在一张桌子上就是为了显示这里与众不同。

左边的办公室被玻璃墙和门与这个弯曲的空间分隔开来。罗宾远远地就看见了文化部长，他正坐在自己的办公桌前，在一幅当代女王的画作下，正在打电话。他粗鲁地做了个手势，示意她的陪同把罗宾领进办公室，一边继续打电话。罗宾有些尴尬地等着他把电话讲完。听筒里传来一个女人的声音，声音很尖细，甚至八英尺外的罗宾也能听到她在歇斯底里地叫喊。

"我得挂了，金瓦拉！"奇斯韦尔对着话筒吼道，"是的……我们以后再谈这个，我得挂电话了。"

他用力放下听筒，指给罗宾他对面的椅子。他那粗糙、笔直的灰白头发在头上形成一个金属般的光晕，肥厚的下唇让他带有一种愤怒、任性的神气。

"报纸媒体正在四处打听，"他咆哮道，"刚才打电话的是我的妻子。今天早晨《太阳报》给她打电话，问她谣言是否属实。她问是什么谣言，但那家伙没有具体说明。很明显他是在放诱饵，想从她身上找点惊喜。"

他皱起眉头看着罗宾,似乎觉得罗宾的外表不够好。

"你多大了?"

"二十七。"罗宾回答。

"你看上去要更年轻。"

此话听起来并不像是恭维。

"设法安装监听器了吗?"

"恐怕还不行。"罗宾说。

"斯特莱克在哪儿?"

"在曼彻斯特,采访吉米·奈特的前妻。"罗宾说。

奇斯韦尔发出了隐蔽的鼻音,通常被称为愤怒的"哼"声,随即站了起来,罗宾也跳了起来。

"好吧,你最好回去继续干活,"奇斯韦尔说道,"国民医疗服务体系,"他补充道,没有改变语气,朝门口走去,"人们会认为我们他妈的疯了。"

"什么?"罗宾问道,完全不知所措。

奇斯韦尔拉开玻璃门,示意罗宾在他前面先出去,他们走到了开阔的区域,所有聪明能干的年轻人都坐在时髦的咖啡机旁工作。

"奥运会开幕式,"他跟在她后面解释道,"左翼分子讨厌的废物。我们赢得了两次他妈的世界大战,但我们不应该庆祝那个。"

"胡说,贾斯帕,"一个低沉悦耳的威尔士口音在旁边响起,"我们一直在庆祝军事胜利,这是另一种庆祝方式。"

体育部长德拉·温恩站在奇斯韦尔的门外,牵着她那只近乎雪白的拉布拉多犬。她是个仪表堂堂的女人,灰白的头发从宽阔的前额向后梳,戴着一副黑得罗宾看不清后面是什么的墨镜。通过对她的研究,罗宾得知,德拉的失明是由于一种罕见的情况,即两个眼球在子宫内都没有生长。她有时会戴上假眼,尤其是在拍照的时候。德拉戴着一些沉甸甸的触觉金首饰,戴着一条很大的凹槽项链,穿着一身天蓝色的衣服。罗宾在斯特莱克的一份政治家的印刷资料中读到，杰兰特每天早晨为德拉摆放好衣服，对他来说，选择相同颜色的衣服最为简单，因为他对时尚没有什么感悟。罗宾读到这个时，当时觉得很感人。

奇斯韦尔似乎并不喜欢他的同事突然出现，事实上，考虑到她的丈夫在勒索他，罗宾认为这并不奇怪。而德拉却丝毫没有尴尬的表情。

"我想我们可以一同坐车到格林尼治去。"她对奇斯韦尔说道，那只苍白的拉布拉多犬轻轻地嗅着罗宾裙子的下摆。"这样我们就有机会一起温习一下十二号的计划。你在干什么，格温？"她又说道，感觉到拉布拉多犬的头在往下拽。

"她在嗅我。"罗宾紧张地说，拍了拍拉布拉多犬。

"这是我的教女，呃……"

"威尼西亚。"罗宾说，奇斯韦尔显然在努力想起她的名字。

"你好？"德拉伸出手说，"是来拜访贾斯帕吗？"

"不，我在选区的办公室实习。"罗宾说着，握着她那温暖的、带着戒指的手，奇斯韦尔走开去检查一个身着西装的年轻人拿着的文件，他一直在旁边徘徊。

"威尼西亚。"德拉重复道，她的脸仍然对着罗宾。那俊俏的脸上隐隐地皱着眉头，半掩在不可穿透的黑色眼镜后面。"你姓什么？"

"霍尔。"罗宾回答。

她感到一阵莫名其妙的慌乱，仿佛德拉就要揭开她的面纱似的。奇斯韦尔仍在仔细地研究给他看的那份文件，然后走开了，只留下罗宾，感觉完全听凭德拉摆布。

"你是个击剑手。"德拉说。

"什么？"罗宾问道，又一次完全糊涂了，脑子里想着柱子和栏杆。太空时代咖啡机周围的一些年轻人转过身来听着，脸上礼貌地流露出兴趣。

"是的，"德拉说道，"是的，我记得你。你和弗雷迪在英格兰队。"

她友好的表情变得强硬起来。奇斯韦尔这时正俯身在一张书桌前，匆匆翻阅文件上的词句。

"不，我从来没有练习过剑术。"罗宾说，这完全超出了她的能力范围。一提到"团队"这个词，她就意识到在讨论的是剑，而不是田地和牲畜①。

"你当然练过，"德拉冷淡地说道，"我记得你，贾斯帕的教女，你和弗雷迪在同一个队。"

这是令人不安的傲慢和完全自信的表现。罗宾觉得没有办法抗议下去，因为现在周围有几个听众。于是，她只说了句"嗯，很高兴认识你"，然后就走开了。

"再说一遍，你是的。"德拉严厉地说道，但罗宾没有回答。

---

① fence 在英语中既有栅栏的意思，也有剑术的意思。

16

一个和他一样有肮脏记录的人!就是那种摆出领导人民姿态的人!并且也取得了成功!

——亨利克·易卜生《罗斯莫庄》

在驾驶了四个半小时后,斯特莱克在曼彻斯特从他的宝马车中走了出来,姿势毫无优雅可言。他在伯顿路站了一会儿,在这条宽阔宜人的街道上,商店和房屋混杂在一起。他倚靠着汽车,伸展着后背和腿,庆幸自己在离"时尚发屋"不远的地方找到了一个停车位。亮粉色的店面在一家咖啡馆和特易购快递公司之间格外显眼,橱窗里挂着一些喜怒无常的模特的照片,这些模特的头发染成了不自然的颜色。

这家小发型屋的黑白瓷砖地板和粉色墙壁让斯特莱克想起了罗蕾莱的卧室,小店内饰绝对算得上时尚,但似乎没有迎合特别年轻或喜欢冒险的顾客。目前只有两名客人,其中一个至少六十岁,是个大块头的女人,她正在镜子前阅读《好管家》,头上顶着一团锡箔。斯特莱克一进门就和自己打了个赌,那个背对着他的染着金发的苗条女郎就是道恩,她正兴致勃勃地和一位正在烫发的老太太聊天。"我和道恩约好了。"斯特莱克对年轻的接待员说。接待员看到散发着氨气香味的房间里进来这么个大块头,又是如此雄性化,吃惊不小。听到有人叫她的名字，染着金发的女郎转过身来。她的皮肤如同一张皮革，有些老年斑，就像一位忠实的日光浴爱好者。

"马上就来，帅哥。"她笑着说。斯特莱克坐到窗边的长凳上等着。

五分钟后，她把他领到发屋后面的一张粉色软垫椅子前。

"那么，你想干什么呢？"她问他，示意他坐下。

"我不是来理发的，"斯特莱克站着说，"我很乐意付钱理发，不过，我不想浪费你的时间。"他从口袋里掏出一张名片和驾照，"我叫科莫兰·斯特莱克，是名私家侦探，我想和你谈谈你的前夫吉米·奈特。"

她看起来也很震惊，但随后就被激发出了兴趣。

"斯特莱克吗？"她目瞪口呆地重复道，"你不就是抓到开膛手的那个人吗？"

"正是我。"

"天哪，吉米干了什么啊？"

"没什么，"斯特莱克轻松地说道，"我只是想了解一下情况。"

她当然不相信。斯特莱克怀疑她的脸上布满了填充物，用铅笔仔细描过的眉毛上方的前额光滑发亮，令人生疑。只有青筋暴露的脖子暴露了她的年龄。

"都结束了，那是很久以前的事了。我从不谈论吉米。议论越少，淡忘越快，人们不是这样说的吗？"

但他能感觉到她的好奇心和兴奋像热浪一样散发出来。广播2台在背景中发出刺耳的声音。她瞥了一眼坐在镜子前的两个女人。

"希恩！"她大声叫道，接待员跳了起来，转过身来，"把她的箔纸拿出来，替我盯着烫头发的，亲爱的。"她犹豫着，仍然拿着斯特莱克的名片。"我不知道我该不该这么做。"她说，等着被说服。

"就只是调查一下背景。"他说，"不附带条件。"

五分钟后，她在发屋后面的一间小办公室里递给斯特莱克一杯牛奶咖啡，兴致勃勃地说着话，尽管在荧光灯下显得有些憔悴，但她依然非常漂亮——这足以解释为何吉米会对一个比他大十三岁的女人感兴趣。

"……是的,反对核武器的示威。我和我的朋友温迪一起去的,她对这一切都很感兴趣。素食主义者,"她补充说,用脚轻轻推开商店的门,拿出一包丝卡烟,"你知道那种类型的女人。"

"我有烟。"她递给斯特莱克烟时,斯特莱克说道。他为她点燃了香烟,然后点上了自己的本森·赫奇斯韦尔牌子的香烟。他们同时喷出一股股浓烟。她跷起二郎腿,面对着他,喋喋不休地说下去。

"……是的,吉米做了一个演讲。有关武器以及我们可以节省多少,给予国民健康保险制度和一切,这有什么意义……你知道,他讲得很棒。"道恩说。

"的确不错,"斯特莱克附和道,"我听过。"

"所以,我就彻底上钩了,还以为他是个罗宾汉呢。"

斯特莱克在她说出口之前就听过这个笑话。他知道这不是第一次听了。

"结果他更像个抢劫汉。"她说。

她遇见吉米时已经离婚了。她的第一任丈夫在他们共同经营的伦敦美发沙龙为了一个女孩离开了她。离婚后,道恩做得很好,设法保住了生意。与他的第一任流氓丈夫相比,吉米似乎是个浪漫的人儿,在感情的反弹中,她深深地爱上了他。

"左翼分子,你知道的。其中一些人真的非常年轻。对他们来说,他就像个流行歌星之类的人物。后来,他在我所有的账户上设置了信用卡之后,我才知道到底有多少人。"

道恩详细地告诉斯特莱克,吉米是如何说服她去资助他对前雇主扎内特工业公司的诉讼,因为该公司在解雇他时没有遵循正当程序。

"他非常关心自己的权利,吉米。不过,你知道,他可不笨。他从扎内特公司那里得到了一万英镑,而我一个子儿也没见着。他把钱都糟蹋光了,又想起诉别人。我们分手后,他把我告上法庭,说我让他的收入受到损失,别逗我笑了。我养了他五年,他竟然声称他一直在为我无偿地工作，最后还因为化学药品患上了职业性哮喘——诸如此类的屁话——他被赶出了法庭，感谢上帝。后来，他试图以骚扰罪起诉我，说我把他的车给锁了。"

她捻灭烟头，伸手去拿另一支。

"我的确那样干了，"她说着，突然露出邪恶的笑容，"你知道他现在被列入那个名单了吧？就是未经允许不得起诉任何人的名单。"

"是的，我知道，"斯特莱克说，"道恩，你们在一起的时候，他有没有参与过犯罪活动？"

她又点燃了支香烟，透过手指注视着斯特莱克，仍然希望听到吉米到底干了什么，竟让斯特莱克要来调查他。终于，她说道：

"我不确定他是不是非常小心地检查过所有和他一起鬼混的女孩，她们是否都满了十六岁。后来，我听到她们中有一个……但那时我们已经分手了，那个也就不再是我的问题了。"斯特莱克做了个笔记。

"如果是和犹太人有关的事，我也不会相信他。他不喜欢犹太人。吉米认为，以色列是万恶之源。犹太复国主义，我讨厌这个词可恶的发音。你会认为他们已经遭受够了苦难，"道恩含糊地说道，"是的，扎内特公司的经理是个犹太人，他们彼此憎恨。"

"他叫什么名字？"

"叫什么来着？"道恩深深地吸了一口烟，皱着眉头，"保罗什么……洛布斯坦，就是这个名字。保罗·洛布斯坦，他可能还在扎内特公司。"

"你还和吉米或他的家人有联系吗？"

"上帝，没有了，终于解脱了。我唯一见过的他的家人就是他的弟弟小比利。"说到这个名字时，她的语气柔和了一些。

"他不太正常，曾经和我们待过一段时间。他是个甜心，真的，但不太正常。吉米说那是因为他们的父亲使用暴力之类的。他自己抚养孩子，用男孩子的话来说，把他们打得屁滚尿流，用皮带以及任何其他的东西。吉米去了伦敦，只剩下可怜的小比利和他父亲在一起。他变成那样并不奇怪。"

"你是什么意思？"

"他有点抽——人们管那个叫抽搐吗？"

她精确地模仿了斯特莱克在办公室里看到比利从鼻子到胸部的叩击动作。

"我知道他吸毒了。然后他离开了我们，去和其他几个小伙子合租了一间公寓。吉米和我分手后，我就再也没见过比利。他是一个可爱的男孩，是的，但他惹恼了吉米。"

"是因为什么事呢？"斯特莱克问道。

"吉米不喜欢比利谈论他们的童年。我不知道，我觉得是因为吉米曾把比利独自留在家里感到内疚吧。整件事有点好笑……"

斯特莱克看得出，她有一段时间没想过这些事情了。

"好笑？"他提示道。

"有几次，吉米喝多了，就不停地说他爸爸会因为自己的谋生方式而有多么煎熬。"

"我以为他是个打零工的。"

"是吗？他们告诉我他是木匠。他为那个政客的家族工作，叫什么名字来着？那个长头发的。"

她模仿着僵硬的鬃毛从头上伸出来。

"贾斯帕·奇斯韦尔吗？"斯特莱克建议道，按照英文拼写的方式（Chiswell）念出名字。

"对，就是他。老奈特先生在他家的院子里有一间免租金的小农舍，男孩们就在那里长大。"

"他说他父亲会因为他的工作而下地狱吗？"斯特莱克再次问道。

"是的，可能只是因为他为保守党工作的关系，一切都是关于吉米的政治，我不懂，"道恩不安地说，"你得活下去。想象一下，我在问我的客人他们如何投票之前，我会……"

"见鬼，"她突然喘息着，捻灭香烟，跳起身来，"希恩最好已经把霍里奇太太的卷筒拿出来了，否则她会秃顶的。"

17

我看他是完全无可救药了。

——亨利克·易卜生《罗斯莫庄》

罗宾想找个机会把窃听器放进温恩的办公室,于是整个下午都在温恩和伊茨的办公室所在的安静的走廊里转悠,然而她的努力毫无结果。虽然温恩已经去参加午餐会议了,但阿米尔还待在办公室里。罗宾抱着文件盒踱来踱去,等着阿米尔去上厕所的那一刻,每当有路人想和她交谈,她就回到伊茨的办公室。

终于等到四点十分,她的运气来了。杰兰特·温恩大摇大摆地转过拐角,似乎在一顿漫长的午饭过后,他已经喝得醉醺醺的了。与他妻子形成鲜明对比的是,当罗宾向他走去的时候,他似乎很高兴见到她。

"她在那里!"他大声叫道,"我想和你谈谈!进来,进来!"

他推开办公室的门。罗宾有些犹豫不决,但又非常想看看要进去装窃听器的房间内部,于是就跟着他进了房间。

阿米尔穿着衬衫正在他的办公桌前工作,在一片杂乱中形成了一片小小的有序绿洲。温恩的桌子上堆放着一摞摞的文件夹。罗宾注意到在他面前的一堆信上有一个橙色的"公平竞争竞技场"的标志。在杰兰特的桌子正下方有一个电源插座,这是放置监听器的理想位置。

"你们俩见过面了吗?"杰兰特快活地问道,"威尼西亚,阿米尔。"他坐下来,邀请罗宾坐在扶手椅上,上面放着一堆滑动的卡片夹。

"雷德格雷夫回电话了吗?"温恩问阿米尔,挣扎着脱下外套。

"谁?"阿米尔问道。

"史蒂夫·雷德格雷夫爵士!"温恩说,带着怀疑的眼睛朝罗宾的方向转动。她为他感到尴尬,尤其是当阿米尔冷冷地回答说"没有"的时候。

"公平竞争竞技场。"温恩告诉罗宾。

他设法脱下了夹克,使劲一挥,把夹克扔到了椅背上。衣服滑到地板上,但杰兰特似乎没有注意到,而是轻敲了一下他面前橙色标志最上面的字母上。"我们的慈……"他打了个嗝,"请原谅——我们的慈善机构。你知道,弱势和残疾运动员。很多引人注目的支持者。史蒂夫爵士渴望……"他又打了个嗝,"对不起——帮帮忙。好了,现在。我要道歉,为了我可怜的妻子。"

他似乎非常享受目前的状态。罗宾用余光瞥见阿米尔朝杰兰特锐利地看了一眼,像是利爪的闪光,但迅速地就缩了回去。

"我不明白。"罗宾说。

"她把名字弄错了,总是这样。如果我不盯着她,就会发生各种各样的事情,错误的信件发给了错误的人……她误认为你是另外一个人。午饭时我跟她通了电话,她坚持说,你是我们女儿几年前认识的人——维里蒂·普勒姆,而不是你教父的教女。我马上告诉她你不是,并说我会向你转达她的歉意。她有点傻帽,在认为自己对的时候非常固执,不过,"他又转了转眼珠,拍了拍额头,像是一个长期忍耐易怒妻子的丈夫,"我最终还是成功了。"

"嗯,"罗宾小心翼翼地回应,"我很高兴她知道自己弄错了,因为她似乎不太喜欢维里蒂。"

"说实话,维里蒂是个小婊子。"温恩说道,依然喜气洋洋,罗宾看得出他很喜欢用这个词。"对我们的女儿很糟糕，你知道。"

"哦，天哪，"罗宾说，想起里安农·温恩自杀的事，肋骨下发出一阵恐惧的撞击声，"我很抱歉，太可怕了。"

"你知道，"温恩说着坐了下来，把椅子靠在墙上，双手放在脑后，"你这个女孩太可爱了，不适合和奇斯韦尔一家混在一起。"他肯定是有点醉了，罗宾闻到了他呼吸中淡淡的酒精味，阿米尔再次尖刻严厉地看了他一眼。"来这之前你是干什么的，威尼西亚？"

"公关，"罗宾说，"但我想做一些更有价值的事情。政治，或者慈善。我读了关于公平竞争竞技场的文章。"她说的是实话，"看起来很棒。你也经常和老兵打交道，对吗？昨天我看了对特里·伯恩的采访，他是残奥自行车手吗？"

她之所以会被那篇报道吸引，是因为伯恩和斯特莱克一样，也是膝盖下方被截肢了。

"你个人当然会对老兵感兴趣。"温恩说。

罗宾的胃又抽搐了一下。

"什么？"

"弗雷迪·奇斯韦尔？"温恩提示道。

"哦，是的，当然，"罗宾说，"虽然我和弗雷迪不是很熟，他比我大一点。显然，当他——被杀死的时候——真是太可怕了。"

"哦，是的，很可怕。"温恩说，不过听起来很冷漠，"德拉十分反对伊拉克战争，强烈反对。请注意，你的贾斯帕叔叔却完全赞成。"

一时间，空气中似乎弥漫着温恩未言明的暗示，那就是，奇斯韦尔对战争的热情得到了很好的回报。

"这个，我不清楚。"罗宾谨慎地回答道，"贾斯帕叔叔认为，根据我们当时掌握的证据，采取军事行动是正当的。不管怎样，"她勇敢地说道，"当他的儿子不得不去战斗时，没有人能指责他是出于私利，对吧？"

"哈，如果你要这么说，谁能反驳呢？"温恩说道。

他举起双手，装出投降的样子，椅子在墙上滑了一下，他挣扎了几秒钟努力保持平衡，抓住桌子，把自己和椅子拉正。罗宾费了很大的劲才忍住不笑。

"杰兰特，"阿米尔说道，"如果我们想在五点前把信寄出去，就需要给那些信签名。"

"才四点半啊，"温恩看了看表说，"是的，里安农是英国少年击剑队的队员。"

"好棒啊。"罗宾说。

"运动型的，像她妈妈，她十四岁进入了威尔士少年击剑队。我以前常常开车带她四处去参加比赛，一起在路上好几个小时！她十六岁时进入英国青年队。

"可是英国人对她很冷淡，"温恩说，带着一丝凯尔特人的怨恨，"你看，她不是你们大公立学校的学生。一切都是关于与他们的联系。维里蒂·普勒姆的确没有什么能力。事实上，直到维里蒂扭伤了脚踝，里安农作为一名要出色很多的击剑运动员才得以加入了英国队。"

"我明白了。"罗宾说，她试图在同情和假装效忠于奇斯韦尔一家之间取得平衡。这难道不就是温恩对这个家庭不满的原因吗？不过，杰兰特狂热的语气却流露出了长期的怨恨。"嗯，这些事情当然应该是靠能力的。"

"没错，"温恩说，"应该是这样的。看看这个，现在……"

他摸索着找钱包，从里面取出一张旧照片。罗宾伸出手，但杰兰特紧紧抓住照片，笨拙地站了起来，跌跌撞撞地经过一堆椅子旁边的书，绕过桌子，靠近罗宾，罗宾能感觉到他的呼吸吹到她的脖子上，杰兰特给她展示了他女儿的照片。

里安农·温恩身着击剑服，面带微笑地站着，脖子上挂着金牌。她脸色苍白，身材矮小，除了她宽阔而聪明的额头有点像德拉之外，罗宾在她的脸上几乎看不到父母任何一方的影子。当杰兰特在罗宾耳旁大声呼吸，罗宾试图阻止自己从他身边走开时，脑海里突然冒出了一个画面，杰兰特·温恩大步穿过一大群满是汗流浃背的十几岁女孩的大厅，带着他那大大的、没有嘴唇的笑容。怀疑他是否出于父母的忠诚才促使他开车带女儿去全国各地，这样想是可耻的吗？

"你对自己做了什么，呃？"杰兰特问，他的热气吹进她的耳朵里。他俯身摸了摸她裸露的前臂上紫色的刀疤。

罗宾情不自禁地把胳膊移开。伤疤周围的神经还没有完全愈合：她讨厌任何人触碰到它。

"我九岁的时候从玻璃门上摔了下来。"她说，但那种隐秘的、吐露真情的气氛像香烟的烟雾般消散了。

阿米尔在她视线边缘徘徊，僵硬地站在自己的桌子旁，一言不发。杰兰特的笑容变得很勉强。罗宾在办公室里工作过很久，知道这个房间里刚刚发生了微妙的权力转移。此刻，她站在这里，手握他那点醉醺醺的不得体的把柄，而杰兰特则有点愤愤不平，还有点担心。罗宾希望自己刚才没有把他推开。

"我想知道，温恩先生，"她气喘吁吁地说道，"你是否介意给我一些关于慈善界的建议？我拿不定主意，政治——慈善——我不知道谁能够同时两者兼顾。"

"哦，"杰兰特说，在厚厚的眼镜片后面眨着眼睛，"哦，好吧……是的，我敢说我能……"

"杰兰特，"阿米尔再次说道，"我们真的需要把那些信……"

"是的，好吧，好吧。"杰兰特大声说，"我们以后再谈。"他对罗宾眨了眨眼睛。

"太好了。"她微笑着说。

走出房间时，罗宾冲阿米尔微微一笑，但阿米尔毫无反应。

18

事情已经发展到这个地步了,是吗?

——亨利克·易卜生《罗斯莫庄》

开车开了将近九个小时之后,斯特莱克的脖子、后背和腿都变得僵硬酸痛,他的食物袋早已空空如也。他的手机响起的时候,第一颗星星正从天空苍白的墨渍中闪烁出来。这是他姐姐露西通常打电话来"聊天"的时间。他忽略了她四分之三的电话,因为,尽管他很爱她,但对她儿子的学业、家庭教师协会的争吵,以及她丈夫作为工料测量师错综复杂的职业生涯毫无兴趣。可是,他一看到是巴克利打来的电话,就急急忙忙地转入粗糙的路侧停车带,关掉了引擎,接起了电话。

"我混进去了,"巴克利简洁地说,"和吉米。"

"那么快?"斯特莱克说,非常惊讶,"怎么混进去的?"

"在酒吧,"巴克利说,"打断了他的话。他大谈特谈苏格兰独立,英国左翼的最大特点,"他接着说道,"就是他们喜欢听到别人谈论英国有多么糟糕。整个下午都没有买一品脱啤酒。"

"他妈的干得好,巴克利,"斯特莱克说,他已经抽了二十支烟,此时又点燃了一支,"干得太好了。"

"这只是开始,"巴克利说,"我告诉他们我是怎样看待军队帝国主义方式的错误时,你真该听听他们是怎么说的。妈的,他们很容易上当。我明天要去参加 CORE 的一次会议。"

"奈特是靠什么养活自己的?知道吗?"

"他告诉我,他是几个左翼网站的记者,同时兜售 CORE 的 T 恤和一些毒品。注意,他的屁话一文不值。离开酒吧后,我们回到他的住处。如果你能给我报销烟钱和酒钱就太好了,我说过我会让他过得更好。我们可以通过办公费用来解决,是吗?"

"我会把它算在杂物栏下,"斯特莱克说,"好吧,保持联系。"

巴克利挂了电话。斯特莱克决定借此机会伸伸腿,他下了车,仍在抽烟,靠在五杆门上,面对着一片宽阔的黑暗田野,给罗宾打电话。

"是凡妮莎打来的。"罗宾看到手机上显示出斯特莱克的电话号码,便撒了个谎。

她和马修刚刚在看新闻的时候吃了一份摆放在膝盖上的咖喱外卖。马修回家很晚,而且很累,她不想再和他发生争执。

她拿起手机,穿过落地窗,走到院子里,这里曾是那次乔迁派对的吸烟区。在确保门完全关上后,她接听了电话。

"嗨,一切都好吗?"

"很好,可以谈一会儿吗?"

"好的,"罗宾说,靠在花园的墙上,看着一只飞蛾徒劳地撞在明亮的玻璃上,想要进入屋里,"和道恩·克兰西交谈得怎么样?"

"没什么用,"斯特莱克说,"我本以为可能有点线索了,和吉米有仇的他的前老板是个犹太人,但是我给他公司打了电话,那个可怜的家伙去年九月因为中风去世了。我刚离开道恩就接到了奇斯韦尔的电话,他说《太阳报》正在四处嗅探。"

"是的,"罗宾说,"他们给他妻子打过电话。"

"没有它我们也能做到,"斯特莱克说,罗宾觉得他有点轻描淡写,"我想知道的是谁向纸媒通风报信的?"

"我敢打赌是温恩，"罗宾说，想起了那天下午杰兰特的说话方式，提及名人，自命不凡，"他是那种会向记者暗示有关奇斯韦尔故事的人，即使他还没有证据。说真的，"她又说道，并不希望得到回答，"你认为奇斯韦尔干了什么呢？"

"很高兴知道，但这真的不重要。"斯特莱克说，听起来十分疲惫，"我们不是被雇来抓住他的把柄的。说到这里……"

"我还没能安装好窃听器，"罗宾说，预料到他要问这个问题，"我已尽可能待到很晚，但阿米尔在他们离开后把门锁上了。"

斯特莱克叹了口气。

"好吧，欲速则不达，"他说，"如果《太阳报》也搅和进来，我们就得面对挑战了。尽你所能，早点把它安装好什么的。"

"我会的，我会努力的，"罗宾说，"不过，今天我确实得到了关于温恩一家比较奇怪的信息。"她告诉斯特莱克，德拉把自己和奇斯韦尔的一位真正的教女混淆了，还说了里安农在击剑队的故事。斯特莱克似乎对此兴趣不大。

"这也解释不了为什么温恩夫妇想让奇斯韦尔下台。无论如何……"

"手段先于动机。"她引用了斯特莱克自己常讲的话。

"没错。听着，你明天下班后能和我见面吗？我们来做一个像样的汇报。"

"好的。"罗宾说。

"不过，巴克利倒是干得不错，"斯特莱克说，仿佛一想到此就让他振作起来，"他已经和吉米混得很熟了。"

"哦，"罗宾说，"真不错。"

斯特莱克说他会发短信给她他们碰面的比较方便的酒吧后，就挂断了电话。罗宾独自安静地待在黑暗的院子里沉思，头顶上的星星渐渐明亮起来。

不过，巴克利倒是干得不错。

罗宾则相反，她只发现了有关里安农·温恩一个无关紧要的信息。

飞蛾还在拼命地扑向滑动门，疯狂地想要扑向灯光。

白痴，罗宾想，待在外面更好。

她在反思，刚才对马修说是凡妮莎打来的电话，这样的谎言轻而易举地从嘴里溜了出来，本应该会让她感到内疚，可是她只是庆幸自己侥幸逃脱了惩罚。看着飞蛾绝望地继续用翅膀撞击明亮的玻璃时，罗宾想起了她的治疗师在一次治疗中对她说过的话，当时，罗宾详细地讲述了她需要辨别真正的马修在哪里结束，以及对他的猜忌从哪里开始。

"十年后人就会变了，"治疗师回应道，"为什么你对马修的误解就必须是个问题呢？也许只是因为你们俩都变了吧？"

下周一是他们结婚一周年纪念日。根据马修的提议，他们打算下周末去牛津附近的一家豪华旅馆。罗宾饶有兴致地期待着这一天的到来，因为，这些天她和马修的关系似乎随着环境的改变而得到改善。周围出现一些陌生人之后，他们不再争吵了。她给他讲了泰德·希思的半身像变绿的故事，还有其他一些关于下议院的趣事（对她来说）。在此过程中，他始终保持着厌烦的表情，决意表明他不赞成整个冒险活动。

做了决定后，她打开落地窗，飞蛾欢快地扑腾着翅膀飞进里面。

"凡妮莎说了什么？"罗宾坐下时，马修问道，眼睛没有离开电视新闻。莎拉·沙德洛克送的观星百合花就放在她旁边的一张桌子上，十天之后还在盛开，罗宾甚至在咖喱上都能闻到令人头晕的香味。

"上次我们外出的时候，我误拿了她的太阳镜，"罗宾佯装恼怒地说，"她想要回眼镜，是香奈儿的。我说我会在上班前去见她。"

"香奈儿，呢？"马修笑着说，罗宾觉得他有些居高临下的味道。她知道这是因为他认为发现了凡妮莎的弱点，但也许他会因此更喜欢她，认为她重视名牌，并确保能把眼镜拿回来。

"我六点就得出门。"罗宾说。

"六点？"马修恼火地说，"天哪，我累坏了，我不想那么早醒……"

"我正打算说我会睡在客房。"罗宾说。

"哦，"马修平息了怒气，"嗯，好吧，谢谢。"

19

我不是心甘情愿地做这件事的——但是,最后——在必要的时候——

——亨利克·易卜生《罗斯莫庄》

第二天早上六点差一刻罗宾就离开了家。天空微微泛着红晕,早晨已经很暖和了,她没有穿夹克是对的。经过当地的酒吧时,她的眼睛瞄着那只雕刻的天鹅,不过,她强迫自己回到前一天,而不是她离开的那个男人身上。

一小时后,罗宾来到伊茨的走廊,发现杰兰特的办公室门已经开了。她迅速朝里面瞥了一眼,发现房间空无一人,只有阿米尔的夹克挂在椅背上。

罗宾跑到伊茨的办公室,打开门,冲到她的办公桌前,从卫生棉盒里拿出一个监听器,抓起一堆过期的议程作为借口,然后跑回走廊。

她走近杰兰特的办公室时,她把为此佩戴的金手镯从手上滑下来,轻轻地把它扔了出去,让它滚进了杰兰特的办公室。

"哦,该死。"她大声说道。

办公室里无人回应。罗宾敲了敲敞开的门,问道:"有人吗?"她把头伸进去,发现房间里还是空无一人。

罗宾冲进房间，来到杰兰特桌子旁边踢脚板上方的双电源插座。她跪下来，从包里拿出监听设备，拔掉温恩桌子上的电扇的插头，把窃听器按在双插座上，重新插上风扇的插头，检查它是否有效，然后气喘吁吁地，好像刚刚跑了一百码，四处寻找她的手镯。

"你在干什么？"

阿米尔身穿衬衫站在门口，手里端着一杯新泡的茶。

"我敲过门了，"罗宾说，确信自己的脸色是明亮的粉红色，"我的手镯掉在地上，它滚了进来——哦，在这儿。"

手镯就在阿米尔的电脑椅下面，罗宾急忙把它捡起来。

"这是我妈妈的，"她撒谎道，"如果这东西丢了，我就不受欢迎了。"

她把手镯戴回手腕上，拿起放在杰兰特桌子上的文件，尽量漫不经心地笑了笑，然后走出办公室，经过阿米尔身边时，她从眼角看到，阿米尔怀疑地眯起了眼睛。

罗宾兴高采烈地重新走进伊茨的办公室。至少晚上在酒吧见面时，她会带给斯特莱克一些好消息。巴克利不再是唯一表现出色的家伙了。罗宾沉浸在自己的思绪中，完全没有意识到房间里还有别人，突然听到一个男人在她身后问道："你是谁？"

想象消失无踪。她的两个袭击者都从背后向她扑来。罗宾尖叫着转过身来，准备为生命而战：文件飞向空中，手提包从肩上滑落，掉在地上，里面的东西散落一地。

"对不起！"那名男子说道，"天哪，对不起！"

可是罗宾觉得呼吸困难，耳朵里发出雷鸣般的声音，全身冒汗。她弯下腰想去把东西都捡起来，可是浑身哆嗦，不停地掉东西。

现在不行，现在不行。

他正在和她说话，但她一个字也听不懂。这个世界再次变得支离破碎，充满了恐惧和危险。他递给她眼线笔和一瓶湿润她的隐形眼镜的药水，他一团模糊。

"哦，"罗宾喘着粗气说道，"太好了，对不起，我要去趟洗手间。"

她跌跌撞撞地走到门口。走廊里有两个人迎面走来,跟她打招呼,声音含混不清。她几乎不知道自己回应了什么,便从她们身边跑过去,朝女厕跑去。

卫生局局长办公室的一名女士正对着水槽上方的镜子涂口红,向罗宾打招呼。罗宾熟视无睹、跌跌撞撞地走了过去,摸索着锁上了小隔间的门。

试图抑制恐慌是没有用的:那只会使它反击,使她屈服于它的意志。她必须克服恐惧,好像恐惧是一匹脱缰的野马,要驯服它走一条更容易驾驭的道路。于是她一动不动地站着,手掌压在隔墙上,在脑海里自言自语,仿佛自己是个驯兽师,而她的身体,在无端的恐惧中,是一个疯狂的猎物。

你安全了,你安全了,你安全了……

慢慢地,恐慌开始消退,尽管她的心仍在不规则地跳动。最后,罗宾把麻木的双手从隔间的墙上挪开,睁开眼睛,在刺眼的灯光下眨了眨眼睛。洗手间里很安静。

罗宾从小隔间里往外看。那个女人已经走了。洗手间里除了镜子里自己苍白的面容外,空无一人。她把冷水泼在脸上,用纸巾擦干脸,重新调整了一下眼镜,离开了洗手间。

她刚刚离开的办公室里似乎正在进行一场争论。她深吸了一口气,重新走进了房间。

贾斯帕·奇斯韦尔转过身来怒视着她,脸呈现出粉红色,头顶浓密的灰白头发缠绕在一起。伊茨站在她的书桌后面。陌生人还在那儿。罗宾还在颤抖,不愿意成为三双好奇的眼睛的焦点。

"刚刚发生了什么事?"奇斯韦尔问罗宾。

"没什么。"罗宾说,觉得衣服下面又冒出了冷汗。

"你从房间跑了出去。他是否……"奇斯韦尔指着那个黑皮肤的男子,"对你做了什么?挑逗你了吗?"

"什么?不是的!我不知道他在这里,就这些……他开口说话把我吓了一跳，而且，"她觉得自己的脸比任何时候都要红，"我需要上厕所。"

奇斯韦尔突然责骂起那个黑皮肤的男子。

"你为什么这么早就来了，嗯？"

此时，罗宾才终于意识到这个男人就是拉斐尔。从她在网上找到的照片中，她知道这个有着一半意大利血统的男子在一个金发碧眼、外表非常英国化的家庭里是一个异类，但她完全没有想到他本人有那么英俊。身穿深灰色的西装、白色的衬衫，搭配一条传统的深蓝色斑点领带，让他看起来神气十足，走廊上其他男人都无法企及。他的皮肤很黑，看上去黑黝黝的，颧骨很高，瞳孔几乎是黑色的，深色头发又长又软，嘴巴很宽，不像他父亲那样。他的上嘴唇很饱满，使他的脸显得更加精致。

"我还以为你喜欢守时呢，爸爸。"他说着举起双臂，然后以一种略显绝望的姿态倾倒身体。

他父亲转向伊茨，说："给他找点事做。"

奇斯韦尔说完大步流星走了出去。罗宾羞愧地走向她的办公桌。没有人说话，等到奇斯韦尔的脚步声消失了，伊茨才开口说话。

"他现在承受着各种各样的压力，拉夫，宝贝儿，不是针对你。即使是鸡毛蒜皮的琐事都会让他抓狂。"

"我很抱歉，"罗宾强迫自己对拉斐尔说，"我完全是反应过度。"

"没关系，"他用一种通常被称为"公立学校"的腔调回答道，"郑重声明，事实上，我并不是性侵者。"

罗宾紧张地笑了笑。

"你就是我不认识的那个教女吗？我对此事一无所知。威尼西亚，对吗？我是拉夫。"

"嗯——是的——你好。"他们握了握手，罗宾又坐回她的座位上，忙着处理一些毫无意义的文件。她能感觉到自己的脸色在变化。

"目前真是要疯了，"伊茨说，罗宾知道她这么做并非完全是出于无私的理由，她是想让拉斐尔相信，他的父亲并不像表面上看起来那么难以相处,"我们人手不足,奥运会就要召开了,TTS 总是对爸爸发火……"

"他怎么了?"拉斐尔问,坐进那张下垂的扶手椅里,松开领带,交叉起两条长腿。

"TTS,"伊茨重复道,"拉夫,你在那儿弯下腰来,把水壶放在上面,我真想喝杯咖啡。TTS,是指丁丁二号,菲茨和我就是这样称呼金瓦拉的。"

奇斯韦尔家人的许多绰号都是罗宾在办公室里和伊茨打杂时得知的。伊茨的姐姐索菲亚叫"菲茨",索菲亚的三个孩子则叫"普林格""佛洛普西"和"波"。

"为什么是丁丁二号呢?"拉夫边问边用长长的手指拧开一罐速溶咖啡。罗宾仍然非常清楚他的一举一动,尽管眼睛一直盯着她假想的工作上。"丁丁一号是什么?"

"噢,得了吧,拉夫,你一定听说过丁丁,"伊茨说,"那个和祖父结婚的可怕的澳大利亚护士格兰比,当时祖父年事已高,他把大部分钱都花在了她身上。祖父是她嫁的第二个傻老头。祖父给她买了一匹没用的赛马和一大堆可怕的首饰。祖父去世时,爸爸几乎要闹上法庭才把她赶出家门。感谢上帝,她在治疗乳腺癌变得非常昂贵之前就死了。"

罗宾被这突如其来的冷酷吓了一跳,抬起头来。

"你想要什么样的,威尼西亚?"拉斐尔一边用勺子把咖啡舀进杯子里,一边问道。

"不要加糖,谢谢。"罗宾说。她认为,在闯入温恩的办公室之后,她最好保持一段时间的低调。

"是图爸爸的钱才嫁给他的,"伊茨继续说,"她就像丁丁一样对马着迷。你知道她现在有九匹了吗?九匹!"

"九匹什么?"拉斐尔问。

"马啊,拉夫!"伊茨不耐烦地说,"她娇养着那些讨厌的无法控制的、没有礼貌的、热血暴躁的马匹,并将它们视作孩子的替代品,把所有的钱都花在马身上！天哪，我真希望爸爸会离开她，"伊茨说，"把饼干罐递给我，宝贝。"

拉夫照做了。罗宾能感觉到他在看她，于是故作全神贯注地工作。

这时电话铃响了。

"贾斯帕·奇斯韦尔的办公室，"伊茨说，用下巴将听筒抵在肩头上，解放出双手试图把饼干罐的盖子撬开。"哦，"她的声音突然冷淡下来，"你好，金瓦拉。你刚刚错过爸爸了……"

看到同父异母的姐姐的表情，拉斐尔咧嘴一笑，从她手里接过饼干罐，打开后递给罗宾，罗宾摇了摇头。从伊茨的耳机里涌出一大串难以辨认的话。

"不……不，他走了……他只是过来和拉夫打个招呼……"

电话那头的声音似乎变得更加刺耳了。

"他回文化、媒体和体育部了，他十点钟有个会，"伊茨说，"我不能——是的，因为他很忙，你知道，奥林匹——是的……再见。"

伊茨砰的一声放下听筒，用力脱下夹克。

"她应该再接受一次休息治疗。最后一次似乎对她没多大好处。"

"伊茨不相信精神病一说。"拉斐尔告诉罗宾。

他凝视着罗宾，她猜想是因为心里还有些好奇，想把她引出来。

"我当然相信精神疾病，拉夫！"伊茨说道，显然是被刺痛了，"我当然相信！我为她感到难过，当事情发生时——我是的，拉夫——金瓦拉两年前生了一个死胎，"伊茨解释道，"当然，这很可悲，当然是这样，事后她有点……你知道，这是可以理解的，但是——不，我很抱歉，"她生气地对拉斐尔说，"但是她利用了这一点。她就是这么干的，拉夫。她认为这使她有权得到想要的一切，而且——好吧，不管怎样，她会是个糟糕的母亲。"伊茨挑衅地说，"她不能忍受被别人忽视。只要没有得到满足，她就开始她小女孩似的表演——别丢下我一个人，贾斯帕，你晚上不在这里的时候我会害怕。说着愚蠢的谎言……打到家里的有趣电话，男人躲在花坛里，摆弄着马。"

"什么？"拉斐尔半开玩笑地问道，但伊茨打断了他的话。

"哦，天哪，看，爸爸把简报忘在这儿了。"

她从办公桌后面急急忙忙走出来，从散热器顶部抓起一个皮革文件夹，回头叫道："拉夫，你可以听一下电话留言，我不在的时候帮我转录下来，好吗？"

沉重的木门在伊茨身后砰地关上了，只留下罗宾和拉斐尔两个人。如果说罗宾在伊茨离开之前对拉斐尔有所警觉的话，现在对罗宾来说，拉斐尔似乎占据了整个房间，他那双橄榄色的眼睛直勾勾地盯着她。

他嗑药后开车撞上了一个四岁孩子的母亲。他只服了三分之一的刑期，现在他父亲把他列入纳税人的工资名单。

"那么，我该怎么做呢？"拉斐尔走到伊茨的桌子后面问。

"我想，只要按播放键就行了。"罗宾咕哝着，一边喝着咖啡，一边假装在便签本上做笔记。

电话录音从答录机里传了出来，淹没了从窗帘外面的露台上传来的微弱的谈话声。

一个叫鲁伯特的男人让伊茨给他回电话谈关于"年度股东大会"的事。

一位叫里基茨太太的选民就班伯里路上的交通问题足足讲了两分钟。

一位愤怒的妇女生气地说，她应该期待有一台答录机，议员们应该亲自回应公众的电话，然后说道，尽管委员会一再要求，但她的邻居没有把挂在树上的树枝给砍下来，她一直讲到被答录机切断。

然后传出了一个男人的咆哮声，几乎是戏剧性的威胁，充满了安静的办公室：

"他们说他们死的时候会尿裤子，奇斯韦尔，是真的吗？四万英镑，否则我就知道报纸会付多少钱了。"

20

在友谊的陪伴下我们俩一路向前。

——亨利克·易卜生《罗斯莫庄》

斯特莱克选择了"两个主席酒吧"作为他周三晚上与罗宾会面的地点,因为该酒吧离威斯敏斯特宫很近。酒吧隐藏在有几个世纪历史的老后街——老王后街与驾驶舱台阶的交汇处,在古色古香、安安静静、相互倾斜的建筑物之间。当斯特莱克一瘸一拐地穿过马路,看到挂在前门的金属牌子,他才意识到命名酒吧的"两个主席"并不是他曾经以为的董事会的联合经理,而是抬着沉重轿子的卑微仆人。斯特莱克虽然又累又痛,但这一形象似乎很合适,尽管酒馆招牌上的轿子里坐的是一位优雅的白衣女士,而不是身材魁梧、脾气暴躁、头发蓬乱的部长。

酒吧里挤满了下班后来喝酒的人,斯特莱克突然有点担忧他可能找不到座位,这可不太妙,因为经过昨天的长途驾车和今天在哈利街盯梢滑头医生几个小时后,他的腿部、背部和颈部全都感觉又紧又痛。

斯特莱克刚买了一品脱"伦敦骄傲"啤酒,靠窗的桌子就空了出来。没等最近的一群穿制服的男男女女把它占为己有,他就急急忙忙地把那张背对着街道的高脚凳抢了过来。没有人有可能挑战他独自占有一张四人桌的权利。因为他体型如此庞大、面相如此粗暴，甚至连这群公务员都怀疑自己是否有能力通过谈判的方式达成妥协。

木质地板的酒吧在斯特莱克的脑海中被归类为"高端实用主义"。墙上一幅褪色的壁画描绘的是十八世纪戴着假发的男人们在一起闲聊的场景，但除此之外，都是些经过修剪的木头和单色版画。他凝视着窗外，看看罗宾是否来了，但没有看到她的踪影。于是他一边喝着啤酒，一边在手机上阅读当天的新闻，试图忽略摆在他面前桌上的菜单，菜单上一张炸鱼的图片在嘲弄他。

罗宾本应在六点钟到达，可是到了六点半还不见人影。再也无法抗拒菜单上的图片，斯特莱克给自己点了鳕鱼和薯片，又点了一品脱啤酒。在《泰晤士报》上读了一篇关于即将到来的奥运会开幕式的长文，这真是一长串记者担心会歪曲和羞辱国家的方式。

七点差一刻，斯特莱克开始担心罗宾。他刚决定给她打个电话，她就冲了进来，满脸通红，戴着斯特莱克知道她并不需要的眼镜，脸上的表情是他所知的有值得传授的东西的人难以抑制的激动表情。

"淡褐色的眼睛，"当罗宾在他对面坐下时，他注意到，"很好，改变了你的整体形象。你发现了什么？"

"你怎么知道我已经……？嗯，实际上有很多，"她说道，觉得不值得逗他玩，"我之前差点给你打电话了，但一整天我的周围都有人，今天早上我把窃听器装好了，然后侥幸逃脱。"

"你装好了？他妈的干得好！"

"谢谢。我真的很想喝上一杯，稍等。"

她端着一杯红酒回来后，就立刻开始讲述拉斐尔早上在答录机上发现的留言。

"我没有机会弄到对方的电话号码，因为在那之后有四条留言，电话系统已经过时了。"

斯特莱克皱着眉头问道："打电话的人怎么念奇斯韦尔的，你还记得吗？"

"念的是对的，就是奇斯韦尔。"

"和吉米吻合，"斯特莱克说，"电话之后发生了什么？"

"伊茨回到办公室后，拉夫把这件事告诉了她，"罗宾说，斯特莱克发现，当罗宾说出"拉夫"这个名字时，他察觉到了一丝局促，"很显然，他不明白自己传递的是什么信息。伊茨立刻给她爸爸打了个电话，他暴跳如雷。我们能听到他在电话那头大喊大叫，尽管他实际上说得并不多。"

斯特莱克抚摸着下巴，沉思起来。

"那个匿名打电话的人听起来像什么？"

"伦敦口音，"罗宾说，"威胁的口吻。"

"他们死的时候会尿裤子。"斯特莱克用低沉的语调重复道。

罗宾想说些什么，但残酷的个人记忆使她难以表达。

"勒死受害者……"

"是的，"斯特莱克打断她说，"我知道。"

他们俩都喝了口酒。

"好吧，假设是吉米打来的，"罗宾接着说，"他今天给办公室打了两次电话。"她打开手提包，拿出里面藏着的监听器。

"你把监听器拿回来了吗？"他吃惊地问道。

"又换上了另一个，"罗宾说，无法抑制胜利的微笑，"这就是我迟到的原因，我抓住了机会。和温恩一起工作的阿米尔先走了，杰兰特在我收拾东西的时候来我们办公室和我聊天。"

"他和你聊天了，是吗？"斯特莱克觉得好笑，问道。

"我很高兴你觉得有趣，"罗宾冷冷地说，"他可不是个好人。"

"对不起，"斯特莱克说，"他在哪方面不是个好人？"

"我敢担保，"罗宾说，"我在办公室见过很多这样的人。他是个变态，有令人毛骨悚然的附加功能。他只是告诉我，"她说道，愤怒从她脸上不断加剧的粉红色中表现出来，"我让他想起了他死去的女儿，然后他摸了摸我的头发。"

"摸你的头发吗？"斯特莱克重复说，很不愉快。

"从我肩膀上弄下来一点，从他的手指划过，"罗宾说，"然后，我想他明白了我对他的看法，于是试图装出一副慈父的样子。后来，我说我需要上厕所，但要请他待在原地，这样我们就可以继续谈论慈善事业。然后，我飞快地穿过走廊，置换了窃听器。"

"干得好极了，罗宾。"

"我在来这儿的路上听了一下，"罗宾说着从口袋里掏出耳机，"还有……"

罗宾把耳机递给他。

"我发现了有趣的一点。"

斯特莱克乖乖地塞入耳机，罗宾打开了手提包里的录音磁带。

"……三点半，阿米尔。"

威尔士男子的声音被手机铃声打断了。脚在电源点附近扭来扭去，铃声停了，杰兰特说道：

"哦，你好，吉米……等一下……阿米尔，把门关上。"

然后是更多的窸窸窣窣的声音，以及脚步声。

"吉米，你好……？"

接下来的很长一段时间，杰兰特似乎在试图阻止一场愈演愈烈的长篇大论。

"喔——现在，等一下……吉米，听着……吉米，听着——听着！我知道你输了，吉米，我理解你有多痛苦——吉米，拜托了！我们理解你的感受——这不公平，吉米、德拉和我出身都不富裕——我父亲是个煤矿工人，吉米！现在听着，拜托了！我们快弄到照片了！"

接下来的一段时间里，斯特莱克隐约听到了电话那头吉米·奈特抑扬顿挫的流利演讲。

"我接受你的观点，"杰兰特最后说道，"但我劝你不要鲁莽行事，吉米。他不会给你的——吉米，听着！他不会给你钱，他已经说得很清楚了。要么都爆料给报纸，要么什么都不做，所以……证据，吉米！证据！"

接着是另一段较短的难以理解的叽里咕噜声。

"我刚才告诉过你,对吗?是的……不,但是外交部……嗯,很难……不,阿米尔有联系人……是的……是的……那好吧……我会的,吉米。很好——是的,好的。是的,再见。"

放下手机的沉闷声之后响起了杰兰特的声音。

"蠢货。"他说。

然后是更多的脚步声。斯特莱克瞥了罗宾一眼,罗宾做了个滚动的手势,表示他应该继续听下去。大约过了三十秒钟,阿米尔说话了,有些胆怯,有些紧张。

"杰兰特,克里斯托弗没有答应关于照片的任何事。"

即使是在小小的磁带上,在杰兰特办公桌上纸张的抖动声中,寂静仿佛也充满了力量。

"杰兰特,你在听……?"

"是的,我听到了!"温恩呵斥道,"天哪,孩子,伦敦政治经济学院第一名的学生,你就想不出办法说服那个混蛋给你照片吗?我不是让你把照片拿出来,只是让你得到复印件而已。这事应该没有超出人类的智慧范围吧?"

"我不想再惹麻烦了。"阿米尔喃喃地说。

"好吧,我早该想到的,"杰兰特说,"尤其是在德拉为你做了一切之后……"

"我很感激,"阿米尔迅速地说道,"你知道我是……好吧,我——我会再试试看。"

接下来的一分钟里,除了混乱的脚步声和纸张的声音,没有其他声音,接着是机械的咔嗒声。该设备在一分钟的沉默后会自动关闭,有人说话时会再次启动。下一个听到的声音是另一个不同的男人问德拉今天下午是否要参加"小组委员会"。

斯特莱克摘掉了耳塞。

"你全都听懂了吗?"罗宾问。

"我想是的。"斯特莱克说。

177 | 致命的白色

她向后一靠，满怀期待地注视着斯特莱克。

"外交部？"他轻声重复道，"他到底做了什么让外交部获得了照片？"

"我以为我们不应该对他做的事感兴趣啊？"罗宾扬起眉毛说。

"我从没说过我不感兴趣，只是我不是花钱去发现这个。"

斯特莱克的炸鱼和薯条到了。他谢过酒保，然后往盘子里倒了一大堆番茄酱。

"不管是什么事，伊茨完全知道真相，"罗宾回忆道，"如果他——你知道——谋杀了任何人，她不可能像现在这样谈论这件事。"她有意避开"勒死"这个词。三天之内三次恐慌发作已经够了。

"不得不说，"斯特莱克一边嚼着薯片一边说道，"那个匿名电话会让你——除非，"他突然想到，"吉米一伙有个聪明的主意，企图把奇斯韦尔拉进比利所说的事件中，而不止他真正做过的事情。杀害儿童的事不一定非得是真的，才会给一个已经被媒体盯上的政府部长制造麻烦。你知道互联网。网上很多人认为成为保守党就等同于成为了儿童杀手，这可能是吉米想要增加压力的主意。"

斯特莱克郁闷地用叉子戳了几片薯片。

"如果我们还有空出的人手去找比利，我会很高兴知道他在哪儿。巴克利没有看到他的任何迹象，他说吉米没有提到他有个弟弟。"

"比利说他被俘虏了。"罗宾试探性地说道。

"老实说，我认为我们不能太相信比利现在说的话。我认识一个在希纳斯的人，他在运动中精神病发作，认为他的皮肤下面住着蟑螂。"

"在……？"

"希纳斯，燧发枪手。想要薯片吗？"

"还是不要了。"罗宾叹了口气，尽管她很饿。她曾发短信告诉马修她回家会迟到，但马修告诉她他会等她回家，这样他们就可以一起吃晚饭。"听着,我还没有把一切都告诉你呢。"

"是苏基·刘易斯?"斯特莱克满怀希望地问道。

"我还没能在谈话中提到她。不是她,是奇斯韦尔的妻子,她声称有男人们一直躲在花圃里摆弄她的马。"

"男人们?"斯特莱克重复道,"是'们'吗?"

"伊茨就是这么说的——但她也说了金瓦拉是在歇斯底里和寻求关注。"

"这样就会成为一个主题,不是吗?那些被认为太疯狂的人不知道自己看到了什么。"

"你认为那个人也可能是吉米吗?在花园里的那个?"

斯特莱克边嚼边想。

"我看不出他在花园里鬼鬼祟祟或摆弄马匹有什么好处,除非他是想吓唬奇斯韦尔。我去问问巴克利,看看吉米有没有车,或者有没有提到要去牛津郡。金瓦拉报警了吗?"

"伊茨回来时拉夫问过这个问题。"罗宾说。斯特莱克又一次觉得,当她说出那个人的名字时,他察觉到了一丝局促。"金瓦拉声称狗叫了起来,然后她在花园里看到一个男人的身影,但是他跑了。"她说,"第二天早上,马圈里就有些脚印,其中一匹马还被刀划伤了。"

"她给兽医打电话了吗?"

"我不知道,在办公室问拉夫问题比较困难。我不想显得太过多管闲事,因为他不知道我是谁。"

斯特莱克把盘子推开,伸手去摸香烟。

"照片,"他沉思着,又回到了重点,"外交部的照片。他们到底能拿出什么证据证明奇斯韦尔有罪?他从来没有在外交部工作过,对吗?"

"是的,"罗宾说,"他担任过的最高职位是贸易部长。因为他和拉夫的母亲有染,他不得不从那里辞职。"

壁炉上的木钟告诉罗宾她该走了，但她没有动。

"那么说，你喜欢上拉夫了？"斯特莱克猝不及防地问道。

"什么？"

罗宾担心自己的脸红了。

"你说我喜欢上他了，这是什么意思？"

"我只是有这样的感觉，"斯特莱克说，"在你见到他之前，你是不赞同他的行为的。"

"假设我应该是他父亲的教女，你是要我跟他作对吗？"罗宾反击道。

"不，当然不是。"斯特莱克说，尽管罗宾觉得他是在嘲笑她，而且对此感到怨恨。

"我得走了，"她说着，把耳机从桌上扫下来，放回包里，"我告诉马特我要回家吃晚饭。"

她站起来，和斯特莱克道别，然后离开了酒吧。

斯特莱克看着她走了，对提到拉斐尔·奇斯韦尔时他曾评论过她的举止而隐隐感到遗憾。独自喝了几分钟啤酒后，他付了饭钱，缓步走到人行道上，点燃一支烟，然后打电话给文化部长，文化部长在第二声铃响时接听了电话。

"等一下，"奇斯韦尔说道，斯特莱克能听到他身后嘀嘀咕咕的人群，"周围很吵。"

随后传来关上门的当啷声，从人群中发出的喧闹声消失了。

"我在吃饭，"奇斯韦尔说，"有什么消息要告诉我吗？"

"恐怕这不是什么好消息，"斯特莱克说着，从酒馆里走出来，沿着安妮王后大街往前走，穿过在暮色中闪闪发光的白色粉刷过的建筑物，"今天早上，我的搭档成功地在温恩先生的办公室安装了监听器。我们得到了他和吉米·奈特通话的录音。温恩的助手——阿米尔，是吗？——正试图去获取你告诉我的那些照片的复印件。在外交部。"

随后的沉默持续了很长时间，斯特莱克怀疑通话是否被切断了。

"部……？"

"我在！"奇斯韦尔咆哮道，"那个男孩叫马利克，是吗？卑鄙的小混蛋，卑鄙的小混蛋。他已经丢了一份工作——让他试试吧，就这样。让他试试！他认为我不会——我知道阿米尔·马利克的一些事情，"他说，"哦，是的。"

斯特莱克有些吃惊，他等待着对方做出解释，但奇斯韦尔没有。他只是重重地对着电话吸了一口气。斯特莱克听到轻柔低沉的撞击声，知道奇斯韦尔正在地毯上来回踱步。

"你要说的就是这些吗？"议员终于问道。

"还有一件事，"斯特莱克说，"我的搭档说，你妻子看到一个或几个男人在夜里闯入了你家的领地。"

"哦，"奇斯韦尔说，"是的。"听起来并不是特别担心，"我妻子养马，她非常重视马的安全。"

"你认为这不会关系到……？"

"毫无关联，毫无关联。金瓦拉有时候——好吧，说实话，"奇斯韦尔说，"她有时会他妈的歇斯底里。她养了一群马，总是担心被偷。我不希望你浪费时间去牛津郡的灌木丛中追逐影子，我的问题出在伦敦。就这些吗？"

斯特莱克回答说是的，在简短的告别之后，奇斯韦尔挂上了电话，斯特莱克一瘸一拐地向圣詹姆斯公园车站走去。

十分钟后，斯特莱克在地铁的一个角落里坐了下来，双手交叉，伸开双腿，心不在焉地望着对面的窗户。

这次调查的性质极不寻常。他从来没有遇到过一个敲诈案件，当事人对自己的罪行如此守口如瓶——但是，斯特莱克自言自语道，他以前从未有过政府部长这样的客户。同样，并不是每天都有一个可能是精神错乱的年轻人突然闯入他的办公室，坚称自己目睹了一起儿童谋杀案。虽然斯特莱克自被媒体曝光以来确实收到了一些不寻常的和不平衡的信件：不管罗宾偶尔的抗议，那个曾被他称为"疯子的抽屉"里，现在已经装满了半个文件柜。

那个被勒死的孩子和奇斯韦尔的勒索案之间的确切关系引起了斯特莱克的注意，尽管从表面上看，两者之间的关系是显而易见的：它存在于吉米和比利之间兄弟情谊的事实。现在有人（从罗宾获得的通话记录来看，斯特莱克认为极有可能是吉米）似乎已经决定把比利的故事和奇斯韦尔捆绑在一起。遭到勒索而导致奇斯韦尔找到斯特莱克的原因不可能是杀婴，否则杰兰特·温恩早就去报警了。斯特莱克的思绪就像舌头探测一对溃疡一样，不断徒劳地回到奈特兄弟身上：吉米，魅力十足，口齿伶俐，英俊潇洒，是个投机分子和急性子；而比利，心神不宁，肮脏不堪，毫无疑问患有疾病，被一段同样可怕的记忆所困扰，因为它可能是假的。

他们死的时候会尿裤子。

是谁干的？斯特莱克似乎又听到了比利·奈特的声音。

他们把她埋在一条粉红色的毯子里，就在我爸爸房子旁边的小山谷里。但后来他们说那是个男孩……

他刚刚接到客户的明确指示，要求他将调查范围限制在伦敦，而不是牛津郡。

斯特莱克一边查看地铁刚刚到站的车站名，一边想起罗宾在谈论拉斐尔·奇斯韦尔时的局促不安。他打了个呵欠，又拿出手机，成功地在谷歌上搜索到了他的客户最小的孩子。在对他过失杀人罪进行审判的法庭台阶上，他被拍到许多照片。

在翻看拉斐尔的多幅照片时，斯特莱克对这个身穿深色西装的英俊年轻人产生了越来越强烈的反感。撇开奇斯韦尔的儿子更像意大利模特而不是英国人不谈，这些照片引发了一种根植于阶级和人身伤害的潜在怨恨，这种怨恨在斯特莱克的胸中变得越来越强烈。拉斐尔与夏洛特和斯特莱克分手后嫁给的杰戈·罗斯属于同一类型：上流社会，穿着昂贵，受过良好教育，他们的过失得到了更为宽容的对待，因为他们能请得起最好的律师，因为他们就像能决定自己命运的法官的儿子。

地铁又开动了，斯特莱克的手机没了信号，他把手机塞回口袋，抱起双臂，继续茫然地盯着漆黑的车窗，试图否认一个令人不安的想法，但它就像一条狗在向他索要食物，无法忽视。

他现在才意识到，他从来没有想过罗宾会对马修以外的其他男人感兴趣，当然，除了他自己在她婚礼的台阶上抱着她的那一刻，那短暂的一刻……

他对自己很生气，于是把这个无益的想法抛到一边，强迫走神的思绪回到政府部长的奇怪案件上，被砍伤的马匹和一具裹在粉色毯子里、被埋在小山谷里的尸体。

21

在这所房子里,有些游戏是在你背后进行的。

——亨利克·易卜生《罗斯莫庄》

"为什么你这么忙,而我却无事可做呢?"星期五中午的时候,拉斐尔问罗宾。

她刚尾随杰兰特去保得利大厦回来。她从远处观察他,看到他走过后,许多年轻女孩礼貌性的微笑变成了厌恶的表情。杰兰特消失在一楼的会议室里,罗宾回到了伊茨的办公室。走近杰兰特的房间时,她原本希望能溜进去拿回第二个监听器,但从敞开的门可以看到,阿米尔正在电脑前工作。

"拉夫,我马上就给你找点事做,宝贝,"忧心忡忡的伊茨一边敲打着键盘,一边嘟囔着,"我得赶紧做完这个,这是给当地政党主席的,爸爸五分钟后过来签字。"

她匆忙瞥了弟弟一眼,只见他伸开四肢躺在扶手椅上,长长的腿搭在前面,衬衫袖子卷了起来,领带松开了,手里摆弄着挂在脖子上的访客通行证。

"你为什么不去露台上喝杯咖啡呢?"伊茨建议。罗宾知道奇斯韦尔出现时,伊茨想让拉斐尔离开。

"想去喝杯咖啡吗，威尼西亚？"拉斐尔问道。

"去不了，"罗宾说，"正在忙。"

伊茨桌上的风扇扫过罗宾，她享受了几秒钟凉爽的微风。网眼窗帘只给人六月灿烂日子的模糊印象。被截短影子的议员们出现在玻璃外面的平台上，像发光的幽灵。杂乱的办公室里很闷。罗宾穿着棉质连衣裙，头发扎成马尾辫，当她假装在工作时，依然偶尔会用手背擦着上唇。

正如她告诉斯特莱克的那样，拉斐尔来这个办公室工作是下策之选。她跟伊茨单独在一起时，用不着找借口躲在走廊里。更重要的是，拉斐尔经常注视她，与杰兰特下流地上下打量她的那种方式截然不同。她不赞成拉斐尔的做法，但她不时地发现自己险些为他感到难过。他在他父亲身边显得很紧张，而且——好吧，大家都会认为他很英俊。这就是她避免看他的主要原因：如果想要保持客观，最好不要看他。

他一直试图与她建立更为密切的关系，而她却一直在阻止。就在前一天，他还打断过她，当时她正在杰兰特和阿米尔的门外徘徊，全神贯注地偷听阿米尔在打电话"询问"。从罗宾听到的少量细节来看，她确信阿米尔正在电话里讨论的是公平竞争竞技场。

"但这不是法定调查吗？"阿米尔问，听起来很担心，"不是官方的吗？我以为这只是例行公事……但温恩先生明白，他写给筹款监管机构的信已经回答了他们所有的担忧。"

罗宾不能错过倾听的机会，但知道她的处境很危险。出乎意料的是，吓她一跳的不是温恩而是拉斐尔。

"你躲在那儿干什么？"他笑着问。

罗宾匆匆走开了，但她听到阿米尔在她身后砰地关上了门，她怀疑以后阿米尔至少会确保门是关着的。

"你总是这么神经质，还是只针对我一人？"拉斐尔急忙跟在她后面问道，"去喝杯咖啡，走吧，我真他妈的无聊透了。"

罗宾婉言谢绝了，不过，即使她假装很忙，她也不得不承认内心有一部分——很小的一部分——因为他的殷勤而感到高兴。

有人在敲门，令罗宾吃惊的是，阿米尔·马利克拿着一张名单走进了房间。他紧张而坚定地跟伊茨说话。

"是这样的，呃，嗨。杰兰特希望在 7 月 12 日的残奥会招待会上增加公平竞争竞技场的理事会成员。"他说道。

"我和那种接待毫无关系，"伊茨厉声说道，"是文化、媒体和体育部组织的，不是我，"她激动地说，擦去额头上的汗珠，"为什么大家都来找我？"

"杰兰特需要他们来。"阿米尔说。他手中的名单在颤抖。

罗宾在想，现在敢不敢溜进阿米尔空无一人的办公室，置换一下监听器。她悄悄地站起来，尽量不引起别人的注意。

"他为什么不问问德拉呢？"伊茨问。

"德拉很忙，只有八个人，"阿米尔说，"他真的需要……"

"听命运女神拉克西丝的话！"

房间里传来了文化部长洪亮的声音。奇斯韦尔站在门口，穿着皱巴巴的西装，挡住了罗宾的出口。她又安静地坐了下来。阿米尔，至少在罗宾看来，打起了精神。

"知道拉克西丝是谁吗，马利克先生？"奇斯韦尔问道。

"我说不上来。"阿米尔说。

"说不上来？你在哈林格综合学校没有研究过希腊人吗？你似乎有时间，拉夫。教教马利克先生拉克西丝的事。"

"我也不知道。"拉斐尔说，透过他又黑又浓的睫毛向上凝视着他的父亲。

"装傻，是吗？拉克西丝，"奇斯韦尔说，"是命运女神之一。她测量每个人的寿命长度。知道每个人什么时候会死去。你不是柏拉图的粉丝吗，马利克先生？我想，卡图卢斯更适合你。他写了一些关于你这种人的好诗。呃？诗歌第 16 首，查一查，你会喜欢的。"

拉斐尔和伊茨都盯着父亲。阿米尔站了几秒钟，好像忘记了他来的目的，然后大步走出了房间。

"给每个人都来点古典教育，"奇斯韦尔说着转过身去，带着一种恶意的满足感,看着阿米尔离开,"我们要活到老学到老,是吗,拉夫?"

罗宾的手机在桌上震动,是斯特莱克发来了短信。他们原先达成协议,在工作时间不联系对方,除非有紧急情况。她把电话塞进包里。

"我的签名纸在哪儿?"奇斯韦尔问伊茨,"你给讨厌的布兰达·贝利的信写完了吗?"

"正在打印。"伊茨说。

当奇斯韦尔在一堆信上潦草地签名时,像斗牛犬一样在这个原本很安静的房间里喘着气,罗宾咕哝着说有事要做,然后匆匆走到走廊里。

她想要不受打扰地去读斯特莱克的短信,于是跟着一个木制的标志来到地下室,沿着指示的狭窄的石阶往下走,在底下发现了一个废弃的小教堂。

墓穴被装饰得像一个中世纪的首饰盒,每一寸金色的墙壁上都装饰着图案和符号、纹章和宗教图腾。祭坛上方挂着如宝石般明亮的圣徒画像,天蓝色的风琴管用金丝带和猩红色的带子包裹着。罗宾匆匆坐到一张红色天鹅绒长椅上,打开了斯特莱克的短信。

> 需要帮忙。巴克利在吉米·奈特身上要花十天的时间,但他刚刚发现他妻子周末要工作,而他找不到其他人来照看孩子。安迪今晚要和家人一起去阿利坎特一个星期。我不能跟踪吉米,他认识我。CORE明天将参加反导弹游行。从下午两点开始,在堡那里。你能帮忙吗?

罗宾沉思了几秒钟,然后发出一声呻吟,声音在地窖里回荡。

这是一年多来斯特莱克第一次在这么短的时间里要求她加班,可这是她的结婚一周年的周末。昂贵的酒店已经订好了,行李已经打包准备好了放在车里。她本应该过几个小时下班后就去见马修。

他们要直接开车去四季农庄酒店。如果她现在说她不能去了，马修准会大发雷霆。

斯特莱克同意给她进行侦探训练时对她说过的话，在寂静的地窖中又回响在她脑海里。

我需要一个能长时间工作、周末也能工作……你对这份工作很有天赋，但你要嫁给一个讨厌你做这份工作的人……

而且罗宾告诉过斯特莱克，马修怎么想并不重要，重要的是要看她自己做了什么。

现在她的忠诚在哪里？她说过她会留在这段婚姻里，答应给她的婚姻一个机会。斯特莱克已经让她无偿加班了好多个小时，他不能说她不爱干活。

慢慢地，她删除单词，替换单词，反复思考每一个字母，然后打出了一个回复。

> 我真的很抱歉，但这是我结婚纪念日的周末。我们已订好旅馆，今晚就出发。

她想再写点什么，但又能说什么呢？难道要写"我的婚姻并不幸福，所以庆祝它很重要？"，还是"我宁愿伪装成抗议者跟踪吉米·奈特"呢？她按下了"发送"键。

罗宾坐在那里，等待斯特莱克的回复，感觉好像马上就要得知医疗检查的结果，她的眼睛一直盯着天花板上缠绕的藤蔓。陌生的面孔从模型中往下凝视着她，就像神话中的野绿人。纹章和异教徒的意象混杂着天使和十字架。这座教堂不仅仅是上帝的居所，它还可以追溯到一个迷信、魔法和封建权力的时代。

时间一分一秒地过去了，斯特莱克一直没有回复。罗宾站起来，绕着教堂走了一圈。在最后面，她发现了一个橱柜。打开橱柜，她看到一块写着女权主义者艾米丽·戴维森名字的牌匾。显然，她曾在那里过夜，以便在1911年的人口普查中，也就是在女性获得投票权的七年前，把自己的住所当作下议院。她不禁感慨，艾米丽·戴维森是不会赞同罗宾把失败的婚姻置于工作自由之上的。

罗宾的手机又震动了。她低下头，害怕她要读到的东西。斯特莱克只简单地回复了两个字：

好的

如铅一般的重量似乎从她的胸口滑到了肚子上。她很清楚，斯特莱克仍然是在办公室上面那荣耀的单人间里生活，工作到周末。他是侦探社里唯一未婚的人，他的职业生涯和私人生活之间的界限，即使不是完全不存在，也是灵活而容易处理的，而她、巴克利和哈钦斯的生活则不同。最糟糕的是，罗宾想不出办法告诉斯特莱克她感到很抱歉，而且她明白，她希望事情有所不同，而不用提醒他们两人在她婚礼的楼梯上的拥抱，到现在为止，已经有那么长的时间都没有提到，她甚至怀疑斯特莱克是否还记得。

她感到非常痛苦，走出地窖沿原路返回，手里还拿着她假装要送出去的文件。

她回到办公室里，只有拉斐尔一个人坐在伊茨的电脑前，正在打字，速度只有她的三分之一。

"伊茨和爸爸去做一件很无聊的事，我都不记得是什么。"他说，"他们一会儿就回来。"

罗宾勉强笑了笑，回到办公桌前，她还在想着斯特莱克。

"那首诗有点怪，不是吗？"拉斐尔问。

"什么？哦，那首拉丁语的诗吗？是的，"罗宾说，"是有一点怪。"

"就像他把诗背下来专门为了用在马利克身上一样。没有人能轻而易举地做到这一点。"

回想起斯特莱克似乎也能背下一些奇怪的拉丁语，罗宾说："不是的，你不能这么想。"

"他是为了那个马利克还是别的什么呢?"

"我真的不知道。"罗宾撒谎道。

由于没有办法在办公桌上消磨时间,于是她又把文件乱翻了一遍。

"你要待多久,威尼西亚?"

"我不确定。也许要等到议会休会。"

"你真的想在这儿工作?永久性地吗?"

"是的,"她说,"我觉得这很有趣。"

"在这之前你是干什么的?"

"公关,"罗宾说,"虽然也很有趣,但我想改变一下。"

"是想要俘获一名议员吗?"他带着淡淡的微笑说道。

"不能说我已经在这附近见到了我想结婚的人。"罗宾说。

"真伤人。"拉斐尔说道,假装叹了口气。

罗宾怕自己脸红了,便弯下腰去打开抽屉,随便拿出几样东西,想把脸遮起来。

"那么说,威尼西亚·霍尔有约会的对象了吗?"等她直起腰来,拉斐尔坚持问道。

"是的,"她说,"他的名字叫蒂姆。我们在一起已经一年了。"

"是吗?蒂姆是做什么的?"

"他在佳士得工作。"罗宾说。

她的想法来自在红狮酒吧见到的和莎拉·沙德洛克在一起的男人:那种完美的、适合公立学校的类型,那种她想象中奇斯韦尔的教女会认识的类型。

"你呢?"她问,"伊茨说你……"

"在画廊吗?"拉斐尔打断她说,"那没什么,她对我来说太年轻了。不管怎样,她的父母现在已经把她送到佛罗伦萨去了。"

他把椅子转过来面对着罗宾,表情严肃而深沉,凝视着她,仿佛他想知道一些普通的谈话无法回答的问题。罗宾打断了他们的对视。如此热烈的对视与想象中的蒂姆那心满意足的女友形象是格格不入的。

"你相信赎罪吗?"

这个问题完全出乎罗宾的意料。它带有一种庄严和美丽,就像蜿蜒楼梯脚下的小教堂里闪闪发光的宝石。

"我……是的,我相信。"她说。

他从伊茨的书桌上拿起一支铅笔。他的长手指一遍又一遍地转动着笔,目不转睛地注视着她,似乎在掂量着她。

"你知道我做了什么吗?在车里?"

"是的。"她回答。

在罗宾看来,他们之间的沉默似乎充满了闪烁的灯光和朦胧的身影。她可以想象在方向盘上鲜血淋漓的拉斐尔,路上年轻母亲遍体鳞伤的身影,警车、事故录像带,还有过往车辆中目瞪口呆的人们。他目不转睛地注视着她,她想,他是希望能得到某种恩惠,仿佛她的宽恕很重要似的。她知道,有时候,一个陌生人,甚至是一个偶然相识的人的善意都可能会带来改变,在你最亲近的人努力帮助你的时候,你可以依靠他们。她想起了会客室里那位年老的管家,他声音沙哑、和蔼可亲,虽然她听不懂,却得到了极大的安慰,使得她恢复了理智。

门又打开了。罗宾和拉斐尔都吓了一跳,一个红色鬈发的女人走进房间,脖子上挂着一张访客通行证。罗宾立刻从网上的照片上认出她是贾斯帕·奇斯韦尔的妻子金瓦拉。

"你好。"罗宾说,因为金瓦拉只是茫然地看着拉斐尔,拉斐尔急忙转回电脑前,又开始打字。

"你一定是威尼西亚。"金瓦拉说,把清澈的金色目光转向罗宾。她的声音高亢,如少女一般。她的眼睛像猫一样,脸有点浮肿。"难道你不漂亮吗?没人告诉我你是这么漂亮。"

罗宾不知道该如何回应,金瓦拉坐进拉夫通常坐的那张下垂的椅子上,摘下挂在她长长的红头发上的名牌太阳镜,把头发披了下来。她裸露的胳膊和腿上长满了雀斑,那件绿色无袖衬衫上的纽扣把她丰满的胸脯扣得紧紧的。

"你是谁的女儿？"金瓦拉带着一丝愤怒问道，"贾斯帕没有告诉我，他没有告诉我任何他不需要告诉我的事情，对此我已经习惯了，他只是说你是他的教女。"

没有人警告过罗宾，金瓦拉不知道她到底是谁。也许，伊茨和奇斯韦尔没有料到她们有一天会面对面。

"我是乔纳森·霍尔的女儿。"罗宾紧张地说道。她为教女——威尼西亚——想出了一个基本的背景，但从没想过要对奇斯韦尔的妻子详细说明，她大概认识奇斯韦尔所有的朋友和熟人。

"他是谁？"金瓦拉问道，"我可能应该知道，如果我没有注意到，贾斯帕会生气的……"

"他在土地管理……"

"噢，是诺森伯兰郡的财产吗？"金瓦拉插嘴说，她的兴趣似乎并不特别浓厚，"那是在我的时代之前。"

感谢上帝，罗宾想。

金瓦拉交叉双腿，双臂交叉在胸前，脚上下抖动，她狠狠地、几乎是恶意地瞪了拉斐尔一眼。

"你不跟我打个招呼吗，拉斐尔？"

"你好。"他说。

"贾斯帕叫我来这儿见他，但如果你更希望我去走廊里等，我可以出去。"金瓦拉用她那又高又紧的声音说道。

"当然不是。"拉斐尔咕哝着，皱着眉头坚定地看着他的屏幕。

"好吧，我不想打断你。"金瓦拉说着，从拉斐尔转向罗宾。美术馆浴室里那个金发女郎的故事又浮现在罗宾的脑海里。她第二次假装在抽屉里找东西，听到奇斯韦尔和伊茨沿着走廊走来的声音，这才松了一口气。

"……要在十点钟以前，不能再晚了，否则我就没有时间读那该死的东西了。告诉海恩斯他得和英国广播公司谈谈，我没时间和一群白痴谈论——金瓦拉，"奇斯韦尔在办公室门口停了下来，毫无感情地说道，"我告诉过你在文化、媒体和体育部来见我，而不是在这里。"

"我也很高兴见到你，贾斯帕，分开三天后。"金瓦拉说着站起来，抚平她皱巴巴的裙子。

"嗨，金瓦拉。"伊茨说。

"我忘了你说的是文化、媒体和体育部。"金瓦拉对奇斯韦尔说，忽略了教女，"我整个上午都在给你打电话……"

"我告诉过你，"奇斯韦尔咆哮道，"我得开会开到一点钟，如果又是为了那些该死的种马费……"

"不，不是种马的费用，贾斯帕，实际上，我更愿意私下告诉你，但如果你想让我在你的孩子们面前说的话，我会说的！"

"噢，看在上帝的分上，"奇斯韦尔咆哮道，"那么，走吧，走吧，我们找个私间……"

"昨晚有一个男人，"金瓦拉说，"他——别那样看着我，伊莎贝拉！"

伊茨的表情确实流露出赤裸裸的怀疑。她扬起眉毛走进房间，仿佛看不见金瓦拉似的。

"我说了，你可以在私间再告诉我！"奇斯韦尔吼道，但金瓦拉拒绝改变方向。

"昨晚我在房子旁边的树林里看见一个男人，贾斯帕！"她用高亢、尖厉的声音说道，罗宾知道这声音会在狭窄的走廊里回荡，"我不是在想象——树林里有个拿着铲子的男人，我看见他了，狗追他的时候，他跑了！你一直叫我别大惊小怪的，可是晚上只有我一人独自待在那房子里，如果你不打算做点什么的话，贾斯帕，我就要报警了！"

22

> 难道你不觉得为了正义的事业，有责任去做这件事吗？
>
> ——亨利克·易卜生《罗斯莫庄》

斯特莱克的情绪十分糟糕。

第二天早上，当他一瘸一拐地走向麦尔安德公园时，他问自己，作为侦探社的高级合伙人和创始人，为什么要在一个炎热的周六上午参加一场抗议游行，而他有三名员工，还有一条疲惫不堪的腿？因为，他回答自己，他没有需要照看的婴儿，没有预定好机票或折断手腕的妻子，也没有一个他妈的周年纪念的周末计划。他没有结婚，所以他不得不牺牲休息时间，他的周末只是多出两个工作日而已。

罗宾害怕斯特莱克想到她时想到的一切，事实上，他现在就在想：她在鹅卵石铺成的阿尔伯里街的房子和他在改建的阁楼上漏风的两个房间；她手指上那只小金戒指所赋予的权利和地位，对比他向罗蕾莱解释说不可能与她吃午餐和晚餐时，她那失望的表情；当他接受她作为一个合伙人时，罗宾承诺会承担相同的责任，与现实相反的是，她匆忙回家陪伴丈夫。

是的，罗宾在侦探社工作的两年中曾多次无偿加班。是的，他知道她已经超出了他的职责范围。是的，理论上，他很感激她。然而事实仍然是，今天，当他一瘸一拐地沿着街道走向几个小时都可能毫无结果的监视时，她和丈夫却在周末飞快地驶向一家乡村旅馆，一想到此，他的腿和背就痛得难以忍受。

斯特莱克没刮胡子，穿着一条旧牛仔裤、一件陈旧褪色的连帽衫和一双旧运动鞋，挎着一个手提袋，走进了公园。他能看见远处聚集的抗议者。吉米有认出他的危险，斯特莱克差点就决定不去监视游行了，但罗宾最新发来的短信（他完全是出于坏脾气，没有回复）改变了他的想法。

  金瓦拉·奇斯韦尔来到办公室。她说昨晚在他们家附近的树林里看见一个拿着铁锹的男人。从她所说的来看，奇斯韦尔一直告诉她不要报警，但金瓦拉说，除非奇斯韦尔会对这些入侵者采取措施，否则她就要报警。顺便说一下，金瓦拉不知道奇斯韦尔叫我们来，她以为我真的是威尼西亚·霍尔。此外，慈善委员会有可能在调查公平竞争竞技场。我在努力了解更多细节。

这条短信使得斯特莱克的心情更加糟糕。现在，只有能拿出确凿的证据来指控杰兰特·温恩，他才会心满意足，因为《太阳报》报道了奇斯韦尔的案子，而他们的当事人又是那么易怒和紧张。

据巴克利所说，吉米·奈特拥有一辆十年车龄的铃木奥拓，但它未能通过交通部的检测，目前处于报废状态。巴克利不能绝对保证吉米不会在夜色的掩护下偷偷驾车溜去七十英里外的奇斯韦尔家的花园和树林，但斯特莱克认为这不太可能。

另一方面，他认为吉米可能会派人去恐吓奇斯韦尔的妻子。他可能在他长大的地方还有朋友或熟人。一个更令人不安的想法是，比利已经逃出了监狱，不管是真实的还是想象的，他告诉斯特莱克他被关押在监狱里，然后决定去挖出躺在他父亲的旧农舍的粉色毯子里面的孩子作为证明，或者，他陷入了偏执的幻想，去砍伤了金瓦拉的马。

担心这个案子令人费解的特性,担心《太阳报》对部长产生的兴趣,并且意识到与斯特莱克接受部长作为客户那一天相比,侦探社离获得针对奇斯韦尔的任何一个勒索者的"讨价还价的筹码"还差得很远,斯特莱克觉得自己别无选择,只能不遗余力。尽管他疲劳不堪、肌肉酸痛,而且强烈怀疑盯梢抗议游行不会有任何效果,他还是在周六早上挣扎着从床上爬起来,把义肢绑在有点肿胀的残肢上,除了步行两个小时,他想不出还能有什么作为,于是出发前往麦尔安德公园。

一旦离抗议人群足够近,能看清人后,斯特莱克就从手提袋里拿出一个盖伊·福克斯的塑料面具戴上,白色的,有着蜷曲的眉毛和胡子,现在主要与黑客匿名组织有关。他把购物袋捆成一团,塞进一个随手可见的垃圾箱,然后一瘸一拐地朝一堆标语牌和横幅走去:"家里不许有导弹!""街上没有狙击手!""别拿我们的生命开玩笑!"还有几个贴着首相头像的海报上写着"他得下台了!"。斯特莱克的义肢总是发现草地最为难走。当他最终看到印有破裂的奥运五环标志的橙色横幅时,他已经汗流浃背了。

CORE成员大约有十二个。斯特莱克偷偷跟在一群吵吵闹闹的年轻人后面,重新调整了滑动的塑料面具,这个面具可不是为一个鼻子断了的男人设计的。他看到了吉米·奈特在和两个年轻女孩说话,两个女孩刚刚转过头来,因奈特说的话开心地笑着。斯特莱克把面具夹在脸上,确保缝隙与眼睛对齐,然后扫描其他成员,并得出了结论,没有看到番茄色红头发。并不是因为弗利克把头发染成了另一种颜色,而是因为她不在那里。

此时组织者开始把人群聚集成一条线。斯特莱克加入了抗议者的人群中,他沉默不语,动作笨拙,表现得有点迟钝,以至于年轻的组织者被他的身材吓到了,把他当作一块石头。当他跟在正后方时,人流必须引导才能通过。一个同样戴着匿名面具的瘦骨嶙峋的男孩在被拉到队伍后面时,对斯特莱克竖起了大拇指。斯特莱克也竖起了大拇指回应他。

吉米一边抽着卷烟，一边继续和身边的两个年轻女孩开玩笑，她们都在争相引起他的注意。两人中肤色较深的一个特别有吸引力，她举着一副两面都有图案的横幅，一面是非常细致的大卫·卡梅伦的画像，另一面是希特勒俯瞰1936年的奥林匹克体育场画像。这是一件令人印象深刻的艺术品，斯特莱克有时间欣赏它，因为游行队伍终于以稳定的速度出发了，两侧是身穿醒目夹克的警察和组织者，抗议人群慢慢地走出公园，走上了长长的笔直的罗马大道。

平坦的柏油路对斯特莱克的义肢来说要轻松多了，但他的残肢仍在跳动。过了几分钟，大家齐声喊道："导弹滚出去！""导弹滚出去！"

几名摄影记者倒退着走在前面的路上，在拍摄游行队伍的前方。

"嘿，利比，"吉米对那个举着希特勒横幅的女孩说，"想骑在我的肩上吗？"

斯特莱克注意到，吉米蹲下来，让利比跨在他的脖子上，高高举过人群上方，利比的旗帜高高举起，让前面的摄影师可以看到，她的朋友毫不掩饰嫉妒之情。

"让他们看看你的胸部，我们会上头版的！"吉米朝她喊道。

"吉米！"她假装愤怒地尖叫着。她朋友勉强地笑了笑。摄像机咔嗒咔嗒地响了起来，斯特莱特在塑料面具后面痛苦地做着鬼脸，尽量不让自己跛得太明显。

"那个拿着最大的相机的家伙一直盯着你看。"吉米说，最后把女孩放回到地上。

"妈的，如果我上了报纸，我妈妈会发疯的。"女孩兴奋地大声说，然后站到吉米的另一边，在吉米取笑她害怕父母会说什么时，她乘机抓住任何机会推他一下或扇他一掌。据斯特莱克判断，女孩至少要比吉米年轻十五岁。

"很开心吗，吉米？"

面具限制了斯特莱克的周边视野，所以只有当那头乱蓬蓬的番茄色的红头发出现在他面前时，他才意识到弗利克也加入了游行队伍。她的突然出现也让吉米大吃一惊。

"你来了啊！"他说，脸上勉强露出一丝高兴的神情。

弗利克怒视着那个叫利比的女孩，利比有点害怕，加快了步伐。吉米试图用胳膊搂住弗利克，但她把他的手甩开了。

"喂，"他假装义愤填膺地说，"怎么了？"

"他妈的猜猜看。"弗利克吼道。

斯特莱克看得出，吉米正在思索该采取什么策略来对付她。他那张凶悍英俊的脸上显示出了愤怒，但斯特莱克想，同时也有几分谨慎。他第二次试图搂住她，这一次，她把他的手拍了回去。

"喂，"他又说了一遍，这次语气很强硬，"你他妈的这是怎么了？"

"我去帮你做苦差事，你却和她鬼混？你把我当成什么样的白痴了，吉米？"

"导弹滚出去！"一个拿着扩音器的组织者吼道，人群又开始齐声叫了起来。斯特莱克旁边的莫希干德女人的叫声像孔雀一样尖锐刺耳。新一轮叫喊的好处是，每次斯特莱克把假脚放在路上时，他都能自由地发出痛苦的咕哝声，这是一种解脱，让塑料面具在他大汗淋漓的脸上以一种发痒的方式回响。他眯着眼透过面具的眼孔看着吉米和弗利克争吵，但在嘈杂的人群中他一句也听不见。只有当叫喊声终于平息下来时，他才稍微听清了一些。

"我他妈的受够了，"吉米说，"我不是那种在酒吧里勾引学生的人……"

"你抛弃了我！"弗利克低声尖叫着说，"你他妈的抛弃了我！你告诉我你不想要什么独家新闻……"

"一时冲动，是不是？"吉米粗暴地说，"我很紧张，比利把我的头弄晕了。我没想到你会直接去酒吧，然后去买些他妈的……"

"你告诉我你受够……"

"妈的，我发脾气了，说了一堆我不想说的废话。如果你每次让我伤心的时候,我去和别的女人乱搞……"

"是啊,有时候我觉得你留住我的唯一原因就是要监视奇……"

"你他妈的小声点!"

"而且今天,你觉得在那个讨厌鬼的家里很有趣吗?"

"我说过我很感激,妈的,我们讨论过这个,不是吗?我得把那些传单印出来,否则我就跟你一起去了……"

"我打扫卫生,"她突然抽泣着说道,"真恶心,今天你又派我去——太可怕了,吉米,他应该住院,他现在状态就是……"

吉米环视了一下。斯特莱克走到了吉米的视线范围内,试图自然地行走,但每次他让义肢承受全部重量时,都觉得自己好像把义肢压在了一千只火蚁身上。

"我们过后就把他送去医院,"吉米说,"我们会送去的,可是如果我们现在放了他,他会把一切都搞砸的,你知道他是什么样子的……一旦温恩拿到那些照片……嘿,"吉米温柔地说,第三次搂住她,"听着,我真他妈的感谢你。"

"是的,"她哽咽着,用手背擦了擦鼻子,"因为钱。因为你甚至不知道奇斯韦尔做了什么,如果……"

吉米粗暴地把她拉向他,吻了她。她反抗了一会儿,然后张开了嘴。他们边走边亲吻。斯特莱克可以看到他们的舌头在彼此的嘴里搅动。他们粘在一起,步履蹒跚地走着,而其他成员则在一旁偷笑,刚才被吉米举到空中的那个女孩看上去垂头丧气。

"吉米,"亲吻结束后,弗利克终于低声说,他的胳膊仍然搂着她,此时她天真的眼睛里充满了欲望,说话也变得柔和了,"我想你应该来跟他谈谈,真的。他一直在说那个该死的侦探。"

"什么?"吉米问,尽管斯特莱克知道他听到了。

"斯特莱克,那个独腿的混蛋士兵,比利迷上他了,以为他会去救他。"游行的终点终于出现在眼前:费尔菲尔德路的弓形街区,一座旧火柴厂的方形砖塔刺穿了天际,这是计划中的导弹拟定地点。

"救他?"吉米轻蔑地重复道,"我×,他又不是他妈的在受折磨。"

此时游行队伍正在溃散，重新回到一个无形的状态中，他们在拟定的导弹基地前的一个深绿色池塘周围转来转去。如果能像许多抗议者那样，坐在长凳上或靠在树上以减轻义肢上的重量，斯特莱克就会受益很多。他那本来不应该承受他体重的皮肤发炎了，膝盖上的肌腱也在乞求能得到休息。可是，当吉米和弗利克绕过人群边缘，离开他们的CORE成员时，他仍一瘸一拐地跟着他们。

"他想见你，我告诉他你很忙，"他听到弗利克说，"他哭了，太可怕了，吉米。"

斯特莱克假装在看着站在人群前面的舞台上那个拿着麦克风的年轻黑人男子，慢慢地靠近了吉米和弗利克。

"我拿到钱后会照顾比利的，"吉米对弗利克说，他现在似乎既内疚又矛盾，"显然我会照顾他的……还有你。我不会忘记你所做的一切。"

她很喜欢听到这些话，斯特莱克的余光瞥见她那脏兮兮的脸兴奋得通红。吉米从牛仔裤口袋里拿出一包烟和一些瑞兹拉，开始给自己卷烟。

"他还在说那个该死的侦探，是吗？"

"是的。"

吉米点起烟来，默默地吸了一会儿，目光茫然地扫视着人群。

"告诉你吧，"他突然说，"我现在就去看他。让他冷静一点，我们只是需要他再多待一会儿。要去吗？"

他伸出手，弗利克笑着握住他的手。他们走开了。

斯特莱克等他们往前走了一小段路后才摘下面具和脱掉那件旧的灰色连帽衫，换上他为了以防万一而塞进口袋里的太阳镜，跟着他们前行，把面具和连帽衫扔在他们的横幅上。

吉米现在设定的步调与悠闲的游行完全不同。每走几步，弗利克就得慢跑才能跟上，斯特莱克很快就得咬紧牙关，因为他的残肢末端发炎的皮肤上的神经末梢摩擦着义肢，他过度劳累的大腿肌肉呻吟着以示抗议。

　　他汗流浃背，步态越来越不自然。路人开始盯着他看。他拖着义肢往前走时，能感觉到他们的好奇和怜悯。他知道他应该一直做讨厌的理疗锻炼，应该遵守不吃薯条的规则，在理想的状态下，他今天应该休息一天，休息一下，取下义肢，在残肢处放上一个冰袋。他一瘸一拐地走着，不理会身体想要停下的哀求，吉米和弗利克离得越来越远，他的上身和手臂的补偿动作也越来越怪异。他只能祈祷吉米和弗利克都不会回头看，因为如果他们看到他这样一瘸一拐地走着，他不可能再隐藏下去。他们已经消失在船头站的那个整洁的小砖房里，而斯特莱克则气喘吁吁地站在马路对面咒骂着。

　　当他走下路沿时，右大腿后部一阵剧痛，仿佛有一把刀刺穿了肌肉。腿弯曲了一下，他跌倒了，伸出的手在柏油路上打滑，臀部、肩膀和头部结实摔到路面上。附近有个女人惊叫起来。旁观者会以为他喝醉了。以前他跌倒的时候也发生过这样的事。斯特莱克感到丢脸、愤怒，痛苦地呻吟着爬回人行道上，拖着右腿避让开迎面而来的车流。一个年轻女人紧张地走近他，想看看他是否需要帮助，他朝她吼了一声，随即又感到十分内疚。

　　"对不起。"他嘶哑地说，但她已经走了，和两个朋友匆匆离去。

　　他吃力地爬到人行道旁边的栏杆边，背靠金属坐着，汗流浃背，血流不止。他怀疑在无人帮助的情况下自己是否还能站起来。他用手摸着残肢的背面，摸到一个鸡蛋形状的肿块，他呻吟了一声，猜想是拉伤了腿筋。疼痛如此剧烈，他感到一阵恶心。

　　他从口袋里掏出手机。在他摔倒压到的地方，屏幕开裂了。

　　"他妈的。它。一切。"他喃喃地说，闭上眼睛，把头靠在冰冷的金属上。他一动不动地坐了几分钟，周围的人把他当作流浪汉或醉汉没有管他，他默默地评估着自己有限的选择。最后，感到已经走投无路，他睁开眼睛，用前臂擦了擦脸，输入了罗蕾莱的号码：

　　203……

23

……在这样一桩婚姻的阴影中,我感到痛苦和煎熬……

——亨利克·易卜生《罗斯莫庄》

事后回想起来,罗宾知道自己的周年纪念周末甚至还没开始就注定已经结束了,就在下议院的地下室里,就在她拒绝了斯特莱克要求她跟踪吉米的时候。

为了摆脱负罪感,马修下班后来接她时,她向马修吐露了斯特莱克的要求。周五晚上马修驾驶着路虎在他所不喜欢的交通中行驶,已经倍感紧张,于是他不停地发动进攻,要求知道为什么罗宾在过去两年里为斯特莱克做了那么多工作之后,她还会为此事感到难过,而且还对斯特莱克恶言相向,害得罗宾必须为他辩护。一个小时后,他们还在为她的工作争论不休,马修突然注意到罗宾打着手势的左手上既没戴结婚戒指也没戴订婚戒指。在扮演未婚的威尼西亚·霍尔时,她从来没有戴过戒指。她完全忘记了在去酒店之前,她是无法从阿尔伯里街拿回戒指的。

"今天是我们他妈的结婚纪念日,你甚至都不记得戴上戒指了?"马修吼道。

一个半小时后,他们在柔软的金砖旅馆外面停了下来。一个笑容满面、身着制服的男人为罗宾开了门。她说"谢谢"的声音让人几乎听不见,因为她的喉咙已经愤怒地哽咽了。

他们在米其林星级晚餐中几乎没有说话。罗宾食不知味,如同嚼蜡,她环顾了一下周围的桌子。她和马修是其中最年轻的夫妻,她很想知道其他的夫妻中是否在婚姻中经历过这样的低谷,并且坚持了下来。

那天晚上,他们背对背地睡了。

周六醒来的时候,罗宾意识到,待在酒店里的每一刻,都花了他们很多钱:穿过精心培育的庭院的每一步,那些薰衣草小径、日式花园、果园和有机蔬菜床。也许马修也有同样的想法,因为他在早餐时变得温和了。尽管如此,他们之间的谈话感觉还是很危险,经常会误入危险的领域,然后又急速撤退。罗宾的太阳穴里面出现紧张性头痛,但她不想向酒店工作人员索要止痛药,因为,任何不满的迹象都可能导致另一场争吵。罗宾想象着有一个可以安全回忆的婚礼和蜜月会是什么样子。最终,他们决定在散步时谈论马修的工作。

下周六,马修所在的公司和另一家公司将举行一场慈善板球比赛。马修板球打得和橄榄球一样好,他非常期待这场比赛。罗宾听他吹嘘自己的实力和嘲笑汤姆糟糕的投球,罗宾在适当的时刻报以笑声,附和几句。可她冰凉和痛苦的一部分一直在想此时在 BOW 发生了什么,斯特莱克是否已经参加了游行,他是否已经获得有关吉米的有用信息,并且在想罗宾是如何和身边这个自负、自私的男人走到一起的,这个男人让她想起自己曾经爱过的一个英俊男孩。

那天晚上,罗宾第一次和马修做爱了,纯粹是因为如果她拒绝,她将无法面对随之而来的争吵。这是他们的结婚周年纪念日,所以他们必须做爱,就像公证人在周末盖的印章一样,而且也得是愉悦的。马修高潮时,泪水刺痛了罗宾的眼睛,那个冷漠、不快乐的自我深深地埋在她顺从的身体里,不明白为什么即使她如此努力地掩饰,他也感觉不到她的不快乐,也不明白他怎么可能认为这是一段成功的婚姻。

马修从她身上滚下来，把该说的都说了后，她在黑暗中用胳膊捂住湿湿的眼睛。当她回应说"我也爱你"时，第一次，确定无疑自己是在撒谎。

马修睡着后，罗宾小心翼翼地在黑暗中伸手去拿放在床头柜上的手机，查看短信。斯特莱克没有任何音信。她在谷歌上搜索了在BOW游行队伍的照片，觉得在人群中认出了一个留着熟悉的鬈发的大个子男人，那人戴着盖伊·福克斯的面具。罗宾把手机屏幕朝下放在床头柜上，关了灯，闭上了眼睛。

24

……她那无法控制的、狂野的激情——她希望我能回报她……

——亨利克·易卜生《罗斯莫庄》

六天之后，也就是周五早上，斯特莱克回到了位于丹麦街的两间阁楼房间。他拄着拐杖，肩膀上的皮套里装着义肢，右裤腿卷了起来，他沿着一条短短的街道向24号摇摇摆摆走去时，脸上的表情会排斥路人向他投来的同情目光。

他没有去看医生。当罗蕾莱和那位得到丰厚小费的出租车司机成功地把他扶到楼上罗蕾莱的公寓时，罗蕾莱立刻就给本地的诊所打了电话。不过，全科医生要求斯特莱克到他的诊所做检查。

"你要我怎么办，跳过去吗？这是我的腿筋，我能感觉到，"他对着电话呵斥，"我知道疗程：休息、敷冰，全是胡说八道。我以前做过的。"

他被迫打破了在一个女人家里不连续过夜的规则，在罗蕾莱家整整待了四天五夜。他现在后悔了，可是他还有什么选择呢？他被困住了，正如奇斯韦尔会说的那样，前无去路，后有追兵。他和罗蕾莱本约好在周六晚上一起吃晚饭的。他选择了告诉她真相，而不是找借口避而不见，因此他被迫打电话让她帮忙。现在，他真希望自己当时是给老朋友尼克和伊尔莎甚至是给尚克尔打的电话，可是为时已晚，伤害已经造成。

斯特莱克拖着自己和行李上楼时，他知道自己不够公平、忘恩负义，但是这并不能改善他的情绪。虽然在罗蕾莱的公寓里住的这段时间非常愉快，可是昨天晚上发生的事情把一切都给毁了，这完全是他的过错。是他让此事发生的，自从离开夏洛特以来，他一直试图避免发生的事情，但还是让它发生了。因为当时他放松了警惕，接受了香茗、家常菜和温柔的爱，于是到了最后，昨晚在黑暗中，罗蕾莱躺在他赤裸的胸膛上低语道："我爱你。"

打开前门的时候，斯特莱克拄着拐杖，努力保持平衡，表情十分痛苦，差点儿跌进了公寓。他砰的一声关上身后的门，放下手提袋，走到厨房兼起居室里福米卡餐桌旁的小椅子上，一屁股坐进去，把拐杖扔到一边。回到家，独自一人是一种解脱，不管他的腿在这种状态下有多么不舒服。当然，他本应该早点回来，可是，由于他没有能力跟踪任何人，而且身体也相当不舒服，坐在一张舒适的扶手椅上，把义肢搁在一个方形的墩子上，一边给罗宾和巴克利发短信，一边让罗蕾莱给他拿来吃的和喝的，对他来说要容易得多。

斯特莱克点了支烟，回想起离开夏洛特后遇到的所有女人。最开始遇到的是西亚拉·帕克，华丽的一夜情，双方都没有留下遗憾。在他因解决兰德里一案而受到媒体关注几周后，西亚拉给他打过电话。由于他的新闻价值，在这位模特的心目中，他已经从一个随便乱搞的男人上升到了可能成为男朋友的材料，但他拒绝了与她进一步会面。想和他一起拍照的女朋友对他的工作可没什么好处。

接下来是尼娜，她曾为一家出版社工作，他利用过她获得过一个案件的相关信息。他曾经喜欢过她，但现在回想起来，他对她还不够体贴。他伤害了尼娜的感情。他并不为此感到骄傲，但也不会因此夜不能寐。

接下来是艾琳，她有点与众不同，很漂亮，而最好不过的是，很方便，这就是为什么他一直和她在一起的原因。她当时正和一个有钱人闹离婚，对谨慎和隔离的需求至少和他的一样强烈。他们在一起相处了几个月后,他把酒洒在了她身上,然后走出了正在吃饭的餐馆。后来他打电话向她道歉,他没有说完话她就把他给甩了。考虑到让她在伽弗洛什餐馆受尽羞辱,以及大笔的干洗费,他觉得用"这就是我接下来要说的话"来回应是不合时宜的。

艾琳之后,他有了可可,而他不愿停留在可可身边,于是现在才有了罗蕾莱。比起其他任何人,他更喜欢罗蕾莱,这就是他为她说了"我爱你"而感到遗憾的原因。

斯特莱克两年前曾向自己发过誓,他很少发誓,因为他相信自己会遵守誓言。除了夏洛特,他绝对不会对别的女人说"我爱你",除非他确信无疑,想和那个女人在一起,想和她一起生活。如果他在不那么严肃的情况下说出这句话,那就是在嘲笑他和夏洛特之间所经历的一切。只有爱才能证明他们在一起生活时所遭受的磨难是正当的,也只有爱才能证明他多次恢复这段关系是正当的,即使他心里知道这是行不通的。爱,对斯特莱克而言,是寻找的痛苦和悲伤,是接受,是忍耐。它不在罗蕾莱窗帘上挂着女牛仔的卧室里。

所以在她低声表白之后,他沉默不语。然后,当罗蕾莱问他是否听到她刚才所言时,他回答道:"是的,我听到了。"

斯特莱克伸手去拿香烟。是的,我听到了。嗯,到目前为止,他说的是实话,他的听力没有问题。之后,沉默了相当长的一段时间。然后,罗蕾莱下了床,去了浴室,在里面待了三十分钟。斯特莱克猜想她是哭去了,尽管她很好心地悄悄地哭了,所以他听不见。他躺在床上,思考怎样才能对她说些既亲切又真实的话语,但他知道,除了说"我也爱你"之外,没有别的话可以被接受,然而事实上,他并不爱她,他不想撒谎。

罗蕾莱回到床上时,斯特莱克在床上向她伸出了手。她让他抚摸了她的肩膀一会儿,然后告诉他,她累了,需要睡一下。

我他妈的该怎么办?他问一个想象中的女检察官,长得很像他的姐姐露西。

你可以不接受香茗不接受吹箫啊,对方冷嘲热讽地回答道。斯特莱克的残肢在跳动，他对此的回应是，去你妈的。

他的手机响了。他已经用胶带把破碎的屏幕贴封起来，透过扭曲的机壳，他看到了一个陌生的电话号码。

"我是斯特莱克。"

"嗨，斯特莱克，我是卡尔佩珀。"

多米尼克·卡尔佩珀曾在《世界新闻报》停刊前一直为该报工作，曾经阻挠过斯特莱克。他们之间从来没有热络过，当斯特莱克拒绝透露给卡尔佩珀最近两起谋杀案的内情时，两人之间的关系变得有些对立起来。卡尔佩珀现在为《太阳报》工作，在沙克尔韦尔开膛手被捕后，他是最热衷于关注斯特莱克私生活的记者之一。

"不知道你是否有空为我们干份工作？"卡尔佩珀说。

你他妈的胆子真大。

"你想要干什么？"

"挖掘一个政府部长的丑闻。"

"哪一个？"

"如果你接受这份工作，就会知道的。"

"我现在太忙了。什么样的丑闻？"

"这正是我们需要你弄清楚的。"

"可你怎么知道会有丑闻呢？"

"有一个可靠的消息来源。"卡尔佩珀说。

"如果有可靠的消息来源，为什么还需要我呢？"

"他还没有准备好说出来。他只是暗示说，事情有可能会败露。有很多。"

"对不起，不行，卡尔佩珀，"斯特莱克说，"我已经被订满了。"

"确定吗？我们的报酬很可观哦，斯特莱克。"

"这些日子我过得不太坏。"侦探说着，用第一支烟的烟头点了第二支烟。

"不，我敢打赌你不是，你这个幸运的混蛋，"卡尔佩珀说道，"好吧，那就得找帕特森了。你认识他吗？"

"以前在伦敦警察厅干的那个家伙吗？我见过他几次。"斯特莱克说。通话结束时，双方都虚情假意地表达了良好祝愿，斯特莱克的不祥预感越来越强烈。他在谷歌上搜索了卡尔佩珀的名字，在两周前的一篇关于公平竞争竞技场的报道中找到了他的署名。

当然，有可能目前不止一位政府部长因违反公共品位或道德而面临被《太阳报》曝光的危险，但是，最近卡尔佩珀与温恩夫妇关系密切，这一事实强烈表明，罗宾怀疑是杰兰特向《太阳报》泄密是正确的，帕特森很快要着手调查的就是奇斯韦尔。

斯特莱克在想，卡尔佩珀是否知道他——斯特莱克——已经在为奇斯韦尔工作了，他打电话来是否是为了从侦探那里获取情报的，但这似乎不太可能。如果这个新闻记者知道斯特莱克已经在接受部长的付费工作，那么告诉斯特莱克他将要去雇用谁就显得非常愚蠢了。

斯特莱克对米奇·帕特森的名字耳熟能详：去年，他们曾两次受雇于离婚夫妇中的一方。帕特森曾是伦敦警察厅的一名高级警官，"提前退休"，过早地白发苍苍，长着一张愤怒的哈巴狗的脸。埃里克·沃德尔对斯特莱克说，尽管帕特森个人并不讨人喜欢，但他是一个"有成就"的人。

"当然，在他的新职业生涯中，他不可能把别人踢得屁滚尿流，"沃德尔评论道，"所以他的武器库中一个有用的工具已经丧失了。"

想到帕特森很快就要接手这个案子，斯特莱克不太高兴。他再次拿起手机，发现罗宾和巴克利在过去的十二个小时内，都没有更新最新消息。就在前一天，他不得不安抚了一下奇斯韦尔，因为罗宾到目前为止还没有什么收获，奇斯韦尔打电话来对罗宾表示怀疑。

对员工和自己的无能感到失望，斯特莱克给罗宾和巴克利发了同样的短信：

《太阳报》想雇我去调查奇斯韦尔。尽快打电话通知最新情况。现在需要有用的信息。

他把拐杖拉过来，起身去查看冰箱和橱柜里的东西，发现除非去趟超市，否则接下来的四顿饭他除了汤罐头外没东西可吃。把变质的牛奶倒进水槽后，他泡了一杯红茶，回到福米卡桌子旁，点燃了第三支香烟，闷闷不乐地盘算着做点腿筋伸展运动。

此时电话又响了。看到是露西的号码，他把电话转到了语音信箱。他现在最不需要的就是听到学校董事会上次会议的最新情况。

几分钟后，斯特莱克在浴室里，露西的电话又打来了。他跳回厨房，裤子脱了半截，希望是罗宾或巴克利打来的。当他第二次看到是他姐姐的号码时，只是大声咒骂了几句，然后又回到了浴室。

第三个电话铃声告诉他，露西并没有打算放弃。斯特莱克砰地放下刚打开的汤罐头，迅速接起电话。

"露西，我很忙，怎么了？"他不耐烦地说道。

"我是巴克利。"

"哦，正是时候。有什么消息吗？"

"是关于吉米的马子——弗利克，不知道是否有用？"

"都是有用的，"斯特莱克说，"你为什么不早点告诉我？"

"十分钟前才知道，"巴克利泰然自若地说道，"我刚才听见她在厨房里对吉米说，她从工作中赚了不少钱。"

"什么工作？"

"没有告诉我。问题是，据我所知，吉米对她没那么感兴趣。我不确定如果她被抓了，吉米会不会在意。"

斯特莱克的耳旁响起了令人分心的哔哔声。另一个电话打了进来，他瞥了一眼号码，发现又是露西的。

"告诉你我从他那儿套出的一些事，"巴克利说，"昨天晚上，他喝醉了。他说他认识一个手上沾满鲜血的政府部长。"

哔哔。哔哔。哔哔。

"斯特莱克？你在听吗？"

"是的，我在听。"

斯特莱克从未把比利的故事告诉过巴克利。

"他究竟说了些什么,巴克利?"

"他漫无边际地谈论着政府,保守党,说他们是一群混蛋。然后,不知道从哪里冒出来的,他说,都是些该死的杀手。我问,你是什么意思?他说,我认识一个他妈的手上沾着鲜血的人。孩子们的血。"

哔哔。哔哔。哔哔。

"注意,他们是群蠢货,CORE。他可能在谈论削减福利。对这些人来说,这无异于谋杀。斯特莱克,我本人并不太看重奇斯韦尔的政治主张。"

"看到比利了吗?吉米的弟弟?"

"没有,也没人提到他。"

哔哔。哔哔。哔哔。

"没有发现吉米去过牛津郡的迹象吗?"

"没有发现。"

哔哔。哔哔。哔哔。

"好吧,"斯特莱克说,"继续挖掘。得到任何消息都要告诉我。"

他挂断了电话,猛戳手机屏幕,转而拨通了露西的电话。

"露西,你好,"他不耐烦地说,"现在有点忙,我能否……?"

可是当露西开始说话时,斯特莱克的表情变得茫然起来。在她气喘吁吁地说出打电话的理由之前,斯特莱克已经抓起了房门钥匙,同时忙着找拐杖。

25

如果我们不能使你无力造成任何伤害,我们将尽力而为。

——亨利克·易卜生《罗斯莫庄》

罗宾是在九点差十分收到斯特莱克要求提供最新情况的短信的,当时她刚走到伊茨和温恩办公室所在的走廊上。她急于知道短信的内容,于是就在无人的过道中间停下来读了起来。

"哦,该死。"看到《太阳报》对奇斯韦尔越来越感兴趣了,她喃喃地说道,斜靠在走廊的墙上,走廊有弯曲的石柱,每扇橡木门都紧闭着,她做好准备给斯特莱克回电话。

自从她拒绝跟踪吉米之后,他们就没说过话。当她周一直接给斯特莱克打电话准备道歉时,是罗蕾莱接的电话。

"哦,嗨,罗宾,是我!"

罗蕾莱的可怕之处在于她很可爱。出于不愿探索的原因,罗宾宁愿罗蕾莱惹人讨厌。

"他在洗澡,对不起!他整个周末都在这里,他的膝盖受伤了。他不愿告诉我细节,但我猜你知道!他不得不从街上给我打电话,太可怕了,他站不起来。我叫了个出租车司机带我去那里,付钱让他帮我把科姆弄上楼。他不能戴义肢,只有依靠拐杖……"

"告诉他我只是签个到，"罗宾说，她的胃顿时像冰一样，"没什么重要的事。"

从那以后，罗宾在脑子里把这段对话重复了好几遍。罗蕾莱谈起斯特莱克时，声音里明显带着所有权的腔调。斯特莱克遇到麻烦的时候，是给罗蕾莱打电话（嗯，当然是罗蕾莱，难道要给在牛津郡的你打电话吗？），罗蕾莱的公寓是他度周末的地方（他们在约会，他还能去哪儿呢？），是罗蕾莱在照顾他，安慰他，也许，与他团结一致辱骂罗宾，如果不是因为罗宾，斯特莱克就不会受伤。

现在她不得不打电话告诉斯特莱克，五天过去了，她没有得到任何有用的消息。两个星期前开始工作时，进入温恩的办公室非常方便，可现在，每当杰兰特和阿米尔离开办公室时，都会小心翼翼地把门锁上。罗宾确信是阿米尔所为，在她掉落手镯的事件发生后，阿米尔对她产生了怀疑，拉斐尔的大声叫唤让大家注意到她在偷听阿米尔讲电话。

"邮件。"

罗宾转过身来，看见一个和蔼可亲的灰头发男子推着一辆车向她走来。

"我可以为奇斯韦尔和温恩拿邮件。我们在开会。"罗宾听见自己说。邮递员递过来一叠信，还有一个透明玻璃纸的盒子，罗宾透过盒子看到了一个真人大小、非常逼真的塑料胎儿。上面的铭文写着：谋杀我是合法的。

"哦，上帝，太可怕了。"罗宾说。

邮递员咯咯地笑了起来。

"与他们得到的其他一些东西比起来，这算不了什么。"他轻松地说道，"还记得新闻上报道过的白色粉末吗？他们声称是炭疽，确实如此。哦，有一次我还送过装在盒子里的大便。透过包装闻不到。孩子是给温恩的，不是给奇斯韦尔的，她是主张人工流产为合法的。你喜欢这里吗？"他说，表现出想要聊天的样子。

"太喜欢了。"罗宾说，她的注意力被她匆忙拿走的一个信封吸引住了,"对不起。"

她转身离开了伊茨的办公室,急匆匆地从邮差身边走过。五分钟后,她来到了位于泰晤士河畔的露天咖啡馆。咖啡馆与河流之间隔着一堵低矮的石墙,墙上点缀着黑色的铁灯。左边和右边分别是威斯敏斯特桥和朗伯斯桥,前者像下议院的席位那样涂成绿色,后者涂成与上议院席位一样的红色。对岸矗立着市政厅的白色立面,在宫殿和大厅之间是宽阔的泰晤士河,油光闪闪的水面在泥泞的河底上呈现出灰色。

罗宾离少数几个早上喝咖啡的人比较远的地方坐了下来,把注意力转到一封写给杰兰特·温恩的信上,这封信是她鲁莽地从邮递员手里拿来的。寄信人的姓名和地址都被小心翼翼地用颤抖的草书写在信封的背面:凯文·罗杰斯爵士,榆树16,弗利特伍德,肯特。由于广泛地阅读了温恩的慈善事业,罗宾碰巧知道,曾在1956年奥运会上赢得了跨栏银牌的老凯文爵士,是公平竞争竞技场的受托人之一。

罗宾很疑惑,在电话和电子邮件变得如此简单快捷的今天,人们有必要写些什么呢?

她用手机查到了凯文爵士和罗杰斯夫人的正确地址。她想,他们的年纪真是够老了,还在使用座机。她喝了一大口咖啡,给斯特莱克回了条短信:

有线索,会尽快打电话。

然后,她关掉手机上的来电显示功能,拿出钢笔和笔记本,在本子上写下了凯文爵士的电话号码,用手机拨打了号码。

一位上了年纪的女士在三声铃响后接起了电话。罗宾意识到她担心的自己一口蹩脚的威尔士口音。

"请找一下凯文爵士好吗?"

"是德拉吗?"

"凯文爵士在吗?"罗宾又问,声音大了一点。她一直希望避免自称为政府部长。

"凯文！"女人叫道，"凯文！是德拉！"

一阵窸窸窣窣的声音使罗宾想起了格子花纹的卧室拖鞋。

"喂？"

"凯文，杰兰特刚收到你的信。"罗宾说，她的口音在卡迪夫口音和拉合尔口音之间摇摆不定，她皱起眉头。

"对不起，德拉，你说什么？"对方有气无力地说道。

他似乎有点耳背，这既是帮助也是阻碍。罗宾声音大了一些，尽可能清楚地发音。凯文爵士在她第三次尝试时领会了她说的话。

"我告诉杰兰特，如果他不采取紧急措施，我就得辞职。"他痛苦地说，"你是我的老朋友了，德拉，这曾经是——现在也是——一项有价值的事业，但我必须考虑自己的立场。我确实警告过他。"

"可是为什么呢，凯文？"罗宾说着，拿起钢笔。

"他没给你看我的信吗？"

"没有。"罗宾诚实地说道，手握钢笔。

"噢，天哪，"凯文爵士声音很虚弱，"嗯，首先……两万五千英镑下落不明是件严重的事。"

"其他还有什么？"罗宾问道，快速地做着笔记。

"那是什么？"

"你刚才说'首先'。你还在担心其他什么事呢？"

罗宾能听见接电话的女人在后面说话，声音听起来很愤怒。

"德拉，我不想在电话里谈论此事。"凯文爵士说，听起来很尴尬。

"唉，这太令人失望了，"罗宾说，她希望能有点德拉甜美悦耳庄严的腔调，"我希望你至少能告诉我为什么，凯文。"

"嗯，这是莫·法拉的事……"

"莫·法拉？"罗宾重复道，毫不掩饰惊讶。

"那是什么？"

"莫——法拉？"

"你不知道吗？"凯文爵士说，"哦，天哪。哦，天哪……"

罗宾听到了脚步声，随即那个女人又回到了线上，声音起先有些沉闷，然后又清晰了。

"让我来跟她说——凯文，放开——听着，德拉，凯文对这一切很不高兴。他怀疑你不知道发生了什么，所以我们就告诉你，他是对的。从来没有人想让你担心，德拉，"她说，听起来好像她认为这是一种错误的保护，"但事实是——不，她必须知道，凯文——杰兰特一直在向人们许诺他不能兑现的东西。残疾儿童和他们的家人被告知，大卫·贝克汉姆和莫·法拉，还有我不知道还有谁，会去探望他们。一切都会水落石出的，德拉，现在慈善委员会也牵扯进来了，我可不想拿凯文的名声开玩笑。他是个有责任心的人，他已经尽力了。几个月来，他一直敦促杰兰特整理账目，还有埃尔斯佩斯……不，凯文，我没有，我只是告诉她……好了，可能会很糟糕，德拉。警察和媒体可能也会知道这件事，我很抱歉，但我要考虑凯文的健康。"

"埃尔斯佩斯是什么事？"罗宾说，仍然写得很快。

凯文爵士在背后说了些悲伤的话。

"我不想在电话里谈这个问题，"罗杰斯夫人压抑地说，"你得问问埃尔斯佩斯。"

又是一阵推攘，凯文爵士再次拿起了听筒，他听起来像是要哭了。

"德拉，你知道我是多么敬仰你。我真希望不是这样。"

"好的，"罗宾说，"那么，我得给埃尔斯佩斯打电话了。"

"什么？"

"我要——打电话给——埃尔斯佩斯。"

"噢，天哪，"凯文爵士说，"但你知道，里面可能什么都没有。"

罗宾在想是否敢问埃尔斯佩斯的电话号码，但决定不这样做。德拉一定会知道电话的。

"我希望你能告诉我埃尔斯佩斯的事。"她说，把笔悬在笔记本上。

"我不想说，"凯文爵士气喘吁吁地说道，"这些谣言会损害一个人的名誉……"

罗杰斯夫人又来接了电话。

"我们要说的就是这些。整件事情对凯文来说很艰难，他压力很大。对不起，但这是我们对此事的最后决定，德拉，再见。"

罗宾把手机放在旁边的桌子上，查看了一下有没有人朝她这边看。她再次拿起手机，向下滚动着查看"公平竞争竞技场"的受托人名单。其中有一位叫埃尔斯佩斯·柯蒂斯·莱西博士，但她的个人电话号码并没有出现在该慈善机构的网站上，而且从目录查询的结果来看，她的电话也没有列入其中。

罗宾打电话给斯特莱克，电话直接转到语音信箱。她等了几分钟，又试了一次，结果还是一样。第三次尝试联系失败后，她发短信给斯特莱克：

有一些关于奇斯韦尔的信息。打电话给我。

她刚到的时候凉台上那些阴湿的影子现在正逐渐向后移动。温暖的阳光滑过罗宾的桌上，她慢慢地喝着咖啡，等待着斯特莱克的回电。终于，她的手机震动了一下，显示她有一条短信：她的心跳加速，赶紧拿起来查看，不过，是马修发来的信息。

今晚下班后想和汤姆、莎拉喝上一杯吗？

罗宾思考着这一信息，既疲倦又恐惧。明天是慈善板球比赛，马修为之兴奋不已。下班后与汤姆和莎拉一起喝酒无疑会引发许多关于这个话题的笑话。她能想象出他们四个人在酒吧里的情景：莎拉，肯定还是那种一贯对马修的轻浮态度；汤姆，会越来越笨拙地、愤怒地抵挡马修关于他糟糕的投球的笑话；而罗宾，就像最近越来越常出现的情况，假装很开心、很感兴趣，因为这是不被马修唠叨的代价，否则马修会认为她看起来很无聊，或是感觉比她的同伴优越，或是（就像他们在最糟糕的争吵中发生的那样）希望她是在和斯特莱克一起喝酒。至少,她安慰自己,这次不可能会熬到深夜,也不可能是宿醉之夜,因为马修对所有的体育赛事都很认真,会希望在比赛前睡个好觉。于是她回复道:

好的,在哪里?

然后,她继续等待着斯特莱克的回电。

四十分钟后,罗宾开始怀疑斯特莱克是否在他不能打电话的地方,这就产生了一个问题:她是否应该把刚刚发现的情况告诉奇斯韦尔。斯特莱克会认为这是一种自由吗?或者,考虑到时间紧迫,如果她没有提供给奇斯韦尔讨价还价的筹码,他会更生气吗?

她把这件事又在心里掂量了一会儿,然后给伊茨打电话。从她此时坐的地方可以望见伊茨办公室窗户的上半部分。

"伊茨,是我,威尼西亚。我打电话是因为我不能在拉斐尔面前说这些。我想我有一些关于温恩的消息要告诉你父亲——"

"哦,太棒了!"伊茨大声说,罗宾听见拉斐尔在背景中说道,"是威尼西亚吗?她在哪里?"以及点击电脑按键的声音。

"我在查日程表,威尼西亚……他会在文化、媒体和体育部待到十一点,然后整个下午都要开会。你要我打电话给他吗?如果你快点,他可能马上就能见你。"

于是罗宾把手机、笔记本和钢笔放回包里,一口气喝完最后一口咖啡,匆匆赶往文化、媒体和体育部。

奇斯韦尔正在办公室里一边踱来踱去,一边打着电话,罗宾走到玻璃隔板外面。他示意她进屋,指了指离桌子不远的一张矮皮沙发,继续跟似乎让他不高兴的人说话。

"是我长子送给我的礼物,"他对着话筒清楚地说道。"二十四克拉的黄金,刻有'困难面前无所畏惧'①的字样。他妈的地狱钟声!"

---

① 原文为拉丁语箴言, Nec Aspera Terrent。

他突然吼道，罗宾看到办公室外面那些聪明的年轻人都转向了奇斯韦尔。"是拉丁语！把我传给会说英语的人！贾斯帕·奇斯韦尔。我是文化部长。我已经告诉你日期了……不，你不能……我可没有他妈的一整天的时间……"

罗宾从所能听到的谈话中推断出，奇斯韦尔丢失了一个有情感价值的钱夹，他认为可能是把它留在他和金瓦拉在为金瓦拉庆生那晚住过的旅馆里。据她所听到的内容，酒店的工作人员不仅没能找到这个钱夹，而且对屈尊住进酒店的奇斯韦尔也没有表现出足够的尊重。

"我需要有人给我回电话。他妈的真是没用。"奇斯韦尔咕哝着，挂断电话，盯着罗宾，好像已经忘了她是谁似的。他仍然喘着粗气，倒在她对面的沙发上。"我有十分钟的时间，所以你的话最好值得一听。"

"我有一些关于温恩先生的信息。"罗宾说着，拿出了笔记本。不等他回答，罗宾就把从凯文爵士那里收集到的情报简明扼要地告诉了他。

"……并且，"不到一分半钟后，她总结道，"温恩先生可能有更多的不当行为，不过那些信息据称是由埃尔斯佩斯·柯蒂斯·莱西博士掌握的，她的电话号码未被公开。但我想，我们很快就能找到联系她的方法，"罗宾担心地说，此时，奇斯韦尔的小眼睛可能因为不高兴而眯了起来，"我应该马上把这个告诉你。"

他一直盯着她看了几秒钟，表情一如既往地流露出暴躁，但随后他拍了拍大腿，显然是出于高兴。

"很好，很好，很好，"他说，"他告诉过我你是他最好的搭档，是的，他是这么说的。"

他从口袋里掏出一块皱巴巴的手帕，擦了擦脸。在与那家不幸的旅馆通电话时，他的脸就已经汗津津的了。

"很好，很好，很好，"他再次重复道，"今天真是个好日子。他们一个接一个地把自己绊倒了……这么说，温恩是个小偷，是个骗子，也许还有更多？"

"是的，"罗宾小心翼翼地说，"他不能解释那两万五千英镑的下落，而且他肯定承诺过一些他不能兑现的诺言……"

"埃尔斯佩斯·柯蒂斯·莱西博士，"奇斯韦尔自顾自地说道，"名字很熟悉……"

"她曾是来自诺森伯兰郡的自由民主党议员。"罗宾说，她刚刚在公平竞争竞技场的网页上读到这一点。

"虐待儿童，"奇斯韦尔突然说道，"我就是这样认识她的。虐待儿童。她是某个委员会的成员。是个十足的怪人，无处不在。当然，那里面充满了怪人，自由民主党。那是他们聚集的地方，用古怪的东西塞进枪膛。"

他站起来，在黑色皮革上留下了一些头皮屑，皱着眉头踱来踱去。

"所有这些慈善之类的事迟早都会曝光的，"他附和着凯文爵士妻子的说法，"但是，天哪，他们不希望它现在就被打破，不是现在德拉深深卷入残奥会之中。当温恩发现我知道的时候，他会惊慌失措的。是的，我认为这很可能使他中立……至少在短期内是这样。不过，如果他一直在玩弄孩子们的话……"

"这个没有证据。"罗宾说。

"那会永远妨碍他的，"奇斯韦尔说着又踱起步来，"很好，很好，很好。这就解释了为什么温恩想把他的受托人带到我们下周四的残奥会招待会上，不是吗？他显然是想让他们开心，阻止其他人抛弃沉船。哈里王子会去，这些慈善人士热爱王室成员。这是一半人参加的原因。"

他挠了挠蓬乱的白发，露出腋下的大片汗水。

"我们就这么办，"他说，"我们会把他的委托人加到客人名单上，你也可以来，这样你就能接近柯蒂斯·莱西，看看她有什么。好吧？十二号晚上？"

"好的，"罗宾说着做了个笔记，"很好。"

"与此同时，我要让温恩知道，我知道他把手伸进了钱柜里。"

罗宾快走到门口时，奇斯韦尔突然说道：

"我想，你不会只想当一个私人助理吧？"

"什么？"

"接替伊茨如何？那个侦探付给你多少薪水？我可以付给你同样的报酬。我需要一个有点头脑和有点骨气的人。"

"我……我对现在的工作很满意。"罗宾说。

奇斯韦尔哼了一声。

"嗯。好吧，也许这样更好。等我们把温恩和奈特除掉以后，我可能还有点活要你干。那你就走吧。"

他背过身去不理她，手已经在电话上了。

走到外面的阳光下，罗宾又拿出了手机。斯特莱克还没有回电，不过马修已经发来短信告诉她梅菲尔一家酒吧的名字，那里离莎拉的工作地点很近。尽管如此，罗宾现在可以比她和奇斯韦尔见面之前更愉快地思考这个夜晚了。她甚至在回国会大厦的路上开始哼唱起鲍勃·马利的歌来。

他告诉我你是他最好的搭档。是的，他就是这么说的。

26

即使是现在,我也不是一个人。这里有我们两个人一起承受孤独。

——亨利克·易卜生《罗斯莫庄》

　　凌晨四点,是颤抖的失眠症患者生活在一个阴影笼罩的世界里的绝望的时刻,生命显得脆弱而陌生。斯特莱克在医院的椅子上突然醒了过来,他刚刚打了个盹。有那么一会儿,他感到浑身疼痛,饥饿难忍。接着,他看见九岁的外甥杰克一动不动地躺在他旁边的床上,眼睛上盖着软糖垫,一根管子从他的喉咙往下流,脖子和手腕上都是线,一袋尿液挂在床边,另外三个单独的滴液正注入他的身体,在重症监护病房安静、空旷的空间里,杰克的身体在轻柔作响的机器声中显得渺小而脆弱。

　　他能听到杰克床边的帘子外护士的软鞋在轻轻拍打地面。他们本来不希望斯特莱克在椅子上过夜,但他坚持留下来。他的名气虽然不大,但他的残疾对他有利。他的拐杖靠在床头柜上。病房里太热了,医院总是这样。斯特莱克的腿被炸掉后,在铁床上躺了好几个星期。这种气味把他带回了痛苦和残酷的调整时期,那时,他被迫在无尽的障碍、侮辱和贫困的背景下重新调整自己的生活。

　　窗帘沙沙作响,一个护士走进了小隔间,她穿着工作服,显得古板却很实用。看到斯特莱克醒了,她朝他露出短暂的、职业性的微笑,然后从杰克的床尾拿起写字板,从监控他血压和氧气水平的屏幕上读取数据。读完数后,她低声说道:"想喝杯茶吗?"

"他没事吧?"斯特莱克问道,没有费心掩饰自己声音中的恳切,"一切都好吗?"

"他很稳定,不用担心,这就是我们在现阶段所期望的。要喝茶吗?"

"好的,那太好了,非常感谢。"

护士身后的帘子拉上后,他意识到膀胱已经满了。希望自己刚才能想到请护士把拐杖递给他,此时只能靠自己站起来,抓住椅子的扶手稳住自己,跳到墙边去拿拐杖,然后从窗帘后面摇摇摆摆地出来,朝黑暗病房另一端明亮的长方形之地走去。

他在蓝光下的小便池里排空了尿,洗手间里灯光太暗,就连吸毒者都难以找到静脉。他走进了病房附近的候诊室,昨天下午晚些时候,他坐在那里等杰克做完紧急手术。杰克的一个学校朋友的父亲一直陪着他,在他的阑尾破裂的那晚,杰克本该和他这个朋友在一起的。这位父亲决心在他们"看到那个小家伙摆脱险境"之前不离开斯特莱克,而且在杰克做手术的时候他一直紧张地说着话,说着诸如"他们在那个年龄会恢复健康","他是个坚强的小家伙","幸运的是,我们离学校只有五分钟的路程",以及一遍一遍的"格雷格和露西会发疯的"之类的话语。斯特莱克什么也没说,只是勉强听着,做好了最坏的准备,每隔三十分钟就给露西发一条消息,汇报最新情况。

还没做完手术。
还没有消息。

终于,外科医生出来告诉他们,杰克一到医院就进行复苏,他的手术已经成功了。他患了"严重的败血症",很快就到达重症监护室。"我要把他的伙伴带来见他,"露西和格雷格的朋友兴奋地说道,

"让他振作起来——神奇宝贝卡——"

"还不能那么做,"外科医生严厉地说道,"在接下来的二十四小时里,他将处于重度的镇静状态,而且要使用呼吸机。你是他的近亲吗?"

"不,我是,"斯特莱克嘶哑地说,终于开口了,他的嘴唇发干,"我是他的舅舅,他的父母正在罗马庆祝结婚纪念日。他们现在正赶飞机回来。"

"啊,我明白了。他还没完全脱离险境,但手术很成功。我们已经清理了他的腹部,放了一个引流管。他们很快就会把他带下来的。"

"我告诉过你,"露西和格雷格的朋友对斯特莱克喜笑颜开,眼里噙着泪水,"告诉过你,他们会康复的!"

"是的,"斯特莱克说,"我最好让露西知道。"

可是,在一场错误的灾难中,杰克惊慌失措的父母到达机场时,却发现露西不知何故在酒店房间和登机口之间弄丢了护照。他们绝望地沿着原路返回,试图向酒店员工、警察和英国大使馆的所有人解释他们的困境,结果,他们错过了当晚的最后一班飞机。

凌晨四点十分,候诊室里总算空无一人。斯特莱克打开了他在病房时一直关闭的手机,看到罗宾和罗蕾莱打来的十几个未接电话。他没有理睬,而是给露西发了条短信。他知道露西会在罗马酒店里一直醒着,午夜刚过,发现她护照的出租车司机就把护照送到了酒店。露西恳求斯特莱克在杰克做完手术后发一张他的照片。斯特莱克假装手机容量不够容纳照片,没有照办。在一天的压力之后,露西不需要看到她儿子插着呼吸机、眼睛被垫子盖住、身体被宽松的医院长袍淹没的模样。

看起来都不错,他写道,*服用了镇静剂,但护士充满信心。*

他按下发送键,等待着。不出所料,露西在两分钟内就回复了信息。

你一定累坏了。医院给你提供床位了吗？

没有，我就坐在他旁边，斯特莱克回复道，我将在这里待到你们回来。尽量睡会儿吧，别担心。

斯特莱克关掉手机，拖着一只脚站起来，重新调整拐杖，回到了病房。

一杯茶水正等着他，就像丹尼斯做的任何东西一样，淡淡的，模糊不清的，不过，倒进两袋糖后，他几大口就把茶喝完了，眼睛在杰克和支撑他、监视他的机器之间移动。他以前从未如此仔细地审视过这个男孩。事实上，尽管杰克为他画了几幅画，露西把这些画传给了他，他却和杰克没有多少交往。

"他崇拜你，当你是英雄。"露西对斯特莱克说过好几次，"他想成为一名士兵。"

但是斯特莱克总是避免参加家庭聚会，部分原因是他不喜欢杰克的父亲格雷格，另一部分原因是露西想要哄骗她的弟弟过上某种更为传统的生活方式，即使没有她的儿子在场，这种愿望也显得很无力。斯特莱克发现她的大儿子特别像他的父亲。斯特莱克并不渴望有孩子，而且他准备承认，他们当中有些是讨人喜欢的——事实上，在露西讲述杰克加入红帽子队的雄心之后，他准备承认他对杰克怀有某种超然的喜爱——他坚决抵制家庭的生日聚会和圣诞节聚会，在这些聚会上，他本可以跟他们建立更紧密的联系。

可是现在，当黎明悄悄透过隔着杰克的病床和其他病床之间的薄薄窗帘，斯特莱克第一次发现这个男孩长得像他的外祖母，也就是斯特莱克的母亲莱达。他有着同样的深色头发、苍白的皮肤和精致的嘴巴。事实上，他本可以成为一个漂亮的孩子，但莱达的儿子知道青春期会对男孩的下巴和脖子造成什么影响……如果他还能活着。

他当然会他妈的活下来。护士说——他在重症监护室。他们不会因为你打嗝就让你住进这里的。他很坚强。想要参军。他会没事的。

他最好是这样。我甚至从来没有给他发过短信感谢他画的画。

过了一会儿，斯特莱克才又不安地打起瞌睡来。

清晨的阳光照进他的眼睑把他惊醒。他眯起眼睛迎着光线，听到地板上有吱吱嘎嘎的脚步声。接着，窗帘被拉开了，发出一阵响亮的嘎嘎声，杰克的床再次向病房敞开，四周的床上躺着更多一动不动的身影。一个更为年轻的新护士站在那里，对他微笑，扎着长长的黑色马尾辫。

"嗨！"她满面笑容地说道，拿起杰克的剪贴板，"我们这儿很少有名人来！我知道关于你的一切，我读过关于你是如何抓住那个连环杀手的……"

"这是我外甥，杰克。"他冷冷地说道。现在讨论沙克尔韦尔开膛手的想法令他反感，护士的微笑僵在脸上。

"你可以在窗帘外面等吗？我们需要抽血，更换一下他的点滴和导管。"

斯特莱克拖着拐杖，吃力地再次走出病房，尽量不去看那些连在嗡嗡作响的机器上的反应迟钝的病人。

他来到食堂时，里面已经坐满了一半的人。他没刮胡子，眼神沉重，把托盘一直滑到收银台，付了钱后才意识到自己不能又端盘子又拄拐杖。一个正在清理桌子的年轻女孩发现了他的困境，过来帮忙。

"谢谢。"当女孩把托盘放在窗边的一张桌子上时，斯特莱克粗声粗气地说道。

"不客气，"女孩说，"用餐完后就把它放在这儿，我会来拿的。"

小小的善意让斯特莱克感到异常激动。他没有理会刚买的煎火腿煎鸡蛋，拿出手机，又给露西发了一条短信。

一切都好，护士帮他换点滴，很快就会回他身边。

正如他所料，他刚切开煎蛋，电话就响了。

"我们买到机票了，"露西开门见山地对他说，"但要十一点才能到。"

"没问题，"他告诉她，"我哪儿也不去。"

"他醒了吗？"

"不，还在沉睡。"

"如果他在——在——之前醒来，见到你他会很高兴的。"

她突然哭了起来，斯特莱克能听到她仍试图在抽泣中说话。

"……只想回家……想见他……"

斯特莱克有生以来第一次很高兴听到格雷格的声音，他从妻子手中拿走了电话。

"我们非常感激，科姆。这是我们五年来我们第一次俩人外出度周末，你能相信吗？"

"墨菲定律。"

"是的，他说肚子痛，但我以为他是在装病。以为是他不想让我们离开。可以告诉你，我现在觉得自己是个十足的混蛋。"

"别担心，"斯特莱克又说了一遍，"我哪儿也不去。"露西又说了几句话，含泪向他告别，让斯特莱克吃他的英式早餐。在食堂的嘈杂声中，他有条不紊、毫无乐趣地吃着，周围都是痛苦而焦虑的人，他们正狼吞虎咽地吃着高脂肪、高糖分的食物。

正当他吃完最后一块熏肉时，罗宾发来了一条短信。

  我一直在打电话想要告诉你温恩的最新情况。方便的时候告诉我。

刚才，奇斯韦尔的案子似乎还是件遥不可及的事，可是当他读到罗宾的短信时，突然产生了对尼古丁的渴望，同时渴望听到罗宾的声音。他放下盘子，感谢帮他把盘子拿到桌前的那位好心的女孩，然后挂着拐杖又出发了。

一群吸烟的人站在医院门口，像鬣狗一样弓着肩膀站在早晨清新的空气中。斯特莱克点燃一支烟，深深地吸了一口，然后给罗宾回电话。

"嗨，"当她接起电话时，斯特莱克说，"对不起，一直没有联系上我，我一直在医院里……"

"发生什么事了？你还好吗？"

"是的，我很好，是我外甥杰克，昨天他的阑尾破裂了，而且他——他得了……"

令他难堪的是，他的声音沙哑了。在努力战胜自己时，他不知道自己已经多久没有哭过了。或许，自从他在那家德国医院里流下痛苦和愤怒的泪水后，他就再也没有哭过。他被空运到那家医院，离开了被简易爆炸装置炸断了腿的那片血迹斑斑的地面。

"妈的。"他终于咕哝道，这似乎是他能发出的唯一的音节。

"科莫兰，发生了什么事？"

"他——他们把他送进了重症监护室，"斯特莱克说，他的脸皱了起来，努力使自己镇定下来，以便正常说话，"他妈妈——露西和格雷格被困在罗马了，所以他们请我……"

"谁和你在一起？罗蕾莱在吗？"

"上帝啊，没有。"

罗蕾莱对他说"我爱你"似乎是几周前的事了，尽管那只是前晚的事。

"医生怎么说？"

"他们认为他会好的，但是，你知道，他——他在重症监护室。妈的，"斯特莱克擦着眼泪，沙哑地说，"对不起，这是一个艰难的夜晚。"

"是哪家医院？"

他告诉了她医院的名字。罗宾很快地说了声再见，然后挂断了电话。斯特莱克留下来吸完烟，断断续续地用衬衫袖子擦着脸和鼻子。

他回来时，安静的病房里阳光明媚。他把拐杖靠在墙上，又坐在杰克的床边，拿着他刚从候诊室顺手拿来的旧报纸，读着一篇关于阿森纳可能很快就会把范佩西输给曼联的文章。

一个小时后，外科医生和负责病房的麻醉师来到杰克的床脚前给他做检查，斯特莱克不安地听着他们嘀嘀咕咕。

"……他的氧气含量还没有降到百分之五十以下……持续性发热……在过去的四个小时里，排尿量逐渐减少。"

"……再做一次胸部 X 光检查，检查肺部是否正常……"

斯特莱克灰心丧气，等待着有人给他提供可消化的信息。最后，外科医生转过身来跟他说话。

"我们现在要给他注射镇静剂。他还不能停止供氧，我们需要让他的体液保持平衡。"

"那是什么意思？他病得更重了吗？"

"不是的，这是通常的处理方式。他的感染很严重，我们必须彻底冲洗腹膜。我只是想给他的胸部拍个光片，以防万一，确保没有刺破让他苏醒过来的任何东西。我一会儿再来看他。"

他们走到一个缠着厚厚绷带的少年身边，他身上的管子和绳子比杰克还多，这让斯特莱克焦虑不安，情绪不稳。在夜间的几个小时，斯特莱克发现这些机器本质上是友好的，帮助他的外甥恢复健康。现在，他们似乎是铁面无私的法官，显示着数字，表明杰克正在失败。

"他妈的，"斯特莱克又咕哝了一声，把椅子挪到离床更近的地方，"杰克……你的爸爸妈妈……"他感到眼皮后面有一种背叛的刺痛。两个护士从旁边走过。"……狗屎……"

他竭力控制住自己，清了清嗓子。

"……对不起，杰克，你妈妈不喜欢我在你耳边说脏话……顺便说一下，我是科莫兰舅舅，如果你没有……不管怎样，你的爸爸妈妈正在回来的路上，好吗？我将和你在一起，直到他们……"

他说到一半就停了下来。罗宾的身影出现在病房远处的门口。

他看着她向护士长问路，然后朝他走来，穿着牛仔裤和T恤，眼睛像往常一样蓝灰色，头发散开，手里拿着两个聚苯乙烯杯子。

看到斯特莱克毫无防备地流露出的快乐和感激之情，罗宾觉得与马修的激烈争吵、两次换乘公共汽车和出租车，都已经得到了充分的回报。

接着，那个微微俯卧的身影出现在斯特莱克旁边。

"哦，不。"她轻声说道，在床脚停住了。

"罗宾，你没必要……"

"我知道我没有必要，"罗宾说着，把椅子拉到斯特莱克的旁边，"但我自己是不想独自应对这种事的。当心，太烫了。"她递给他一杯茶，补充道。

他从她手里接过杯子，放在床头柜上，然后伸出手，痛苦地紧紧握住她的手。她还没来得及缩回去，他就放开了她。然后两人都坐在那里着盯着杰克看，过了几秒钟罗宾问道，手指还在颤动：

"最新情况怎样？"

"他仍然需要吸氧，而且小便也不够。"斯特莱克说，"我不知道那是什么意思。我宁愿得到十分之一或者——我他妈的不知道。哦，他们还想给他的胸部拍光X片，以防他们把管子插进去时刺破他的肺。"

"手术是什么时候做的？"

"昨天下午，他在学校做越野运动时昏倒了。格雷格和露西的一个住在学校附近的朋友和他一起乘救护车来到这里，我在这里与他们相见。"

两人都沉默了一会儿，眼睛盯着杰克。

然后斯特莱克说道："我是一个非常可怕的舅舅。我不知道任何一个孩子的生日。我说不出他有多大了。那个把他带进医院来的他同伴的爸爸知道的比我还要多。杰克想当一名士兵，露西说他会谈论我，给我画画，我甚至从来没有他妈的感谢过他。"

"好了，"罗宾说道，假装没看见斯特莱克在用袖子粗暴地擦着眼睛,"当他需要你的时候,你就在他身边,你有足够的时间去补偿他的。"

"是的,"斯特莱克说着,迅速眨了眨眼睛,"你知道如果他……?我要带他去帝国战争博物馆一日游。"

"好主意。"罗宾和蔼地说道。

"你去过吗?"

"没有。"

"很棒的博物馆。"

两名护士,一名是男性,一名是斯特莱克之前怠慢过的女孩,此时走了过来。

"我们需要给他拍X光片,"女孩对着罗宾说,而不是对着斯特莱克,"你们可以在病房外面等吗?"

"要等多久?"斯特莱克问。

"半个小时,四十分钟左右。"

罗宾拿来了斯特莱克的拐杖,他们去了食堂。

"你真是太好了,罗宾,"斯特莱克在两杯淡茶、一些姜饼干上方说道,"不过,假如你有事情要做的话……"

"我会一直待到格雷格和露西来,"罗宾说,"对他们来说真是太可怕了,离得那么远。马特已经二十七岁了,可他在马尔代夫生病的时候,他爸爸还是非常担心的。"

"他病了?"

"是的,你知道,当他……哦,当然。我从没告诉过你,是吗?"

"告诉我什么?"

"他在我们度蜜月时受到了严重感染,在珊瑚上划伤了自己,他们曾经讨论过要把他空运到医院,但没有关系,并没有他们最初想象的那么糟糕。"

她一边说着,一边记起当时推开了那扇被一整天的阳光晒得很热的木门,她的喉咙因为恐惧而发紧,因为她准备告诉马修她想要解除婚姻关系,她几乎不知道自己将要面对什么。

"你知道，马特的妈妈不久前去世了，所以杰弗里真的很担心马特……但是一切都好了。"罗宾重复了一遍，抿了一口温热的茶，眼睛盯着柜台后面的女人，她正把烤豆舀到一个瘦削的少年的盘子里。

斯特莱克看着她，觉察到她的故事中有疏漏。这要归咎于海洋细菌。

"一定很可怕。"他说。

"嗯，是一点儿也不好玩。"罗宾说着，检查了一下她短短的干净的指甲，然后看了看表，"如果你想抽烟，我们现在就该走，他很快就会完事的。"

他们走到外面加入了吸烟者，其中有一个穿着睡衣，随身带着他的吊瓶，紧紧地握着，像牧羊人的弯管一样，稳住自己。斯特莱克点燃了一支烟，对着晴朗的蓝天呼气。

"我还没问过你的结婚纪念日周末呢。"

"很抱歉我不能工作，"罗宾快速地答道，"因为已经预定好了，而且……"

"这不是我要问的问题。"

她犹豫了一下。

"说实话，并不太好。"

"啊，嗯。有时享受好时光是有压力的……"

"是的，没错。"罗宾说。

又停了一会儿，罗宾问道："我猜罗蕾莱今天要上班吧？"

"可能吧，"斯特莱克说，"今天星期几，星期六？是的，我想是的。"

斯特莱克的香烟一毫米一毫米地缩短，他们静静地站着，注视着来访者和到达的救护车。他们之间没有尴尬，空气中似乎充满了惊奇和无言的东西。最后，斯特莱克在一个很大的敞开的烟灰缸里摁灭了烟头，大多数吸烟者都没有理会这个烟灰缸，然后查看了他的手机。

"他们是二十分钟前登机的，"他读着露西的最后一条短信说，

"他们应该在三点以前到达这里。"

"你的手机怎么了？"罗宾看着那用厚厚的透明胶带粘住的屏幕问道。

"摔倒后压在上面了，"斯特莱克说，"等奇斯韦尔付钱给我们，我再去买一个新的。"

他们走回病房的时候，经过了从病房里推出来的 X 光机。

"胸部看起来没问题！"推着它的放射技师说。

他们在杰克身边又轻声交谈了一个小时，然后罗宾去附近的自动售货机买来了更多的茶和巧克力棒，他们在候诊室里吃着，罗宾滔滔不绝地给斯特莱克讲述了她发现的关于温恩慈善事业的一切。

"你已经超越了你自己。"斯特莱克说，他的第二根玛氏棒已经吃了一半，"干得好，罗宾。"

"你不介意我告诉奇斯韦尔吧？"

"不，你必须这么做。我们和正在嗅来嗅去的米奇·帕特森在时间方面是对立的。那个叫柯蒂斯·莱西的女人接受邀请参加招待会了吗？"

"我星期一就会知道。巴克利呢？他和吉米·奈特相处得怎么样？"

"还是没有我们可用的信息，"斯特莱克叹了口气，用一只手抹着正在迅速变成胡须的胡茬，"但我还是满怀希望。他很不错，巴克利。他和你一样，对这种东西有一种直觉。"

此时有一家人慢慢地走进候诊室，父亲的鼻子抽搐着，母亲在抽泣。儿子看上去才六岁多一点，他盯着斯特莱克失去的那条腿，仿佛它只是他突然进入的噩梦般的世界里又一个可怕的细节。斯特莱克和罗宾互相看了一眼，然后离开了。斯特莱克挂着拐杖，罗宾端着斯特莱克的茶。

再次坐到杰克身边，斯特莱克问道，"你把有关温恩的一切告诉奇斯韦尔时，他作何反应？"

"他很高兴。事实上，他提出要给我一份工作。"

"我总是感到奇怪，为什么这种事不常发生。"斯特莱克平静地说。

就在这时，麻醉师和外科医生再次聚集到了杰克的床脚前。

"嗯，情况正在好转。"麻醉师说。"他的 X 光片很清晰，体温也在下降。孩子就是这样，"他笑着对罗宾说，"他们在两个方向上都走得很快。我们会看到他如何在氧气较少的情况下做到这一点，但我认为一切都在掌握之中。"

"哦，感谢上帝。"罗宾说。

"他会活下去吗？"斯特莱克问。

"哦，是的，我想是的，"外科医生说，带着一丝施恩的意味，"你知道，我们知道自己在这里做什么。"

"必须让露西知道。"斯特莱克咕哝着，努力想站起来，但没能站起来，听到好消息比听到坏消息感觉要更虚弱。罗宾拿起他的拐杖，扶他站起来。看着他朝候诊室走去的时候，罗宾又坐了下来，大声地呼了一口气，把脸短暂地埋在手里。

"对妈妈来说这总是最糟糕的。"麻醉师和蔼地说道。

罗宾没有费心去纠正他。

离开了二十分钟后，斯特莱克回来了，他说：

"他们的飞机刚刚降落。我已经警告过她杰克的样子，所以他们已经有所准备了。他们大约一小时后就会到了。"

"太好了。"罗宾说。

"你可以走了，罗宾。我不是故意要搞砸你的周六的。"

"哦，"罗宾说，奇怪的是，感到有些泄气，"好吧。"

她站起来，取下椅背上的夹克，拿起包。

"你确定吗？"

"是啊，是啊，现在我们知道他会好起来的，我可能会尝试睡一会儿，我送你出去。"

"没有必要……"

"我想送你。我可以再抽一支烟。"

可是他们走到出口时，斯特莱克和她继续往前走，离开了挤成一团的吸烟者，经过似乎绵延数英里的救护车和停车场，屋顶像海洋生物的背部一样闪闪发光，在尘土飞扬的雾霾中浮出水面。

"你是怎么到这儿来的？"一离开人群，斯特莱克就问，旁边是一片草地，四周都是树木，树木的气味混合着柏油碎石的气味。

"先是乘巴士，然后乘出租车。"

"我给你车费……"

"别傻了。说真的，不要。"

"好吧……谢谢，罗宾。这一切都有所不同了。"

她抬头对他微笑。

"所以，这就是朋友的作用啊。"

他拄着拐杖，笨拙地向她弯下腰来。拥抱很短暂，她先挣脱开了，担心他会失去平衡。当她把脸转向他的时候，他本打算吻她的脸颊，却吻上了她的嘴唇。

"对不起。"他咕哝着说。

"别傻了。"她又说了一遍，脸红了。

"好吧，我最好回去。"

"是的，当然。"

他转身往回走。

"让我知道他怎么样。"她在他身后喊道，他举起一只手表示感谢。

罗宾没有回头就走了。她仍然能感受到斯特莱克的嘴在她唇上留下的印记，被他的胡茬刮到的皮肤感到刺痛，但她没有把这种感触擦掉。

斯特莱克忘了他本想是再抽上一支烟的。不知是因为他现在相信自己能带外甥去帝国战争博物馆，还是因为其他原因，他的疲惫此时被一种疯狂的轻松情绪所感染，就好像他刚刚喝了一杯烈酒。一个伦敦的下午，尘土飞扬，天气炎热，空气中弥漫着股票的味道，似乎突然都变得美丽无比。

在一切似乎都已失去的时候，还能被给予希望，这是一件光荣的事情。

27

　　他们在罗斯莫庄紧紧抓住死亡不放。

　　　　　　　　——亨利克·易卜生《罗斯莫庄》

　　罗宾穿过伦敦回到那个陌生的板球场时，已经是下午五点了，马修的慈善比赛结束了。她发现他穿着便服坐在酒吧里，怒气冲冲，几乎不和她说话。马修一方输了，另一方的队员正在欢呼雀跃。整个晚上受到丈夫的冷遇，在丈夫的同事中又没有朋友，罗宾决定不跟两支球队和他们的伴侣一起去餐馆，而是独自回家。

　　第二天早上，罗宾发现马修穿得齐齐整整地躺在沙发上，醉醺醺地打着呼噜。他醒来后，他们争吵了好几个小时，却没有解决任何问题。马修想知道，既然斯特莱克已经有女朋友了，罗宾为什么还要匆忙离开去帮斯特莱克。罗宾坚持认为，如果你让朋友独自面对一个可能死去的孩子，你就是一个糟糕的人。

　　争吵升级，达到了一年的婚姻生活从未有过的怨恨程度。罗宾大发脾气，质问马修，十年来，她一直观看马修在各种运动场上趾高气扬，难道自己就不能有时间去做点好事吗？马修真的是被刺伤了。

　　"好吧，既然你不喜欢看，你早就应该说出来！"

　　"你从没想过我可能会不喜欢，是吗？因为我就应该把你所有的胜利都看作是我的，不是吗，马特？而我的成就……"

"对不起，再提醒我一下，你的成就是什么？"马修说，这是他以前从未对她下过的一记重拳，"或者说，我们要把他的成就算作你的成就吗？"

三天过去了，他们彼此还没有原谅对方。自从吵架以后，罗宾每晚都睡在那间备用房间，每天很早起床，以便能在马修洗澡之前离开家。她的眼睛后面一直隐隐作痛，在工作时很容易被忽视，但她每天晚上回家时，这种不愉快就像低压带一样笼罩着她。马修无声的愤怒压迫在他们房子的墙上，虽然他们现在房子的面积是以前的两倍，却显得更加黑暗、更为局促。

他是她的丈夫。她答应了再试一试。罗宾感到疲倦、愤怒、内疚和痛苦，觉得自己好像在等待注定要发生的事，一件能体面地、没有更多肮脏的争吵、合情合理地解放他们俩的事。一次又一次，她的思绪回到婚礼那天她发现马修删除了斯特莱克的信息的时刻，对当时没有离开而后悔不迭。当时马修还没有在珊瑚上划伤自己，还没有像她现在看到的那样，被伪装成同情的怯懦所困。

周三早上，罗宾来到下议院，还没有把注意力集中在一天要开始的工作上，而是在思考她的婚姻问题。这时，一个穿着大衣的大个子男人从他和当天第一批混在一起的游客的栏杆上溜出来，朝她走来。他个头高大，身材魁梧，一头浓密的银发，一张扁平的、坑坑洼洼、布满皱纹的脸。罗宾没有意识到她是他的目标，直到他停在她面前，大大的双脚坚定地站在她的面前，阻止她前进。

"你是威尼西亚吗？我能简短地和你说两句吗，亲爱的？"

罗宾惊慌失措地后退了半步，抬头看着那张布满粗大毛孔的又硬又平的脸。他准是来自媒体。他认出她了吗？即使透过她那副普通的眼镜，近距离看，淡褐色的隐形眼镜更容易辨认。

"刚开始为贾斯帕·奇斯韦尔工作，是吗，亲爱的？我想知道是怎么回事。他付给你多少钱？你认识他很久了吗？"

"无可奉告，"罗宾说完，想从他身边过去。他和她一起往前走。罗宾抑制住越来越强烈的恐惧，坚定地说道："让开，我得去工作了。"

几个身背帆布背包的高大的北欧年轻人带着明显的担忧注视着他们之间的推攘。

"亲爱的，我只是给你一个机会，让你说说自己的看法。"搭讪者轻声说道，"想想吧，也许这是你唯一的机会。"

他移到一边。罗宾从那些想要救她的年轻人身边挤过去时，撞到了他们。妈的，妈的，妈的……他是谁？

安全地通过安检扫描后，她在回音石大厅里靠边停了下来，工作人员正大步走过她身边，她给斯特莱克打了电话，但他没有接。

"请给我回电，情况紧急。"她对着他的语音信箱小声说。

她没有去伊茨的办公室，也没有去保得利大厦宽敞的回音空间，而是躲在一间较小的茶室里。如果没有柜台和收银台，这里就像教师的公共休息室，镶着深色的木板，铺着茂密的森林绿色地毯。厚重的橡木屏风将房间分隔开来，议员们坐在较远的一端，远离级别较低的员工。她买了一杯咖啡，在靠窗的一张桌子上坐下，把外套挂在椅背上，等着斯特莱克的回电。这个安静、稳重的空间无助于安抚罗宾的神经。

差不多过了四十五分钟，斯特莱克才打电话来。

"对不起，刚才没接到你的电话，我在地铁上，"他气喘吁吁地说道，"奇斯韦尔打来电话，他刚挂断，我们有麻烦了。"

"哦，上帝，现在怎么办？"罗宾说，一边放下咖啡，她的胃因为恐慌而缩紧了。

"《太阳报》认为你就是故事的主角。"

罗宾马上就知道她刚刚在国会大厦外遇到的男人是谁了：米奇·帕特森，《太阳报》雇用的私家侦探。

"他们一直在挖掘奇斯韦尔生活中的新东西，然后你出现了，他办公室里新来的漂亮女人，他们当然会调查你。奇斯韦尔的第一次婚姻破裂就是因为他在工作中有外遇。问题是，他们很快就会发现你不是他的教女。哎哟……"

"怎么了?"

"两腿走路的第一天,滑头医生终于决定偷偷摸摸去见一个女孩。就在切尔西植物花园,刚坐地铁到斯隆广场,还有一段该死的路要走。不管它,"他气喘吁吁地说,"你有什么坏消息?"

"差不多是一样的,"罗宾说,"米奇·帕特森刚刚在议会外面和我搭讪。"

"妈的,你感觉他认出你了吗?"

"好像没有,但我不确定。我应该离开,是吗?"罗宾说着,凝视着奶油色的天花板,它被粉刷成重叠的圆圈图案。"我们可以让别人进来这里,安迪,或是巴克利?"

"还不行,"斯特莱克说,"如果你一见到米奇·帕特森就离开,那么看起来你肯定就是故事的主角。不管怎样,奇斯韦尔想让你明天晚上去参加招待会,设法从另一个受托人那里打听到温恩的其他消息——她叫什么来着,是埃尔斯佩斯吗?扯淡——抱歉——我这里有点麻烦,这条该死的木屑路。滑头带着那个女孩进入灌木丛散步了,她看上去约莫十七岁。"

"你难道不需要用手机拍照吗?"

"我戴着内置摄像头的眼镜……哦,看到了,"他轻声补充道,"滑头在灌木丛里摸了摸女孩。"

罗宾等待着,她能听到微弱的咔嗒声。

"来了一些真正的园艺师,"斯特莱克喃喃地说道,"迫使他们回到了开阔的地方……"

"听着,"他接着说道,"明天下班后,在你去参加招待会之前,来办公室见我。我们要对目前所掌握的一切进行评估,然后决定下一步该做什么。尽量争取把第二个监听器拿回来,但不要再安置新的监听器,以防我们需要你离开那里。"

"好吧,"罗宾说,心里充满了不祥的预感,"不过会比较困难。我敢肯定,阿米尔已经在怀疑了——科莫兰,我得走了。"

伊茨和拉斐尔刚刚走进茶室。拉斐尔搂着他同父异母的姐姐,罗宾立刻看出伊茨伤心得快要哭出来了。拉斐尔看见罗宾,做了个鬼脸,暗示伊茨心情不好,然后对他姐姐嘀咕了几句,伊茨点了点头,朝罗宾所坐的桌子走来,拉斐尔去买饮料,罗宾急忙挂断了斯特莱克的电话。

"伊茨!"罗宾说着,为她拉出一把椅子,"你没事吧?"

伊茨坐了下来,眼泪涌了出来。罗宾递给她一张纸巾。

"谢谢你,威尼西亚,"她沙哑地说道,"我很抱歉,大惊小怪的,真傻。"

伊茨深吸了一口气,打了个寒颤,然后挺直了身子,姿势就像一个多年来一直被教导要坐直、要振作的女孩。

"真傻。"她重复道,眼泪又涌了出来。

"爸爸刚才对她的行为简直就像个混蛋。"拉斐尔端着盘子走了过来。

"别这么说,拉夫。"伊茨哽咽地说,又一滴眼泪顺着她的鼻子往下流,"我知道他不是故意的,我到的时候他很不高兴,而我把事情弄得更糟了。你知道他把弗雷迪的钱夹弄丢了吗?"

"不知道。"拉斐尔回答,没有多大兴趣。

"他认为他是在金瓦拉生日那天把钱夹落在酒店里了。我到的时候酒店刚刚给他回了电话,说是没有找到。你知道爸爸对弗雷迪的喜爱,即使是现在。"

拉斐尔的脸上掠过一丝古怪的表情,仿佛突然想起了一件不愉快的事。

"然后,"伊茨颤抖着说,"我把信的日期搞错了,他气疯了……"伊茨用双手绞着湿纸巾。

"五年,"她脱口而出,"我已经为他工作五年了,可他对我说过感谢的次数屈指可数。我告诉他我想离开的时候,他只是说'等到奥运会结束后再走,'"她的声音颤抖,"'因为我不想在那之前换个新人来'。"

拉斐尔低声咒骂起来。

"噢，他倒没那么坏，真的。"伊茨赶忙说道，几乎是滑稽地来了个反转。罗宾知道她刚刚想起来希望拉斐尔能接替她的工作。"我只是心烦意乱，让事情听起来更糟……"

她的手机响了，她念了念打电话的人的名字，然后呻吟了一声。"不是，现在不行，我不能接电话。拉夫，你跟她说话。"

她把手机递给他，不过拉斐尔却退缩了，好像要拿的是一只狼蛛似的。

"拜托了，拉夫——求你了……"

拉斐尔极不情愿地接过电话。

"嗨，金瓦拉。我是拉夫，伊茨不在办公室。不……威尼西亚不在这里……不……我在办公室，很明显，我刚接了伊茨的电话……他刚去奥林匹克公园。不……不，我不是……我不知道威尼西亚在哪里，我只知道，她不在这里……是的……是的……好吧……那么再见了——"他扬起了眉毛，"挂了。"

他把电话推还给桌子对面的伊茨，伊茨问道：

"她为什么对威尼西亚这么感兴趣？"

"猜猜看。"拉斐尔笑着说。罗宾领会了他的意思，望着窗外，感到脸涨红了。她不知道是不是米奇·帕特森给金瓦拉打过电话，并把这个想法植入了她的脑海。

"噢，得了吧，"伊茨说，"她认为爸爸……吗？威尼西亚那么年轻，都可以当他的女儿了！"

"也许你没有注意到，他的妻子也是，"拉斐尔说，"你知道她是什么样的人。他们的婚姻越失败，她就越嫉妒。爸爸不接她的电话，所以她得出了偏执的结论。"

"爸爸不接电话，因为她快把他逼疯了，"伊茨说，"在过去的两年里，她一直拒绝离开家，也不愿离开她那些讨厌的马。突然之间奥运会就要到了，伦敦到处都是名人，她就想打扮得漂漂亮亮地到城里来，扮演部长的妻子。"

她再次深吸了一口气,又擦了擦脸,然后站了起来。

"我最好回去,我们太忙了。谢谢你,拉夫。"她说着,轻轻地拍了拍他的肩膀。

她走了。拉斐尔目送她离去,然后转向罗宾。

"你知道,我在里面的时候,只有伊茨一个人费心来看我。"

"知道,"罗宾说,"她说过。"

"在我很小的时候,不得不去讨厌的奇斯韦尔庄园,只有她会和我说话。我就是那个拆散了他们家庭的小杂种,所以他们对我恨之入骨,不过伊茨以前总是让我帮她梳理小马驹。"

他闷闷不乐地喝着咖啡。

"我想你跟别的姑娘一样,爱上了神气活现的弗雷迪,是吗?他讨厌我。以前总叫我拉斐拉,假装爸爸告诉家里人我是另一个女孩。"

"太可怕了。"罗宾说,拉斐尔的怒容变成了勉强的微笑。

"你真好。"

他似乎在和自己争论是否该说些什么,然后突然问道:

"你来拜访奇斯韦尔庄园的时候见过杰克·奥肯特吗?"

"谁?"

"以前给爸爸干活的那个老家伙,住在奇斯韦尔庄园。我小时候,几乎被他吓死了。他有一张凹陷的脸和一双疯狂的眼睛,我在花园里的时候,他常常不知从哪儿冒出来。他从来不说话,除非我挡住了他的路,他才会咒骂我。"

"我……依稀记得有那样一个人。"罗宾撒谎道。

"杰克·奥肯特是爸爸给他取的绰号。他是谁呢?难道他和魔鬼没有关系吗?总之,我过去经常做关于那个老男孩的噩梦。有一次我想进去谷仓被他逮了个正着,他狠狠地骂了我一顿,还把脸凑到我面前说了几句话,大概意思是:我不会喜欢我在那里看到的东西,或者对小男孩来说是危险的东西,或是……我记不太清楚了,当时我还是个孩子。"

"听起来很可怕,"罗宾附和道,引发了兴趣,"他在里面干什么，你发现了吗？"

"可能只是存放农用机械吧，"拉斐尔说，"但他把它说得像是在举行撒旦仪式。

"请注意，他是个好木匠。他做了弗雷迪的棺材。砍倒了一棵英国橡树……爸爸希望把弗雷迪埋在来自庄园的木头里……"

他似乎又在想，是否应该说出心里的想法。他透过黑睫毛仔细打量了她一番，终于说道：

"爸爸好像……嗯，你觉得他现在正常吗？"

"什么意思？"

"你不觉得他的行为有点奇怪吗？他为什么无缘无故地大骂伊茨呢？"

"是因为工作压力吧？"罗宾建议道。

"是的……也许吧。"拉斐尔说，然后，皱着眉头继续说道，"有天晚上他给我打了电话，这事本身就很奇怪，因为他通常一看到我就受不了。他打电话说，只是聊聊天而已，这种事以前从未发生过。请注意，他当时喝得太多了，他一开口说话我就能听出来。

"总之，他滔滔不绝地说起杰克·奥肯特的事。我不明白他说此事是何意，他说弗雷迪死了，金瓦拉的婴儿也死了。"拉斐尔靠得更近了些，罗宾感到他的膝盖在桌子底下碰到了她的膝盖，"还记得我来这儿的第一天接到的电话吗？关于人们死后尿裤子的可怕内容？"

"是的。"罗宾说。

"他说，这都是惩罚。是杰克·奥肯特打来的电话，他来找我了。"

罗宾目不转睛地盯着他。

"不过，无论打来电话的人是谁，"拉斐尔说，"都不可能是杰克·奥肯特，因为他几年前就死了。"

罗宾沉默不语。她突然想起了马修的神志不清，想起了那个亚热带的深夜，他误以为罗宾是他死去的母亲。拉斐尔的膝盖似乎压得她更紧了，她把椅子稍微向后挪了挪。

"我彻夜未眠，在想他是不是要崩溃了。我们不能让爸爸也发疯，对吧？我们已经有了金瓦拉想象的砍马者和掘墓人……"

"掘墓人？"罗宾尖声重复道。

"我说了是掘墓人吗？"拉斐尔不安地说，"好吧，你知道我的意思，树林里拿着铁锹的人。"

"你认为那是她的想象吗？"罗宾问道。

"不知道，伊茨和其他人都认为她疯了，不过，自从她失去那个孩子之后，他们就把她当成疯子一样对待。即使他们知道婴儿已经死了，她也不得不经历分娩，你知道吗？之后她就没有好起来过，但只要你是奇斯韦尔的家人，你就应该忍受那种事。戴上帽子，去开个宴会什么的。"

他似乎从罗宾的脸上读懂了她的心思，因为他继续说道：

"你以为我也讨厌她，就因为别人也讨厌她吗？她是个讨厌鬼，她认为我活着完全是在浪费空间，但是我不会用我一生的精力从我侄女和侄子的遗产中减去她花在马匹上的费用。不管伊茨和菲茨怎么想，她都不是一个淘金者。"他重点强调了另一个姐姐的昵称，"他们认为我妈妈也是个淘金者。那是他们唯一能理解的动机。我不应该知道他们也给我和我妈妈起了亲切的奇斯韦尔家族昵称……"他的黑皮肤涨得通红，"尽管看起来不太可能，但我看得出，金瓦拉是真的爱爸爸。如果她追求的是金钱的话，她可以有更好的前景，他就是个穷光蛋。"

罗宾保持着冷漠的表情，她对"穷光蛋"的定义不会包括在牛津郡拥有一栋大房子、九匹马、伦敦的一套公寓，以及她在照片中看到挂在金瓦拉脖子上的那条沉重的钻石项链。

"你最近去过奇斯韦尔庄园吗？"

"最近没有。"罗宾说。

"就要分崩离析了，一切都被虫蛀了，很惨。

"我记得有一次在奇斯韦尔庄园，大人们在谈论一个失踪的小女孩。"

"真的吗？"拉斐尔惊讶地说。

"是的，我记不起她的名字了。我当时还小，苏珊？苏琪？类似这样的名字。"

"一点也不记得了，"拉斐尔说，他的膝盖又碰到了她的膝盖，"告诉我，是不是人人在认识你五分钟后就会向你吐露各自黑暗的家庭秘密，还是只有我一个人会这样？"

"蒂姆总是说我看起来很有同情心，"罗宾说，"也许我应该忘掉政治，去做咨询。"

"是的，也许你应该那样，"他直视着她的眼睛说道，"这并不是一个非常有用的补救方法，何必要戴眼镜？为什么不只戴隐形眼镜呢？"

"哦，我……觉得这样更舒服，"罗宾说，把眼镜推回鼻子上，收拾东西，"你知道，我真的该走了。"

拉斐尔靠在椅背上，苦笑了一下。

"信息收到……他是个幸运儿，你的蒂姆。告诉他，就说是我说的。"

罗宾半笑不笑地站了起来，站在桌子的角落里，突然停住了笑。她有点局促不安，有点慌乱地走出了茶室。

在回伊茨办公室的路上，她仔细思考了文化部长的行为。她认为，对于一个目前受两名勒索者摆布的人来说，坏脾气的爆发和偏执的胡言乱语并不令人吃惊，但奇斯韦尔关于一个死人给他打过电话的说法无疑令人奇怪。在他们的两次见面中，罗宾都没有把他看作那种相信鬼魂或是天意报应的人，不过后来罗宾想起，喝酒会使人产生奇怪的想法……突然之间，她想起了马修周日在客厅里大喊大叫时那张咆哮的脸。

在她几乎和温恩办公室的门平齐了的时候，她注意到门又是半开着的。罗宾偷看了一下房间内部，似乎没人，她敲了两下，仍然无人应答。

不到五秒钟，她就找到了杰兰特桌子下面的电源插座。拔下电扇，她撬开录音设备，刚打开手提包，就听见阿米尔说道：

"你到底在干什么？"

罗宾喘着气，试图站起来，头却重重地撞在桌子上，疼得她大叫起来。阿米尔刚从一张斜对着门的扶手椅上伸直身子,摘下耳机。他似乎有几分钟在放松,在听苹果播放器。

"我敲门了!"罗宾说,一边揉着头顶,一边流着眼泪。录音设备还在她手里,她把它藏在背后。"我没想到这里有人!"

"你在干什么?"他向她走过来,重复了一遍。

她还没来得及回答,门就被推开了,杰兰特走了进来。

今天早上他没有露齿而笑,没有闹哄哄的自鸣得意的样子,也没有因为看到罗宾躺在办公室地板上而做出下流评论。不知怎么的,温恩看上去比平时小了些,眼睛缩小了,下面有紫色的阴影。困惑不解中,他从罗宾转向阿米尔,当阿米尔告诉他罗宾是不请自来的时候,罗宾设法把录音设备塞进了手提包。

"我很抱歉,"罗宾说着站了起来,满头大汗。惊恐掠过她的脑海,但有个念头像救生筏一样冒了出来,"真的,我正要打算留个便条,我只是想借用它一下。"

两个男人皱着眉头盯着她,她指了指拔掉了插头的风扇。

"我们的电扇坏了,房间热得像火炉。我想你不会介意的,"她对杰兰特说,"我只要借用三十分钟就好。"她可怜地笑了笑。"说实话,我之前感到有些头晕。"

她把衬衫前襟从湿漉漉的皮肤上扯开。杰兰特的目光落在她的胸前,又露出惯常淫荡的笑容。

"虽然我不应该这么说,但过热对你很合适。"温恩说,鬼魅地笑了,罗宾挤出了咯咯的笑声。

"好了,好了,我们可以不用三十分钟,对吧?"他转向阿米尔说。后者什么也没说,只是笔直地站着,毫不掩饰怀疑地盯着罗宾。杰兰特小心翼翼地把风扇从桌上拿起来,递给罗宾。罗宾转身要走时,他轻轻地拍了拍她的下背部。

"好好享受吧。"

"哦,我会的,"她说,浑身起了鸡皮疙瘩,"非常感谢你,温恩先生。"

28

> 当我发现自己在一生的工作中受到如此多的阻碍和挫折时,我是否会耿耿于怀?
>
> ——亨利克·易卜生《罗斯莫庄》

头天到切尔西植物园的长途跋涉并没有给斯特莱克的腿筋带来任何好处。因为不停地吃布洛芬而呕吐,在过去的二十四个小时里,他一直避免服用止痛药,结果是,周四下午,他一条半腿坐在办公室的沙发上,义肢靠在附近的墙上,在查看奇斯韦尔的文件时,他陷入了医生们喜欢将其描述为"有些不适"的状态。

斯特莱克最好的西装、衬衫和领带挂在窗帘栏杆上,像一个无头者的身影,柔软的裤腿下面是鞋子和干净的袜子。今晚他要和罗蕾莱一起外出吃饭,他已经做好了安排,这样他就不用在睡觉前再爬楼梯到阁楼去了。

在杰克住院期间,罗蕾莱一直很理解斯特莱克失联的情况,她只是略微有些生硬地说,他独自一人经历这样的事情肯定很可怕。斯特莱克很有头脑,不会告诉她罗宾去过医院。之后,罗蕾莱甜蜜地、毫无怨恨地要求共进晚餐,"把一些事情说清楚"。

他们已经约会了十个多月,而她刚刚照顾他度过了五天的不适。

斯特莱克认为，让她在电话里说出她要说的话既不公平也不体面。就像挂在墙上的那套衣服一样，对问题"你认为这段关系会走向何方？"的答案不祥地隐现在斯特莱克意识的边缘。

然而，在他的思想中占主导地位的是，他所认为的奇斯韦尔案件的危险状态。到目前为止，他还没有得到任何报酬，但这项工作使他的工资和开支耗费巨大。罗宾可能已经成功地化解了杰兰特·温恩的直接威胁，但在一个良好的开端之后，巴克利对奇斯韦尔的第一个敲诈者毫无办法，斯特莱克预见到，如果《太阳报》找到吉米·奈特，将会带来灾难性的后果。尽管奇斯韦尔断言吉米不想让媒体报道这件事，但温恩答应给他的在外交部的那些神秘照片让他退缩了，斯特莱克认为愤怒和沮丧的吉米极有可能试图从一个似乎正在从他的指缝中溜走的机会中获利。他的诉讼史讲述了自己的故事：吉米是个喜欢自讨苦吃的家伙。

斯特莱克的情绪变得更为恶劣的原因是，在巴克利与吉米及其同伴们连续待在一起几天几夜后，他告诉斯特莱克，除非他尽快回家，否则他的妻子将提起离婚诉讼。斯特莱克还欠着巴克利的薪水，于是告诉他来办公室拿支票，之后他就可以休息几天。令他极为恼火的是，通常可靠的哈钦斯不得不在短期内接管去跟踪吉米·奈特，而不是在滑头医生再次会诊病人的哈利街附近转悠。

"有什么问题吗？"斯特莱克粗暴地问道，他的残肢在颤动。尽管他很喜欢哈钦斯，但他没有忘记，这位前警察最近请假和家人一起度假，并在妻子手腕骨折的时候开车送她去医院。"我只是要求你改变目标，仅此而已。我不能跟踪奈特，他认识我。"

"好吧，好吧，我来跟。"

"你真好，"斯特莱克生气地说，"谢谢。"

五点半的时候，传来了罗宾和巴克利爬上金属楼梯来办公室的声音，令人欣慰地分散了斯特莱克愈发阴郁的情绪。

"你好，"罗宾说着，肩上挎着一个大旅行包走进了办公室。为了回答斯特莱克质疑的目光，她解释道，"这是为残奥会的招待会准备的衣服。我要去洗手间换衣服,因为没时间回家了。"

巴克利跟着罗宾走进房间,关上了门。

"我们在楼下遇见了,"他兴高采烈地对斯特莱克说,"第一次。"

"山姆刚刚告诉我,为了和吉米在一起,他必须抽多少大麻。"罗宾笑着说。

"我没有吸入。"巴克利故作严肃地说,"这是工作上的失职。"

斯特莱克觉得他们两个似乎很合得来,这让他觉十分恼火。他此刻在制造恶劣的气氛,从假皮垫子上爬起身,垫子发出平常那种放屁的声音。

"是沙发。"他对巴克利厉声说。巴克利正环顾四周,咧着嘴笑。"我去拿你的钱。"

"待在那儿,我来拿,"罗宾说着,放下提包,伸手去拿写字台下抽屉里的支票簿,然后把它和钢笔一起递给斯特莱克,"喝点茶吗,科莫兰?山姆?"

"好的,那你去拿吧。"巴克利说。

"你们两个他妈的竟然还那么兴高采烈,"斯特莱克一边恶狠狠地说,一边给巴克利开支票,"而我们即将要失去维持我们所有人就业的工作了,当然,除非你们获得我所不知道的消息。"

"本周在奈特周围发生过唯一令人兴奋的事情,就是弗利克和她的一个室友大吵了一架。"巴克利说,"姑娘名叫劳拉。她认为吉米从她手提包里偷了一张信用卡。"

"是他偷的吗?"斯特莱克厉声问道。

"我觉得更有可能是弗利克本人干的。我跟你说过,她在吹嘘自己能从工作中赚到钱,对吧?"

"是的,你说过。"

"一切都是从酒吧开始的。那个叫劳拉的女孩很没礼貌。她和弗利克就谁更像中产阶级的问题吵了一架。"

尽管处于疼痛之中,而且情绪很坏,斯特莱克还是笑了。

"嗯,变得很恶心。小马和国外的假期也被牵扯进来。然后,劳拉说她估计几个月前吉米偷了她的新信用卡。吉米奋起反抗,说那是诽谤……"

"真遗憾,他被禁止起诉了,否则他可能会起诉她。"斯特莱克一边说,一边掏出支票。

"那天晚上劳拉号啕大哭着跑了出去,离开了公寓。"

"她姓什么?"

"我去尽力找出答案。"

"弗利克的背景是什么,巴克利?"巴克利把支票放进钱包时,斯特莱克问道。

"哦,她告诉我她从大学退学了,"巴克利说,"她第一年考试不及格就放弃了。"

"有些最优秀的人中途退学了。"罗宾说着,端着两杯茶走了过来。她和斯特莱克都没有取得任何资格就放弃了学位课程。

"谢谢。"巴克利接过罗宾的茶说道。"她父母离婚了,"他接着说,"她也不和他们说话。他们不喜欢吉米,这不能责怪他们。如果我女儿要和奈特这样的流氓勾搭上,我就知道该怎么办了。她不在的时候,吉米告诉小伙子们他和年轻的女孩们做什么。他们都认为自己是伟大的革命家,为事业而奋斗。弗利克对他所做的事只是一知半解。"

"有未成年人吗?他妻子暗示他有过这样的经历。这将是一个讨价还价的筹码。"

"就我知道的都已经超过十六岁了。"

"真遗憾,"罗宾端着自己的茶回到他们身边时,引起了斯特莱克的注意,"你知道我的意思。"他又转向巴克利,"从我参加的那次游行中听到的消息来看,她并没有那么忠于一夫一妻制。"

"是啊,她的一个朋友拿一个印度侍者开玩笑。"

"是服务员吗?我听说是个学生。"

"不可能有两个吧,"巴克利说,"我想说她是一个……"但巴克利注意到罗宾的目光,决定不说那个字眼,而是喝了口茶。

"你那边有什么新进展吗?"斯特莱克问罗宾。

"有。我拿回了第二个监听器。"

"你在开玩笑吧?"斯特莱克说道,坐得更直了些。

"我刚刚抄写完,上面有好几个小时的东西。大部分都没用,但是……"

她放下茶,拉开提包的拉链,拿出录音设备。

"……有一点很奇怪。听听这个。"

巴克利在沙发扶手上坐了下来。罗宾在办公椅上直起身来,按了一下设备上的开关。

杰兰特轻快的声音充满了办公室。

"……让他们保持甜蜜吧,我一定要把埃尔斯佩斯介绍给哈利王子。"杰兰特说,"好吧,我走了,明天见。"

"晚安。"阿米尔说。

罗宾对斯特莱克和巴克利摇了摇头,说道:"稍等。"

他们听到门关上了。在通常的三十秒沉默之后,响起了咔嗒一声,磁带停止了,然后又重新开始播放。一个低沉的威尔士女声说道:

"你在吗,亲爱的?"

斯特莱克扬起眉毛,巴克利停止了咀嚼。

"是的。"阿米尔用他那伦敦口音说道。

"过来吻我一下。"德拉说。

巴克利喝茶噎了一下。仪器里传出了咂嘴的声音,脚步挪动声,椅子移动的声音。一阵微弱而有节奏的撞击声。

"那是什么?"斯特莱克咕哝道。

"导盲犬在摇尾巴。"罗宾回答。

"让我握着你的手,"德拉说,"杰兰特不会回来了,别担心,我已经派他去奇斯威克了。这里。谢谢你!现在,我需要和你私下谈谈。是这样的,亲爱的,你的邻居们抱怨说一直听到隔壁传来奇怪的声音。"

"什么样的声音?"他听起来忧心忡忡。

"嗯,他们认为可能是动物,"德拉说,"在哀嚎或是呜咽的狗。你没有……?"

"我当然没有,"阿米尔说,"一定是电视里的声音。我为什么要养狗?我整天都在工作。"

"我以为可能是你把一些可怜的小流浪狗带回家,"她说,"你那颗柔软的心……"

"不过,我没有。"阿米尔说,他听起来很紧张,"你不必相信我的话。如果愿意,你可以去查看,你有钥匙。"

"亲爱的,别这样,"德拉说,"没有你的允许,我可不想自己进去,我不是爱管闲事的人。"

"这是你的权利,"他说,斯特莱克觉得他的话听起来很尖刻,"那是你的房子。"

"你不高兴了,我就知道你会不高兴的,我不得不提一下,因为如果杰兰特下次再接到他们的电话——这是邻居抓住我把柄的最佳好运……"

"从现在起,我保证一定会把音量关小,"阿米尔说,"好吗?我会小心的。"

"你明白,我的爱人,就我而言,你可以自由地做任何事……"

"听着,我一直在想,"阿米尔打断了她的话,"我真的认为我应该付你一些房租。如果……"

"我们就此事已经谈过了。别傻了,我不会要你的钱。"

"可是……"

"除此之外,"她说,"你也负担不起,一个人承当三居室的房子?"

"可是……"

"我们已经说好了的。你刚搬进来的时候似乎很开心……我还以为你很喜欢房子呢。"

"显然,我很喜欢,你真是太慷慨了。"他生硬地说道。

"慷慨……这不是慷慨的问题,看在上帝的分上……现在,听着：你想和我去吃点咖喱吗？我投票晚了，要去肯宁顿坦多里酒吧。我请客。"

"对不起，我去不了，"阿米尔说，听起来很紧张，"我得回家了。"

"噢，"德拉说，语气冷淡得多，"哦……太令人失望了。真遗憾。"

"对不起，"他又说道，"我说过要去见一个朋友，大学时的朋友。"

"啊，我明白了。好吧，下次吧，我一定提前打电话。在你的日程里找个空档。"

"德拉，我……"

"别傻了，我只是在开玩笑。你至少可以跟我一起走出去吧？"

"是的，是的，当然。"

传来了更多窸窸窣窣的声音，然后是开门的声音。罗宾关掉了磁带。

"他们接吻了？"巴克利大声说。

"不一定，"罗宾说，"可能只是亲吻脸颊。"

"'让我握着你的手'？"巴克利重复道，"这是什么时候开始的正常办公程序？"

"这个阿米尔小子多大了？"斯特莱克问。

"我猜二十五岁左右。"罗宾说。

"那么她呢……？"

"六十五岁左右。"罗宾说。

"她还给他提供了一所房子。他和她不是亲戚关系，对吗？"

"据我所知，他们之间没有任何亲戚关系，"罗宾说，"但贾斯帕·奇斯韦尔知道他的一些私事。他们在我们办公室里见面时，贾斯帕对阿米尔引用了一首拉丁诗。"

"这事你没有告诉我。"

"对不起，"罗宾说，想起这件事发生在她拒绝尾随吉米之前不久，"我忘了。是的，奇斯韦尔引用了一些拉丁语，然后说一个和你有相同习惯的人。"

"是什么诗？"

"我不知道，我从来没学过拉丁文。"

她看了看手表。

"我要换衣服了，四十分钟后我得到文化、媒体和体育部。"

"两天，巴克利，"当巴克利朝门口走去时，斯特莱克说道，"之后你又回来盯梢奈特。"

"没问题，"巴克利说，"到那时，我已经想离开断奶的孩子了。"

"我喜欢他。"巴克利走下金属楼梯的脚步声消失后，罗宾说道。

"嗯，"斯特莱克一边咕哝着，一边伸手去拿义肢，"他是不错。"

应他的要求，他和罗蕾莱会早点见面。是时候开始走让自己体面起来的繁琐过程了。罗宾退到楼梯口狭窄的卫生间去换衣服，斯特莱克戴上义肢，回到里间办公室。

他刚穿上西裤，手机就响了。他抱着几分希望，希望是罗蕾莱打来说她不能做晚饭，于是拿起了那个破裂的手机，莫名其妙地预感到是哈钦斯打来的。

"斯特莱克？"

"怎么了？"

"斯特莱克……我搞砸了。"

哈钦斯的声音很虚弱。

"发生了什么事？"

"奈特和几个伙伴在一起，我跟着他们进了一家酒吧，他们在计划着什么事。他有一张上面印着奇斯韦尔头像的海报……"

"然后呢？"斯特莱克大声问道。

"斯特莱克，我很抱歉……我头晕……我把他们跟丢了。"

"你这个笨蛋！"斯特莱克咆哮着，完全失去了理智，"你为什么不告诉我你病了？"

"我最近已经休息了很长时间……我知道你人手很紧张……"

斯特莱克把哈钦斯的声音换成了免提模式，把手机放在桌子上，拿下衣架上的衬衫，开始尽快穿好衣服。

"伙计，我很抱歉……我走路有点困难……"

"我知道那种该死的感觉！"

盛怒之下，斯特莱克挂了电话。

"科莫兰？"罗宾透过门喊道，"一切都好吗？"

"不，他妈的糟透了！"

他打开了办公室的门。

他大脑的一部分认出了罗宾穿着他两年前给她买的绿色裙子，那是作为帮助他抓住第一个杀手的酬谢。她看起来美极了。

"奈特拿着一张印有奇斯韦尔头像的海报，他和一群伙伴在谋划着什么。我知道是什么事，我他妈的就知道这事会发生，因为现在有温恩在帮他……我敢跟你打赌他正要去那个你要参加的招待会。见鬼，"斯特莱克意识到自己没有穿鞋子，于是赶紧退了回去，"哈钦斯把他们跟丢了，"他回头喊道，"那只笨山雀没告诉我他病了。"

"也许你能把巴克利叫回来？"罗宾建议。

"他现在已经在地铁上了。我他妈的必须这么做，不是吗？"斯特莱克说着跌坐在沙发上，把脚伸进鞋子里，"如果哈利王子今晚要去招待会的话，那地方肯定周围四处都是媒体。只需要一个记者去领会吉米那该死的手势是什么意思，奇斯韦尔就会失业，我们也一样。"他挣扎着站起来。"今晚的招待会在哪儿举行？"

"兰开斯特宫，"罗宾说，"马厩院子。"

"好的，"斯特莱克说着朝门口走去，"准备好。你可能得去保释我，我很可能得去揍他一顿。"

29

我再也不能做一个无所事事的旁观者了。

——亨利克·易卜生《罗斯莫庄》

二十分钟后,斯特莱克在查令十字街搭乘的出租车拐进了圣詹姆斯街,他还在用手机与文化部长通话。

"海报?上面有什么?"

"你的脸,"斯特莱克说,"我只知道这些。"

"他要去参加招待会吗?这太糟糕了,不是吗?"奇斯韦尔大声叫道,斯特莱克吓得把电话从耳边拿开,"如果媒体看到这个,一切就都结束了!你应该阻止这种该死的事情发生!"

"我正在努力,"斯特莱克说,"但考虑到你的立场,我希望你事先得到警告。我建议……"

"我不是为征求你的建议而付钱给你的!"

"我会尽我所能。"斯特莱克承诺道,但奇斯韦尔已经挂断了电话。

"我不能再往前开了,伙计。"出租车司机对着后视镜里的斯特莱克说道。后视镜上悬挂着一部摇摇晃晃的手机,机身是一簇簇五颜六色的棉布,上面雕刻着一个金色的象鼻神。圣詹姆斯街的尽头被封锁了。越来越多的皇室观察员和奥运粉丝聚集在移动障碍物后面,等待残奥会运动员和哈里王子的到来,其中很多人手里拿着小国旗。

"好吧,我就在这下车。"斯特莱克说着,摸索着钱包。

他又一次面对着圣詹姆斯宫锯齿状的正面,那座镀金的钻石形时钟在傍晚的阳光下闪闪发光。斯特莱克一瘸一拐地走下斜坡,朝人群走去,经过普拉特饭俱乐部所在的小巷道,他那不匀称的步态越来越明显,衣着光鲜的路人、画廊的工作人员和顾客以及酒商都礼貌地退到一边。

"他妈的,他妈的,他妈的。"他咕哝着,靠近聚集在一起的体育迷和皇家观察员,每次把体重放在义肢上,他的腹股沟就会疼得不得了。他看不到任何政治性的标语或横幅,不过,当他走到人群的后面,俯视克利夫兰街时,他看到了一个记者站和一排摄影师正等着王子和著名运动员。看到一辆汽车开过,车上坐着一个头发发亮的浅黑肤色的女人,斯特莱克从电视上隐约可以认出她来,他这才记起没有打电话告诉罗蕾莱他要迟到了。他急忙拨打了她的号码。

"嗨,科姆。"

她听起来有些不安,他猜想是因为她以为他要取消约会。

"嗨,"他说,眼睛还在飞快地扫视着吉米的踪迹,"我真的很抱歉,出了点事。我可能会迟到。"

"哦,那好吧,"她说,他听得出来,她放心了,因为他仍然打算来,"要我更改预订吗?"

"好啊——比如把七点改成八点?"

斯特莱克转过身来第三次扫视着身后的蓓尔美尔街,发现了弗利克的番茄红色头发。八名 CORE 成员朝人群走去,其中包括一名头发金黄蓬乱的瘦长青年和一名身材矮胖、酷似保镖的男子。弗利克是唯一的女性。除了吉米,所有的人都举着印有破碎的奥运五环的海报,以及诸如"公平竞争就是公平报酬"和"家里不要炸弹"等口号。吉米把自己的海报倒了过来,海报上的图案朝里翻,与他的腿平行。

"罗蕾莱，我得挂了，晚点再说。"

身穿制服的警察在围栏周围巡逻，把人群挡在后面，手里拿着对讲机，眼睛不停地扫视着兴高采烈的观众。他们也发现了CORE成员，这些成员正试图到达媒体围栏对面的一个地方。

斯特莱克咬紧牙关，眼睛盯着吉米，开始在拥挤的人群中开辟道路。

30

> 不可否认，如果我们能够在更早的时候成功地检查人流，那将更为幸运。
>
> ——亨利克·易卜生《罗斯莫庄》

罗宾穿着绿色紧身连衣裙和高跟鞋，显得有些局促不安。她在文化、媒体和体育部的入口处从出租车里走出来时，吸引了许多男性路人赞赏的目光。她走到门口，看见五十码外迎面走来的伊茨和金瓦拉，伊茨穿着亮橙色衣服，金瓦拉则穿着在罗宾在网上看过的照片中所穿的修身黑色连衣裙，戴着沉重的钻石项链。

罗宾对吉米和斯特莱克身上发生的事非常焦虑，但她注意到金瓦拉似乎很不安。他们走近时，伊茨朝罗宾转了转眼珠。金瓦拉从上到下打量了罗宾一眼，表明她觉得这条绿裙子即使算不得不体面，但也是不合适的。

"我们本来应该在这儿见面的。"罗宾附近一个洪亮的男声说道。

贾斯帕·奇斯韦尔刚从大楼里出来，手里拿着三张刻着名字的请柬，把其中一张递给罗宾。

"是的，我现在知道了，贾斯帕，谢谢你。"金瓦拉说，当她走近时，微微喘着气，"很抱歉又弄错了。没有人费心去核实我的具体安排是什么。"

路人都盯着奇斯韦尔，对他那烟囱刷的头发有些熟悉。罗宾看见一个穿西装的男人用肘部推了推他的同伴并指指点点。一辆黑色奔驰车停在路边，司机下了车；金瓦拉绕到轿车后面，坐在司机的身后的座位，伊茨扭到后座中间，让罗宾坐在奇斯韦尔的正后方。

汽车驶离了路边，车内的气氛令人不快。罗宾扭过头去看那些下班后喝酒和夜里购物的人们，在想斯特莱克是否已经找到奈特了，担心他找到以后会发生什么，希望她能偷偷把车直接开到兰开斯特宫去。

"那么说，你没有邀请拉斐尔？"金瓦拉冲她丈夫的后脑勺说道。

"没有，"奇斯韦尔回答，"他是希望得到邀请，但那是因为他迷上了威尼西亚。"

罗宾感到脸上泛起红晕。

"威尼西亚似乎有相当多的粉丝啊。"金瓦拉简短而生硬地说道。

"明天我要和拉斐尔聊聊，"奇斯韦尔说，"我不介意告诉你，这些天我对他的看法大有改观。"

罗宾的余光瞥见金瓦拉的手绕着丑陋的晚礼服包包上的链子转动，包上有一个用水晶装饰的马头。汽车隆隆地驶过温暖的城市，车内陷入紧张的寂静之中。

31

> 结果,他挨了一顿揍……
>
> ——亨利克·易卜生《罗斯莫庄》

肾上腺素使斯特莱克能更容易抑制腿部加剧的疼痛。他逼近吉米及其伙伴,他们想在媒体前尽早露面的愿望受到了阻碍,因为当第一辆公务汽车开始滑过时,激动的人群向前挤去,希望能看到一些名人。迟于人群,CORE 此时发现自己面对的是难以逾越的群体。

奔驰和宾利飞驰而过,人们瞥见了车里那些有名的和不那么有名的人。一位喜剧演员挥手时获得了热烈的欢呼,闪光灯闪个不停。

吉米清楚地知道他不可能找到一个更显眼的位置,于是他开始把自制横幅从周围杂乱的腿中拽出来,准备把它举到高处。

斯特莱克推开前面的一名女子,女子发出愤怒的尖叫声。走了三步,斯特莱特就用他粗大的左手紧握住吉米的右手腕,不让他把海报举到腰部以上,迫使标语牌重新贴向地面。还没等斯特莱克看清吉米是否认出了他,吉米的拳头就打向了他的喉咙。另一个女人看到拳头,尖叫起来。

斯特莱克躲开拳头,左脚重重地踩在海报上,把海报踩成碎片,但他截掉的腿承受不了身体所有的重量,尤其是在吉米的第二拳打过来的时候。

倒地之前,斯特莱克击中了吉米的胯下。奈特痛苦地发出惨叫,弯下腰来,一拳打在摇摇欲坠的斯特莱克身上,两人都摔倒在地,把旁观者撞到边上,人们大叫着表示愤慨。斯特莱克被撞到人行道上时,吉米的一个同伴朝他的头上踢了一脚。斯特莱克抓住他的脚,扭了一下。在越来越大的骚动中,他听到第三个女人尖叫道:

"他们在打那个男人!"

斯特莱克一心要抓住吉米那面被撕碎的纸板横幅,根本不关心自己是被塑造成受害者还是侵略者。他用力地扯过像他一样被踩在脚下的横幅,成功地把它撕裂了。其中一块碎片被踩在一名惊慌失措试图躲开打斗的女子的鞋尖上,被带走了。

吉米的手指从后面绕住了他的脖子。他用肘部对准吉米的脸打了一下,吉米松开了手,但接着有人踢到了他的肚子,又一拳打在他的后脑勺上,他的眼前突然出现了红色斑点。

传来更多的喊叫声,随着一声口哨声,他们周围的人突然变少了。斯特莱克能尝到血的味道,但从他所见之处,吉米的海报碎片在混战中被打散了。吉米的双手又在斯特莱克的脖子上抓来抓去,但随即被拉开了的吉米流利地大声咒骂着。气喘吁吁的斯特莱克被抓住并且一并被拖了起来。他没有抵抗,他怀疑自己是否还能站起来。

32

现在我们可以进去吃晚饭了。你要进来吗,克罗尔先生?

——亨利克·易卜生《罗斯莫庄》

奇斯韦尔的奔驰车拐过圣詹姆斯街的拐角,进入蓓尔美尔街,沿着克利夫兰街前行。

"发生了什么事?"车慢了下来,然后停了下来,奇斯韦尔咆哮道。

前面的喧闹声并不像王室成员或名人所期望的那样激动、热情。几名身穿制服的警察夹杂在街道左侧的人群中,人群在试图逃离警察和抗议者之间的冲突时,发生了推搡。两名穿着牛仔裤和T恤、头发蓬乱的男子从冲突中走了出来,两人都被身穿制服的警官抱在腋下:吉米·奈特和一个梳着纤细的金色雷鬼头的年轻人。

看到蹒跚而行、浑身是血的斯特莱克被警察带出来,罗宾忍住了沮丧的叫声。在他们身后,人群中的争吵并没有平息下来,而是愈演愈烈。一道屏障摇晃着。

"停车,停车!"奇斯韦尔对着刚刚开始加速的司机吼道,随即摇下了车窗。"开门——威尼西亚,开门!——那个男人!"奇斯韦尔对附近的一名警察咆哮道,警察吃惊地转过身来,看到文化部长指着斯特莱克冲他叫嚷。"他是我的客人——那个人——他妈的放开他！"

面对一辆公务车，一位政府部长，坚定的贵族般的声音，挥舞着厚厚的压花请柬，警察照他说的做了。大多数人的注意力都集中在警察和CORE成员之间日益激烈的冲突，以及随之而来的试图逃离的人群的踩踏和推搡。几个摄像师已从前方的记者圈里挣脱出来，朝发生冲突的地方跑去。

"伊茨，往前坐一点——上车，上车！"奇斯韦尔透过窗户朝斯特莱克吼道。

罗宾向后挤了挤，半坐在伊茨的腿上，以便给爬进后座的斯特莱克让出个位置。门砰的一声关上了，汽车继续前进。

"你是谁？"惊恐的金瓦拉尖叫道，此时她被伊茨挤到紧贴着门上，"这是怎么回事？"

"他是个私家侦探。"奇斯韦尔吼道。他把斯特莱克带进汽车的决定似乎是出于一时的恐慌。他从座位上扭过身来，怒视着斯特莱克说："如果你他妈的被逮捕了，对我有什么帮助？"

"他们没有逮捕我，"斯特莱克用手背擦着鼻子说道，"他们想让我去录口供。我去拿奈特的海报时，他袭击了我。谢谢。"鉴于他们被挤压得非常紧，罗宾艰难地递给了他一盒纸巾，纸巾一直放在后座后面的台上。他把一张纸贴在鼻子上。"我除掉了那张海报。"斯特莱克透过血迹斑斑的纸巾补充说，但没有人对他表示祝贺。

"贾斯帕，"金瓦拉说，"怎么回……？"

"闭嘴，"奇斯韦尔厉声说道，看都没看她一眼，"我不能让你在这么多人面前出去。"他愤怒地对斯特莱克说，仿佛斯特莱克在暗示这一点，"会有更多的摄影师……你得和我们一起去，我会搞定的。"

车子正朝一个路障驶去，警察和保安正在查验身份和进行询问。

"任何人不准说话。"奇斯韦尔指示道。"闭嘴。"他先发制人地向张开嘴的金瓦拉补充道。

前面的一辆宾利获准进入，奔驰车向前滚动。

罗宾很痛苦，因为她的左臀部和左腿承受着斯特莱克大部分的体重，突然她听到从车后传来的尖叫声。她转过头，看见一名年轻女子在追着车跑，一名女警官在追她。那个女孩留着一头野性的番茄红头发，穿着一件T恤，上面印着破碎的奥运五环标志。她朝着奇斯韦尔的车子尖叫道：

"他把他妈的马放在他们身上了，奇斯韦尔！他把马放在他们身上，你这个骗人的、偷东西的混蛋，你这个杀人凶手……"

"我这儿有位客人没有受到邀请，"奇斯韦尔透过摇下的窗户对着障碍前的武装警察喊道，"科莫兰·斯特莱克，截肢者。他上过报纸，我的部门出了点问题，他的邀请没有寄出。王子，"他以惊人的厚颜无耻说道，"特别要求要见他！"

斯特莱克和罗宾正在观察汽车后面发生的事情。两名警察抓住了挣扎的弗利克，并护送她离开。又有几个摄像机闪了起来。迫于部长的压力，那位武装警察屈服了，要求斯特莱克出示证件。斯特莱克总是随身携带两种身份证件，虽然不一定是他自己的名字，但他还是把真实的驾照递给了警察。他们后面停着的汽车队伍越来越长。王子十五分钟后就要到了。最后，警察挥手让他们通过。

"不应该那样做，"斯特莱克低声对罗宾说，"不该让我进来的，他妈的松懈了。"

奔驰车绕着内院转了一圈，最后来到一排铺着红地毯的浅台阶脚下，前面是一座巨大的蜂蜜色建筑，看上去像一座富丽堂皇的住宅。在地毯的两侧都设置了轮椅坡道，一位著名的轮椅篮球运动员已经坐着轮椅爬上坡道。

斯特莱克推开门，爬出车外，然后转身回到车里帮助罗宾。她接受了帮助，刚才被斯特莱克坐着的左腿几乎完全麻木了。

"很高兴再次见到你，科姆。"伊茨从罗宾后面走出来，兴高采烈地说道。

"嗨，伊茨。"斯特莱克说。

现在，无论奇斯韦尔愿意与否，都得背负着斯特莱克的这一重担，他急忙走上台阶，向站在前门的一个穿制服的人解释，未经他的允许，斯特莱克是不能进去的。他们听到"截肢者"这个词再次出现。在他们周围，越来越多的汽车正在卸下衣着光鲜的乘客。

"这是怎么回事？"金瓦拉说，她绕过奔驰车的尾部，对斯特莱克说，"发生了什么事？我丈夫为什么需要一名私家侦探？"

"你能安静点吗，你这个愚蠢的婊子？"

毫无疑问，奇斯韦尔紧张不安，但他赤裸裸的敌意使罗宾大为震惊。他讨厌她，她想。他是真的恨她。

"你们两个，"部长指着妻子和女儿说，"进去吧。"

"给我一个我应该继续付钱给你的好理由。"他接着说，越来越多的人从他们身边经过，他转向斯特莱克。"你看到了，"奇斯韦尔说着，就在必要的安静的愤怒中，唾沫从嘴里喷到了斯特莱克的领带上，"我刚才在二十人面前，包括媒体面前，被人称作他妈的杀人犯。"

"他们会认为她是个怪人。"斯特莱克说。

如果说这个建议给奇斯韦尔带来了什么安慰，那他也没有表现出来。

"我明天上午十点要见你，"他对斯特莱克说，"不在我的办公室，到埃伯里街的公寓来。"他转过身去，想了想，又转过身来对罗宾吼道："你也是。"

他们肩并肩地看着他笨拙地走上台阶。

"我们就要被解雇了，是吗？"罗宾小声说道。

"我得说可能性不大。"斯特莱克说，他现在站起来了，感到非常痛苦。

"科莫兰，海报上写的是什么？"罗宾说。

斯特莱克让一个穿桃色雪纺的女人通过后，轻声地说道：

"奇斯韦尔的照片挂在绞架上，下面是一群死去的孩子。不过，有一件事很奇怪。"

"什么？"

"所有的孩子都是黑人。"

斯特莱克一边轻轻擦着鼻子，一边伸手到口袋里拿烟，然后想起自己身在何处，又把香烟放回兜里。

"听着，如果那个叫埃尔斯佩斯的女人在这里，你不妨去看看关于温恩的事她还知道些什么。这将有助于证明我们最终的费用清单是合理的。"

"好吧，"罗宾说，"顺便说一句，你的后脑勺在流血。"

斯特莱克用口袋里的纸巾徒劳地擦了擦，开始在罗宾身边一瘸一拐地走上台阶。

"我们今晚不能再被别人看见在一起了，"他们穿过门槛，走进一片赭石、猩红和金色的火焰中时，斯特莱克说道，"离奇斯韦尔家不远的埃伯里街有一家咖啡馆，明天上午九点我在那儿等你，我们可以一起面对发怒的奇斯韦尔。走吧，你先走吧。"

罗宾离开他，走向大楼梯时，他在她身后喊道：

"顺便说一下，裙子很漂亮。"

33

　　我相信你可以迷惑任何人——只要你下定决心去做。

　　　　　　　　　　　——亨利克·易卜生《罗斯莫庄》

　　大厦的宏伟走廊构成了一片巨大的空地。一条铺着红金色地毯的中央楼梯通往楼上左右分开的阳台。墙壁似乎是大理石的，呈赭色、暗绿色和玫瑰色。各式各样的残奥运动员被引导到入口左侧的电梯里，但一瘸一拐的斯特莱克吃力地走上楼梯，借助扶手自主地往上爬。透过一扇由柱子支撑的巨大而华丽的天窗，可以看到天空，但透过色彩缤纷的变化，天空逐渐暗淡下来，使得挂在每面墙上的大量威尼斯古典主题画作的色彩更加浓重。

　　斯特莱克尽力走得自然，因为他害怕自己可能会被误认作资深的残奥运动员，也许会被要求阐述过去的胜利。跟着人群走上了右楼梯，绕过阳台，进入一个小型前厅，俯瞰着公务用车停放的庭院。客人们从这里被领进一个宽敞的长廊，长廊里铺着苹果绿的地毯，上面装饰着玫瑰花图案。房间两端都有高高的窗户，几乎每一寸白色的墙壁上都挂满了画作。

　　"要喝点吗，先生？"门口的一名侍者说。

　　"是香槟吗？"斯特莱克问。

"英国气泡酒,先生。"侍者说。

斯特莱克虽然兴趣不大,但还是拿起了一杯酒,继续穿过人群,经过了奇斯韦尔和金瓦拉身边,他们正在听(或者,斯特莱克想,假装在听)一位轮椅上的运动员说话。他经过时,金瓦拉迅速地、怀疑地斜瞄了他一眼,斯特莱克想走到远处的墙旁,希望在那里能找到一把椅子,或者他可以方便地倚靠的东西。不幸的是,画廊的墙壁上挂满了油画,想要倚靠是不可能的,也没有座位可坐,所以斯特莱克只好停在德奥赛伯爵的一幅巨幅画旁边休息,上面画的是维多利亚女王骑着一匹灰马。他一边抿着气泡酒,一边小心翼翼地试图止住鼻子里还在流出的鲜血,然后把裤子上最脏的污垢擦掉。

侍者们端着一盘盘的点心,在餐厅里走来走去。他们经过时,斯特莱克设法抓了几个微型蟹饼,然后开始观察周围的环境,他注意到另一个壮观的天窗,由一些镀金的棕榈树支撑着。

这个房间有一种不同寻常的活力。王子马上就要来了,客人们的欢声笑语此起彼伏,走来走去,紧张不安,越来越频繁地向门口张望。斯特莱克站在维多利亚女王画像旁边的有利位置,看到一个身着淡黄色连衣裙的威严的人物几乎就站在他的正对面,紧挨着一个华丽的黑色和金色相间的壁炉。一只手轻轻地抓着一条淡黄色拉布拉多犬的背带,拉布拉多犬坐在拥挤的房间里,轻轻地喘着粗气。斯特莱克没有立刻认出德拉来,因为她没有戴墨镜,而是戴着假眼。她那微微凹陷的、不透明的、瓷器般的蓝眼睛给了她一种奇怪的天真感觉。杰兰特站在离他妻子不远的地方,对着一个瘦弱的、灰褐色的女人叽里咕噜地说着什么,女人的眼睛飞快地扫视着周围,在寻找救援者。

斯特莱克进来的大门附近突然静了下来。斯特莱克看到了一头姜黄色的头发和一堆西装。局促不安像一阵令人发呆的微风,在挤满人群的房间里弥漫开来。斯特莱克看着姜黄色的头顶移到房间的最右边。斯特莱克还在啜饮着英国气泡酒,不知道房间里哪个女人是杰兰特·温恩身上有污点的托管人,他的注意力突然被旁边一个背对着他的高个子女人吸引住了。

她乌黑的长发盘成一个蓬松的发髻，与在场的其他女性不同，她的着装丝毫没有派对的味道。那件直挺的黑色齐膝连衣裙朴素到了极点，虽然她光着腿，却穿着一双尖跟露趾的短靴。有那么一瞬间，斯特莱克以为自己一定是弄错了，可是她动了一下，他就知道一定是她。他还没来得及躲开她，她就转过身来，直视着他的眼睛。

她的脸上泛起了红晕，他知道她平时脸色很苍白。她怀孕了。除了隆起的腹部外，她的身体其他地方没有受到影响。她的脸和四肢像以前一样纤细。她没有像房间里的其他任何一个女人那样装饰得那么华丽，但轻而易举就会成为最美丽的那一个。他们彼此凝视了几秒钟，然后她试探性地向前走了几步，脸颊上的红晕像出现时一样迅速消退下去。

"科姆？"

"你好，夏洛特。"

如果她想要亲吻他的话，他那冷酷的表情已经使她望而却步。

"你怎么会在这儿？"

"受到了邀请，"斯特莱克撒谎道，"截肢名人。你呢？"

她看起来很茫然。

"杰戈的侄女是一名残奥运动员。她……"

夏洛特环顾四周，显然是想要找到侄女，然后喝了一口水。她的手在颤抖，几滴水从玻璃杯里洒了出来。他看到它们像玻璃珠子一样落在她突起的肚子上。

"……嗯，她就在这儿的某个地方，"她说道，紧张地笑了一下，"她患有脑瘫，实际上，她是个了不起的骑手。她父亲在香港，所以她妈妈邀请了我。"

斯特莱克的沉默使她很不安，她喋喋不休地继续说道：

"杰戈的家人喜欢让我出去做些事情，只有我的嫂嫂不喜欢，因为我把日期搞错了。我以为今晚是在夏德酒店吃晚饭，而今天要参加的晚宴是周五，明天，我是说，所以我没有身着见皇室的合适衣服，但我迟到了，没有时间换衣服。"

她绝望地指了指自己朴素的黑色连衣裙和带钉的靴子。

"杰戈不在这里吗?"她那双金色斑点的绿眼睛微微闪烁着。

"不,他在美国。"

她的注意力转移到他的上唇。

"你打架了吗?"

"没有。"他说,又用手背轻轻擦了擦鼻子。他直起身子,小心翼翼地把身体重心放回到义肢上,准备走开。"嗯,很高兴……"

"科姆,别走,"她伸出手说。她的手指还没有碰到他的袖子,就把手往后一缩。"不要,不要走,我——你做了些了不起的事。我在报纸上都读到了。"

他们最后一次见面时,他也在流血,因为他离开她时,飞来的烟灰缸砸到了他的脸上。他记得她在嫁给罗斯的前夕给他发来了一条短信:"这是你的。"指的是她声称怀上的另一个孩子,但在他看到孩子存在的证据之前,这个孩子就已经消失了。他还记得她送给他办公室的那张她的照片,而就在几分钟前,她对杰戈·罗斯说了"我愿意",美丽而忧伤,就像一个牺牲品。

"祝贺你。"他说,眼睛一直盯着她的脸。

"我肚子很大,因为怀了双胞胎。"

她没有像他看到的其他孕妇那样,在谈论孩子的时候抚摸着自己的肚子,而是低着头,似乎有点惊讶地看到自己的体形发生了变化。他们在一起的时候,她从来没有想过要孩子,这是他们的共同点之一。她声称是他的孩子,这对他们俩来说是个不受欢迎的意外。

斯特莱克似乎看到,杰戈·罗斯的后代蜷曲在黑色连衣裙下,像一对不完全是人类的白色幼崽,他们是他们父亲的使者,他们的父亲就像一只放荡的北极狐。他很高兴他们在那里,如果这种不快乐的情绪可以被称为快乐的话。所有的障碍,所有的威慑,都是受欢迎的,因为他现在清楚地看到,夏洛特对他施加了那么久的引力,即使在几百次战斗、无数次场景和一千个谎言之后,也没有用尽。像往常一样,他感到在那双金色斑点的绿眼睛后面,她清楚地知道他在想什么。

"例假很久没有来，我做了B超，是一个男孩和一个女孩。杰戈很喜欢这个男孩。你和别人一起来的吗？"

"没有。"

说着，他从夏洛特的肩上瞥见了一道绿光。罗宾此时正神采飞扬地和那个穿着紫色锦缎的、终于逃脱杰兰特的胆小的女人谈笑风生。

"漂亮。"夏洛特说，她想看看是什么引起了他的注意。她总是有一种超乎寻常的能力，能察觉到他对其他女人的一丝兴趣。"不，等等，"她慢慢地说，"那不是和你一起工作的那个女孩吗？她出现在所有的报纸上——她叫什么名字，罗……？"

"不，"斯特莱克说，"不是她。"

他一点也不奇怪夏洛特知道罗宾的名字，也不奇怪她认出了罗宾，即使罗宾戴着淡褐色的隐形眼镜。他知道夏洛特会监视他。

"你一直喜欢穿这种颜色衣服的女孩，是不是？"夏洛特假装高兴地说，"在你假装我们在德国分手后，你开始约会的那个美国小姑娘也有同样的……"

他们附近传来小声的尖叫。

"噢，上帝，夏丽！"

伊茨·奇斯韦尔笑容满面地向他们冲了过来，粉红色的脸和橙色的衣服撞在了一起。斯特莱克怀疑，这应该不是她第的一杯酒了。

"你好，伊茨。"夏洛特强颜欢笑道。斯特莱克几乎能感觉到，她为了摆脱让他们的关系逐渐窒息而死的宿怨和伤痛而付出的努力。

斯特莱克再次准备离开，但人群分开了，哈里王子突然露出了他的高度——非常熟悉，离斯特莱克和两个女人所站的地方大约十英尺远。因此，离开该地区的行动将会处于半个房间的监视之下。斯特莱克被困住了，于是伸出一只长胳膊，从经过的侍者的托盘里又拿了一杯酒，把侍者吓了一跳。有好几秒钟，夏洛特和伊茨都在盯着王子。然后，当他显然不打算很快接近他们的时候，她俩才又转过身来。

"已经显怀了！"伊茨说，赞赏着夏洛特的肚子，"你做 B 超了吗？知道是男孩还是女孩吗？"

"双胞胎。"夏洛说，毫无热情。她对着斯特莱克说："你还记得……？"

"科姆，是的，当然，我们把他带到这儿来了！"伊茨笑嘻嘻地说，显然没有意识到自己有什么不检点的地方。

夏洛特从她的老同学变成了她的前任，斯特莱克能感觉到她嗅到了空气，知道了斯特莱克和伊茨会一起来的原因。她微微挪动了一下身子，显然是让伊茨加入谈话，这样就把斯特莱克夹在中间，要是她们中的一个没走开的话，他就走不了。"哦，等等，当然。你调查了弗雷迪的死因，是吗？"她说，"我记得你跟我说过这件事。可怜的弗雷迪。"

伊茨微微用酒杯向哥哥致意，然后回头看了看哈里王子。

"他一天比一天性感，不是吗？"她低声说道。

"可是，亲爱的，是姜黄色的阴毛。"夏洛特面无表情地说。

斯特莱克违心地咧嘴一笑，伊茨哈哈大笑起来。

"说到这儿，"夏洛特说（她从来没有承认自己很有趣），"那边不是金瓦拉·汉拉蒂吗？"

"我那可怕的继母？是的，"伊茨说，"你认识她？"

"我姐姐卖过一匹马给她。"

在斯特莱克与夏洛特断断续续交往的十六年里，他已经了解无数次这样的谈话。夏洛特班上的同学似乎都彼此认识。即使他们从未谋面，他们也认识对方的兄弟姐妹、表亲、朋友或同学，或者是他们的父母认识对方的父母：所有人都是相互联系的，形成了一种网络，构成了一个对外人怀有敌意的栖息地。这些"网民"很少离开这个网络，去寻求社会其他地方的友谊或爱情。夏洛特选择了像斯特莱克这样难以归类的男人，在她的圈子里是独一无二的。斯特莱克知道，自己无形的魅力和低下的地位，在她的大多数朋友和家人中间，一直是令人惧怕讨论的话题。

"嗯，我希望那不是阿米莉亚喜欢的马，"伊茨说，"因为金瓦拉会毁了它。可怕的手法和可怕的座位，但她自认为是夏洛特·杜雅丁①。你骑马吗，科莫兰？"伊茨问道。

"不骑。"斯特莱克说。

"他不信任马。"夏洛说，微笑着看着斯特莱克。

但他没有回应。他不愿提起过去的笑话或共同的回忆。

"金瓦拉脸色铁青，看看她，"伊茨有些满意地说道，"爸爸刚刚给了我一个重大暗示，他要试图说服我弟弟拉夫接替我，这太棒了，正是我所希望的。爸爸过去总是让金瓦拉在拉夫的事上指手画脚，但这些天爸爸却不听她的使唤了。"

"我想我见过拉斐尔，"夏洛特说，"几个月前他不是在亨利·德拉蒙德的画廊工作吗？"斯特莱克看了看表，然后扫视了身后的房间。王子走远了，罗宾不见了。幸运的是，她跟着那位手上有温恩把柄的受托人进了卫生间，并在水槽上引起了她的信任。

"噢，天哪，"伊茨说，"小心。讨厌的杰兰特——你好，杰兰特！"

很快大家就明白过来，杰兰特的目标是夏洛特。

"你好，你好。"他说，透过厚厚的污迹斑斑的眼镜凝视着夏洛特，他用没有嘴唇的微笑斜睨着她。"你侄女刚刚把你指给我看了。她是一个多么不平凡的年轻女子啊，非常了不起。我们的慈善机构参与支持马术队。我是杰兰特·温恩，"他伸出一只手说，"公平竞争竞技场。"

"噢，"夏洛特说，"你好。"

斯特莱克多年来一直看着夏洛特击退无数好色之徒。问候之后，她冷冷地盯着杰兰特，好像很奇怪他为什么还待在她附近。

斯特莱克的手机在口袋里震动。他伸手拿出手机，看到一个未

---

① 夏洛特·杜雅丁是被誉为"御马舞者"的英国骑手，是奥运舞步冠军。——译注

知号码，这是他离开的借口。

"我得走了，抱歉。对不起，伊茨。"

"噢，真遗憾，"伊茨噘着嘴说，"我还想问问你们关于沙克尔韦尔开膛手的一切呢！"

斯特莱克看到杰兰特睁大了眼睛。他心里一边诅咒他，一边说道："晚安。""再见。"他又对夏洛特补充道。

他以最快的速度一瘸一拐地走开接听电话，可才把手机举到耳边，对方就已经挂断了电话。

"科姆。"

有人轻轻地碰了碰他的胳膊。他转过身来，夏洛特跟在他后面。

"我也要走了。"

"你侄女呢？"

"她已经见过哈里王子了，她会很激动的。她其实没那么喜欢我，他们都不怎么喜欢我。你的手机怎么了？"

"我摔倒时压到上面了。"

他继续往前走，但是因为她的腿很长，她还赶上了他。

"我想我和你不同路，夏洛特。"

"好吧，除非你要挖条地道，否则我们得一起走上两百码。"

他一瘸一拐地走着，没有回答。在他的左边，他又看到了一道绿光。他们走到大厅里的大楼梯时，夏洛特伸出手来，轻轻地抓住了他的胳膊，摇摇晃晃地踩着不适合孕妇的高跟鞋，他忍住了想挣脱她的冲动。

他的手机又响了。屏幕上出现了相同的未知号码。他接听电话时，夏洛特站在他身边，望着他的脸。

手机才碰到耳朵，他就听到一声绝望的、萦绕心头的尖叫声。

"他们会杀了我的，斯特莱克先生，救救我，救救我，请救救我……"

34

　　但谁又能真正预见未来呢？我相信我做不到。

　　　　　　　　　　——亨利克·易卜生《罗斯莫庄》

　　第二天早上，罗宾来到离奇斯韦尔家最近的咖啡馆时，夏日明朗的希望还没有变成现实的温暖。她本可以选择外面人行道上的一张圆形桌子，却选择了蜷缩在咖啡馆的一个角落里，等待斯特莱克的出现，双手紧握着拿铁咖啡寻求安慰，她在咖啡机机身上的映像显得很苍白，一副昏昏欲睡的样子。

　　不知何故，她知道她来的时候斯特莱克不在这儿。她的心情既沮丧又紧张。她不想独自思考，但她在这儿，只有咖啡机的嘶嘶响声作伴，尽管她在出门的时候拿了一件夹克，但依然感觉寒冷，而且对即将与奇斯韦尔发生的冲突感到焦虑。经过了斯特莱克与吉米·奈特的冲突之后，奇斯韦尔可能会对他的账单吹毛求疵。

　　可是，让罗宾担心的不仅仅是这些。那天早上，她从一个混乱的梦中醒来，梦中出现了夏洛特·罗丝的身影。当夏洛特在招待会上认出罗宾时，罗宾也立刻认出了她。她尽量不去看那对曾经订过婚的情侣说话，她对自己对他们之间正在发生的事情怀有如此强烈的兴趣感到愤怒，然而，尽管她从一群人换到另一群人中，不知羞耻地曲意巴结融入谈话，希望以此找到难以捉摸的伊丽莎白·柯蒂斯莱西，她的眼睛也一直在看着斯特莱克和夏洛特，看到他们一起离开宴会，她的胃里一阵恶心，经历了类似电梯的降落。

她回到家，没法去想其他任何事，当看到马修从厨房出来，吃着三明治的时候，她感到有些内疚。她感觉他刚回家不久。他对着她穿着的绿色的连衣裙上下打量了一番，就像金瓦拉打量她那样。她想从他身边经过上楼，但被他拉住了。

"罗宾，来吧。求你了，我们谈谈吧。"

于是他们走进客厅，开始交谈。她厌倦了冲突，为错过板球比赛伤害了马修的感情，以及在他们结婚纪念日的周末忘记戴结婚戒指而道歉。马修也对他在周日的争吵中所说的话表示后悔，尤其是对她缺乏成就的评论表示遗憾。

罗宾觉得他们好像在一块在地震初期震动的棋盘上移动棋子。太迟了。你肯定知道，这一切都不再重要了吧？

谈话结束后，马修说："我们没事了吧？"

"是的，"她回答说，"我们没事了。"

他站了起来，伸出一只手，把她从椅子上扶起来。她勉强地笑了笑，然后他使劲地吻了吻她的嘴唇，开始撕扯她的绿裙子。她听到拉链周围的布料撕破了，她开始抗议时，他又把嘴堵在了她的嘴上。

她知道可以阻止他，她知道他在等着被阻止，她正在接受一种丑陋的、卑鄙的方式的考验，他会否认自己的所作所为，他会声称自己是受害者。她恨他这样做，她的一部分想成为那种可以从她自己的厌恶和自己不情愿的肉体中解脱出来的女人，但是她已经战斗了太长时间，太辛苦了，无法重新拥有自己的身体，无法用这种方式来交换。

"不要，"她说，把他推开，"我不想要。"

正如她所知道的那样，他混杂着愤怒和胜利的表情，立刻放开了她。突然之间，她意识到，她并没有在他们周年纪念的周末做爱时愚弄他，可矛盾的是，这让她对他有种温柔之情。

"对不起,"她说,"我累了。"

"好的,"马修说,"我也累了。"

他走出了房间,留下罗宾在撕破的绿裙子中感到后背升起一阵寒意。

斯特莱克到底在哪里?现在是九点过五分,她需要有人陪伴。她还想知道他和夏洛特一起离开招待会后发生了什么事。任何事都比坐在这里想着马修要好。

仿佛是这个念头召唤了他,她的电话响了。

"对不起,"她还没来得及开口,斯特莱克就说道,"格林公园有可疑包裹,我已经被困在地铁里二十分钟了,刚刚才有信号。我会尽快赶到,但你可能得先走。"

"哦,上帝。"罗宾闭上疲惫的眼睛说道。

"对不起,"斯特莱克重复道,"我就在路上,我有事要告诉你,昨晚发生了一件有趣的事——哦,等等,我们在动了,待会儿见。"

他挂了电话,留下罗宾想着独自面对贾斯帕·奇斯韦尔愤怒的最初流露,想到科莫兰·斯特莱克,依然为一个黑暗、优雅的女人忍受无形的恐惧和痛苦,这个女人在她前面有十六年珍贵的了解和记忆,罗宾告诉自己,这事并不重要,看在上帝的分上,难道你的问题还不够多,还能担心斯特莱克的爱情生活吗,这和你毫不相干……

她突然感到嘴唇周围一种内疚的刺痛,就是斯特莱克在医院外面错吻了她的地方。仿佛能用咖啡将其洗掉似的,她把咖啡渣一扫而光,站起身来,离开咖啡馆,朝那条宽阔笔直的街道走去,街道两旁是对称的十九世纪的房子。

她走得很快,并不是因为急于想去承受奇斯韦尔的愤怒和失望,而是因为活动能有助于驱散不舒服的想法。

她准时来到奇斯韦尔的房子外面,在光滑的黑色前门旁逗留了几秒钟,满怀希望斯特莱克能在最后一刻出现。但他没有出现。罗宾于是稳住自己，从人行道走上了干净洁白的三级台阶，敲了敲前门，门上的门闩打开了几英寸。传来一个男人低沉的声音，像是在说"进来"。

罗宾走进一个昏暗的小厅，里面的楼梯令人眩晕。橄榄绿的墙纸有些地方已经褪色剥落。让前门就像她刚才看到的那样开着，罗宾喊道：

"部长？"

他没有回答。罗宾轻轻地敲了敲右边的门，打开了门。

时间冻结了。这一幕似乎降临到她身上，穿过她的视网膜进入了对此毫无准备的头脑中。她震惊地站在门口，手还放在门把手上，嘴巴微微张开，试图要理解她所看到的一切。

一个男人坐在安妮女王的椅子上，双腿张开，双臂悬空，头上似乎有一个闪闪发光的灰色萝卜，上面刻着一张嘴巴，张得大大的，但没有眼睛。

罗宾苦苦思索，终于明白了这不是萝卜，而是一个缩小的人头裹在一个透明的塑料袋里，一根管子从一个大罐子里伸了进去。这个人看起来好像窒息而死。他的左脚侧躺在地毯上，露出鞋底上的一个小洞，他粗壮的手指摇晃着，几乎碰到了地毯，他的腹股沟上有一块污迹，他的膀胱已经排空了。

接着，罗宾明白过来坐在椅子上的就是奇斯韦尔本人，他那浓密的白发在袋子产生的真空中压在他的脸上，张开的嘴把塑料吸了进去，这就是为什么它张开得那么阴森恐怖。

35

那匹白马!在光天化日之下!

——亨利克·易卜生《罗斯莫庄》

在房子外面,远处的某个地方,有一个男人在叫喊。声音听起来像个工人,在大脑的某个部分,罗宾知道,那就是她以为她期待听到的"进来"的声音。没有人邀请她进屋,门就是半开着的。

现在,当一切都在意料之中的时候,她没有惊慌失措。这里没有任何威胁,不管看到那个可怕的有萝卜头和管子的假人有多么可怕,这个可怜的、没有生命的人是不会伤害她的。罗宾知道她必须检查是否还有生命迹象,于是走近奇斯韦尔,轻轻地碰了碰他的肩膀。因为他粗糙的头发像马的额发一样遮住了眼睛,所以看不见他的眼睛,一切就容易多了。他条纹衬衫下面的肉感觉很硬,比她想象的要凉。

但接着她想象那张张开的嘴在说话,并迅速后退了几步,直到她的脚重重地踩在地毯上的硬物上,滑了一跤。她踩碎了地毯上的一管淡蓝色的药丸。她认出这是当地药店出售的一种顺势疗法药片。[1]

---

[1] 顺势疗法是替代医学的一种。其理论基础是"同样的制剂治疗同类疾病",意思是为了治疗某种疾病,需要使用一种能够在健康人中产生相同症状的药剂。

她拿出手机，拨打 999 报警。在解释她发现了一具尸体并提供了地址后，她被告知很快就会有人过来。

为了不把注意力放在奇斯韦尔身上，她开始研究磨损的窗帘，窗帘是不确定的暗灰色，点缀着可怜的小珠子，老式电视机的人造木质外壳，壁炉架上的一块深色墙纸，上面曾经挂着一幅画，还有那些银框的照片。但是，那个收缩的头、橡胶的管子，还有罐子发出的冷光，似乎把日常生活的一切都变成了纸牌。只有噩梦是真实的。

于是罗宾把手机调到拍摄功能，开始拍照。把镜头放在自己和现场之间，减轻了恐惧。她慢慢地、有条不紊地记录下了这一幕。

尸体前面的咖啡桌上放着一个玻璃杯，里面有几毫米看起来像橙汁的东西。旁边是散落的书和纸。有一张厚厚的奶油信纸，上面有一朵红色的都铎王朝的玫瑰，像一滴血，上面还有罗宾现在所在房子的打印地址。有人用圆润的女孩子的笔迹写道：

今晚是最后一击。你在我眼皮底下把那个女孩放在你办公室，你以为我有多蠢？我希望你意识到你看起来有多可笑，有多少人在嘲笑你，追求一个比你女儿还小的女孩。

我受够了。出丑吧，我不在乎了，一切都结束了。

我回到了伍尔斯通。一旦我安排好马匹，我就会永远离开。你那可恶的孩子们会高兴的，但你会吗，贾斯帕？我对此表示怀疑，但为时已晚。

罗宾弯下腰去拍那张便条时，她听到前门啪的一声关上了，她倒吸了一口冷气，转过身来。斯特莱克站在门口，身材魁梧，没刮胡子，仍然穿着他参加招待会时穿的那套西服。他盯着椅子上的人影。

"警察已经在路上了，"罗宾说，"我刚刚给他们打了电话。"

斯特莱克小心翼翼地走进房间。

"上帝啊。"

他发现了地板上被踩碎的药丸管,跨过它们,仔细检查了管子和被塑料覆盖的脸。

"拉夫说他的行为奇怪,"罗宾说,"但我想他做梦也没想到……"

斯特莱克一言不发,仍在检查尸体。

"昨天晚上有吗?"

"什么?"

"那个。"斯特莱克指着说。

奇斯韦尔的手背上有一个半圆形的记号,粗糙苍白的皮肤衬托出深红色。

"我不记得了。"罗宾说。

所发生的一切给了她强大的震撼,她发现很难组织自己的思想,她的思绪飘浮,断断续续:奇斯韦尔透过车窗大声说服警察让斯特莱克进入昨晚的接待会;奇斯韦尔对金瓦拉咆哮说她是一个愚蠢的婊子;奇斯韦尔要求他们今天早上来这里见到他。指望她能记住他的手背是不合情理的。

"嗯,"斯特莱克说,注意到罗宾手里的手机,"你把一切都拍下来了吗?"

罗宾点了点头。

"所有这一切吗?"他问道,朝桌子上挥了挥手。"那个呢?"他指着地毯上裂开的药丸补充道。

"拍了。那是我的错,我踩到上面了。"

"你是怎么进来的?"

"门开着。我以为他给我们在门闩留了门,"罗宾说,"一个工人在街上叫喊,我以为是奇斯韦尔在说进来。我期待……"

"待在这儿。"斯特莱克说。

他离开了房间。她听见他爬上楼梯,然后听见他沉重的脚步声落在天花板上,但她知道那里没有人。她能感觉到这所房子本质上了无生气,它那脆弱的硬纸板是不真实的。果然,不到五分钟,斯特莱克回来了，摇了摇头。

"没人。"

他从她身边走过，穿过一扇通向客厅的门，罗宾听到他踩在瓷砖上的脚步声，知道那是厨房。

"空无一人。"再次出现时，斯特莱克说。

"昨晚发生什么事了？"罗宾问，"你说发生了一件有趣的事。"

她想讨论一个话题，而不是那个可怕的、充斥着整个房间的、怪异的、没有生命体征的形体。

"比利给我打电话。他说有人想要杀了他——在追逐他。他声称自己在特拉法加广场的电话亭里。我去找他，但他不在那里。"

"哦。"罗宾说。

所以他没有和夏洛特在一起。即使在这种极端情况下，罗宾注意到了这一点，并为此感到高兴。

"什么鬼东西？"斯特莱克轻声说道，目光越过她，望向房间的一个角落。

黑暗的角落里，一把带扣的剑倚在墙上。它看上去好像是被强迫的，或者是立着的，并且故意弯曲了。斯特莱克小心翼翼地绕着尸体走了一圈，想检查一下，但听到警车在房子外面停了下来，于是直起腰来。

"显然，我们得把一切都告诉他们。"斯特莱克说。

"是的。"罗宾说。

"除了监控设备。妈的——他们会在你的办公室找到的……"

"他们不会找到的，"罗宾说，"我昨天把它们带回家了，以防我们因为《太阳报》的缘故而需要我离开。"

斯特莱克还没来得及对罗宾先见之明表示钦佩，就有人使劲敲了敲前门。

"嗯，这段时间过得挺好的，不是吗？"斯特莱克一边朝大厅走去，一边苦笑着说，"不上报纸了？"

第二部分

36

> 所发生的事情可以掩盖，或者至少可以解释清楚……
>
> ——亨利克·易卜生《罗斯莫庄》

即使当事人已不在人世，奇斯韦尔一案仍然保持着其独有的特性。

按照通常繁琐的程序和手续，斯特莱克和罗宾被从埃伯里街护送到苏格兰场，在那里他们分别接受了询问。斯特莱克知道，一名政府部长的死，势必会在伦敦新闻编辑室里引发一阵龙卷风。果然如此，六个小时后，当他们从苏格兰场出来，电视和电台广播里都是奇斯韦尔五彩斑斓的私生活细节，同时，他们打开手机上的互联网浏览器，看到新闻网站显示的简短新闻，作为一个纠结的巴洛克式的理论散步在博客和社交媒体中，其中，许多卡通人物奇斯韦尔死于无数模糊不清的敌人之手。斯特莱克乘坐出租车回丹麦街，他读到：奇斯韦尔，这个腐败的资本主义分子是如何被俄罗斯黑手党谋杀的，因为他没有偿还一些肮脏的、非法交易的利息；奇斯韦尔，这个坚定的英国价值观的捍卫者，在他试图抵制伊斯兰教法的崛起后，肯定受到了复仇心重的伊斯兰教徒的处罚。

斯特莱克回到他的阁楼公寓，只是为了去收拾东西，然后逃到了他的老朋友尼克和伊尔莎的家里，他们分别是胃肠病学家和律师。

罗宾在斯特莱克的坚持下直接坐出租车回了阿尔伯里街,马修给了她一个专横的拥抱,罗宾觉得,马修那一层薄薄的同情伪装比彻底的愤怒还要糟糕。

当马修听说第二天罗宾要被传唤回苏格兰场接受进一步审讯时,他的自制崩溃了。

"任何人都能预料到这一切!"

"有趣的是,这似乎让大多数人感到惊讶。"罗宾说,刚刚忽略了她妈妈早上的第四个电话。

"我不是说奇斯韦尔的自杀……"

"读作'奇兹……'。"

"我的意思是说,你偷偷溜进议会大厦惹上了麻烦!"

"别担心,马特,我会让警察知道你对此是反对的。不会让你的晋升前景受到影响。"

但她不确定第二个审讯官是不是警察。那位说话轻声细语、身穿深灰色西装的男子没有透露他为谁工作。罗宾觉得这位先生比昨天的警察更具有威慑力,尽管他们有时会咄咄逼人。罗宾把她在下议院的所见所闻全都告诉了她的新采访者,只是省略了德拉·温恩和阿米尔·马利克之间的奇怪对话,这段对话被第二个监听设备录了下来。由于互动是在正常工作时间结束后关上门进行的,她只能通过监控设备才能听到。罗宾安慰自己,告诉自己,他们之间的那次谈话不可能与奇斯韦尔的死有任何关系。不过,当她第二次离开这栋大楼时,不安的内疚和恐惧一直纠缠着她。她被希望与安全部门产生摩擦的妄想症所困扰,于是她在地铁附近用公用电话给斯特莱克打电话,而不是用自己的手机。

"我刚参加了另一个面试。我很确定是军情五处的人。"

"一定会发生的,"斯特莱克说,她从他实事求是的口气中得到了安慰,"他们必须检查你,确保你是你自称的那个人。除了家,你没有别的地方可以去吗?我不敢相信媒体还没有注意到我们,但肯定是迫在眉睫了。"

"我想我可以回马沙姆去，"罗宾说，"但如果他们想找到我，他们一定会去那儿试试，他们就是到那里去追问开膛手事件。"

与斯特莱克不同，她没有自己的朋友，可以躲在这些朋友隐匿的家中。她所有的朋友都是马修的朋友，她毫不怀疑，他们会像她丈夫一样，害怕窝藏任何安全部门感兴趣的人。不知如何是好，她回到了阿尔伯里街。

然而，媒体并没有来找她，尽管报纸几乎没有停止报道奇斯韦尔的话题。《每日邮报》已经用两页的篇幅报道了贾斯帕·奇斯韦尔一生中遭受的种种磨难和丑闻。"曾一度被视作总理候选人"，"性感的意大利的奥内拉·莎拉芬与他有一腿，导致他第一次婚姻结束"，"性感的金瓦拉·汉拉蒂，比他小三十岁"，"长子弗雷迪·奇斯韦尔中尉，死于他父亲坚定支持的伊拉克战争"，"最小的孩子拉斐尔，其充满毒品的欢乐之旅以一位年轻母亲的死亡而告终"。

大幅篇章也包含了朋友和同事的颂词："一位头脑灵活、非常能干的部长，撒切尔的有前途的年轻人"，"除去有些混乱的私生活，他达到了前所未有的高度"，"公众形象是暴躁的，甚至是粗鲁的，但贾斯帕·奇斯韦尔是我在哈罗认识的一个机智聪明的孩子"。

五天耸人听闻的新闻报道过去了，但媒体仍然对斯特莱克和罗宾参与其中保持着神秘的克制，而且，仍然没有人发表任何关于敲诈勒索的言论。

在发现奇斯韦尔尸体后的那个周五早上，斯特莱克静静地坐在尼克和伊尔莎的餐桌旁，阳光从他身后的窗户倾泻进来。

他的男女主人都去上班了。尼克和伊尔莎多年来一直想要个孩子，最近他们收养了一对小猫，尼克坚持叫这对小猫为奥西和里基，这是在他十几岁时崇拜的两名马刺球员的名字。这两只猫直到最近才愿意坐在养父母的膝盖上，它们并不欢迎体型巨大而且陌生的斯特莱克的到来。它们意识到和他独处，就躲在厨房壁柜的顶上。此时，斯特莱克意识到有四只淡绿色的眼睛在密切注视着他，从高处观察着他的一举一动。

他毫无发现。事实上，在过去半个小时的大部分时间里，他几乎一动不动地盯着罗宾在埃伯里街拍下的照片，为了方便起见，他在尼克的书房里把这些照片打印了出来。终于，斯特莱克挑选出了九张照片，把其他的堆成一堆，里基吓得在一堆翻腾的皮毛中跳了起来。当斯特莱克仔细检查他挑选出的照片时，里基坐了下来，一条黑色尾巴的尖端在摇摆，等待侦探的下一步行动。

斯特莱克选择的第一张照片显示了奇斯韦尔左手上的一个半圆形小刺痕的特写。

第二张和第三张照片显示了放在奇斯韦尔面前咖啡桌上的杯子的不同角度。在一英寸的橙汁上方，可以看到边上有粉状的残留物。

第四、第五和第六张照片并排放在一起。每幅照片都以略微不同的角度展示了尸体，周围房间的各个部分都被捕捉在画面中。斯特莱克又一次仔细打量着角落里那把带扣的宝剑那幽灵般的轮廓，壁炉架上那块先前挂过一幅画的黑暗地方，在它下面，在深色墙纸的映衬下，几乎看不出有一对相距近一码的铜钩。

第七张照片和第八张照片放在一起，显示了整个咖啡桌。金瓦拉的告别信放在许多纸张和书籍上面，其中只有一封信的一小部分可见，署名是"布伦达·贝利"。在这些书中，斯特莱克只能看到一本旧布版的部分标题——"卡图尔"——以及企鹅出版社平装本的下部。桌子下面破旧的地毯上翘的一角也被拍了下来。

第九张也是最后一张照片，是斯特莱克从另一张尸体照片中放大了的，照片上是奇斯韦尔张开的裤兜，罗宾的相机的闪光灯捕捉到了一个闪闪发光的金色物体。当他还在思考着这个闪闪发光的物体时，斯特莱克的手机响了。是他的女主人伊尔莎打来的。

"嗨，"他说着站起身来，抓起身后的一包本森·赫奇斯韦尔牌香烟和一个打火机。奥西和里基一下子从木头上跳起来，沿着橱柜的顶部飞奔，以防斯特莱克朝它们扔东西。斯特莱克检查了一下，看它们离得太远了，没法从花园里逃出去，便自己走出去，迅速关上了后门。"有什么消息吗？"

"是的，看来你是对的。"

斯特莱克坐在一张锻铁的花园椅子上，点燃了烟。

"继续说吧。"

"我刚刚和我的联系人喝了咖啡。考虑到我们讨论的问题的性质，他不能畅所欲言，但我把你的理论告诉了他，他说'听起来很有道理'。然后我说，'是政治家伙伴吗？'他说这听起来也很有可能，我说我认为在那种情况下，媒体会上述，他说，是的，他也这么认为。"

斯特莱克呼出一口烟。

"我欠你的，伊尔莎，谢谢。好消息是，我可以摆脱你的头发了。"

"科姆，我们不介意你留下来，你知道的。"

"可猫不喜欢我。"

"尼克说他们能看出来你是英超阿森纳队的球迷。"

"你丈夫决定从医时，喜剧圈失去了光芒。今晚我请你们吃饭，吃完我就走。"

随后，斯特莱克给罗宾打了电话。手机铃响了第二声她就接听了电话。

"一切都好吗？"

"我已经发现为什么媒体没有关注我们的原因了，德拉已经申请了超级禁令。报纸不允许报道奇斯韦尔雇用了我们，以防揭露出背后敲诈的故事。伊尔莎刚刚见到了她在高等法院的联系人，他证实了这一点。"

罗宾在消化这个信息，停顿了一下。

"这么说，德拉说服了法官，是奇斯韦尔编造了那笔勒索？"

"没错，他是在利用我们挖掘敌人的丑闻。法官会相信她的话，我并不惊讶。全世界都认为德拉清白无比。"

"可是伊茨知道我为什么在那儿，"罗宾抗议道，"他的家人会证实他被敲诈了。"

斯特莱克心不在焉地把烟灰敲进伊尔莎的迷迭香壶里。

"他们会吗？还是说，如今既然他已经死了，他们希望一切都不要声张呢？"

他将罗宾的沉默视为勉强同意。

"媒体会对禁令提出上诉，不是吗？"

"伊尔莎说，他们已经在努力了。如果我是小报编辑，我们就会被监视，所以我想我们最好小心点。我今晚要回办公室，但我认为你应该待在家里。"

"要待多长时间呢？"罗宾问。

他听出她声音里的紧张，在想这是否完全是由于案件的压力。

"我们要见机行事。罗宾，他们知道你是进入议会大厦的那个人。他活着的时候，你就成了故事的主角，现在他们知道你是谁了，而他已经死了。"

罗宾一言不发。

"你的账目处理得怎么样了？"斯特莱克问。

她坚持要做这份工作，尽管他们两人都不喜欢。

"如果奇斯韦尔付了账，账目看起来会健康得多。"

"我会试着去提醒一下这家人，"斯特莱克揉着眼睛说，"但在葬礼前就开口要钱显得有些无情。"

"我又看了一遍照片，"罗宾说。在发现尸体后，他们每天都保持联系，每次谈话都会回到奇斯韦尔的尸体和他们发现他的房间的照片上。

"我也是。发现新东西了吗？"

"是的，墙上有两个小铜钩，我想那把剑通常是……"

"……就挂在那幅不见了的画的下面吗？"

"没错。你认为是奇斯韦尔的，从军队里拿来的吗？"

"非常有可能，或是某个祖先的。"

"我在想它为什么被取下来了呢？而且，它是怎么变弯的呢？"

"你认为奇斯韦尔把它从墙上取下来是为了试图保护自己免受凶手的伤害吗？"

"这是第一次，"罗宾轻声说道，"你说出了凶手这个字眼。"

一只黄蜂低低地扑向斯特莱克，但被他的香烟烟雾给击退了，又嗡嗡地飞走了。

"我是开玩笑的。"

"是吗？"

斯特莱克把腿伸到前面，凝视着自己的双脚。他被困在温暖的房子里，没有穿鞋子和袜子。他的赤脚很少见到阳光，显得很苍白，毛茸茸的。假足是一块碳纤维，没有单独的脚趾，在阳光下微微发光。

"情况有些奇怪，"斯特莱克一边摇着剩下的脚趾头一边说，"但已经过去一周了，没有人被捕。警察会注意到我们所做的一切。"

"沃德尔没有听到什么消息吗？凡妮莎的爸爸病了，她正在休探亲假，不然我早就问她了。"

"沃德尔是奥运会的反恐专家。他很体贴地抽出时间给我发了语音信箱，还嘲笑我的客户被我弄死了。"

"科莫兰，你注意到我踩过的那些顺势疗法药片上的名字了吗？"

"没有。"斯特莱克说，他没有挑选出那张照片，"是什么？"

"拉克西丝。我放大照片的时候看到的。"

"有什么意义吗？"

"那天奇斯韦尔走进我们的办公室，对着阿米尔引用的那首拉丁语诗，说到和你有相同习惯的人的时候，他提到了拉克西丝。他说她是……"

"命运女神之一。"

"正是。就是那个知道每个人命数的女神。"斯特莱克默默地吸了几秒钟烟。

"听起来像是一个威胁。"

"我知道。"

"你肯定不记得是哪首诗了吧?作者呢,可能记得吗?"

"我一直在努力回忆,但是没有——等一下……"罗宾突然说道,"他说出了一个数字。"

"卡图卢斯。"斯特莱克说,在铁椅上坐得更直了。

"你怎么知道的?"

"因为卡图卢斯写的诗是只有编号,没有标题,所以奇斯韦尔的咖啡桌上有一本旧书。卡图卢斯描述了许多有趣的习惯:乱伦、鸡奸、强奸儿童……他可能没有写到兽交。有一首关于麻雀的诗很有名,但没人敢碰它。"

"真巧,不是吗?"罗宾说,没有理会这句俏皮话。

"也许是医生给奇斯韦尔开的药让他想起了命运?"

"你觉得他像是那种相信顺势疗法的人吗?"

"不像,"斯特莱克承认,"但如果你是在暗示凶手扔掉了一管拉克西丝,作为一种艺术的成功……"

他听到远处传来一阵铃声。

"门口有人,"罗宾说,"我最好……"

"应答之前先查看一下是谁。"斯特莱克说道,他突然有了某种预感。

他听出来她的脚步声被地毯遮掩住了。

"哦,上帝。"

"是谁?"

"米奇·帕特森。"

"他看见你了吗?"

"没有,我在楼上。"

"那就不要回答。"

"我不会的。"

但她的呼吸开始变得嘈杂而急促。

"你没事吧?"

"没事。"她说,声音有点发紧。

"他……?"

"我得挂了,稍后给你打电话。"

电话断了。

斯特莱克放下了手机,感觉到没有拿手机那只手的手指突然发热,这才意识到香烟已经烧到过滤嘴上了。他把烟头在滚烫的铺路石上踩熄了,然后把它弹过墙,弹到尼克和伊尔莎不喜欢的邻居的花园里,然后立刻点燃了另一支烟,想着罗宾。

他很担心她。当然,在发现尸体并接受安全部门的调查后,她感到焦虑和压力是意料之中的事,但他注意到罗宾在电话中注意力不集中,她问了他两三次同样的问题。他还认为她渴望回到办公室或街上,这种渴望是不健康的。

斯特莱克确信她应该休息一段时间,但他没有告诉罗宾他正在进行的调查,因为他确信她会坚持要求参与其中。

事实是,对斯特莱克来说,奇斯韦尔的案子不是从对死者敲诈勒索的故事开始的,而是从比利·奈特讲述的用粉色毯子裹着一个被勒死的孩子的故事开始的。自从比利最后一次请求帮助以来,斯特莱克一直在给他的电话号码打电话。最后,在昨天早上,他终于从一个好奇的路人那里得到了答案,他确认了电话亭在特拉法加广场边缘的位置。

斯特莱克,那个只有一条腿的混蛋士兵,比利迷上他了,认为他会去救他。

比利肯定有可能会回到他上次寻求帮助的地方,尽管可能性很小。昨天下午,斯特莱克在特拉法加广场闲逛了几个小时,他知道比利出现的可能性有多渺茫,但他觉得有必要做点什么,尽管没有多少意义。

斯特莱克的另一个决定是让巴克利继续跟随吉米与弗利克,这个决定更难以证明其合理性,因为它的成本该侦探社目前难以负担。

"这可是你的钱,"当侦探下发给他这一指示时,格拉斯哥人说道,"但我要找什么呢?"

"比利，"斯特莱克说，"以及比利不在的时候，任何奇怪的事。"

当然，接下来的账目会向罗宾显示巴克利到底在做什么。

斯特莱克突然感到他被监视了。是奥西，她是尼克和伊尔莎的两只小猫中比较大胆的那个，她坐在厨房的窗户旁，紧挨着厨房的水龙头，用白玉般的眼睛透过窗户凝视着他，目光带着批判的意味。

37

我永远不可能完全战胜它。我将永远面临一个疑问——一个问题。

——亨利克·易卜生《罗斯莫庄》

　　由于担心违反"超级禁令"的规定，摄影师们远离了在伍尔斯通举行的奇斯韦尔的葬礼。新闻机构只发布了简短的、实事求是的葬礼举行的公告。斯特莱克曾考虑过送花去，但后来决定不送了，理由是这样做有可能会被认为是一种无情的提醒，即他的账单仍未支付。与此同时，对奇斯韦尔之死的调查已经开始并延期，等待进一步的调查。

　　然后，突然之间，没有人再对贾斯帕·奇斯韦尔感兴趣了。仿佛已承担了一周的大量新闻报纸、流言蜚语和谣言的尸体，此时已经淹没在男女运动员的故事中，淹没在奥运会的筹备和预测之中，这个国家几乎处在了全世界的关注之下，因为无论他们是赞成还是反对，奥运会都无法忽视或避免。

　　罗宾仍然每天给斯特莱克打电话，强迫他让她回去工作，但斯特莱克继续拒绝她的要求。米奇·帕特森不仅两次出现在她所在的街道上，而且一位不熟悉的年轻街头艺人花了整整一周时间在斯特莱克办公室对面的人行道上表演，每次见到这位侦探时，他都忽略了和弦的变化，还经常在唱到一半时停下来接听手机。媒体似乎没有忘记，奥运会最终会结束，而贾斯帕·奇斯韦尔聘请私家侦探的原因仍然是一个有趣的故事。

斯特莱克的警方联络人都不知道自己的同事对此案调查的进展。斯特莱克以往即使在最糟糕的情况下也能睡着，但现在，到了晚上，他发现自己异常不安，难以入眠，倾听着伦敦不断增加的噪声，此时的伦敦挤满了奥运游客。他最后一次忍受如此长时间的失眠，是在他的腿被阿富汗的简易爆炸装置炸掉后的第一周。接着，他又被一种无法抓挠的瘙痒弄得睡不着，因为他感觉那瘙痒来自他失去的那只脚。

自从残奥招待会那晚之后，斯特莱克就再也没见过罗蕾莱。他把夏洛特留在街上以后，就动身到特拉法加广场去找比利，结果他和罗蕾莱一起吃晚饭的时间比他预料的还要晚。他又累又痛，因为没能找到比利很沮丧，又因为和前任的意外会面而心烦意乱。他来到了咖喱屋，期待着，也许还有些希望罗蕾莱早就离开了。

然而，她不仅耐心地在餐桌旁等待着，而且立刻用他认为是战略性退却的方式让他措手不及。她非但没有强迫他讨论他们关系的未来，反而为自己在床上轻率而愚蠢的示爱行为而道歉，她知道这让他很难堪，她对此深感后悔。

斯特莱克一坐下就喝了差不多一品脱的啤酒，在他的想象中，他支撑着自己，完成了一项令人不快的任务，解释他不希望他们的关系变得更严重或更持久，可是却受到了阻碍。因为罗蕾莱声称她说了"我爱你"只是玩笑话，这使得他事先准备好的说辞毫无用武之地，而且考虑到她在灯火通明的餐厅里看起来异常可爱，表面上接受她的解释比强迫破裂更容易也更愉快，很明显，他们都不想那样。在接下来的一周里，他们相互发了几次短信，打过几次电话，尽管远没有他和罗宾那么频繁。一旦他解释说，他最近的客户是在塑料袋里窒息而死的政府部长，罗蕾莱充分理解他需要保持一段时间的低调。

斯特莱克拒绝罗蕾莱邀请他一起观看奥运会开幕式时,她甚至毫不担心,因为他已经答应了在露西和格雷格家过夜。斯特莱克的姐姐还不愿意让杰克离开她的视线,因此拒绝了斯特莱克要在周末带杰克去帝国战争博物馆的提议,而是请他吃晚饭。在向罗蕾莱解释事情的经过时,斯特莱克看得出来,她希望他能邀请她一起去见他的家人。他如实地说道,他独自去的动机是想和他觉得被他忽略了的外甥待在一起。罗蕾莱和蔼地接受了这个解释,只是问他第二天晚上是否有空。

当出租车载着他从布罗姆利南站驶向露西和格雷格家时,斯特莱克发现自己正在考虑与罗蕾莱的关系,因为露西通常要求他通报他的爱情生活,这也是他避免这种聚会的原因之一。露西感到不安的是,她的弟弟已经快三十八岁了,还没有结婚。有一次她管得太多了,竟然在一个尴尬的场合,邀请了一个她以为斯特莱克会喜欢的女人来吃饭,这倒使他明白了他姐姐严重地误解了他的品位和需要。

随着出租车把他带到越来越深入的中产阶级郊区,斯特莱克发现自己在面对一个令人不安的真相。那就是,罗蕾莱愿意接受他们目前安排的随意性,并不是源于一种共同的想要自由的感觉,而是无论怎样都拼命地想要和他保持关系。他凝视着窗外带有两个车库和整齐草坪的宽敞的房子,思绪飘到罗宾身上,她丈夫外出时,罗宾每天都给他打电话。然后又想到夏洛特,她穿着钉子靴,轻轻地抓住他的胳膊,从兰开斯特宫的楼梯上走下来。在过去的十个半月里,和罗蕾莱在一起的生活既方便又愉快,她亲切而又不苛求,充满情欲,假装不爱他。他可以让这种关系继续下去,告诉自己,在那句毫无意义的句子里,他是在"看事情进展如何",或者他可以面对这样的事实:他只是推迟了必须做的事情,而且他让事情拖得越久,就会造成更多的混乱和痛苦。

这些想法很难使他高兴起来,当出租车停在他姐姐家的房子外面时,前面花园里有一棵木兰树,窗帘兴奋地抖动着,他对姐姐产生了一种莫名的怨恨，仿佛这一切都是她的过错似的。

斯特莱克还没敲门，杰克就打开了前门。与斯特莱克上次见到他时的情况相比，杰克看上去气色非常好。侦探一方面为他的康复感到高兴，另一方面又为不允许带外甥出去，而是要开启这趟漫长而不便的布罗姆利之旅感到懊恼。

然而，杰克对斯特莱克的到来十分高兴，他急切地询问斯特莱克有关他们在医院里一起度过的点点滴滴，因为他当时已经昏迷不醒，这一切都令人感动，就像吃饭时杰克坚持坐在他舅舅旁边，而且自始至终全神贯注。很明显，杰克觉得他们之间的联系更加紧密了，因为他们一起经历了紧急手术的磨难。他要求斯特莱克讲解截肢的细节是如此之多，害得格雷格放下刀叉，厌恶地推开了盘子。以前斯特莱克觉得，排行老二的杰克是格雷格最不喜欢的孩子。于是在满足杰克的好奇心中，他得到了一种略带恶意的快乐，尤其是他知道，通常会让谈话停止的格雷格，在杰克正在康复的情况下，正表现出不同寻常的克制。露西没有意识到所有的暗流，始终面露喜色，眼睛几乎没有离开过斯特莱克和杰克。她对他的私生活只字不提，似乎只要求他对她的儿子仁慈而有耐心。

舅舅和外甥亲密地离开了餐桌，杰克选择坐在斯特莱克旁边的沙发上观看奥运会开幕式，在等待直播开始时，他滔滔不绝说个不停，在众多话题中，他希望还会有枪支、大炮和士兵。

这些天真的话语让斯特莱克想起了贾斯帕·奇斯韦尔和他的烦恼：罗宾向他汇报过，在这个最大的国家舞台上不应该庆祝英国的军事实力。于是斯特莱克想到，吉米·奈特是否正坐在某个地方的电视机前，准备嘲笑他所抨击的资本主义嘉年华。

格雷格递给斯特莱克一瓶喜力啤酒。

"开始啦！"露西兴奋地说道。

直播以倒计时开始。几秒钟后，一个有编号的气球没有爆炸。别胡闹了，斯特莱克想，在爱国偏执的高涨中突然忘掉了一切。

然而，开幕式却非常棒，而不是一堆狗屎。斯特莱克留下来观看了整个过程，自愿错过了最后一班火车，接受了睡沙发床的提议，并在周六早上与家人共进早餐。

"侦探社做得很好，是吗？"格雷格一边吃着露西做的油炸食品一边问他。

"不错。"斯特莱克说。

他通常避免与格雷格讨论他的生意，因为格雷格似乎被斯特莱克的成功搞得措手不及。他的姐夫给人的感觉总是对斯特莱克杰出的军旅生涯感到恼火。他回答了格雷格的关于业务结构、自由职业者雇用的权利和责任、罗宾作为领薪合伙人的特殊地位，以及扩张潜力的问题时，斯特莱克发现，并非第一次，格雷格毫不掩饰地希望斯特莱克有可能忘记或者忽视一些东西，这个士兵如此轻松地操控民用商业世界这对他来说太难接受了。

"不过，最终的目标是什么呢？"他问道，杰克则耐心地坐在斯特莱克身边，显然是希望多谈谈军队的事。"我想你会想方设法发展生意，这样你就不用上街了吧？从办公室给他们发出指示？"

"不是的，"斯特莱克说，"如果我想要一份办公室的工作，我就会待在军队里。我的目标是培养足够可靠的员工，使我们能够承受稳定的工作量，并赚到数量可观的钱。短期而言，我想在银行积累足够的资金，帮助我们度过经济困难时期。"

"似乎没有什么野心，"格雷格说，"开膛手一案后你得到的免费广告……"

"我们现在不谈那个案子。"露西在煎锅旁边厉声说道，瞥了儿子一眼，格雷格不再说话，让杰克重新进入话题，问了一个有关突击课程的问题。

露西一直很喜欢弟弟来访的每一刻，早餐后拥抱道别时，她高兴得容光焕发。

"什么时候能把杰克带出去就告诉我。"斯特莱克说，他的外甥微笑地看着他。

"我会的,非常感谢你,斯迪克。我永远不会忘记你……"

"我什么也没做,"斯特莱克说,轻轻地拍了拍她的背,"是他自己做的,他很坚强,是吧,杰克?谢谢你给我一个美好的夜晚,卢斯。"

斯特莱克认为他走得正是时候。他在车站外抽完烟,下一班开往伦敦市中心的火车十分钟后就要开了,他回想起格雷格在早餐时又回到了他通常对待妻弟的那种欢快和热情,而斯特莱克穿上外套时,露西询问罗宾的情况显示出她对斯特莱克与女性的关系有了广泛调查的迹象。他的手机响起的时候,他的思绪刚刚沮丧地回到罗蕾莱身上。

"喂?"

"是科莫兰吗?"一个上流社会的女声说道,他没能马上听出来是谁。

"是的,哪位?"

"伊茨·奇斯韦尔。"她说,听起来像是感冒了。

"伊茨!"斯特莱克吃惊地重复道,"呃……你好吗?"

"哦,挺过来了。我们,呃,收到你的发票了。"

"哦。"斯特莱克说,不知道她是否会对总数提出异议,因为数目很大。

"我很乐意立即付款,如果你能……不知道你是否可以来见我?就今天,如果方便的话?你有安排了吗?"

斯特莱克看了看表。几个星期以来,他第一次无事可做,只是过一会儿要到罗蕾莱家去吃晚饭,想到可以收到一张大额的支票当然让人高兴。

"好的,应该没问题,"他说,"你在哪儿,伊茨?"

她告诉了他她在切尔西的地址。

"我大约一个小时后到。"

"太好了,"她说,听起来如释重负,"到时候见。"

38

> 哦，这致命的怀疑！
>
> ——亨利克·易卜生《罗斯莫庄》

快到中午的时候，斯特来克来到了伊茨位于切尔西的上切恩街的住宅，这是一处安静而昂贵的住宅，与埃伯里街的房子不一样，品位完全不相称。伊茨的房子很小，漆成白色，前门旁边有一盏马车灯。斯特莱克按了门铃，伊茨在几秒钟内就来开门了。

在这样一个阳光明媚的日子里，伊茨穿着宽松的黑裤子和过于暖和的黑毛衣，让斯特莱克想起了第一次见到她父亲时的情景，她父亲在六月里穿着大衣。伊茨的脖子上挂着一个蓝宝石十字架。斯特莱克认为，在现代服饰和情感所允许的范围内，她已经进入了服丧期。

"进来吧，进来吧。"她紧张地说道，没有和他对视，站在后面，挥手示意他进入一个通风良好的开放式休息和厨房区域，那里有白色的墙壁、图案鲜艳的沙发，还有一个新艺术风格的壁炉，壁炉架上摆着弯曲的女性造型。从长长的后窗望出去，是一个小小的私人庭院，精心打理的花园中间摆放着昂贵的锻铁家具。

"坐吧，"伊茨说着，挥手示意他在一张色彩鲜艳的沙发上坐下，"喝茶还是咖啡？"

"喝茶就好，谢谢。"

斯特莱克坐了下来，悄悄地从他身下取出一些不舒服的镶着珠子的垫子，打量了一下房间。尽管现代面料令人愉悦，但更传统的英国口味占了主导地位。桌子上放着两幅狩猎的版画，此外摆满了银框照片，其中一张是伊茨父母在新婚之日的黑白大照片。贾斯帕·奇斯韦尔穿着女王的骠骑兵制服，帕特里夏女士身着薄纱，金发闪闪，露齿而笑。壁炉架上挂着一幅巨大的水彩画，画上有三个金发小孩，斯特莱克猜是伊茨和她的哥哥、姐姐：死去的弗来迪，还有那个他不认识的菲茨。

伊茨发出哐啷哐啷的声音，扔下茶匙，把碗柜打开又关上，却找不到她要找的东西。最后，她婉拒了斯特莱克的帮助，端来了一个托盘，托盘上放着茶壶、骨瓷杯和饼干，放在小厨房和咖啡桌之间不远的地方。

"你看开幕式了吗？"她很有礼貌地问道，忙着拿茶壶和过滤器。

"是的，我看了，"斯特莱克说，"太棒了，不是吗？"

"嗯，我喜欢第一部分，"伊茨说，"工业革命的那部分，不过我想，在那之后，它就有点个人电脑的味道了。我不确定外国人是否真的理解我们为什么要谈论国民健康服务体系，但我必须说，如果没有说唱音乐，我也可以做到。请自己加牛奶和糖。"

"谢谢。"

接下来是一阵短暂的寂静，只有银器和瓷器的叮当声；那种有钱人才能在伦敦实现的豪华的寂静。即使在冬天，斯特莱克的阁楼公寓也从来没有彻底安静过：楼下的索霍区街道上上充斥着音乐声、脚步声和说话声。当行人离开这片地区时，交通在夜里隆隆作响，而一丝微风也会把他那不安全的窗户吹得嘎嘎作响。

"噢，你的支票，"伊茨喘着气说，又跳起来去厨房那边拿来一个信封，"给你。"

"非常感谢。"斯特莱克从她手里接过信封。

伊茨又坐了下来，拿了一块饼干，但又改变主意不吃了，把它放在了盘子里。斯特莱克呷了一口茶,他怀疑这是最好的茶,但对他来说,尝起来有一种令人不快的干花味。

"嗯,"伊茨终于开口了,"真不知道从哪儿说起。"

她检查了一下没有修剪的手指。

"我怕你会认为我疯了。"她嘟囔着,抬起她美丽的睫毛瞥了他一眼。

"我对此表示怀疑。"斯特莱克一边说,一边放下茶水,摆出一副他希望是鼓舞人心的表情。

"你听说他们在爸爸的橙汁里发现了什么吗?"

"没有。"斯特莱克说。

"阿米替林片,磨成粉末的。我不知道你是否——他们是抗抑郁药。警方称这是一种非常有效、无痛的自杀方式。有点像皮带和——皮带和背带,药片和——袋子。"

她随意喝了一大口茶。

"他们很好,真的,警察。嗯,他们受过训练,不是吗?他们告诉我们,如果氦气足够集中,只要一口气,你就……你就沉睡了。"

她噘起嘴唇。

"事情是这样的,"她突然脱口而出,大声说道,"我非常肯定爸爸是不会自杀的,因为这是他厌恶的行为,他总是说这是懦夫的选择,对家庭和留下的每个人都很可怕。

"而且奇怪的是,房子里的任何地方都没有阿米替林的包装。没有空盒子,没有泡罩包装,什么都没有。当然,盒子上应该有金瓦拉的名字。金瓦拉是开出阿米替林的人,她已经服用这种药一年多了。"

她又噘起嘴唇。

伊茨瞥了斯特莱克一眼,想看看她的话产生了什么效果。见他一声不吭,她就滔滔不绝地说了下去。

"前一天晚上,就在我过来跟你和夏丽说话之前,爸爸和金瓦拉在招待会上吵过架。爸爸刚刚告诉我们,他已经让拉夫第二天早上到埃伯里街的房子来。金瓦拉怒不可遏。她问为什么，爸爸不肯告诉她，他只是笑了笑，这激怒了她。"

"为什么会……？"

"因为她恨我们所有人。"伊茨说，她猜对了斯特莱克的问题。她的双手紧紧握在一起，指关节发白。"她总是讨厌有人和她竞争获取爸爸的关注，也不喜欢爸爸喜欢的人和事。她尤其讨厌拉夫，因为他长得像他妈妈，而金瓦拉对奥内拉总是不放心，因为她仍然很迷人。金瓦拉也不喜欢拉夫是个男孩，她一直担心他会取代弗雷迪，也许会被重新列入遗嘱。金瓦拉为了钱嫁给了爸爸，她从来没有爱过他。"

"你说重新列入……"

"爸爸把拉夫移出了遗嘱，因为拉夫撞倒——当他在车里做了那件事的时候。金瓦拉是幕后主使，当然，她怂恿爸爸不要再和拉夫有任何瓜葛——无论如何，爸爸在兰开斯特宫告诉我们他已经邀请了拉夫第二天去埃伯里街的房子，当时金瓦拉一言不发，几分钟后，她突然宣布要离开，并且走了出去。她说她回到了埃伯里街，给爸爸写了一封告别信——不过，你在那里，也许你看到了？"

"是的，"斯特莱克说，"我看到了。"

"是的，所以，她声称她写了那张纸条，收拾好行李，然后坐火车回了伍尔斯通。

"从警察盘问我们的方式来看，他们似乎认为金瓦拉离开爸爸导致了爸爸自杀，但这太荒谬了，简直说不通！他们的婚姻陷入困境已经很久了。我想在那之前他已经看透她好几个月了。她一直在说一些疯狂的小谎，做各种夸张的事情，试图保持爸爸对她的兴趣。我向你保证，如果爸爸相信她要离开他，会松一口气，而不会自杀。不过当然，他不会把那张纸条当真，他会非常清楚那只是演戏而已。金瓦拉有九匹马，没有收入。她得被拖着才会离开奇斯韦尔庄园，就像丁丁一号那样——我爷爷的第三任妻子，"伊茨解释道，"奇斯韦尔家的男人似乎很喜欢胸大，以及喜欢马的女人。"

伊茨的脸在雀斑下面涨得通红，她吸了一口气，继续说道：

"我认为是金瓦拉杀了爸爸。我无法将这个念头从脑海中抹去，无法集中注意力，无法思考其他任何事情。她确信爸爸和威尼西亚之间有点问题——她第一眼看到威尼西亚就起了疑心，然后《太阳报》又四处窥探，使她对此更是深信不疑——她可能以为爸爸恢复拉夫的继承权证明他正在为一个新时代做准备，我认为她把自己的抗抑郁药磨碎，然后趁爸爸不注意的时候放进他的橙汁里——他早餐第一件事总是要喝一杯果汁，这是惯例——然后，当他昏昏欲睡，无法对抗她的时候，就把袋子套在他头上。杀了他之后，她写了那张纸条，是想让人们觉得她想要和爸爸离婚，我认为她杀了爸爸之后偷偷溜出了房子，回到了伍尔斯通的家里，假装爸爸死去的时候她一直在那儿。"

伊茨上气不接下气，抚摸着脖子上的十字架，紧张地摆弄着，等待着斯特莱克的反应，她的表情既紧张不安又充满挑衅。

斯特莱克曾处理过几起军人自杀事件，他知道幸存者几乎总是带着一种特别有害的悲伤，这种剧毒的伤口，其溃烂带来的伤害甚至比那些被敌人用子弹射杀亲人还严重。他自己对于奇斯韦尔是怎么死的也有所怀疑，但他不打算把这种怀疑告诉身边这个迷失方向、悲痛欲绝的女人。令他印象最深的是伊茨对继母的指责，她似乎对继母怀有仇恨。她对金瓦拉提出的指控并非微不足道，斯特莱克在想，是什么让伊茨确信，和他一起在车里只待了五分钟的那个相当幼稚、脾气暴躁的女人，怎么能够策划出一场有条不紊的处决呢？

"警察，"斯特莱克终于说道，"会调查金瓦拉的行动的，伊茨。在这种情况下，配偶通常是第一个被调查的对象。"

"可是他们正在接受她所说的故事，"伊茨激动地说，"我看得出来。"

这是真的，斯特莱克想。他对伦敦警察厅的评价很高，无法想象他们会草率地确认这位妻子的行动，因为她很容易进入谋杀现场，而且医生给她开出了在尸体中发现的药物。

"那还有谁知道爸爸早上总是喝橙汁？还有谁能接触到阿米替林和氦气……？"

"她承认买了氦气吗？"斯特莱克问道。

"没有，"伊茨说，"可是她不会承认的，对吧？她只是坐在那里，继续她那歇斯底里的小女孩的表演。"伊茨伪装出一副高亢的音调，"'我不知道它是怎么进屋的！你们为什么都缠着我，让我一个人待着，我已经成寡妇了'。"

"我告诉警察，一年多前她用锤子袭击了爸爸。"

斯特莱克把那倒胃口的茶端到嘴边时僵住了。

"什么？"

"她用锤子攻击了爸爸，"伊茨说，她淡蓝色的眼睛盯着斯特莱克，希望他能理解，"他们大吵了一架，因为——好吧，原因并不重要，但他们当时是在马厩里——是在家里，显然是在奇斯韦尔庄园——金瓦拉从工具箱顶上抓起锤子，用它砸了爸爸的头。她很幸运当时没杀他，只是造成了他的嗅觉功能紊乱。后来他的嗅觉和味觉都变差了，即使是鸡毛蒜皮的小事也会让他生气，但他坚持要把这些事情都掩盖起来。他匆匆地把她送到某个收容中心，告诉大家她病了，是神经衰弱。

"但是马厩里的姑娘目睹了整个过程，并告诉了我们事情的真相。她不得不打电话给当地的家庭医生，因为爸爸流血太多了。如果爸爸没有把金瓦拉送进精神病院，并警告那些事不要刊登在报纸上，事情早就闹得满城风雨了。"

伊茨拿起茶来，可是她的手抖得厉害，不得不把茶杯放下。

"她不像男人们认为的那样，"伊茨情绪激烈地说道，"他们都相信小女孩的胡言乱语，连拉夫也相信'她的确失去了一个孩子，伊茨……'可是，如果他听到金瓦拉在背后说他坏话的四分之一，他很快就会改变他的论调。"

"还有那敞开的前门呢？"伊茨说，话题一下子转了过来，"这些你都知道，你和威尼西亚就是从前门进去的，不是吗？除非你用力关门,否则那扇门永远关不上。爸爸知道这一点。如果他一个人在家,他一定会把门锁好,不是吗?但是,如果金瓦拉一大早就偷偷溜出去,不想被人听见,她就不得不把它拉到一边让它开着,不是吗?"

"你知道,她不是很聪明。她应该把阿米替林的所有包装都收拾干净,以为如果她把它留下,就会被判有罪。我知道警察认为没有包装很奇怪,但我看得出他们都倾向于认为爸爸是自杀,这就是我想和你谈谈的原因,科莫兰,"伊茨说完,在扶手椅上往前倾了一点,"我想雇用你,想要你调查一下爸爸的死因。"

斯特莱克几乎从茶送到的那一刻起,就知道她会提出这个要求。一想到有人要花钱去调查他目前正在烦扰的事,自然十分诱人。然而,那些只想要证实自己理论的客户总是很麻烦。他不能按照伊茨的条件来接受这个案子,但是对她的悲伤表示同情,于是他寻求一种较为温和的拒绝方式。

"警察不会希望我插手的,伊茨。"

"他们不必知道你调查的是爸爸的死因,"伊茨急切地说道,"我们可以假装成希望你调查所有那些金瓦拉声称闯入庄园的愚蠢入侵行为。如果我们现在把她当回事,那对她是很有帮助的。"

"家里其他人知道你要见我吗?"

"噢,是的,"伊茨急切地说,"菲茨完全赞成。"

"是吗?她也怀疑金瓦拉吗?"

"哦,不,"伊茨说,听起来有点沮丧,"可是她百分之百地认同爸爸不可能自杀。"

"如果不是金瓦拉干的,那她认为是谁干的呢?"

"好吧,"伊茨说,似乎对这一系列问题感到不安,"实际上,菲茨有个疯狂的想法,她认为吉米·奈特不知何故卷入了其中,但很明显,这很荒谬。爸爸死的时候吉米被拘留了,不是吗?你和我前天晚上看到他被警察带走了,可是菲茨不想听这个,她一直盯着吉米不放!我问她,吉米·奈特是怎么知道阿米替林和氦气在哪里的？但她就是不听，她一直在说奈特是如何报复的……"

"报复什么？"

"什么？"伊茨不安地说，尽管斯特莱克知道她听到了他的话，"哦——那个现在不重要了，都是过去的事了。"

伊茨抓起茶壶，大步走进厨房，又往茶壶里加了些热水。

"菲茨对吉米的看法是不理性的，"她说，拿着斟满水的茶壶回来，砰的一声放在桌上，"从我们十几岁起，她就受不了他了。"

她给自己倒了第二杯茶，脸红了。斯特莱克沉默不语，她紧张地重复道：

"勒索的事跟爸爸的死一点关系也没有，那都结束了。"

"你没有把此事告诉警察，是吗？"斯特莱克轻声问道。

停顿了一下，伊茨的脸色越来越红。她抿了一口茶，然后说道：

"没有。"

然后她急忙补充说："对不起，我能想象你和威尼西亚对此事的感受，但我们现在更关心爸爸的遗产。我们不能把这一切公诸于众，科莫兰。勒索一事对他的死亡有任何影响的唯一方式就是驱使他自杀，我只是不相信他会因此而自杀，或为其他任何事情自杀。"

"德拉一定很容易得到她的超级禁令，"斯特莱克说，"如果奇斯韦尔的家人支持她，说没有人勒索他的话。"

"我们更关心人们是怎么记住爸爸的。至于敲诈……一切都结束了。"

"但菲茨仍然认为吉米可能与你父亲的死有关。"

"那不是——那是另一回事，跟他敲诈的事无关，"伊茨语无伦次地说道，"吉米怀恨在心……这很难解释……菲茨对吉米的看法就是很愚蠢。"

"家里的其他人对把我带回此事有什么看法？"

"嗯……拉夫不是很热心，但这与他无关。我会付钱给你的。"

"他为什么不热心？"

"因为，"伊茨说，"好吧，因为警察盘问拉夫的次数比我们任何人都多，因为——听着，拉夫不重要，"她又说了一遍，"我是客户，我才是需要你的人。只要打破金瓦拉不在场证明，我知道你能做到。"

"恐怕，"斯特莱克说，"我不能以这样的条件接受这份工作，伊茨。"

"为什么不呢？"

"客户不能告诉我什么是可以调查的，什么是不能调查的。除非你想知道全部真相，否则我不是你要找的人。"

"你是的，我知道你是最好的，这就是爸爸雇用你的原因，而且这也是我要雇用你的原因。"

"那么当我问你问题的时候，你就需要回答这些问题，而不是告诉我什么重要、什么不重要。"

她越过茶杯的边缘瞪着他，然后，令他吃惊的是，她竟然发出了清脆的笑声。

"我不知道我为什么感到惊讶，我知道你就是这样的。还记得你和杰米·毛姆在南龙乐沙克尔的争吵吗？哦，你一定记得。你不会退缩的——整桌人都在盯着你——争论的是什么，你记得吗？"

"死刑，"斯特莱克说道，猝不及防，"是的，我记得。"

一眨眼的工夫，似乎在他眼前的不是伊茨干净明亮的客厅，里面有着英国富裕历史的遗迹，而是回到了切尔西一家越南餐馆昏暗的内部，十二年前，他和夏洛特的一个朋友在那里吃晚餐时发生了争执。在他的记忆中，杰米·毛姆的脸平滑如猪。他本来是要在夏洛特坚持带去吃饭的那个蠢货前显摆，因为她没有带杰米的老朋友杰戈·罗斯去吃饭。

"……杰米对你非常非常生气，"伊茨，"你知道，他现在是个相当成功的质量控制员。"

"那么，他一定学会了在争论中控制自己的脾气了。"斯特莱克说道，伊茨又咯咯地笑了笑。"伊茨，"斯特莱克又回到正题上来，说道，"如果你是认真的话……"

"我的确是认真的。"

"那你就回答我的问题。"斯特莱克说着,从口袋里掏出一本笔记本。她犹豫不决地看着他拿出一支钢笔。

"我十分谨慎,"斯特莱克说,"在过去的几年里,上百个家庭告诉了我他们的秘密,我却没有和别人分享过任何一个。与你父亲的死无关的事,在我的侦探社之外,再也不会有人提起。但如果你不信任我……"

"我信任。"伊茨果断地说道,使他有点吃惊。伊茨身子前倾,碰到了他的膝盖。"我信任你,科莫兰,老实说,但这是……这很难……谈论爸爸……"

"我明白,"他说着,准备好了笔,"那我们就从为什么警察盘问拉斐尔的问题比问你们的要多开始吧。"他看得出她不想回答,但犹豫了一会儿,她说道:

"嗯,我想部分原因是爸爸在去世的那天早晨给拉夫打了电话,那是他最后打的一通电话。"

"他说了什么?"

"没什么要紧的,不可能和爸爸的死有关。但是,"她急忙继续说道,仿佛想要消除她最后的话语可能会留下的疑问,"我想拉夫并不热衷于我雇用你的主要原因是,威尼西亚在办公室任职期间,喜欢上了她。而现在,嗯,很明显,他感觉有点像白痴,把心给了她。"

"他爱上她了,是吗?"斯特莱克说。

"是的,所以他觉得大家都在愚弄他,也就不足为奇了。"

"事实上……"

"我知道你要说什么,可是……"

"如果你要我去调查,得由我来决定什么是重要的,伊茨,而不是由你决定。所以我想知道,"他在责备每次他提到要问的事情,伊茨都会说那个不重要,"你父亲在他去世的那个早上给拉斐尔打电话说了什么,你父亲和金瓦拉为什么争吵,以至于金瓦拉要用锤子砸他的头——以及你的父亲是因为什么而遭到勒索的。"

伊茨的胸膛上下起伏，蓝宝石十字架在黑暗中闪烁。她终于开口说话了，声音有些不自然。

"爸爸和拉夫最后一次通话时对彼此说了些什么，我可没办法告诉你，那是拉夫该说的。"

"因为是隐私吗？"

"是的。"她说，脸涨得通红。他不知道她说的是不是真话。

"你说你父亲死的那天叫拉斐尔到埃伯里街的房子里去。他在重新安排时间吗？取消了吗？"

"取消了。听着，你得问问拉夫。"她重申了一遍。

"好吧，"斯特莱克说道，做了个记录，"是什么原因让你的继母用锤子打了你父亲的头？"

伊茨的眼睛里充满了泪水。然后，她哽咽着从袖子里掏出一块手帕，贴在脸上：

"我……不想告诉你那件事因……因为我不……不想让你觉得爸爸不好，现在他……现在他……你看，他做了些事……"

她发出了不浪漫的鼻息声，宽宽的肩膀颤抖着。斯特莱克觉得这种坦率而吵闹的痛苦比用那双细腻的眼睛轻抚更令人感动。当伊茨喘着粗气试图道歉时，他只能坐在那里，无力地表示同情。

"我……我……"

"别傻了，"他粗声粗气地说道，"你当然很难过。"

但她似乎为自己的失控而深感羞愧，她从哽咽中恢复了平静，不时地还夹杂着更加慌乱的"对不起"。最后，她就像擦窗户一样，粗暴地把脸擦干，说了最后一句"我很抱歉"，然后挺直腰板，语气坚定地说出下面的话，考虑到当时的情形，斯特莱克对此感到非常钦佩：

"如果你接下这个案子……一旦我们在虚线上签了字……我会告诉你爸爸做了什么而使得金瓦拉用锤子打了他。"

"我想，"斯特莱克说，"同温恩和奈特勒索你父亲的原因是一样

313 | 致命的白色

的吧?"

"看,"她说,眼泪再次涌了出来,"你没明白吗,现在是爸爸的记忆,他的遗产。我不希望这些事情成为人们对他的记忆——请帮帮我们,科姆,拜托了。我知道这不是自杀,我知道这不是……"

斯特莱克用沉默代替回应。最后,伊茨露出可怜兮兮的表情,哽咽地说道:

"好吧。我会把敲诈的事都告诉你,不过要征得菲茨和托克斯的同意。"

"托克斯是谁?"斯特莱克问道。

"托奎尔,菲茨的丈夫。我们发过誓永远不告诉任何人,但我会……跟他们谈谈,如果他们同意,我会……把一切都告诉你。"

"不用征求拉斐尔的意见吗?"

"他对敲诈勒索的事一无所知。吉米第一次来找爸爸的时候,拉夫在监狱里,而且,他没有和我们一起长大,所以他不可能——拉夫从来不知道。"

"那金瓦拉呢?"斯特莱克问,"她知道吗?"

"哦,是的,"伊茨说,一副充满恶意的表情使她平时友好的面孔变得更加严厉了,"可是她绝对不愿意我们告诉你。哦,倒不是为了保护爸爸,"她说,正确地读懂了斯特莱克的表情,"是为了保护她自己。你看,金瓦拉受益了。她不在乎爸爸要干什么,只要她能得到回报就行。"

39

>……我自然会尽量少谈论此事；对这种事情最好保持沉默。
>
> ——亨利克·易卜生《罗斯莫庄》

罗宾周六过得很糟糕，随后的那晚过得更糟。

凌晨四点，她尖叫一声醒来，感觉自己还被噩梦纠缠着，梦里她背着一整袋窃听器穿过黑暗的街道，知道有个戴面具的男人在跟踪她。她手臂上的旧刀伤已经裂开了，追赶她的男人尾随着她喷血的痕迹，她知道她永远也到不了斯特莱克等着那袋窃听器的地方……

"怎么了？"马修昏昏沉沉、半梦半醒地问道。

"没事。"罗宾回答，然后一直在床上躺到七点，觉得应该起床了才爬起来。

过去两天，一个衣衫褴褛的金发青年一直潜伏在阿尔伯里街。他几乎懒得掩饰自己一直在监视罗宾的家这一事实。罗宾和斯特莱克讨论过这个年轻人，斯特莱克确信他是个记者，而不是私人侦探，或者是个被派去监视她的初级侦探，因为米奇·帕特森的时薪已经成了一笔不合理的开支。

她和马修搬到了阿尔伯里街，以逃离沙克尔韦尔开膛手曾经潜伏的地方。这里本应是一个安全的地方，然而，它也因与非自然死亡的接触而受到了污染。上午,在马修还没来得及意识到罗宾又喘不过气来了,她就已经躲进了浴室。坐在浴室的地板上,运用她在治疗中所学的技术,认知重组,试图找出在特定的触发条件下,她脑海中会自动跳出的追求、痛苦和危险的想法。他只是个为《太阳报》工作的白痴。他想要一个故事,仅此而已。你很安全,他接近不了你,你是非常安全的。

罗宾从浴室出来下楼时,发现丈夫弄好了一个三明治,正在用力关上厨房的门和抽屉。他没有提出给她也做一个。

"那个混蛋一直盯着窗户,我们该怎么跟汤姆和莎拉说呢?"

"我们为什么要告诉汤姆和莎拉这件事?"罗宾茫然地问道。

"我们今晚要去他们家吃饭!"

"哦,不,"罗宾呻吟道,"我的意思是,是的。抱歉,我忘了。"

"那么,如果那个讨厌的记者跟踪我们,那该怎么办呢?"

"我们不要理睬他,"罗宾说,"此外,我们还能怎么办呢?"

她听到楼上手机响了,很高兴有借口离开马修身边,就上楼接电话。

"嗨,"斯特莱克说,"好消息,伊茨雇我们来调查奇斯韦尔的死因。嗯,"他纠正自己说,"她实际上想让我们证明是金瓦拉干的,但我设法扩大了职权范围。"

"太棒了!"罗宾小声说道,小心翼翼地关上了卧室的门,坐到床上。

"我想你会高兴的,"斯特莱克说,"现在,我们首先需要的是警方调查的线索,尤其是法医学。我刚联系过沃德尔,但他被警告不得向我们透露消息。他们似乎已经猜到我还在四处打探相关情况。后来我联系了安斯蒂斯,但一无所获,他是全职的奥运会工作人员,不认识和这个案子相关的任何人。所以我想问一下,凡妮莎休探亲假回来了吗?"

"是的!"罗宾说,突然兴奋起来。这是她第一次有了有用的人脉,而不是斯特莱克的人脉。"但比凡妮莎更好的是——她正在和一个法医学的家伙约会，奥利弗，我从没见过他，但是……"

"如果奥利弗同意和我们谈谈，"斯特莱克说道，"那就太好了。告诉你，我会打电话给尚克尔，看看他是否会卖给我让我们可以交换的东西，然后给你回电话。"

他挂了电话。罗宾虽然饿了，却没有下楼，而是躺在漂亮的红木床上，那是马修父亲送给他们的结婚礼物。木床又重又笨，搬来搬去的工人个个累得汗流浃背，骂骂咧咧地把它搬上楼梯，然后在卧室里重新组装。另一面是罗宾的梳妆台，又陈旧又便宜，轻得像一个没有抽屉的橙色板条箱，只需一个人就能把它抬起来，放在卧室的窗户之间。

十分钟后，她的手机又响了。

"真快。"

"是的，我们很幸运。尚克尔今天休息。我们的利益不谋而合，他不介意有个人被警察带走。告诉凡妮莎，我们可以提供伊恩·纳什的信息。"

"伊恩·纳什？"罗宾重复道，起身拿起笔和纸，把名字记下来，"到底是谁……？"

"流氓。凡妮莎会知道他是谁的。"斯特莱克说。

"花了多少钱？"罗宾问道。斯特莱克和尚克尔之间深厚的个人感情从未妨碍尚克尔坚持的商业规则。

"第一周只要一半费用，"斯特莱克说，"但如果奥利弗能把货物弄过来，这笔钱会花得很值。你怎么样？"

"什么？"罗宾不安地问道，"我很好，你为什么要这样问？"

"难道你从来没有想过，作为你的雇主，我有关心你的义务吗？"

"我们是搭档。"

"你是领薪水的合伙人，你可以因为工作条件恶劣而起诉我。"

"你不认为，"罗宾说着，一面审视她前臂苍白的皮肤上仍然突出的八英寸紫色伤疤，"如果我想那么做的话，早就那样做了吗？不过，如果你主动提出要清理楼梯平台上的厕所……"

"我只是说,"斯特莱克坚持道,"如果你有一点点反应,那是很自然的。发现一具尸体并不是很多人的乐趣所在。"

"我绝对没事。"罗宾撒谎道。

他们道别之后,罗宾想,我一定要好好的,不会再失去一切了。

40

你看，你的出发点和他的相差太远了。

——亨利克·易卜生《罗斯莫庄》

周三早上六点，罗宾又睡在那间空房间里，她起床后，穿上牛仔裤、T恤、运动衫和运动鞋。背包里装着一顶她在网上买的黑色假发，头天早上送到的，就在那个躲躲闪闪的记者的眼皮子底下。她蹑手蹑脚地下了楼，以免吵醒马修，因为她没有和他讨论过她的计划。她很清楚他肯定会反对。

尽管周六晚上跟汤姆和莎拉一起吃饭很可怕，可是他们之间的关系却岌岌可危地平静下来：事实上，恰恰是因为晚饭太糟糕了。事情一开始就很不走运，因为那位记者的确沿着街道跟踪他们。他们成功地把他甩掉了，很大程度上要归功于罗宾的反监视训练，在地铁门关上之前，他们偷偷地溜出了拥挤的车厢，马修恼怒异常，认为这是有失尊严的幼稚把戏。但是，即使是马修自己也不能把那天晚上剩下的时间里发生的事情归咎于罗宾。

晚饭时，他们一开始对慈善板球比赛的失利进行了轻松的分析，结果突然变得令人不快，汤姆咄咄逼人。汤姆突然醉醺醺地指责马修，说马修的表现不如他想象的那么好，他的傲慢已经激怒了队里的其他人；事实上，他在办公室里不受欢迎；他把别人背起来，用一种错误的方法导致了摩擦。马修被突如其来的袭击吓到了，试图问汤姆自己在工作中做错了什么，但汤姆喝得酩酊大醉，罗宾想他一定是在他们到达之前就开始喝酒了，所以他对马修受伤的怀疑演变成了挑衅行为。

"别跟我装无辜！"他大声喊道，"我再也受不了啦！贬低我，他妈的刺激我——"

"我是这样的吗？"当他们在黑暗中走向地铁时，马修颤抖着问罗宾。

"不是的，"罗宾诚实地回答，"你根本没有对他说过什么恶意的话。"

不过，她在脑海里加上了"今晚"两个字。带着受伤和困惑的而不是通常和她生活在一起的那个马修回到家，这让她松了一口气。她的同情和支持为她在家里赢得了几天的和平。罗宾不打算告诉马修她今天早上要让那个仍然潜伏着的记者无法跟踪她的踪迹，以免危及他们之间的休战状态。她不能被人跟踪到去与法医病理学家会面，尤其是奥利弗，根据凡妮莎的说法，正是她对奥利弗进行了大量的劝说，他才愿意与斯特莱克和罗宾见面的。

罗宾悄悄地走出落地窗，来到房子后面的院子里，利用其中一把花园椅子爬上了墙顶，墙把他们的花园和他们正后方的房子隔开了。幸运的是，房间里的窗帘都拉上了。随着一声低沉的撞击地面的声音，她从墙上滑到了邻居家的草坪上。

她的下一步逃跑过程有点棘手。她得先在邻居的花园里拖来一条沉重的长达几英尺的装饰性长椅，直到它和栅栏垂直，然后，在它的后面保持平衡，她爬上了装饰板的顶部，当她倒在另一边的花坛里时，长凳摇晃起来，致使罗宾摇摇晃晃地倒了下去。她又爬了起来，匆匆穿过新修剪的草坪，来到对面的栅栏，栅栏中间有一扇门通向对面的停车场。

令罗宾欣慰的是，门闩很容易就打开了。当她关上身后的花园大门时，她悲伤地想起了刚刚在湿漉漉的草坪上留下的脚印。如果邻居醒得早，很容易发现那个闯入他们花园的入侵者是从哪里来的，因为入侵者移动了他们的花园家具，压扁了他们的秋海棠。杀死奇斯韦尔的凶手，如果有凶手的话，会更擅长掩盖他们的踪迹。

罗宾蹲在一个废弃的停车场里停着的斯柯达后面，这个停车场是为没有车库的街道服务的，她用后视镜调整了一下从背包里拿出的黑色假发，然后沿着与阿尔伯里街平行的那条街道轻快地走向前，右转进入德普福德大街。

除了几辆送货的早班货车，以及一家报刊亭的老板正在打开店门口的金属安全卷帘门外，周围几乎没有人。罗宾回头瞥了一眼，突然感到一阵慌乱，不是惊慌，而是兴高采烈：没人在跟踪她。即便如此，她直到安全上了地铁后才摘下假发，让那个一直越过Kindle阅读器偷偷盯着她看的年轻人有些吃惊。

斯特莱克选择了兰贝斯路街角的咖啡馆，因为它靠近奥利弗·巴盖特工作的法医实验室。罗宾到达时，她发现斯特莱克站在外面抽烟。他的目光落在她牛仔裤泥泞的膝盖上。

"在花坛上匆忙落地，"等走到斯特莱克听得见的地方，她解释道，"那个记者还在附近转悠。"

"马修帮了你一把？"

"不是的，我用的是花园里的家具。"

斯特莱克把香烟在身边的墙上捻灭，跟着她进了咖啡馆，咖啡馆散发着油炸食品的香味。在斯特莱克眼里，罗宾看上去比平时更苍白、更瘦了，但她点了咖啡和两个培根卷时，显得很高兴。

"一个。"斯特莱克纠正她。"一个，"他遗憾地对柜台后面的人重复了一遍，"我想减肥，"他对罗宾说，"这样对我的腿更好。"

"啊，"罗宾说，"没错。"

当斯特莱克用袖子拂去桌子上的面包屑时，他想起来，这已经不是第一次了，罗宾是他所遇到的唯一一对改进他毫无兴趣的女人。他知道，如果他现在改变主意，点上五份培根卷，她也只会咧嘴一笑,把它们递给他。她穿着沾满泥土的牛仔裤和他一起坐在餐桌上,想到这一点,斯特莱克对她的好感倍增。

"一切都好吗?"他问,一边看着她往培根卷里加番茄酱,一边流口水。

"是的,"罗宾撒谎道,"一切都很好。你的腿怎么样了?"

"比以前好多了。我们要见的这个家伙长什么样?"

"又高又黑,戴眼镜。"罗宾含含糊糊地说道,嘴里含着面包和培根。一大早的活动使得她比几天前更饿了。

"凡妮莎又回来为奥运会工作了?"

"是的,"罗宾说,"她缠着奥利弗来见我们。我认为他没那么热心,但她想要升职。"

"有关伊恩·纳什的丑闻肯定会有帮助的。"斯特莱克说,"从尚克尔告诉我的情况看,伦敦警察厅一直在努力……"

"我想那个就是他。"罗宾小声说。

斯特莱克转过身来,看见一个身材瘦长、神情焦虑、戴着无框眼镜的黑人站在门口。他拿着一个公文包。斯特莱克举手示意,罗宾把三明治和咖啡推到邻座,让奥利弗坐在斯特莱克对面。

罗宾不知道她原来期盼的是什么:他英俊潇洒,高高的发型,身穿洁白的衬衫,但似乎看起来又让人怀疑、不以为然,这两种性格她都无法将其和凡妮莎联系在一起。尽管如此,他还是握了握斯特莱克伸出的手,转身对罗宾说:

"你就是罗宾?我们一直错过了对方。"

"是的。"罗宾说,也和他握了握手。奥利弗一尘不染的外表使她对自己凌乱的头发和脏兮兮的牛仔裤感到很难为情。"很高兴终于见到你了。这是柜台服务,我去给你拿杯茶还是咖啡?"

"呃——咖啡,对,太好了,"奥利弗说,"谢谢。"

罗宾走到柜台前,奥利弗转过身来对着斯特莱克。

"凡妮莎说你有一些信息要告诉她。"

"也许吧,"斯特莱克说,"这完全取决于你给我们带来了什么,奥利弗。"

"在我们进一步讨论之前,我想确切地知道你们能提供什么。"

斯特莱克从上衣口袋里掏出一个信封,举起来。

"一个汽车注册号和一张手绘地图。"

显然,这对奥利弗很重要。

"我能问一下你从哪儿弄来的吗?"

"当然,"斯特莱克高兴地说道,"但这些信息不包括在这笔交易内。埃里克·沃德尔会告诉你,我的联系人有百分之百可靠的记录。"

一群工人大声地说着话,走进了咖啡馆。

"这一切都不会被记录在案,"斯特莱克轻声说道,"没人会知道你跟我们谈过话。"

奥利弗叹了口气,然后弯下腰,打开公文包,取出一本大大的笔记本。罗宾端着一杯咖啡回来给奥利弗,又在桌边坐下,斯特莱克准备好做笔记。

"我和法医小组里的一个成员谈过了,"奥利弗说,瞥了一眼邻桌大声开玩笑的工人们,"凡妮莎跟一个知道更大范围调查进展情况的人谈过了。"他对罗宾说。"他们不知道凡妮莎和你交情很好。如果我们帮你们的事情被泄露出去——"

"我们不会告诉其他任何人的。"罗宾向他保证。

奥利弗微微皱着眉头,打开笔记本,看了看他在上面用小而清晰的笔迹记下的细节。

"好吧,法医已经相当清楚了。我不知道你们想要多少技术细节?"

"最低限度,"斯特莱克说,"告诉我们一些重点。"

"奇斯韦尔空腹摄入了约五百毫克溶解在橙汁中的阿米替林。"

"剂量很大,不是吗?"斯特莱克问道。

"即使没有氦气,它本身也可能会致命,但不会这么快。另一方面,他患有心脏病,这会使他更容易受到伤害。服用过量的阿米替林会导致心律失常和心脏骤停。"

"这是流行的自杀方法吗?"

"是的,"奥利弗说,"但并非总是像人们希望的那样没有痛苦。大部分还会留在他的胃里。十二指肠上留有很小的痕迹。根据对肺和脑组织的分析,窒息是导致他死亡的真正原因,估计阿米替林是个后备。"

"玻璃杯和橙汁盒上有指纹吗?"

奥利弗在笔记本上翻了一页。

"玻璃杯上只有奇斯韦尔的指纹。他们在箱子里发现了一个空纸箱,上面也有奇斯韦尔的指纹和其他人的指纹。没有什么可疑的。正如你所预料的那样,如果在购买过程中进行了处理。果汁里面的药物测试呈阴性,药物直接进入了玻璃杯。"

"氦气罐呢?"

"上面有奇斯韦尔的指纹,还有其他人的指纹。没有什么可疑的。和果汁盒一样,就像在购买过程中被处理过一样。"

"阿米替林有味道吗?"罗宾问道。

"是的,很苦。"奥利弗说。

"嗅觉功能障碍,"斯特莱克提醒罗宾,"在头部受伤之后,他可能没有尝过。"

"这会使他昏昏沉沉吗?"罗宾问奥利弗。

"可能吧,尤其是如果他不习惯服用的话,但人们可能会有意想不到的反应。他可能会变得焦躁不安。"

"有没有迹象表明药片是如何被压碎,或是在哪里被压碎的?"斯特莱克问道。

"在厨房里。杵上和臼中发现了粉末的痕迹。"

"指纹呢?"

"是他的。"

"你知道他们是否测试了顺势疗法药片吗?"罗宾问道。

"什么?"奥利弗问。

"地板上有一管顺势疗法药丸,我踩到上面了,"罗宾解释说,"拉切西斯。"

"我对他们一无所知。"奥利弗说,罗宾觉得提起他们有点傻。

"他左手背上有个记号。"

"是的,"奥利弗说着,又回头看了看他的笔记,"脸上有擦伤,手上有个小记号。"

"脸上也有?"罗宾说,拿着三明治的手僵住了。

"是的。"奥利弗说。

"有解释吗?"斯特莱克问。

"你怀疑那个袋子是不是被迫套到他头上去的。"奥利弗说。这是一个声明,不是提问。"军情五处也有这样怀疑的,他们知道不是他自己做的记号,在他的指甲下什么也没有。另一方面,他的身体上没有瘀伤,没有暴力的痕迹,房间里没有凌乱的东西,也没有挣扎的迹象……"

"除了弯剑。"斯特莱克说。

"我忘了你那时就在那儿,"奥利弗说,"这一切你都知道。"

"剑上有印记吗?"

"它最近刚被清洗过,但手柄上有奇斯韦尔的指纹。"

"现在我们断定死亡时间是什么时候?"

"早上六点到七点之间。"奥利弗说。

"可他却穿戴得整整齐齐的。"罗宾沉思道。

"据我所知,他绝对不是那种会穿着睡衣死去的家伙。"奥利弗不动神色地说。

"那么,伦敦警察局倾向于认定他是自杀了?"斯特莱克问。

"私下里,我认为很有可能做出公开的裁决。有一些差异需要解释。你当然知道敞开的前门。门是变形的,除非你用力关闭,否则是关不上的,但如果用力过猛,它有时会弹回来重新打开。所以那可能是很偶然的,事实上它是开着的。奇斯韦尔可能没有意识到他把门半开着,但同样,凶手也可能不知道关上它的诀窍。"

"你不会碰巧知道那扇门有几把钥匙吧?"斯特莱克问。

"不知道,"奥利弗说,"我相信你会理解的,凡和我只能是漫不经心地去问这些问题。"

"他可是一个死去的政府部长。"斯特莱克说,"你们听上去当然不必太随意吧?"

"我知道一件事,"奥利弗说,"他有很多自杀的理由。"

"比如说?"斯特莱克问道,钢笔稳稳地放在笔记本上。

"他的妻子要离开他了……"

"据说。"斯特莱克写道。

"他们失去了一个孩子,他的大儿子在伊拉克阵亡,家人说他行为怪异、酗酒,等等,他还有严重的经济问题。"

"是吗?"斯特莱克说,"比如?"

"他在2008年的金融危机中几乎一贫如洗,"奥利弗说,"然后还有……嗯,就是你们俩在调查的那件事。"

"你知道勒索者在什么地方吗,时间是……?"

奥利弗做了一个剧烈的动作,差点儿把咖啡打翻在地。他俯身向前对着斯特莱克,嘶嘶说道:

"有一条超级禁令,假如你没有……"

"是的,我们听说了。"斯特莱克说。

"嗯,我碰巧喜欢我的工作。"

"好吧,"斯特莱克很镇定,不过压低了声音,"我会把我的问题换种问法。他们调查过杰兰特·温恩和吉米的动向吗?"

"是的,"奥利弗简短地说,"两人都有不在场证明。"

"是什么?"

"前者在伯蒙德赛与……"

"不是和德拉吗?"罗宾脱口而出。一想到杰兰特失明的妻子是他的不在场证明,不知何故,罗宾就觉得不体面。她已经形成了这样一种印象,不管天真与否,德拉与杰兰特的犯罪活动无关。

"不是,"奥利弗简洁地说,"我们必须用名字吗?"

"那么是谁呢?"斯特莱克问。

"某个员工。他声称他当时和那名员工在一起,该员工证实了这一点。"

"还有别的证人吗?"

"我不知道,"奥利弗说道,带着一丝沮丧,"我认为有的。他们对他的不在场证明很满意。"

"那么吉……那另一个人呢?"

"他和女朋友在东汉姆。"

"是吗?"斯特莱克说道,把它记了下来,"我看到他被押送到警车里,就在奇斯韦尔死的前一天晚上。"

"他被警告后就被释放了。但是,"奥利弗轻声说道,"勒索者一般不会杀死他们的受害人,对吧?"

"如果他们能从受害者那里得到钱,他们就不会这么做。"斯特莱克说,一边仍在记录。

"但奈特没有拿到钱。"

奥利弗看了看表。

"还有几件事,"斯特莱克轻声说,他的胳膊肘还搁在装着伊恩·纳什的详细资料的信封上,"凡妮莎知道奇斯韦尔在去世那天早上给他儿子打了个电话吗?"

"是啊,她说了此事。"奥利弗说着,在笔记本上翻来覆去地找资料,"是的,奇斯韦尔早上六点刚过就打了两个电话。先是打给他的妻子,然后打给了他的儿子。"

斯特莱克和罗宾再次面面相觑。

"我们知道他给拉斐尔打了电话。他也给妻子打了电话吗?"

"是的,他先给妻子打了电话。"

奥利弗似乎正确地理解了他们的反应,因为他继续说道:

"妻子是完全清白的。她是他们调查的第一个人,一旦确信不是出于政治动机,他们就很满意,这很显然。"

"头一天晚上,一位邻居看见她走进埃伯里街的房子,不久后,在她丈夫回家的两个小前,她就提着一个包出来了。一位出租车司机在街道的中途把她接上,送她去了帕丁顿。她在回住处的火车上被摄像机拍了下来——是牛津郡对吗?而且显然,当她回到家时,有人在她的房子里,这个人可以证明她是在午夜之前到达那里的,直到警察来告诉她奇斯韦尔已经死了之前,她都没有离开过那里。她的整个行程有多个目击者。"

"谁和她在家里?"

"那个,我不知道。"奥利弗的目光移到斯特莱克胳膊肘下面的信封上,"这就是我所知道的一切。"斯特莱克问到了他想知道的所有事情,并获得到了一些他没有预料到的信息,包括奇斯韦尔脸上的擦伤、他糟糕的财务状况,以及清晨给金瓦拉打过电话。

"你真是帮了大忙,"他告诉奥利弗,把信封滑过桌子,"非常感谢。"

奥利弗似乎松了口气,这次会面终于结束了。他站起来,匆匆和斯特莱克握了握手,又向罗宾点了点头,就离开了咖啡馆。奥利弗一走出视线,罗宾就坐回椅子上叹了口气。

"你那忧郁的表情是什么意思?"斯特莱克边喝着茶边问道。

"这将是有史以来最短的工作。伊茨是要我们证明是金瓦拉干的。"

"她是想知道她父亲去世的真相,"斯特莱克说道,冲着罗宾怀疑的表情笑了笑,"而且,是的,她是希望那是金瓦拉干的。好了,我们得看看能不能打破那些不在场证明,不是吗?星期六我要去伍尔斯通。伊茨邀请我去奇斯韦尔庄园,这样我就能见到她姐姐了。你也一起去吗?眼下我的腿不舒服,我宁愿不开车。"

"好的,当然。"罗宾立刻说道。

和斯特莱克一起离开伦敦,哪怕只是一天,这个想法是如此诱人,以至于她都懒得去考虑她和马修是否已经有什么计划,但毫无疑问,在他们意想不到的和睦气氛中,马修是不会制造任何麻烦的。毕竟,她已经一个多星期都没有工作了。"我们可以开路虎去,在乡村公路上开路虎会比开你的宝马车好。"

"如果黑客还在监视你,你可能需要一些转移注意力的策略。"斯特莱克说。

"我想我可能开车比步行更容易把他们甩掉。"

"是的,你也许可以。"斯特莱克说。

罗宾拥有高级驾驶执照。虽然斯特莱克从来没有告诉过她,但罗宾是唯一他愿意让她开车载他的人。

"我们应该什么时候到奇斯韦尔庄园?"

"十一点,"斯特莱克说,"但我打算离开一整天。我想趁机去看看奈特家的老地方。"他犹豫了一下,"我不记得是否告诉过你……我让巴克利在吉米和弗利克手下做卧底。"

他已经做好了准备接受罗宾会生气,因为他没有和她讨论过此事,或者会怨恨,因为巴克利一直在工作而她却没有,或者,也许最有道理的是,考虑到侦探社当前的财务状况,罗宾要求知道他在玩什么把戏,然而罗宾没有表现出怨恨,而是饶有趣味地说道:

"你还知道你没有告诉我。你为什么放他在那里当卧底呢?"

"因为我有一种直觉,奈特兄弟的情况比我们看到的要复杂得多。"

"你总是叫我不要相信直觉。"

"不过,我从未声称自己不是一个伪君子。振作起来,"他们从桌子旁站起来时,斯特莱克补充道,"拉斐尔对你不太满意。"

"为什么呢?"

"伊茨说他爱上你了。得知你原来是个卧底侦探,让他很难过。"

"哦,"罗宾说道,脸上泛起淡淡的红晕,"好吧,我相信他会很快恢复的,他就是那种人。"

41

> 我在想，是什么让我们从一开始就走到一起，是什么让我们如此紧密地联系在一起……
>
> ——亨利克·易卜生《罗斯莫庄》

斯特莱克一生中花了许多时间，试图猜测他到底做了什么引起他身边的女人闷闷不乐地保持沉默。周五晚上大部分时间罗蕾莱都在生闷气，最好的解释就是他清楚地知道自己是怎样得罪了她，甚至准备承认她的不快在某种程度上是有道理的。

他来到她在卡姆登的公寓后不到五分钟，伊茨就给他打了电话，部分原因是为了告诉他，她收到杰兰特·温恩的一封信，但他知道，她打电话主要是为了聊天。她并不是他的客户中第一个认为他们购买了侦探服务的同时，还购买了倾听者和治疗师的混合体。伊茨的种种迹象表明，她准备整个周五晚上都和斯特莱克聊天，他们上次见面时膝盖接触所表现出来的挑逗行为在电话里表现得更加明显。

在他职业生涯中接触过的那些脆弱而孤独的女性中，把斯特莱克当成潜在情人的倾向的情况并不少见。他从未和客户上过床，尽管偶尔也会受到诱惑。这个侦探社对他来说太重要了，即使伊茨对他有一定的吸引力，他也会小心翼翼地保持职业态度，因为她和夏洛特的关系会永远在他心里留下阴影。

尽管他真心想要缩短通话时间——罗蕾莱已经做好了饭,而且穿着一件类似睡衣的丝质蓝宝蓝色连衣裙,看上去特别可爱,伊茨却表现出了挑逗的持久粘连。斯特莱克几乎花了四十五分钟的时间才从客户的电话中解脱出来。他的客户甚至听到他最温和的笑话也会久久地纵声大笑,因此罗蕾莱几乎不可能不知道电话的另一端是个女人。他刚把伊茨打发了,正向罗蕾莱解释说她是个伤心欲绝的客户,巴克利就打电话来向他汇报吉米·奈特的最新情况。尽管他接听第二个电话的时间要短很多,但在罗蕾莱看来,接电话这事本身就加重了他最初的过错。

这是罗蕾莱收回爱情宣言后,他们俩的第一次见面。她在餐桌上受伤的和无礼的行为使他不情愿地相信,她非但不希望他们不附带条件的安排继续下去,反而抱着希望,如果她停止向他施压,他会自主地意识到。事实上,他深深地爱着她。在电话里聊了大半个小时,晚餐在烤箱里慢慢变得干瘪,粉碎了她对一个完美夜晚以及重建他们关系的希望。

如果罗蕾莱只接受了他真诚的道歉,他可能会想要做爱。可是,到了凌晨两点半,她终于大哭起来,一边自责一边自我辩解。斯特莱克太累了,脾气也不好,无法接受身体上的主动示好。他担心,在她的脑海里,这是很重要的一部分,他不想示好。

他六点钟起来的时候,眼睛凹陷,下巴发黑,他心想,这一切必须结束了。他尽量悄悄地移动身子,希望在他走出公寓之前罗蕾莱不会醒过来。斯特莱克没有吃早饭,因为罗蕾莱把厨房的门换成了一扇有趣的复古珠帘,只要一碰到,窗帘就会发出响亮的哗啦声。斯特莱克一路走向通往街道的楼梯顶端,这时罗蕾莱从黑暗的卧室里走出来,睡意蒙眬,穿着一件短和服,既充满忧伤又让人怜爱。

"难道你不打算说再见吗?"

别哭了。请他妈的别哭。

"你刚才看起来睡得很熟。我得走了,罗宾要来接我……"

"啊,"罗蕾莱说,"哦,你是不会让罗宾一直在附近转悠的。"

"我会给你打电话。"斯特莱克说。

他感觉走到前门的时候听到了抽泣声,不过他把开门的声音弄得很响,可以理所当然地声称没听见抽泣。

斯特莱克走了很长一段路,来到一家方便的麦当劳,点了一个鸡蛋麦芬和一大杯咖啡。他在一张还未擦过的桌子上吃东西,周围还有其他周六早起的人。一个脖子后面长了个疖子的年轻人正在斯特莱克前面阅读《独立报》,在年轻人翻页之前,斯特莱克越过年轻人的肩膀,看到了"体育部长婚姻破裂"几个字。

斯特莱克拿出手机,在谷歌上搜索"温恩的婚姻",立刻跳出了新闻报道:"体育部长与丈夫分手:和平分手","德拉·温恩结束了婚姻","盲人残奥会部长离婚",等等。

各大报纸的报道都是实事求是的,而且篇幅都很短,其中有几篇报道还穿插了德拉在政界内外令人印象深刻的职业生涯的细节。当然,媒体的律师们现在围绕温恩夫妇会特别小心,因为他们的超级禁令仍然有效。斯特莱克两口就吃完了麦芬饼,嘴里叼着一支没有点燃的烟,一瘸一拐地走出了餐馆。在外面的人行道上,他点燃了烟,然后在手机上打开了一个著名的、下流的政治博主的网站。下列这段简短的文字是几个小时前写的:

有传言说,那一对对年轻员工有共同偏好的令人毛骨悚然的威斯敏斯特夫妇终于分手了?他即将无法接触到他觊觎已久的可爱的政治追求者的机会,而她已经找到了一位年轻英俊的"助手"来缓解分居的痛苦。

不到四十分钟,斯特莱克从男爵宫地铁站出来,靠在入口处的柱子上。在他身后新艺术主义的字体和大车站的开放式分段山墙下,映出了他孤独的身影。他再次掏出手机,继续读着有关温恩夫妇分居的消息。他们结婚三十多年了。他所认识的唯一在一起这么久的夫妇是在康沃尔郡的舅舅和舅妈，在他母亲不愿或无力照顾他们的定期的间隔期间，他们充当着斯特莱克和他姐姐的代理父母。

一阵熟悉的轰鸣声和嘎吱声使斯特莱克抬起头来。罗宾从父母那里开来的那辆陈旧的路虎正慢慢地向他驶来。罗宾明亮的金发脑袋出现在方向盘的后面，让疲惫而又略显沮丧的斯特莱克猝不及防，他经历了一波意想不到的幸福。

"早上好。"罗宾说道，当斯特莱克打开门，塞进一个手提箱时，觉得他看起来很可怕。"噢，滚开。"她补充道，此时她身后的一名司机猛按喇叭，由于斯特莱克坐进车内的时间太长，他被惹怒了。

"对不起……腿不舒服。穿着匆忙。"

"没问题——还有你！"罗宾对超过他们的司机喊道，那个司机正在对她做手势，说脏话。

斯特莱克终于坐到了副驾驶的座位上，砰的一声关上车门，罗宾驶离了路边。

"有什么麻烦吗？"他问。

"你指什么？"

"那个记者。"

"哦，"她说，"没有——他走了，放弃了。"

斯特莱克在想，马修对罗宾放弃周六去加班到底会有多为难。

"听说温恩夫妇的事了吗？"他问罗宾。

"没有，发生了什么事？"

"他们已经分开了。"

"不会吧！"

"是的，所有的报纸上都写了，听听这个……"

他大声朗读了政治网站上的匿名信息。

"上帝啊。"罗宾轻声说道。

"昨天晚上我接到了两个有趣的电话。"斯特莱克说，他们加速向 M4 公路驶去。

"谁的电话？"

"一个是伊茨的，一个是巴克利的。伊茨昨天收到杰兰特的一封信。"斯特莱克说。

"真的吗？"罗宾说。

"是的。几天前，信被送到了奇斯韦尔庄园，而不是她在伦敦的公寓，所以她回到伍尔斯通后才看到信。我让她扫描后发邮件给我。想听听吗？"

"说吧。"罗宾说。

"我非常亲爱的伊莎贝拉——"

"啊。"罗宾说道，微微打了个寒战。

"我希望你能理解，"斯特莱克读道，"德拉和我觉得在你父亲死后立即联系你是不合时宜的。我们现在这样做是本着友好和同情的精神。"

"如果你需要指出……"

"德拉和我可能与贾斯帕有政治和个人分歧，但我希望我们永远不要忘记他是一个有家庭的人，我们知道你的个人损失将是多么严重。你礼貌而高效地管理着他的办公室，如果你不在，我们的走廊就会变得更糟糕。"

"他总是不理睬伊茨！"罗宾说。

"这正是伊茨昨晚在电话里说的话，"斯特莱克回答说，"准备好吧，就要提到你了。"

"我不敢相信你和那个自称威尼吉亚的年轻女子几乎可以肯定的非法活动有任何关系。我们认为应该告诉你，我们目前正在调查她在未经同意的情况下多次进入本人办公室访问机密数据的可能性。"

"除了插座，我什么都没看。"罗宾说，"我也没有多次去办公室，就三次，最多只能说是几次而已。"

"如你所知，自杀的悲剧已经触动了我们自己的家庭。我们知道这对你来说将是极其困难和痛苦的时刻。我们的家庭似乎注定要在最黑暗的时刻相遇。

"致以我们最美好的祝愿，我们的思想与你们所有人同在，等等，等等。"

斯特莱克关闭了手机上的信。

"这不是一封吊唁信。"罗宾说。

"不是，是一个威胁。如果奇斯韦尔的家人泄露了你发现的关于杰兰特或慈善机构的任何事情，他就会狠狠地利用你来对付他们。"

她拐上了高速公路。

"你说那封信是什么时候寄出的？"

"五六天前。"斯特莱克检查了一下，说道。

"听起来他好像不知道他的婚姻已经结束了，是吗？那些我们的走廊会因为你不在而变得更糟的废话。如果他和德拉离了婚，他就失业了，对吧？"

"是得这么想，"斯特莱克附和道，"你觉得阿米尔·马利克有多帅？"

"什么？"罗宾吃惊地问道，"哦……'年轻的助手'？他长相不错，但不是当模特的料。"

"一定是他。她还能握着几个年轻人的手，并称其为亲爱的呢？"

"我无法想象他是她的情人。"罗宾说。

"'和你有相同习惯的人'，"斯特莱克引用道，"可惜你记不起那首诗的编号了。"

"有没有关于和老女人上床的？"

"最著名的就是这个主题，"斯特莱克说，"卡图卢斯爱上了一个年长的女人。"

"阿米尔没有坠入情网，"罗宾说，"你听过录音带了。"

"我认同，听上去他并没有被迷住。不过，我倒不介意知道他在晚上发出动物叫声的原因，就是邻居们抱怨的那些噪声。"

他的腿在抽动。他俯身下去触摸义肢和残肢之间的连接处，知道问题出在他在黑暗中匆忙套上了义肢。

"你介意我重新调整一下吗？"

"不介意。"罗宾说。

斯特莱克卷起裤腿,取下义肢。自从他被迫两周不戴义肢以来,残肢末端的皮肤已经显示出反对重新摩擦的倾向。他从提包里取出E45面霜,慷慨地涂抹在发红的皮肤上。

"早该这么做的。"他抱歉地说道。

罗宾从斯特莱克的手提箱推断出他是从罗蕾莱那里来的,不禁怀疑他是不是因为太过欢乐而顾不上他的腿了。而她和马修自从那个结婚周年周末以来就再也没有做过爱。

"我得取下一会儿,"斯特莱克一边说着,一边把义肢和手提包都放到路虎车的后面。此时他发现后面除了一个格子花纹烧瓶和两个塑料杯外,什么也没有,真是令人失望。以前他们冒险开车离开伦敦时,总是会有一个装满食物的袋子。

"没有饼干吗?"

"我还以为你在努力减肥呢?"

"任何称职的营养师都会告诉你,在汽车旅行中吃什么都没关系。"

罗宾笑了。

"卡路里是胡扯:科莫兰·斯特莱克的节食法。"

"饿鬼斯特莱克:饿死了我的汽车旅行。"

"好吧,你本应该吃早餐的。"罗宾说,令她恼火的是,她第二次怀疑他是否另有约会。

"我的确吃过早餐了,但现在我想吃块饼干。"

"如果你饿了,我们可以在某个地方停下来,"罗宾说,"我们应该有足够的时间。"

罗宾平稳地加速超过了几辆慢吞吞的车,斯特莱克感到轻松和宁静,这不能完全归因于卸下义肢的解脱,甚至也不能完全归因于逃离了罗蕾莱的公寓,那里有着可爱的装饰和心碎的主人。事实上,罗宾开车的时候,他把义肢取了下来,而且他的坐姿没有让所有的肌肉都绷紧,这是极不寻常的。在那次他失去一条腿的爆炸之后,他不仅得尽量克服焦虑不让别人载他,而且他有一个秘密,就是根深蒂固地厌恶女司机,他把这种偏见很大程度上归因于早期与所有女性亲属令人紧张的关系经历。然而,当他今天上午看到她开车向他驶来时,他的心却突然振奋起来,不仅仅是对她能力的一种平淡的欣赏。现在,他看着路,感到一阵记忆的痉挛,既高兴又痛苦,他的鼻孔里似乎又充满了白玫瑰的香气,在她的婚礼上,当他和她在楼梯上拥抱时,在医院停车场闷热的空气中他感觉到她的嘴唇就在他的唇下面。

"能把我的太阳镜递给我吗?"罗宾问道,"在我包里。"

他把太阳镜递给她。

"想喝杯茶吗?"

"我等会儿再喝,"罗宾说,"你喝吧。"

他伸手到后面去拿保温瓶,给自己倒了满满一塑料杯,正是他喜欢的茶。

"昨晚我问了伊茨有关奇斯韦尔遗嘱的事。"斯特莱克对罗宾说。

"他留下了很多遗产吗?"罗宾问,想起了埃伯里街那座房子陈旧的内部陈设。

"比你想象的要少得多,"斯特莱克说着,拿出了那本笔记本,上面记着伊茨告诉他的一切。"奥利弗说得对,奇斯韦尔一家的日子不好过——从相对意义上来说,这点很明显。"他补充道。

"显然,奇斯韦尔的父亲把大部分资金都花在了女人和马匹上。奇斯韦尔和帕特里夏女士离婚的事非常棘手,她的家庭很富有,有能力请得起更好的律师。伊茨和她姐姐完全可以通过母亲的家庭获得现金。有一个信托基金,这就可以解释伊茨在切尔西的漂亮公寓。

"拉斐尔的母亲带着丰厚的孩子抚养费离开,几乎把奇斯韦尔掏空了。在那之后,他把剩下的一点点钱投入了股票经纪人女婿建议的一些高风险的股票上。显然,托克斯对此感觉很糟糕。伊茨希望我们今天不要提到这件事。2008年的金融危机几乎让奇斯韦尔一贫如洗。

"他试图做一些反对遗产税的计划。在他失去大部分现金后不久，一些珍贵的传家宝和奇斯韦尔庄园本身就被转让给了他的长外孙——"

"普林格尔。"罗宾说。

"什么？"

"普林格尔，就是他们的长外孙。菲茨有三个孩子，"罗宾解释说，"伊茨总是喋喋不休地谈论他们：普林格尔、弗洛普西和庞。"

"天哪！"斯特莱克喃喃地说，"这就像采访天线宝宝一样。"

罗宾笑了。

"除此之外，奇斯韦尔似乎一直希望能够通过出售奇斯韦尔庄园周围的土地和不那么具有情感价值的物品来恢复正常。埃伯里街的房子已被重新抵押了。"

"这么说，金瓦拉和她所有的马都住在她继外孙的房子里了？"罗宾说着，换挡超过了一辆卡车。

"是啊，奇斯韦尔在遗嘱里留了一封信，要求金瓦拉有权终身居住在这所房子里，或者直到她再婚。这个普林格尔几岁了？"

"我想大约十岁吧。"

"好吧，考虑到他们其中一人认为是金瓦拉杀了奇斯韦尔，看看这个家族是否尊重奇斯韦尔的请求，这将是一件很有趣的事。注意，从伊茨昨晚告诉我的情况看，她是否有足够的钱维持这个地方的运转还没有定论。伊茨和她姐姐每人留有五万美元，孙辈们每人得到一万美元，几乎没有足够的现金来兑现这些遗赠。这样一来，一旦埃伯里街的房子被卖掉，金瓦拉就只有卖掉后剩下的东西和所有其他私人物品，还不包括已经放在孙辈名下的贵重物品。基本上，奇斯韦尔留给她的是不值得出售的垃圾和他在婚姻期间送给她的私人礼物。"

"拉斐尔什么也没得到吗？"

"我不会为他感到太难过。据伊茨所说，他那迷人的母亲的职业生涯就是依靠剥削富人。他有资格从她那里继承切尔西的一套公寓。

"所以，总的来说，很难证明奇斯韦尔是为了钱财而被杀的。"斯特莱克说，"另外那个该死的姐姐叫什么名字？我不叫她菲茨。"

"索菲亚。"罗宾笑着说。

"不错，好吧，我们可以把她排除在外。我查过了，奇斯韦尔死的那天早上她在诺森伯兰郡上残疾人骑术课。拉斐尔从他父亲的死中得不到任何好处，伊茨认为他知道这一点，尽管我们还需要进一步核实。伊茨自己在兰开斯特宫时就感到'身子有点发软'，第二天觉得有点虚弱。她的邻居可以担保，在奇斯韦尔去世的时候，她正在公寓后面的院子里喝茶，她昨天晚上很自然地告诉我的。"

"那就剩下金瓦拉了。"罗宾说。

"没错，现在，如果奇斯韦尔不信任她，不把找私人侦探的信息告诉她，他可能也不会诚实地告诉她家里的财务状况。她可能以为自己会得到比现在更多的东西，但是……"

"她有家里最好的不在场证明。"罗宾说。

"确实如此。"斯特莱克说。他们现在已经过明显的人造边境灌木和灌木丛，这些灌木和灌木丛在高速公路经过温莎和梅登黑德时排列在两侧。现在还有一些真正的老树，没有这条路时就已经存在，它们目睹自己的同伴为了让路而被砍倒。

"巴克利的电话很有意思，"斯特莱克翻了几页笔记本，继续说道，"自从奇斯韦尔死后，奈特一直心情不好，尽管他没有告诉巴克利原因。周三晚上他公然刺激弗利克，说他同意她的前室友的看法，弗利克有资产阶级的本能——你介意我抽烟吗？我把窗户摇下来。"

微风令人精神振奋，尽管让他疲倦的眼睛流泪。他把点燃的烟伸出窗外，继续说道：

"所以弗利克非常生气，说她一直在'为你做那该死的工作'，然后又说他们没有得到四万英镑不是她的错。用巴克利的话来说，吉米对此'勃然大怒'。弗利克怒气冲冲地走了出去，周四早上，吉米给巴克利发了条短信，说他要回去自己长大的地方，去看望他的弟弟。"

339 | 致命的白色

"比利在伍尔斯通吗?"罗宾吃惊地说。她意识到,她已经开始把奈特的弟弟当作一个近乎神话般的人物。

"吉米可能利用他作掩护。谁知道他到底要去哪里……不过,吉米和弗利克昨晚又出现在酒吧里,两个都笑容满面。巴克利说,他们显然是通过电话言归于好的,在他离开的两天里,她设法找了一份不错的非资产阶级的工作。"

"干得不错。"罗宾说。

"你觉得商店的工作怎么样?"

"我十几岁的时候做过一点。"罗宾说,"为什么要问这个?"

"弗利克在卡姆登的一家珠宝店做了几个小时的兼职。她告诉巴克利,那是由一个疯狂的女巫在经营的商店。给的工资最低,老板像疯子一样叫嚷,所以很难找到其他员工。"

"你觉得他们认不出我吗?"

"奈特一伙从来没有见过你本人,"斯特莱克说,"如果你对头发做一些极端的处理,再次戴上彩色隐形眼镜……我有一种感觉,"他说着,深深地吸了一口烟,"弗利克隐瞒了很多东西。她是怎么知道奇斯韦尔的敲诈罪行呢?是她告诉吉米,别忘了,这点很奇怪。"

"等等,"罗宾说,"什么?"

"是的,她是这样说的,我在游行中跟在他们后面的时候听到的,"斯特莱克说,"我没告诉你吗?"

"没有。"罗宾说。

正如她说的那样,斯特莱克记得游行结束后的一个星期,他一直在罗蕾莱家里抬着腿休息,对罗宾拒绝工作非常生气,几乎没跟她说过话。后来他们在医院见了面,他太过心烦意乱,忧心忡忡,无法以他一贯的有条不紊的方式传递信息。

"对不起,"他说,"是在那之后的一个星期……"

"是的。"罗宾打断了他说道。她也不愿去想游行的那个周末。"那她到底说了什么?"

"如果没有她,吉米不会知道奇斯韦尔干了些什么。"

"这太奇怪了，"罗宾说，"因为吉米才是在他们身边长大的人。"

"可是他们勒索他的事情发生在六年前，那时吉米已经离开家了。"斯特莱克提醒她，"如果你问我的话，我认为吉米一直把弗利克留在身边，是因为弗利克知道的太多了。他可能害怕结束他们的关系，以防她四处乱说。"

"如果你不能从她那里得到任何有用的东西，你可以假装卖耳环不适合你，然后离开，但是就他们目前的关系状态，我想弗利克可能有心情向一个友好的陌生人吐露心扉。别忘了，"他说着，把烟头扔出窗外，又把窗子摇起来，"她也是吉米在奇斯韦尔死亡时不在场的证人。"

罗宾对回归卧底的前景感到兴奋，说道："我没有忘记。"

她在想如果她剃掉半边头发或者把头发染成蓝色，马修会有什么反应。他并没有对她周六要和斯特莱克在一起表现出多少不满。她被软禁的漫长日子，以及她对马修与汤姆争吵表现出的同情，似乎为她赢得了信任。

十点半刚过，他们就离开了高速公路，驶上一条乡村公路，蜿蜒通往小村庄伍尔斯通的山谷。罗宾把车停在一个树篱旁，这样斯特莱克就可以重新装上义肢。罗宾把太阳镜放在手提包里，注意到马修发来的两条短信。短信两个小时前就发来了，但她手机的提示音肯定是被路虎车的噪音淹没了。

第一条短信是：

一整天。汤姆呢？

十分钟后发来的第二条短信是：

忽视上一条，是为了工作。

罗宾正在重读短信时，斯特莱克说道："该死。"

他已经重新接上义肢，正透过窗户盯着看她看不见的东西。

"什么？"

"看看那个。"

斯特莱克指着他们刚才开车下山的那座小山。罗宾低下头，看看是什么引起了他的注意。

山坡上竖立着一个巨大的史前白色石膏雕像。罗宾觉得它就像一只时尚的豹子，在她意识到那个雕像到底是什么的时候，斯特莱克说道：

"就在马上。他把孩子勒死了，就在马背上。"

42

在一个家庭里，总有这样或那样的事情出错……

——亨利克·易卜生《罗斯莫庄》

一个剥落的木头标志指示转向奇斯韦尔庄园。车道上杂草丛生、坑坑洼洼，左边是一片茂密的树林，右边是一片长长的田地，中间用电网隔开，圈着几匹马。路虎蹒跚着隆隆驶向看不见的房子时，两匹最大的马被嘈杂陌生的汽车吓得飞奔起来，大多数同伴也开始在周围乱窜，连锁反应随之发生，原来的一对一边跑一边互踢对方。

"哇，"罗宾说道，看着路虎在高低不平的地面上摇晃，"她把种马养在一起了。"

"真糟糕，是吗？"斯特莱克问道，像喷气机一样多毛的动物，牙齿和后腿向同样大的动物猛扑过来，他会把它归类为棕色，尽管这种皮毛的颜色无疑有个稀有的马名。

"通常是不会这样做的。"罗宾说，当这匹黑色种马的后腿与它同伴的侧面接触时，退缩了。

他们转过一个拐角，看见一幢朴素的新古典主义风格、用肮脏的黄色石头建造的房子。砾石铺成的前院，像车道一样，有几个坑洼，杂草丛生，窗户肮脏不堪，前门旁边放着一大盆马饲料，显得很不协调。已经有三辆车停在那里：一辆红色的奥迪Q3，一辆绿色的路虎揽胜，还有一辆泥泞破旧的大维塔拉。房子的右边是一个马厩，左边是一片宽阔的槌球草坪，貌似很久以前就让给雏菊了，远处是茂密的林地。

罗宾刹车时，一只超重的黑色拉布拉多犬和一只诺福克小猎犬从前门冲了出来，两个都在狂吠。拉布拉多犬似乎很想交朋友，但诺福克小猎犬的脸就像一只恶毒的猴子，一直狂吠咆哮，直到一个穿着条纹衬衫和芥末色灯芯绒裤子的金发男人出现在门口，咆哮道：

"闭嘴，拉滕伯里！"

那只狗被吓住了，低声吠叫着，一直冲着斯特莱克。

"托奎尔·德阿莫里。"金发男人慢吞吞地说着，伸出手向斯特莱克走来。在他淡蓝色的眼睛下面有深深的眼袋，他闪亮的粉红色的脸庞看起来好像根本不需要刮胡刀。"别理会那条狗，它是个该死的威胁。"

"科莫兰·斯特莱克。这是……"

罗宾刚伸出手，金瓦拉就冲出了屋子，穿着旧马裤和一件褪色的T恤，红头发披散着。

"看在上帝的分上……你们对马一无所知吗？"她冲着斯特莱克和罗宾尖叫道，"你为什么开得这么快？"

"如果你要进去，你应该戴上安全帽，金瓦拉！"托奎尔朝她背影喊道，但她怒气冲冲地走开了，丝毫没有迹象表明听见了他的话。"不是你们的错，"他向斯特莱克和罗宾保证，转了转眼睛，"必须加速行驶，否则你会卡在一个讨厌的洞里，哈哈。进来吧——啊，伊茨来了。"

伊茨从屋里走出来，穿着一条海军衬衫裙，脖子上仍然挂着蓝宝石十字架。令罗宾略感意外的是，她拥抱了斯特莱克，仿佛他是前来吊唁的老朋友。

"嗨，伊茨，"他说道，一面往后退了半步，想从拥抱中挣脱出来，"你当然认识罗宾。"

"哦，是的，我现在得习惯叫你罗宾了。"伊茨笑着吻了吻罗宾的双颊,"对不起,如果我口误叫你威尼西亚——我一定会的,我现在还认为你是威尼西亚。"

"你们听说温恩夫妇的事了吗?"她几乎一口气没有停歇地问道。

他们点了点头。

"可怕,可怕的小男人,"伊茨说,"我很高兴德拉把他推开了。"

"好了,进来吧……金瓦拉在哪里?"她领着他们走进屋里,问她的姐夫。和外面的亮光相比,屋子里显得阴森森的。

"该死的马又心烦意乱了,"托奎尔说,对着又开始吠叫的诺福克小猎犬,"不,滚开,拉滕伯里,你待在外面。"

他砰地一声关上前门,小狗开始哀号起来,在门上乱抓。伊茨领着他们穿过一条有宽阔石阶的昏暗走廊,进入右边的一间客厅,拉布拉多犬安静地跟在伊茨身后面。

长长的窗户面对着槌球草坪和树林。他们进来时,三个金发碧眼的孩子在外面杂草丛生的草地上跑来跑去,发出刺耳的叫声,然后就消失了。他们没有一点现代感,衣服和发型给人的感觉好像从二十世纪四十年代走来的。

"是托奎尔和菲茨的。"伊茨亲热地说道。

"罪名成立,"托奎尔自豪地说,"我妻子在楼上,我去叫她。"

罗宾转身离开窗户时,闻到一股强烈的、令人头晕的香味,这种香味让她有种莫名的紧张感,直到她发现沙发后面的桌子上摆放着一瓶星形百合。它们与褪色的窗帘——曾经是鲜红的,现在变成了褪色的淡玫瑰色,以及墙上磨损的布料很般配。墙壁上有两块较暗的深红色,显示照片已经被移除。一切都破旧不堪。壁炉架上挂着为数不多的几幅画,其中一幅画上有一匹马,长着棕色和白色相间的鬃毛,鼻子触碰着蜷缩在稻草里的一匹雪白的小马驹。

拉斐尔站在这幅画的下面,他非常安静,所以他们没有立即注意到他。他背对着空荡荡的壁炉,双手插在牛仔裤口袋里,在这个非常英国化的房间里,他显得比以往任何时候都更像意大利人,这个房间里有褪了色的挂毯垫子,一张小桌子上堆着一堆园艺书籍,还有一些破裂的中式灯具。

"你好，拉夫。"罗宾说道。

"你好，罗宾。"他面无笑容地回应。

"这是科莫兰·斯特莱克，拉夫。"伊茨说。拉斐尔一动也不动，斯特莱克走到他跟前和他握手，拉斐尔不情愿地握了握手，随即把手放回牛仔裤兜里。

"好了，那么，菲茨和我刚才还在谈论温恩，"伊茨说，她似乎完全沉浸在温恩夫妇分手的消息之中，"我们只希望上帝能让他闭上嘴巴，因为现在爸爸已经走了，他可以随心所欲地讲爸爸，而且还能不受惩罚，不是吗？"

"要是温恩那么干的话，你可是已经抓到了他的把柄。"斯特莱克提醒她说。

她向他投去感激的目光。

"你说得对，当然，如果不是因为你，我们就不会得到这个，还有威尼西亚——罗宾，我是说。"她想了想，又加了一句。

"托克斯①，我在楼下！"一个女人在屋子外面嚷道，她显然是伊茨的姐姐，拿着一个装满食物的托盘，走了进来。她年纪比较大了，满脸雀斑，饱经风霜，金黄色的头发上夹杂着银丝，穿着一件像她丈夫穿的条纹衬衫，不过她的衬衫上镶着珍珠。"托克斯！"她对着天花板吼道，吓了罗宾一跳，"我在下面！"

她把托盘当啷一声放在拉夫和壁炉前的刺绣长椅上。

"嗨，我是菲茨。金瓦拉去哪儿了？"

"和马混在一起。"伊茨说着，绕过沙发，坐了下来。

"希望你们原谅我没在这儿。你们两个，吃点东西吧。"

斯特莱克和罗宾坐在两张下垂的扶手椅上，椅子并排摆放着，与沙发成直角。下面的弹簧似乎在几十年前就已经坏掉了。罗宾感到拉斐尔的目光在注视着自己。

---

① 托奎尔·德阿莫里的昵称。

"伊茨告诉我，你认识夏丽·坎贝尔。"菲茨一边给大家倒茶，一边对斯特莱克说道。

"没错。"斯特莱克说。

"幸运的人。"刚刚重新进屋的托奎尔说。

斯特莱克没有表现出他听到了这句话。

"你见过琼蒂·彼得斯吗？"菲茨接着说，"坎贝尔家的朋友？他和警察有些关系……不，贝吉，这不是给你的……托克斯，琼蒂·彼得斯是做什么的？"

"治安官。"托奎尔立刻说道。

"是的，当然，"菲茨说，"治安官。你见过琼蒂吗，科莫兰？"

"没有，"斯特莱克说，"恐怕没有。"

"他娶了——她的——名字是，那个可爱的女孩，安娜贝利。为拯救儿童做了大量的工作，去年获得了她应得的大英帝国勋章。哦，但如果你认识坎贝尔夫妇，你一定见过罗里·蒙克里夫吧？"

"我想没有。"斯特莱克耐心地说道，心里在想，如果告诉她坎贝尔夫妇让他尽可能远离他们的朋友和家人，菲茨会怎么说呢？也许她甚至能做到这一点：哦，那么，你一定见过巴兹尔·普卢利了？他们讨厌他，是的，酗酒严重，但是他的妻子为了狗信托基金确实爬上了乞力马扎罗山……

托奎尔把胖乎乎的拉布拉多从饼干旁推开，它缓缓地走到角落里，扑通一声倒下打起盹来。菲茨在她丈夫和伊茨之间的沙发上坐下来。

"我不知道金瓦拉是否打算回来，"伊茨说，"我们还是开始吧。"

斯特莱克询问这家人是否听说了警方调查的更多进展。出现了一阵短暂的沉默，只有孩子们遥远的尖叫声回荡在杂草丛生的草坪上。

"除了我已经告诉你的之外，我们所知道的并不多，"伊茨说，"不过我想我们都明白，是不是？"她对其他家庭成员说，"警方认为这是自杀。但另一方面，他们显然觉得必须进行彻底的调查——"

"那是因为他的身份，伊茨，"托奎尔插嘴说，"国王大臣，显然他们会比对市井小民更深入地调查这件事。你应该知道，科莫兰，"他在沙发上调整了一下身子，煞有介事地说道，"对不起，女孩们，但我要说——我个人认为，这是自杀。

"我理解，我当然理解，这是一个难以忍受的想法，不要以为我不高兴你被牵扯进来！"他向斯特莱克保证道。"如果能让女孩们的思维得到安息，那就太好了。但是，啊，家族中的男性成员——呃，拉夫？——认为没有比这更重要的了，嗯，我岳父觉得他不能再这样继续下去了，于是就发生了。显然，他脑子不正常。呃，拉夫？"托奎尔重复道。

拉斐尔似乎并不喜欢这种含蓄的命令。没有理睬他姐夫，他直接冲着斯特莱克说道：

"我父亲最近几个星期表现得怪怪的，当时我不明白为什么，没有人告诉我他被勒……"

"我们不打算谈那个，"托奎尔急忙说，"我们已经达成一致，家庭决定。"

伊茨焦急地说道："科莫兰，我知道你想知道爸爸为什么会被勒索……"

"贾斯帕没有触犯法律，"托奎尔坚定地说，"这就够了。我相信你是很谨慎的，"他对斯特莱克说，"但这些东西会泄露出去，总是如此。我们不希望报纸又在我们身上写来写去。我们意见一致，不是吗？"他问妻子。

"我想是的，"菲茨说，似乎有些矛盾，"不，我们当然不希望报纸上写得到处都是，但是吉米·奈特有充分的理由希望爸爸受到伤害，托克斯，我认为重要的是科莫兰至少应该知道这一点。你知道这星期他就在伍尔斯通吗？"

"不，"托奎尔说，"我不知道。"

"是的，安吉尔太太看见他了，"菲茨说，"他问她有没有见过他弟弟。"

"可怜的小比利，"伊茨含糊其辞地说道，"他不正常。嗯，如果你是由杰克·奥肯特带大的，你也不会正常的，对吧？好几年前的一个晚上，爸爸出去遛狗，"她对斯特莱克和罗宾说，"看见杰克在他们的花园里踢打比利，真的是在踢打他，当时小男孩赤身裸体。看见爸爸后，杰克·奥肯特当然住手了。"

伊茨似乎没有想到，实际上她的父亲也没有想到，这件事应该报告给警察或社会工作部门。杰克·奥肯特和他的儿子仿佛是森林里的野生动物，令人遗憾的是，他们的行为就像这些动物的天性使然一样。

"我想关于杰克·奥肯特的事说得越少越好，"托奎尔说，"你说吉米有理由希望你父亲受到伤害，菲茨，但他真正想要的是钱，杀死你父亲肯定不能……"

"可是他生爸爸的气，"菲茨坚决地说，"也许，当他意识到爸爸不会付钱的时候，他火冒三丈。当他还是个青少年的时候，就是一个虔诚的恐怖分子。"她告诉斯特莱克，"他很早就涉足极左政治，他曾经和布彻尔兄弟在当地的酒吧里，告诉大家保守党应该被吊死、被绞死并被分尸，试图向人们兜售《社会主义工人》报纸……"

菲茨斜眼看了一眼她的妹妹，斯特莱克感觉到，伊茨很坚决地不予理睬。

"他是个麻烦，总是惹麻烦，"菲茨说，"姑娘们都喜欢他，可是……"

客厅的门开了，令全家人吃惊的是，金瓦拉大步走了进来，满脸通红，情绪激动。斯特莱克好不容易才从下沉的扶手椅上爬起来，站了起来，伸出一只手。

"我是科莫兰·斯特莱克。你好！"

金瓦拉似乎很想无视他的友好表示，不过还是很不自然地握了握他伸出的手。托奎尔拉过一张椅子，放在沙发凳旁边，菲茨又倒了一杯茶。

"马还好吗，金瓦拉？"托奎尔热情地问道。

"嗯，米斯提克又抓掉了罗马诺身上的一大块肉，"她恶狠狠地看了罗宾一眼，说道，"所以我又得给兽医打电话了。每次有人把车开得太快，它就会心烦意乱，否则它绝对没事。"

"我不知道你为什么把种马放在一起，金瓦拉？"菲茨说。

"说他们相处不好那是迷信，"金瓦拉厉声反驳道，"在野外，单身兽群体非常普遍。瑞士的一项研究证明，一旦它们之间建立起等级制度，它们就可以和平共处。"

她说话的口气很教条，近乎狂热。

"我们刚刚告诉科莫兰关于吉米·奈特的事。"菲茨告诉金瓦拉。

"我还以为你们不想谈……？"

"不是勒索的事，"托奎尔急忙说，"而是他更年轻的时候有多么可怕。"

"哦，"金瓦拉说，"我明白了。"

"你的继女担心他可能和你丈夫的死有关。"斯特莱克看着她，观察她的反应。

"我知道。"金瓦拉说，显然无动于衷，她的目光跟随着拉斐尔。拉斐尔刚从壁炉边走开，去拿放在台灯旁边的万宝路香烟。"我以前不认识吉米·奈特。我第一次见到他是在一年前，他出现在家里和贾斯帕说话。杂志下面有个烟灰缸，拉斐尔。"

她的继子点燃了香烟，拿着烟灰缸回来了，他把烟灰缸放在罗宾旁边的桌子上，然后又回到空壁炉前的位置。

"那就是勒索的开始，"金瓦拉接着说道，"那天晚上贾斯帕不在，所以吉米就跟我说了。贾斯帕回家后我告诉了他，他非常生气。"

斯特莱克等待着。他怀疑房间里不止他一人会认为金瓦拉可能会违背保持沉默的家庭誓言，脱口说出吉米说过的话。然而，她忍住了，于是，斯特莱克拿出了笔记本。

"你们介意我再问几个常规问题吗？我怀疑其中有些问题警察还没有问过你们。如果不介意的话，有几点我想弄清楚。"

"埃伯里街的那座房子有几把钥匙？"

"有三把，据我所知。"金瓦拉说。重点暗示了家里的其他人可能一直对她隐瞒了钥匙。

"是谁拿着呢？"斯特莱克问。

"嗯，贾斯帕有一把，"她说，"我有一把，还有一把备用钥匙，贾斯帕给了清洁女工。"

"她叫什么名字？"

"我不知道。贾斯帕几个星期前就让她走了——在他死前。"

"他为什么解雇她？"斯特莱克问。

"好吧，如果你一定要知道的话，我们解雇她是因为我们得勒紧裤腰带。"

"她是从中介机构请来的吗？"

"哦，不是的。贾斯帕有点老派，他在当地一家商店贴了一张卡片，她就来应聘了。我想她是罗马尼亚人或波兰人，又或是其他什么人。"

"你有她的详细资料吗？"

"没有。贾斯帕雇用了她、解雇了她。我甚至从未见过她。"

"她拿的钥匙呢？"

"钥匙本来在埃伯里街厨房的抽屉里，但贾斯帕死后，我们发现他已经把钥匙拿走了，锁在他办公室的桌子里。"金瓦拉说，"钥匙和其他所有私人物品都已经由部里归还了。"

"这似乎很奇怪，"斯特莱克说，"有人知道他为什么这么做吗？"

家里其他人看起来都很茫然，不过金瓦拉说道：

"他总是很有安全意识，而且最近一直疑神疑鬼——当然，对马除外。所有埃伯里街房子的钥匙都是一种特殊的钥匙。保密的，无法配制的。"

"配制起来很棘手，"斯特莱克说，做了个笔记，"但如果你认识对的人，也不是不可能。他死的时候，另外两把钥匙在哪儿？"

"贾斯帕的在他的夹克口袋里，我的在这儿，在我的手提包里。"

金瓦拉说。

"那罐氦气，"斯特莱克继续说道，"有人知道它是什么时候买的吗？"

这句话让全体人员沉默了。

"有没有举行过派对？"斯特莱克问道，"也许是给一个孩子办的……？"

"从来没有，"菲茨说，"埃伯里街的房子是爸爸工作的地方。我记得他从未在那里举办过派对。"

"那么你呢，奇斯韦尔太太，"斯特莱克问金瓦拉，"你还记得有过什么场合……？"

"没有，"她打断他说道，"我已经告诉过警察了。一定是贾斯帕自己买的，没有别的解释。"

"发现收据了吗？或是信用卡账单？"

"他可能付了现金。"托奎尔提出建议。

"还有一件事我想弄清楚，"斯特莱克说，看着自己列出来的单子，"就是部长去世那天早晨打电话的事。显然他给你打过电话，奇斯韦尔太太，然后是你，拉斐尔。"

拉斐尔点点头。金瓦拉说：

"他想知道我说要离开他是否是认真的。我说是的，我是认真的。谈话时间并不长。我不知道你的助理到底是谁。她不知从哪里冒了出来，当我问起她的情况时，贾斯帕的态度很古怪，我、我很难过。我以为他们之间发生了什么事。"

"他告诉我他进房间的时候没有发现纸条。"

"你把它放在哪儿了？"

"放在他的床头柜上。他回来时可能喝醉了。他一直、他一直酗酒。自从勒索事件开始以来。"

被关在屋外的诺福克小猎犬突然出现在一扇长窗户前，再次朝他们狂吠。

"该死的狗。"托奎尔说。

"它想念贾斯帕,"金瓦拉说,"它是贾斯帕的狗……"

她突然站起来,走去拿园艺书籍上面的盒子里的纸巾,大家看起来很不舒服。诺福克小猎犬汪汪叫个不停。睡着的拉布拉多犬醒了,发出一声低沉的吠叫作为回应。这时,一个淡黄色头发的孩子又出现在草坪上,大声叫着诺福克小猎犬来玩球,狗又跳开了。

"好孩子,普林格尔!"托奎尔喊道。

没有了狗的吠叫,金瓦拉的抽泣声和拉布拉多犬扑通倒地睡觉的声音又充斥着整个房间。伊茨、菲茨和托奎尔尴尬地交换了一下眼色,拉斐尔则相当冷漠地盯着前方。罗宾虽然不太喜欢金瓦拉,但她发现这家人的无动于衷真是冷酷无情。

"那幅画是从哪儿来的?"托奎尔问道,带着假装感兴趣的神气,眯着眼睛看着拉斐尔头顶上的马画,"新的,对吗?"

"那是丁丁的一匹马,"菲茨说道,眯起眼睛看着它,"她从爱尔兰带了一堆垃圾过来。"

"看到小马驹了吗?"托奎尔说,批判地盯着那幅画,"你知道它长什么样子吗?致命的白色综合征。听说过吗?"他问妻子和小姨妹。"你会知道一切的,金瓦拉,"他说,显然是在给人们这样一种印象:他是在彬彬有礼地提出重新开始有礼貌的谈话。"纯白色的小马驹出生时看起来很健康,但肠道有缺陷,不能排泄粪便。我父亲养过马,"他对斯特莱克解释道,"它们无法存活下来,致命的白色。不幸的是,它们出生时是活着的,所以母马会喂养它们,依恋它们,然后……"

"托克斯。"菲茨紧张地说道,但已经太迟了。金瓦拉跟跟跄跄地走出房间,门砰的一声关上了。

"怎么了?"托奎尔吃惊地说,"我说了什么?"

"婴儿。"菲茨小声说道。

"噢,上帝,"他说,"我全忘了。"

他站起身来,拉起他的芥末灯芯绒,既尴尬又充满戒备。

"噢,得了吧,"他对着整个房间的人说道,"我没想到她会那么想，我指的是他妈的画上的马！"

"你知道她是什么样的人，"菲茨说，"凡是跟生孩子有关的事，她都会联系起来。对不起，"她对斯特莱克和罗宾说，"你瞧，她生的孩子没有活下来，她对这个问题非常敏感。"

托奎尔走近这幅画，眯着眼睛越过拉斐尔的头上，看着画框上一块小匾上刻着的文字。

"母马在哀悼。"他读道。"你看，在这儿，"他带着胜利的神气说道，"小马驹死了。"

"金瓦拉很喜欢它，"拉斐尔出乎意料地说道，"因为这匹母马使她想起了淑女。"

"谁？"托奎尔问。

"得了蹄叶炎的母马。"

"什么是蹄叶炎？"斯特莱克问道。

"一种蹄病。"罗宾告诉他。

"噢，你会骑马吗？"菲茨热心地问道。

"过去骑过。"

"蹄叶炎很严重，"菲茨告诉斯特莱克，"会让马残废，它们需要很多照顾，有时你什么也做不了，所以最仁慈的是……"

"我的继母已经照料这匹母马好几个星期了，"拉斐尔对斯特莱克说，"比如半夜起床，等等。我父亲等到……"

"拉夫，这和任何事都没有关系，"伊茨说。

"等到，"拉斐尔固执地继续说，"有一天，金瓦拉出去，没告诉她就把兽医叫来把马弄死了。"

"淑女在遭罪，"伊茨说，"爸爸告诉了我她的处境。让她活着，纯粹是自私的行为。"

"是的，好吧，"拉斐尔说，眼睛盯着窗外的草坪，"如果我出去了一会儿，回来后看到我所爱的动物的尸体，我可能也会去拿最近的钝器。"

"拉夫，"伊茨说，"求你了！"

"正是你想要的，伊茨，"他说，带着严峻的满足，"你真的认为斯特莱克先生和他迷人的助手不会找到泰根并和她谈谈吗？他们很快就会知道一个混蛋爸爸能做什么了。"

"拉夫！"菲茨严厉地说。

"冷静点，老伙计，"托奎尔说，罗宾从没想过会在书外听到这句话，"整件事都令人他妈的心烦意乱，但没必要这样。"

拉斐尔对他们的话都置若罔闻，转身对着斯特莱克说：

"我想你的下一个问题会是，那天早上我父亲打电话跟我说了什么。"

"没错。"斯特莱克说。

"他命令我到这儿来。"拉斐尔说。

"这里？"斯特莱克重复道，"伍尔斯通？"

"这里，"拉斐尔说，"这栋房子。他告诉我，他认为金瓦拉会做一些蠢事，他听起来含混不清，有点奇怪，好像宿醉得很严重。"

"你对所谓的蠢事是怎么理解的？"斯特莱克问道，把笔搁在笔记本上。

"嗯，她威胁说要结束自己的性命，"拉夫说，"所以，我想，或者他可能担心她会烧掉他仅剩下的一点点东西。"他指了指破旧的屋子，"正如你所看到的，并不多了。"

"他告诉你金瓦拉要离开他了吗？"

"印象中说了他们之间的关系很糟糕，但我记不起他的原话了，他有点语无伦次。"

"你照他说的做了吗？"斯特莱克问。

"是的，"拉斐尔说，"像个听话的儿子一样上了我的车，一路开车到这儿，发现金瓦拉还活着，好好的在厨房里，正在为威尼西亚——我是说罗宾——的事大发雷霆。"他纠正自己，"你可能已经猜到了，金瓦拉以为爸爸在和她上床。"

"拉夫！"菲茨说，听上去很愤怒。

"没有必要，"托奎尔说，"说那种话。"

355 | 致命的白色

每个人都小心翼翼地避免与罗宾对视。罗宾知道自己脸红了。

"不觉得很奇怪吗?"斯特莱克问道,"你父亲要你大老远地跑到牛津郡来,而当时他本可以要求离得更近的人来照看他的妻子。我不是听说有人在这里过夜的吗?"

拉斐尔还没来得及回答,伊茨就尖声叫了起来。

"泰根那天晚上在这里——那个马房里的女孩,因为如果马没人照看的话,金瓦拉是不会离开的,"她说,然后,正确地预料到了斯特莱克的下一个问题,"恐怕没人知道她的联系方式。因为就在爸爸死后,金瓦拉和泰根大吵了一架,泰根就走了。我不知道她现在在哪里工作。不过,别忘了,"伊茨身子前倾,认真地对斯特莱克说,"当金瓦拉声称回到这里时,泰根可能已经睡着了,这可是一所大房子。金瓦拉可以随便说个时间,而泰根可能并不知情。"

"如果金瓦拉和他一起在埃伯里街,他为什么要叫我来这儿找她?"拉斐尔恼怒地问道,"你怎么解释她比我先到这儿来的呢?"

伊茨看上去似乎想好好反驳这句话,可是想不出说点什么。斯特莱克此时明白了,为什么伊茨说奇斯韦尔给他儿子打电话的内容"无关紧要":因为这进一步削弱了金瓦拉是杀人犯的说法。

"泰根姓什么?"他问。

"布切尔。"伊茨说。

"和那两个跟吉米·奈特混在一起的布切尔兄弟有关系吗?"斯特莱克问道。

罗宾感觉到坐在沙发上的三个人似乎都在回避彼此的目光。然后菲茨回答道:

"是的,事实上,不过……"

"我想我可以试着和那家人联系,看看他们是否会给我泰根的电话号码,"伊茨说,"是的,我会这么做的,科莫兰,联系上了我会告诉你的。"

斯特莱克转向拉斐尔。

"那么,你是在你父亲叫你去看金瓦拉之后马上就动身了吗?"

"不是的,我先吃了点东西,然后洗了个澡,"拉斐尔说,"我并不是真的期待和她打交道。我们彼此都不喜欢对方,我是九点左右到这里的。"

"你待了多久?"

"嗯,最后,我在这里待了几个小时,"拉斐尔平静地说道,"几名警察赶来告诉我们父亲去世的消息。在那之后我几乎不能出去了,对吧?金瓦拉几乎崩溃了……"

这时门又重新打开了,金瓦拉走了进来,回到她的硬靠背椅子上,面无表情,手里捏着纸巾。

"我只有五分钟的时间,"她说,"兽医刚刚打来电话,他就在附近,所以他会来看看罗马诺。我不能留下来。"

"我能问点事吗?"罗宾问斯特莱克,"我知道这可能没什么,"她对着房间里的人说道,"我发现部长的时候,他旁边的地板上有一小管蓝色的顺势疗法药片。顺势疗法似乎不是他会做的那种事。"

"什么样的药片?"金瓦拉厉声问道,让罗宾很吃惊。

"拉克西丝。"罗宾说。

"在一个蓝色的小试管里吗?"

"是的,药是你的吗?"

"是的,是我的!"

"你把它们留在埃伯里街的房子里了吗?"斯特莱克问。

"没有,几周前我就把药弄丢了……可是我从来没有把它们放在那儿,"她皱着眉头说,与其说是对着房间里的人说,不如说是对着自己说,"我是在伦敦买的,因为伍尔斯通的药店里没有卖的。"

她皱起眉头,很明显是在脑海中回忆往事。

"我记得,我在药店外面尝过几片,因为我想知道他是否会在饲料中发现……"

"对不起,你说什么?"罗宾问,不确定自己是否听对了。

"米斯蒂克的饲料,"金瓦拉说,"我要把它们喂给米斯蒂克。"

"你要给马吃顺势疗法的药片?"托奎尔说,让大家都觉得这太可笑了。

"贾斯帕也认为这是一个可笑的想法，"金瓦拉含糊地说道，仍然沉浸在回忆中，"是的，我付完钱就马上把它们打开了，拿了几片，然后，"她模仿着动作，"把管子放进我的夹克口袋，可我回到家时，它们就已经不在了。我以为我一定是把它们弄掉了……"

随后，她微微喘了一口气，脸色变红了。似乎对某种内心的、私下的领悟感到难以置信。然后，意识到大家还在看着她，便说道：

"那天我和贾斯帕一起从伦敦回家。我们在车站相遇，一起上了火车……他从我口袋里拿走了药！他把它们偷走了，这样我就不能喂给米斯蒂克了！"

"金瓦拉，别太荒唐了！"菲茨笑着说。

拉斐尔突然在罗宾身旁的瓷烟灰缸里捻熄了香烟，他似乎很难不发表评论。

"你又买了更多的吗？"罗宾问金瓦拉。

"是的，"金瓦拉说，她似乎震惊得几乎迷失了方向，尽管罗宾认为她关于药片的结论很奇怪，"不过，它们在另一个瓶子里。那个蓝色的管子里的，是我先前买的。"

"顺势疗法不只是只有安慰剂效应吗？"托奎尔问屋子里的人，"一匹马怎么能……？"

"托克斯，"菲茨咬牙切齿地咕哝道，"闭嘴。"

"为什么你丈夫要偷你的一管顺势疗法药丸？"斯特莱克好奇地问，"似乎……"

"毫无目的的恶意？"拉斐尔问道，双臂交叉站在死去的小马驹的画像下面，"因为你坚信自己是对的，而别人是错的，所以阻止他们做一些无害的事情是可以的吗？"

"拉夫，"伊茨立刻说，"我知道你很难过。"

"我没有难过，伊茨，"拉斐尔说，"非常自由，真的，回想起爸爸生前做的那些糟糕的事情……"

"够了，小子！"托奎尔说。

"别叫我小子，"拉斐尔说着，又从烟盒里掏出一支烟来，"好吗？别再他妈的叫我小子。"

"你得原谅拉夫，"托奎尔大声地对斯特莱克说，"因为遗嘱，他对我已故的岳父很生气。"

"我早就知道遗嘱已经把我除名了！"拉斐尔指着金瓦拉厉声说道，"拜她所赐！"

"我向你保证，你父亲不需要我的任何劝说！"金瓦拉说道，脸涨得通红，"不管怎么说，你有很多钱，你妈妈把你宠坏了。"她转向罗宾："他的母亲为了一个钻石商人离开了贾斯帕，把能从贾斯帕那里得到的一切都带走了。"

"我能再问几个问题吗？"斯特莱克大声说道，怒气冲冲的拉斐尔还没来得及开口说话。

"兽医马上就会来看罗马诺，"金瓦拉说，"我得回到马厩去。"

"只有几个问题我就问完了。"斯特莱克向她保证说，"你曾经丢失过阿米替林药片吗？我想是给你开到的处方药，不是吗？"

"警察问过我这个问题。我可能丢了一些，"金瓦拉气恼地、含糊不清地说，"但我不能肯定。有一盒我以为丢了，但后来又找到了，只是里面的药片没有我记忆中的那么多了。我知道我原本是打算留一包在埃伯里街的房子里以防我从伦敦来的时候忘记带药，但是警察问我的时候，我不记得我是否这样做了。"

"所以你不能保证你的药丢了？"

"是的，"金瓦拉说，"贾斯帕可能偷了一些，但我不能保证。"

"你丈夫去世后，你的花园里还有人闯进来过吗？"斯特莱克问。

"没有了，"金瓦拉说，"什么都没有。"

"我听说你丈夫去世的那天早晨，他的一个朋友想给他打电话，但打不通。你知道那个朋友是谁吗？"

"哦……知道，是亨利·德拉蒙德。"金瓦拉说。

"他是？"

"他是个艺术品经销商，爸爸的老朋友。"伊茨插嘴说。

359 ｜ 致命的白色

"拉斐尔为他工作过一段时间——是不是，拉夫？在他来下议院帮爸爸之前。"

"我看不出亨利和这事有什么关系。"托奎尔生气地说，笑了笑。

"好吧，我想要问的就这么多了，"斯特莱克没有理睬他的话，合上笔记本，说道，"不过，我还很想知道你是否认为你丈夫是自杀的，奇斯韦尔夫人。"

那只抓着卫生纸的手紧紧地收缩起来。

"没人对我的想法感兴趣。"她说。

"我向你保证，我感兴趣。"斯特莱克说道。

金瓦拉的目光从怒视着外面草坪的拉斐尔身上转到托奎尔身上。

"好吧，如果你想听听我的意见，贾斯帕做了一件蠢事，就在他……"

"金瓦拉，"托奎尔厉声说道，"你最好还是……"

"我对你的建议不感兴趣！"金瓦拉说，突然转向他，眯起眼睛，"毕竟，是你的建议让这个家庭陷入了财务困境！"

菲茨越过伊茨朝她丈夫瞥了一眼，警告他不要反驳。金瓦拉转身对着斯特莱克。

"我丈夫惹到了某个人，我警告过他不要惹的人，就在他死前不久……"

"你是说杰兰特·温恩？"斯特莱克问。

"不是，"金瓦拉说，"但你已经很接近了。托奎尔不想让我说，因为这牵涉他的好朋友克里斯托弗……"

"该死的！"托奎尔气炸了，站了起来，又提起他的芥末灯芯绒，看起来非常生气，"上帝啊，我们现在是在把彻头彻尾的局外人拖入这种幻想吗？克里斯托弗到底跟这事有什么关系？我岳父是自杀的！"他大声对斯特莱克说，然后扫视着妻子和小姨子。"我容忍这种无稽之谈，因为你们女孩想要获得内心的平静，但坦率地说，如果这是导向……"

伊茨和菲茨大声抗议，她们都试图安抚他，为自己辩护。在这时候，金瓦拉站了起来，甩了甩红头发，朝门口走去，给罗宾留下的强烈印象是，她故意把手榴弹扔进了谈话中。她在门口停了下来，其他人都转过去看她，仿佛她在呼唤他们似的。金瓦拉用她那高亢、清晰、孩子气的声音说道：

"你们都回到这里来，把自己当成这所房子的真正的主人，而我是客人，可是贾斯帕说过，只要我活着，我就可以住在这里。现在我要去看兽医，等我回来的时候，我希望你们都已经回家了，这里不再欢迎你们。"

43

……恐怕要不了多久我们就会听到有关这个家庭鬼魂的消息。

——亨利克·易卜生《罗斯莫庄》

罗宾问她是否可以在离开奇斯韦尔庄园之前去一下卫生间,菲茨领着她穿过大厅,菲茨还在为金瓦拉说的话生气不已。

"她怎么敢,"她们穿过大厅时,菲茨说道,"她怎么敢?这是普林格尔的房子,不是她的。"接着,她又说道,"请不要理会她说的有关克里斯托弗的那些话,她只是想惹恼托克斯,这样做太恶心了,他只是生气了。"

"克里斯托弗是谁?"罗宾问。

"嗯——我不知道该不该说,"菲茨回答道,"可是我想,如果你——当然,他与此事毫无关系。这只是金瓦拉的怨恨。她说的是克里斯托弗·巴罗克劳夫·伯恩斯爵士,托克斯家族的老朋友。克里斯托弗是一名高级公务员,他是那个男孩马利克在外交部时的导师。"

厕所又冷又旧。罗宾闩上门时,听到菲茨大步走回客厅,无疑是为了安抚愤怒的托奎尔。她环顾四周,只见斑驳的石墙光秃秃的,露出许多小洞,偶尔还有钉子伸出来。罗宾推测是金瓦拉负责把墙上大量的有机玻璃镜框取下来的,这些镜框现在就堆放在地板上,面对着厕所。里面有一堆杂乱的家庭照片，拼贴得乱七八糟的。

罗宾用一条散发着狗腥味的湿毛巾擦干双手，然后蹲下来翻看这些镜框。伊茨和菲茨孩提时代简直难以区分，因此无法分辨出是谁在槌球草坪上翻筋斗，是谁在当地的赛马会上跳上一匹小马，是谁在大厅里的圣诞树前跳舞，是谁在射击野餐中拥抱年轻的贾斯帕·奇斯韦尔，所有的男人都身穿粗花呢裤子和巴伯尔外套。

然而，罗宾很快就认出了弗雷迪，因为他长得不像他的妹妹们，他继承了父亲凸起的下唇。就像他的外甥女和外甥一样，他小时候头发是淡黄色的，他经常出现在镜头前，从蹒跚学步时对着镜头微笑，到穿着新的预备学校校服，表情冷漠；然后到穿着橄榄球服，满身泥泞，得意扬扬。

罗宾停下来仔细查看一群青少年的照片，他们从头到脚都穿着白色的击剑夹克，所有人的裤子边上都有国旗标志。她辨认出弗雷迪站在人群中间，手里拿着一个大银杯。在队伍的另一头，有一个愁眉苦脸的女孩，罗宾一眼就认出她是里安农·温恩，她比她父亲给罗宾看的那张照片上要更大一些，也更消瘦。她畏畏缩缩的样子和其他人脸上骄傲的笑容格格不入。

罗宾继续在展板上搜寻，最后停下来查看一张褪色的大派对照片。

这张照片是在一个大帐篷里拍的，看起来像是一个舞台。许多"18"形状的蓝色氦气球在人群顶上飞舞。大约一百名青少年被要求面对镜头。罗宾仔细地扫视了一下现场，很容易就发现了弗雷迪，他被一大群男孩和女孩团团围住，胳膊搭在彼此的肩膀上，笑容可掬，有的还放声大笑。将近一分钟后，罗宾发现了她本能地在寻找的那张脸：里安农·温恩。里安农身材消瘦，脸色苍白，毫无笑容，站在饮料桌旁。在她的身后，有两个男孩半掩在阴影里，他们没有打着黑领带，而是穿着牛仔裤和T恤。其中一个特别英俊，留着长发，T恤上印着"碰撞乐队"的照片。

罗宾拿出手机，拍下了击剑队和十八岁生日派对的照片，然后小心翼翼地把那堆有机玻璃板放回原处,离开了浴室。

有那么一会儿,她以为寂静的大厅里空无一人。突然她看见拉斐尔双臂交叉,正靠在大厅的桌子上。

"好吧,再见。"罗宾说着朝前门走去。

"等一下。"

她停了下来,拉夫从桌子旁挤了过来,走近她。

"你知道,我一直很生你的气。"

"我能理解是为什么,"罗宾平静地说,"但我做的是你父亲雇我做的事。"

他走近了一些,停在天花板上挂着的旧玻璃灯下面,一半的灯泡已经不见了。

"我得说你他妈的非常擅长,是吗?让人们信任你?"

"那是工作。"罗宾说。

"你结婚了。"他说,眼睛盯着她的左手。

"是的。"她说。

"和蒂姆?"

"不……没有蒂姆这个人。"

"你没有跟他结婚吗?"拉斐尔迅速地说道,指着外面。

"不是的,我们只是一起工作。"

"这才是你真正的口音,"拉斐尔说,"约克郡口音,"

"是的,"她说,"正是这样。"

她以为他会说些侮辱人的话,然而他橄榄色的眼睛掠过她的脸,然后轻轻地摇了摇头。

"我很喜欢这种声音,但我更喜欢威尼西亚的,让我想起蒙面狂欢。"

他转身走开了,留下罗宾匆匆回到外面的阳光下重新加入斯特莱克,她猜想斯特莱克已经在路虎里等得不耐烦了。

不过,她错了。斯特莱克还站在汽车引擎盖的旁边,伊茨站得离他很近,小声而又飞快地说着什么。听到身后罗宾踩在砾石上的脚步声时，伊茨向后退了一步，在罗宾看来，这是一种略带内疚和尴尬的动作。

"很高兴再次见到你。"伊茨说着，吻了吻罗宾的双颊，仿佛这只是一次简单的社交拜访。"你会给我打电话的，对吧？"她对斯特莱克说道。

"是的，我会随时向你汇报最新情况。"他说，走到副驾驶座旁。

罗宾把车掉过头来，斯特莱克和她都没有说话。伊茨向他们挥手告别，她穿着宽松的衬衫，显得有些可怜。斯特莱克朝她举起一只手，他们拐了一个弯，她消失在视野中。

罗宾尽量不去惊动那匹易受惊吓的种马，慢吞吞地开着车。斯特莱克向左瞥了一眼，发现那匹受伤的马已经被弄出了场地，但不理会罗宾的好意，当嘈杂的旧车摇摇晃晃地驶过场地时，那匹黑色的种马又跑开了。

"你猜会是谁，"斯特莱克看着马上下跳跃，说道，"第一眼看到这样的情景就想，'我应该骑在它背上'？"

"有句老话，"罗宾说，试图绕过最糟糕的坑，"'马是你的镜子'，人们说狗长得像主人，但我认为马更像主人。"

"是马让金瓦拉变得神经过敏，动不动就对轻微的挑衅大发雷霆吗？听起来好像没错。在这里右转，我想去看看斯泰达小屋。"

仅仅两分钟后，他说道：

"这里，从这里上去。"

通往斯泰达小屋的小路杂草丛生，罗宾第一次经过时就完全错过了。它深入到紧靠着奇斯韦尔庄园花园的一片树林里，但不幸的是，路虎只能前进十码，之后就无法通行了。罗宾关掉了引擎，暗自担心斯特莱克如何应对一条几乎看不见的满是落叶的小路，上面长满了荆棘和荨麻。但他已经下了车，她也跟着下车，砰的一声把司机的车门关上了。

地面滑溜溜的，树冠密密麻麻的，小径在深深的树荫下，阴凉而潮湿。他们的鼻孔里充斥着刺鼻的、绿色的、苦涩的气味，空气中充满了鸟儿和小动物发出的沙沙声,它们的栖息地遭到了粗暴的侵犯。

"那么说来,"斯特莱克说道,此时他们正在灌木丛和杂草中艰难跋涉,"克里斯托弗·巴罗克劳夫·伯恩斯,这是个新名字。"

"不,不是的。"罗宾说。

斯特莱克咧嘴一笑,侧过身看着她,立刻被一根树根绊了一跤,膝盖疼得厉害,但他还是挺直了身子。

"妈的……我不知道你记不记得。"

"'克里斯托弗没有承诺任何关于照片的事情',"罗宾马上引用道,"他是一名公务员,曾在外交部指导过阿米尔·马利克。菲茨刚刚告诉我的。"

"我们又回到了'和你有相同习惯的人',不是吗?"

有一阵子,两人都没有说话,都集中精力行走在一条特别危险的小路上,鞭子状的树枝心甘情愿地粘在织物和皮肤上。阳光透过他们头顶上的树叶丛,罗宾的皮肤变成了苍白的、斑驳的绿色。

"我出去以后,你又见到拉斐尔了吗?"

"呃——是的,事实上,"罗宾说,觉得有点不自在,"我刚从洗手间出来,他就从客厅里出来了。"

"就没想过他会错过和你谈话的机会。"斯特莱克说道。

"不是那样的。"罗宾不诚实地说,想起了关于蒙面狂欢的那句话。"伊茨在背后嘀咕了什么有趣的事吗?"她问。

斯特莱克被对方的反击逗乐了,目光离开了小路,因此没能发现有一个泥泞的树桩。他又绊了一跤,这次他抓住了一棵爬满带刺植物的树,没有痛苦地摔倒。

"妈的。"

"你还好吗?"

"我很好,"他说道,对自己很生气,一边审视着布满荆棘的手掌,用牙齿把它们拔掉。他听到身后传来一声响亮的噼啪声,转身看到罗宾正把一根倒下的树枝折成一根粗糙的手杖。

"用这个吧。"

"我不……"他刚开始要说，不过看到她严肃的表情，就让步了，"谢谢。"

他们再次出发，斯特莱克发现那根棍子比他想要承认的更为管用。

"伊茨只是想让我相信，金瓦拉本来可以在早上六点到七点之间杀掉奇斯韦尔，然后偷偷溜回牛津郡。我不知道她是否意识到，在金瓦拉从埃伯里街出发的行程中，每个阶段都有多个目击者。警方可能还没有详细调查过这个家庭的情况，但我想，一旦发现金瓦拉不可能亲力亲为去杀人，伊茨就会开始建议说金瓦拉是雇了一个杀手。你是怎么理解拉斐尔的各种情绪爆发的？"

"嗯，"罗宾正在一片荨麻丛中行进，说道，"我不能责怪他，他对托奎尔很恼火。"

"是的，"斯特莱克同意道，"我想老托克斯也会使我恼火的。"

"拉斐尔好像真的生他父亲的气，是不是？他没必要告诉我们奇斯韦尔把那匹母马弄死的事。我以为他几乎是在故意把他父亲描绘成……嗯……"

"有点混蛋，"斯特莱克同意，"他还认为奇斯韦尔是出于恶意偷了金瓦拉的那些药丸。那一段真是他妈的奇怪。你为何对那些药片这么感兴趣？"

"那些药似乎太不适合奇斯韦尔了。"

"嗯，这个想法很好。似乎没有其他人问过关于药片的问题。那么心理学家是怎么看待拉斐尔诋毁他死去的父亲的呢？"

罗宾微笑着摇了摇头，就像斯特莱克这样称呼她时，通常做的那样。正如他所知道的，她在大学中途已经放弃了心理学课程。

"我是认真的，"斯特莱克说，假脚在落叶上打滑时露出了痛苦的表情，这一次，他借助罗宾的手杖救了自己，"扯淡……继续。你对他责备奇斯韦尔有什么看法？"

"哦，我想他受伤了，很生气，"罗宾字斟句酌地说道，"据我在下议院时他告诉我的话来看,他和父亲的关系比以往任何时候都要好,可是现在奇斯韦尔已经过世了,拉斐尔再也不能和他好好相处了,是不是?留下的事实是,他被踢出了遗嘱,不知道奇斯韦尔对他的真正感受。奇斯韦尔和拉斐尔完全不一致。当他喝醉了,情绪低落时,似乎要倚靠着拉斐尔,但其他时候,他对拉斐尔非常粗鲁。虽然我不能诚实地说我见过奇斯韦尔对其他任何人好过,除了可能……"

她突然停了下来。

"继续。"斯特莱克说。

"嗯,实际上,"罗宾说,"我本来想说他对我很好,在我发现公平竞争竞技场的事情的那天。"

"就在那时他提出给你一份工作?"

"是的,他还说,等我把温恩和奈特除掉后,他可能会给我更多的工作。"

"是吗?"斯特莱克好奇地说,"你从来没有告诉过我。"

"我没告诉你吗?是的,我想我是没有告诉你。"

像斯特莱克一样,她记得他在罗蕾莱家躺了一个星期,接着又和杰克在医院待了好几个小时。

"正如我告诉你的,我去了他的办公室,他正在给一家酒店打电话,说他丢失了一个钱夹,那是弗雷迪送的。奇斯韦尔挂掉电话后,我告诉他公平竞争竞技场的事情,他比我见到他时高兴多了。'他们一个接一个地把自己绊倒了。'他说。"

"有意思,"斯特莱克气喘吁吁地说,他的腿此时疼得要命,"那么你认为拉斐尔是在为遗嘱难过,对吗?"

罗宾感觉从斯特莱克的声音里听出了讥讽的口气,便说道:

"不仅仅是钱……"

"人们总是这么说,"他咕哝道,"是钱的问题,不是钱的问题。因为钱是什么呢?自由、安全、快乐、新的机会……我认为还可以从拉斐尔身上套出更多的东西,"斯特莱克说,"我想只有你能做这件事。"

"他还能告诉我们什么呢?"

"我想把奇斯韦尔给他打电话的事弄清楚一点,就在他把包罩到自己头上之前。"斯特莱克气喘吁吁地说,他现在非常痛苦,"我觉得这没有什么意义,因为即使奇斯韦尔知道自己要自杀,也还有更适合陪伴金瓦拉的人,而不是这个远在数英里之外的伦敦她所不喜欢的继子。"

"问题是,如果是谋杀的话,这个电话就更没有意义了。有件事,"斯特莱克说道,"我们没有——啊,感谢上帝。"

斯泰达小屋就出现在他们前面的一块空地上。花园被一堵倒塌的篱笆包围着,现在几乎和周围一样杂草丛生。房子低矮,由深色石头建成,显然是废弃了,屋顶上有一个大洞,大部分窗户都有裂缝。

"去坐一下吧。"罗宾建议斯特莱克,指着小屋栅栏外的一个大树桩。斯特莱克痛苦得无法争辩,按照她的指示做了。罗宾朝前门走去,轻轻推了一下,发现门锁着。她蹚过齐膝的草地,透过一个接一个脏兮兮的窗户往里看。房间里积满了灰尘,空荡荡的。曾经有人居住过的唯一的迹象是厨房里有一个肮脏的杯子,脏兮兮的表面上印着约翰尼·卡什的照片。

"看来这里好几年都没有人住过了,也没有任何露宿的迹象。"她从小屋的另一边走出来告诉斯特莱克。斯特莱克刚点燃一支香烟,没有回答。他凝视着林地地面上一个大约二十英尺宽的大洞,洞里长满了荨麻、缠绕的荆棘和高耸的杂草。

"你能称其为小山谷吗?"他问她。

罗宾低头看着盆状的凹痕。

"我觉得它比我们走过的任何其他地方更像一个小山谷。"罗宾说。

"'他勒死了那个孩子,他们把他埋在了我父亲房子旁边的小山谷里。'"斯特莱克引用道。

"我去看看，"罗宾说，"你待在这里。"

"不，"斯特莱克说，举起一只手阻止她，"你找不到什么的。"

但罗宾已经沿着陡峭的"山谷"边缘滑了下去，她下降时，荆棘扎破了牛仔裤。

她一到底部就很难四处走动了。荨麻几乎长到她的腰部，她举起双手以免抓伤和被刺到。白色和黄色的牛奶欧芹和山茱萸点缀着深绿色。野玫瑰长而多刺的枝条像铁丝网一样缠绕着她走过的每一个地方。

"小心点。"斯特莱克说，他看着她挣扎着往前走，每走一步都会抓伤或刺痛自己，感到无能为力。

"我没事。"罗宾说，凝视着野生植物下的地面。如果有什么东西被埋在这里，它也早就被植物覆盖了，而挖掘将是一项非常困难的工作。她一边弯下腰去看浓密的荆棘下面有什么东西，一边把想到的跟斯特莱克说了。

"不管怎么说，我怀疑金瓦拉会乐意让我们来挖。"斯特莱克说道，他一边说，一边想起了比利的话：她不让我挖，但她会让你挖的。

"等等。"罗宾说，听起来很紧张。

尽管他很清楚她什么也找不到，斯特莱克还是紧张起来。

"怎么了？"

"里面有东西。"罗宾说着，把头从一边移到另一边，以便能更好地看到山谷中央的一片浓密的荨麻。

"噢，天哪。"

"怎么了？"斯特莱克重复道。虽然比她高得多，但他在荨麻丛中什么也看不见，"你能看见什么？"

"我不知道……我可能是想象。"她犹豫了一下，"我想你没有手套吧？"

"没有。罗宾，不要——"

但是她已经举起双手走进了荨麻丛中，尽可能地把荨麻踩在脚下，把它们压平。斯特莱克见她弯下腰，从地上拉出什么东西。她直起身来，一动不动地站着，金红色的脑袋低垂在她所发现的东西上，直到斯特莱克不耐烦地说道：

"那是什么？"

她举起一个小小的木制十字架，站在深绿色的杂草中，脸色苍白，头发从脸上散落下来。

"别动，待在那儿。"他不由自主地走到山谷边缘，想帮她爬出来时，她命令道，"我没事。"

事实上，她浑身都是划痕和荨麻刺，但她觉得再多一些也算不上什么，于是更加用力地走出小山谷，自行爬上陡峭的两侧，直到靠近了，才让斯特莱克伸出手帮她拉上最后几英尺。

"谢谢。"她上气不接下气地说。

"这个看起来已经有好几年了。"她一边说，一边从底部擦掉泥土，底部是尖的，更好地插进了泥土里。木头又湿又脏。

"上面写着东西。"斯特莱克说着，从她手里接过十字架，眯着眼看着那黏糊糊的表面。

"在哪儿？"罗宾说。两人紧挨着站在一起，她的头发擦着他的脸颊，凝视着那看上去像毡尖的微弱的残留物，被雨水和露水冲刷了很久了。

"那看起来像孩子的笔迹。"罗宾轻声地说。

"那是个'S'，"斯特莱克说，"末尾是……是'g'还是'y'？"

"我不知道。"罗宾小声说。

他们默默地站着，凝视着十字架，直到诺福克小猎犬拉滕伯里那微弱的回声打破了他们的沉思。

"我们还在金瓦拉的领地上。"罗宾紧张地说。

"是啊，"斯特莱克说，一边抓住十字架，一边开始朝他们来时的路往回走，咬紧牙关忍住腿疼，"我们找个酒吧，我要饿死了。"

44

但是世界上有那么多种类的白马,海赛斯太太……

——亨利克·易卜生《罗斯莫庄》

"当然,"罗宾说,他们向村子驶去,"一个突出地面的十字架并不意味着它下面埋着什么东西。"

"没错,"斯特莱克说,他在回程时需要大口呼吸,因为他在森林地面上跌跌撞撞前行时经常说出脏话来,"但这会引发你思考,不是吗?"

罗宾沉默不语。她放在方向盘上的双手被荨麻刺扎得火辣辣地疼。

五分钟后,他们到达了一家乡村旅馆,就像是明信片上的英格兰,一座白色的木制结构建筑,上面有铅制凸窗,苔藓覆盖的石板屋顶,门的周围爬满了红玫瑰。一个带阳伞的啤酒花园构成了这幅画。罗宾把路虎开进了对面的小停车场。

"真是越来越愚蠢了。"斯特莱克喃喃自语道。他把十字架留在仪表盘上,正从车里爬出来,盯着酒吧。

"什么?"罗宾问,从车后面走到他身边。

"酒吧叫'白马'。"

"除了上山的那个以外，"罗宾说，他们一起穿过马路，"看这个标志。"

一根木杆顶上的木板上画着他们早先见过的那个奇怪的粉笔图形。

"我第一次见到吉米·奈特的那家酒吧也叫'白马酒吧'。"斯特莱克说道。

"白马酒吧，"罗宾说，当他们走上台阶走进啤酒花园时，斯特莱克的跛腿比以往任何时候都要明显，"是英国十大最受欢迎的酒吧名字之一。我在一篇文章里读到过。快，那些人要走了——占住他们的桌子，我去拿饮料。"

酒吧天花板很低，很热闹。罗宾先向女卫生间走去，她脱下夹克，把它系在腰上，洗了洗她刺痛的双手。她真希望能在从斯泰达小屋回来的路上找到酸模，但她回程时的大部分注意力都花在了斯特莱克身上了。斯特莱克几乎又摔倒了两次，一瘸一拐，看上去对自己很生气。他粗暴地拒绝了罗宾的帮助，沉重的身子倚在罗宾给他弄的那根手杖上。

从镜子里来看，和刚刚在酒吧看到的那些富裕的中年人相比，她头发凌乱，肮脏不堪。但她急于回到斯特莱克身边一起回顾上午的活动，于是她只用刷子刷了一下头发，擦掉脖子上的一个绿色污渍就返回买饮料的队列之中。

罗宾拿着一品脱艾尔的威尔特郡黄金啤酒回到他身边，斯特莱克感激地说："谢谢，罗宾。"把菜单推到她面前。"啊，太好了，"他叹了口气，喝了一大口，"最受欢迎的是什么呢？"

"什么？"

"最受欢迎的酒吧名字，你说白马酒吧进了前十名。"

"哦，对了……不是红狮就是王冠，我记不得是哪一个了。"

"'胜利酒吧'是我家乡的酒吧名字。"斯特莱克回忆说。

他已经两年没回康沃尔了。他现在在脑海中看到了这家酒吧，是一座低矮的用康沃尔石砌成的建筑，旁边的台阶蜿蜒而下，一直延伸到海湾。那是他第一次在没有身份证的情况下得到服务的那家酒吧，那时他十六岁，被扔回舅舅舅妈家几个星期，而他母亲的生活则经历了定期的动荡。

"我家乡的酒吧叫'栗色马酒吧'。"罗宾说，她也突然想起了一家酒吧，她一直把那里想象成为家，也是白色的，就位于马沙姆场广场旁边的一条街上。就在那里，有天晚上，她和她的朋友庆祝她取得的优异成绩，也就在那天晚上，马修和她发生了一场愚蠢的争吵，马修离开了，她拒绝跟随，而是继续和朋友们待在一起。

"为什么是栗色？"斯特莱克问道，这时他已经喝了一半的啤酒，正享受着阳光，把酸痛的腿伸在前面。

"为什么不是棕色呢？"

"嗯，有棕色的马，"罗宾说，"但是栗色马不一样，腿、鬃毛和尾巴上有黑点。"

"你的小马是什么颜色的——安格斯，是不是？"

"你怎么会记得？"罗宾惊讶地问道。

"不知道，"斯特莱克说，"就像你记得酒吧的名字一样。有些东西会粘在一起，不是吗？"

"它是灰色的。"

"意思是白色，这只是行话，用来迷惑那些不骑马的平民的，不是吗？"

"不是的，"罗宾笑着说，"灰色的马是指在白毛发下面有黑色的皮肤。真正的白马……"

"英年早逝。"斯特莱克说道，这时来了一个酒吧女侍，为他们点菜。点了一个汉堡后，斯特莱克点燃了另一支香烟，当尼古丁击中他的大脑时，他感到一阵近乎兴奋的感觉。一品脱啤酒，八月炎热的一天，一份高薪的工作，路上的食物，还有就坐在他对面的罗宾，他们的友谊已经恢复，即使没有完全恢复到罗宾去蜜月前的状态，但既然她已经结婚了，他们这样的关系已经算得上是尽可能的亲密了。此刻，在这个阳光明媚的啤酒花园里，尽管他的腿很疼，他很累，他和罗蕾莱的关系乱如麻团，但感觉到生活还是简简单单而且充满了希望。

"集体采访从来都不是一个好主意，"他说着，从罗宾的脸旁呼出一口气，"但在奇斯韦尔家人中间有一些有趣的相左意见，不是吗？我要继续在伊茨身上花点精力，我想如果没有家人在身边，她可能会更乐于助人。"

伊茨会喜欢你在她身上花精力的，罗宾边想边掏出手机。

"我有东西给你看。瞧。"

她拿出拍下的弗雷迪·奇斯韦尔生日聚会的照片。

"那个，"她指着女孩苍白、阴郁的脸说道，"就是里安农·温恩，她参加了弗雷迪·奇斯韦尔的十八岁生日聚会。原来……"她翻回了一张照片，给他看一群穿着白色束腰外衣的人们，"他们都是英国击剑队的队员。"

"上帝，当然是，"斯特莱克从罗宾手里接过手机说道，"那把剑——在埃伯里街房子里的那把剑。我敢打赌是弗雷迪的！"

"当然！"罗宾回应道，在想为什么她以前没有意识到这一点。

"应该是她自杀前不久拍的，"斯特莱克说，一边更仔细地观察生日聚会上里安农·温恩那悲惨的身影，"还有——该死的，她后面是吉米·奈特。他在一个公立学校的学生十八岁的生日聚会上干什么？"

"蹭吃蹭喝吗？"罗宾提议道。

斯特莱克把罗宾的手机还给她，好笑地哼了一声。

"有时候，显而易见的答案是正确的。提到吉米十几岁时的性感故事时，伊茨看上去很不自在，那是不是我的想象？"

"不是的，"罗宾说，"我也注意到了。"

"也没人想让我们和吉米的老朋友布切尔兄弟谈谈。"

"因为他们知道的要比妹妹在哪里工作还要多的东西吗？"

斯特莱克抿了一口啤酒，回想起和奇斯韦尔第一次见面时对他说的话。

375　｜　致命的白色

"奇斯韦尔说，其他一些人参与了他所做的被勒索的事情，但如果事情泄露出去，他们将会损失惨重。"他拿出笔记本，仔细端详着自己那尖尖的、难以辨认的笔迹，罗宾则安静地坐着，享受啤酒花园里的安静的闲聊。一只懒洋洋的蜜蜂在附近嗡嗡地叫着，使她想起了在四季农庄酒店的薰衣草散步，她和马修在那里度过了他们的结婚纪念日。最好不要把她现在的感觉和当时的感觉相提并论。

"也许，"斯特莱克用钢笔敲着打开的笔记本说，"布切尔兄弟同意吉米在伦敦期间替他承担砍马的指责吗？我一直认为他可能会有同伴在这里处理这方面的事情。但在我们接近他们之前，我们得让伊茨找到泰根的下落。除非绝对必要，否则我不想让客户不高兴。"

"不会的，"罗宾同意，"我在想……你认为吉米到这儿来找比利时遇到他们了吗？"

"本来可以的，"斯特莱克边说边点着他的笔记，"那个非常有趣。从那次他们在游行中对彼此说的话，吉米和弗利克知道比利当时在哪里。我腿筋拉伤时，他们正要去看他。现在他们又失去了他……你知道，我愿意付出很大的代价去找比利。这是所有的一切开始的地方，我们仍然……"

当他们的食物端上来时，他停住了。斯特莱克的是一个蓝色奶酪汉堡，罗宾的是一碗拉面。

"我们仍然？"酒吧招待走开时，罗宾提醒道。

"……不知道，"斯特莱克说，"关于那个他声称看到死了的孩子，我不想问奇斯韦尔家人关于苏基·刘易斯的事，至少现在还不想问。最好不让别人觉得我现在除了奇斯韦尔的死外，还对别人感兴趣。"

他拿起汉堡，咬了一大口，可并没有看着汉堡，而是凝视着外面的道路。斯特莱克吃了一半汉堡后，又回到了他的笔记上。

"要做的事情是，"他宣布，又拿起笔来，"我想找到那个被贾斯帕·奇斯韦尔解雇的清洁女工。她曾经有段时间有钥匙，可能会告诉我们氦气是如何以及何时进入那所房子的。"

"希望伊茨能帮我们找到泰根·布切尔,泰根能告诉我们拉斐尔在父亲去世那天早上去那里的行程提供一些线索,因为我仍然不相信那个故事。

"我们暂时撇开泰根的兄弟们,因为奇斯韦尔一家显然不想让我们和他们说话,但我可能会试着和艺术品经销商亨利·德拉蒙德谈谈。"

"为什么?"罗宾问道。

"他是奇斯韦尔的老朋友,帮奇斯韦尔雇用了拉斐尔,他们一定相当亲近。你永远不知道,奇斯韦尔可能会告诉他有关勒索的事。在奇斯韦尔死的那天早上,亨利还给他打过电话,我想知道原因。

"所以,展望未来:你可以去珠宝店里试一试弗利克,巴克利可以继续和吉米和弗利克混在一起,我可以对付杰兰特·温恩和阿米尔·马利克。"

"他们永远不会跟你说的,"罗宾马上说,"永远。"

"想打赌吗?"

"我赌十英镑他们不会说的。"

"我给你的钱不够你乱扔十英镑。"斯特莱克说,"你可以请我喝上一品脱。"

斯特莱克买单后,他们回到马路对面的车上,罗宾暗自希望还有别的地方可以去,因为一想起回到阿尔伯里街就让她感到沮丧。

斯特莱克一边在手机上看地图,一边说:"我们最好还是沿 M40 公路回去,M4 公路上发生了一起事故。"

"好的。"罗宾说。

如果这样的话他们就要经过四季农庄酒店了。罗宾倒车驶出停车场时,突然想起了马修早些时候发来的短信。他声称自己一直在做信息传递的工作,但她不记得他以前曾经在周末联系过他的办公室。他经常抱怨罗宾的工作时间太长、责任太大,以至于周六和周日都不像他那样休闲。

"什么?"她问道,意识到斯特莱克刚刚跟她说过话。

"我说,他们应该是运气坏吧,不是吗?"他们开车离开酒吧时,斯特莱克重复道。

"什么?"

"白马,"他说,"是不是在一出戏里,白马是死亡的预兆?"

"我不知道,"罗宾一边换挡一边说道,"不过,在《启示录》中,死神骑着白马。"

"一匹苍白的马。"斯特莱克纠正她说,把车窗摇下来,这样他又可以抽烟了。

"学究。"

"那个不称棕马为棕色的女人才是学究。"斯特莱克说道。他伸手去拿仪表盘上滑动的脏兮兮的木头十字架。罗宾注视着前面的路,坚定地注视着,然而眼前还是浮现出她第一次看到这个东西时的生动画面,几乎藏在荨麻浓密的须状茎里:那是一个孩子的东西,孩子在树林黑暗的盆地底部的泥土中死去了,腐烂了,被所有人都忘记了,一个据说是疯子的人除外。

45

我必须放弃一个错误和模棱两可的立场。

——亨利克·易卜生《罗斯莫庄》

第二天早晨,斯特莱克因为头天穿过奇斯韦尔庄园的树林,现在连走路都很痛苦。他根本不喜欢在周日起床下楼去工作,以至于他不得不提醒自己,就像他最喜欢的电影中的人物海曼·罗斯一样,他是自由地选择了这一行当。如果像黑手党一样,私人侦探提出了超乎寻常的要求,就必须在获得报酬的同时接受某些附带条件。

毕竟,他自己做出了选择。尽管他的一条腿已经断了一半,但军队一直想留住他。朋友之友为他提供了从近身保护行业的管理职位到商业伙伴合作的机会,但他无法消除渴望去发现、解决和重新建立道德世界秩序,他怀疑这种渴望永远也不会消失。文书工作、经常惹是生非的客户、雇用和解雇下属并没有给他带来内在的满足感——但长时间的工作、物质上的贫困以及工作中偶尔出现的风险,他都能泰然处之,偶尔还能从中获得乐趣。于是他洗了个澡,戴上义肢,打着呵欠,痛苦地走下楼去,想起了他姐夫的建议,他的最终目标应该是坐在办公室里,而其他人则实实在在地去做跑腿的工作。

斯特莱克坐在罗宾的电脑前时,思绪转到了罗宾身上。他从来没有问过她对这个侦探社的终极目标是什么，也许这样想有点傲慢，但可能和他的想法是一致的：在他们从事最有趣的工作时，积累足够的银行存款以确保他们都有体面的收入，而不用在失去了一个客户时担心失去一切。但也许罗宾正等着他像格雷格建议的那样发起一场谈话？他试着想象罗宾的反应，他邀请罗宾坐在会放屁的沙发上，向她展示幻灯片，列出长期目标和品牌建议。

当他开始工作时，对罗宾的想法变成了对夏洛特的回忆。他记得他们在一起的时候，在这样的日子里，他需要独自一人在电脑前不受干扰地工作几个小时。有时夏洛特自己也会出去走走，常常对自己要去哪里制造不必要的神秘感，或者编造一些理由来打断他，或者在宝贵的时间一点点流逝的时候挑起一场让他无法自拔的争斗。他知道这是在提醒自己，那样的行为是多么困难、令人疲惫，因为自从他在兰开斯特宫见到她以后，夏洛特就像一只流浪猫一样，在他游离的脑子里溜进溜出。

不到八个小时，斯特莱克喝了七杯茶，上了三次厕所，吃了四个奶酪三明治、三袋薯片和一个苹果，抽了二十二支烟，他已经偿还了所有分包商的费用，确保会计拿到了公司最新的收据，读了哈钦斯跟踪滑头医生的最新报告，在网络空间上搜索到了几个阿米尔·马利克，寻找他想要采访的那一个。到了五点钟，他以为已经找到了，但照片上的人却远远谈不上"英俊"，那是网上盲人在线项目对马利克的描绘。斯特莱克想，最好还是发一份他在谷歌图片中找到的照片给罗宾，让她确认一下是不是他要找的马利克。斯特莱克伸了伸懒腰，打了个呵欠，听着一个潜在的买家在丹麦街一家商店里敲鼓。他期待回到楼上，观看当天的奥运集锦，包括乌塞恩·博尔特的百米赛跑。他正要关掉电脑时，一个小小的"乒"声提醒他收到了一封来自 Lorelei@VintageVamps.com 的电子邮件，邮件的主题是：你和我。

斯特莱克用手背揉了揉眼睛，仿佛看到新邮件是暂时的视力失常。然而，当他抬起头，再次睁开眼睛时，这封信就在收件箱的顶部。

"哦，该死。"他咕哝道，决定最好还是了解清楚最坏的情况，于是点击打开了邮件。

这封邮件约有一千字，给人的印象是经过了精心润色。邮件对斯特莱克的性格进行了有条不紊的剖析，读起来就像精神病患者的病历，虽然不是毫无希望，但需要紧急干预。根据罗蕾莱的分析，科莫兰·斯特莱克是一个从根本上受到伤害、功能失调的生物，阻碍了她的幸福。由于他在感情上的不诚实，给别人造成了痛苦。他从来没有经历过一段健康的两性关系，当它被给予时，他就逃避了。他认为那些关心他的人是理所当然的，也许只有当他陷入低谷、独自一人、不被人爱、被悔恨折磨时，他才会意识到这一点。

预言之后，邮件描述了罗蕾莱在决定发送电子邮件之前的灵魂探索和重重疑虑，而不是简单地告诉斯特莱克他们不带任何条件的安排已经结束。她总结道，他最好能以书面形式向她解释，为什么她和世界上其他所有女人都认为他不能被接受，除非他改变自己的行为。她要求他阅读并思考她所说的"明白这不是来自愤怒，而是来自悲伤"，并要求跟他进一步会面，以便他们"决定你是否足够想要这段关系而去尝试不同的方式"。

在看完邮件后，斯特莱克仍然待在原地，盯着屏幕，并非在考虑回复邮件，而是在为自己站起来时预计的身体疼痛做准备。最后，他努力站了起来，把身体的重量降低落到假体上时浑身激灵了一下，然后关掉电脑，锁上办公室。

为什么我们不能通过电话结束这段关系呢？他靠着扶手爬上楼梯，心里想，很明显它已经死了，不是吗？那我们为什么还要做尸检呢？

回到公寓后，他又点燃了一支烟，坐在厨房里的椅子上给罗宾打电话，罗宾立刻接听了电话。

"嗨，"她小声说道，"稍等。"

他听到门关上的声音，然后是脚步声，再然后是另一扇门关上的声音。

"你看了我发的邮件了吗?刚刚给你发了几张照片。"

"没有,"罗宾压低了声音说道,"什么照片?"

"我想我找到了住在巴特西的马利克,这个人身材矮胖,眉毛连在一起。"

"那个不是他,马利克又高又瘦,戴着眼镜。"

"那么说我刚刚浪费了一个小时,"斯特莱克沮丧地说道,"他从来没有泄露过住址吗?他在周末喜欢做什么?他的国家保险号码呢?"

"没有,"罗宾说,"我们几乎没说过什么话,我告诉过你的。"

"你的伪装怎么样了?"

罗宾已经发过短信告诉斯特莱克,她周四要接受卡姆登珠宝店老板"疯狂巫术崇拜者"的面试。

"不错,"罗宾说,"我一直在试验……"

背景中传来一声低沉的喊叫声。

"对不起,我得走了。"罗宾急忙说道。

"一切都好吗?"

"很好,明天再说吧。"

罗宾挂了电话。斯特莱克的手机还放在耳边,他推断他是在罗宾不方便的时候打的电话,罗宾甚至可能刚和马修吵了一架。他放下手机,感觉有点失望,因为没能和罗宾多聊一会儿。他盯着手里的手机看了一两分钟,罗蕾莱希望他一看到邮件就给她打电话。他觉得自己可以信誓旦旦地说还没看过邮件,于是放下手机,伸手去拿电视遥控器。

46

> 我本应该更审慎地处理这件事。
>
> ——亨利克·易卜生《罗斯莫庄》

四天后的午餐时间,在一家很小的外卖披萨店里,斯特莱克倚靠在柜台上。这家店的位置特别适合观看街道正对面的一所房子。这是两幢半独立式的棕色砖房中的一幢,它的两扇门上面的石头上刻着"常青藤屋"的字样,两扇门都有优美的拱形窗户和镶有檐口的拱心石。斯特莱克觉得这样的字更适合刻在简陋的住宅上而不应该是这样的房子上。

斯特莱克嚼着一片披萨,感到口袋里的手机在震动。在接电话之前他查看了一下是谁打来的,因为他今天已经和罗蕾莱进行过一次令人焦虑的谈话。看见是罗宾打来的,就接了电话。

"我加入了,"罗宾说,听起来相当兴奋,"我刚接受了面试,老板太可怕了,难怪没人愿意为她工作。这是一份临时合约,基本上,只要她不想工作,她就希望有几个人来顶替她。"

"弗利克还在吗?"

"是的,我和店主谈话的时候,她正在柜台前工作,店主想明天试用我。"

"你没被人跟踪吧?"

"没有,我认为那个记者已经放弃了。他昨天也不在这儿,告诉你吧,即使他看见了我,也可能认不出我来,你应该看看我的头发。"

"怎么了,你把头发弄成什么样子了?"

"粉笔棒。"

"什么?"

"染发粉笔棒,"罗宾说,"临时性的颜色,黑色和蓝色相间。此外,我还涂了很多眼妆,而且弄了一些临时文身。"

"给我发张自拍照吧,好让我稍微放松一下。"

"拍你自己吧,你那边情况怎么样?"

"什么都没发生,今天早上马利克和德拉一起从德拉的房子里走出来的。"

"天啊,他们住在一起吗?"

"不知道,他们和导盲犬一起乘出租车出去了。一小时前刚回来,我在等着看接下来会发生什么。有趣的是,我以前见过马利克。今天早上我一见到他就认出来了。"

"真的吗?"

"是的,他参加了吉米的 CORE 会议,就是我去找比利的那次集会。"

"真奇怪……你认为他是杰兰特的中间人吗?"

"也许吧,"斯特莱克说,"但我不明白,如果他们想保持联系,为什么不用电话呢?你知道,总的来说,马利克有些古怪的地方。"

"他还好,"罗宾很快说道,"他不喜欢我,但那是因为他多疑,这意味着他比其他大多数人更为敏锐。"

"你不认为他是杀手吗?"

"是因为金瓦拉说的话吗?"

"'我丈夫激怒了某个人,我警告他不要惹此人生气'。"斯特莱克引用道。

"为什么要特别担心会惹恼阿米尔呢?因为他是棕色人种吗?实

际上,我为他感到难过,因为他不得不和……"

"等一下。"斯特莱克说,把最后一块披萨饼放回盘子里。

德拉家的前门又打开了。

"我们要走了。"斯特莱克说道。只见马利克独自一人走出屋子,随手关上门,轻快地走过花园小径,然后沿着大路往前走。斯特莱克从披萨店出发追赶上去。

"此时他的脚步很轻快,看起来他很高兴离开她……"

"你的腿怎么样?"

"更糟了。等一下,他在向左转……罗宾,我要挂了,得加点速。"

"祝你好运。"

"谢谢。"

斯特莱克尽可能快地穿过了南华克公园路,然后拐进了阿尔玛·格罗夫街,这是一条长长的住宅区街道,两旁每隔一定的间隔就种植着梧桐树,还有维多利亚时代的梯田式房屋。出乎意料的是,马利克在右边的一所房子前停了下来,打开一扇绿松石色的大门,走进了屋子。从他的住处到温恩家的住处步行最多五分钟。

阿尔玛·格罗夫街的房子很窄,斯特莱克完全可以想象,巨大的噪声很容易穿过墙壁。斯特莱克给了马利克足够的时间脱掉夹克和鞋子,然后他走到绿松石色门前敲了敲门。几秒钟后,阿米尔开了门。他的表情从愉快的询问变成了震惊。他显然非常清楚斯特莱克是谁。

"阿米尔·马利克吗?"

年轻人起初没有说话,只是呆呆地站在那里,一只手扶在门上,另一只手放在大厅的墙上,因镜片厚度而缩小的黑眼睛看着斯特莱克。

"你想干什么?"

"想和你聊聊。"斯特莱克说。

"为什么?聊什么?"

"贾斯帕·奇斯韦尔的家人雇了我。他们不确定他是否属于自杀。"

阿米尔看上去像是暂时瘫痪了,一动不动,一言不发。终于,他从门口退了回去。

"好吧,进来吧。"

站在阿米尔的立场上,斯特莱克也会想知道侦探到底已经知道了什么或是在怀疑什么,而不是在焦躁不安的夜里琢磨他为什么要前来拜访。斯特莱克走了进去,在门垫上擦了擦鞋底。

房子里面比外面看起来要大一些。阿米尔领着斯特莱克穿过左边的门进入客厅。房间的装饰显然出自一个比阿米尔年长很多的人的品位。一张厚厚的粉红色和绿色旋转图案的地毯,几把铺着印花棉布的椅子,一张铺着蕾丝花边的木制咖啡桌,壁炉架上有一面装饰性的镜子,这些都表明房子是老年人居住的。在锻铁壁炉上安装了一个丑陋的电热炉。架子上光秃秃的,没有装饰品或其他物品。一张椅子的扶手上放着一本斯蒂格·拉尔森的平装本。

阿米尔转身面对斯特莱克,双手插在牛仔裤口袋里。

"你是科莫兰·斯特莱克。"他说。

"没错。"

"在下议院,你的搭档假装成威尼西亚。"

"又说对了。"

"你想干什么?"阿米尔第二次问道。

"问你几个问题。"

"关于什么?"

"我可以坐下吗?"斯特莱克问道,没有经过对方许可就坐了下来。他注意到阿米尔的目光落到了他的腿上,于是夸张地伸出义肢,这样就能让阿米尔看到他袜子上方金属脚踝的闪光。对于一个非常关心德拉的残疾的人来说,这也许会成为不让斯特莱克再站起来的充分理由。"就像我说的,他的家人认为贾斯帕·奇斯韦尔不是自杀。"

"你认为我和他的死有关系吗？"阿米尔问，试图表示怀疑，但听起来很害怕。

"不是的，"斯特莱克说，"但如果你想坦白招供，请随意。这样的话就可以为我节省很多工作。"

阿米尔没有笑。

"关于你，我只知道一件事，阿米尔，"斯特莱克说，"你在帮助杰兰特·温恩勒索奇斯韦尔。"

"我没有。"阿米尔立刻说道。

这是一个惊慌失措的人不假思索的自动否认。

"你不是一直在想方设法要弄到对他不利的罪证照片吗？"

"我不知道你在说什么。"

"媒体正试图打破你老板的超级禁令。一旦勒索事件被公之于众，你在其中扮演的角色就不会隐藏太久，你和你的朋友克里斯托弗……"

"他不是我的朋友！"

阿米尔的激愤引起了斯特莱克的兴趣。

"这房子是你的吗，阿米尔？"

"什么？"

"对一个二十四岁的年轻人来说，薪水不可能很高，而这地方似乎挺大的。"

"是谁的房子不关你的事。"

"就我个人而言，我不在乎，"斯特莱克说，身体前倾，"但报纸会在乎的，如果你付的房租不合理，会显得你是欠房东的，好像你欠他们什么，好像你受到他们的摆布。如果房子是你的雇主所有，税务局也会认为这是一种实物福利，这可能会给双方带来问题。"

"你怎么知道在哪儿能找到我？"阿米尔问道。

"嗯，这并不容易，"斯特莱克承认，"你没有多少网上生活，对吧？可是最后，"他说着，伸手从夹克内侧的口袋里拿出一沓折叠起来的纸，将其展开，"我找到了你姐姐的脸书页面。这是你姐姐，对吗?"

他把印有脸书帖子的那张纸放在咖啡桌上。一个戴着头巾的丰满漂亮的女人,被四个年幼的孩子簇拥着,从拙劣的复制品中露出笑容。斯特莱克将阿米尔的沉默视为认可,继续说道:

"我回顾了几年来有价值的帖子。那就是你。"他说着,在第一页纸的上面放了第二页纸。年轻的阿米尔穿着学位服,站在父母身旁,面带微笑。"你在伦敦政治经济学院获得了政治和经济的第一名。令人印象深刻……"

"你还参加了外交部的一个研究生培训项目,"斯特莱克继续说道,把第三页纸放在前面两页的上面,显示的是一张官方的照片,一小群衣着光鲜的年轻男女,全都是黑人或其他少数民族,站在一名面色红润的秃顶男子周围。"这是你,"斯特莱克说,"还有高级公务员克里斯托弗·巴罗克劳夫·伯恩斯爵士,他当时正在开展多元化招聘活动。"

阿米尔的眼睛颤动着。

"你又出现了,"斯特莱克说着,放下了他在脸书上打印下来的四页纸中的最后一页,"就在一个月前,你和你姐姐就在德拉家对面的比萨店里。一旦我确定了照片拍摄的位置,并意识到它离温恩家有多近,我就觉得有必要去伯蒙德赛看看能不能在那附近找到你。"

阿米尔低头看着自己和姐姐的照片。她拍了这张自拍照。透过窗户,他们身后的南华克公园路清晰可见。

"7月13日早晨六点你在哪里?"斯特莱克问阿米尔。

"在这里。"

"有人能证实这一点吗?"

"是的,杰兰特·温恩。"

"他在这里过夜了吗?"

阿米尔举起拳头,向前走了几步。显而易见,他从来没有打过拳击,但不管怎样,斯特莱克还是紧张起来,因为阿米尔看上去快要崩溃了。

"我想说的是，"斯特莱克平静地举起双手说，"对杰兰特·温恩来说早上六点待在你的房间这很奇怪。"

阿米尔慢慢地放下拳头，然后，好像他不知道自己还能做什么，他退了回去，坐在最近的扶手椅的边缘上。

"杰兰特是来告诉我德拉摔了一跤。"

"难道他不能打电话吗？"

"我也是这样想的，但他没有，"阿米尔说，"他要我帮他说服德拉去急诊室。她从最后几级楼梯上滑下来，手腕肿了。我去了那里——他们就住在附近，但我说服不了她，她很固执，不管怎样，结果只是扭伤，不是骨折。她很好。"

"这么说，贾斯帕·奇斯韦尔死时，你是杰兰特不在场的证明人？"

"我想是的。"

"他又是你不在场的证明人。"

"我为什么要让贾斯帕·奇斯韦尔死呢？"阿米尔问道。

"这个问题问得好。"斯特莱克说。

"我几乎不认识这个人。"阿米尔说。

"真的吗？"

"是的，真的。"

"那么，是什么让他在一屋子人面前对你引用卡图卢斯的话，提到命运，暗示他对你的私生活了如指掌呢？"

接着是一阵长时间的沉默。阿米尔的眼睛又抽动了一下。

"没有这样的事。"他说。

"真的吗？我的搭档……"

"她在撒谎，奇斯韦尔对我的私生活一无所知，我什么事都没有。"

斯特莱克听到隔壁吸尘器发出麻木的嗡嗡声。他是对的，墙不厚。

"我以前见过你一次，"斯特莱克对马利克说，他看上去比先前更害怕了，"吉米·奈特几个月前出现在东汉姆的集会上。"

"我不知道你在说什么，"马利克说，"你认错人了。"然后，他又令人难以置信地问道："吉米·奈特是谁？"

"好吧，阿米尔，"斯特莱克说，"如果你想这样玩花样，那就没有必要继续谈下去了。我可以用一下你的卫生间吗？"

"什么？"

"需要小便一下。然后我就离开，还你安静。"

马利克显然想拒绝，但似乎找不到拒绝的理由。

"好吧，"阿米尔说，"可是……"

他似乎想到了一个主意。

"等等。我得先去一下——我把袜子泡在水槽里了。待在这儿。"

"听你的。"斯特莱克说道。

阿米尔离开了房间。斯特莱克想找个借口到楼上去探个究竟，看看到底是什么东西或什么活动发出了足以惊扰邻居的动物般的叫声，但阿米尔的脚步声告诉他，浴室就在一楼厨房那边。

几分钟后，阿米尔回来了。

"就在这里。"

他领着斯特莱克穿过大厅，穿过毫无特色、空荡荡的厨房，然后指了指卫生间。

斯特莱克走进卫生间，关上门，上了锁，然后把手放在水槽的底部，那里是干燥的。浴室的墙壁是粉红色的，和粉红色的浴室设施很相配。卫生间旁边的扶手，以及浴室的地板到天花板的扶手表明，在最近的某个时候，这里曾是一个虚弱的或残疾人士的家。

在侦探进来之前，阿米尔想要除掉或隐藏什么呢？斯特莱克打开了浴室的橱柜。里面只有一个年轻人的基本必需品：剃须用具、除臭剂和须后水。

斯特莱克关上柜子，看到自己的样子映入眼帘，在他的肩膀后，门的后面有一件厚厚的海军蓝毛巾布长袍被随意地挂了起来，挂在手臂孔上，而不是专门为之设计的环上。

为了维持他忙得没时间四处张望的假象，他冲了一下马桶，然后走近晨衣，摸了摸里面空空的口袋。突然，摇摇欲坠的长袍从钩子上滑了下来。

斯特莱克向后退了一步，以便更好地欣赏刚刚显露的景象。有人把一具粗糙的四条腿的雕塑戳进浴室的门里，把木头都弄裂了，上面的油漆也花了。斯特莱克打开冰冷的水龙头，以防阿米尔听到动静，用手机拍了一张雕塑的照片，然后关上水龙头，把长袍放回原处。

阿米尔在厨房的尽头等着。

"我把那些文件带走行吗？"斯特莱克问道，不等回答，就回到客厅拿起那几张脸书页面。

"是什么原因让你离开外交部的？"他漫不经心地问道。

"我……我不喜欢。"

"你怎么会为温恩夫妇工作的？"

"我们见过面，"阿米尔说，"德拉给了我一份工作，我接受了。"

斯特莱克偶尔会在采访时对自己不得不提出的问题有所顾忌。

"我不禁注意到，"他举起那叠印刷材料说，"你离开外交部后，似乎很长一段时间都没出现在家人的视线里。你不再出现在集体照中，甚至在你母亲七十岁生日的时候也不见你的踪影，你姐姐很长时间都不提你了。"

阿米尔一言不发。

"就好像你和他们断绝了关系似的。"斯特莱克说。

"你现在可以走了。"阿米尔说。但斯特莱克没有动。

"当你姐姐把你们俩在披萨店的这张合影发到网上时，"斯特莱克继续说道，又把最后一张纸打开，"回复是……"

"我希望你离开。"阿米尔更大声地重复道。

"'你和那个混蛋在一起干什么？''你爸爸知道你还在见他吗？'"斯特莱克大声地读出了阿米尔和他姐姐照片下面的留言。"'如果我哥哥允许同性恋……'"阿米尔朝他冲了过来，右手狠狠地打了他一拳，打在侦探闪开的脑袋旁边。貌似好学的阿米尔充满了盲目的愤怒，这种愤怒几乎可以成为任何人危险的对手。他使劲地把附近的一盏灯从插座上扯了下来，假如斯特莱克闪躲得不及时，灯座可能就会砸到他的脸上，而不是砸在把客厅一分为二的墙壁上。

"够了！"斯特莱克咆哮道。阿米尔扔下那盏灯的残余物，再次向他扑来。斯特莱克挡开了挥舞的拳头，用义肢勾住阿米尔的腿后面，把他摔倒在地。斯特莱克低声咒骂着，因为这个动作对他那疼痛的残肢一点好处也没有。他直起身子，气喘吁吁地说道：

"你要是再这样，我他妈的就揍你一顿。"

阿米尔滚出了斯特莱克够得着的地方，站了起来。他的眼镜挂在一只耳朵上。他双手颤抖着，把眼镜拿了下来，仔细查看断裂的铰链，眼睛突然睁大了。

"阿米尔，我对你的私生活不感兴趣，"斯特莱克气喘吁吁地说，"我感兴趣的是你在为谁掩饰。"

"出去。"阿米尔低声说道。

"因为假如警察认定这是谋杀，你想隐瞒的一切都会大白于天下。调查谋杀案是不会尊重任何人的隐私的。"

"出去！"

"好吧，别说我没有警告过你。"

走到前门，斯特莱克最后一次转过身来面对跟着他走进大厅的阿米尔。斯特莱克停下来时，他做好了准备。

"谁在你浴室门上刻了那个记号，阿米尔？"

"出去！"

斯特莱克知道坚持下去毫无意义。他一跨出门槛，门就砰的一声在他身后关上了。

走过几栋房子之后，腿部抽搐的斯特莱克靠在一棵树上，以减轻义肢的重量。他给罗宾发了一张刚拍下的照片，还附上了一条信息：

想到什么了吗？

他点燃了一支烟,等待罗宾的回答。很高兴有个借口让他保持不动,因为除了他的残肢疼痛之外,脑袋的一侧也很痛。他在躲避那盏灯的时候,把头撞到了墙上,他的背也很痛,因为他费了好大的劲才把那个年轻人摔在地上。

斯特莱克回头瞥了一眼绿松石门。假如他够诚实的话,还有别的东西让他感到疼痛:他的良心。他走进马利克的家,目的是吓唬或恐吓一下他,从而知道马利克和奇斯韦尔以及温恩夫妇的关系。虽然私家侦探无法承受医生的格言"首先,不要伤害",斯特莱克通常会尽量在不给主人造成不必要伤害的情况下获取真相。读出脸书帖子底部的评论是一个小小的打击。才华横溢、郁郁寡欢的阿米尔·马利克无疑是被某种非自愿的原因被迫与温恩家族联系在一起,他的暴力行为是一个绝望的人做出的反应。斯特莱克不需要查阅口袋里的文件,就能回忆起那幅照片:马利克自豪地站在外交部,他的导师克里斯托弗·巴罗克劳夫·伯恩斯爵士站在他身边,他即将凭借一流的学位开始他辉煌的职业生涯。

他的手机响了。

"你到底在哪儿找到那个雕塑的?"罗宾开门见山地问道。

"阿米尔浴室门的后面,藏在一件晨衣下面。"

"你在开玩笑吧?"

"不是的,你觉得像什么?"

"伍尔斯通山上的白马。"罗宾说。

"好了,那我就放心了。"斯特莱克说着,从那棵支撑着他的树上挪了下来,又一瘸一拐地沿街道往前走,"我担心是产生了幻觉才会看到那讨厌的东西。"

47

我想在人生的奋斗中尽自己的微薄之力。

——亨利克·易卜生《罗斯莫庄》

周五早上八点半，罗宾从卡姆登镇车站出来，前往珠宝店，在那里她要接受为期一天的试用。她偷偷地在每个经过的窗口查看自己的外表。

在沙克尔韦尔开膛手审判之后的几个月，她已经熟练掌握了化妆技巧，诸如改变眉毛形状或把嘴唇抹成朱红色，加上戴上假发和彩色隐形眼镜，会对她的外表产生显著的变化。但她从没有像今天这样画那么浓的妆。她戴着深棕色隐形眼镜，眼睛上画了黑色眼线，嘴唇涂成淡粉色，指甲染成金属灰色。由于每个耳垂上只有一个传统的耳洞，她又多买了几个便宜的耳套戴上，模拟更大胆的耳环佩戴方法。她在德普福德当地的牛津乐施会商店买了一条二手的黑色短裙，虽然她前一天在洗衣机里洗过，但仍然有一丝霉味。尽管早晨天气暖和，她还是穿上了厚厚的黑色紧身衣和一双平底黑色蕾丝靴。总之，她希望自己穿得像是经常光顾卡姆登的哥特族和埃莫族女孩那样。卡姆登是伦敦的一个地区，罗宾很少去的地方，她把那里主要与罗蕾莱和她的老式服装店联系在一起。

她给自己的新身份起名为波比·坎利夫。当卧底时，最好把名字和个人的实际情况联系起来，这样就能本能地做出反应。波比的发音听起来有点像罗宾，的确，也有人试图用这种方式缩短她的名字，最明显的是很久以前她在一个临时办公室里的调情对象就是这样称呼她的；还有她的弟弟马丁，想惹她生气的时候就这样叫她。而坎利夫是马修的姓氏。

令她欣慰的是，马修那天很早就去上班了，因为他去审计在巴尼特的一个办公室，罗宾得以自由地完成了身体改造，而没有破坏她再次成为卧底的言论和不满。事实上，她认为可能会从使用自己已婚的姓氏中获得某种乐趣——这是她第一次将其作为自己卧底用的姓氏——来命名一个马修会本能地不喜欢的女孩。随着年龄的增长，马修对那些与他的穿衣、思考和生活方式不同的人越来越反感，越来越鄙视。

巫术崇拜者的珠宝店"特里奎特拉"隐藏在卡姆登市场。罗宾九点差一刻到达店铺外面，发现卡姆登锁店的其他摊贩都已经在忙活了，但这家商店的门却还锁着，里面空无一人。等了五分钟后，她的雇主来了，微微地喘着气。罗宾猜测她快六十岁了，是个大块头，头发被胡乱地染成黑色，长出了半英寸长的银色发根，和波比·坎利夫画眼线的方式一样粗野，她穿着一件绿色天鹅绒长裙。

在导致今天试用的粗略面试中，店主几乎没有问什么问题，而是详细地告诉罗宾和她一起生活了三十年的丈夫刚离开她到泰国去生活；因为边界纠纷而起诉她的邻居以及大批离开特里奎特拉去从事其他工作的那些心怀不满和忘恩负义的雇员。她毫不掩饰地想以最低的报酬获得最大的劳动力，再加上她流露出的自哀自怜，罗宾不禁奇怪，为什么起初竟然有人愿意为她工作。

"你很准时，"她走近后说道，"很好，另一个呢？"

"我不知道。"罗宾说。

"我不需要这样的雇员，"店主略带歇斯底里地说道，"我去见布莱恩的律师的那天可不行！"

她打开门，领着罗宾走进一个大亭子大小的商店，她举起双手拉百叶窗时，身上的气味和广藿香的气味混合在满是灰尘和熏香的气味之中。阳光坚实地照进了商店，让店里的一切显得更不真实、更寒酸。暗紫色的墙壁上挂着许多挂在架子上的暗银色项链和耳环，有五角星、和平标志和大麻叶子的形状。柜台后面的黑色架子上，玻璃水烟与塔罗牌、黑蜡烛、精油和礼仪用匕首混在一起。

"我们如今有数百万的游客经过卡姆登，"在柜台后面忙乱的店主说道，"如果她不出现——你来了。"她说，这时弗利克脸带怒气斜着身子走了进来。她穿着一件黄绿相间的真主党 T 恤和破洞牛仔裤，拎着一个大大的皮革邮差包。

"地铁晚点了。"她说。

"好吧，我设法按点到达，比比也是！"

"波比。"罗宾纠正她，故意强化了约克郡口音。

这次她不想装成伦敦人。最好不要谈论弗利克可能知道的学校和地区。

"好吧，我需要你们两个掌控一切，随时，"店主说道，一只手对着另一只手敲出了最后两个字，"好了，比比——"

"波比——"

"是的，你过来看看怎么用钱柜。"

罗宾毫不费力就掌握了钱柜的工作原理。她十几岁的时候，周六在哈罗盖特的一家服装店打过工。幸亏她不需要更长时间的指导，因为大约商店开门十分钟后，顾客就源源不断地拥了进来。让罗宾略感意外，因为这家店里没有任何她想要买的东西。可是许多来卡姆登的游客似乎觉得，如果不买上一双锡合金耳环或一个五角星形的压花蜡烛，或是放在收银台旁边的篮子里的小麻袋——传说每个麻袋都有着神奇的魔力，那么旅行将是不完整的。

"好吧，我得走了。"十一点的时候店主宣布，此时弗利克正在招待一位身材高大的德国女人，她正在两包塔罗牌之间犹豫不决。"别忘了：你们其中一人需要时刻关注库存，以防被盗。我的朋友埃迪会留意的。"她指着外面卖旧光碟的摊位说道。"每人二十分钟,分开吃午饭。别忘了,"她不祥地重复道,"埃迪在盯着呢。"

她带着天鹅绒和体味离开了。德国顾客拿着塔罗牌走了,弗利克啪的一声关上了抽屉,声音在暂时空无一人的店里回响。

"又老又稳重的埃迪,"她恶毒地说道,"他才不会管。他可以瞎抢她的东西,他不在乎。奶牛。"弗利克另外补充道。

罗宾笑了,弗利克似乎很满意。

"你叫啥?"罗宾用浓重的约克郡口音问道,"她从来没说过,"

"弗利克,"弗利克说,"你叫波比,对吗?"

"是的。"罗宾说。

弗利克从她放在柜台下面的邮差包里拿出手机,看了看,似乎没有看到她希望看到的东西,然后又把它放到让人看不见的地方。

"你工作一定很辛苦,是吗?"她问罗宾。

"我不得不尽我所能,"罗宾说,"我被解雇了。"

"是吗?"

"该死的亚马逊。"罗宾说。

"那些逃税的混蛋,"弗利克说,有点感兴趣了,"发生了什么事?"

"我没有达到每日销售量。"

罗宾的故事直接取材于最近的一篇新闻报道,关于这家零售公司一个仓库的工作条件的相关报道:在主管无情的压力下,每天都要承受设定目标、包装和扫描数千件产品的巨大压力。罗宾说话时,弗利克的表情在同情和愤怒之间摇摆不定。

"太过分了!"罗宾讲完后,她说道。

"是的,"罗宾说,"很明显,没有工会就什么也没有。我爸爸是约克郡的一个大工会成员。"

"我敢打赌他一定很生气。"

"他死了,"罗宾毫不脸红地说道,"肺病,以前是矿工。"

"哦,该死,"弗利克说,"抱歉。"

她现在满怀着尊敬和兴趣看着罗宾。

"瞧，你会是个工人，而不是雇员。这就是那些混蛋置身事外的伎俩。"

"有什么区别吗？"

"法定权利减少了，"弗利克说，"不过，如果他们从你的工资中扣除，你可以起诉他们。"

"不知道我能否证明这一点，"罗宾说，"你怎么知道这些的？"

"我在劳工运动中相当活跃，"弗利克耸耸肩说，然后犹豫了一下，"我妈妈是一名就业律师。"

"是吗？"罗宾问道，尽量显得礼貌而惊讶。

"是啊，"弗利克说道，一边抠着指甲，"但我们相处得不好。事实上，我没见我的家人。他们不喜欢我的搭档，也不喜欢我的政治立场。"

她抚平带真主党标志的 T 恤，给罗宾看。

"什么，他们是保守党吗？"罗宾问道。

"也许是，"弗利克说，"他们喜欢讨厌的布莱尔。"

罗宾感到她的手机在二手衣服口袋里震动。

"这儿有厕所吗？"

"穿过这里。"弗利克指着一扇隐藏得很好的紫色门说道，门上钉着更多的珠宝架。

在紫色门后面，罗宾发现了一个小隔间，窗户又破又脏。一个保险箱放在一个破旧的厨房旁边，上面放着一把水壶、几件清洁用品和一块硬布。房间里没有坐的地方，也几乎没有站的地方，角落里塞着一个脏兮兮的马桶。

罗宾把小隔间的门关上，放下马桶盖，坐下来读巴克利刚刚发给她和斯特莱克的长长的信息：

> 比利找到了。他是两周前在街上被抓的。精神病发作，收留在伦敦北部的医院，还不知道是哪个。直到昨天医生才告诉他的近亲。今天早上社工联系了吉米。吉米想让我和他一起去

说服比利出院。害怕比利会告诉医生些什么，说他的话太多了。还有，吉米丢了一张纸，上面写着比利名字以及他一些自吹自擂的话，问我有没有看到。他说这是手写的，没有其他细节，不知道为什么这么重要。吉米认为是弗利克偷的。他们之间的关系又崩了。

罗宾第二次读这则信息的时候，收到了斯特莱克的回应。

巴克利：找到医院的探视安排，我想见比利。
罗宾：争取搜一下弗利克的包包。

谢谢，罗宾恼怒地回复短信，我自己就想不到这一点。

她站起身来，冲了冲马桶，又回到店里，一群穿着黑衣的哥特人正在那里像乌鸦一样啄食着货物。罗宾侧身走过弗利克，看到她的邮差包正放在柜台下面的架子上。等这群人最终带着香精油和黑蜡烛离开时，弗利克拿出手机又看了一次，然后又陷入了阴郁的沉默之中。

罗宾在许多临时办公室的经历告诉她，没有什么能让女人发现在与男人相关的痛苦中并不孤单这一点更能将她们联系在一起的了。她拿出手机，看到了斯特莱克发来的另一条短信：

这就是为什么我能得到大笔钱的报酬，靠脑子。

罗宾违心地被逗乐了，强忍着笑说道：
"他一定认为我他妈的太蠢了。"
"怎么了？"
"男朋友，所谓的，"罗宾说着，把手机扔回了口袋，"他说是要与妻子分居。猜猜他昨晚在哪里？我的一个朋友今天早上看见他离开了他妻子的住处。"她大声地叹了口气，颓然地倒在柜台上。

"是啊，我男朋友喜欢老女人，什么样的都喜欢。"弗利克说，一边弄着她的指甲。罗宾没有忘记吉米娶过一个比他年长十三岁的女人。她想要获得弗利克更多的信任，但就在她开口之前，另一群年轻女子进了商店，用罗宾听不懂的语言叽叽喳喳地聊天，罗宾觉得听起来像是东欧的语言。她们簇拥在摆放着假想的护身符的篮子周围。

"谢谢①。"当其中一个递给弗利克钱时，她说道，女孩们笑着称赞她的口音。

"你刚才说什么了？"队伍离开时罗宾问道，"是俄语吗？"

"波兰语，从我父母的清洁工那里学到了一点。"弗利克急匆匆地说道，仿佛想要摆脱什么似的，"是的，我和清洁工的关系总是比我和父母的关系要好，事实上，你不能自称社会主义者，因为你有个清洁工，对吧？任何人都不应该被允许住在对他们来说太大的房子里，我们应该强制收回房产，将土地和住房重新分配给需要的人。"

"太对了。"罗宾热情洋溢地说。已故前矿工、约克郡工会会员的女儿波比·坎利夫原谅了她有职业的父母，这似乎让弗利克感到安心。

"想喝茶吗？"她主动提出。

"是的，太好了。"罗宾说。

"你听说过真正的社会党吗？"弗利克拿着两个马克杯一回到店里就问道。

"没有。"罗宾说。

"不是你所认为的普通的政党，"弗利克向她保证，"我们更像是一场以社区为基础的运动，就像回到贾罗游行者②，诸如此类的事，

---

① 原文为波兰语：Dziękuję ci。
② 1936 年，大萧条期间，英国贾罗造船业失业工人游行到伦敦，行程长达 457 千米，持续了 25 天，得到了全国人民的普遍同情。

真正的劳工运动精神，而不是帝国主义的保守党，像他妈的'新工党'那样的垃圾。我们不想玩老一套的政治游戏，我们想改变游戏规则，让普通工人受益。"

比利·布拉格版的《国际歌》响了起来。弗利克把手伸进包里，罗宾意识到这是弗利克的手机铃声。看到来电者的名字，弗利克变得紧张起来。

"你一个人照看一会儿可以吧？"

"当然。"罗宾说。

弗利克溜进了里屋。门关上时，罗宾听见她说：

"怎么样了？你看见他了吗？"

门一关好，罗宾就急忙跑到弗利克站过的地方，蹲下身子，把手伸进邮差包的皮盖下面。里面就像垃圾箱的深处。她的手指摸索各式各样的皱巴巴的纸、糖纸，一块黏糊糊的东西，罗宾认为那可能是嚼过的口香糖，各种无盖的钢笔和化妆管，一罐上面印着切·格瓦拉照片的罐子，一包里面内容已经漏了的卷烟，一些瑞兹拉烟纸、一些备用的卫生棉条，一个小小的扭曲的织物球状物，罗宾怀疑那可能是一条穿过的短裤。要试着把每一张纸压平，读完后，再将其揉皱是很费时间的。大多数纸条上似乎都是废弃的条款草案。此时，透过身后的门，罗宾听到弗利克在大声说道：

"斯特莱克？搞什么……"

罗宾僵住了，谛听着。

"……偏执……现在只有它了……告诉他们他……"

"请问，"一位凝视着柜台的女士说道，罗宾吓得跳了起来。一个胖胖的、穿着扎染T恤，头发灰白的顾客指着墙上的架子问道，"我能看看那个特别的匕首吗？"

"哪个？"罗宾困惑地问道。

"匕首，仪式匕首。"老妇人指着说。

弗利克的声音在罗宾身后的房间里忽高忽低。

"……它，不是吗？……你要记得……还我钱……奇斯韦尔的

401 | 致命的白色

钱……"

"咂,"顾客说,仔细地在手里掂量着匕首,"有大一点的吗?"

"是你拿的,不是我!"弗利克从门后大声叫道。

"呃,"罗宾说,眯起眼睛看着架子,"我想我们只有这些了。那个可能要大一点……"

她踮起脚尖去够那把更长的刀,此时听见弗利克说道:

"滚蛋,吉米!"

"给你。"罗宾说着,把那把七英寸长的匕首递给对方。

随着项链掉落的当啷声,罗宾身后的门被猛地推开了,撞到她的后背。

"对不起。"弗利克说着,抓起她的包,把手机塞回包里,呼吸急促,眼睛炯炯有神。

"哦,你看,我喜欢小一点的上面有三个月亮的标记的那把,"老妇指着第一把匕首柄上的装饰说,对弗利克戏剧性的重现并不在意,"但我更喜欢长一点的那把的刀刃。"

弗利克处于要发怒和要流泪之间的狂热状态,罗宾知道这是最易受轻率和忏悔行为影响的状态之一。极力想摆脱讨厌的顾客,她用波比浓重的约克郡口音直截了当地说道:

"好吧,我们就只有这些了。"

那位顾客又嘀咕了几声,把两把刀子拿在手里掂量了一下,最后一把都没买就走了。

"你还好吧?"罗宾立刻问弗利克。

"不好,"弗利克说,"我想抽支烟。"

她看了看表。

"如果她回来,就告诉她我去吃午饭了,好吗?"

该死,罗宾想,弗利克消失了,带着她的包包和她充满希望的心情。

罗宾独自盯着商店了一个多小时,感到越来越饿。有一两次,唱片摊的埃迪茫然地望着店里的罗宾,但对她的活动丝毫不感兴趣。

又来了几位客人，在短暂的休息间隙，罗宾急匆匆地走进里屋，看看有没有她忽略了的食物，但是什么都没有。

一点差十分的时候，弗利克和一个穿着紧身蓝色 T 恤的黑皮肤、异常英俊的男人漫步回到店里。他用一种特有的玩弄女性的冷酷、傲慢的目光盯着罗宾，融合了欣赏和蔑视，暗示虽然她可能长得好看，但要引起他的兴趣，她得再努力一点才行。这是罗宾在办公室里看到过的对其他年轻女性行之有效的策略，但对她从来都不起作用。

"对不起，我去太久了，"弗利克对罗宾说，她的坏心情似乎并没有完全消失，"遇到了吉米。吉米，这是波比。"

"你好吗？"吉米伸出一只手说。

罗宾握了握他的手。

"你去吧，"弗利克对罗宾说，"去吃点东西吧。"

"哦，好的，"罗宾说，"谢谢。"

吉米和弗利克等着，罗宾打着检查包里有没有钱的幌子，蹲下身子，躲在柜台后面，打开了手机的录音功能，然后小心翼翼地把它放在黑架子后面。

"那就待会儿见吧。"她兴高采烈地说着，便溜达到市场里去了。

48

> 但是你对这一切是怎么看的呢,吕贝克?
>
> ——亨利克·易卜生《罗斯莫庄》

一只哀鸣的黄蜂蜿蜒地从斯特莱克办公室的内室飞到外室,经过两扇打开的窗户之间,窗户被猛然打开,以接纳充满烟雾的夜晚空气。巴克利用刚送来的一大包中国菜的外卖菜单赶走了这只虫子。罗宾揭掉纸盒的盖子,放在桌上。斯特莱克正在水壶旁边找第三把叉子。

四十五分钟前罗宾从查令十字街打电话给马修,说她要去见斯特莱克和巴克利,而且可能回来得晚,马修表现得出奇地随和。

"好吧,"他说,"反正汤姆想去吃咖喱。回家见。"

"今天过得怎么样?"罗宾在挂断电话之前问道,"办公室在……"她一下子想不起来。

"巴尼特,"他说,"游戏开发商。是的,还行。你呢?"

"不错。"罗宾说。

经过多次争论,马修对奇斯韦尔案件的细节坚定地不感兴趣,因此似乎没有必要告诉他她去了哪里,她在扮演谁,或者发生了什么事。他们道别后,罗宾继续穿过漫无边际的游客和周五晚上的饮酒者们。她知道,一个不经意的路人会把刚才她和马修的通话仅仅看作由于亲近或环境而联系在一起的两个人，并不特别喜欢对方。

"想喝啤酒吗？"斯特莱克举起四瓶装的替牌啤酒问她。

"好的，谢谢。"罗宾说。

她仍然穿着黑色的短裙和蕾丝靴，但她已经把灰白的头发束在脑后，洗去了脸上厚厚的化妆品，摘掉了深色的镜片。在傍晚的阳光下看到斯特莱克的脸，她觉得他看上去不太舒服。他的嘴唇周围和前额上的纹路比平时要深，她怀疑这些纹路是每天痛苦煎熬的结果。他笨拙地挪动着，将上半身转过来，试图在拿着啤酒回到她桌前时掩饰自己的跛行。

"你今天一直在忙什么？"她问斯特莱克，此时巴克利正往盘子里装食物。

"跟踪杰兰特·温恩。他躲在一家离原来的家只有五分钟路程的简陋民宿里。他一路把我带回伦敦市中心，然后又回到了伯蒙德赛。"

"跟踪他很危险，"罗宾评论道，"他知道你的长相。"

"即使我们三个都跟在他身后，他也不会注意到的。从我上次见到他以后，他大约掉了十四磅。"

"他做了什么？"

"去了下议院旁边一个叫塞利乌姆的地方吃饭。那地方没有窗户，像个地窖。"

"听起来不错。"巴克利说着，在假皮沙发上坐了下来，开始吃他的糖醋猪肉丸。

"他就像一只悲伤的信鸽，"斯特莱克一边说，一边把整桶的新加坡面条倒在自己的盘子里，"回到了他以前和游客一起荣耀的地方。然后我们去了国王十字车站。"

罗宾在吃豆芽，暂停了下来。

"在黑暗的楼梯间吹箫。"斯特莱克实事求是地说道。

"噢。"罗宾咕哝着，继续吃东西。

"你看见了，是吗？"巴克利饶有兴趣地问道。

"只看见背影。我挤过前门,然后带着歉意退了出去。他没有认出我来。在那之后,他在阿斯达给自己买了几双新袜子,然后回到了他的简陋民宿 B&B。"

"外面还有更糟糕的日子,"巴克利说,他已经把盘子里的食物吃了一半,看到罗宾的目光,他嘴里含着食物说道,"老婆要我八点半前回家。"

"好吧,罗宾,"斯特莱克说着,小心翼翼地坐到他从里间拿到外间办公室的椅子上,"让我们听听吉米和弗利克以为没人在听时的对话。"

他打开笔记本,从她桌上的罐子里拿出一支笔,空出的左手把新加坡面条叉进嘴里。巴克利还在使劲地嚼着东西,很感兴趣地在沙发上前倾着身体。罗宾把手机朝上放在桌子上,按下了"播放"键。

有那么一会儿,除了罗宾微弱的脚步声外,什么声音也没有,那是罗宾早些时候离开巫术崇拜者的商店去寻找午餐的脚步声。

"我以为你一个人在这儿呢?"吉米的声音微弱但很清晰。

"她在接受一天的试用,"弗利克说,"山姆在哪儿?"

"我告诉他晚点我会在你家等他。好吧,你的包呢?"

"吉米,我没有……"

"也许你错拿了。"

更多的脚步声,木头和皮革的摩擦声,叮当声,哐啷哐啷声,以及窸窸窣窣的声响。

"这是他妈的小费。"

"我没拿,还要说多少次?你就没有权利去查我的包,在没有我的……"

"这个很严重。我原来把它放在钱包里,现在去哪儿了?"

"你会不会是把它掉在什么地方了?"

"或者有人拿走了。"

"我为什么要拿它呢?"

"保险单。"

"真是个他妈的……"

"但如果你认为这是保险单,要记住,是你他妈的偷了它,所以你和我一样有罪,甚至罪更重。"

"起初我只是因为你才出现在那儿的,吉米!"

"噢,这会是个故事,是吗?没人他妈的逼你做的。记住,你是始作俑者。"

"是的,我现在真希望当时没那么干!"

"太晚了,我想要回那张纸,你也应该如此。那张纸条证明我们可以进入他的住所。"

"你是说这张纸条证明了他和比尔之间的联系——哎哟!"

"哦,滚开,没伤着你!你贬低那些真正被欺负的女人,扮演受害者的角色。我现在不是在开玩笑,如果你把它拿走了……"

"不要威胁我——"

"你打算做什么,跑到爸爸妈妈那儿去?他们知道他们的小女儿在做什么的时候,会是什么样的感受?"

弗利克急促的呼吸声变成了呜咽声。

"你偷了他的钱,还有这一切。"吉米说道。

"你当时认为这是个笑话,你说他活该……"

"在法庭上试试这样辩护,看看这能让你走多远。如果你想救自己而把我扔下,我他妈的会毫不犹豫地告诉那些猪你一直都在干这样的事。所以,如果那张纸在什么地方出现了,我不想让它……"

"我没有拿,我不知道它在哪儿!"

"已经警告过你了,把你的前门钥匙给我。"

"什么?为什么?"

"因为我马上要去你称之为公寓的那个鬼地方,我要和山姆一起去找。"

"没有我你不能去那里——"

"为什么不能去呢?又有一个印度侍者在那里宿醉后睡着了,是吗?"

"我从来没有——"

"我他妈的不在乎，"吉米说道，"你想和谁睡就和谁睡。把钥匙给我，给我。"

然后是更多的脚步声、钥匙的叮当声。吉米走开的声音，接着是一连串的抽泣声，罗宾按下了暂停键。

"她一直哭到店主回来，"罗宾说，"也就是在我回去之前，一个下午她几乎没说话。我试图和她一起走去地铁，但她甩开了我。希望她明天会更健谈一些。"

"那么，你和吉米搜查了她的公寓吗？"斯特莱克问巴克利。

"是的，书、抽屉、床垫下都搜过了。什么都没有。"

"他说了你们到底在找什么了吗？"

"'一张手写的纸，上面还有比利的名字。'他说，'我把它放在钱包里，现在不见了。'声称这和毒品交易有关。他认为我什么都会相信。"

斯特莱克放下笔，吞下一大口面条，说道：

"嗯，我不知道你们俩怎么想，但让我吃惊的是这一句：'那张纸条证明我们可以进入'。"

"我想我可能对此知道的更多一点，"罗宾说，她到目前为止成功地掩饰了对即将透露的事情的兴奋之情，"我今天发现弗利克会说一点波兰语，我们知道她在以前工作的地方偷过钱。如果……？"

"'我打扫卫生'。"斯特莱克突然说，"游行的时候我跟在他们后面，她对吉米就是这么说的！'我打扫卫生，太恶心了'……该死——你认为她就是……？"

"奇斯韦尔的波兰清洁工，"罗宾说，决心不让她的胜利时刻被抢走，"是的，我就是这么认为的。"

巴克利继续往嘴里塞肉丸子，虽然他的眼睛也表现出相当吃惊。

"如果这是真的，那么一切都会发生彻底的变化。"斯特莱克说，"她可以进入房间，可以四处窥探，可以把东西带进屋子里……"

"她怎么知道他想要一个清洁工？"巴克利问道。

"一定是看到他放在报摊橱窗里的那张卡片了。"

"他们相隔好几英里呢，她住在哈克尼。"

"也许是吉米发现了它，他在埃伯里街四处窥探，想要勒索钱财。"罗宾建议道。但此时斯特莱克紧皱着眉头。

"那么就反过来了。如果她在做清洁工的时候发现了可敲诈勒索的罪行，那她一定是在吉米还没开始勒索之前就被雇用了。

"好吧，也许吉米没有告发她。也许他们正试图挖掘他身上的丑闻时发现他想要一个清洁工。"

"这样他们就可以在真正的社会党网站上曝光了？"马利克提出，"大概有四五个人。"

罢工者嘲弄地哼了一声。

"关键是，"他说，"这张纸条让吉米非常担心。"

巴克利把最后一个猪肉球戳进嘴里。"是弗利克拿走的，"他粗声粗气地说，"我保证。"

"你为什么这么肯定？"罗宾问道。

"她想在他身上找点什么，"巴克利说着站起来，把空盘子拿到水池边，"他把她留在身边的唯一原因是她知道的太多了。前几天他告诉我，如果可以的话，他很高兴打死她。我问他为什么不甩了她，他没有回答。"

"如果那张纸能证明她有罪的话，也许是她把它毁了？"罗宾建议。

"我认为不是这样，"斯特莱克说，"她是律师的女儿，不会销毁证据。像这样的纸条可能是有价值的，如果出了岔子，她会决定和警察合作。"

巴克利回到沙发上，拿起啤酒。

"比利怎么样？"罗宾问他，然后吃她的冷餐。

"可怜的小杂种，"巴克利说，"瘦骨嶙峋，他跳过地铁护栏时，被交警给抓住了。他想打他们，结果被隔离了。医生说他得了妄想症或被迫害症。起初他以为被政府追杀，医务人员都参与了一个巨大的阴谋，但现在他又开始吃药了，变得理智了些。"

"吉米想把他带回家，但医生们不让他这么做。真正使吉米生气的是，"巴克利停下来喝完他那罐替牌啤酒，然后继续说道，"比利仍然痴迷于斯特莱克，一直在找他。医生们认为这是他的幻觉的一部分，他把这位著名的侦探和自己的幻想联系在一起，就像他是唯一可以信任的人。不能告诉他们他和斯特莱克见过面。当时吉米没有站在旁边，告诉他们这都是胡说八道。"

"医生不想让任何人靠近他，除了他的家人，在吉米试图说服比利他已经好了并且可以回家之后，医生们也不再喜欢他了。"

巴克利把啤酒罐捏瘪，看了看表。

"得走了，斯特莱克。"

"哦，好吧，"斯特莱克说，"谢谢你来这里。我想最好是进行一次联合汇报。"

"甭客气。"

巴克利向罗宾挥手告别，然后离开了。斯特莱克弯下腰从地上捡起自己的啤酒，打了一个激灵。

"你没事吧？"罗宾问，又吃了一些虾饼。

"还好，"他说着又站了起来，"我今天又走了很多路，如果昨天没有打架我还能多走一点。"

"打架？打什么架？"罗宾问道。

"阿米尔·马利克。"

"什么！"

"别担心，我没有伤害他，不是很严重。"

"你没告诉我你们俩的吵架是肢体上的！"

"我想当面告诉你，这样我就可以享受你视为十足的混蛋的感觉。"斯特莱克说，"对你的独腿伙伴表示一点同情怎么样？"

"你以前是拳击手！"罗宾说，"而他就是全身湿透了也大概只有九英石[①]重！"

---

① 英石，重量单位，1英石等于14磅，约合6.35千克。

"他拿灯砸我。"

"阿米尔这样干了吗?"她无法想象在下议院认识的那个矜持拘谨、一丝不苟的男人会对任何人使用暴力。

"是的,我告诉他奇斯韦尔的评论'和你有相同习惯的男人'后,他勃然大怒。如果这会让你感觉更好的话,那我可就不高兴了。"斯特莱克说道,"等一下,我需要去小解。"

他笨拙地从椅子上站起来,朝楼梯平台上的卫生间走去。她听到门关上了,突然斯特莱克的手机响起,手机正放在罗宾桌子旁边的文件柜上充电。罗宾起身查看,透过破裂的胶带屏幕,她看到了"罗蕾莱"这个名字。罗宾犹豫了很久,不知该不该接,于是电话就转到语音信箱。正当她再次坐下的时候,传来了短信送达的叮咚声。

> 如果你想要的是一顿热饭和没有人类情感的性爱,那么有的是餐馆和妓院。

罗宾听到外面卫生间的门砰的一声关上,急忙跌跌撞撞回到椅子上。斯特莱克一瘸一拐地回到屋里,坐到椅子上,叉起面条。

"你的电话刚才响了,"罗宾说。"我没有接——"

"扔过来给我。"斯特莱克说道。

她照做了。他面无表情地读着短信,把手机设为静音模式,然后放进口袋。

"我们刚才说到哪儿了?"

"你对那场打架感觉不太好——"

"我对这场打架感觉很好,"斯特莱克纠正她说,"如果我没有自卫,我的脸上就得缝满针线了。"

他叉起一勺面条。

"有一点我感觉不太好,那就是当我告诉他,我知道他被家人排斥在外,只有一个姐姐还跟他说话。这些在脸书都能看到。当我提到他的家人抛弃了他时,我差点被他拿台灯砸了头。"

411 | 致命的白色

"也许他们不高兴是因为他们认为他和德拉在一起？"斯特莱克嚼着面条，罗宾在一旁提醒道。

他耸了耸肩，做了一个表示"可能"的表情，吞下面条，然后说道："你有没有想过，阿米尔实际上是这个案件中唯一一个有动机的人？奇斯韦尔威胁他，大概是想要揭发他。'和你有相同习惯的男人'。拉克西丝知道每个人的寿命。"

"那么'忘记动机，专注于手段'是怎么回事呢？"

"是的，是的。"斯特莱克疲惫地说道。他把盘子放在一边，面条几乎都吃光了。他拿出香烟和打火机，坐直了一点。"好吧，那我们来聚焦在手段上。"

"谁能进入这所房子，获得抗抑郁剂和氦气？谁对贾斯帕·奇斯韦尔的习惯了如指掌，肯定他会在那天早上喝橙汁？谁有钥匙，或者他会信任谁，让他一大早就开门让对方进屋？"

"他的家人。"

"对，"斯特莱克说，点燃了打火机，"可是我们知道金瓦拉、菲茨、伊茨和托奎尔不会这样做，所以只剩下拉斐尔和他那天早晨被命令到伍尔斯通去的故事了。"

"你真的认为他可以杀了他的父亲，然后冷静地开车到伍尔斯通，和金瓦拉一起等待警察的到来吗？"

"忘掉心理学或概率吧，我们在考虑的是机会。"斯特莱克吐出一股长长的烟雾，然后说道，"到目前为止，我所听到的一切都不能阻止拉斐尔早上六点到埃伯里街来。我知道你会说什么，"他抢在她之前说道，"但这不是第一次杀手自己伪造电话的案例，他可以用奇斯韦尔的手机打他本人的电话，让人觉得好像是他父亲命令他到伍尔斯通去的。"

"那么这就意味着，要么是奇斯韦尔的手机上没有设密码，要么是拉斐尔知道密码。"

"说得好，这个需要核实。"

点击笔尖，斯特莱克在笔记本上做了笔记。他一边写笔记，一边在想，罗宾的丈夫是否知道她现在的手机密码，之前马修曾在她不知情的情况下删除了她的所有通话记录。这些有关信任的小事往往是衡量一段关系强度的有力指标。

"如果拉斐尔是凶手，还有另一个逻辑上的问题。"罗宾说，"他没有钥匙，如果他父亲让他进屋，那就意味着当拉斐尔在厨房里捣碎抗抑郁药的时候，奇斯韦尔是清醒的。"

"这一点说得也很好，"斯特莱克说，"但是捣碎药片的声响得和我们所有的嫌疑人一起解释清楚。"

"来看弗利克。如果是她在冒充清洁工，她可能比家里的大多数人都更熟悉埃伯里街的房子。在房子里到处闲逛的机会很多，有段时间她的钥匙被限制了。钥匙很难被复制，但是假设她成功了，那么她仍然可以任意自由地进出房子。"

"她一大早就偷偷溜进屋里伪造橘子汁，但用杵臼碾碎药片会发出很响的噪声……"

"除非，"罗宾说，"她把已经碾碎的药片装在袋子里或别的什么东西里，在杵臼周围撒上药末，让人觉得好像是奇斯韦尔干的。"

"好吧，但我们仍然需要解释为什么垃圾箱里的空橙汁盒里没有阿米替林的痕迹。拉斐尔本可以递给他父亲一杯果汁的。"

"除非上面只有奇斯韦尔的指纹。"

"但是，奇斯韦尔难道不会觉得早晨下楼看到一杯预先倒好的果汁很奇怪吗？你会喝一杯不是你倒的东西，而它神秘地出现在你认为是空房子的地方吗？"

楼底下的丹麦街上，一群年轻女孩的声音在川流不息的车辆声中响起，唱着蕾哈娜的歌《你在哪儿？》。

"你在哪儿？我所有的生命，我所有的生命……"

"也许就是自杀。"罗宾说道。

"这种态度是得不到报酬的，"斯特莱克一边说，一边把烟灰轻弹在盘子上，"继续分析，那天有办法进入埃伯里街的有拉斐尔、弗利克……"

"还有吉米，"罗宾说，"凡适用于弗利克的都适用于吉米，因为她可以向他提供有关奇斯韦尔的生活习惯和房子的所有信息，并给他配制的钥匙。"

"没错。因此，我们知道，那天早上这三个人都可能会进入房间，"斯特莱克说，"但不只是进门那么简单，凶手还必须知道哪些是金瓦拉在服用的抗抑郁药，并安排氦气罐和橡胶油管。这就表明此人与奇斯韦尔有着亲密的接触，能够把东西带进房间，或者知道氦气和油管已经在房间里。"

"据我们所知，拉斐尔最近不在埃伯里街，他和金瓦拉的关系也没有好到知道她在吃什么药，尽管我可以假设他父亲可能跟他提过。"罗宾说道，"单从机会上看，温恩夫妇和阿米尔似乎被排除在外了……所以，假设弗利克就是那个清洁工，那么吉米和弗利克就成了我们的头号嫌疑人。"

斯特莱克叹了口气，闭上了眼睛。

"扯淡，"他用一只手捂着脸，喃喃地说道，"我一直在绕着圈子又回到动机上了。"

他再次睁开眼睛，在餐盘上掐灭了香烟，立即又点燃了另一支，然后说道：

"军情五处对此感兴趣并不奇怪，因为这没有明显的好处。奥利弗是对的——勒索者通常不会杀死他们的受害者，情况正好相反。仇恨是一个生动的概念，但一场热血的仇恨杀戮是用锤子或灯砸向头部，而不是精心策划的假自杀。如果是谋杀，那更像一场临床处决，每一个细节都经过了精心策划。为什么呢？凶手从中得到了什么？这也让我困惑，到底为什么呢？奇斯韦尔为什么会死呢？

"在吉米和弗利克拿出证据迫使奇斯韦尔拿出他们想要的钱之前，奇斯韦尔能活着，这无疑是他们最大的利益所在。拉斐尔也同样如此：他曾被移出了遗嘱，但他和父亲的关系出现了一些改善的迹象，他父亲活着对他是有好处的。"

"但是，奇斯韦尔曾隐秘地威胁过阿米尔，说他会揭露阿米尔的一些不为人知的事情，考虑到奇斯韦尔引用了卡图卢斯的话语，很可能是性方面的事情，而且奇斯韦尔最近还掌握了有关温恩夫妇不可靠的慈善机构的信息。我们不应该忘记，杰兰特·温恩并不是一个真正的敲诈者。他不想要钱，他只想让奇斯韦尔辞职和丢脸。当温恩和马利克意识到他们的第一个计划失败时，他们采取了另一种报复方式，这难道不可能吗？"

斯特莱克深深地吸了一口烟，然后说道：

"我们漏掉了一些东西，罗宾。把这一切联系在一起的东西。"

"也许没有绑在一起的东西，"罗宾说，"这就是生活，不是吗？我们看到的这群人，他们都有各自的苦难和秘密。他们中的有些人有理由不喜欢奇斯韦尔，憎恨他，但并不意味着一切都能完美地结合在一起。其中一些肯定是彼此无关的。"

"还有一些事情我们还不知道。"

"有很多我们没有……"

"不是的，某件大事，某件……根本的事件。我能嗅得到，它几乎一直在显现。为什么奇斯韦尔说他在打败温恩和奈特之后可能会有更多的工作要做呢？"

"我不知道。"罗宾说。

"'他们一个接一个地把自己绊倒'，"斯特莱克引用道，"谁把自己绊倒了呢？"

"杰兰特·温恩。我刚刚告诉奇斯韦尔慈善机构的钱不见了。"

"你说，奇斯韦尔一直在打电话，想找一个钱夹，一个属于弗雷迪的钱夹子。"

"没错。"罗宾说。

"弗雷迪。"斯特莱克重复道，挠着下巴。

有那么一会儿，他的思绪回到了德国一家军事医院的公共电视室，角落里的电视设成了静音，一张矮桌上放着几份《陆军时报》。目睹弗雷迪·奇斯韦尔死亡的年轻中尉独自坐在那里，斯特莱克发现他时，他正被绑在轮椅上，一颗塔利班的子弹仍卡在他的脊椎里。

"……车队停下了，奇斯韦尔少校让我下车，去看看发生了什么。我告诉他我能看见山脊上有动静，他叫我照他说的去做。

"我还没走多远，后背就中弹了。我记得的最后一件事是他从卡车里冲我大喊大叫，然后，狙击手把他的头给打爆了。"

中尉向斯特莱克索要一支烟。他是不应该抽烟的，但斯特莱克把自己剩下的半包烟都给了他。

"奇斯韦尔是个混蛋。"坐在轮椅上的年轻人说。

在斯特莱克的想象中，他看见个头高大的金发弗雷迪大摇大摆地走在一条乡间小路上，与吉米·奈特和他的伙伴们混在一起；他看见弗雷迪穿着击剑服，站在击剑场外，模糊不清的里安农·温恩在注视着他，当时她也许已经有了自杀的想法。

士兵们不喜欢弗雷迪，而他的父亲却尊重他：难道弗雷迪就是斯特莱克要寻找的那个东西吗，那个把一切都联系在一起的元素，那个把两个勒索者和一个被勒死的孩子的故事联系在一起的因素吗？但当他检查这一要素时，概念似乎消失了，调查的各个方面又一次分崩离析，毫无关联。

"我想知道外交部的照片显示了什么，"斯特莱克大声说道，眼睛盯着办公室窗外泛着紫色的天空，"我想知道是谁把乌芬顿的白马雕刻到了阿米尔·马利克浴室门的后面，我还想知道为什么比利说有个孩子被埋葬的那个地方会有个十字架。"

"很好，"罗宾说着站起来，开始清理他们中餐外卖的残羹剩饭，"没人说过你没有雄心壮志。"

"别管这个，我会清理的，你得回家了。"

"我不想回家。"

"不会太久的，你明天打算干什么？"

"下午约了奇斯韦尔的艺术交易商朋友德拉蒙德。"

洗完盘子和餐具后，罗宾从挂手提包的钉子上取下手提包，转过身来。斯特莱克不喜欢关心的表示，但她不吐不快。

"无意冒犯，但你看上去糟透了。也许再次出门之前，你得让你的腿休息一下吧？再见。"

斯特莱克还没来得及回答，她就走了。他陷入沉思，直到最后，他知道他必须痛苦地回到楼上他的阁楼公寓。他再次站了起来，关上了窗户，关了灯，锁上了办公室。

他刚把假脚放在通往楼上的楼梯底部时，电话又响了。他不用查看就知道是罗蕾莱打来的。她不打算放过他，至少不打算在对斯特莱克造成的伤害没有对自己的伤害那么大之前放过他，斯特莱克慢慢地、小心翼翼地，尽量不减轻义肢的重量，爬上楼梯，上床睡觉。

49

  罗丝默瑟姆的罗丝默——神职人员、士兵、在国家高位任职的人——他们个个都是德高望重的人……

——亨利克·易卜生《罗斯莫庄》

  罗蕾莱并没有就此罢休。她想和斯特莱克当面谈一谈,想知道为什么会把自己将近一年的生活全都奉献给了他,在她看来,他是一个感情丰富的吸血鬼。

  "你欠我一次会面,"斯特莱克终于在第二天午餐时接听了电话时,她说道,"我想见你,这是你欠我的。"

  "那又会有什么样的结果呢?"他问她,"我读了你的邮件,你非常清楚地表达了你的感情。我从一开始就告诉你我想要什么,不想要什么——"

  "别对我说什么'我从来没有假装想要什么严肃的东西'之类的话。你无法走路的时候是给谁打的电话?你很高兴我能充当你妻子的角色,当你……"

  "所以,我们都承认我就是个混蛋吧。"他说,坐在厨房兼起居室里,截了肢的腿伸直在他面前的椅子上。他只穿了一条平角短裤,但很快就需要戴上义肢,穿着得体,以便能融入亨利·德拉蒙德的艺术画廊。"让我们互相祝福,并且……"

"不,"她说,"你不会那么容易摆脱我的。我很高兴,我做得很好——"

"我从来都不想让你痛苦,我喜欢你——"

"你喜欢我,"她尖声重复道,"在一起一年了,你喜欢我——"

"那你想怎么样呢?"他说道,终于发火了,"是要我一瘸一拐地走在他妈的过道上,感觉不到我应该有的感觉,不想要这段感情,希望我可以从中脱身吗?你逼我说了我不想说的话。我不想伤害任何人!"

"但你做了!你伤害了我!而你现在却想若无其事地走开!"

"你是想要在餐馆里公开讨论此事吗?"

"我想要的,"她哭着说,"是不要让我觉得我可以是其他任何人。我想要一个不会让我觉得是被抛弃的和廉价的记忆。"

"我从来没有那样看你,现在也不这么看你,"他说道,闭上了眼睛,真希望自己从来没有在沃德尔家的聚会上穿过房间去和她搭讪,"事实是,你太——"

"别跟我说是因为我太好了,你配不上我,"她说,"给我们彼此都留点尊严吧。"她挂了电话,斯特莱克感受到的情绪大部分是解脱。

从来没有一项调查能如此可靠地将斯特莱克带回伦敦的这个小地方。几个小时后,出租车把他送到了圣詹姆斯街平缓倾斜的人行道上,前面是用红砖砌成的圣詹姆斯宫,右边是公园广场上的普拉特俱乐部。付了钱后,他向德拉蒙德的画廊走去,画廊位于街道左侧一家酒商和一家帽子店之间。尽管他已经成功地戴上了义肢,他还是挂着一根可折叠的拐杖行走,那是罗宾在另一个时期给他买的,当时他的腿疼得几乎无法承受自己的体重。

即使标志着他想要逃离的关系结束,和罗蕾莱的通话还是给他留下了烙印。他心里明白,罗蕾莱对他提出的一些指控,即使没有写在信里,至少在精神上,他是有罪的。虽然从一开始他就告诉罗蕾莱，他既不寻求承诺也不追求永恒，但他非常清楚，她认为他的意思是"现在"而不是"从来没有"，他没有纠正这种印象，因为他想要分散注意力，以抵御罗宾的婚礼后一直困扰他的感情。

不过，夏洛特一直抱怨的他能隔离自己情绪的能力，以及罗蕾莱在邮件中花了很长一段篇幅来剖析他的性格的能力，从来没有让他失望过。他比和亨利·德拉蒙德约好的时间提前了两分钟。他轻松地把注意力转移到打算向已故的贾斯帕·奇斯韦尔的老朋友提出的问题上。

他在画廊的黑色大理石外墙旁停了下来，看见自己映在窗户上，便拉直了领带。他穿着他最好的意大利西装。在他的影子后面，有一幅精美的金色画框的油画，挂在一尘不染的玻璃后面的画架上。上面画的是一对在斯特莱克看来不真实的马，脖子像长颈鹿，眼睛瞪得很大，十八世纪的骑师骑在上面。

厚重的大门后面的走廊凉爽而安静，地板是高度抛光的白色大理石。斯特莱克拄着拐杖，小心翼翼地走在体育和野生动物画之间。这些画在白墙周围被小心翼翼地照亮着，全都镶着厚重的镀金框架。一个身穿黑色紧身连衣裙、打扮入时的年轻金发女郎从侧门走出来。

"哦，下午好，"她说，没有问他的名字，便向画廊后面走去了，她的细高跟鞋在瓷砖上发出金属般的咔嗒声。"亨利！斯特莱克先生来了！"

一扇隐蔽的门打开了，德拉蒙德走了出来：他的长相很古怪，鼻子紧缩、眉毛黝黑，下巴和脖子上围着一卷一卷的脂肪，仿佛一个清教徒被一个快活的乡绅的身体所吞没了。他留着羊排须，穿着深灰色的西装和马甲，带着一副永不过时的、无可争议的上流社会的派头。

"你好！"他说着，伸出一只温暖干燥的手，"到办公室来。"

"亨利，罗斯太太刚来过电话。"金发女郎说道，斯特莱克走进了那扇隐蔽的门后面的小房间里，房间里摆放着书柜，桃花心木架子，非常整洁。"在我们关门之前，她想看一看芒宁斯①的画作，我告诉过她这是要预订的，但她还是想……"

"她到的时候告诉我，"德拉蒙德说，"可以给我们倒点茶吗，露辛达？还是你要喝咖啡？"他问斯特莱克。

"茶就好，谢谢。"

"请坐吧。"德拉蒙德说，斯特莱克照做了，心里感激这是一把又大又结实的皮质椅子。他们之间那张古色古香的桌子上空空的，只有一托盘刻字的信纸、一支自来水笔以及一把象牙和银制成的开信刀。"那么，"亨利·德拉蒙德沉重地说，"你是在为这个家族调查这件骇人听闻的事情吗？"

"正是，你介意我做笔记吗？"

"记吧。"

斯特莱克拿出笔记本和钢笔。德拉蒙德在他的转椅上轻轻地左右转动着。

"太可怕了，"他轻声说道，"当然，人们会立刻想到是外国势力的干涉。政府部长，全世界的目光都聚焦在伦敦奥运会，等等。"

"你认为他可能不是自杀吗？"斯特莱克问。

德拉蒙德深深地叹了口气。

"我认识他有四十五年了。他的一生并非没有沧桑，经历了和帕特里夏的离婚、弗雷迪的死亡、从政府辞职、拉斐尔可怕的车祸——现在一切都结束了，他当时是文化部部长，一切似乎都回到了正轨……

"因为你知道，保守党是他的生命之源。"德拉蒙德说，"哦，是的，他身上流着蓝色的血液。他讨厌被驱逐出门，很高兴重返，升为部长……当然，年轻的时候，我们曾开玩笑说他会成为首相，但那个梦想已经破灭了。贾斯帕总是说，'保守党的忠实者喜欢混蛋或小丑'。而他既不是混蛋也不是小丑。"

---

① 弗雷德·芒宁斯（1878—1959），英国画家，擅长画马。

"所以你的意思是,他去世前总的来说精神是很好的?"

"啊……嗯,不,我不能那么说。他是有压力,有担心——但说他是自杀?绝对不是。"

"你最后一次见到他是什么时候?"

"我们最后一次见面是在这里,在画廊,"德拉蒙德说,"我可以确切地告诉你精确的日期:六月二十二日,星期五。"

斯特莱克知道,那是他第一次见到奇斯韦尔的日子。他记得在普拉特俱乐部吃过午饭后,部长向德拉蒙德的画廊走去。

"那天你觉得他怎么样?"

"非常生气,"德拉蒙德说,"但这是不可避免的,考虑到他在这里碰到的情况。"

德拉蒙德拿起开信刀,用他粗壮的手指灵巧地转动着。

"他的儿子——拉斐尔——刚好被抓住,那是第二次——啊——"德拉蒙德迟疑了一下。

"当场,"他说,"和我当时雇用的另一个年轻人就在我身后的洗手间里。"

他指着一扇不显眼的黑门。

"在那之前一个月,我就在那儿逮着他们了。第一次我没有告诉贾斯帕,因为我觉得他已经自顾不暇了。"

"你指的是哪些方面?"

德拉蒙德用手指拨弄着华丽的象牙刀,清了清嗓子说道:

"贾斯帕的婚姻不是——不是……我的意思是,金瓦拉是个刺头,是个很难对付的女人。她当时正缠着贾斯帕,要把她的一匹母马弄去和托提拉斯配种生小马驹。"

斯特莱克看上去毫无头绪,于是德拉蒙德解释道:

"那是顶级盛装舞步种马,精液的价格将近一万英镑。"

"天啊。"斯特莱克说。

"嗯,是的,"德拉蒙德说,"当金瓦拉没有得到她想要的……说不清这是性格使然还是因为更深层次的东西——实际上是精神上的不稳定。总之，贾斯帕和她相处得很艰难。

"后来他经历了拉斐尔的可怕的事情，啊，事故——那个可怜的年轻母亲死了——新闻界，等等，他的儿子进了监狱……作为朋友，我不想给他添麻烦。

"第一次事情发生的时候我告诉拉斐尔，我不会通知贾斯帕，但我也给了他最后的警告，如果他再次出格，就会被开除，不管他父亲是不是我的老朋友。我也要考虑弗朗西斯卡，她是我的教女，只有十八岁，完全被他迷住了。我不想告诉她的父母。

"所以，当我走进来听到他们弄出的动静，我真的别无选择。我原以为让拉斐尔独自负责这里一个小时是安全的，因为那天弗朗西斯卡不上班，不过当然，她是在休假时特地溜进来看他的。

"贾斯帕到时发现我正在敲门，没有办法隐藏正在发生的事情。拉斐尔试图挡住我进浴室的入口，弗朗西斯卡爬出了窗户。她无法面对我，我打电话给她的父母，告诉了他们一切，她再也没有回来。"

"拉斐尔·奇斯韦尔，"德拉蒙德沉重地说，"是个坏蛋。弗雷迪，那个死去的儿子——顺便说一句，也是我的教子——价值一百万英镑……好吧，好吧，"他说着，用手指一遍又一遍地转着小刀，"我知道，谁也不该这么说。"

办公室的门开了，穿黑裙子的年轻金发女郎端着茶盘走了进来。女孩放下了两个银壶，其中一个盛着热水一对骨瓷杯和杯托，还有一个装着钳子的糖碗，斯特莱克在心里将其与自己办公室里的茶比较了一下。

"罗斯夫人刚到，亨利。"

"告诉她接下来的二十分钟左右我有事。如果她有时间，请她等一等。"

"所以我认为，"露辛达走后，斯特莱克问道，"那天你们没有多少时间谈话？"

"哦，没有，"德拉蒙德不高兴地说道，"贾斯帕是来看拉斐尔工作的,他相信一切都进行得很顺利,所以来到了现场……很明显,他明白发生了什么事之后,完全站在了我这一边。实际上是他为了打开浴室的门而把拉斐尔推开的,他的脸色变得很难看。他的心脏有问题,你知道,已经好几年了。随后,他突然在马桶上坐了下来。我很担心,但他不让我打电话给金瓦拉……

"后来,拉斐尔应该是为自己感到羞耻,试图帮助他的父亲。贾斯帕叫他滚出去,让我关上门,把他独自留在那里……"

此时德拉蒙德听起来有些粗暴,便住了口,给自己倒了杯茶,他显然有些苦恼。他往自己的杯子里加了三块糖,茶匙碰在杯子上发出叮当叮当的响声。

"抱歉,你知道,那是我最后一次见到贾斯帕。他从浴室里出来,脸色惨白,仍然握着我的手,道了歉,说他让他的老朋友……让我失望了。"

德拉蒙德又咳嗽了一声,咽了口唾沫,似乎很吃力地继续说道:

"这些都不是贾斯帕的错。拉斐尔从他母亲那里学到了这样的道德,最好将她描述为一个上流社会的……嗯,好吧。遇到奥内拉是贾斯帕所有问题的开始,要是他一直和帕特里夏在一起就好了……

"总之,我再也没见过贾斯帕。如果你想知道真相的话,在葬礼上,我费了好大的努力才和拉斐尔握了握手。"

德拉蒙德喝了一口茶,斯特莱克也尝了一口,茶味太淡了。

"听起来很不愉快。"侦探说。

"你完全可以这么说。"德拉蒙德叹了口气。

"抱歉。"

"你得理解我不得不问些敏感的问题。"

"当然。"德拉蒙德说。

"你跟伊茨谈过了,她有没有告诉你贾斯帕·奇斯韦尔被勒索的事?"

"她提到过,"德拉蒙德说,瞥了一眼门是不是关着的,"奇斯韦尔对我只字不提,伊茨说是那个叫奈特的……记得在院子里有一个家庭。父亲是个打零工的，对吗？至于温恩夫妇，嗯，不，我认为他们和贾斯帕之间没什么好感，奇怪的夫妇。"

"温家的女儿里安农是击剑手，"斯特莱克说，"她和弗雷迪·奇斯韦尔是英国少年击剑队的成员。"

"噢，是的，弗雷迪非常出色，"德拉蒙德说。

"里安农是弗雷迪十八岁生日派对上的客人，但她比弗雷迪小两岁，她自杀时只有十六岁。"

"真可怕。"德拉蒙德说。

"你不知道此事吗？"

"我怎么会知道呢？"德拉蒙德说，他的黑眼睛之间有一道细微的皱纹。

"你没有参加弗雷迪的十八岁生日派对吗？"

"事实上，我参加了。我是他的教父，你知道的。"

"你不记得里安农了吗？"

"天哪，你不能指望我能记住所有的名字！那里有一百多名年轻人。贾斯帕在花园里搭了个帐篷，帕特里夏弄了个寻宝活动。"

"真的吗？"斯特莱克问道。

他自己的十八岁生日派对是在肖尔迪奇的一家破旧酒吧举行的，但派对上没有寻宝活动。

"就在地里，你知道。弗雷迪总是喜欢比赛。每发现一条线索，就喝上一杯香槟，非常愉快，用秋千把东西弄下来。我负责三号线索，就在孩子们过去常说的小山谷旁边。"

"奈特家小屋旁边地上的那个洞吗？"斯特莱克漫不经心地问道，"我看到它时，它长满了荨麻。"

"我们没有把线索放在山谷里，我们把它放在杰克·奥肯特家的门垫下面。不能信任他会照管好香槟，因为他有酗酒问题。我坐在小山谷边上的躺椅上，看着他们寻找线索，每个发现线索的人就得到一杯香槟，然后就走开了。"

"给十八岁以下的孩子喝软饮料吗？"斯特莱克问道。

德拉蒙德被这种扫兴的态度略微激怒了，说道：

"没有人必须喝香槟。这是第十八岁生日派对，是庆祝。"

"这么说，贾斯帕·奇斯韦尔从来没有向你提起过任何他不想被媒体报道的事情吗？"斯特莱克又回到了主题上。

"什么都没说过。"

"他让我想办法对付那些勒索他的人时，告诉我，他所做的那些事情发生在六年前。他向我暗示，他当时那样做并不违法，但现在已经违法了。"

"我不知道会是什么事。你知道，贾斯帕是个遵纪守法的人。整个家庭，社区的支柱，教徒，他们为当地做了大量的工作……"

德拉蒙德接着就罗列了一连串奇斯韦尔式的善举，一直持续了几分钟，可是一点也愚弄不了斯特莱克。他确信德拉蒙德是在混淆视听，他肯定知道奇斯韦尔究竟干了些什么。当他赞美贾斯帕和整个家庭天性善良时，几乎变得抒情起来，当然，除了总是充当替罪羊的拉斐尔。

"……他总是准备着慷慨解囊，"德拉蒙德总结道，"给当地的布朗尼购买面包车，修理教堂的屋顶，即使是在家庭经济……好了，好了。"他有点尴尬地又说了一遍。

"可勒索的罪行……"斯特莱克开口说道，但被德拉蒙德打断了。

"没有罪行，"他控制住自己，"你自己刚才说过，贾斯帕告诉你他没有做任何违法的事，没有违反任何法律。"

斯特莱克认为，把德拉蒙德逼得太紧是没有用的，于是他在笔记本上翻了一页，感觉到对方放轻松了一些。

"奇斯韦尔死的那天早晨，你给他打过电话？"斯特莱克说。

"是的。"

"是你解雇拉斐尔之后的第一次通话吗？"

"事实上，不是的。在那之前的几周有过一次通话，我妻子想邀请贾斯帕和金瓦拉来我家吃晚饭。他在文化、媒体、体育部时，我给他打了电话,想打破僵局,你知道,在拉斐尔的事之后。谈话并不长,但很友好。他说他们不能接受我们吃晚饭的邀请。他还告诉我……坦白地说,他告诉我他不确定他和金瓦拉还能在一起多久,他们的婚姻有问题。他听起来疲惫不堪……非常不开心。"

"直到十三号你才又跟他联系的吗?"

"即使在那时我们也没有真正联系上,"德拉蒙德提醒他,"我给贾斯帕打了电话,是的,但是没有人接听。伊茨告诉我……"他吞吞吐吐地说,"她告诉我他可能已经死了。"

"那么早就打电话,太早了。"斯特莱克说道。

"我……我想告诉他一些他应该知道的信息。"

"什么信息?"

"个人的信息。"

斯特莱克等待着。德拉蒙德呷了一口茶。

"这与家庭的经济状况有关,我想你已经知道,贾斯帕死的时候,家里很穷了。"

"是的。"

"他卖掉了土地,重新抵押了伦敦的房产,通过我卖掉了所有的好画。最后,他已经所剩无几,想卖给我一些老丁丁的遗物。实际上……有点尴尬。"

"怎么说呢?"

"我经营老一代大师们的生意,"德拉蒙德说,"我不买不知名的澳大利亚民间艺术家画的斑点马。作为老朋友,出于对贾斯帕的礼貌,我和我在克里斯蒂拍卖行的老伙计一起对其中的一些画进行了估价。唯一值钱的东西是一幅一匹花斑母马和一匹小马驹的画。"

"我想我看过那幅画了。"斯特莱克说。

"可是它只值一点点钱,"德拉蒙德说,"一点点。"

"你们估算它值多少钱呢?"

"至多五千到八千英镑。"德拉蒙德不屑地说。

"对有些人来说，这可是一大笔钱。"斯特莱克说。

"我亲爱的朋友，"亨利·德拉蒙德说，"那点钱修补不了奇斯韦尔家十分之一的屋顶。"

"但是他在考虑卖掉那幅画吗？"斯特莱克问道。

"还有其他六幅。"德拉蒙德说。

"我觉得奇斯韦尔夫人特别喜欢那幅画。"

"到了最后，我认为他妻子的愿望对他来说并不重要……噢，天哪，"德拉蒙德叹了口气，"这一切都太困难了。我真的不想告诉这个家庭一些我知道只会造成伤害和愤怒的事情，他们已经在遭受痛苦了。"

他用指甲轻敲着牙齿。

"我向你保证，"他说，"我打电话的原因与贾斯帕的死没有任何关系。"

然而，他似乎犹豫不决。

"你必须和拉斐尔谈谈，"他说，显然在字斟句酌，"因为我认为……可能是……我不喜欢拉斐尔。"他说，好像他还没有完全表达清楚似的，"但我认为，实际上，他在他父亲去世的那天早晨做了一件光荣的事情。至少，我看不出他个人从中有什么获利之处，我认为他对此事保持沉默的原因和我一样，作为家庭成员，他比我更有资格决定做什么。去和拉斐尔谈谈吧。"

给斯特莱克的感觉是，亨利·德拉蒙德宁愿让拉斐尔本人在家族中不受欢迎。

有人在敲办公室的门，金发碧眼的露辛达把头伸了进来。

"罗斯太太感觉不太舒服，亨利，她要走了，但她想和你道别。"

"哦，好吧，"德拉蒙德说着站了起来，"恐怕我不能再帮上什么忙了，斯特莱克先生。"

"非常感谢你能见我，"斯特莱克说着也站了起来，尽管很吃力，又拿起了拐杖，"我能问最后一件事吗？"

"当然。"德拉蒙德停顿了一下，说道。

"你理解'他把马放在他们身上'这句话吗？"

德拉蒙德似乎真的很困惑。

"谁把马放在什么……哪里？"

"你不知道这是什么意思吗？"

"我真的不知道。非常抱歉，但如你所知，有个客户在等我。"

斯特莱克别无选择，只好跟着德拉蒙德回到画廊。

露辛达站在原本空无一人的走廊中央，正忙着照看一个坐在高脚椅子上的黑黑的大腹便便的孕妇。

斯特莱克认出了夏洛特，知道这第二次相遇不可能是巧合。

50

……你给我烙上了烙印，永远给我烙上烙印。

——亨利克·易卜生《罗斯莫庄》

"科姆。"她虚弱地说道，透过眼镜的边缘，吃惊地看着他，斯特莱克只是点了点头。她脸色苍白，她不会放弃制造任何一个对她有利的局面，包括不吃东西，不涂白色粉底。

"哦，你们认识吗？"德拉蒙德惊讶地问道。

"我得走了，"夏洛特咕哝着，站起身来，露辛达在一旁很担心。"我迟到了，我要去见我妹妹。"

"你确定没事了吗？"露辛达问道。

夏洛特对着斯特莱克颤颤巍巍地笑了一下。

"你介意陪我走一段吗？只有一个街区而已。"

德拉蒙德和露辛达转过身来，显然很高兴把照顾这个有钱有势的女人的责任推卸给他。

"我不确定我是不是这份差事的最佳人选。"斯特莱克指着他的手杖说。

他能感到德拉蒙德和露辛达表现出的惊奇。

"如果我真的要分娩了，我会给你很多警告的，"夏洛特说，

"好吗?"

他本可以拒绝的,也许他可以这样说,"为什么不让你妹妹来这儿接你呢?"可是她很清楚,如果斯特莱克拒绝了,会让他在可能需要再次与之交谈的人面前显得无礼。

"好吧。"他说,声音保持得恰到好处。

"非常感谢,露辛达。"夏洛特从椅子上滑下来说道。

她穿着米色真丝风衣、黑色T恤、孕妇牛仔裤和运动鞋。她穿的每一件衣服,即使是这样的休闲装,质量也都非常好。她一向喜欢单色、朴素或经典的设计,这让她非凡的美丽更加引人注目。

斯特莱克为她打开大门,她苍白的脸色使他想起了罗宾在旅程结束时的情景,当时罗宾熟练地驾驶着一辆租来的车,避免了可能在黑冰上发生的灾难性事故。

"谢谢你。"他对亨利·德拉蒙德说。

"乐意效劳。"画商一本正经地说。

"餐馆不远。"夏洛特指着斜坡说,画廊的门关上了。

他们肩并肩地走着,路人可能会认为他对她鼓胀的肚子负有责任。他能闻到她身上他所知的一千零一夜香水的味道。她从十九岁起就一直在用这种香水,他有时也会给她买。他再次想起很多年前,他就是走在这条路上,走向一家意大利餐馆和她的父亲发生争执的。

"你认为这是我安排的。"

斯特莱克一言不发,他不想陷入分歧或回忆之中。他们走了两个街区,他才开口说道:

"地方在哪儿?"

"杰明街,弗朗哥餐厅。"

她一说出餐馆名字,斯特莱克就知道这就是多年前他们见到夏洛特父亲的那个餐馆。随后的争吵虽然短暂,但极其激烈,因为夏洛特贵族家庭的每个成员都怒气冲冲。但后来她和斯特莱克回到了她的公寓,以一种强烈和紧迫的方式做爱,他现在希望可以将其从大脑里抹去。想起了她的哭泣,即使她达到了高潮,愉快地大叫,滚烫的泪水滴落到他的脸上。

"哎哟,停一下。"她尖叫道。

斯特莱克转过身来。夏洛特双手托着肚子,皱着眉头退到门口。

"坐下,"他说道,甚至连提出建议来帮助她都觉得很气愤,"坐在那儿的台阶上。"

"不用,"她说,深深地吸了一口气,"你只要把我送到弗朗哥餐厅,你就可以走了。"

他们继续往前走。

餐馆领班很担心,很明显夏洛特很不舒服。

"我妹妹到了吗?"夏洛特问。

"还没有。"领班焦急地说,就像亨利·德拉蒙德和露辛达一样,他希望斯特莱克为这个令人担忧的、意想不到的问题分担责任。

不到一分钟,斯特莱克坐在艾米莉亚靠窗的双人桌旁,侍者端来一瓶水,夏洛特还在深呼吸,领班把面包放在他们中间,不太肯定地说夏洛特吃点东西会感觉好点,但也悄悄建议斯特莱克,如果需要的话,他随时可以叫救护车。

终于只剩下他们两个了。斯特莱克仍然一言不发。他打算等她脸色好点,或者她妹妹一到,他就离开。他们周围坐着衣着考究的用餐者,在雅致的木头、皮革和玻璃中享用着葡萄酒和意大利面,白色和红色的几何图案壁纸上印着黑白相间的图案。

"你以为这是我安排的吗?"夏洛特又咕哝了一遍。

斯特莱克沉默不语。他一直在寻找夏洛特的妹妹,他已经有好几年没见到她了,要是看到他们坐在一起,她肯定会大吃一惊。也许还会有另一场不让其他用餐者看到的紧闭双唇的争吵,在这场争吵中,会对斯特莱克的个性、背景以及护送富有、怀孕、已婚的前女友赴宴的动机进行新的攻击。

夏洛特拿起一根面包棒吃了起来,注视着他。

"我真不知道你今天会去那儿,科姆。"

他一点也不相信。在兰开斯特宫的会面是偶然的:因为他们四目相对时，他看到了她的震惊，但这次实在是太过巧合。他知道这是不可能的，否则他甚至会以为她知道那天早上他和女朋友分手了。

"你不相信我。"

"无所谓。"他说，仍然在街上搜寻阿米莉亚。

"露辛达说你在那儿时，我大吃一惊。"

胡说。她不会告诉你谁在办公室。你早就已经知道了。

"最近这种事经常发生，"她坚持说下去，"他们称其为布拉克斯顿-希克斯宫缩，我讨厌怀孕。"

他知道他没有掩饰自己的所思所想，她向他靠过来，轻声说道："我知道你在想什么，我没有打掉我们的，我没有。"

"别说了，夏洛特。"斯特莱克说道，感到脚下坚实的地面开始开裂，摇晃起来。

"我失去了……"

"我不会再这样做了。"他说，声音里带着警告。

"我们是不会回到两年前的，我不在乎。"

"我在我妈妈家做了一个测试。"

"我说了我不在乎。"

他想离开，但她现在脸色更苍白了，嘴唇颤抖着，用那双可怕的熟悉的、红褐色斑点的绿眼睛望着他，此时眼里噙满了泪水。隆起的肚子仍然不像是她身体的一部分。如果她撩起T恤露出一个垫子来，他也不会感到特别惊讶。

"我希望他们是你的。"

"妈的，夏洛特！"

"如果他们是你的，我会很高兴的。"

"别这么说，你比我更不想要孩子。"

眼泪流下了她的脸颊，她擦干了眼泪，手指比以往任何时候都抖得厉害。邻桌的一个男人试图假装没有在看他们。夏洛特总是非常清楚自己对周围的人产生的影响，她朝偷听者瞥了一眼，吓得他急忙专注于自己的意大利饺子上。夏洛特撕下一块面包放进嘴里，边嚼边哭。最后，她大口地喝水，帮助吞咽，然后指着自己的肚子小声说道：

"我为他们感到难过。我的感受只有：怜悯。我为他们感到难过，因为我是他们的母亲，而杰戈是他们的父亲。这是怎样的人生的起点啊。起初，我试图想出在不杀死他们的情况下终结自己。"

"别他妈的这么放纵自己，"斯特莱克粗暴地说道，"他们会需要你的，不是吗？"

"我不想被人需要，我从来不想，我想要自由。"

"你想自杀？"

"是的，或者试着让你再次爱我。"

他往前靠向她。

"你结婚了，你已经有了他的孩子，我们完了，结束了。"

她也凑了过来，她泪痕斑斑的脸是他所见过的最美丽的脸。他能闻到她身上的香水味。

"我一直爱你胜过爱这个世界上的任何人，"她说，脸色苍白，异常美丽，"你知道这是事实。我爱你胜过爱我的家人，我会爱你胜过爱我的孩子，我会在弥留之际爱你。我想起你，当杰戈和我……"

"你如果继续这样，我就要走了。"

她向后靠在座位上，盯着他，仿佛他是一列驶近的火车，而她被拴在了铁轨上。

"你知道这是真的，"她嘶哑地说道，"你知道的。"

"夏洛特！"

"我知道你要说什么，"她说，"说我是个骗子，我是，我是个骗子，但在大事上不是，从来不在大事上撒谎，布鲁伊。"

"别那样叫我。"

"你不够爱我！"

"你他妈的竟敢怪我！"他不由自主地说道。没有人这样对他，甚至没有人接近他。"结束了——那都是因为你。"

"你不会妥协！"

"哦，我妥协了。我搬来和你同住，就像你希望的那样。"

"你不接受爸爸提供的工作。"

"我有工作，我有侦探社。"

"我对侦探社的看法错了，我现在知道了。你做了如此不可思议的事情……我一直在读有关你的一切。杰戈在我的搜索历史中发现了一切。"

"你应该掩盖你的行踪，不是吗？当你和他搞在一起的时候，你对我真是他妈的小心多了。"

"我和你在一起的时候，我没有和杰戈上床！"

"我们分手两周后，你就跟他订婚了。"

"事情发展得很快，因为是我想那么做的，"她激烈地说道，"你说我在孩子的事情上撒谎，我很伤心，很愤怒——如果你没有指责我的话，我们现在已经结婚了！"

"菜单。"一个侍者突然出现在他们的桌子旁边，递给他们每人一张，斯特莱克挥手示意他走开。

"我不在这里吃饭。"

"给阿米莉亚拿一下吧。"夏洛特吩咐他，他从侍者手里拿过菜单，啪的一声放在面前的桌子上。

"我们今天有一些特色菜。"侍者说。

"我们看起来像是想听特色菜吗？"斯特莱克吼道。侍者吃惊地站了一会儿，然后从拥挤的桌子中间绕了回去，斯特莱克恶狠狠地盯着他的背影。

"所有这些浪漫的废话，"斯特莱克靠向夏洛特说道，"你想要我给不了你的东西。每一次，你都憎恨贫穷。"

"我曾经表现得像个被宠坏的婊子，"她说，"我知道的确是那样，然后我嫁给了杰戈，我得到了所有我认为应得的东西，可我他妈的却想去死。"

"不只是假期和珠宝，夏洛特，你是想毁了我。"

她的表情变得僵硬，就像在最糟糕的情绪爆发、真正可怕的场面出现之前经常发生的那样。

"除了你之外,你不希望我得到其他任何东西,那样才是我爱你的证据,放弃军队、侦探社、戴夫·波沃斯,放弃一切让我成为我现在这个样子的该死的东西。"

"我从来没有,从来没有想过要伤害你,你这样想太可怕了!"

"你想把我打得粉身碎骨,因为你就是这么做的。你必须毁了它,因为如果你不这样做,它可能会逐渐消失。你必须控制一切,如果你杀了它,你就不用看着它死去。"

"看着我的眼睛,告诉我,后来,你就像爱过我一样,爱过其他人。"

"不,我没有,"他说,"谢天谢地。"

"我们在一起度过了难以置信的时光。"

"你得提醒我那是什么。"

"那天晚上在小法国本吉的船上……"

"你三十岁生日吗?康沃尔郡的圣诞节吗?都他妈的很有趣。"

她的手垂到肚子上。斯特莱克想,透过那件薄薄的黑色T恤,他看见了有东西在动,他再次觉得,似乎在她的皮肤下面,有一种异样的、不近人情的东西。

"十六年来,我断断续续地给了你我所能给予的最好的一切,但这永远不够,"他说,"到了一定的时候,你就不能再试图去救那个决意要拖垮你的人了。"

"噢,拜托,"她说,突然之间,脆弱而绝望的夏洛特消失了,取而代之的是一个更为坚强、更为冷静、也更为聪明的女人,"你根本不想救我,布鲁伊。你想解决我,两者之间差别很大。"

他很欢迎第二个夏洛特的出现,与那个脆弱的夏洛特在各方面都很相似,但对她的伤害他却没有那么内疚了。

"你现在觉得我很好,那是因为我出名了,而你却嫁给了一个混蛋。"

尽管她的脸变红了一点,她还是一眼不眨地接受了这一击。夏洛特一向喜欢战斗。

"你可真会预测，我知道你就会说，我回来找你是因为你出名了。"

"好吧，只要有戏剧性的事情发生，你就会重新露面的，夏洛特，"斯特莱克说道，"我好像记得最后一次，就是我的腿刚刚被炸掉的时候。"

"你这个混蛋，"她冷冷一笑说道，"你就是这样解释为什么我在之后的几个月里一直照顾你的吗？"

他的手机响了，是罗宾。

"嗨，"他说着，把目光从夏洛特身上移开，望向窗外，"怎么样？"

"嗨，我只是告诉你我今晚不能见你，"罗宾说，约克郡口音比平时浓重得多，"我要和一个朋友出去，参加派对。"

"我猜是弗利克在听，对吗？"斯特莱克说。

"是啊，好啦，如果你觉得孤独，为什么不给你妻子打个电话呢？"罗宾说。

"我会的，"斯特莱克说，尽管桌子对面的夏洛特冷冷地盯着他，他还是忍俊不禁，"你要我对你大喊大叫吗？以此增加一些可信度？"

"不要，你滚吧。"罗宾大声说道，然后挂断了电话。

"是谁啊？"夏洛特眯起眼睛问道。

"我得走了。"斯特莱克说着，把手机放进口袋，伸手去拿拐杖，拐杖在他和夏洛特争吵时滑落到桌子底下。她意识到他在找什么，便斜着身子，在他还没够着的时候把它捡了起来。

"我给你的拐杖呢？"她说，"马六甲的那个呢？"

"你留着它了。"他提醒她。

"这是谁给你买的？罗宾吗？"

在夏洛特疑神疑鬼、经常性的胡乱指责中，偶尔也会做出不可思议的准确猜测。

"事实上，的确是她买的。"斯特莱克说，但马上就后悔说了这句话。他是在和夏洛特玩游戏，她立刻变成了第三个也是罕见的夏洛特，既不冷酷也不脆弱，但诚实到了鲁莽的地步。

"让我能熬过这次怀孕的是，想到一旦我生下孩子，我就可以离开了。"

"你打算在孩子们离开子宫的那一刻就抛弃他们吗？"

"我还得再被困住三个月。他们都太想要那个男孩，几乎不让我离开他们的视线。一旦我生了孩子，情况就不一样了。我就可以离开了，我们都知道我会是个糟糕的母亲。孩子和罗斯一家在一起会更好，杰戈的母亲已经准备好做代理妈妈了。"

斯特莱克伸出手去拿拐杖。她犹豫了一下，把它递了过去，斯特莱克站了起来。

"代我向阿米莉亚问好。"

"她不会来的，我说谎了。我知道你会在亨利家。昨天我和他私下见过面，他告诉我你要去采访他。"

"再见，夏洛特。"

"你难道不希望事先得到我想要你回来的提示吗？"

"可我不想要你。"他说，低头看着她。

"别开玩笑了，布鲁伊。"

斯特莱克一瘸一拐地走出餐馆，经过目不转睛的侍者们，他们似乎都知道他刚才对他们的一个同事有多粗鲁。当他砰的一声关上门走到街上时，觉得仿佛有人在追他，仿佛夏洛特在他身后投射了一个女妖在尾随着他，直到他们再次相遇。

51

你能给我一两个理想吗?

——亨利克·易卜生《罗斯莫庄》

"你已经被洗脑了,认为事情一定会这样的,"这位无政府主义者说,"你看,你需要在一个没有领袖的世界里摸索,没有一个人比其他人拥有更大的权力。"

"没错,"罗宾说,"这么说你从来没投过票?"

周六晚上,哈克尼的威灵顿公爵酒吧人满为患,但是越来越深的黑暗仍然温暖,大约十几个弗利克的朋友和 CORE 的同志都很乐意在鲍尔斯·庞德路的人行道上闲逛,去弗利克家的聚会前喝上一杯。其中好几个拿着装有廉价葡萄酒和啤酒的购物袋。

这位无政府主义者笑着摇了摇头。他身材瘦长,金色头发,留着一头雷鬼辫,耳朵上有许多穿孔。罗宾想,她认出了他,他也参与了残奥招待会当晚人群的混战。他已经给她看了他带来的那团黏乎乎的大麻,这团大麻是为了给聚会增添乐趣。罗宾的吸毒经历仅限于她中断的大学生涯中很久以前的几次烟枪上,但她假装对吸毒很感兴趣。

"你太天真了!"此时,无政府主义者对她说道,"投票是伟大的民主骗局的一部分！毫无意义的仪式，旨在让大众认为他们有发言权和影响力！这是红色和蓝色保守党之间的权力分享协议！"

"可是，如果不投票，那么答案是什么呢？"罗宾，端着她几乎没碰过的半杯淡啤酒。

"社区组织、抵抗和大规模抗议。"无政府主义者回答。

"要组织它吗？"

"社区本身。你已经被他妈的洗脑了，"这位无政府主义者重复了一遍，笑了笑，缓和了这番话的严厉，因为他喜欢约克郡社会主义者波比·坎利夫直率的言辞，"以为你需要领袖，但人们觉醒以后就知道自己能成为领袖。"

"那么谁来唤醒他们呢？"

"积极分子，"他拍着自己瘦削的胸膛说道，"这些人不是为了钱财或权力，他们希望赋予人民权力，而不是控制。你看，即使是工会——没有冒犯之意，"他说，因为他知道波比·坎利夫的父亲曾是一名工会成员，"也是同样的权力结构，领导者开始模仿管理……"

"你没事吧，波比？"弗利克问道，从人群中挤到她身边，"我们马上就出发，这是最后的一道。你在跟她说什么，阿尔夫？"她略带焦虑地补充道。

在珠宝店度过了一个漫长的周六之后，弗利克与波比·坎利夫就她们的爱情生活交换了许多秘密（罗宾的情况完全是想象出来的）。弗利克对波比·坎利夫产生了好感，甚至连她自己讲话都开始略带约克郡口音。下午快结束的时候，她发出了两份邀请，一份是当晚的聚会，另一份是在她朋友海莉的批准下去她家里，她们的前室友劳拉最近空出了一间卧室，她俩各租下了一半。罗宾接受了两个邀请，给斯特莱克打了电话，并同意了弗利克的提议，在巫术崇拜者不在的情况下，她们应该提前关门。

"他只是在告诉我，我爸爸比一个资本家也好不到哪里去。"罗宾说。

"看在上帝的分上，阿尔夫。"弗利克说，无政府主义者笑着抗议。

他们一行人沿着人行道前行，穿过黑夜，朝弗利克的公寓走去。尽管这位无政府主义者明显希望继续向罗宾传授一个没有领袖的世界的基本知识，但还是被弗利克从罗宾身边赶走了，弗利克想和罗宾谈论吉米。在他们前面十码远的地方，一个胖胖的、留着络腮胡子、内八字脚的马克思主义者，被介绍给了罗宾，他叫迪格比，一个人在前面走着，带路去聚会的地方。

"我怀疑吉米是否会来，"她对罗宾说道，罗宾认为她是在防备失望，"他心情不好，在担心他弟弟。"

"他弟弟怎么啦？"

"精神分裂的情感之类的事情。"弗利克说。罗宾确信弗利克知道正确的术语，但她认为，面对一个真正的工人阶级成员，假装缺乏教育是恰当的。下午她说漏了嘴，说她开始上大学课程了，似乎很后悔，从那以后，她就更稳定地漏掉单词中的"h"音。

"我不知道，就像是错觉。"

"比如什么呢？"

"他觉得政府在密谋针对他之类的事情。"弗利克笑着说道。

"去他妈的。"波比说。

"嗯，他在医院，给吉米惹了很多麻烦，"弗利克说道，把一支细细的雪茄塞进嘴里，点燃了烟，"你听说过科莫兰·斯特莱克吗？"

她说这个名字就好像在说另一种疾病。

"谁？"

"一个私家侦探，"弗利克说，"他经常出现在报纸上，还记得那个从窗户掉下来的模特卢拉·兰德里吗？"

"有点模糊的印象。"罗宾说。

弗利克朝后瞥了一眼，看看无政府主义者阿尔夫是否能听见她说话。

"嗯，比利去找过他了。"

"为啥？"

"因为比利有精神病，跟上。"弗利克说着，又笑了笑，"他认为他几年前看到了……"

"什么?"罗宾说,比她想要说的速度更快。

"谋杀。"弗利克说。

"天哪。"

"显然,他没有看到,"弗利克说,"全是胡说八道。我是说,他看到了一些东西,但没人他妈的死去。吉米当时也在那里,他知道的。总之,比利去找那个混蛋侦探了,现在我们摆脱不了他。"

"什么意思?"

"他揍了吉米一顿。"

"侦探吗?"

"是的。他在抗议活动中跟踪吉米,把他打了一顿,吉米被抓了起来。"

"去他妈的。"波比·坎利夫又说道。

"深沉的国家势力,不是吗?"弗利克说,"退役军人、女王、国旗,诸如此类的该死的东西。你知道,吉米和我对一个保守党的部长有些看法。"

"是吗?"

"是的,"弗利克说,"我不能告诉你是什么,不过是件大事,然而比利把一切都搞砸了,他派了斯特莱克来四处打探,我们估计他和政府取得了联系。"

她突然停住没继续说下去,眼睛盯着一辆刚经过的小轿车。

"有那么一会儿,我还以为是吉米的车呢。不是的,我忘了,他的车不能上路。"

她的情绪又低落下来。那天在商店的空闲时间里,弗利克向罗宾讲述了她和吉米的过往,无休止的争吵、休战和重新谈判,如同一些有争议的领土的故事。他们似乎从未就两国关系的地位达成一致,每一项条约都因争吵和背叛而破裂。

"如果你问我的话,我觉得你很适合他,"罗宾说,一整天都在采取谨慎的策略,试图让弗利克摆脱她显然觉得欠了那个不忠的吉米的一份忠诚，希望借此获得信任。

"真希望事情就这么简单，"弗利克说着，在一天快结束的时候，一头栽进了约克郡口音之中，"并不是说我想结婚什么的——"她嘲笑这个想法，"他可以和他喜欢的人上床，我也可以。就这么说定了，我没有意见。"

她已经在店里向罗宾解释过，她认为自己既认可同性恋，也认可泛性恋，而严格地说，一夫一妻制是男权压迫的一种工具，罗宾怀疑这本来就是吉米的观点。他们默默地走了一会儿，在更浓的黑暗中，他们进入了一个地下通道，突然弗利克精神抖擞地说道：

"我的意思是，我有我自己的乐趣。"

"很高兴听你这么说。"罗宾说。

"要是吉米认识他们所有的人，他也不会喜欢的。"

走在他们前面的那个内八字的马克思主义者转过头来看着他们，罗宾借着街灯看到了他在傻笑。他回头看了一眼弗利克，很清楚，他听到了刚才她所说的话。后者正忙着从她那乱糟糟的邮差包底部掏出房门钥匙，似乎没有注意到。

"我们就住上面。"弗利克指着一家小型体育用品商店上方三楼亮着灯的窗户说，"海莉已经回来了。妈的，我希望她记得把我的笔记本电脑藏起来。"

公寓从后门进入，上了一个寒冷狭窄的楼梯间。即使在楼梯底部，他们也能听到"巴黎黑鬼"持续不断的低音，到达楼梯平台时，他们发现脆弱的门敞开着，许多人靠在外面的墙上，共享着一个巨大的大麻。

"像我这样的混蛋，五万美元算什么？"坎耶·韦斯特的声音从昏暗的室内传出来。

十几个新来的人加入很多已经在里面的人。这么小的公寓显然只有两间卧室、一个很小的淋浴室和一个橱柜大小的厨房。竟然可以容纳下那么多人，真是令人惊奇。

"我们用海莉的房间跳舞，那是最大的房间，也是你可以分享的房间。"弗利克在罗宾的耳边喊道,他们朝着黑暗的房间挤过去。

房间里只亮着两串小闪灯,还有那些查看短信和社交媒体的人的手机发出的小小的矩形灯光,已经弥漫着大麻的味道,挤满了人。四个年轻的女人和一个男人设法在地板中央跳舞。罗宾的眼睛渐渐适应了黑暗,她看到一张双层床的架子,上面的床垫上已经有几个人在共享大麻,她能辨认出他们身后墙上一面女同性恋者、男同性恋者、双性恋者和变性者彩虹旗以及《真爱如血》的塔拉·桑顿的海报。

吉米和巴克利已经把这个公寓翻了个底朝天,寻找从奇斯韦尔那里偷来的那张纸条,但没有找到。罗宾提醒自己,要在黑暗中寻找这张纸条可能的藏身之处。罗宾怀疑弗利克是否会永远把它放在身上,但吉米肯定会想到这一点。尽管弗利克公开承认自己是泛性恋者,不过罗宾认为,吉米比她要更适合说服弗利克脱光衣服。与此同时,黑暗可能是罗宾的朋友,因为她能把手滑到床垫和地毯下面。不过聚会太拥挤了,她怀疑要不让别人注意到她的奇怪行为是不可能的。

"……去找一下海莉。"弗利克在罗宾的耳边大吼道,把一罐啤酒塞到她手里,她们再度挤出房间来到弗利克的卧室,房间比它的实际面积看起来还要更小,因为每一寸墙壁和天花板上都贴满了政治传单和海报。地板上的床垫上钉着一面巨大的巴勒斯坦旗帜。

房间里已经有五个人了,只有一盏孤灯在照着。两个年轻的女人,一个黑人,一个白人,相互依偎着躺在地板的床垫上,那个留着胡子的矮胖的迪格比在地板上找了个位置和她们说话。两个十几岁的男孩尴尬地靠着墙站着,偷偷地看着床上的两个女孩,他们卷起大麻的时候头贴在一起。

"海莉,这是波比,"弗利克说,"她对劳拉的那一半房间很感兴趣。"

躺在床上的两个女孩环顾了一下四周,那个高个子、剃了光头、睡眼惺忪的金发碧眼的女郎回答道:"我已经说过莎妮丝可以搬进来。"

金发女郎听起来像喝醉了酒似的,怀里抱着的那个娇小的黑人姑娘吻了吻她的脖子。

"哦,"弗利克说,慌乱地转向罗宾,"妈的,对不起。"

"没事。"罗宾说,假装勇敢地面对失望。

"弗利克,"大厅里有人喊道,"吉米在楼下。"

"哦,妈的。"弗利克慌张地说道,但罗宾看到了她脸上闪现的喜悦。"在那儿等着。"她对罗宾说,随即奔向大厅里的人群。

"小姑娘,抓住她的手。"杰伊-兹的歌声从另一个房间里飘出来。

罗宾假装对床上的女孩和迪格比之间的谈话感兴趣,从墙上滑下来,坐在层压地板上,一边喝着啤酒,一边偷偷地打量着弗利克的卧室。显然,她为聚会收拾过卧室了。房间里没有衣橱,只有一个衣架,上面挂着外套和便装,而T恤和毛衣则随意地叠在一个黑暗的角落里。抽屉柜上方摆放着豆豆娃,旁边是一堆乱七八糟的化妆品,各种各样的标语牌混杂在一个角落里。吉米和巴克利一定彻底搜查过这个房间了。罗宾不知道他们是否想过要在这些传单的背后搜寻。不幸的是,即使没有,她现在也很难解开它们。

"看,这是最基本的东西,"迪格比对床上的姑娘们说,"你会同意资本主义在一定程度上依赖于女性的低薪劳动,对吧?所以女权主义,如果要有效,也必须是反对资本主义的,一个意味着另一个。"

"父权制不仅仅是资本主义。"莎妮丝说。

罗宾的余光看到吉米正奋力穿过狭窄的大厅,胳膊搂着弗利克的脖子。后者似乎比她整个晚上都要开心。

"女性受到的压迫与她们无法进入劳动力市场密不可分。"迪格比宣布。

睡眼惺忪的海莉从莎妮丝身上挣脱出来,向黑衣少年们伸出手,默默地请求。他们的大麻越过了罗宾的头顶。

"很抱歉，房间的事，"海莉深深地吸了一口后，含糊地对罗宾说，"在伦敦找个住处真他妈的难，是不是？"

"太他妈的难了。"罗宾说。

"因为你想把女权主义纳入更大的意识形态中。"

"没有纳入，目标是一样的！"迪格比怀疑地微微一笑，说道。

海莉想把那大麻给莎妮丝，但无动于衷的莎妮丝把它甩开了。

"我们挑战异性恋家庭的理想时，你们在哪里？"她问迪格比。

"听着，听着。"海莉含糊地说，更近地依偎在莎妮丝身边，把两个孩子的大麻推给罗宾，罗宾直接把大麻还给了孩子们。尽管他们对女同性恋很感兴趣，但他们匆匆地离开了卧室，没等周围其他人提供给他们微薄的毒品。

"我以前抽过一些。"罗宾站起来大声说道，但没人在听。罗宾走向五斗柜时经过迪格比身边，他趁机偷看了一眼她的黑色短裙。在关于女权主义的越来越激烈的讨论的掩护下，罗宾带着隐隐怀旧的兴趣，依次拿起和放下了弗利克的每一个豆豆娃，从薄薄的毛绒里触摸到塑料珠子和里面的填充物。没有一个好像被拆开然后又重新缝补上只是为了把一张纸藏起来。

罗宾带着一丝绝望回到黑暗的大厅，人们挤在一起，纷纷拥向楼梯平台。

一个女孩在用力敲打浴室的门。

"别在里面乱搞了，我要尿尿！"她说道，逗得站在周围的许多人发笑。

可是毫无作用。

罗宾溜进厨房，厨房几乎还没有两个电话亭那么大，一对男女坐在旁边，女孩的腿搭在男人的腿上，男人的手搭在她的裙子上，而穿黑衣服的青少年此时正在费力地寻找食物。罗宾假装要找另一种饮料，仔细地在空罐子和空瓶子里翻找着，透过橱柜观察着青少年的进展，想着用一个麦片盒子藏东西有多么不安全。

罗宾正要离开房间时，无政府主义者阿尔夫出现在厨房门口，此时他比在酒吧里要醉得多。

"她在那儿,"他大声说道,试图把注意力集中在罗宾身上,"工会领袖的女儿。"

"是我,"罗宾说,德班杰的歌曲"奥利弗,奥利弗,雾都孤儿"从第二间卧室里传来。她想躲到阿尔夫的胳膊底下溜出去,但他放低了胳膊,挡住了她离开厨房的路。海莉房间里,廉价的层压地板随着坚定的舞者的跺脚而震动。

"你很性感,"阿尔夫说,"我可以这么说吗?我是以他妈的女权主义的方式来说的。"

他笑了。

"谢谢。"罗宾说,她第二次成功地绕过他,回到了小客厅,绝望的女孩还在那里砰砰地敲打着浴室的门。阿尔夫抓住罗宾的胳膊,弯下腰,在她耳边说了些莫名其妙的话。当他再次挺直身子时,她的一些发粉在他汗津津的鼻尖上留下了一个黑色的斑点。

"什么?"罗宾说。

"我说,"他喊道,"想找个安静点的地方,这样我们可以多聊聊吗?"

但随即阿尔夫注意到有人站在她身后。

"好吗,吉米?"

奈特已经到了大厅。他朝罗宾笑了笑,然后靠在墙上,抽着烟,手里拿着一罐淡啤酒。他比那里的大多数人都大十岁,一些女孩斜眼偷瞄他,他穿着紧身的黑色T恤和牛仔裤。

"也在等着上厕所吗?"他问罗宾。

"是的。"罗宾说,如果需要的话,这似乎是摆脱吉米和无政府主义者阿尔夫的最简单的方法。透过海莉房间的敞开的门,她看到了弗利克正在跳舞,她现在显然对生活很是满意,笑对别人对她说的每一句话。

"弗利克说你爸爸是工会成员,"吉米对罗宾说,"矿工,对吗?"

"是的。"罗宾说。

"他妈的。"一直在敲打浴室门的女孩说道。她绝望地在原地又跳了几秒钟，然后从公寓里挤了出去。

"左边有垃圾桶！"另一个女孩跟在她身后叫道。

吉米向罗宾靠得更近了，以便她能从砰砰作响的音乐中能听见他说话。在她看来，他的表情是充满同情的，甚至是温柔的。

"可是他死了，不是吗？"他问罗宾，"你爸爸，肺病，弗利克说？"

"是的。"罗宾说。

"对不起，"吉米轻声说道，"我自己也经历过类似的事情。"

"真的吗？"罗宾说。

"是的，我妈妈。也是肺病。"

"与工作场所相关吗？"

"石棉，"吉米边说边点着香烟，"现在不可能发生了，他们已经立法了。我当时十二岁。我弟弟只有两岁，他甚至不记得她了。她死后，我老爸喝得烂醉如泥。"

"真是太惨了，"罗宾真诚地说，"我很难过。"

吉米朝她脸上喷了一口烟，做了个鬼脸。

"同病相怜，"吉米说，一边用他的啤酒罐碰了碰罗宾的啤酒罐，"阶级战争老兵。"

无政府主义者阿尔夫跟跟跄跄地走开了，微微摇晃着身子，消失在插着小彩灯的黑暗房间里。

"家人得到过赔偿吗？"吉米问。

"试过了，"罗宾说，"妈妈还在申诉。"

"祝她好运，"吉米说着举起罐子，喝了起来，"祝她好运。"

他猛地撞上浴室的门。

"他妈的快点，大家都在等着呢。"他喊道。

"或许是有人生病了？"罗宾提醒道。

"不会的，一定是有人在里面来了一发。"吉米说。

迪格比从弗利克的卧室里出来，一脸不满。

"显然，我是男权压迫的工具。"他大声宣布。

没有人笑。迪格比挠了挠 T 恤下面的肚子，罗宾现在看到里面有一张格劳乔·马克思的照片，迪格比缓步走进弗利克在跳舞的房间。

"他是个工具，好吧，"吉米小声对罗宾说，"鲁道夫·斯坦纳的追随者。无法忘记这样一个事实：再也没有人因为他的努力而给他星星了。"

罗宾笑了，但吉米没笑。他的眼睛直勾勾地盯着她的眼睛，直到浴室的门开了一条缝，一个胖胖的、脸红红的年轻女孩从里面探出头来。在她身后，罗宾看见一个留着稀疏的灰白胡须的男人正在戴上他的毛线帽。

"拉里，你这个肮脏的老混蛋。"吉米笑着说，满脸通红的女孩从罗宾身边跑过去，跟在迪格比后面消失在黑暗的房间里。

"晚上好，吉米。"拉里面带着一本正经的微笑说道。他也在外面的年轻人的欢呼声中离开了浴室。

"进去吧。"吉米对罗宾说，一边把门打开，一边不让别人从她身边挤过去。

"谢谢。"她边说边溜进浴室。

与公寓的其他地方的昏暗相比，浴室的条形灯光简直是耀眼夺目。在罗宾见过的最小的淋浴间之间，几乎没有其他站立的空间，半个钩子上挂着脏兮兮的透明窗帘，一个小马桶里漂浮着大量浸湿的纸巾和烟头。一个用过的避孕套在柳条箱子里闪烁着。

水槽上方有三个摇摇欲坠的架子，上面堆满了半旧的洗漱用品和杂物，挤在一起，一碰似乎就能把所有东西都搬走。

罗宾突然灵光一闪，靠近了这些架子。她还记得，她是如何依赖大多数男人对月经问题的厌恶、无知和回避而把窃听器藏在一盒"坦帕"卫生棉条里面的。她的眼睛飞快地扫视着用了一半的超市品牌的洗发水、一管旧的维姆、一块脏海绵、一对廉价的除臭剂，还有一个破损的杯子里几把常用的牙刷。因为每件东西都紧紧地挤在一起，罗宾小心翼翼地取出一小盒丽尔莱思，结果里面只有一个密封的卫生棉条。当她伸手去换盒子时，发现了一个又小又软的包裹的一角，包裹在一个塑料包装里，藏在维姆和一瓶水果沐浴露后面。

她突然兴奋起来，小心翼翼地把那个白色的塑料袋从塞进去的地方扭了出来，尽量不打翻任何东西。

有人在敲门。

"我他妈的尿急死了！"一个新来的女孩喊道。

"快好了！"罗宾喊道。

两条笨重的卫生巾用各自平淡无奇的包装纸卷了起来（"为了流量大"）：这是不太可能偷的年轻女性用的东西，尤其是穿着轻薄衣服的时候。罗宾把它们抽出来。第一个没有什么奇怪的。然而，当罗宾把第二个弯曲的时候，它发出了小小的清脆的爆裂声。罗宾越来越兴奋，翻看侧面，发现它被一个可能是刀片的东西割开了。她把手指伸进里面像纸巾一样的泡沫里，摸到了一张厚厚的折叠纸，她小心翼翼地把它拿出来，将其展开。

那张信纸和金瓦拉写告别信的纸一模一样，上面浮雕着"奇斯韦尔"的字样，信纸下面有一朵都铎玫瑰，像一滴血。一些杂乱的单词和短语被以一种独特的、狭窄的笔迹潦草地写出来，这样的笔迹罗宾在奇斯韦尔的办公室里经常看到。在这一页纸的中间，有一个单词被圈了很多次。

埃伯里街 251 号
伦敦
SW1W

勃朗得·德·勃朗得①
铃木。

---

① 纯白香槟酒，也可译为"白中白"。

妈妈？

比尔

Odi et amo, quare id faciam, fortasse requiris? Nescio, sed fieri sentio et excrucior.①

罗宾激动得几乎喘不过气来，拿出手机，拍了几张纸条的照片，然后将其重新折好，放进卫生巾里，把包裹放回原来放在架子上的地方。她冲了一下马桶，但马桶堵住了，马桶里的水不祥地涨了起来，拒绝下沉，烟头在旋转的卫生纸里晃动。

"对不起，"罗宾打开门说道，"马桶堵住了。"

"管它呢，"外面那个不耐烦的喝醉了的女孩说道，"我要在水槽里尿尿。"

她推开罗宾，砰的一声关上门。

吉米还站在外面。

"我想我要走了，"罗宾告诉他，"我只是来看看那个房间是否空着，但有人先我进来了。"

"真遗憾，"吉米淡淡地说道，"什么时候来开会吧，我们可以利用一点北方的灵魂。"

"是的，我可能会的。"罗宾说。

"可能什么？"

弗利克来了，手里拿着一瓶百威啤酒。

"来开会，"吉米说着，从包里拿出一支新香烟，"你说得对，弗利克，她货真价实。"

吉米伸出手，把弗利克拉到他身边，把她压在身边，吻了吻她的头顶。

"是啊，她是真的，"弗利克说，用胳膊搂住吉米的腰，脸上露

---

① 拉丁语。后面会有译文。

出真正温暖的微笑,"来参加下一次的会议哦。"

"好的,我可能会的。"工会成员的女儿波比·坎利夫说道。向他们道别后,她挤出大厅,走进冰冷的楼梯间。

即使看到那两位黑衣少年中的一个在大门外的人行道上呕吐的景象和闻到那股气味都无法抑制罗宾的喜悦之情。她一边急匆匆地向公交车站走去,一边迫不及待地把那张她拍下的贾斯珀·奇斯韦尔写的便条发给斯特莱克。

52

我可以向你保证，你完全搞错了方向，韦斯特小姐。

——亨利克·易卜生《罗斯莫庄》

斯特莱克已在阁楼卧室的床罩上睡着了，衣服没脱，义肢也没拿掉。他的胸前放着一个纸板文件夹，里面装着所有与奇斯韦尔档案有关的东西，他打鼾时文件夹轻轻地随之颤动。他梦见自己正和夏洛特手挽手地穿过他们一起买的废弃的奇斯韦尔的房子。她又高又瘦又漂亮，没有怀孕。她抹着一千零一夜牌香水，穿着黑色雪纺裙跟在他后面，但他们共同的幸福却在他们游荡的破旧房间的潮湿寒意中蒸发了。是什么促使他做出如此鲁莽、古怪的决定买下这栋墙壁剥落、天花板上悬着电线、通风条件很差的房子的？

短信送达的嗡嗡声把他从睡梦中惊醒。过了一小会儿，他才反应过来自己回到了阁楼房间，独自一人，既不是奇斯韦尔庄园的主人，也不是夏洛特·罗斯的情人，他半躺着摸索手机，满怀希望会收到夏洛特发来的短信。

他错了：他迷迷糊糊地盯着屏幕看到的是罗宾的名字，而且已经是凌晨一点。一下子想起她是和弗利克去参加聚会，斯特莱克连忙坐了起来，放在他身上的纸板文件从胸膛滑落下去，散落在地板上。斯特莱克眯起模糊的双眼看着罗宾刚刚发来的照片。

"他妈的。"

他不顾脚下凌乱的文件，给她回了电话。

"嗨。"罗宾兴高采烈地说道，伦敦夜间公共汽车的声音清晰可辨：引擎的碰撞声和轰鸣声、刹车的嘎吱声、叮铃铃的铃声，还有一群年轻女人醉醺醺的笑声。

"你他妈的是怎么做到的？"

"我是女人，"罗宾说，他能感觉到她在微笑，"当我们真的不想被发现的时候，我知道我们会把东西藏在哪里。我还以为你已经睡着了。"

"你在哪儿——公共汽车上吗？下车去叫辆出租车。如果你有收据，我们可以把它记在奇斯韦尔的账上。"

"没有必要。"

"叫你他妈的照做！"斯特莱克又说了一遍，语气比他的本意稍微强硬了一点，因为尽管她刚刚干得不错，但一年前有一天天黑后，她独自一人在街上被人用刀砍伤了。

"好吧，好吧，我去叫辆出租车，"罗宾说，"你读了奇斯韦尔的便条吗？"

"现在看，"斯特莱克说着，切换到免提，这样他就可以一边和她说话，一边读奇斯韦尔的便条，"我希望你把它留在原处了吧？"

"是的，我觉得那样最好，对吧？"

"完全正确。到底在哪里？"

"在卫生巾里。"

"天哪，"斯特莱克吃惊地说道，"我从没想到。"

"是的，吉米和巴克利也没有想到。"罗宾得意地说，"你能读懂底部写的是什么吗？拉丁文的？"

眯着眼睛看着屏幕，斯特莱克把它翻译出来：

"'我又爱又恨。我为什么要这么做，也许你问？我不知道。我只是觉得折磨……'又是卡图卢斯的，著名的一首诗。"

"你在大学里学过拉丁语吗？"

"没有。"

"那么你是怎么……？"

"说来话长。"斯特莱克说道。

事实上，他能读懂拉丁文的故事并不长，只是（对大多数人来说）令人费解。他不想在半夜里说出来，也不想解释夏洛特曾在牛津大学里学习过卡图卢斯。

"我又恨又爱，"罗宾重复道，"为什么奇斯韦尔要把它写下来？"

"因为他感觉到了吗？"斯特莱克建议道。

他口干舌燥：他在入睡前抽了太多烟。他站起身来，觉得身子又痛又僵，他小心翼翼地绕过掉在地上的纸张，手里拿着电话，朝另一个房间的水槽走去。

"是对金瓦拉的感觉吗？"罗宾怀疑地问。

"在你和他密切接触的时候，你见过他身边有别的女人吗？"

"没有。当然，他可能不是在说一个女人。"

"对啊，"斯特莱克附和道，"卡图卢斯的诗很多是描述男男之爱的。也许这就是奇斯韦尔那么喜欢他的原因吧。"

他往杯子里倒满了冷水，一饮而尽，然后放进一个茶包，打开水壶，在黑暗中一直盯着手机屏幕。

"'妈妈'，划掉了。"他喃喃地说。

"奇斯韦尔的母亲二十二年前去世了，"罗宾说，"我刚查过。"

"嗯，"斯特莱克说，"'比尔'被圈起来了。"

"不是比利，"罗宾指出，"但如果吉米和弗利克认为这是他的兄弟，那就说明人们有时会叫比利为比尔。"

"除非是你付钱，"斯特莱克说，"或者有一张鸭子嘴，来看这个……'铃木'……'勃朗得'……等等。吉米·奈特有一辆旧的铃木奥拓。"

"根据弗利克的说法，它不能上路了。"

"是的。巴克利说过，它未能通过车管所的测试。"

"我们去奇斯韦尔庄园的时候,外面也停着一辆大维塔拉。一定是奇斯韦尔家人的。"

"好眼力。"斯特莱克说。

他打开头顶上方的灯,走到窗边的桌子旁,他一向把钢笔和笔记本放在那里。

"你知道,"罗宾若有所思地说,"我觉得我最近在什么地方见过'纯白香槟酒'。"

"是吗?喝香槟了吗?"斯特莱克问道,他坐下来做了更多的笔记。

"没有,但是……是的,我想我一定是在葡萄酒标签上看到的吧?纯白……这是什么意思?来自白人的白色?"

"是的。"斯特莱克说。

有将近一分钟的时间,他们谁也没说话,都在仔细看那张纸条。"你知道,我讨厌这么说,罗宾,"斯特莱克最后说道,"但我认为这最有趣的地方是弗利克拿到这张纸条。看起来像一个待办事项列表,在这里找不到任何证据证明存在不当行为,或表明存在敲诈或谋杀的理由。"

"'妈妈'划掉了。"罗宾重复道,好像决心要从这些隐晦的词语中挤出意义来。"吉米·奈特的母亲死于石棉肺,他刚在弗利克的派对上告诉我的。"

斯特莱克用笔尖轻轻地敲了敲记事本,思考着,直到罗宾提出了他正在努力解决的问题。

"我们得把这件事告诉警察,是不是?"

"是的,我们是要这样做,"斯特莱克叹了口气,揉了揉眼睛,"这就证明她可以进入埃伯里街。不幸的是,这意味着我们得把你从珠宝店里拉出来。一旦警察搜查了她的浴室,她很快就会查出是谁向他们通风报信的。"

"该死,"罗宾说,"我还真的觉得和她在一起有所进展。"

"是的,"斯特莱克同意,"这就是在调查中没有官方地位的问题。为了能让弗利克在审讯室,我宁愿付出很多……这该死的案子，"他打着哈欠说，"我整个晚上都在看文件，这张纸条和其他的一样：它提出的问题比它能回答的要多。"

"等一下，"罗宾说，他听到了走动的声音，"对不起——科莫兰，我要在这里下车，我看到了一个出租车站。"

"好吧。今晚的干得漂亮，我明天给你打电话——我是说，今天晚些时候。"

罗宾挂断电话后，斯特莱克把香烟放在烟灰缸里，回到卧室，把散落在地板上的有关案子的文件捡起来，带回厨房。他没有理会刚烧开的水壶，从冰箱里拿了一瓶啤酒，拿着卷宗坐回桌子旁，想了一下，把身边的窗户打开了几英寸，好让新鲜空气进来，继续抽起烟。

斯特莱克接受过宪兵训练，他将审讯和调查结果分为三大类：人物、地点和物件。在床上睡着之前，他一直在把这一听起来很老套的原则运用到奇斯韦尔的档案之中。他把文件夹里的东西摊开在厨房的桌子上，又开始工作了。此时，满是汽油味的寒冷的晚风拂过照片和文件，吹得它们的四角都颤动起来。

"人啊。"他喃喃自语道。

睡觉前他写了一份名单，列出了与奇斯韦尔的死有关的他最感兴趣的人。此刻他发现，自己在不知不觉中按照他们与对死者敲诈勒索的牵连程度对它们进行了排序。吉米·奈特位居榜首，其次是杰兰特·温恩，然后是斯特莱克心目中他们各自的副手弗利克·普渡和阿米尔·马利克。接下来是金瓦拉，她知道奇斯韦尔被敲诈了，并且知道原因；德拉·温恩，她的超级禁令使敲诈勒索事件远离了媒体，但她与这件事的确切牵连程度却不为斯特莱克所知，至于拉斐尔，据说他对父亲的所作所为以及勒索本身都一无所知。排在名单末尾的是比利·奈特，他与敲诈者之间唯一已知的联系是他与主谋勒索者之间的血缘关系。

斯特莱克问自己，为什么要把这些名字按照这种特殊的顺序进行排列呢？奇斯韦尔的死与敲诈勒索者之间没有确凿的联系，当然，除非未知罪行被曝光的威胁确实会迫使奇斯韦尔自杀。

然后他突然想到，如果他把名单倒过来看，就会发现一个不同的等级制度。那样来看的话，比利位于首位，一个无私的寻求者，不是为了金钱或揭发他人的耻辱，而是为了真理和正义。按照相反的顺序，拉斐尔排在第二位，对斯特莱克来说，他讲述了父亲去世的那天早上，他被派往继母家的离奇故事，奇怪得令人难以置信。亨利·德拉蒙德不情愿地声称，他隐瞒了一些尚不为人知的体面动机。德拉升至第三位，她是一位在德行上无可挑剔的广受尊敬的女性，她对实施敲诈的丈夫和他的受害者的真实想法和感情仍然难以捉摸。

回过头来看，似乎每个嫌疑人与死者的关系都变得更加粗糙，更具交易性，直到名单上的吉米·奈特和他愤怒地索要四万英镑的要求而终止。

斯特莱克继续细看着名单，仿佛可以突然从那密密麻麻的笔迹中看到什么似的，就像散漫的眼睛可能会发现隐藏在一系列色彩鲜艳的圆点中的3D图像一样。然而，他所想到的是，与奇斯韦尔的死有关的成双成对的数量之多，非常不同寻常：伴侣——杰兰特和德拉、吉米和弗利克；两对兄弟姐妹——伊茨和菲茨、吉米和比利；勒索合作者二人组——吉米和杰兰特；以及每一个勒索者和他的副手——弗利克和阿米尔。甚至还有德拉和阿米尔这对准父母的组合。然后就剩下了在这个原本紧密相连的家庭中被孤立的两个人，他们组成了一对：丧偶的金瓦拉和令人不满的局外人儿子拉斐尔。

斯特莱克不自觉地用笔在笔记本上敲打着，思考着，成双成对。整个事情始于两项罪行：对奇斯韦尔的勒索和比利的杀婴指控。他从一开始就试图找到两者之间的联系，无法相信他们是毫不相关的案子，即使从表面上看，两项罪行之间的唯一联系是奈特兄弟之间的血缘关系。

翻过这一页，他检查了他写在"地点"上的笔记。他花了几分钟的时间检查了自己关于进入埃伯里街的房子的记录，以及在奇斯韦尔死亡时几个不明嫌疑人的位置，之后，他做了个笔记提醒自己，他还没有收到伊茨说要提供的泰根·布切尔的详细联系方式，这个马房女孩可以证实，当奇斯韦尔在伦敦的塑料袋里窒息时，金瓦拉一直待在伍尔斯通的家里。

他翻到下一页，标题是"物件"。他放下笔，把罗宾的拍的照片摊开，这样一来就拼构出了死亡场景的拼贴画。他仔细检查了死者口袋里闪烁的金光，然后是那把弯剑，半藏在房间角落的阴影里。

对斯特莱克而言，似乎他在调查的案子中的物件都四处散落在奇怪的地方：剑在角落里；拉克西丝药片在地板上；木制十字架在小山谷荨麻堆的底部；氦气罐和橡胶管在从来没有为孩子举办过聚会的房子里。斯特莱克筋疲力尽的大脑在这里既没有找到答案也没有发现特定的模式。

最后，斯特莱克喝完了剩下的啤酒，把空罐子扔到房间另一头的厨房垃圾桶里，翻开笔记本上的空白页，开始写一份周日的待办事项清单，其实已经过去了两个小时。

1. 给沃德尔打电话
   在弗利克公寓发现的便条。
   如有可能，提供警方有关案件的最新情况。
2. 给伊茨打电话
   给她看偷来的纸条。
   问：弗雷迪的钱夹找到了吗？
   有关泰根的详细信息？
   需要拉斐尔的电话号码。
   如果可能，还有德拉·温恩的电话号码。
3. 给巴克利打电话
   汇报最新情况。
   再次监视吉米和弗利克。
   吉米什么时候去看望比利？

4. 给医院打电话

   争取趁吉米不在的时候安排采访比利。

5. 给罗宾打电话

   安排采访拉斐尔。

6. 给德拉打电话

   争取安排采访。

他又想了一会儿,列出了清单的最后一项:

7. 买茶包、啤酒、面包

斯特莱克整理好奇斯韦尔的档案,把满溢的烟灰缸倒进垃圾箱,把窗户开得更大了些,让更多新鲜的冷空气进来,然后去上了最后一趟厕所,刷了牙,关了灯,回到卧室,一盏台灯还在亮着。

此刻,随着啤酒和疲劳削弱了他的防御能力,他试图埋葬在工作中的记忆被迫出现在脑海中。他脱掉衣服,取下义肢时,发现自己可以重温和夏洛特在弗朗哥餐厅里她曾对他说过每一句话,回忆起她绿色眼睛的表情,在大蒜味弥漫的餐厅里她的一千零一夜牌香水,她摆弄面包的瘦削白皙的手指。

他躺在冰凉的被和床单之间,双手放在脑后,凝视着黑暗。他希望自己能无动于衷,但事实上,一想到夏洛特读过所有使他成名的案件,想到她和丈夫在床上时想到了他,他的自尊心就膨胀得厉害。然而此时,理智和经验卷起了袖子,准备对这段记忆中的对话进行一番专业的事后剖析,有条不紊地挖掘出夏洛特一贯渴望震惊的明确迹象,以及她对冲突显然贪得无厌的需求。

如果她抛弃有头衔的丈夫和刚出生的孩子,投奔了一个独腿的著名侦探,这无疑是他颠覆性职业生涯的最高成就。她对例行公事、责任或义务怀有近乎病态的憎恨,在不得不应付无聊或妥协的威胁之前,她已经破坏了一切永恒的可能性。斯特莱克知道这一切,因为他比任何人都更了解她,他知道他们最后的分离就发生在必须做出真正牺牲和艰难抉择的确切时刻。

但他也知道,这种了解就像伤口上无法根除的细菌,阻止了伤口的愈合。她爱他,就像她从来没有爱过别人一样。当然,那些对此怀疑的女友和他朋友的妻子,没有一个人喜欢夏洛特,她们一遍又一遍地告诉他"那不是爱情,她对你",或者是"不要开玩笑,科姆,你怎么知道她没有对别人说过完全相同的话呢?"这些女人把他对夏洛特爱他的信心视为一种妄想或自以为是。他们没有出现在斯特莱克一生中最美好的幸福时光和相互理解的时代。除了他自己和夏洛特以外,他们从来没有分享过别人听不懂的笑话,也感觉不到使他们在一起十六年的共同的需要。

她从他身边径直走进了那个她认为会对他造成最大伤害的男人的怀抱,事实上,他确实受到了伤害,因为罗斯和他截然不同,而且之前就和夏洛特约会过。然而,斯特莱克仍然确信,她奔向罗斯是自焚行为,纯粹是为了达到引人注目的效果,一种夏洛特式的殉节方式。

> 很难突然摆脱一段长久的爱情,
> 这虽然很难,但无论如何,你必须这么做。

斯特莱克关了灯,闭上眼睛,再次陷入了不安的梦境,梦见那座空房子里,那些没有褪色的壁纸见证了一切有价值的东西的消失,可这一次,只有他独自一人走着,并且有种奇怪的感觉,有双隐秘的眼睛一直在盯着他。

53

然后，在最后，她的胜利带着辛酸的痛苦……

——亨利克·易卜生《罗斯莫庄》

罗宾在凌晨两点前回到家中。她蹑手蹑脚地在厨房里走来走去给自己做三明治时，注意到厨房的日历上写着马修打算当天中午踢五人足球。因此，二十分钟后，她溜上床时，把手机闹钟设到了八点，然后插上电源充电。作为努力保持友好气氛的一部分，她想在他离开之前起床见到他。

马修似乎很高兴她争取和他一起吃早餐，但问他是否想让她在场外为他加油，或是之后一起吃午餐时，他都拒绝了。

"我今天下午有文书工作要做，不想在午餐时间喝酒。我做完工作马上就回来。"他说道。罗宾暗自高兴，因为她实在太累了。她祝愿他玩得开心，并和他吻别。

马修离开家后，为了尽量不去想自己的心情有多么轻松，罗宾忙着洗衣服和其他必需品。一直忙到中午过后不久，她在换床单时，斯特莱克打来了电话。

"嗨，"罗宾高兴地放下了手头的活，说道，"有什么消息吗？"

"很多。准备好记笔记了吗？"

"是的。"罗宾说着,急忙从梳妆台上抓起笔记本和笔,坐在光光的床垫上。

"我刚才打了几个电话。首先打给了沃德尔。你弄到那张纸条的工作让他印象深刻。"

罗宾对着镜子中的自己微笑。

"虽然他警告过我,警察不会对我们友善,他的原话是,'在公开的案件上大做文章'。我已经叫他别泄露是从哪儿得到那张纸条的密报,但我想,考虑到我和沃德尔是朋友,他们会把两者结合起来的。不过,这不可避免。有趣的是,警方和我们一样,仍然对死亡现场的一些特征感到担忧,他们一直在深入调查奇斯韦尔的财务状况。"

"在寻找勒索的证据吗?"

"是啊,但他们什么也没找到,因为奇斯韦尔从来没有支付过。这就非常有趣,奇斯韦尔去年收到了一笔无法解释的四万英镑的现金付款。他为此开了一个单独的银行账户,之后,似乎把所有的钱都花在了房屋修缮和其他杂物上。"

"他得到了四万英镑?"

"是的。而金瓦拉和他的家人则声称对此一无所知。他们说,他们不知道这笔钱是从哪里来的,也不知道为什么奇斯韦尔会开设一个单独的账户来接收这笔钱。"

"和吉米降低要求前要求的数目一样多,"罗宾说,"这就奇怪了。"

"当然奇怪啊,于是我又打电话给伊茨。"

"你一直在忙哦。"罗宾说。

"你还没有听到一半呢。伊茨说不知道那四万英镑是从哪儿来的,但我不敢相信她的话。然后我问她关于弗利克偷来的纸条的事。她很震惊弗利克可能是冒充她父亲的清洁工,非常震惊。我想这是她第一次考虑到金瓦拉可能是无罪的。"

"我想她从来没有见过这个所谓的波兰女人吧?"

"没错。"

"她对这张纸条有什么看法？"

"她认为看起来也像一份待办事项清单。她认为'铃木'就是指奇斯韦尔的大维塔拉；对'妈妈'没有任何想法。我从她那里得到的唯一感兴趣的是关于'纯白香槟'的。奇斯韦尔对香槟过敏。显然，香槟让他的脸变得通红，呼吸困难。而奇怪的是，奇斯韦尔去世的那天早上，我检查的时候，发现厨房里有一个很大的空盒子，上面写着'酩悦香槟'。"

"你从来没有告诉过我这个。"

"我们刚刚发现了一具政府部长的尸体。那个时候，空盒子似乎没什么意思，我也从来没有想过它可能跟什么东西有什么关系，直到今天我跟伊茨通电话。"

"里面有瓶子吗？"

"据我所知，什么都没有。而且据他的家人说，他从来没有在那儿招待过客人。如果他自己不喝香槟，为什么盒子会出现在那里？"

"你不会认为……"

"我正是这么想的，"斯特莱克说，"我想氦气和橡胶管就是伪装在那个盒子里进入房子的。"

"哇。"罗宾说着，仰面躺在未整理的床上，看着天花板。

"非常聪明。凶手本可以把它作为礼物送给他的，他们知道他不太可能打开来喝，不是吗？"

"有点草率了，"罗宾说，"究竟是什么阻止了他把盒子打开呢？还是想要把它再送人吗？"

"我们需要查明那盒香槟是什么时候送出的。"斯特莱克说，"与此同时，一个小谜团被揭开了，弗雷迪的钱夹找到了。"

"在哪里找到的？"

"在奇斯韦尔的口袋里，就是你拍的照片上的金光。"

"哦，"罗宾茫然地说道，"那么他一定是在死前找到的？"

"嗯，他很难在死后找到它吧。"

"哈哈，"罗宾讽刺地说道，"有这种可能性。"

"是凶手把它放在尸体上的吗？你这么说很有趣。伊茨说，在尸体上发现钱夹时，她非常惊讶，因为如果奇斯韦尔找到钱夹，她以为他会告诉她的。显然，他为丢了钱夹而大吵大闹过。"

"是的，"罗宾附和道，"我听见他在打电话的时候咆哮说过这件事，他们大概已经采集了上面的指纹了吧？"

"是的，没什么可疑的。只有他的指纹——但就这一点来说，这毫无意义。如果有凶手，很明显会戴着手套。我还问了伊茨关于那把弯剑的事，我们猜对了，那是弗雷迪的旧军刀。没人知道它是怎么变弯的，但上面只有奇斯韦尔的指纹。我想，有可能是奇斯韦尔喝醉了酒，情绪激动，把它从墙上拿下来不小心踩到上面了。不过，再一次申明，这也不能说明一个戴着手套的杀手不可能把它处理得这么好。"

罗宾叹了口气。她为发现那张便条而欣喜不已，似乎有点为时过早。

"那么，依然没有真正的线索吗？"

"别着急，"斯特莱克振奋地说道，"我要去找些好东西。伊茨设法弄到了那个能证实金瓦拉不在场的马房女孩泰根·布切尔的新电话号码。我要你给她打个电话，我想她会觉得你没有我那样令人生畏。"

罗宾匆匆记下了斯特莱克说出来的数字。

"你给泰根打电话后，我想让你给拉斐尔打个电话，"斯特莱克说，把他从伊茨那里得到的第二个号码告诉了罗宾，"我想一劳永逸地弄清楚他父亲去世的那天早上，他到底在干什么。"

"我会的。"罗宾说，很高兴能做些具体的事情。

"巴克利会回到吉米和弗利克身边去，"斯特莱克说，"而我……"

他故意戏剧性地停顿了一下，罗宾笑了。

"而你呢……"

"……我要去采访比利·奈特和德拉·温恩。"

"什么?"罗宾惊讶地说道,"你打算怎么进入医院——而她永远也不会同意。"

"嗯,你错了,"斯特莱克说,"伊茨从奇斯韦尔的通话记录中找到了德拉的电话号码给我。我刚打电话给德拉,我承认,我原以为她会叫我滚蛋的。"

"如果我认识德拉的话,她会说得更文雅一些。"罗宾建议道。

"起初她听起来好像想这么做,"斯特莱克承认道,"但阿米尔消失了。"

"什么?"罗宾尖叫道。

"冷静一下。'消失'一词是德拉说的。事实上,他前天辞职了并搬出了房子,这并不意味着他成为一个失踪的人。他没有接她的电话。她在责备我,因为——又是她的原话——当我去问他问题时,我对他'做得很好'。她说阿米尔很脆弱,如果他最后伤害了自己,那就是我的错。所以……"

"你提出要找到他,作为她回答你的问题的交换?"

"没错,"斯特莱克说,"她欣然接受了这个提议。说我要能让他放心,他没有遇到麻烦,我所听到的关于他的任何不光彩的事都不会再发生了。"

"我希望他没事,"罗宾担心地说,"他是真的不喜欢我,但这只能证明他比其他人都要聪明。你什么时候去见德拉?"

"今天晚上七点钟,去她在伯蒙西的家里。明天下午,如果一切按计划进行,我将会和比利聊聊。我和巴克利核实过,吉米那时没去医院的计划,所以我给医院打了电话。我在等比利的精神科医生给我回电话确认。"

"你认为他们会让你问他问题吗?"

"会受到监督,是的,我想他们会的。他们感兴趣的是,如果他能和我说话,他是否是清醒的。他又开始服药了,情况大有好转,但他仍在讲述那个被勒死的孩子的故事。如果精神科医生的意见一致,我明天就去拜访那个锁着的病房。"

"嗯，真好。有事情要做是件好事。天知道，我们可以利用一个突破——即使它是我们没有得到报酬的关于死亡的调查。"她叹息道。

"在比利的故事里，也许根本就没有人死，"斯特莱克说，"但除非我们发现真相，否则它将永远困扰着我。我到时候会告诉你我和德拉相处得怎么样。"

罗宾祝他好运，跟他道别，结束了通话，依然躺在那张铺了一半的床上。几秒钟后，她大声说道：

"白中白。"①

她又一次感到被埋藏的记忆在移动，释放出一阵低沉的情绪。当感到痛苦的时候，她究竟在哪里见过这句话？

"白中白，"她重复道，下了床，"白——噢！"

她赤脚踩在了一个又小又尖的东西上。她弯下腰，捡起一枚无背钻石耳钉。

起初，她只是盯着它看，纹丝不动。耳环不是她的，她没有钻石耳钉。她在想，为什么凌晨时分她爬上马修在睡熟的床时没有踩到耳钉。也许是她的光脚没踩到上面，或者更有可能的是，耳环一直在床上，罗宾扯下床单时它才掉到地上。

当然，世界上有很多钻石耳钉。事实是，罗宾最近注意到的那一对耳钉是莎拉·沙德洛克佩戴的。上次罗宾和马修一起吃晚饭时，也就是汤姆突然对马修发起毫无根据的猛烈攻击的那个晚上，莎拉一直戴着这对耳钉。

罗宾坐在那里，凝视着手里的钻石，感觉过了很长时间，但实际上只过了一分钟多一点。然后，她小心翼翼地把耳环放在床头柜上，拿起手机，输入"设置"，删除来电显示，然后拨打了汤姆的手机。

电话响了几声后，汤姆就接听了，听上去气呼呼的。在背景中，

---

① 原文为法语：Blanc de blancs。

一名主持人正大声地宣告想知道即将到来的奥运会闭幕式会是什么样子。

"喂,喂?"

罗宾挂断了电话。汤姆没有踢五人制足球。她继续一动不动地坐着,手里拿着手机,坐在那张沉重的婚床上。在这所租来的可爱的房子里,要把这张婚床搬上狭窄的楼梯是多么困难,而她的脑海里却在想着作为侦探的她故意忽视的那些明显的迹象。

"我真笨,"罗宾轻声地对阳光普照的空荡荡的房间说道,"真他妈的愚蠢。"

54

你温和正直的性格,你优雅的头脑,你无可挑剔的荣誉,每个人都知道并欣赏……

——亨利克·易卜生《罗斯莫庄》

虽然傍晚还很明亮,德拉家的前院却笼罩在阴影之中,显得平静、忧郁,与门外那条繁忙、尘土飞扬的道路形成了鲜明的对比。当斯特莱克按门铃时,他注意到原本干净整洁的前院草坪上有两大坨狗屎。他在想,既然德拉的婚姻已经结束,是谁在帮她干这些琐事?

门开了,体育部长戴着一副看不透的黑眼镜出现了。她穿的是斯特莱克在康沃尔的年迈舅妈所称的居常服,一件齐膝的紫色羊毛长袍,纽扣一直扣到最高处,给人一种隐约的教会气息。导盲犬站在她身后,用黑色、哀伤的眼睛望着斯特莱克。

"嗨,我是科莫兰·斯特莱克。"侦探说道,一动不动。由于德拉既看不见他,也无法检查他身上的证件,所以只能通过声音来辨别他是谁。"我们之前通过电话,你让我来看你。"

"是的,"她面无笑容地说道,"进来吧。"

她后退一步让他进去,一只手放在拉布拉多的项圈上。斯特莱克进了门,在门垫上擦了擦脚。一阵音乐声、响亮的弦乐和木管乐器从斯特莱克认为是客厅的地方传来,被一声水壶的响声打断了。由一个主要听金属乐队的母亲抚养大的斯特莱克,对古典音乐知之甚少,但这类音乐有一种若隐若现、不祥的特质,他并不是特别喜欢。大厅里很暗,因为还没有开灯,除此之外,没有什么特别的东西,地毯是深棕色的图案,虽然很实用,但很难看。

"我煮了咖啡,"德拉说,"如果你不介意的话,我需要你帮我把托盘拿到客厅去。"

"没问题。"斯特莱克说。

他跟着拉布拉多犬,它缓缓地跟在德拉的脚后跟后面,尾巴微微摇着。他们经过客厅时,交响乐的声音越来越大。德拉走过客厅时,轻轻地碰了碰门框,想找一些熟悉的记号来确定自己的方位。

"这是贝多芬吗?"斯特莱克问,想找点话说。

"勃拉姆斯。第一交响曲,C小调。"

厨房里每个表面的边缘都是圆的。斯特莱克注意到,烤箱上的旋钮突出了粘在上面的数字。在一块软木布告栏上,有一串电话号码,上面写着"以防紧急情况",他认为这些号码是给清洁工或家政服务人员使用的。德拉走到对面的操作台上,斯特莱克从大衣口袋里掏出手机,拍了一张杰兰特·温恩的电话号码。德拉的手伸向深深的陶瓷水槽的边缘,她侧过身去,托盘里已经放了一个杯子和一杯刚煮好的咖啡。旁边放着两瓶酒。德拉拿起两瓶酒,转过身来,把它们递给斯特莱克,脸上仍然没有笑容。

"哪个是哪个?"她问。

"你左手拿的是 2010 年的教皇新堡,"斯特莱克说,"右手拿的是 2006 年的睦纱古堡。"

"如果你不介意,请开瓶给我倒一杯,我想来一杯教皇新堡。我想你不会想喝酒,但如果你想喝,请自便。"

"谢谢,"斯特莱克说着,拿起她放在托盘旁边的开瓶器,"我喝咖啡就行了。"

她默默地向客厅走去,斯特莱克拿着托盘跟在后面。走进房间时，他闻到了玫瑰花的浓郁香味，立刻想起了罗宾。德拉用指尖抚摸着家具，摸索着走向一把有宽大木扶手的扶手椅。斯特莱克看到房间四周的花瓶里摆着四束鲜花，在鲜艳的红色、黄色和粉色的点缀下，冲淡了房间整体的沉闷。

德拉把腿靠在椅子上，把身子调整好，整齐地坐了下来，然后把脸转向斯特莱克，斯特莱克把托盘放在桌上。

"你能把我的杯子放在这儿，放在我右边的椅子扶手上吗？"她说着，拍了拍扶手，斯特莱克照做了。这时，那只趴在德拉椅子旁的苍白的拉布拉多犬用和善而困倦的眼神望着他。

斯特莱克一坐下，交响曲里小提琴的琴弦就猛扑下来。从浅棕色的地毯到家具，所有这些都可能是在上世纪七十年代设计的，所有的东西似乎都是不同深浅的棕色。半面墙上是一个内嵌的架子，斯特莱克认为架子上放着至少一千张光碟。房间后面的桌子上放着一叠盲文手稿。壁炉架上放着一张大大的、镶有框边的少女照片。她的母亲甚至不能享受每天看着里安农·温恩的苦乐参半的安慰，斯特莱克不由心里充满了难以忍受的同情。

"花真漂亮。"他评论道。

"是的。几天前是我的生日。"德拉说。

"啊，祝你快乐。"

"你来自西部吗？"

"部分是，康沃尔。"

"我能从你发的元音里听出来。"德拉说。

她等着斯特莱克去拿咖啡壶给自己倒咖啡。叮当声和倒水声停止后，她说道："我在电话里说过，我很担心阿米尔。我断定他还会在伦敦，因为他只知道这里。""不是和家人在一起，"她又补充道，斯特莱克觉得从中听到了一丝轻蔑，"我非常担心他。"

她小心翼翼地拿起了旁边的酒杯，抿了一口。

"当你向他保证他没有陷入任何麻烦，而且奇斯韦尔告诉你有关他的任何事都不会有进一步的发展，你必须告诉他——立刻联系我。"

小提琴继续发出刺耳的声音和呜咽声,对于未经训练的斯特莱克来说,这是一种不祥的预兆。导盲犬挠了挠自己,爪子重重地落在地毯上。斯特莱克拿出了笔记本。

"你有马利克可能去找的朋友的名字或联系方式吗?"

"没有,"德拉说,"我认为他没有多少朋友。最近他提到一个大学同学,但我记不起名字了。我怀疑他们不是特别亲近。"

想到这位疏远的朋友,她似乎感到不安。

"他曾在伦敦政治经济学院学习,所以那是他非常熟悉的伦敦地区。"

"他和一个姐姐关系很好,是不是?"

"噢,不,"德拉马上说道,"不,不,他们都不认他。不,他没有别人,真的,除了我,这就是情况会如此危险的原因。"

"她姐姐最近在脸书上发了一张他俩的合照,就在你家对面的披萨店里。"

德拉的表情不仅惊讶,而且还很不悦。

"阿米尔告诉我你一直在网上窥探他。是哪个姐姐?"

"我得查……"

"但我怀疑他是否会和她待在一起,"德打断了他,"不是用整个家庭对待他的那种方式。我想他可能联系过她,你可以去问问她知道些什么。"

"我会的,"斯特莱克说,"你认为他可能还会去其他什么地方吗?"

"他真的没有其他人可以投靠了,"她说,"这正是让我担心的。他很脆弱,我必须找到他。"

"好吧,我一定尽力而为,"斯特莱克向她保证,"那么现在,你在电话里说过你会回答我几个问题。"

她的表情变得更加令人生畏了。

"恐怕我不能告诉你任何你感兴趣的事,不过你问吧。"

"我们能从贾斯帕·奇斯韦尔开始吗,还有你和你丈夫与他的关系?"

通过表情,她设法表现出她觉得这个问题既无礼又有点可笑。她冷冷一笑,扬起眉毛,回应道:"嗯,很明显,贾斯帕和我是工作关系。"

"你们的关系怎么样呢?"斯特莱克一边问,一边往咖啡里加了糖,搅拌了一下,喝了一口。

"鉴于,"德拉说道,"贾斯帕雇你来试图发现有关我们的不光彩的消息,我想你已经知道这个问题的答案了。"

"那么,你坚持认为你丈夫没有勒索奇斯韦尔,对吗?"

"我当然这样认为。"

斯特莱克知道,德拉的"超级禁令"已经表明她将竭尽全力为自己辩护,再强调这一点只会疏远她。这表明应该暂时撤退。

"奇斯韦尔的其他家人怎么样?你见过他们吗?"

"见过几个。"她有点警惕地说道。

"你是怎么遇到他们的?"

"我几乎不认识他们,杰兰特说伊茨工作很勤奋。"

"我想,奇斯韦尔已故的儿子和你女儿一起参加了英国少年击剑队吧?"

她脸上的肌肉似乎在收缩。斯特莱克想起了海葵,当海葵感觉到捕食者时,就会把自己封闭起来。

"是的。"她说。

"你喜欢弗雷迪吗?"

"我想我从未和他说过话,是杰兰特带着里安农参加巡回锦标赛的。他了解击剑队。"

最靠近窗户的玫瑰花茎的影子像横杆一样伸展在地毯上。勃拉姆斯的交响曲作为背景在猛烈地轰鸣着。德拉不透明的镜片对斯特莱克产生了一种难以理解的威胁,虽然完全不是胆怯,却让他想起了古代神话中那些失明的神谕者和预言家,以及身体健全的人将这归因于特殊残疾产生的超自然的光环。

"你认为是什么原因让贾斯帕·奇斯韦尔如此急切地想找出对你不利的事情呢？"

"他不喜欢我，"德拉简单地说道，"我们经常意见相左。他的认知是，发现任何偏离自己的传统和规范的东西都是可疑的、不自然的，甚至是危险的。他是个富有的白人保守党男性，斯特莱克先生，他觉得权力走廊里最好只有富有的白人保守党男性。他千方百计地想恢复他年轻时所记得的那种状况。在追求这一目标的过程中，他常常毫无原则，当然也很虚伪。"

"以什么方式？"

"问问他的妻子吧。"

"你认识金瓦拉，是吗？"

"我不会说'认识'她。不久前我和她有过一次邂逅，鉴于奇斯韦尔公开宣称婚姻的神圣不可侵犯，发生的事当然很有趣。"

斯莱莱克感觉到，在这种崇高的语言之下，尽管德拉对阿米尔确实感到焦虑不安，但说这些话却能使她获得快乐。

"出了什么事？"斯特莱克问道。

"一天下午，金瓦拉出乎意料地出现在部长办公室，但贾斯帕已经动身去牛津郡了。我想她的目的是给他一个惊喜。"

"那是什么时候的事？"

"我觉得……至少是在一年前。我想是在国会休会前不久。那时她处于极度痛苦的状态。我听到外面一阵骚动，就去看看发生了什么事。从外面办公室的寂静中，我可以感觉到他们都很兴奋。她非常激动，要求见她的丈夫。起初，我以为她一定听到了什么可怕的消息，也许需要贾斯帕给予她安慰和支持。我把她带到了我的办公室。

"只有我们两个人的时候，她彻底崩溃了。她几乎说不出话来，但从我能理解的一点来看，"德拉说，"她刚刚发现还有另外一个女人。"

"她说是谁了吗?"

"我想没有。也许她说了,可是她——唉,这太令人不安了,"德拉严肃地说,"与其说她经历了婚姻的结束,不如说她经历了丧亲之痛更为恰当。她说'我只是他游戏的一部分','他从未爱过我',等等。"

"你认为她说的游戏是指什么?"斯特莱克问。

"我想是政治游戏吧。她说她被羞辱,被告知,用这么多的话来说,说她已经达到了目的……

"你知道,贾斯帕·奇斯韦尔是个很有野心的人。他曾经因为对妻子不忠而失去了事业。我想他会相当冷静地四处寻找那种能提升他形象的新妻子。如今他再也不能玩那种意大利人式的短暂恋情,他想回到内阁去。他可能认为金瓦拉会很受保守党的欢迎,她很有教养,很喜欢马。

"后来,之后不久我就听说贾斯帕就把她弄到精神病院去了。我想,像奇斯韦尔这样的家庭就是用这样的方式处理情绪过度问题的,"德拉说着又喝了一口酒,"但她还是和他在一起。当然,人们会留下来,即使他们受到了恶劣的对待。他在我的耳畔谈论她,仿佛她是个有缺陷的、贫困的孩子。我记得他说过,金瓦拉过生日时,她的母亲会'照看'她,因为他必须在议会投票。当然,他本可以将自己的投票配对——找到一名工党议员并达成协议,根本就不会有冲突。"

"像金瓦拉·奇斯韦尔这样的女性,她们的全部自我价值都建立在地位和婚姻的成功之上,当一切都出了问题时,她们自然就会崩溃。我认为她的那些马是一个出口,一个替代品——哦,是的,"德拉说,"我记得——除其他话之外,那天她对我说的最后一件事是,她得回家放倒一匹心爱的母马。"

德拉摸了摸躺在椅子旁边的格温宽大柔软的脑袋。

"我为此替她感到难过。在我的生活中,动物给了我极大的安慰。有时候,怎么称颂它们带给人们的安慰都不过分。"

斯特莱克注意到，德拉抚摸狗的那只手上仍然戴着结婚戒指，还有一枚与她的家居服相配的沉甸甸的紫水晶戒指。他想，一定是有人，他猜想是杰兰特，告诉她它们颜色相同。他再次感受到了令他不舒服的怜悯之痛。

"金瓦拉有没有告诉你，她是什么时候、怎么发现丈夫不忠的？"

"没有，没有，她只是像个孩子一样，处于几乎语无伦次的愤怒和悲伤之中。她不停地说，'我爱他，而他从来没有爱过我，这都是谎言'。我从来没有听到过如此强烈的悲痛爆发的声音，即使是在葬礼上或临终时。除了打招呼之外，我再也没和她说过话。她表现得好像完全不记得我们之间发生的事。"

德拉又喝了一口酒。

"我们能回到马利克身上吗？"斯特莱克问道。

"是的，当然。"她马上回答道。

"贾斯珀·奇斯韦尔去世的那天早晨——十三号，你在这儿，在家里吗？"

德拉沉默了很长时间。

"你为什么问我这个？"德拉换了种语调说道。

"因为我想证实听到的一个故事。"斯特莱克说。

"你是说，那天早上阿米尔和我在一起？"

"没错。"

"嗯，那倒是真的。我滑下楼梯，扭伤了手腕。我叫阿米尔，他就过来了。他想让我去急诊室，但没必要。我仍然可以活动我所有的手指。我只是需要有人帮助做早餐等。"

"是你打电话给马利克的吗？"

"什么？"她说。

那是一个年纪大、受公众监督而且害怕犯错的人问出的"什么"。斯特莱克猜想，在墨镜后面，德拉正在进行着非常快速的思考。

"是你打电话给阿米尔的吗？"

"为什么这样问?他说发生了什么事?"

"他说是你丈夫亲自去他家接他的。"

"哦,"德拉说,然后接着说道,"当然,是的,我忘了。"

"是吗?"斯特莱克温和地问道,"或者你只是在支持他们的说法?"

"是我忘了,"德拉坚定地重复道,"当我说我'叫他'的时候,我不是说打电话。我是说我叫他来,让杰兰特去叫他来的。"①"可是如果你滑倒的时候杰兰特在这儿,他就不能帮你做早餐吗?"

"我想杰兰特希望阿米尔来说服我去急诊室。"

"没错。那么说,去找阿米尔不是你的主意,而是杰兰特的主意?"

"我现在记不起来了,"但她接着又自相矛盾地说道,"我摔得很重。杰兰特的背不好,他自然需要帮助,我想到了阿米尔,然后他们两个不停地嚷嚷着要我去急诊室,但没有必要,我只是轻微地扭伤了。"

此时,透过网帘的光线渐渐暗淡下来。德拉的黑色镜片反射出屋顶上落日霓虹灯般的红光。

"我非常担心阿米尔。"她又紧张地说道。

"再问几个问题,我就问完了,"斯特莱克回答道,"贾斯帕·奇斯韦尔曾经在一屋子人面前暗示说,他知道一些有关马利克的不光彩的事情。你能告诉我有关那件事的情况吗?"

"好的,嗯,正是那次谈话,"德拉轻声地说,"首先使得阿米尔考虑辞职。事情发生后,我能感觉到他在疏远我。然后你助了一臂之力,不是吗?你跑到他家里去,进一步奚落他。"

"没有奚落,温恩太太——"

"同性恋,斯特莱克先生,你在中东那么长时间,难道从来没有明白这意味着什么吗?"

---

① 英语单词"call"有叫唤的意思,也有打电话的意思。

"是的,我知道这是什么意思。"斯特莱克实事求是地说,"鸡奸。奇斯韦尔似乎在威胁阿米尔要曝光……"

"我向你保证,阿米尔不会因为真相暴露而受苦的!"德拉恶狠狠地说道,"这一点也不重要,但他并不是同性恋!"

勃拉姆斯的交响曲继续着在斯特莱克听来是阴阴沉沉、时断时续、邪恶的乐章,号角和小提琴竞相刺激着他的神经。

"你想知道真相吗?"德拉大声说道,"阿米尔反抗被一名高级公务员乱摸和骚扰。这位公务员不恰当地骚扰他办公室里的年轻人是一个公开的秘密,甚至是一个笑话!当一个受过全面教育的穆斯林男孩失去冷静,揍了一名高级公务员,你认为他们当中谁会发现自己受到了诽谤和侮辱?你认为他们当中谁会成为毁谤谣言的对象,并且被迫失业呢?"

"我猜,"斯特莱克说,"不是克里斯托弗·巴罗克劳夫·伯恩斯爵士。"

"你怎么知道我在说谁?"德拉厉声问道。

"还在岗位上,是吗?"斯特莱克无视这个问题,问道。

"他当然是!每个人都知道他无害的小伎俩,但没有人愿意公开。多年来,我一直在努力解决巴罗克劳夫·伯恩斯的问题。当我听说阿米尔在不明朗的情况下离开了多元化项目时,我决定去找他。当我第一次和他接触时,他处于一种可怜的状态,非常可怜。除了本应辉煌的职业生涯偏离了轨道之外,还有一个心怀恶意的堂兄,他听到了一些流言蜚语,四处散布谣言说阿米尔因为在工作中有同性恋行为而被解雇了。"

"嗯,阿米尔的父亲不是那种会善待同性恋儿子的人。阿米尔一直在抵制父母的施压,没有娶他们认为合适的女孩。于是他们之间发生了可怕的争吵、彻底的决裂。这位才华横溢的年轻人在短短几周内失去了一切,家庭、房子和工作。"

"所以你就介入了?"

"杰兰特和我在街角有一处空房子。我们俩的母亲曾都住在那里。杰兰特和我都没有兄弟姐妹。远离伦敦照顾我们的母亲变得太困难了，所以我们把她们从威尔士接过来，一起住在街角的那所房子里。杰兰特的母亲两年前去世了，我的母亲也是，所以房子是空着的。我们不需要租金。让阿米尔住在那里似乎是明智的。"

"这样做纯粹是出于好意吗？"斯特莱克说，"你给他提供一份工作和一所房子的时候，你没有想到他可能对你有多大用处吗？"

"你说的'用处'是什么意思？他是个非常聪明的年轻人，任何办公室都会……"

"你丈夫向阿米尔施压，要他从外交部取得有关贾斯帕·奇斯韦尔的罪证，温恩太太。照片。他强迫阿米尔去克里斯托弗爵士那里要照片。"

德拉伸手去拿酒杯，差了几英寸没够着酒杯的把柄，她的指关节碰到了酒杯。斯特莱克冲上前去想抓住酒杯，但已经来不及了：一条鞭状的红酒痕迹在空中描绘了一条抛物线，溅到米色地毯上，玻璃杯砰的一声掉了下来。格温站起身来，饶有兴趣地走近酒撒泼的地方，嗅着在扩散的污渍。

"有多糟糕？"德拉急切地问道，手指紧紧抓住椅子的扶手，低头看着地板。

"不太好。"斯特莱克说。

"请给我拿些盐……在上面放些盐。在灶台右边的碗柜里！"

斯特莱克走进厨房打开灯，首次注意到一个奇怪的东西，他先前进来的时候没有发现：一个信封高高地贴在右边墙上的柜子上，太高了，德拉够不着。从碗柜里取出盐来，他绕道去读上面写的字：杰兰特。

"在灶台的右边！"德拉绝望地从客厅里喊道。

"啊，右边！"斯特莱克一边嚷着，一边拉下信封，把它撕开。

里面是一张"肯尼迪兄弟木工公司"更换浴室门的收据。斯特莱克舔了舔手指，弄湿了信封的封口，尽他所能把信重新封好，然后放回原处。

"对不起，"他重新走进房间，对德拉说，"盐就在我面前，但是我没有注意到。"

他拧开纸筒的顶部，在紫色的污渍上撒了很多盐。勃拉姆斯的交响曲结束了，他直起腰来，怀疑家庭疗法是否能成功。

"你撒完了吗？"在寂静中德拉低声问道。

"是的，"斯特莱克说，看着酒变成了白色，又变成了脏脏的灰色，"不过，我想你还是需要地毯清洁剂。"

"哦，天啊……地毯是今年才买的。"

她似乎深受震动，尽管斯特莱克认为这是否完全是洒出来的酒引起的还存在争议。他回到沙发上，把盐放在咖啡桌旁的时候，音乐又响起来了，这次是匈牙利的曲风，并不比交响乐更宁静，而是古怪的狂躁。

"你还要喝点酒吗？"他问她。

"我——是的，我想再喝点。"她说。

他又倒了一杯，直接递给她。她喝了一点，然后颤抖着说：

"斯特莱克先生，你怎么知道刚才对我说的那些事？"

"我不想回答这个问题，但我向你保证这是真的。"

德拉双手捧着酒杯说道："你得帮我找到阿米尔。如果他以为我批准了杰兰特叫他去向巴罗克劳夫·伯恩斯求情，那也难怪他……"

她的自制力明显在瓦解。她试图把酒杯放在椅子的扶手上，用另一只手摸了摸，才成功地把酒杯放了下来，同时还难以置信地摇着头。

"难怪他什么？"斯特莱克轻声问道。

"他指责我……窒息的……控制……好了，当然，这解释了一切……我们曾如此亲密——你无法理解，这很难解释……但太棒了，我们很快就变成了——嗯，就像一家人。有时候，你知道，有一种瞬间的亲近感——一种多年无法与他人建立的联系……

"但在过去的几周里，一切都变了——我能感觉到，从奇斯韦尔当着大家的面嘲笑他开始，阿米尔变得疏远了。好像他不再信任我了……我早该知道的……哦，上帝，我早该知道……你必须找到他，你必须……"

也许，斯特莱克想，她强烈的需求感源自性，也许在某种潜意识里，它确实掺杂着对阿米尔年轻男子气概的欣赏。然而，里安农·温恩从她廉价的镀金相框中看着他们，脸上挂着微笑，但大大的、焦虑的眼睛里毫无笑意，牙齿上闪耀着沉重的牙套。斯特莱克认为，德拉更有可能拥有那种夏洛特明显缺乏的东西：在德拉这里，有一种燃烧的、沮丧的母性驱动，带着无法平息的遗憾。

"这次也是，"她低声说，"这次也是，他还没有毁掉什么？"

"你说的是……"

"我的丈夫！"德拉麻木地说，"还有谁？我的慈善机构——我们的慈善机构，但你当然知道这事吧？是你把失踪了两万五千英镑的事告诉了奇斯韦尔，不是吗？还有那些谎言，那些愚蠢的谎言，杰兰特一直在告诉人们的？大卫·贝克汉姆、莫·法拉——所有那些不可能兑现的承诺？"

"是我的搭档发现的。"

"没有人会相信我，"德拉心烦意乱地说，"但我不知道，我不知道。我错过了最近四次董事会会议——残奥会的筹备工作。杰兰特是在奇斯韦尔威胁他要告诉媒体之后才告诉我真相的。即使在那时，他还声称那是会计的错，但他向我发誓，其他事情都不是真的。他在他母亲的墓前发的誓。"

她转动着手指上的结婚戒指，显然心不在焉。

"我想你那可怕的搭档也找到了埃尔斯佩思·莱西-柯蒂斯吧？"

"恐怕是这样，"斯特莱克撒谎道，断定这是一场赌博，"杰兰特也否认了吗？"

"如果他说了什么让女孩们不舒服的话，他会觉得很难受，但他发誓，除了这些，他什么也没做、没有触碰，只是开了几个下流的玩笑。可是在这种环境下，"德拉生气地说，"一个男人应该好好想想他对一群十五岁的女孩子开了什么玩笑！"

斯特莱克倾身向前，抓住德拉的酒杯，酒杯有再次掉落地上的危险。

"你在干什么？"

"把你的酒杯移回桌子上。"斯特莱克说。

"噢，"德拉说，"谢谢你。"她努力控制住自己，继续说道，"杰兰特在那次活动中是我的代表，一切公开时都会像媒体一贯报道的那样：一切都是我的错！因为男人的罪行归根到底都是我们的错，对吧，斯特莱克先生？最终的责任总是在于女人，她应该阻止它发生，她应该采取行动，她应该知道。你们的失败确实就是我们的失败，不是吗？因为女人的恰当角色是照顾者，在这个世界上，没有什么比一个坏母亲更低贱的了。"

她喘着粗气，用颤抖的手指按住太阳穴。在窗帘后面，夜晚，深蓝色的夜像一层薄纱，缓缓地遮住了耀眼的晚霞。随着房间变得越来越暗，里安农·温恩的面容渐渐消失在暮色中。很快，所有能看到的就是她的笑容，掺杂着难看的牙套。

"请把我的酒给我。"

斯特莱克照做了。德拉一口气喝掉了大半杯，继续紧握着酒杯，痛苦地说道："有很多人都会去臆想一个盲人妇女的各种奇怪的事情。当然，我年轻的时候，情况更糟。人们对私生活常常有一种不良的兴趣，这就是一些人首先想到的。也许你也经历过，是吧，你只有一条腿？"

斯特莱克发现，德拉直截了当地提到他的残疾，他对此并不反感。

"是的，我也有过这样的经历。"他承认道，"有个跟我一起上学的家伙，好多年没见面了。我被炸掉腿后第一次回到康沃尔。喝了五品脱酒后，他问我什么时候警告女人我的腿会和裤子一起脱下来。他觉得自己是在开玩笑。"

德拉淡淡地笑了笑。

"有些人从来没想过应该是由我们来开玩笑，对吧？但作为一个男人，对你会有所不同的……大多数人似乎认为，身体健康的妇女照顾残疾男子是自然规律。杰兰特很多年来不得不处理这个问题……人们认为他有什么特别之处，因为他选择了一个有残疾的妻子。我想我可能已经尽力弥补了，我想让他扮演一个角色……地位……但现在回想起来，如果他做了一些与我无关的事情，对我们俩来说都会更好。"

斯特莱克觉得她有点醉了，也许是因为她还没有吃东西的缘故。

他有一种不恰当的欲望，想要去查看一下她的冰箱。坐在这里，和这个令人印象深刻而又脆弱的女人在一起，不难理解阿米尔是如何在工作上和私下里与她纠缠得如此之深，即使从未有过如此打算。

"人们以为我嫁给杰兰特是因为没有别人想要我，但他们大错特错了，"德拉说着，在椅子上坐得更直了，"我在学校的时候，有个男孩被我迷住了，在我十九岁的时候向我求婚。我有选择的机会，而我选择了杰兰特。不是作为一个看护者，也不是像记者们有时暗示的那样，因为我无限的野心让我必须有个丈夫……而是因为我爱他。"

斯特莱克还记得他跟着德拉的丈夫来到国王十字车站的楼梯间的那一天，以及罗宾告诉他的那些杰兰特在工作中做出的下流事，但德拉刚才说的一切并没有让他觉得难以置信。生活教会了他，即使是那个最明显不值得爱的人，也能感受到一种伟大而有力的爱，毕竟，这种情况应该给每个人以安慰。

"你结婚了吗，斯特莱克先生？"

"没有。"他说。

"我认为婚姻几乎总是一个高深莫测的实体，即使对婚姻中的人来说也是如此。它拿走了这个……所有这些混乱……让我意识到我不能继续下去。我不知道从什么时候起我不再爱他了，在里安农死后的某个时刻，爱就溜走了……"

她的声音哽咽了。

"从我们身边溜走了。"她咽了口唾沫，"请你再给我倒一杯酒好吗？"

他照做了。房间里现在已经变得很黑。音乐又变了，变成了一首忧郁的小提琴协奏曲。在斯特莱克看来，这首协奏曲终于适合这次谈话了。德拉本来不想和他说话，但现在似乎不愿让谈话结束。

"你丈夫为什么那么憎恨贾斯帕·奇斯韦尔？"斯特莱克轻声问道，"是因为奇斯韦尔和你的政治冲突，还是——？"

"不，不是，"德拉·温恩疲惫地说，"因为杰兰特不得不把自己的不幸归咎于别人，而不是自己。"

斯特莱克等着她说下去，但她只是又喝了些酒，什么也没说。

"具体是什么？"

"没关系，"她大声说，"没关系，没关系。"

过了一会儿，她又喝了一大口酒，说道：

"里安农并不是真的想学击剑。像大多数小女孩一样，她想要的是一匹小马，但是我们——杰兰特和我，并不是来自拥有小马的家庭。我们不知道怎么处理马。回想起来，我想有很多方法可以解决这个问题，但我们当时都非常忙，觉得这不切实际，所以她改学了剑术，而且她也很擅长击剑……"

"你的问题我已经回答得够多了吧，斯特莱克先生？"她粗声粗气地问道，"你会找到阿米尔吗？"

"我会努力的，"斯特莱克向她承诺，"你能告诉我他的电话号码吗？还有你的，这样我就能告诉你最新情况了。"

她把两个电话号码都记在心里，斯特莱克把它们抄了下来，合上笔记本，然后站了起来。

"你帮了大忙，温恩太太。谢谢你。"

"听起来很令人担忧，"她说，眉毛间有一道淡淡的皱纹，"我不确定我是不是故意的。"

"你会……？"

"很好，"德拉说，发音过于清晰了，"你找到阿米尔就给我打电话，好吗？"

"如果在那之前没有收到我的消息，我会在一周内通知你的。"斯特莱克承诺道，"呃——今晚有人来吗，还是……？"

"我看你并不像你的名声所暗示的那般铁石心肠，"德拉说道，"别为我担心，我的邻居很快就会来帮我带格温去散步，她也会检查煤气表。"

"那样的话，你就别起身了，晚安。"

斯特莱克朝门口走去，那只近乎白色的狗抬起头，嗅了嗅。他留下德拉坐在黑暗中，醉意朦胧，除了那张她从未见过的死去的女儿的照片之外，没有别的东西陪伴她。

斯特莱克关上前门，记不起上一次混合了钦佩、同情和怀疑的奇怪感觉是什么时候的事了。

55

……让我们至少用体面的武器战斗,因为我们似乎必须战斗。

——亨利克·易卜生《罗斯莫庄》

马修说过只出去一上午,但他仍然没有回家。到目前为止,他发过两条短信,一条是在下午三点发的:

汤姆在工作上遇到了点麻烦,想和我谈谈。和他去酒吧(我在喝可乐)。我会尽快回来的。

之后,另一条是在七点钟发来的:

真的很抱歉,他生气了,我不能离开他。我去给他叫辆出租车,然后回来。希望你吃过饭了。爱你 ×

罗宾依然关闭了来电显示功能,又给汤姆打了个电话。汤姆立刻接听了电话,没有酒吧的嘈杂声。

"喂?"汤姆暴躁但显然清醒地问道,"你是谁?"

罗宾挂断了电话。

已经打好的两个包在大厅里等着。她已经给凡妮莎打过电话，问是否能在找到新住处之前，可以在她家的沙发上睡几晚。她感到奇怪的是，凡妮莎听起来并没有十分惊讶，但与此同时，她也因不必躲避怜悯而感到高兴。

罗宾在客厅里等着，看着窗外夜幕降临，不知道如果她没有找到耳环，是否还会起疑心。最近，她开始单纯地感激没有马修在身边的时光，那样她可以放松，不用隐瞒任何事情，无论是她在奇斯韦尔案上做的工作，还是在浴室地板上必须安静地、不慌乱地应对恐慌发作。

罗宾坐在他们不在的房东的时髦的扶手椅上，觉得自己仿佛生活在记忆中。当事情发生的时候，你有多久才会意识到，你生活的这一个小时会永远改变你的生活进程？她会长久地记得这个房间。此时，她凝视着房子四周，想要把它固定在脑海里，从而试图忽略内心燃烧和扭曲的悲伤、羞耻和痛苦。

九点刚过，她就听到马修的钥匙插在锁里的声音，门开了，她感到一阵恶心。

"对不起，"他还没关上门就喊道，"他真是个笨蛋，我得说服出租车司机带他……"

罗宾听到他看到箱子时发出的惊呼声。现在，可以安全地拨号了，她按下了手机上准备好的号码。他迷惑不解地走进客厅，正好听见她在预订一辆微型汽车。她挂了电话，他们互相对望着。

"箱子是怎么回事？"

"我要离开了。"

沉默了很长时间，马修似乎不明白发生了什么事。

"你是什么意思？"

"我不知道怎样才能表达得更清楚，马特。"

"离开我？"

"没错。"

"为什么？"

"因为，"罗宾说，"你和莎拉上床了。"

她看着马修努力寻找可以拯救他的词语，但是时间一分一秒地流逝，对于真正的怀疑、惊讶的天真和真正的不理解来说，都已经太晚了。

"什么？"他终于勉强地笑了笑，问道。

"请不要再说什么了，"她说，"没有意义，一切都结束了。"

他继续站在客厅门口，罗宾觉得他看上去很疲倦，甚至有些憔悴。

"我本来想留个便条的，"罗宾说，"但感觉那样做太夸张了。无论如何，我们有一些实际的事情需要讨论。"

她想她能看到他正在思考：我是怎么暴露的？你告诉谁了？

"听着，"他急切地说道，把他的运动包扔在地上（毫无疑问，里面装满了干净的压缩工具包），"我知道我们之间有些事情处理得不太好，你和我之间，但我想要的是你，罗宾。不要抛弃我们。求你了。"

他向前一步，蹲在她的椅子旁边，想拉住她的手。她把它甩开，真的很惊讶。

"你和莎拉上床了。"她重复道。

他站起来，走到沙发上坐下来，把脸埋在手里，虚弱地说道：

"对不起，对不起，你我之间的关系太糟糕了……"

"于是你就不得不和你朋友的未婚妻上床？"

他突然惊慌失措地抬头看了看。

"你告诉汤姆了吗？他知道了吗？"

突然之间，罗宾无法忍受和他离得那么近，便朝窗子边走去，心里充满了前所未有的轻蔑。

"即使是现在，你还在担心你的晋升前景吗，马特？"

"不——妈的——你不明白，"他说，"我和莎拉之间已经结束了。"

"哦，真的吗？"

"是的，"他说，"是的！×——真他妈的讽刺——我们聊了一整天。我们一致认为不能再继续下去了，不能背着——你和汤姆，我们刚刚结束了，一个小时前。"

"哇，"罗宾笑着说，觉得自己脱离了肉体，"这不是很讽刺吗？"

她的手机响了。像做梦一样，她接听了电话。

"罗宾吗？"斯特莱克说，"最新情况，我刚刚见过德拉·温恩。"

"怎么样啊？"她问道，尽量使自己的声音听起来镇定而明快，决心不把电话挂断。她的工作就是她现在的全部生活，马修再也不能干涉她的工作了。她转过身去，背对着怒气冲冲的丈夫，望着外面漆黑的鹅卵石街道。

"有两点很有意思，"斯特莱克说，"首先，她说漏了嘴。我想奇斯韦尔死的那天早上，杰兰特和阿米尔没有在一起。"

"这很有趣。"罗宾说，意识到马修在看着她，她强迫自己集中注意力。

"我得到了杰兰特的电话号码，我打过电话，但他不接。我想应该去看看他是否还在路边的简易旅馆，因为我就在附近，但店主说他已经搬走了。"

"真遗憾。另一件趣事呢？"罗宾问道。

"是斯特莱克吗？"马修在她身后大声问道，她没有理会。

"那是什么声音？"斯特莱克问道

"没什么，"罗宾说，"继续说吧。"

"嗯，第二件有趣的事是德拉去年遇到了金瓦拉，金瓦拉当时歇斯底里，因为她认为奇斯韦尔……"

罗宾的手机被粗暴地从她手里夺走了。她转过身，马修手指一戳结束了通话。

"你怎么敢？"罗宾喊道，伸出手，"把手机还我！"

"我们正努力挽救我们该死的婚姻，你却接听他的电话？"

"我不是想挽救这段婚姻！把手机还给我！"

他犹豫了一下，然后把手机扔还给她。当她冷静地给斯特莱克回电话时，马修看上去很愤怒。

"很抱歉，科莫兰，我们的电话被切断了。"她说，马修用狂野的眼睛盯着她。

"一切都好吗，罗宾？"

"很好。你刚才说奇斯韦尔什么来着？"

"他有外遇。"

"外遇！"罗宾说，眼睛盯着马修，"和谁？"

"天知道，你联系到拉斐尔了吗？我们知道他并没有那么在意保护他父亲的记忆，他也许会告诉我们。"

"我给他和泰根留了言，但他们俩都没有回我电话。"

"好吧，嗯，那就跟我保持联系。不过，这一切都使我们对砸在脑袋上的锤子有了有趣的了解，不是吗？"

"当然。"罗宾说。

"我在地铁里，你真的没事吗？"

"是的，当然，"罗宾说，她希望听起来像平常一样不耐烦，"稍后再聊。"

她挂了电话。

"稍后再聊，"马修模仿着她的声音，用那种他模仿女人时常用的又高又细的声音，"稍后再聊，科莫兰。我就要结束我的婚姻了，这样我就可以永远听从你的吩咐，科莫兰。我工作不介意拿最低的工资，只要我能做你的仆人。"

"滚开，马特。"罗宾平静地说道，"滚回莎拉身边去。顺便说一下，她留在我们床上的耳环在楼上我的床头柜上。"

"罗宾，"他突然一本正经地说道，"我们能挺过去的。如果我们彼此相爱，我们就能做到。"

"嗯，问题是，马特，"罗宾说，"我不再爱你了。"

她一直认为眼睛变黑是文学上的夸张表达，但她看到他的浅色眼睛变黑了，因为他的瞳孔在震惊中放大了。

"你这个婊子。"他轻声说道。

她感到一种怯懦的冲动,想要撒谎,想要逃避绝对的陈述,想要保护自己,但她内心有一种更强烈的冲动:她对他和自己撒谎了这么长时间,她需要不加掩饰地说出真相。

"是的,"她说,"我不爱你了。我们本该在蜜月时就分手的。我留下来是因为你病了。我为你感到难过。不对,"她纠正自己,决心把事情做好,"事实上,我们根本不应该去度蜜月。当时知道你把斯特莱克的电话删掉时,我就应该取消婚礼。"

她想检查一下手表,看看出租车什么时候能到,但她不敢把目光从丈夫身上移开。他脸上的表情让人联想起一条蛇正从岩石下往外窥视。

"你觉得你的生活在别人眼中是怎么样的?"他轻声问道。

"你是什么意思?"

"你放弃了大学学业,现在你要放弃我们了,你甚至放弃了你的治疗师,你他妈的就是个疯子。你唯一没有失去的就是这份愚蠢的工作,它差点要了你的命,而你却因此被解雇了。他要你回去只是因为他想钻进你的裤子里。他可能再也找不到这么便宜的人了。"

她觉得他好像打了她一拳。她气喘吁吁,声音听起来很虚弱。

"谢谢你,马特,"她边说边朝门口走去,"谢谢你让事情变得如此简单。"

但他迅速地堵住了她的出口。

"这是一份临时工作,他关注你,所以你骗自己那是适合你的职业,即使那是你最不应该做的事,你的历史……"

她此时正强忍着眼泪,但决心不屈服。

"我想做警察工作很多年了!"

"不,你他妈的没有!"马修嘲笑道,"你什么时候……?"

"在你之前,我有过自己的生活!"罗宾喊道,"我有家庭生活,我在家里说了一些你从未听过的话!我从没告诉过你,马修,因为我知道你会笑的,就像我的白痴兄弟一样!我做过心理学研究,希望它能把我带到……"

"你从来没这么说过,你是想证明……

"我没有告诉你,因为我知道你会冷笑的!"

"胡说!"

"这不是胡说!"她喊道,"我告诉你真相,这就是全部真相,你在证明我的观点,你不相信我!你喜欢我从大学退学的时候……"

"'不必急着回去','你不必有学位……'。"

"哦,所以现在我他妈的被指责为太敏感了!"

"你喜欢,你喜欢我被困在家里,你为什么不承认呢?在马沙姆,莎拉·沙德洛克和我在大学成绩不佳——这弥补了我在中学高级水平考试中成绩比你好,进入了我第一选择的……"

"啊!"他没好气地笑道,"哦,你他妈的比我还优秀?是的,这让我晚上睡不着!"

"如果我没有被强奸,我们早就分手了!"

"这是你在治疗中学到的吗?对过去撒谎,为你的胡说辩解?"

"我学会了说实话!"罗宾喊道,被逼到了残忍的地步,"还有一些:我在被强奸之前就已经不爱你了!你对我做的任何事都不感兴趣——我的课程,我的新朋友。你只想知道是否还有其他家伙对我动手动脚。但后来,你是那么的甜蜜,那么的善良……你似乎是世界上最安全的人,我唯一可以信任的人。这就是我留下来的原因。如果不是因为那次强奸,我们现在就不会在这里了。"

他们都听到了汽车在外面停下的声音。罗宾想从他身边溜进大厅,但又被他挡住了去路。

"不,你不是的。你不可能他妈的那么容易摆脱它。你留下来是因为我安全吗?妈的,你是爱我的。"

"我想,曾经是的,"罗宾说,"但现在不爱了。让开,我要走了。"

她想避开他,但他又挡住了她。

"不,"他又说了一遍,然后向前走,把她推回客厅,"你要留在这里。我们得把这个说清楚。"

小出租车司机按响了门铃。

"来了!"罗宾喊道。

马修咆哮道:"这次你不能逃跑,你要留下来收拾你的烂摊子!"

"不!"罗宾像对一条狗那样喊道。她停了下来,拒绝退到房间里去,尽管他离她很近,她都能感觉到他扑面的气息。她突然想起了杰兰特·温恩,感到满心厌恶。"离我远点,现在!"

马修像狗一样退了一步,不是对命令做出回应,而是对她声音中的某种东西做出回应。他很生气,但也很害怕。

"对了,"罗宾说,她知道自己处于恐慌发作的边缘,但她挺住了,没有被击倒的每一秒都给了她力量,她坚持了自己的立场,"我要离开。你要是阻止我,我会报复你的。我已经击败了比你更高大、更卑鄙的人,马修。你甚至连把刀都没有。"

她看到马修的眼睛变得比以前更黑了,突然想起了她的弟弟马丁在婚礼上是如何打到马修的脸的。不管发生什么事,她带着一种阴郁的兴奋发誓,她总要比马丁做得更好。如果有必要,她会打断他的鼻子。

"求求你,"他说,肩膀突然垂下来,"罗宾——"

"如果你想阻止我离开,就得伤害我,但我警告你,如果你这么做,我就以人身攻击罪起诉你。这个在办公室里是不会太受欢迎的,对吗?"

她又盯着他看了几秒钟,然后走回他身边,她的拳头已经握了起来,等着他挡住或抓住她,但他挪到了一边。

"罗宾,"他嘶哑地说,"等等。说真的,等等,你说有些事情我们得讨论一下……"

"律师可以处理。"她说,走到前门,把门拉开。

夜晚凉爽的空气像一阵祝福触动了她。

一个矮胖的女人坐在沃克斯豪尔科萨的方向盘旁。看到罗宾的箱子,她下了车,帮她把箱子抬到后备厢里。马修跟在后面,站在门口。罗宾正要上车时,马修朝她喊了一声,她的眼泪终于流下来了，但她没看他一眼，砰的一声关上了车门。

"拜托了，我们走吧。"她对司机沙哑地说道，这时马修走下台阶，弯下腰透过玻璃对她说话。

"我他妈的仍然爱你！"

汽车在阿尔伯里街的鹅卵石路上行驶，经过那些漂亮的海上商人的房子，她从未觉得自己属于这里。在街道的尽头，她知道如果回头看，会看到马修站在那里看着消失的汽车。她的目光和后视镜里司机的目光相遇了。

"对不起，"罗宾莫名其妙地说道，随后被自己的道歉弄糊涂了，又说道，"我——我刚刚离开了我的丈夫。"

"是吗？"司机说着，打开了指示灯，"我离开了两个丈夫。只要多加练习就会让事情变得越来越容易。"

罗宾想发笑，但声音变成了响亮的湿漉漉的打嗝声。当汽车靠近街角酒吧顶上那只孤独的石天鹅时，她真切地哭了起来。

"给你。"司机温和地说，然后递给她一包塑料包装的纸巾。

"谢谢。"罗宾抽泣着，抽出一张来贴在疲惫而刺痛的眼睛上，直到白色的纸巾被浸湿，留下最后厚厚的黑眼影的痕迹，那是她假扮波比·坎利夫时涂上的。她避开后视镜里司机同情的目光，低头看着自己的膝盖。纸巾上的包装是一个陌生的美国品牌："白先生"。

一时之间，罗宾难以捉摸的记忆立刻浮现在眼前，好像一直在等待这个小小的刺激。现在，她清楚地记得在哪里见过这个"白中白"短语了，但它与案件无关，而是与她破裂的婚姻有关，与一次薰衣草的散步和日式水上花园，与她最后一次说"我爱你"，并且第一次知道自己是违心的有关。

56

我不能——我不会——背着一具死尸过一辈子。

——亨利克·易卜生《罗斯莫庄》

  第二天下午，斯特莱克驶近北环路上的亨利角时，他低声咒骂了一声，因为前面的车辆已停了下来。这个交会处因拥堵而臭名昭著，据说在早些时候已经得到了改善。当他加入静止不动的队伍时，斯特莱克摇下车窗，点燃了一支香烟，瞥了一眼仪表盘上的时钟，带着在伦敦开车时常会产生的那种熟悉的愤怒的无力感。他在想要是乘地铁北上是否会更明智，但精神病院离最近的车站有一英里远，开着宝马会让他仍然疼痛的腿稍微好一点。现在，他担心采访会迟到，而他是决心不会迟到的。首先，因为他不希望让允许他见比利·奈特的精神病治疗小组失望；其次，他不知道未来何时才会有机会再和弟弟谈话，而不会遇上哥哥。当天早上，巴克利向他保证，吉米当天的计划包括为真正的社会主义者网站撰写一篇有关罗斯柴尔德全球影响力的辩论文章，并从巴克利的一些新收藏中取样。

  皱着眉头，手指在方向盘上敲打着，斯特莱克在琢磨昨天晚上以来一直在困扰他的问题：他和罗宾的通话中断是否真的是因为马修从她手里抢走了手机。罗宾后来向他保证没有这回事，但没有让他信服。

斯特莱克一边在单环滚刀上烤豆子,因为他还在努力减肥,一边考虑着是否该给罗宾打电话。坐在电视机前面,无精打采地吃着他的无肉晚餐,貌似在看奥运会闭幕式的精彩场面,但注意力没有被辣妹组合在伦敦出租车上飞驰的景象所吸引。"我认为婚姻几乎总是一种高深莫测的实体,即使对身处婚姻中的人来说也是如此。"德拉·温恩说过这句话。也许,罗宾和马修现在已经在床上了。从她手里抢走手机比删除她的通话记录更糟糕吗?马修删除了她的通话记录后,她一直和马修在一起。她的红线到底在哪里?

当然,马修对自己的名誉和前途过于谨慎,不可能抛弃所有文明规范。头天晚上,斯特莱克入睡前的最后一个念头是,罗宾成功地击退了沙克尔韦尔开膛手,这也许是一个可怕的念头,却给他带来了某种安慰。

侦探非常清楚,他的年轻合伙人的婚姻状况应该是他最不用担心的事情,因为到目前为止,他还没有得到客户的具体信息,而客户目前正雇用三名全职调查人员来调查她父亲死亡的真相。然而,当车辆终于开始前进时,斯特莱克的思绪继续在罗宾和马修身上盘旋,直到最后他看到了通往精神科诊所的路标,他才努力把注意力集中在即将到来的采访上。

与杰克几周前住进去的由混凝土和黑色玻璃组成的巨大矩形棱柱体不同。二十分钟后,斯特莱克在医院前停了下来。该医院有着用铁栅栏装饰的塔尖和拜占庭式的窗户。在斯特莱克看来,它就像姜饼宫殿和哥特式监狱的混合体。一个维多利亚时代的石匠把"疗养院"几个字刻在双层门上方肮脏的红砖拱门上。

已经晚了五分钟,斯特莱克猛地打开了车门,没有麻烦把运动鞋换成更漂亮的鞋子,他锁上宝马,一瘸一拐地走上肮脏的前阶。走进去后,他发现了一条冰冷的走廊,高高的灰白色的天花板,教堂一样的窗户,大量的消毒剂的气味并没有阻止他对衰败的怀疑。看到在电话里被告知的病房号码,他便沿着走廊向左拐。

阳光透过装着铁栏杆的窗户洒下来，斑驳的斑纹落在白色的墙上，墙上歪歪斜斜地挂着一些艺术品，其中有些是以前的病人画的。当斯特莱克经过一系列用毛毡、金属丝和纱线描绘农家庭院场景的拼贴画时，一个骨瘦如柴的十几岁女孩从浴室里走出来，旁边是一名护士。他们俩似乎都没注意到斯特莱克。的确，在他看来，那姑娘呆滞的目光集中在内心深处，注视着一场远离现实世界的战斗。

斯特莱克发现一楼走廊尽头那锁着的病房有两扇门，感到有点吃惊。他模糊地联想到钟塔和罗切斯特的第一任妻子，想象着他们就在楼上，也许就藏在其中一个尖尖的塔尖里。现实完全是平淡无奇的：墙上一只绿色的大蜂鸣器，斯特莱克按了一下，一名头发鲜红的男护士透过一扇小玻璃窗向外张望了一会儿，然后转过身来跟他身后的人说话。门开了，斯特莱克获准走了进去。

病房里有四张床和一个休息区，两个穿便服的病人坐在那里玩跳棋：一个年纪较大、已经没有牙齿的男人和一个脸色苍白、脖子上缠着厚厚绷带的年轻人。一群人站在门内的一个工作站周围：一名勤务兵，另外两名护士，还有斯特莱克认为的两名医生，一男一女。他进来时，所有人都转过头来盯着他。一个护士用肘部推了推另一个护士。

"斯特莱克先生，"男医生说，他个子不高，看上去相当狡猾，带有浓重的曼彻斯特口音，"你好！我是科林·赫普沃思，我们通过电话。这是我的同事卡米拉·穆罕默德。"

斯特莱克和那名女医生握了握手，女医生的海军裤套装让他想起了女警察。

"我们俩都将旁听你对比利的采访。"她说，"他刚刚去洗手间了，他很高兴再次见到你。我们想用我们的一间面试室。就在这里。"

她领着他绕着工作站走了一圈，护士们仍然热切地注视着他，然后走进了一个小房间，里面有四把椅子和一张用螺栓固定在地板上的桌子。墙壁是淡粉色的，除此之外都是光秃秃的。

"很理想。"斯特莱克说。这里就像他在宪兵队用过的一百间探访室。一般都会有第三方在场,通常是律师。

"在我们开始之前,先简短地说几句。"卡米拉·默罕默德说道,拉上斯特莱克和她的同事后面的门,这样护士就听不到他们的谈话了,"我不知道你对比利的情况了解多少?"

"他哥哥告诉我这是精神分裂性情感障碍。"

"对的,"她说,"他停止服药,结果精神完全崩溃了,应该就是他去找你的时候。"

"是的,他当时看起来很不安。他看上去好像在露宿街头。"

"可能是的。他哥哥告诉我们那时他已经失踪一周了。我们不再相信比利是精神病患者了,"她说,"但他仍然很封闭,所以很难判断他在多大程度上融入了现实。如果一个人有偏执和妄想的症状,就很难准确地了解他的精神状态。

"我们希望你能帮助我们从小说中解开一些事实,"曼彻斯特人说,"自从他被隔离以来,你一直是他谈话中反复出现的主题。他一直很想和你谈谈,不想和我们谈。他也表达了对后果的恐惧——如果他信任任何人,很难知道这种恐惧是否是他疾病的一部分,或者,啊,是否存在他真正有理由害怕的那么一个人。因为,啊——"他犹豫了一下,似乎在字斟句酌。

斯特莱克说道:"我可以想象,如果他选择那样的话,他的哥哥可能会很可怕。"这位精神科医生似乎松了一口气,因为他在没有违反保密规定的情况下得到了理解。

"你认识他哥哥吗?"

"我见过他,他常来吗?

"他来过几次,但比利见到他之后往往更加沮丧和焦虑。如果他在你的采访中也受到类似的影响……"曼彻斯特人说。

"明白了。"斯特莱克说。

"很有趣,真的,在这儿见到你,"科林说,微微一笑,"我们认为他对你的迷恋是他精神错乱的一部分。对名人的痴迷在这类疾病中相当常见……事实上,"他坦率地说,"就在几天前,卡米拉和我还一致认为,他对你的迷恋会妨碍他早日出院。真幸运,你打电话来了。"

"是啊,"斯特莱克干巴巴地说道,"真幸运。"

红头发的男护士敲了敲门,把头伸了进来。

"比利已经准备好和斯特莱克先生谈话了。"

"太好了,"女精神科医生说,"埃迪,能给我们送点茶来吗?喝茶吗?"她转过头问斯特莱克。斯特莱克点了点头。她打开了门说道:"进来,比利。"

比利·奈特走了进来,穿着灰色运动衫和慢跑裤,脚上穿着医院的拖鞋。凹陷的眼睛周围仍然笼罩着深深的阴影,自从上次他和斯特莱克见面以来,他已经把头发剃光了。他左手的手指和大拇指都缠着绷带。斯特莱克从别人,大概是吉米,给他带来的运动服上也能看出,他的体重又轻了。不过,尽管他的指甲被咬得血肉模糊,嘴角上还有一处红肿的溃疡,但他身上已不再有动物般的恶臭了。他拖着脚走进探访室,盯着斯特莱克,然后伸出一只瘦骨嶙峋的手,斯特莱克握了握。比利朝医生说道:

"你们两个要留在这里吗?"

"是的,"科林说,"不过别担心,我们会保持安静,你想对斯特莱克先生说什么就说什么。"

卡米拉靠墙放了两把椅子,斯特莱克和比利相对而坐,桌子横在他们之间。斯特莱克本可以希望家具的摆放不那么正式,但他在特别调查部门的经验告诉他,提问者和受访者之间设置牢固的屏障往往是有用的,毫无疑问,这在一个上了锁的精神病病房里也同样如此。

"自从你第一次来见我之后,我就一直在努力找寻你,"斯特莱克说,"我一直很担心你。"

"是的,"比利说,"对不起。"

"你还记得在办公室里对我说过什么吗?"

比利似乎心不在焉地摸了摸自己的鼻子和胸骨,但那是他在丹麦街上展示的抽搐的鬼魂,几乎像是在试图提醒自己当时的感受。

"是的,"他说,脸上露出一丝无趣的微笑,"我告诉你关于那个孩子的事,就在马背上的那个。我看见的那个孩子被勒死了。"

"你现在还认为你亲眼看见一个孩子被勒死了吗?"斯特莱克问。

比利把食指举到嘴边,咬着指甲,点了点头。

"是的,"他说着,移开了手指,"我看到了。吉米说那是我想象出来的,因为我——你知道的,生病了。你认识吉米,是吗?你跟在他之后去找白马了,是吗?"斯特莱克点点头。"他脸色铁青。白马,"比利突然大笑起来说,"真有趣。妈的,真有趣。我以前从没想过这个。"

"你告诉我你看见一个孩子在马背上被弄死了。你说的是哪匹马?"

"乌芬顿的白马,"比利说,"大大的白垩画像,在小山上,在我长大的地方附近。看起来不像马。更像一条龙,它也在龙山上。我一直不明白人们为什么都说那是一匹马。"

"你能确切地告诉我,你在上面看到了什么吗?"

斯特莱克发现,就像那个他刚才经过时看到的瘦骨嶙峋的女孩,比利此刻正在盯着自己的内心,外部现实对他来说暂时不复存在。终于,他轻声说道:

"我还是个孩子,真的很小。我想他们给我吃了些东西。我觉得恶心,很不舒服,就像在做梦一样,一切都变得慢慢的、昏沉沉的,他们不断地让我重复一些我说不清楚的单词和东西,他们都觉得那样做很有趣。我在上坡的路上摔倒在草地上,其中一个抱了我一会儿。我很想睡觉。"

"你认为他们给你吃毒品了吗?"

"是啊,"比利无精打采地说,"是的,也许,吉米通常都有大麻。我想吉米带我上山是为了不让我父亲知道他们干了些什么。"

"你说的'他们'是指谁?"

"我不知道,"比利简单地说,"大人吧,吉米比我大十岁。如果爸爸和他的酒友外出，他总是让吉米照顾我。这群人夜里来到我家，我醒了过来。其中一个给我吃酸奶。还有一个小孩。一个女孩。然后我们都开车出去了……我不想去，我感到非常难受。我哭了，但吉米打了我。

"然后我们在黑暗中走向那匹马。只有我和那个小女孩是孩子，她一直在号叫，"比利说，说这话时，他那张憔悴的脸似乎收缩得更紧了，"尖叫着喊妈妈，他说，'你妈妈现在听不见，她走了'。"

"谁说的？"斯特莱克问道。

"他，"比利小声说道，"那个勒死她的人。"

门打开了，一个新护士端来了茶。

"茶来啦。"她欢快地说道，热切地注视着斯特莱克。男精神病医生对她微微皱了皱眉头，她退了出去，再次关上了门。

"从来没有人相信过我，"比利说，斯特莱克听到了他潜在的恳求，"我试着记住更多，我希望我能记得更多，如果我一直在想这件事，我希望我能记住更多。

"他勒死了她，不让她出声。我认为他不是故意的。他们都惊慌失措。我记得有人大喊：'你杀了她！'或是'他'。"比利轻声地说，"吉米后来说那是个男孩，但他现在不承认了。说这都是我编造的。'为什么我会说那是个男孩，而这一切他妈的都没发生过，你疯了。'是个女孩，"比利固执地说，"我不知道他为什么要说不是。他们叫她女孩的名字，我不记得是什么了，但那是个女孩。

"我看见她摔倒了，死了，趴在地上，天很黑，他们全都惊慌失措。

"我不记得任何关于下山的事了，在那之后，除了下葬的事，我什么也记不起来了，就葬在我爸爸家旁边的小山谷里。"

"当天晚上吗？"斯特莱克问道。

"我想是的，我想是的，"比利紧张地说，"因为我记得从卧室的窗户往外看时，天还很黑，他们正在把它搬到山谷里，我爸爸和他。"

"'他'是谁?"

"就是杀死她的那个人。我想就是他。大块头,白头发。他们在地上放了一捆东西,都包在一条粉红色的毯子里,然后把它裹了起来。"

"你问过你父亲有关你看到的事了吗?"

"没有,"比利说,"你没有问我爸爸他为这个家庭做了什么?"

"为哪个家庭?"

比利皱起眉头,似乎真的很困惑。

"你是说,为了你的家人?"

"不是,他为之工作的家庭,奇斯韦尔家。"

斯特莱克能感觉到,这是第一次在两位精神病医生面前提到这位已故部长的名字。他看见两支笔在颤抖。

"下葬的事和他们有什么关系?"

比利似乎很困惑,他张开嘴想说点些什么,但似乎改变了主意,皱起眉头,环视着淡粉色的墙壁,又开始啃食指。最后,他说道:

"我不知道我为什么这么说。"

感觉不像比利在撒谎或否认。他似乎真的对自己脱口而出的话感到惊讶。

"你不记得听到过什么或者看到过什么,会使你认为他是在为奇斯韦尔家人埋葬小孩的吗?"

"不记得,"比利慢慢地说,眉头紧锁,"我只是……我当时想,当我说出来的时候……他在帮忙……好像我听到了什么,之后……"

他摇了摇头。

"别理会这事,我不知道我为什么这么说。"

人物、地点和物件,斯特莱克心想,掏出了笔记本,把它打开。

"除了吉米和那个死去的小女孩,"斯特莱克说,"那天晚上去骑马的那群人,你还记得些什么?他们有多少人?"

比利苦苦思索。

"我不知道,也许……也许八个人,或是十个吧?"

"全部是男人吗？"

"不是的，也有女人。"

斯特莱克越过比利的肩膀，看到女精神科医生扬起了眉毛。

"你还记得这群人的其他情况吗？我知道你当时还小，"斯特莱克预料到比利会反驳，于是接着说道，"我也知道可能有人给了你吃了什么东西，把你弄糊涂了，但你还能记得你没有告诉过我的事吗？他们做了什么？他们穿着什么？你还能记得任何人的头发或肤色吗？任何事情？"

沉默了很长一段时间，然后，比利暂时闭上眼睛，摇了摇头，似乎坚决反对一个只有他才能听到的建议。

"她很黑，那个小女孩，像……"

他微微一转头，指了指身后的女医生。

"亚洲人吗？"斯特莱克问道。

"也许吧，"比利说，"是的，黑色的头发。"

"谁带你上山的？"

"吉米和另外一个人轮流抱我。"

"没人说过他们为什么要在黑暗中爬上山去吗？"

"我想他们是想看到眼睛。"比利说。

"马的眼睛吗？"

"是的。"

"为什么？"

"我不知道，"比利说，他紧张地用手摸着剃光了的头，"你知道，有关于眼睛的故事。他就在眼睛面前勒死了她，我知道。我记得那个，对的。她死时撒尿了。我看见它溅在白色的东西上。"

"你不记得是谁干的了吗？"

可是，比利的脸皱了起来。他弯下腰，干巴巴地抽泣着，摇着头。男医生刚要从座位上站起来，比利似乎感觉到有动静，因为他镇定了下来，摇了摇头。

"我没事，"他说道，"我想告诉他，我要知道这是不是真的，我这辈子再也无法忍受了，我必须知道。让他问我吧，我知道他必须这样做。让他问我，"比利说，"我可以承受。"

精神病医生慢慢地坐了下来。

"别忘了你的茶，比利。"

"好的，"比利说着，眨掉了眼里的泪水，用袖子擦了擦鼻子，"好了。"

他用包扎着的一只手和完好的另一只手捧起杯子，喝了一口。

"可以继续说下去了吗？"斯特莱克问他。

"是的，"比利轻轻地说，"继续吧。"

"比利，你还记得有人提起过一个叫苏基·刘易斯的女孩吗？"

斯特莱克原以为会得到否定的回答。他已经翻到了写着"地点"标题下的问题列表，可是比利却回答说：

"是的。"

"什么？"斯特莱克问道。

"布切尔兄弟认识她，"比利说，"吉米在家时的伙伴，他们有时和爸爸一起在奇斯韦尔家附近干点活。干点园艺活，帮着照看马匹。"

"他们认识苏基·刘易斯吗？"

"是的，她跑掉了，不是吗？"比利说，"她上了当地的新闻，布切尔兄弟很兴奋，因为他们在电视上看到了她的照片，他们认识她的家人。她妈妈是个疯子。是啊，她在护理中心，然后跑到阿伯丁去了。"

"阿伯丁？"

"是的，布切尔兄弟就是这么说的。"

"她当时十二岁。"

"她有家人住在那里，他们让她留下了。"

"是这样的吗？"斯特莱克问道。

他在想，对于牛津郡十几岁的布切尔兄弟来说，阿伯丁是否显得遥不可及，他们是否更倾向于相信这个故事，因为对他们来说，这个故事是无法核实的，也因此，奇怪的是，也更为可信。

"我们说的是泰根的哥哥，对吧？"斯特莱克问道。

"你可以看出他很好，对吧？"比利转过头天真地对男精神科医生说，"你看不出来吗？看看他知道多少？是啊，"他说着转回来对着斯特莱克，"她是他们的小妹妹，他们和我们一样，为奇斯韦尔家工作。过去是有很多事情可做的，但后来他们把许多土地都卖了，他们不再需要那么多人了。"

他又喝了些茶，双手捧着杯子。

"比利，"斯特莱克说，"你记得你来我办公室后去了哪里吗？"

抽搐立刻又出现了。比利的右手松开了温热的杯子，紧张不安地迅速地摸了摸鼻子和胸口。

"我……吉米不想让我说这个，"他说着，笨拙地把杯子放回桌上，"他叫我别说。"

"我认为回答斯特莱克先生的问题比顾虑你哥哥的想法更为重要，"斯特莱克身后的男医生说道，"你知道，如果你不想见吉米，你就不必见他，比利。我们可以请他给你一些时间，让你在这里平静地好起来。"

"吉米去你住的地方看你了吗？"斯特莱克问道。

比利咬着嘴唇。

"是啊，"他终于说道，"他说我必须待在那儿，否则我又要把他的一切都搞砸了。我以为门的周围有炸药，"他神经质地笑着说，"我想，如果我试图出门，我会爆炸的。可能不对，是吗？"他说，似乎在从斯特莱克的表情中寻找线索，"我状态很糟糕的时候，我会有一些想法。"

"你还记得你是怎么离开你被关着的地方的吗？"

"我以为他们关掉了炸药，"比利说，"那个家伙叫我逃跑，我就跑了。"

"那个家伙是谁？"

"就是那个在那里负责监控我的人。"

"你还记得你被囚禁时做过什么吗?"斯特莱克问道,"你是怎么打发时间的?"

比利摇了摇头。

"你还记得,"斯特莱克说,"有没有在木头上刻过什么东西?"

比利的眼里充满了恐惧和惊奇。然后他笑了。

"你什么都知道,"他说着,举起缠着绷带的左手,"刀子滑落,刺到了我。"

男精神科医生补充道:

"比利进来时得了破伤风。那只手上有一个非常严重的感染的伤口。"

"你在门上刻了什么,比利?"

"我真的那么做了,是吧?在门上刻了白马?因为事后我不知道我是否真的那样做了。"

"是的,你做了,"斯特莱克说,"我见过那扇门。一件很好的雕刻品。"

"是的,"比利说,"嗯,我曾经——做过一些那样的活。雕刻。为我爸爸。"

"你把马刻在什么上面了?"

"吊坠,"比利惊讶地说道,"裹着皮革的小圆圈木头上面,提供给游客,在威尔特的一家商店出售的。"

"比利,"斯特莱克说,"你还记得你是怎么进到那个浴室的吗?你去那里是去看什么人,还是有人带你去那里的?"

比利的眼睛在粉色的墙壁上漫游,他在思考的时候,两眼之间出现了一道深深的皱纹。

"我在找一个叫'温妮'的人……不……"

"温恩?杰兰特·温恩?"

"是的,"比利说,再次惊讶地打量着斯特莱克,"你什么都知道,你怎么会知道这些的?"

"我一直在找你,"斯特莱克说,"你为什么要去找温恩?"

"听见吉米在谈论他,"比利说,又开始咬他的指甲,"吉米说,温恩会帮助查明被杀孩子的全部情况。"

"温恩会去帮忙查明那个被勒死的孩子的事吗?"

"是的,"比利紧张地说,"瞧,在我去见你后,我还以为你也是想抓住我,把我锁起来的人呢。我还以为你想陷害我呢——当我不好的时候,我就会那样,"他绝望地说,"所以我反而去找了温妮——温恩。吉米把他的电话号码和地址写下来了,所以我就去找温恩,然后我就被抓住了。"

"抓住了?"

"被那个棕色皮肤的家伙,"比利嘟囔着,瞥了一眼女精神病医生,"我很害怕他,我以为他是个恐怖分子,会杀了我,但是后来,他告诉我他在为政府工作,所以我以为是政府想让我待在他的房子里,门窗上都装了炸药……但我认为他们不是真的那样,只是因为我的问题。他可能不想让我进他的浴室。也许一直想摆脱我,"比利带着悲伤的微笑说,"我不会进去,因为我以为我可能会被炸死的。"

他的右手心不在焉地摸着鼻子和胸口。

"我想我又试着给你打电话了,但你没有接。"

"你确实给我打过电话,你在我的答录机上留了言。"

"是吗?是的……我以为你会帮我离开那里……对不起,"比利揉着眼睛说,"当我那样的时候,我不知道自己在做什么。"

"但是你确定你看见一个孩子被勒死了吗,比利?"斯特莱克轻声问道。

"哦,是的,"比利抬起头,阴郁地说,"是的,那个场景永远不会消失。我知道我看见了。"

"你有没有试着去挖掘你认为……?"

"天哪,没有,"比利说,"就在我爸爸房子旁边挖掘吗?没有。我很害怕,"他虚弱地说,"我不想再看到它了。他们把她埋了以后,就让它上面长满了荨麻和杂草。我曾经做过你不会相信的梦。她在黑暗中爬出山谷,浑身腐烂,试图从我卧室的窗户爬进来。"

精神科医生的笔在纸上沙沙作响。

斯特莱克把话题转移到他写在笔记本上的"物件"上面。只剩下两个问题了。

"你有没有在你看到尸体被埋的地方放过十字架,比利?"

"没有,"比利说,一想到这个就害怕,"我从来没有走近过山谷,如果我能避开的话,我从来没有想过要靠近它。"

"最后一个问题,"斯特莱克说,"比利,你父亲为奇斯韦尔家做过什么不寻常的事吗?"我知道他是个杂工,但你还能想到别的什么吗?"

"你是什么意思?"比利说。

突然间,他似乎比以往任何时候都更害怕了。

"我不知道,"斯特莱克谨慎地说,观察着他的反应,"我只是在想……"

"吉米警告过我这件事!他告诉我你在窥探爸爸。你不能因此责怪我们,这不关我们的事,我们当时都是孩子!"

"我没有因为任何事责备你。"斯特莱克说,但椅子哗啦哗啦地响了起来,比利和两个精神病医生站了起来,女医生的手放在门边一个不显眼的按钮上,斯特莱克知道那准是个警报按钮。

"这一切都是为了让我开口说话吗?你想让我和吉米惹上麻烦吗?"

"不是的,"斯特莱克说着,也站了起来,"我来这里是因为我相信你看到一个孩子被勒死了,比利。"

比利激动不安,满腹狐疑,那只没有包扎的手迅速地接连两次触摸了鼻子和胸口。

"那你为什么问爸爸做了什么?"他低声说道,"她不是这样死的,与她的死无关!吉米他妈的要打我,"他断断续续地说,"他告诉我,你追捕他就是为了弄清楚爸爸所做的事。"

"没有人会伤害任何人。"男精神科医生坚定地说。"我想时间到了。"他轻快地对斯特莱克说,推开了门,"走吧,比利,你出去。"

但是比利没有动。他的皮肤和骨头可能已经成年了，但他的脸透露出一个没有母亲的小男孩的恐惧和绝望，他的理智已经被那些本该保护他的人打碎了。斯特莱克在混乱的、不稳定的童年时期，遇到过无数无家可归和被忽视的孩子。他从比利恳求的表情中意识到这是他向成人世界发出的最后请求：做成年人应该做的事，在混乱中建立秩序，用理智取代野蛮。在面对面的交谈中，他觉得自己和这位瘦骨嶙峋、剃着光头的精神病患者有一种奇怪的亲缘关系，因为他意识到自己也有同样的渴望去建立秩序。就他目前的情况来看，这把他带到了办公桌的官方一边，但也许他们两人之间唯一的区别是，斯特莱克的母亲活得足够长，对他的爱也足够深，因此，他在生活中遇到可怕的事情时不至于崩溃。

"我会去调查你看到的那个被勒死的孩子到底是怎么回事，比利。这是一个承诺。"

精神病医生看起来很惊讶，甚至不赞成他这样做。斯特莱克知道，发表明确的声明或保证做出决议不是他们职业的一部分。他把笔记本放回口袋，从桌子后面走出来，伸出手。经过长时间的考虑，比利的敌意似乎渐渐消失了。他慢吞吞地走到斯特莱克身边，抓住他伸出来的手，握了很久，眼里噙满了泪水。

他低声说道：

"斯特莱克先生，我讨厌把马放在他们身上，我讨厌它。"

57

丽贝卡,你有勇气和与之匹配的意志力吗?

——亨利克·易卜生《罗斯莫庄》

凡妮莎的单间卧室公寓占据了离温布利体育馆不远的一幢独立住宅的一楼。早上去上班前,她给了罗宾一把公寓的备用钥匙,并亲切地向罗宾保证,她知道罗宾要花好几天才能找到一个新的住处,在此之前,她不介意罗宾一直住在她这里。

头天晚上她们两个喝酒喝到很晚。凡妮莎向罗宾讲述了她的前任未婚夫背叛她的故事,一个充满曲折和反转的故事,凡妮莎以前从未告诉过她。凡妮莎创建了两个假的脸书页面以引诱她的前男友和他的情人,结果,经过三个月的耐心哄骗,凡妮莎从两者那里都收到了裸照。凡妮莎把照片藏在情人节卡片里,在那两人最喜欢的餐厅里递给了他们。当凡妮莎重现这一幕时,罗宾感到既震惊又印象深刻,大笑起来。

"你太好了,姑娘,"凡妮莎说,两眼直勾勾地盯着她的灰皮诺葡萄酒,"我最起码会留着她流血的耳环,把它变成一个吊坠。"

凡妮莎现在去上班了。罗宾坐在沙发上,在沙发的一头放着一张叠得整整齐齐的备用羽绒被,她的笔记本电脑就在她面前,打开着。她花了整整一个下午的时间来寻找合租房屋里的空余房间，那是斯特莱克付给她的工资所能负担得起的。弗利克公寓的双层床的记忆在她扫描价格允许范围内的广告时不断重现，其中一些广告特色鲜明，兵营般的房间，里面有多张床。另一些广告的照片看起来似乎应该配上被邻居发现的隐居囤积者死亡的新闻故事。昨晚的笑声离现在似乎很遥远了，罗宾没有理会喉咙里又疼又硬的肿块，无论她喝了多少杯茶，这个肿块都无法溶解。

那天马修试图两次联系她，她没有接电话，马修也没有留言。她需要尽快联系律师办理离婚，这将花费一笔她目前没有的钱，但是她的首要任务是找个地方住下，继续在奇斯韦尔的案子上投入跟往常一样的时间。因为，假如斯特莱克觉察到她没有用心工作，那么将会危及目前她生命中唯一有价值的部分。

你放弃了大学学业。现在你又放弃了我们。你甚至放弃了你的心理医生。你他妈的就是个疯子。

当她想象着马修和莎拉躺在她公公买来的红木床上时，她眼前不断地浮现出在未知公寓里的阴森房间的照片，这时，罗宾的内脏似乎变成了液态铅，她的自制力有消失的危险，她想给马修回电话，对他大叫，但她没有。因为她不想成为马修想让她成为的样子：失去理智、大小便失禁、失控的女人，他妈的疯子。

无论如何，她有消息要告诉斯特莱克，一旦他结束对比利的采访，她就很想告诉他。拉斐尔·奇斯韦尔在那天上午十一点钟接了电话，起先有些冷漠，后来同意和她谈谈，但地方得由他来选。一个小时后，她接到了泰根·布切尔的电话，泰根不需要太多的劝说就同意接受采访。事实上，她似乎对是和著名的斯特莱克的搭档而不是与他本人通电话感到失望。

罗宾抄下普特尼一个房间的详细信息（寄宿女房东，素食家庭，必须喜欢猫），看了看时间，决定换上她从阿尔伯里街带来的唯一的裙子，裙子就挂在凡妮莎的厨房门上，熨好了，随时可以穿。从温布利到老布朗普顿路的餐馆要花一个多小时，她和拉斐尔约好在那里见面,她觉得自己需要比平时更多的时间来收拾打扮。

从凡妮莎浴室的镜子里显现的那张脸苍白异常,眼睛因为睡眠不足还在浮肿。罗宾正在用遮瑕膏涂出阴影,突然她的手机响了。

"嗨,科莫兰,"罗宾说着,把手机切换到免提上,"你见到比利了吗?"

斯特莱克花了十分钟讲述了和比利的见面,在这段时间里,罗宾化完妆,梳好头,穿上了裙子。

"你知道,"斯特莱克最终说道,"我开始怀疑我们是不是该做比利一开始就想要我们做的事:挖掘。"

"嗯,"罗宾说,然后又问道,"等等——什么?你是说……真的吗?"

"可能已经到了那个地步了。"斯特莱克说。

整整一天以来,罗宾自己的烦恼第一次被另一件事——一件可怕的事——完全掩盖了。贾斯帕·奇斯韦尔的尸体是她在医院和殡仪馆这种舒适、消毒的环境之外看到的第一具尸体。即使是包裹着的收缩的萝卜头和它那黑暗的、喘息着的嘴巴的记忆,与即将看到泥土和虫子、腐烂的毯子和孩子的腐烂骨头的前景相比,也黯然失色。

"科莫兰,如果你认为山谷里真的埋着一个孩子,那我们应该告诉警察。"

"如果我认为比利的精神病医生会为他作担保,我可能会告诉警察的,但他们不会。采访后我和他们进行了长谈。他们不能百分之百地肯定勒死孩子的事没有发生——这是一个无法证明的消极问题,但他们不相信。"

"他们认为这是他编造出来的?"

"并非是正常意义上的编造。他们认为这是一种错觉,或者充其量是他误解了他很小的时候所看到的东西,也许甚至是在电视上看到的一些东西。这与他的总体症状是一致的。我自己也认为那下面不太可能有什么东西,但最好是能够确定。"

"好了,你今天过得怎么样?有什么消息吗?"

"什么？"罗宾麻木地重复着，"哦——有的，我七点钟要和拉斐尔见面喝上一杯。"

"干得好，"斯特莱克说，"在哪里？"

"一个叫南什么的地方……南龙乐沙克尔？"

"是在切尔西吗？"斯特莱克说，"我去过那儿，很久以前，并不是我度过的最美好的夜晚。"

"泰根·布切尔回了电话。听起来，她有点像你的粉丝。"

"这正是本案所需要的，另一个精神错乱的证人。"

"没品位，"罗宾说，努力让自己听起来很有趣，"好吧，她和妈妈住在伍尔斯通，在纽伯里赛马场的一家酒吧工作。她说不想在村子里见我们，因为她妈妈不喜欢她和我们混在一起，所以她想知道我们能不能去纽伯里看她。"

"那里离伍尔斯通有多远？"

"二十英里左右？"

"好吧，"斯特莱克说，"我们把路虎开到纽伯里去采访泰根，然后再到小山谷转转，再看一眼怎么样？"

"嗯……好吧，就这样吧。"罗宾说，脑子里飞快地想着要回阿尔伯里街去取路虎车的事。她没有把车开来是因为凡妮莎所住的街道上，停车的地方需要许可证。

"什么时候出发？"

"只要泰根能见我们，最好是本周，越快越好。"

"好吧。"罗宾说，想起了她在接下来的几天里四处看房的初步计划。

"一切都好吗，罗宾？"

"很好，当然。"

"那你和拉斐尔谈过之后给我打电话，好吗？"

"好的，"罗宾说，很高兴结束了通话，"晚点再聊。"

58

我相信两种不同的意志可以同时存在于一个人身上。

——亨利克·易卜生《罗斯莫庄》

南龙乐沙克尔给人的感觉是一个殖民时代的颓废酒吧。灯光昏暗，植物繁茂，还有各式各样美丽女性的油画和版画，室内的装饰融合了越南和欧洲的风格。罗宾七点五分走进餐厅时，看见拉斐尔倚在吧台上，身穿深色西装和白衬衫，没有系领带，酒杯里的酒已经喝了一半，正在和站在闪闪发光的酒瓶墙前的长发美女聊天。

"嗨。"罗宾说。

"你好，"他冷淡地回应，然后说道，"你的眼睛不一样了。在奇斯韦尔庄园就是这种颜色吗？"

"蓝色的吗？"罗宾问道，脱掉了她穿的外套，尽管晚上很暖和，她也觉得很冷，"是的。"

"可能我没有注意到，因为另一半该死的灯泡不见了。你要喝什么？"

罗宾犹豫了一下。她不应该在采访时喝酒，但与此同时，她突然很渴望喝点酒。她还没来得及决定，拉斐尔就有点尖酸刻薄地说道：

"今天又做卧底了，是吗？"

"为什么这样问？"

"你的结婚戒指又不见了。"

"你在办公室里时眼睛也是这么锐利吗？"罗宾问，他咧嘴一笑，让罗宾想起为什么会喜欢他，即使违背了她的意愿。

"我注意到你的眼镜是假的，记得吗？"他说，"我当时以为你是想让别人认真对待你，因为你太漂亮了，不适合从政。所以，"他指了指自己深棕色的眼睛，"眼睛可能很锋利，但这个，"他拍了拍脑袋，"就不那么锋利了。"

"我要一杯红酒，"罗宾笑着说，"当然，我会付钱的。"

"如果这一切都可以记在斯特莱克先生的账上，那么我们就一起吃晚饭吧，"拉斐尔马上说道，"我又饿又穷。"

"真的吗？"

用侦探社的薪水在出租屋的信息中找寻了一天之后，她可没有心情再听奇斯韦尔家的人对贫困的定义了。

"是的，真的，尽管你可能不相信，"拉斐尔有些苦涩地说道，罗宾怀疑他知道她在想什么，"说真的，我们是要吃饭吗，还是其他？"

"好吧，"罗宾说，她几乎一整天都没有碰过食物，"我们吃饭吧。"

拉斐尔从吧台上取来他的一瓶啤酒，领着她来到餐厅，他们在墙边找了一张两人的餐桌。时间还早，他们是里面唯一的用餐者。

"上世纪八十年代我母亲常来这儿，"拉斐尔说，"这家餐馆很有名，因为店主喜欢告诉富人和名人，如果他们穿着不得体，就得滚开，所以他们都很喜欢这里。"

"真的吗？"罗宾问道，她思绪飘飞，突然想到，自己再也不会像这样和马修一起吃饭了。她想起他们最后一次是在四季农庄酒店吃饭。当时马修沉默不语地吃饭时，心里在想什么呢？他肯定对罗宾继续为斯特莱克工作而愤怒，但也许，他也在脑海里掂量莎拉的吸引力，她在佳士得的高薪工作，她关于别人的财富的无穷无尽的故事，和她毫无疑问的自信的床上表演，她未婚夫给她买的钻石耳环被缠在了罗宾的枕头上。

"听着，如果和我一起吃饭会让你那么心不在焉的话，我宁愿回到酒吧去。"拉斐尔说。

"什么？"罗宾回过神来，惊讶地说，"哦——不，不是因为你的关系。"

一个侍者端来了罗宾的酒。她喝了一大口。

"对不起，"她说，"我只是在想我的丈夫，我昨晚离开他了。"

她看到拉斐尔惊讶地僵住了，嘴里叼着瓶子，罗宾知道自己已经越过了一个无形的界限。在整个侦探生涯中，她从未利用自己私生活的真相去赢取别人的信任，也从未将私生活和职业混在一起去赢得别人的好感。在把马修的不忠变成操纵拉斐尔的手段时，她知道自己在做一些会让她的丈夫感到震惊和厌恶的事情。他认为他们的婚姻应该是神圣不可侵犯的，与他眼中她那破烂不堪、摇摇欲坠的工作是截然不同的世界。

"真的吗？"拉斐尔说。

"是的，"罗宾说，"但我不指望你会相信我，在我是威尼西亚的时候，我跟你说了那么多废话。好了，"她从包里拿出笔记本，"你说你不介意我问你一些问题，对吧？"

"嗯——是的，"他说，显然无法决定自己是应该觉得更开心还是更尴尬，"是真的吗？你的婚姻昨晚破裂了？"

"是的，"罗宾说，"你为什么看上去这么震惊？"

"我不知道，"拉斐尔说，"只是你看上去是这样……像个女童子军。"他的目光在她脸上扫来扫去，"这是吸引力的一部分。"

"我能问几个问题吗？"罗宾泰然自若地问道。

拉斐尔喝了点啤酒，然后说道：

"你总是忙于工作。把一个男人的想法变成转移你注意力的方式。"

"认真点。"

"好吧,好吧,问题——但我们先点菜吧。想吃点心吗?"

"只要是好吃的。"罗宾说着打开了笔记本。

点菜似乎让拉斐尔高兴起来。

"把酒喝光吧。"他说。

"我根本不应该喝酒,"她回答说,的确,自从她大口地喝了第一口酒以后,就再也没有碰过酒,"好了,我想谈谈埃伯里街。"

"问吧。"拉斐尔说。

"你听到金瓦拉说钥匙的事了。我想知道是否……"

"我也有过钥匙吗?"拉斐尔平静地问,"猜猜我在那所房子里待过多少次。"

罗宾等着他说下去。

"就一次,"拉斐尔说,"我小时候从没去过那儿。当我出来的时候——你知道我在里头的时候,爸爸一次也没去看过我,他邀请我到奇斯韦尔庄园去看他,我就去了。梳了头,穿上衣服,一路赶到那个鬼地方,他都没有出现。被众议院晚些时候的投票或一些破事给耽搁了。想象一下,金瓦拉作为女主人留我在那里过夜是多么开心,在那座他妈的压抑的房子里,我从小就一直做着有关那所房子的噩梦。欢迎回家,拉夫。"

"我乘早班火车回伦敦。接下来的一个星期,爸爸都没有和我联系,直到他的又一次召唤,这次是去埃伯里街。我考虑过他妈的别去了。我为什么要去呢?"

"我不知道,"罗宾说,"你为什么要去呢?"

他直视着她的眼睛。

"你可以非常恨一个人,但仍然希望他们在乎你,同时憎恨自己怀有这样的愿望。"

"是的,"罗宾轻声说道,"你当然可以。"

"所以我就跑到埃伯里街,心想也许能得到——不是以心换心,我是说,你见过我父亲。但也许,你知道,某种人类的情感。他打开门,说了声'你来了,'就把我推到客厅,亨利·德拉蒙德在那里，我意识到自己是来面试的。德拉蒙德说他会雇用我，爸爸冲我吼，叫我别搞砸了，然后把我推回到街上。那是我第一次也是最后一次进去那所房子里，"拉斐尔说，"所以我不能说我对它有什么好感。"

他停下来想了想刚才说的话，然后发出短促的笑声。

"我父亲是在那儿自杀的，当然，我都忘了。"

"没有钥匙。"罗宾说着做了个笔记。

"没有，那天我没有得到的许多东西中间，就包括一把备用钥匙和一张我想什么时候进去就什么时候进去的请柬。"

"我要问你件事，这件事似乎有点离题太远了。"罗宾谨慎地说。

"听起来很有趣。"拉斐尔身子前倾，说道。

"你曾经怀疑过你父亲有外遇吗？"

"什么？"他说，几乎滑稽地吃了一惊，"不——但是——什么？"

"一年前左右？"罗宾说，"他和金瓦拉结婚的时候？"

他似乎难以置信。

"好吧，"罗宾说，"如果你不……"

"你怎么会认为他有外遇呢？"

"金瓦拉总是占有欲很强，特别关注你父亲的下落，是不是？"

"是啊，"拉斐尔说着傻笑起来，"但你应该知道为什么会这样，那是因为你啊。"

"我听说她在我去办公室上班前几个月就崩溃了。她告诉某人你父亲对她不忠，据说她心烦意乱，大约在她的母马被打死的时候，她……"

"用锤子打爸爸？"他皱起了眉头。"哦，我想那是因为她不想把马打死。嗯，我想爸爸年轻的时候是个讨女人喜欢的男人。嘿——也许这就是他的目的，那天晚上我去奇斯韦尔庄园，他却在伦敦过夜？金瓦拉肯定是在等他回来，当他在最后一刻取消约定时，她非常生气。"

"是的，也许吧，"罗宾说，记下了笔记，"你还记得日期吗？"

"嗯——是的，事实上，我记得。你是不会忘记你出狱的日子的。是去年二月十六日周三，我出狱了，爸爸叫我周六到奇斯韦尔庄园去，所以……那天是十九号。"

罗宾做了笔记。

"你从来没有看到或听到过有另外一个女人的迹象吗？"

"得了吧，"拉斐尔说，"你到过那儿，到过下议院。你都看得出我跟他没多大关系。他会告诉我他在胡搞吗？"

"可他告诉过你，夜里看见杰克·奥肯特的鬼魂在院子里游荡。"

"那是不同的。他当时喝醉了，而且——病态。很怪异。喋喋不休地谈论神的报应……我不知道，我想他可能在谈论一段风流韵事。也许他终于有了点良心，娶了三个老婆。"

"我还以为他没有娶你母亲。"

拉斐尔眯起眼睛。

"抱歉。我一时忘了我就是那个杂种。"

"哦，得了吧，"罗宾温和地说道，"你知道我不是这个意思。"

"好吧，对不起，"他低声说，"我有点敏感，被排除在父母的遗嘱之外会让人很敏感。"

罗宾想起了斯特莱克关于继承遗产的名言：遗产是钱，也不是钱。似乎是对她的想法不可思议的回应，拉斐尔说道：

"不是钱的问题，虽然上帝知道我可以用这笔钱。我失业了，我想老亨利·德拉蒙德是不会给我写推荐信的，你说呢？现在我妈妈看起来是要在意大利永久定居了，所以她说要卖掉伦敦的公寓，这就意味着我将无家可归。你知道，事情会发展到这个地步的，"他痛苦地说，"我最终会成为金瓦拉的马夫。其他没有人会为她工作，也没有人会雇用我……

"但这不仅仅是钱的问题。当你被排除在遗嘱之外的时候……好吧，被排除在外，这说明了一切。一个死人对家人的最后陈述，一个字也没提到我，现在他妈的托奎尔建议我和妈妈一起去锡耶纳，'重新开始'。托塞。"拉斐尔带着厌恶的表情说道。

"那是你妈妈住的地方吗？锡耶纳？"

"是的。最近她和一个意大利伯爵同居了，相信我，他最不愿意看到的就是她二十九岁的儿子搬进去与他们同住。他没有表现出要和她结婚的迹象，而她也开始担心她的晚年生活，所以才有了卖掉这里的房子的想法。她年纪有点大了，不能再像从前那样玩弄我父亲了。"

"你说什么？"

"她是故意怀孕的，别那么震惊，我母亲不相信能保护我不受现实生活的影响。她多年前给我讲过事情的原委。我这是一场没有成功的赌博。她原以为如果她怀孕了，他就会娶她，可是正如你刚才指出的那样……"

"我说了对不起，"罗宾说，"我很抱歉，那样说这真是麻木不仁，而且——而且也很愚蠢。"

她想也许拉斐尔会叫她下地狱，但他平静地说道：

"瞧，你可真好。你不是完全在演戏，对吧？在办公室的时候？"

"我不知道，"罗宾说，"我想没有。"她感觉到拉斐尔的腿在桌下移动，于是又稍微向后挪了挪。

"你丈夫是个什么样的人？"拉斐尔问。

"我不知道如何形容他。"

"他在佳士得拍卖行工作吗？"

"不是，"罗宾说，"他是一名会计。"

"天哪，"拉斐尔震惊地说，"你喜欢这样的吗？"

"我遇到他的时候，他还不是会计。我们能回顾一下你父亲去世那天早上给你打电话的事吗？"

"如果你愿意的话，"拉斐尔说，"但我更想谈谈你。"

"好吧，你为什么不告诉我那天早上发生了什么事，然后你可以随便问我你想问的问题？"罗宾说。

拉斐尔脸上掠过转瞬即逝的微笑。他喝了一大口啤酒，说道：

"爸爸给我打电话，告诉我他觉得金瓦拉要做傻事，让我直接去伍尔斯通阻止她。你知道，我确实问过为什么一定要我去。"

"你在奇斯韦尔庄园时没有告诉我们这些。"罗宾说着，从笔记中抬起头来。

"我当然没有说，因为其他人都在那儿。爸爸说他不想让伊茨做这事。他在电话里对她很粗鲁……他是个忘恩负义的混蛋，的确如此，"拉斐尔说，"伊茨为他拼命工作，而你也看到他是怎么对待她的了。"

"什么意思，无礼吗？"

"他说伊茨会对金瓦拉大喊大叫，让她心烦意乱，让事情变得更糟什么的。五十步笑百步，你也见过的。但事实是，"拉斐尔说，"他把我看作上流社会的仆人，把伊茨看作体面的家人。他不介意我弄脏手，即使我闯进他妻子的房子拦住她、惹恼她都没有关系。"

"阻止她什么？"

"啊，"拉斐尔说，"吃的来了。"

女服务员把点心放在他们面前的桌子上，退了回去。

"你阻止金瓦拉做什么了？"罗宾重复道，"离开你父亲吗？伤害她自己吗？"

"我喜欢这种东西。"拉斐尔检查着一个虾饺说道。

"她留了张纸条，"罗宾坚持说道，"说她要走了。你父亲派你去是要你劝她不要离开吗？他怕伊茨会怂恿她离开他吗？"

"你真的认为我能说服金瓦拉继续维持婚姻吗？再也不用看到我会是她离开的另一个动力。"

"那他为什么要派你到她那儿去呢？"

"我告诉过你了，"拉斐尔说，"他以为她会做些蠢事。"

"拉夫，"罗宾说，"你可以继续装傻。"

他笑了起来。

"天哪，你这么说听起来就像约克郡人。再说一遍。"

"警方认为你那天早上去那里的所作所为有些可疑。"罗宾说，"我们也觉得很可疑。"

这句话似乎使他清醒了。

"你怎么知道警察在想什么？"

"我们和警方有联系，"罗宾说，"拉夫，你给每个人的印象都是你父亲试图阻止金瓦拉伤害自己，但没有人真的相信。马房里的女孩在那儿，泰根，她本可以阻止金瓦拉伤害自己。"

拉斐尔咀嚼了一会儿，显然在思考。

"好吧，"他叹了口气，"好吧，告诉你吧。你知道爸爸是怎么卖掉能筹到几百英镑的东西，或者把钱给游隼的吗？"

"谁？"

"好吧，普林格尔，"拉斐尔恼怒地说，"我不想用他们那该死的愚蠢绰号。"

"他没有卖掉所有值钱的东西。"罗宾说。

"你是什么意思？"

"那张母马和小马驹的照片值五到八……"

这时罗宾的手机响了。她从铃声上知道是马修打来的。

"你不接吗？"

"不接。"罗宾说。

她等到电话铃停了，才把手机从包里拿出来。

"'马特'，"拉斐尔说，倒着读名字，"是那个会计，对吗？"

"是的。"罗宾说着，把电话设为静音，但手机立刻在她的手里震动起来。马修又打来了。

"别接。"拉斐尔建议。

"好的，"罗宾说，"好主意。"

现在对她来说最重要的是让拉斐尔保持合作。他似乎很喜欢看她截断了马修的电话。她把手机放回包里，说道："继续说画的事吧。"

"嗯，你知道爸爸是怎么通过德拉蒙德把所有值钱的东西都卖出去的吗？"

"我们有些人认为价值五千英镑的画很值钱。"罗宾情不自禁地说道。

"很好，左翼分子小姐，"拉斐尔说，突然变得很讨厌，"你可以继续嘲笑像我这样的人，不懂得钱的价值。"

"对不起，"罗宾急忙说道，暗自咒骂着自己，"我真的很抱歉。听着，我——好吧，我今天早上一直在找出租房。五千英镑就能改变我现在的生活。"

"哦，"拉斐尔皱着眉头说，"我——好吧。实际上，如果真的到了那个地步，我现在就会抓住口袋里有五千英镑的机会，但我说的是真正有价值的东西，价值数万乃至数十万英镑的东西，是我父亲想要留在家里的东西。他已经把它们交给小普林格尔，以逃避遗产税。其中包括一个中国漆柜、一个象牙工具箱和其他一些东西，但还有一条项链。"

"哪个？"

"是一颗丑陋的大钻石，"拉斐尔说，他用没有戳饺子的手比划模仿了一个厚厚的衣领，"一个重要的石头。它传承了五代甚至更久，约定俗成的惯例是大女儿在二十一岁的时候继承，可是我父亲的父亲，你可能听说过他有点像个花花公子……"

"就是娶了护士丁丁的那位吗？"

"她是他的第三任或第四任妻子，"拉斐尔点点头说道，"我不记得了。不过，他只有儿子，所以他让他所有的妻子轮流佩戴这个东西，然后把它留给我的父亲，我父亲保持了新的传统。他的妻子们必须戴着它——甚至我母亲也戴过——他忘记了要在女儿二十一岁的时候传给她，普林格尔没有得到，他在遗嘱中也没有提到。"

"那么——等等，你是说现在？"

"那天早上爸爸打电话给我，告诉我必须拿到那该死的东西。简单的工作，任何人都会喜欢的，"他讽刺地说，"去找一个恨透我的继母，找出她把一条贵重的项链藏在哪里，然后把它从她眼皮子底下偷走。"

"所以你认为你父亲相信她要离开他，担心她会把它带走吗？"

"我想是的。"拉斐尔说。

"他在电话里听起来怎么样?"

"我告诉过你。有气无力的,我以为是宿醉。我听说他自杀后,"拉斐尔结结巴巴地说,"……很好。"

"很好?"

"说实话,"拉斐尔说,"我一直不能忘记爸爸这辈子对我说的最后一句话就是,'快去把你姐姐的钻石拿回来'。值得永远珍藏的话,对吗?"

罗宾无言以对,又喝了一口酒,然后轻声问道:

"伊茨和菲茨现在知道这条项链是金瓦拉的了吗?"

拉斐尔的嘴唇扭曲着,露出令人不快的微笑。

"嗯,她们知道这是合法的,但真正有趣的是:她们认为金瓦拉会把它交给她们。在她们说过金瓦拉那么多之后,在她们叫她淘金者那么多年后,在每一个可能的机会都会诋毁她之后,她们不能完全理解,她不会把项链交给菲茨传给弗洛普西-该死的-佛罗伦斯-因为,"他用尖利的上流社会的声音说道,"亲爱的,甚至丁丁二号都不会这么做,项链是属于家族的,她必须意识到不能卖掉它。"

"子弹会从他们的自尊上反弹回来。他们认为有一种自然法则在起作用,奇斯韦尔家人会得到他们想要的,而低等的人只能认命。"

"亨利·德拉蒙德是怎么知道你想阻止金瓦拉保留那条项链的?他告诉科莫兰,你去奇斯韦尔庄园是出于高尚的理由。"

拉斐尔哼了一声。

"已经泄密了,不是吗?是的,很显然,金瓦拉在我父亲去世的前一天给亨利留了言,问在哪里可以得到这条项链的估价。"

"这就是他那天早上给你父亲打电话的原因吗?"

"没错,警告他金瓦拉在做什么。"

"你为什么不把这一切都告诉警察?"

"因为一旦其他人发现她打算卖掉项链,整个事件就会变成核心。会引发一场激烈的争吵,全家人要去找律师,并希望我加入他们一起把金瓦拉踢出局，而与此同时，我仍然会被当作二等公民，就像一个该死的信使，把所有的旧画运到在伦敦的德拉蒙德那里，听着爸爸变卖完它们后可以得到多少钱，而我却一个子儿都看不到——我不想卷入大项链的丑闻，我不玩他们讨厌的游戏。爸爸打电话来的那天，我本应该告诉他把东西毁掉，"拉斐尔说，"但他的声音听起来不太好，我想我为他感到难过，或者别的什么，这只能证明他们是对的，我不是他妈的地道的奇斯韦尔家人。"

他已经上气不接下气了。此时，有两对也进入了餐馆。罗宾从镜子里看到，一个打扮得漂漂亮亮的金发女郎和她红润肥胖的伙伴坐下来时，惊讶地多看了拉斐尔一眼。

"那么，你为什么离开马修？"拉斐尔问道。

"他出轨。"罗宾说。她没有力气撒谎。

"和谁？"

她感觉他在寻求某种权力平衡。不管他在对家人发火时表现出多么愤怒和轻蔑，她也听出了他所受到的伤害。

"和他大学里的一个朋友。"罗宾说。

"你是怎么知道的？"

"发现一只钻石耳环，在我们的床上。"

"真的吗？"

"真的。"罗宾说。

一想到要一路回到温布利那张硬沙发上，她突然感到沮丧和疲惫。她还没有给父母打电话告诉他们发生了什么事。

"在正常情况下，"拉斐尔说，"我会对你采取行动的。不过，现在不行，今晚不行。但几个星期后……

"麻烦的是，我看着你时，"他举起食指，先指着她，然后指着她身后一个想象中的身影，"我看见你的独腿老板在你身后若隐若现。"

"你有什么特别的理由需要提到他是独腿吗？"

拉斐尔咧嘴一笑。

"保护他，不是吗？"

"不是的，我……"

"没关系，伊茨也喜欢他。"

"我从来没有……"

"也是辩护。"

"哦，看在上帝的分上。"罗宾干笑着说，拉斐尔咧嘴一笑。

"我要再喝一瓶啤酒。你为什么不喝了呢？"他指着她的杯子说道，杯子里还剩下三分之二的酒。

他又买了另一瓶酒后，恶意地笑着说："伊茨总是喜欢吃粗糙的东西。提到吉米·奈特的名字时，你注意到菲茨看向伊茨那紧张的表情了吗？"

"事实上，我注意到了，"罗宾说，"那是怎么回事？"

"弗雷迪的十八岁生日聚会，"拉斐尔傻笑着说，"吉米和几个朋友还有伊茨把它搞砸了——我该怎么委婉地说呢？在他的陪伴下丢了些东西。"

"哦。"罗宾惊讶地说。

"她喝得酩酊大醉。这是家族中的传说。我当时不在那里，我太小了。"

"想到妹妹可能和庄园木匠的儿子上过床，菲茨非常吃惊，她认为他一定具有某种超自然的、恶魔般的性感。这就是为什么她认为当吉米前来要钱的时候，金瓦拉有点站在他这一边。"

"什么？"罗宾尖声说，再次伸手去拿她那已经合上的笔记本。

"别太激动，"拉斐尔说，"我还是不知道他为什么要勒索爸爸，我从来不知道。你知道，我不是家庭里的正式成员，所以没有得到完全的信任。"

"金瓦拉在奇斯韦尔庄园告诉过你这件事，你不记得了吗？吉米第一次出现时，她一个人在家。爸爸又在伦敦了。据我所知，她和爸爸第一次讨论这件事的时候，她为吉米的事情进行了辩论。菲茨认为这是由于吉米的性感。你觉得他性感吗？"

"我想有些人可能会认为他很性感，"罗宾漫不经心地说，同时在做笔记，"金瓦拉认为你父亲应该付钱给吉米，是吗？"

"据我所知，"拉斐尔说，"吉米在第一次接近时并没有把这件事定性为勒索，金瓦拉认为吉米有正当的理由要求给他一些东西。"

"你知道这是什么时候的事吗？"

"我不知道，"拉斐尔摇了摇头说道，"我想我当时在监狱里。需要担心更大的事情……"

"猜猜看，"他第二次说道，"他们中有多少人问我在监狱里是什么样子的？"

"我不知道。"罗宾谨慎地回答道。

"菲茨，从来没有。爸爸，从来没有……"

"你说伊茨去看过你。"

"是的。"他承认道，用瓶子的一角向姐姐致敬。

"是的，她去看过我，上帝保佑她。老托克斯开了几个玩笑，说他不想在淋浴时弯腰。"拉斐尔苦笑着说，"在办公室里，他的老朋友克里斯托弗把他的手放在年轻人的两腿之间，他应该对这类事情了如指掌。事实证明，当某个危险的老囚犯试图这样做时，这是一件严肃的事情，但对公立学校的男生来说，却是无害的嬉戏。"

他瞥了罗宾一眼。

"我想你现在知道爸爸为什么要嘲笑那个可怜的家伙阿米尔了吧？"

她点了点头。

"金瓦拉认为那是谋杀动机。"拉斐尔转动着眼睛说，"推测，纯粹的推测——他们都在努力。

"金卡拉认为是阿米尔杀了爸爸，因为爸爸当着一屋子人的面对他很残忍。嗯，你应该听听爸爸最后对金瓦拉说的一些话。

"菲茨认为吉米·奈特可能是因为钱的事感到愤怒才这么做的。她对家里所有的钱都不见了非常生气，但她不能用这么多话来表达她的愤怒，因为是她丈夫已经让钱不见了一半。

"伊茨认为准是金瓦拉杀了爸爸,因为金瓦拉觉得自己不被人爱,被边缘化,被抛弃了。爸爸从来没有感谢过伊茨为他做的任何一件事,伊茨说要离开的时候,他也没有理睬她。明白了吗?

"他们没有一个人有勇气说,他们有时都想杀了爸爸,但现在爸爸死了,所以他们把这一切都推给了别人。因此,"拉斐尔说,"他们谁也不谈论杰兰特·温恩。他得到了双重保护,因为神圣的弗雷迪卷入了温恩的极大的怨恨。从他们的脸上可以看出,他有真正的动机,但我们不应该提及此事。"

"继续说下去,"罗宾说,准备好了笔,"说这事。"

"不,算了吧,"拉斐尔说,"我不该……"

"我认为你不小心说出来的并不多,拉夫,说出来吧。"

他笑了。

"我不想再和不值得的人上床了。这都是伟大救赎计划的一部分。"

"谁不值得呢?"

"弗朗西斯卡,就是我——你知道,在画廊里的那个小女孩。是她告诉我的。是她姐姐维里蒂告诉她的。"

"维里蒂。"罗宾重复道。

由于睡眠不足,她努力回忆她在哪里听到过这个名字。当然,它很像"威尼西亚"……随后她想起来了。

"等等,"她说,皱着眉头,努力集中精神,"在弗雷迪和里安农·温恩的击剑队里有个叫维里蒂的成员。"

"就是她。"拉斐尔说。

"你们彼此都认识。"罗宾疲倦地说道,当她再次开始记录的时候,不知不觉地附和着斯特莱克的想法。

"嗯,这就是公立学校制度的乐趣,"拉斐尔说,"在伦敦,如果你有钱,到哪儿都会遇到同样的三百个人……是的,当我第一次来到德拉蒙德的画廊时,弗朗西丝卡就迫不及待地告诉我,她姐姐曾经和弗雷迪约会过。我想她以此认为我们俩是命中注定,或者别的什么。

"当她意识到我认为弗雷迪是个混蛋时，"拉斐尔说，"她改变了策略，给我讲了一个下流的故事。

"很显然，在他十八岁的时候，弗雷迪、维里蒂和其他几个人决定给里安农一些惩罚，因为她竟敢取代击剑队里维里蒂的位置。在他们看来，她——我不知道——有点普通，有点威尔士？所以他们在她的饮料里加了兴奋剂。一切都很有趣。你知道的，就像宿舍里发生的那种事一样。

"但她对纯伏特加的反应不太好——或者，从他们的角度来看，她的反应真的很好。总之，他们设法给她拍了一些好看的照片，在他们之间传阅……那是在互联网的早期。如果发生在现在，我想在最初的二十四小时内，就会有五十万人看到这些照片，但当时里安农只需要忍受整个击剑队和弗雷迪的大多数队友的幸灾乐祸。

"总之，"拉斐尔说，"大约一个月后，里安农自杀了。"

"哦，我的上帝。"罗宾轻声说道。

"是的，"拉斐尔说，"小弗兰尼给我讲完这个故事后，我问了伊茨。她很生气，告诉我永远不要再说此事了——但她没有否认。我听到了很多'没有人会因为派对上的一个愚蠢笑话而自杀'的咆哮，她告诉我，我不能那样谈论弗雷迪，否则会伤爸爸的心……

"唔，死人是不会伤心的，是不是？就我个人而言，我认为是时候有人对弗雷迪永恒的火焰撒尿了。如果他不是出生在奇斯韦尔家，这个混蛋早就被关进教养院了。但我想你会说，在我干了那些事之后，我竟然还说这种话。"

"不会，"罗宾温和地说道，"我不会那样说的。"

他脸上好斗的表情消失了，他看了看表。

"我得走了。我必须在九点钟赶到某个地方。"

罗宾举手示意要付账。当她回头看拉斐尔时，她看到他的眼睛像往常一样盯着餐厅里的其他两位女士，在镜子里，她看到金发女郎试图吸引住他的目光。

"你可以走了,"她说着,把信用卡递给女服务员,"我不想让你迟到。"

"不会的,我送你出去。"

当她还在把信用卡放回手提包时,他拿起了她的外套,帮她穿上。

"谢谢你。"

"不客气。"

在外面的人行道上,他招呼了一辆出租车。

"你乘这辆吧,"他说,"我想散散步,清醒一下,我觉得自己好像接受了一次糟糕的治疗。"

"不用,没关系的。"罗宾说。她不想在回温布利到斯特莱克那里一路都搭出租车。"我去坐地铁。晚安。"

"晚安,威尼西亚。"他说。

拉斐尔上了出租车,出租车滑行而去,罗宾把外套拉得更紧,朝相反的方向走去。这是一次混乱的采访,但她设法从拉斐尔那里得到了比预期多得多的东西。她再次掏出手机,打给斯特莱克。

59

> 我们两个一起去……
>
> ——亨利克·易卜生《罗斯莫庄》

斯特莱克拿着笔记本到托特纳姆酒吧去喝了一杯,把笔记本装进了口袋,看到罗宾给他打电话,于是一口气喝光了剩下的一品脱,拿出手机走到街上。

建筑工程把托特纳姆法院路的顶部弄得一团糟——铺着碎石的通道、街道、便携式栏杆和塑料路障,使数万人能够继续穿过繁忙的十字路口的人行道和木板,他现在对此已经十分熟悉了,几乎没有注意到。他到外面来不是为了欣赏风景,而是为了抽烟,罗宾把拉斐尔告诉她的一切都向斯特莱克转述了一遍,他接连抽了两支烟。

通话一结束,斯特莱克就把手机放回口袋里,心不在焉地从第二支烟的烟头上又点燃了第三支,继续站在那里,沉思着她说的每一句话,害得路人得绕过他前行。

罗宾告诉他的几件事使侦探感到很有趣。斯特莱克抽完第三支烟,把烟蒂弹进路边敞开的深渊,返回酒吧,点了第二品脱啤酒。此时一群学生已经占据了他的桌子,所以他走到后面,在彩色玻璃圆顶下的高脚凳上坐下,玻璃圆顶的颜色在夜晚变暗了。他又拿出笔记本，重新看了一遍周日凌晨时分他仔细研读过的名单，当时他是想分散对夏洛特的思念。他像知道里面藏着什么东西似的，又把它读了一遍，然后翻了几页，重读了他对德拉的采访笔记。

斯特莱克身材高大，驼着背，一动不动，扫视着他在盲人女士的房子里草草写下的字里行间，不知不觉之中把两个胆小的背包客拒之于千里之外。背包客本来考虑过问他是否可以共享一张桌子，以缓解起水泡的双脚的重量。由于担心会破坏他显而易见的专注，在被他注意到之前，他们就撤退了。

斯特莱克又回到名单列表上。已婚夫妇、爱人、生意伙伴、兄弟姐妹。

成双成对。

他又往后翻了几页，找到了他在采访奥利弗时所做的笔记，奥利弗是通过法医鉴定得到这些信息的。导致死亡的原因由两部分组成：阿米替林和氦气，每一种都有潜在的致命性，但两者被同时使用了。

成双成对。

两名受害者，相隔二十年被杀，一名被勒死的儿童和一名窒息的政府部长，前者埋葬在后者的土地上。

成双成对。

斯特莱克若有所思地翻到一张白纸上，为自己写了一张新的便条：

　　弗朗西斯卡——确认故事

60

……你一定要给我解释一下,为什么你把这件事——这种可能性——看得那么重。

——亨利克·易卜生《罗斯莫庄》

第二天早上,所有的报纸都刊登了一份措辞严谨的关于贾斯帕·奇斯韦尔死亡的官方声明。斯特莱克和其他英国公民一起,在早餐时了解到,当局得出的结论是,文化大臣英年早逝与外国势力或恐怖组织无关,但尚未得出其他结论。

没有新闻价值的消息在网上几乎没有引起一丝波澜。当地的奥运优胜者的邮筒仍被漆成金色,公众沉浸在胜利的奥运会所带来的心满意足的余晖中,人们对所有体育项目未尽的热情现在都集中在残奥会即将到来的前景上。在公众的心目中,奇斯韦尔的死被归类为一个富有的保守党人莫名其妙的自杀。

斯特莱克急切地想知道这份官方声明是否表明伦敦警察厅的调查已经接近尾声,于是打电话给沃德尔,想了解一下他所知道的情况。

不幸的是,这位警察并不比斯特莱克知道的更多。沃德尔补充说,他接连三周都没有休息过一天,但并没有表现出特别的愤怒。

在数百万额外游客的重压下,维持这座城市治安的复杂和繁重超出了斯特莱克能理解的范畴,沃德尔没有时间为斯特莱克的事去找寻无关的信息。

"很好,"斯特莱克回应道,毫不在意,"只是问问而已,代我向埃普莉问好。"

"哦,好的,"斯特莱克还没挂断电话,沃德尔又说道,"她想让我问问你,你和罗蕾莱在玩什么把戏。"

"最好还是放你走吧,沃德尔,国家需要你。"斯特莱克说道,他在警察勉强的笑声中挂断了电话。

由于他的警方联系人没有提供任何信息,也没有任何官方身份来确保他获得他想要的采访,斯特莱克在此案的关键时刻暂时受到了阻碍,这种熟悉的挫败感让他感觉十分不快。

早餐后斯特莱克打了几个电话,得知拉斐尔以前的同事、在德拉蒙德画廊的恋人弗朗西斯卡·普勒姆仍在佛罗伦萨学习,她被送去那里,为了消除拉斐尔的恶劣影响。弗朗西斯卡的父母目前正在斯里兰卡度假。普勒姆家的管家是斯特莱克能联系到的唯一与这家人保持联系的人,但她断然拒绝提供给斯特莱克他们任何一个人的电话号码。从管家的反应中,斯特莱克猜测普勒姆一家可能是那种一想到私人侦探会给他们家打电话就要去找律师应对的人。

斯特莱克想尽了所有可能联系到正度假的普勒姆夫妇的办法后,他给杰兰特·温恩的语音信箱里礼貌地留下了一个采访请求,这是他本周发出的第四次语音留言,但日子一天天过去,温恩并没有打来电话。斯特莱克并不怪他。他怀疑假如是他处于温恩的位置,他是否会选择帮忙。

斯特莱克还没有告诉罗宾他对这个案子有了新的看法。她正忙着在哈利街盯梢滑头医生,但周三她往办公室打了个电话,告诉他一个好消息:她已安排好本周六在纽伯里赛马场采访泰根·布切尔。

"太好了!"斯特莱克说,为她即将采取的行动感到高兴,他大步走到外面的办公室,在罗宾的电脑上打开了谷歌地图。"好吧,我想我们要熬夜了。先采访泰根,天黑后再去斯泰达小屋。"

"科莫兰,你是认真的吗?"罗宾说,"你真的想去谷地里挖掘吗?"

"听起来像一首儿歌,"斯特莱克含糊地说,一边在显示器上检查B公路,"听着,我认为那里不会有什么东西。事实上,就在昨天,我对此已经比较肯定了。"

"昨天发生了什么事?"

"我有了个想法,见面再告诉你。听着,我答应比利,我会查出他所说的被勒死孩子的真相。除了挖掘,没有其他方法可以完全确定,对吗?但如果你觉得恶心,可以待在车里。"

"那么金瓦拉怎么办呢?我们要进入她的领地。"

"我们几乎不会挖出什么重要的东西,整个地区都是荒地。我会叫巴克利天黑后到那儿和我们会合。我不太擅长挖掘。如果你周六晚上外出,马修那里没事吗?"

"没事。"罗宾说,带着一种奇怪的声调,使斯特莱克怀疑马修根本不会对这件事感到满意。

"你开路虎没问题吧?"

"呃——我们有没有可能改乘你的宝马去呢?"

"我不想把宝马开上那条杂草丛生的道路。是不是……"

"没有,"罗宾打断了他说道,"没关系,好吧,我们就开路虎去吧。"

"很好。滑头医生怎么样了?"

"在他的诊室里。有阿米尔的消息吗?"

"我已经让安迪去找那个和他关系不错的姐姐。"

"你在干什么呢?"

"我刚刚在浏览真正的社会党网站。"

"为什么?"

"吉米在他的博客中透露了很多信息,包括他去过的地方、见过的东西。你可以一直盯梢滑头医生到周五吗?"

"实际上,"罗宾说,"我想问一下,我是否可以请几天假处理一些私人事务。"

"哦。"斯特莱克简短地说道。

"我需要参加几个约会——我不想错过。"罗宾说。

要斯特莱克自己去跟踪滑头医生并不方便,部分原因是他的腿一直持续疼痛,但主要原因是他急于继续追查关于奇斯韦尔案件的理论证据。突然要求请两天假的通知也比较仓促。另一方面,罗宾刚刚还表示愿意牺牲周末去参加在山谷里可能徒劳无功的捕猎。

"嗯,好的。一切都好吗?"

"很好,谢谢。如果滑头有什么有趣的事情,我会告诉你的。不过,我们可能会在周六上午十一点左右离开伦敦。"

"又在男爵之庭车站吗?"

"你能在温布利体育场车站跟我碰面吗?那样就简单多了,因为周五晚上我要去那里。"

"这条路也不方便,意味着斯特莱克得走两倍的路程,还要换乘一次地铁。"

"嗯,好吧。"他又说道。

罗宾挂断电话后,斯特莱克在她的椅子上坐了一会儿,思考着他们的谈话。

显然,她对约会守口如瓶,这些约会很重要,她不想错过。他记得在打电话给罗宾讨论他们有压力、不稳定、偶尔很危险的工作时,马修在背景里的语气是多么的愤怒。罗宾曾两次明确表示,对在山谷底部坚硬的地面上挖掘的前景不感兴趣,而且现在她要求开宝马而不是像坦克一样的路虎。

他几乎忘记了几个月前他对罗宾可能想要怀孕的怀疑。他脑海中浮现出夏洛特餐桌上隆起的腹部。罗宾不是那种只要孩子一离开子宫就能离开的女人。如果罗宾怀孕了……

他做事通常是合乎逻辑和有条不紊的,而且他自己也有点意识到这样想的理论缺乏数据支撑,但斯特莱克还是想象着准爸爸马修,听到罗宾紧张地请假去做扫描和体检的请求,怒气冲冲地向她打手势,告诉她是时候停下来放松一下,好好照顾自己了。

斯特莱克又回到了吉米·奈特的博客上,但比平时花了更长的时间才迫使自己混乱的头脑重新变得听话。

61

> 哦,你可以告诉我。你知道,我们就是这样的朋友。
>
> ——亨利克·易卜生《罗斯莫庄》

地铁上的乘客留给斯特莱克的空间要比周六上午的必要空间略宽一些,甚至给他的工具包都留出了位置。考虑到他的体形和拳击手的相貌,他一般都能轻易地在人群中挤出一条路来,然而他艰难地爬上温布利体育场车站的楼梯时,嘴里不禁嘟嘟囔囔、骂骂咧咧起来——电梯坏了,使得路人分外小心,既不要挤到他,也不要妨碍他。

让斯特莱克心情不好的主要原因是米奇·帕特森。那天早上,斯特莱克从办公室的窗户看到帕特森躲在门口,穿着完全不适合他的年龄和举止的牛仔裤和连帽衫。私人侦探的再次出现使斯特莱克感到困惑和愤怒,但除了从前门出去,他没有别的路可走,于是他叫了一辆出租车在街道的尽头等他,直到出租车停在那里后他才离开大楼。当斯特莱克说"早上好,米奇"时,帕特森的表情原本可能会逗乐斯特莱克,要是他没有感到受辱的话。事实上他十分恼火,因为帕特森竟然认为可以不受惩罚地亲自来盯梢侦探社。

在坐出租车去沃伦街车站的路上,斯特莱克一直高度警惕,担心帕特森出现在那里是为了分散他的注意力或充当诱饵，让另一条不那么显眼的尾巴跟踪他。即使是现在，当他气喘吁吁地走下温布利车站的楼梯时，他还是转过身来仔细观察着那些旅行者，看看有没有人蹲下了身子或是转过身去，又或是匆忙遮住脸。不过，没人这样做。于是，斯特莱克得出结论，帕特森是单打独斗；也许他是斯特莱克非常熟悉的人力资源问题的受害者。帕特森选择了跟踪而不是放弃这份工作，表明有人给了他丰厚的报酬。

斯特莱克把工具包更安全地扛在肩上，向出口走去。

在前往温布利的艰难旅途中他一直在思考，他能想到帕特森再次出现的三个原因。第一个是媒体风闻伦敦警察厅对奇斯韦尔之死的调查有了一些有趣的新进展，于是有家报纸重新雇用帕特森，派他去调查斯特莱克的目的，以及他已经获悉多少信息。

第二种可能性是，有人花钱雇帕特森跟踪斯特莱克，希望阻止他的行动或妨碍他的生意。这表明帕特森的雇主是斯特莱克目前正在调查的某个人，在这种情况下，帕特森亲自做这份工作是有意义的：目的就是让斯特莱克知道自己受到监视，从而破坏他的稳定。

帕特森对他重新产生兴趣的第三个可能的原因，也是最让斯特莱克困扰的原因，因为他有一种感觉，这很可能就是真正的原因。他现在已经知道有人看见他和夏洛特在弗朗哥餐馆了。这是伊茨提供的信息。斯特莱克给伊茨打过电话，本来是希望能充实把他尚未向任何人透露的关于案件的理论细节。

"那么，我听说你和夏洛特共进晚餐了！"斯特莱克还没来得及提问，伊茨就开门见山地说道。

"没有共进晚餐。我陪她坐了二十分钟，因为她觉得不舒服，然后我就走了。"

"哦，对不起，"伊茨说，被他的语气吓住了，"我——我不是在窥探，罗迪·福布斯在弗朗哥餐馆吃饭，他看到了你们俩……"

如果罗迪·福布斯——不管他是谁，在伦敦四处散布他的所见，说斯特莱克带着大腹便便的前未婚妻外出吃晚餐，而她的丈夫却在纽约，小报肯定会备感兴趣，因为狂野、美丽、高贵的夏洛特很具新闻价值。从十六岁起，她的名字就是八卦专栏的热点，她的各种苦难——逃离学校，在康复中心和精神科诊所的经历——都有详尽的记录。帕特森甚至有可能是被杰戈·罗斯雇用的，他当然雇得起。假如监督妻子行动的副作用可以毁掉斯特莱克的生意，罗斯无疑会将其视为一种奖励。

罗宾坐在离车站不远的路虎车里，看见斯特莱克出现在人行道上，肩上挎着工具包，看得出他的脾气和她以前见过的一样暴躁。他点燃了一支香烟，扫视着街道，在一排停着的汽车后面发现了路虎，然后一瘸一拐地，面无笑容地朝她走来。罗宾自己的情绪也十分低落，只能假设斯特莱克生气的原因是不得不背着沉重的工具包和依靠疼痛的腿长途跋涉到温布利车站。

罗宾早上四点就醒了，之后再也无法入睡，躺在凡妮莎的硬沙发上局促不安，闷闷不乐，想着自己的未来，想着她和母亲在电话里的争吵。马修给罗宾在马萨姆的家里打了电话，试图联系到她，琳达不仅非常担心，而且对罗宾没有事先告诉她发生了什么事感到十分愤怒。

"你住在哪儿？和斯特莱克住在一起吗？"

"我当然没有和斯特莱克住在一起，我究竟为什么会……"

"那么你住哪儿？"

"另一个朋友这里。"

"谁？你为什么不告诉我们？你打算怎么办？我要去伦敦看你！"

"请不要来。"罗宾咬牙切齿地说道。

她对父母花在她和马修婚礼上的费用的负罪感，以及父母要尴尬地忍受向朋友们解释她的婚姻仅仅维持了一年的负罪感，沉重地压在她的心上。可是，她无法忍受想到琳达会对她的纠缠和哄骗，待她就如同她很脆弱，受到了伤害似的。她现在最不需要的就是她母亲建议她回到约克郡，然后把她关在目睹了她一生中最糟糕的时光的卧室里。

在看了两天拥挤不堪的房子之后，罗宾给在基尔本一所房子的杂物收藏室付了定金，她将在那里和另外五个室友住在一起，下周就可以搬进去了。每当她想起那个地方，她的胃就因提心吊胆、痛苦万分而翻滚。她快二十八岁了，她将是最年长的室友。

为了安抚斯特莱克，她下了车，主动提出帮他拿工具包，但他对她咕哝着说自己能行。当帆布包撞到路虎的金属板上时，她听到沉重的金属工具的巨大撞击声，感到胃里一阵紧张的痉挛。

斯特莱克对罗宾的外表做了短暂的评估，加强了他最坏的怀疑。她脸色苍白，眼睛下面有阴影，面颊浮肿又憔悴，而且，在他最后一次见到她之后的几天里，她的体重似乎也减轻了。他的老战友雷厄姆·哈德阿克的妻子在怀孕初期曾因持续呕吐而住院治疗。也许，罗宾的一个重要约会就是去解决这个问题。

"你没事吧？"斯特莱克粗暴地问罗宾，系上了安全带。

"很好。"她说，感觉像是说了无数遍，把他简短的问候当成了他在地铁里长途旅行的怨恨。

他们一言不发地驱车离开了伦敦。最后，当他们到达 M40 公路时，斯特莱克说道：

"帕特森回来了。今天早上他一直在监视办公室。"

"你在开玩笑吧！"

"你家附近有人晃悠吗？"

"据我所知没有。"在几乎觉察不到的犹豫之后，罗宾说道。也许这就是马修试图联系马萨姆打电话给她的原因。

"你今天早上没有什么麻烦就出来了吗？"

"是的。"罗宾诚实回答。

在她离开家后的这些日子里，她想象过告诉斯特莱克她的婚姻已经结束了，但她还没有找到一种能够以必要的平静来表达的语言形式。这使她十分沮丧，她告诉自己这应该是很容易的一件事。他是朋友和同事，她想取消婚礼时他也在场，他也知道马修之前和莎拉的不忠。她应该能够在谈话中随意地告诉他这件事，就像对拉斐尔那样。

问题是，当她和斯特莱克偶尔分享他们的爱情生活时，一般是其中一人已经喝醉了。除此之外，尽管马修偏执地认为他们的大部分工作时间都是在调情，但在这类问题上，他们始终保持着深刻的沉默。

然而，事情远不止于此。斯特莱克是那个在她的婚宴的楼梯上与之拥抱的男人；是那个在婚礼还没有完结之前，她曾想象过和他一起离开丈夫的男人；是那个让她在度蜜月之夜在白色沙滩上独自漫步时，思考着自己是否爱上了的男人。她怕自己露出马脚，害怕泄露她的思想和情感，因为她确信，只要斯特莱克有一点点怀疑自己在罗宾的婚姻首末起到的破坏性作用，那么肯定会损害他们的工作关系，就如同假设他知道了罗宾的恐慌症，肯定会影响她的工作一样。

不，她必须表现得和他一样——自我克制，坚忍不屈，能够承受创伤，一瘸一拐地走下去，准备好面对生活向她扔来的任何东西，甚至是躺在谷底的东西，而不会退缩或是转身逃跑。

"那么，你认为帕特森想要干什么？"罗宾问道。

"时间会告诉我们的，你的约会顺利吗？"

"是的。"罗宾说，尽量不去想自己那间小小的新租的房间以及那对带她参观房间的学生情侣，他们挤眉弄眼，奇怪为何一个成年女人会来跟他们合住。她接着说道，"后面的包里有饼干。抱歉，没有茶。如果你愿意，我们可以停下来"。

热水瓶还在阿尔伯里街，是她在马修上班时回家、偷偷溜出门时忘记拿的东西之一。

"谢谢。"斯特莱克说，不过他并不怎么热心。鉴于他目前自称减肥，他怀疑零食的再次出现是否进一步证明他的搭档怀孕了。

罗宾口袋里的电话响了。她没有接听。那天早上，她两次接到同一个未知号码的电话，她担心可能是马修发现自己被屏蔽了，于是借了一部电话打来的。

"你想接电话吗?"斯特莱克看着她苍白而呆板的侧面问道。

"呃——我开车的时候不接。"

"如果你愿意,我可以帮你接听。"

"不用。"她说,回答得有点太快了。

手机铃声停了,但几乎立刻又响了起来。罗宾比以往任何时候都更加确信是马修打来的,她从外套里拿出手机,说道:

"我想我知道是谁打的电话了,我现在不想和他们说话。一等电话挂断,你能把手机设为静音吗?"

斯特莱克接过手机。

"是从办公室的电话号码转过来的。我把它变成免提。"斯特莱克说得很有帮助,因为这辆陈旧的路虎没有加热器,更不用说蓝牙了。他打开了手机的免提,把手机靠近罗宾的嘴,好让她的声音盖过那辆透风的汽车发出的嘎嘎声和轰鸣声。

"你好,我是罗宾。你是哪位?"

"罗宾?你不是叫威尼西亚吗?"一个威尔士男人的声音说道。

"是温恩先生吗?"罗宾说,眼睛盯着马路,斯特莱克帮她稳住手机。

"是的,你这个讨厌的小贱人。"

罗宾和斯特莱克吃惊地面面相觑。那个油嘴滑舌、好色之徒、急于吸引人、渴望给人留下深刻印象的温恩不见了。

"你得到了你想要的东西了,是不是,嗯?在走廊上扭来扭去,把你的乳房放在不需要的地方,'哦,温恩先生——'"他像马修一样用高高的音调愚笨地模仿她说话,"'噢,帮帮我,温恩先生,我应该做慈善事业还是从政,让我在桌子上弯得低一点,温恩先生。'你用这样的方式捕获了多少男人,你的尺度有多大……"

"你有什么事要告诉我吗,温恩先生?"罗宾大声问道,盖过了他的话,"如果你只是打电话来侮辱我的话……"

"哦,我有好多该死的事要告诉你。"温恩咆哮道,"埃勒克特小姐,你要为你对我所做的一切付出代价,为你对我和我妻子所造成的伤害付出代价,你不能那么轻易地脱身,你在这间办公室里触犯了法律,我要在法庭上见到你,你明白吗?"他几乎要歇斯底里了,"我们要看看你的诡计对法官能起多大作用,好吗?穿着低胸上衣还要说'哦,我想我是太热了——'"

一道白光似乎正在侵蚀罗宾的视野,前面的公路突然变得像隧道一样。

"不!"罗宾大叫道,双手从方向盘上拿开,然后又砰的一声放在上面,双臂在发抖。她对马修说过这样的"不"字,这个"不"字是如此的激烈和有力,以致杰兰特·温恩也以同样的方式突然说不下去了。

"没有人强迫你抚摸我的头发,拍我的背,还偷窥我的胸部,温恩先生,那不是我想要的,不过我敢肯定,你一想到这点就会觉得有点刺激!"

"罗宾!"斯特莱克说,而他的声音就像那辆老旧的汽车底盘发出的又一嘎吱嘎吱声,她也没有理会。杰兰特突然插嘴道:"还有谁在那儿?是斯特莱克吗?"

"你是个卑鄙小人,温恩先生,一个从慈善机构偷东西的卑鄙小人。我不仅为我得到了你的好处而高兴,我还很高兴地告诉全世界,你在偷看年轻女人的衬衫时,正在翻阅你死去女儿的照片!"

"你怎么敢!"温恩气喘吁吁地说,"没有深渊吗——你竟敢提起里安农!一切都会浮出水面,塞缪尔·穆拉普的家人……"

"去你的,去你那该死的仇恨!"罗宾喊道,"你是个变态,偷东西的……"

"如果你还有什么要说的,我建议你把它写下来,温恩先生。"斯特莱克对着手机喊道,罗宾几乎不知道自己在做什么,继续从远处辱骂温恩。斯特莱克用手指戳了一下手机,结束了通话,罗宾再次把手从方向盘上移开做手势时,斯特莱克抓住了方向盘。

"妈的!"斯特莱克说,"靠边停车——靠边停车,马上!"

她照办了，肾上腺素就像酒精一样让她失去了方向感。当路虎摇摇晃晃地停下来时，她解开安全带，走出来站在路肩上，汽车从她身边呼啸而过。几乎不知道自己在做什么，她开始跌跌撞撞地离开路虎，愤怒的泪水滑下她的脸庞，试图超越现在笼罩在她身上的恐慌，因为她刚刚不可挽回地远离一个他们可能需要再次与之交谈的男人，一个人已经在谈论复仇的男人，甚至可能是付钱给帕特森的那个男人。

"罗宾！"

现在，她想，斯特莱克也会认为她是一个疯子，一个受过伤害的傻瓜，根本不应该干这一行，在事情变得棘手时就会逃跑的人。正是这一点让她转过身来面对他，因为他一瘸一拐地走在她身后的路肩上。她用袖子粗略地擦了擦脸，他还没来得及责备她，她就说道："我知道我不应该放开它，我知道我搞砸了，对不起。"但是他的回答淹没在她耳朵里的砰砰声中，仿佛它一直在等着她停止奔跑一样，此时恐慌吞没了她。她头晕目眩，无法理清思绪，瘫倒在路边，干枯的草丛刺穿了她的牛仔裤，她闭上眼睛，双手抱头，试图在车流飞驰而过时让自己的呼吸恢复正常。

她不太确定是过了一分钟，还是过了十分钟，但最后她的脉搏平稳了下来，她的思绪变得有条理了，恐慌消失了，取而代之的是屈辱感。在小心翼翼地伪装应付过去之后，她把事情搞砸了。

她闻到一股烟味。睁开眼睛，她看见斯特莱克的腿伸出来放在她右边的地上，他也在路边坐了下来。

"你的恐慌症发作有多久了？"他反问道。

似乎没有必要再掩饰了。

"大约一年了。"她低声说道。

"有人帮忙应对吗？"

"是的。我接受了一段时间的治疗，目前在做认知行为疗法练习。"

"是吗？"斯特莱克温和地问道，"因为我一周前买了素食培根，但它并没有让我更健康，于是就把它放在了冰箱里。"

罗宾笑了起来，发现她停不下来，但更多的泪水从眼里流了出来。斯特莱克不无怜悯地看着她，一边抽着烟。

"我本来可以更有规律地做练习的。"罗宾终于承认道，又擦了擦脸。

"就我们目前做的事，你还想告诉我什么吗？"斯特莱克问道。

在他给她的精神状况提出任何建议之前，他觉得现在应该知道最糟糕的情况，但是罗宾似乎很困惑。

"还有其他可能影响你工作能力的健康问题吗？"他提醒她。

"比如什么？"

斯特莱克在想，直接询问是否构成对她的就业权利的某种侵犯。

"我想知道，"他说，"你是不是，呃，怀孕了。"

罗宾又笑了起来。

"噢，天哪，太滑稽了。"

"是吗？"

"噢，上帝，真有趣。"

"是吗？"

"没有，"她一边说一边摇头，"我没有怀孕。"

斯特莱克此时注意到她的结婚戒指和订婚戒指不见了。在她伪装成威尼西亚·霍尔和波比·坎里夫时，斯特莱克已经习惯于看到罗宾没有戴戒指，他没有想到今天没看到她戴戒指有什么重要的意义，但他不想直接询问，原因与就业权利毫无关系。

"我和马修分手了，"罗宾说，皱着眉头看着过往的车辆，努力不让自己再哭了，"一周前。"

"哦，"斯特莱克说，"糟糕，我很抱歉。"

但他关切的表情与他的实际感情完全不一致。他那阴郁的心情突然变得轻松起来，就像从清醒状态到喝了三品脱酒的状态。橡胶、灰尘和烧焦的干草的气味使他回想起了他不小心吻到她的嘴唇的那个停车场，他又吸了一口烟，竭力不让自己的情绪表露在脸上。

"我知道我不该那样对杰兰特·温恩说话,"罗宾说道,眼泪又流了下来,"我不应该提到里安农,我失去了理智,而且——只是因为,男人,讨厌的男人,用他们讨厌的自我来评判每个人!"

"你和马特怎么了?"

"他和莎拉·沙德洛克上床了,"罗宾粗暴地说道,"他最好的朋友的未婚妻,她把一只耳环落在我们的床上了,我——噢,该死。"

可是没有用,她把脸埋在手里,感觉自己已经一无所有,没有什么东西可以失去了,于是尽情地哭了起来。因为她在斯特莱克面前丢尽了脸,而她人生中一直在寻求保护的一部分已经被玷污了。马修会多么高兴地看到她在高速公路边缘崩溃,这就证明了他的观点,她不适合从事她所热爱的工作,她永远受到过去的束缚,两次在错误的时间、错误的地点和错误的男人在一起。

一个重物落在她的肩上。斯特莱克用胳膊搂住了她。这既是一种安慰,又是一种不祥的预兆,因为他以前从来没有这样做过。她确信,这是一个前兆,他要告诉她,她不适合工作,他们将取消下一次面试,并且返回伦敦。

"你住在哪儿?"

"凡妮莎的沙发,"罗宾说,疯狂地擦着流着泪的眼睛和鼻子——鼻涕和眼泪弄湿了她牛仔裤的膝盖,"但我现在找到了一个新地方。"

"在哪里?"

"基尔本,合租房子里的一个房间。"

"该死的,罗宾。"斯特莱克说,"你为什么不早告诉我?尼克和伊尔莎有个合适的空房间,他们会很高兴你……"

"我不能占你朋友的便宜。"罗宾含糊其词地说。

"这不是占便宜,"斯特莱克说,他把香烟塞进嘴里,开始用空着的手在口袋里搜寻,"他们喜欢你,你可以在那里待上几个星期,直到——啊哈,我想我找到了,不过有点皱巴巴的,我没用过。不管怎么说,别这么想。"

罗宾接过纸巾，使劲地擤了一下鼻子，把它撕了。

"听着。"斯特莱克开始说话，但罗宾立刻打断了他：

"别叫我请假。请别叫我请假。我很好，我能工作了，在那之前我很久没有恐慌症发作了，我……"

"不听？"

"好吧，对不起，"她咕哝着，手里攥着湿漉漉的纸巾，"你继续说吧。"

"我被炸飞后，如果不像你刚才那样惊慌失措、出一身冷汗、几乎窒息，我就进不了车里。有一段时间，我会尽量避免被别人驱使。说实话，我到现在还是有一些问题。"

"我没有意识到，"罗宾说，"你没有表现出来。"

"是啊，好了，你是我认识的最好的司机。你应该看看我和我那讨厌的姐姐。事情是这样的，罗宾——哦，糟糕。"

交警来了，把车停在那辆被遗弃的路虎车后面，显然对车里的人为何坐在五十码开外的路边感到困惑，似乎对他们那辆停放不善的车的命运毫不关心。

"那么，你们不是太急于求援吧？"两个中比较胖的人讽刺地说道。他神气活现，自以为是个爱开玩笑的人。

斯特莱克把手臂从罗宾肩上挪开，两人都站了起来，而斯特莱克，当然动作很笨拙。

"晕车，"斯特莱克温和地对警官说，"小心点，不然她可能会吐在你身上。"

他们回到车上。另一个交警正盯着那辆陈旧的路虎车上的税单。

"你很少看到这个年龄的车还在路上跑。"他评论道。

"它从来没有让我失望过。"罗宾说。

"你肯定可以开车吗？"罗宾转动钥匙点火时，斯特莱克低声问道，"我们可以假装你还在生病。"

"我很好。"

这一次，她说的是真话。他刚才说她是他所认识的最好的司机，这可能并不算什么，但给了她一些自尊，于是她又天衣无缝地驶回了高速公路上。

之后，两人沉默了很长时间。斯特莱克决定等到罗宾不开车时再进一步讨论她的精神健康状况。

"温恩在电话那头说了一个名字，"他沉思着，拿出笔记本，"你听到了吗？"

"没有。"罗宾羞愧地低声说道。

"是塞缪尔什么的，"斯特莱克边说边做了笔记，"默多克，还是马特洛克？"

"我没听见。"

"振作起来，"斯特莱克振奋地说，"要不是你对他大吼大叫，他大概不会脱口而出这个名字。我并不是建议你将来称受访者为偷盗变态者……"

他在座位上伸了个懒腰，伸手去拿后面的手提袋。"想吃块饼干吗？"

62

……我不想看到你的失败,吕贝克。

——亨利克·易卜生《罗斯莫庄》

他们到达纽伯里赛马场时,停车场已经挤满了人。许多前往售票点的人都穿着舒适的衣服,像斯特莱克和罗宾一样,穿着牛仔裤和夹克,但有些人则穿着飘逸的丝绸连衣裙、西装、衬垫背心,戴着粗花呢帽子,穿着芥末色和深褐色的灯芯绒裤子,这让罗宾想起了托奎尔。

他们俩排队买票,各自陷入沉思。罗宾很担心他们一到泰根·布切尔工作的"狡猾的小牝马"酒吧会发生什么。她确信斯特莱克还没有就她的精神健康问题发表充分的意见,她担心他只是推迟了希望她回办公室做案头工作的声明。

事实上,斯特莱克的思绪却飘到了别处。人们在小帐篷外排队买票,白色的栏杆隐约可见,还有大量的粗花呢和灯芯绒,让他想起上次来赛马场的情景。他对这项运动没有特别的兴趣。他一生中唯一不变的父亲形象是他的特德舅舅,他曾是一名足球运动员和帆船运动员。此外,尽管斯特莱克在军队里的几个朋友喜欢赌马,但他从未发现赌马的吸引力。

然而，三年前，他和夏洛特以及她最喜欢的两个兄长一起参加了埃普索姆·德比赛马会。像斯特莱克一样，夏洛特来自一个支离破碎、功能失调的家庭。夏洛特出乎意料地流露出热情，坚持要接受瓦伦丁和萨夏的邀请，尽管斯特莱克对这项运动不感兴趣，而且对这两个男人几乎没有什么真挚的感情，他们都认为斯特莱克在他们妹妹的生活中是一个莫名其妙的怪人。

当时他一文不名，靠微薄的资金建立了这家侦探社，已经被律师追着要求偿还他从生父那里获得的小额贷款，而当时每家银行都认为他存在不良风险，拒绝给他贷款。尽管如此，夏洛特还是被激怒了，因为他在最受欢迎的、排名第二的"名誉和荣誉"上输了五块钱之后，拒绝再下赌注。她克制住自己，没有叫他清教徒，也没有叫他伪善者、平民百姓或是吝啬鬼，就像以前他拒绝效法她的家人和朋友那样大手大脚地花钱后她所做的那样。在她兄弟的怂恿下，她自己选择的赌注越来越大，最后赢得了两千五百英镑，坚持要参观香槟帐篷，在那里她的美貌和高昂的情绪赚足了回头率。

他与罗宾走上了一条宽阔的柏油马路，这条马路与跑道平行延伸到高耸的看台后面，经过咖啡吧苹果酒摊和冰淇淋车，骑师们的更衣室和老板和教练的酒吧，斯特莱克一直在想着夏洛特，还有就是赌博成功了，赌博失败了，直到罗宾的声音把他拉回到了现实。

"我想就是那个地方。"

一个彩绘的标志显示了一匹黑色的、眨眼的小母马的头，它被挂在一层砖砌酒吧的一侧。室外座位区很拥挤。香槟酒笛在欢声笑语中叮当作响。狡猾的小雌马俯视着马上就要举行游行的围场，周围开始聚集了更多的人群。

"占住那张高桌子，"斯特莱克对罗宾说道，"我去拿点饮料，告诉泰根我们到了。"

他没问罗宾想要什么就消失在大楼里。

罗宾在一张放着铁条椅的高台桌子旁坐下，她知道斯特莱克更喜欢这种椅子，因为他被截去的腿上下椅子，要比坐在低矮的柳条沙发上容易得多。整个室外区域坐落在聚氨酯雨棚下,以保护饮酒者免受并不存在的雨水的影响。今天万里无云,天气温暖,微风吹拂着酒吧门口修剪过的植物的叶子。罗宾想,这将是一个晴朗的夜晚,可以在斯泰达小屋外的山谷里展开挖掘,她一直在猜想斯特莱克会不会取消这次探险,因为他认为她太不稳定,太情绪化,不能带她一起去。

这个想法使她的内心更加寒冷,她开始阅读他们收到的打印出来的运动员名单,以及他们的纸板参赛标签,一直到半瓶酩悦香槟意外地落在她面前,斯特莱克坐了下来,手里拿着一品脱苦啤酒。

"散装的厄运沙洲。"他欢快地说道,在喝之前,把杯子跟罗宾的碰了一下。罗宾茫然地看着那小瓶香槟,觉得它很像泡泡浴。

"这是什么?"

"庆祝一下,"斯特莱克说,喝了一大口啤酒,"我知道你不会这么说,"他继续说,一边在口袋里翻来翻去找香烟,"但你很适合他。和他伙伴的未婚妻睡在婚床上?他所得到的一切都是他应得的。"

"我不能喝酒,我要开车。"

"只花了我二十五英镑,所以你就象征性地喝一大口吧。"

"二十五英镑,买了这个?"罗宾说,趁斯特莱克点上香烟的空当,她又偷偷地擦了擦眼泪汪汪的眼睛。

"跟我说说看,"斯特莱克说,一边挥舞着他的火柴,把它熄灭了,"你有没有想过侦探社的未来走向?"

"你是什么意思?"罗宾说,看上去很警觉。

"奥运会开幕当晚,我姐夫对我说了很多。"斯特莱克说,"他不停地说,我已经到了不必再上街的地步了。"

"但你不会想那样的,你会——等等,"罗宾惊慌失措地说,"你是想告诉我,我必须回到办公桌前接听电话吗?"

"不是的,"斯特莱克说着,一边把烟从她身边吹走,"我只是想知道,你有没有考虑过未来。"

"你是想让我离开吗?"罗宾问,更加惊慌了,"去干点别的?"

"该死的,埃勒克特,不!我只是问你是否考虑过未来,仅此而已。"

他看着罗宾打开了小瓶子的瓶塞。

"是的,我当然考虑过,"她犹犹豫豫地说道,"我一直希望我们的银行账户收支平衡能更健康一点,这样我们就不会一直过着勉强糊口的日子了,但我喜欢……"她的声音颤抖着,"这份工作,你知道我喜欢。这就是我想要的。做吧,做得更好,然后……我想把它做成伦敦最好的侦探社。"

斯特莱克咧嘴一笑,用啤酒杯碰了碰她的香槟酒杯。

"好吧,记住,当我往下说的时候,我们想要的完全一样,好吗?你还是喝吧。泰根可不能休息四十分钟,在今晚去山谷之前,我们还有很多时间可以消磨。"

斯特莱克看着她喝了一口香槟,然后继续说下去:

"你不好的时候假装没事,这不是一种力量。"

"哦,那你就错了。"罗宾反驳他。香槟酒在她的舌头上嘶嘶作响,似乎在她的脑子还没反应过来之前就给了她勇气。"有时候,装得好像你没事,你就没事了。有时候,你不得不勇敢地面对这个世界,过了一段时间,这就不再是一种行为,而是你自己。如果我等到感觉准备好离开我的房间之后——你知道,"她说,"我还会在那里。我得在还没准备好之前就离开。而且,"她直视着他的眼睛说,她自己的眼睛充血肿胀,"我和你一起工作了两年,看着你无论如何都坚持下去,我们都知道,任何医生都会叫你抬起腿来好好休息。"

"怎么又说到我身上了呢,嗯?"斯特莱克合理地问道,"我因伤缺席了一个星期,每次走路超过五十码,我的腿筋就会尖叫着求饶。你想画平行线,好的。我在节食,我在做伸展运动……"

"还有在冰箱里腐烂的素食培根?"

"腐烂?那种东西就像工业橡胶,比我的寿命还长。听着,"他说,不愿改变话题,"如果你没有受到去年发生的事情的任何影响,那他妈的就是个奇迹。"他的眼睛寻找着她前臂上紫色伤疤,在她衬衫袖口下面隐约可见,"过去没有任何事情阻止你做这份工作,但是如果你想继续做下去,你需要照顾好自己。如果你需要休息……"

"这是我最不愿意做的事。"

"不是你想要什么。关键是你需要什么。"

"要我告诉你些趣事吗?"罗宾说。不知是喝了一口香槟酒,还是出于别的什么原因,她的心情突然好了起来,说话不那么尖刻了。"你会以为我上周恐慌症会发作好几次,是吗?我一直想找个地方住,环顾四周的公寓,走遍伦敦,有很多人出乎意料地跟在我后面——这是一个主要的导火索。"她解释说,"我身后的人,当我不知道他们在那里的时候。"

"我认为我们不需要弗洛伊德来解释这一点。"

"但我一直很好,"罗宾说,"我想这是因为我没有必要……"

她突然停了下来,斯特莱克以为他知道这句话的结尾,于是趁机说道:"如果你的家庭生活一团糟,是几乎不可能做这份工作的。我经历过,我知道。"

罗宾因为得到理解而如释重负,她又喝了些香槟,然后匆忙说道:"我想那会让我变得更糟,不得不隐藏在发生的事情,不得不秘密地做练习,因为只要有任何我没有百分之百完成这项工作的迹象,马修都会再次对我大喊大叫。我以为今天早上是他打电话找我,所以才不想接的。当温恩那样说我的时候,它——让我感觉就像接了马修的电话一样。我不需要温恩告诉我,我基本上就是一对会走路的奶子,一个愚蠢的、被迷惑的女孩,没有意识到这就是我唯一有用的属性。"

马修一直这样对你说的,是吗?斯特莱克心想,想出了一些纠正措施,他认为马修可能从中受益。他慢慢地、小心翼翼地说道:"你是个女人这一事实……使得你独自外出工作时,我确实比你是个男人要更担心。听我说完,"他坚定地说,罗宾惊慌地张大了嘴,"我们必须坦诚相待,否则我们就完了。听我说,好吗?

"你用你的智慧和你的训练躲过了两个杀手,我敢打赌他妈的马修不可能做到这一点，但我不想让它发生第三次了，罗宾，因为你可能没有那么幸运。"

"你是在告诉我让我回去做文书工作？"

"可以听我讲完吗？"他严厉地说道，"我不想失去你，因为你是我最好的搭档。自从你来后，我们处理的每一个案子，你都能找到我发现不了的证据，还说服了我无法说服的人跟我交谈。我们今天能到这样的境地，很大程度上要归功于你。但如果你遇到一个暴力的男人，那么机会总是对你不利，而我对此是负有责任的。因为我是高级合伙人，你可以起诉我。"

"你担心我会起诉？"

"不是的，罗宾，"他严厉地说道，"我担心你他妈的会死，而我的余生都要为这件事耿耿于怀。"

他又喝了一大口厄运沙洲，然后说道："如果我让你出外勤，我需要知道你是心理健康的。我要你给我坚定的保证，你一定会处理好这些恐慌症，因为如果你做不到的话，不仅仅是你自己要承担后果。"

"好吧，"罗宾咕哝着，当斯特莱克扬起眉毛时，她说，"我是认真的，我会尽我所能，我会的。"

围场周围的人群越来越密集。很明显，下一场比赛的选手们将要进行检阅。

"罗蕾莱怎么样了？"罗宾问道，"我很喜欢她。"

"那么，恐怕我还有更多坏消息要告诉你，因为上周末分手的不只是你和马修。"

"噢，真糟糕。对不起。"罗宾说，又喝了些香槟来掩饰自己的尴尬。

"对那些不希望这样的人来说，你熬过去了，挺快的。"斯特莱克开心地说道。

"我还没有告诉你，是吗？"罗宾说，她举起了那个绿色的小瓶子时突然想起，"我知道曾经在什么地方见过勃朗·德·勃朗斯了，而且不是在瓶子上——不过,对我们的案子没有帮助。"

"继续说。"

"四季农庄酒店有一间套房就叫这个名字,"罗宾说,"雷蒙德·勃朗,你知道的,那个开旅馆的厨师。玩文字游戏。勃朗·德·勃朗——没有'斯'。"

"你就是在那里过周年纪念周末的吗?"

"是的。不过,我们并没有住在勃朗·德·勃朗。我们住不起套房,"罗宾说,"我只记得经过那个牌子的套房。但是,对的……那是我们庆祝纸婚纪念的地方。纸婚,"她叹了口气,又说了一遍,"有些人能过到金婚。"

此时,七匹深色的纯种马一匹接一匹地出现在围场里,穿着丝绸的骑手们像猴子一样骑在马上,女马童和男马童随着他们丝绸般的侧翼和跳跃的步伐引领着这群神经紧张的动物。斯特莱克和罗宾是少数几个没有伸长脖子想要看得更清楚的人。在有时间重新审视自己之前,罗宾谈到了她最想讨论的话题。

"我看见你在残奥会招待会上和夏洛特说话了,是吗?"

"是的。"斯特莱克说。

他瞥了她一眼。罗宾以前也有过后悔的时候,他似乎很容易就能读懂她的想法。

"夏洛特与我和罗蕾莱分手无关,她现在已经结婚了。"

"马修和我也已经结婚了,"罗宾说着又喝了一口香槟,"但没能阻止莎拉·沙德洛克。"

"我不是莎拉·沙德洛克。"

"显然不是,如果你真那么讨厌,我就不会为你工作了。"

"或许你可以把这个问题放到下一次员工满意度评估中。'不像那个和我丈夫上床的女人那么讨厌'。我会把它装裱起来的。"

罗宾笑了。

"你知道,我对勃朗·德·勃朗斯也有一个想法,"斯特莱克说,"我重新看了奇斯韦尔的待办事项清单,试图排除各种可能性,并证实一个理论。"

"什么理论？"罗宾尖声问道，斯特莱克注意到，即使喝了半瓶香槟，她的婚姻已成碎片，在基尔本只有一小间出租屋可以期待，罗宾对这个案子的兴趣仍然和以往一样强烈。

"还记得我跟你说过，我认为奇斯韦尔案件背后有某种重大的、根本性的东西吗？一些我们还没发现的东西？"

"是的，"罗宾说，"你说它'几乎就要显现出来了'。"

"记得很清楚啊。那么，拉斐尔说的几件事……"

"现在我休息了。"他们身后传来一个紧张的女声。

63

这纯粹是个人的事情,没有必要到全国各地去宣布。

——亨利克·易卜生《罗斯莫庄》

泰根·布切尔身材矮小,方脸,满脸雀斑,乌黑的头发向后梳成一个发髻。即使身着漂亮的酒吧制服,系着一条灰色领带和穿着一件绣着一匹白马和一个骑师的黑色衬衫,她也有一种穿着泥泞的惠灵顿长靴的居家女孩的感觉。他们问她问题的时候,她从酒吧里拿了一杯牛奶咖啡来喝。

"哦,非常感谢。"斯特莱克给她拿来一把椅子时,她说道,显然很高兴这位著名的侦探能为她做这样的事。

"不用谢,"斯特莱克说,"这是我的搭档,罗宾·埃勒克特。"

"知道,就是你联系我的,对吗?"泰根说着爬上了酒吧的椅子,由于个子太矮,显得有点费力。她似乎既兴奋又害怕。

"我知道,你的时间不多,"斯特莱克说,"所以,如果你不介意的话,我们就开门见山地说吧,泰根,行吗?"

"不。我的意思是,好的。这样很好,开始吧。"

"你为贾斯帕和金瓦拉·奇斯韦尔工作了多长时间?"

"我还在学校上学的时候,就在为他们做兼职,所以算上这些……两年半了，是的。"

"你觉得为他们工作怎么样？"

"还不错。"泰根小心翼翼地说。

"你觉得部长怎么样？"

"他不错，"泰根说。似乎意识到这样的回答并不是特别具有描述性，于是补充道，"我的家人认识他很多年了。我的哥哥们在奇斯韦尔庄园断断续续干了几年活。"

"是吗？"斯特莱克问，一边做笔记，"你的哥哥们干些什么活？"

"修理篱笆，种点花草，但他们现在已经卖掉了大部分土地。"泰根说，"花园都荒废了。"

她拿起咖啡喝了一小口，然后焦急地说："如果我妈妈知道我来见你们，她会发疯的。她叫我别管这事。"

"为什么？"

"'少说为妙'，她总是这样说，还常说'最少见到，最受赞赏'。如果我想去青年农夫迪斯科舞厅，我就得这样做。"

罗宾笑了起来。泰根咧嘴一笑，很自豪把罗宾逗乐了。

"你觉得奇斯韦尔太太作为雇主怎么样？"斯特莱克问。

"还不错。"泰根又说了一遍。

"奇斯韦尔太太晚上不在家时，喜欢有人睡在家里，对吗？靠近马？"

"是的，"泰根说，然后第一次主动地提供信息，"她有点偏执。"

"她有匹马不是被砍伤了吗？"

"如果你愿意，你可以称它为'砍伤'，"泰根说，"但我更愿意称它是'划伤'。罗曼诺设法在夜里把毯子扯下来，他那样做真是个混蛋。"

"那么，你对花园里的入侵者一无所知吗？"斯特莱克问道，他的笔悬在笔记本上。

"嗯嗯，"泰根慢慢地说，"她是说了这事，但是……"

她的目光转向了斯特莱克放在啤酒杯旁边的本森香烟。

"我能抽支烟吗?"她大胆地问道。

"请自便。"斯特莱克说着,掏出一个打火机,推给她。

泰根点了支烟,深深地吸了一口,说道:"我想花园里从来没有来过人。那只是奇斯韦尔太太。她——"泰根努力想找到合适的词,"嗯,如果她是一匹马,你会叫她幽灵。我在那儿过夜的时候,从来没有听到过任何人的声音。"

"在贾斯帕·奇斯韦尔被发现死在伦敦的前一天晚上,你在那所房子里过夜,对吗?"

"是的。"

"你还记得奇斯韦尔太太是什么时候回来的吗?"

"十一点左右,我当时大吃一惊。"泰根说,此时她的神经渐渐松弛下来,有点爱唠叨了,"因为她原本打算在伦敦过夜的。她一走进来就发火了,因为我在电视机前抽了一支烟——她不喜欢抽烟,我还从冰箱里的酒瓶里倒了几杯酒。注意,在她离开之前,她可是叫我想做什么就做什么的,但她就是那样,总是改变目标。前一分钟是对的,下一分钟就错了。你必须小心翼翼,你真得那样。

"但她回来的时候心情就已经很糟了。我从她跺着脚进入大厅的样子就能看出来。因为我抽烟和喝酒,给了她指责我的借口。她就是这个样子的。"

"可你还是在那儿过夜了吗?"

"是的。她说我醉得不能开车,真是胡说八道,我没有醉。然后她让我去检查一下马,因为她要打个电话。"

"你听见她打电话了吗?"

泰根在太高的椅子上重新调整了一下姿势,空出的手托着她吸烟的胳膊肘,眼睛在烟雾中微微眯起来,显然,她认为这样的姿势在与一个狡猾的私家侦探打交道时是很合适的。

"我不知道该不该说。"

"不如我来说出一个名字,如果我说对了,你就点点头,怎么样?"

"那就说吧。"泰根说,她的怀疑和好奇交织在一起,就像有人许诺给向她展示一个魔术。

"亨利·德拉蒙德,"斯特莱克说,"她留言说她需要对一条项链进行估价?"

违背了意愿,泰根点了点头。

"是的,"她说,"没错。"

"所以你出去检查马匹了?"

"是的,当我回来时,奇斯韦尔太太说我无论如何都得留下来,因为她需要早起,所以我就留下来了。"

"她睡在哪儿?"罗宾问道。

"嗯——楼上。"泰根说着,惊讶地笑了,"很显然,在她的卧室。"

"你确定她整晚都在那儿吗?"罗宾问道。

"是的,"泰根说着,又轻轻地笑了笑,"她的卧室紧挨着我的卧室,是仅有的两间窗户面朝马厩的房间,我能听见她上床睡觉的声音。"

"你确定她夜里没有离开家吗?据你所知,她没有开车去任何地方吗?"斯特莱克问道。

"没有。如果有的话,我会听到车子的声音。房子四周到处都坑坑洼洼的,开车是不可能悄悄地离开的。总之,第二天早上我在楼梯平台遇见了她,当时她正穿着睡衣去卫生间。"

"那是什么时候?"

"大约七点半,我们在厨房一起吃的早饭。"

"她还在生你的气吗?"

"还有那么一点。"泰根承认道。

"你有没有碰巧在吃早饭的时候听到她接另一个电话?"

流露出明显的赞赏,泰根回答说:"你是说,奇斯韦尔先生打来的吗?是的。她走出厨房去接听电话。我只听到她说'不,这次我是认真的,贾斯帕'。听起来像是吵架。我已经告诉警察了。我想他们一定是在伦敦吵过架,所以她才提早回家,而不是待在那儿。

"然后我到外面去打扫卫生,她出来了,训练布兰迪,那是她的一匹母马,然后,"泰根说,有点犹豫起来,"他来了,拉斐尔,你知道的,那个儿子。"

"之后发生了什么事?"斯特莱克问道。泰根犹豫了。

"他们吵了一架,是不是?"斯特莱克说,意识到泰根的休息时间正在流逝。

"是啊,"泰根说,脸上露出惊讶的笑容,"你什么都知道!"

"你知道是关于什么吗?"

"和她头一晚给那个家伙打电话同样的事。"

"项链吗?奇斯韦尔太太想把它卖掉吗?"

"是的。"

"他们吵架的时候你在哪里?"

"仍在清理卫生。他下了车,在户外学校朝她走去——"

罗宾看到斯特莱克的困惑,低声说道:"就像你训练马匹的围场。"

"啊。"他说。

"是的,"泰根说,"她就是在那儿训练布兰迪的。起先他们在交谈,我听不清他们在说什么,然后变成了叫嚣,她下了马朝我叫嚷把布兰迪解开——卸下马鞍和马缰绳,"她和善地补充道,以防斯特莱克没有理解,"他们大步走进了房子,他们消失的时候我还能听到他们冲彼此叫嚷。"

"她从来不喜欢他,"泰根说,"拉斐尔。她认为他被宠坏了,老是诋毁他,我个人认为他不错。"她说,那副若无其事的神气与她涨得通红的脸色不相称。

"你还记得他们对彼此说了些什么吗?"

"记得一点点,"泰根说,"他对她说不能卖项链,那是他爸爸的东西之类的,她叫他少管闲事。"

"然后发生了什么?"

"他们进了屋,我一直在清扫,过了一会儿,"泰根微微有些迟疑地说,"我看见一辆警车从车道上开过来……是啊,太可怕了。女警察来了,让我进去帮忙。我走进厨房,奇斯韦尔太太脸色苍白,浑身上下都是。他们想让我告诉他们茶包在哪里。我给她倒了一杯热饮,他——拉斐尔——叫她坐下。他对她真的很好,"泰根说,"考虑到她刚才在外面一直骂他。"

斯特莱克看了看表。

"我知道你休息的时间不多了。还有几件事问你。"

"好吧。"她说。

"一年多以前发生过一件事,"斯特莱克说,"奇斯韦尔太太用锤子袭击了奇斯韦尔先生。"

"哦,上帝,是的,"泰根说,"是的……她真的失去了理智。就在淑女被杀之后,夏天到了。淑女是奇斯韦尔太太最喜欢的母马,奇斯韦尔太太回家时,兽医已经把它弄死了。她本想在弄死马的时候在场的,所以当她回来看到屠夫的货车时,她发疯了。"

"她知道这匹母马要被杀掉有多久了?"罗宾问道。

"最后两三天,我想我们都知道,真的,"泰根悲伤地说,"但她是一匹非常可爱的马,我们一直希望她能挺过去。兽医等奇斯韦尔太太回家等了好几个小时,但淑女很痛苦,兽医不能等一整天,所以就……"

泰根做了一个绝望的手势。

"如果她知道淑女快要死了,你知道那天她为什么还要去伦敦吗?"斯特莱克问道。

泰根摇了摇头。

"你能跟我们详细谈谈她袭击丈夫时到底发生了什么吗?她先说什么了吗?"

"没有,"泰根说,"她走进院子里,看到发生的事,就冲向奇斯韦尔先生,抓起锤子朝他抡去。到处都是血,太可怕了,"泰根带着明显的诚意说道,"可怕极了。"

"她打完他之后做了什么?"罗宾问道。

563 | 致命的白色

"她只是站在那里。脸上的表情……就像个恶魔一样。"泰根出乎意料地说道,"我以为他死了,以为她把他给杀了。

"你知道,他们把她关了几个星期。她去了医院。我不得不一个人照顾马……

"我们都为淑女的事感到伤心。我很喜欢那匹母马,我想她会熬过去,但是她放弃了,她躺下不吃东西。我不能责怪奇斯韦尔太太生气,但是……她差点杀了他。到处都是血,"她重复道,"我想离开。告诉了我的妈妈。那天晚上,奇斯韦尔太太把我吓坏了。"

"那么,是什么让你留下来的呢?"斯特莱克问道。

"我不知道,真的……奇斯韦尔先生希望我留下来,我喜欢马。后来奇斯韦尔太太出院了,她真的很沮丧,我想我为她感到难过。我总是发现她在淑女空荡荡的马厩里哭。"

"淑女是不是奇斯韦尔太太想要的那匹母马——呃——用合适的术语怎样说来着?"斯特莱克问罗宾。

"放着生仔?"罗宾提醒道。

"是的……和那匹有名的种马生小马驹?"

"托蒂拉斯?"泰根说着,翻了个白眼,"不,她想要的是布兰迪的种,但奇斯韦尔先生都没有。托蒂拉斯!他花了一大笔钱。"

"我听说了。她没有提到用了另一匹种马吗?叫'勃朗·德·勃朗',我不知道是不是……"

"从没听说过,"泰根说,"不,肯定是托蒂拉斯,他是最好的,她一心想要利用他。她就是这样,奇斯韦尔太太。当她脑子里有一个想法时,你无法改变它。她打算培育这匹漂亮的大奖赛马,而且……你知道她失去了一个孩子,是不是?"

斯特莱克和罗宾点点头。

"妈妈为她感到难过,她认为奇斯韦尔太太要养小马驹是找一种替代品,你知道。妈妈认为这一切都和孩子有关,奇斯韦尔太太的情绪因此总是起伏不定。

"比如,有一天,在她出院几周后,我记得,她很躁狂。我想是与他们让她吃的药有关系。她的情绪像风筝一样高，在院子里唱歌。我对她说，'你很开心啊，奇斯韦尔夫人'。她笑着说，"哦，我一直在做贾斯帕的工作，我想我快成功了，我想他最终还是会让我用托蒂拉斯的'。全是胡扯。我问过先生，他对此非常生气，说这只是她的痴心妄想，他几乎已经承受不起给她买的那么多马了。"

"你不认为他会给她一个惊喜吗？"斯特莱克说，"重新给她弄匹种马来繁殖？便宜点的？"

"那只会惹恼她，"泰根说，"要么是托蒂拉斯，要么什么都不是。"她掐灭了烟头，看了看手表，遗憾地说，"我只有几分钟的时间了。"

"还有两件事，我们就问完了。"斯特莱克说，"我听说你们家几年前认识一个叫苏基·刘易斯的女孩，是吗？她是从看护中心逃走的……"

"你无所不知啊！"泰根再次说道，很是高兴，"你是怎么知道这事的？"

"比利·奈特告诉我的，你知道苏基出什么事了吗？"

"知道，她去了阿伯丁。她在学校时和我们家的丹同班。她的母亲是个噩梦：喝酒、吸毒，还有各种各样的恶习。后来她妈妈开始真正地酗酒，苏基因此被送进看护中心。她跑去找她爸爸了。他在北海钻井平台上工作。"

"你认为她找到了父亲，是吗？"斯特莱克问道。

泰根得意地把手伸进后兜里拿出手机。点击几下后，把一位满面笑容的黑发女子的脸书页面展示给斯特莱克看。女子和一群女友站在伊比沙岛的一个游泳池前摆着姿势。透过黝黑的皮肤、苍白的笑容和假睫毛，斯特莱克认出了那张老照片中长着龅牙的瘦弱女孩的影子。页面标题为"苏珊娜·麦克尼尔"。

"看到了吗？"泰根高兴地说，"她爸爸把她带进了他的新家庭。'苏珊娜'是她的真名，但她妈妈叫她'苏基'。我妈妈和苏珊娜的婶婶是朋友，说她做得很好。"

"你确定这就是她吗?"斯特莱克问道。

"是的,当然,"泰根说,"我们都为她高兴,她是个好姑娘。"

她又看了看表。

"对不起,我的休息时间结束了,我得走了。"

"还有一个问题,"斯特莱克说,"你的哥哥们对奈特家族了解多少?"

"非常了解,"泰根说,"在学校时,男孩们不同级,不过,是的,他们是通过在奇斯韦尔庄园工作认识的。"

"泰根,你的哥哥们现在做什么?"

"保罗如今在艾尔斯伯里附近经营一个农场,丹在伦敦做园林工作——你为什么要记下这些?"她说,第一次看到斯特莱克的笔在笔记本上移动,吓了一跳,"你千万别告诉我的哥哥们我跟你说过话!要是他们认为我已经说了那所房子里发生的事,他们会发疯的!"

"真的吗?那里发生了什么?"斯特莱克问道。

泰根不确定地看了看他,又看了看罗宾,然后又反过来看他们。

"你们已经知道了,不是吗?"

斯特莱克和罗宾都不吭声,于是她接着说:"听着,丹和保罗只是帮着运送,把它们装起来。那时候那样做是合法的!"

"什么是合法的?"斯特莱克问道。

"我知道你是知道的,"泰根忧喜参半地说,"一直有人在讨论此事,是不是?是吉米·奈特吗?他不久前回来了,四处打探,想和丹谈谈。无论如何,在当地,每个人都知道。本来是要保密的,但是我们都知道杰克的事。"

"知道他的什么事?"斯特莱克问。

"嗯……他是制作绞刑架的人。"

斯特莱克不动声色地吸收了这些信息。罗宾不确定她自己的表情是否仍然那么无动于衷。

"但你们已经知道了,"泰根说,"是吧?"

"是的,"斯特莱克说,让她放心,"我们知道的。"

"我也是这么想的。"泰根松了口气,从椅子上不太优雅地滑了下来,"但是如果你看见丹,别告诉他是我说的。他就像妈妈,总是坚守'少说为妙'。记住,我们都认为这没有什么问题。如果你问我,我会说这个国家要有死刑会更好。"

"谢谢你来见我们,泰根。"斯特莱克说道。她先是和他握手,然后和罗宾握手,脸微微红了。

"不用谢,"她说,现在似乎不愿意离开他们,"你们要留下来看比赛吗?棕豹两点半就要跑了。"

"也许吧,"斯特莱克说,"在下一个约会之前,我们还有一点时间可以消磨。"

"我在棕豹身上押了十英镑,"泰根吐露道,"好吧……那么,再见。"

她刚走了几步,就又转过身来,回到斯特莱克身边,脸色更红了。

"我能和你合影吗?"

"呃,"斯特莱克小心翼翼地避开罗宾的目光,说道,"如果你不介意的话,我希望不要。"

"那么,能给我签个名吗?"

斯特莱克认为这是两害相权取其轻,便在一张餐巾纸上签了名。

"谢谢。"

泰根抓起餐巾纸,终于离开了。斯特莱克一直等到她消失在酒吧外,才转向罗宾,罗宾已经在忙着看手机了。

"六年前,"她说,在手机屏幕上读到,"欧盟出台了一项指令,禁止成员国出口酷刑设备。在那之前,把英国制造的绞刑架出口到国外是完全合法的。"

64

你要开口说话这样我才能听懂你的话。

——亨利克·易卜生《罗斯莫庄》

"'我是在法律允许的范围内,并且是根据我的良心行事的'。"斯特莱克引用了奇斯韦尔在普拉特俱乐部里的精辟声明。果然如此,他从来没有隐瞒他赞成绞刑的事实,是吗?我想是他从自己的地里找来的木柴吧。"

"还有杰克·奥肯特制作绞刑架的地方——这就是为什么在拉夫小时候杰克·奥肯特警告他不要进谷仓的原因。"

"并且他们可能会分享利润。"

"等等,"罗宾说,想起了在部长的车后,也就是残奥会招待会的那个晚上,弗利克尖叫了一声,"'他把马放在他们身上',科莫兰,你是不是认为……?"

"是的,我知道,"斯特莱克说,他的想法和她的一致,"比利在医院里对我说的最后一句话是,'我讨厌把马放在他们身上'。即使在精神病发作的时候,比利也能在木头里雕刻出一匹完美的乌芬顿白马……杰克·奥肯特让他的孩子们把它雕刻在游客的小饰品上和出口的绞刑架上……他有一桩小小的不错的父子生意,对吗?"

斯特莱克把啤酒杯和她的小香槟酒瓶子上碰了一下，然后喝光了他的厄运沙洲的最后一点渣滓。

"敬我们第一次真正的突破。如果杰克·奥肯特在绞刑架上放了一点当地的烙印，他们可以追溯到他，不是吗？不仅是他，还有白马谷和奇斯韦尔。一切都对上了，罗宾。还记得吉米的标语牌吗，上面有一堆死去的黑人孩子？奇斯韦尔和杰克·奥肯特向国外推销它们——可能是中东或非洲，但是奇斯韦尔不可能知道他们在上面还刻了马。上帝啊，不，他绝对不知道，"斯特莱克回忆起奇斯韦尔在普拉特俱乐部说过的话，"'因为当他告诉我有照片时，'他说，'据我所知，没有明显的标记'。"

"你知道吉米是怎么说他被欠债的吗？"罗宾顺着自己的思路说道，"以及拉夫怎么说金瓦拉起初认为他对钱有合法的要求的？你认为杰克·奥肯特死后留下一些绞刑架准备出售的可能性有多大？"

"奇斯韦尔把它们卖掉了，却没有费心去寻找杰克的儿子们，并把钱还给他们？很聪明，"斯特莱克点点头说，"因此，对吉米来说，这一切都始于他对父亲遗产中他应得份额的要求。然后，当奇斯韦尔否认欠他们任何东西时，就变成了勒索。"

"不过，你想想看，勒索的理由并不充分，是不是？"罗宾说，"你真的认为奇斯韦尔会因此失去许多选民吗？在他出售这些东西的时候，这是合法的行为，而且他公开支持死刑，所以没有人会说他是个伪君子。这个国家有一半的人认为我们应该恢复绞刑。我不确定那些投票给奇斯韦尔的人会不会认为他做错了什么。"

"另一个很棒的观点，"斯特莱克承认，"而奇斯韦尔或许可以厚颜无耻地坚持下去。他会活得更惨：让情妇怀孕、离婚、私生子、拉斐尔因为嗑药引发的车祸和入狱……

"但是有'意想不到的后果'，记得吗？"斯特莱克若有所思地问道，"温恩如此渴望得到的外交部的那些照片说明了什么？刚才温恩在电话里提到的'塞缪尔'又是谁？"斯特莱克掏出笔记本，用他那密密的、难以辨认的笔迹草草写下了几个句子。

"至少,"罗宾说,"我们已经证实了拉夫的故事,这条项链。"

斯特莱克咕哝着,还在写着。写完后说道:"是的,就目前而言,这很有用。"

"你说'就目前而言'是什么意思?"

"他去牛津郡阻止金瓦拉带着一条贵重的项链逃跑,比试图阻止她结束自己是更好的说辞。"斯特莱克说道,"但我仍然认为我们并非被告知了一切。"

"为什么没有呢?"

"跟以前一样反对。既然妻子恨拉斐尔,奇斯韦尔为什么要派他去当使者呢?我不明白为什么拉斐尔会比伊茨更有说服力。"

"你是反对拉斐尔,还是别的什么?"

斯特莱克扬起了眉毛。

"不管怎样,我对他没有个人感情。你呢?"

"当然没有,"罗宾说,语速有点太快了,"那么,在泰根来之前,你提到的那个理论是什么?"

"哦,是的,"斯特莱克说,"嗯,也许没什么,但拉斐尔对你说的几件事使我大吃一惊,引起了我的思考。"

"什么事?"

斯特莱克告诉了她。

"我看不出这其中有什么重要意义。"

"也许不是孤立的,试着把它和德拉告诉我的结合起来。"

"哪一点?"

但是,即使斯特莱克提醒她德拉说过的话,罗宾仍然很困惑。

"我看不出有什么联系。"

斯特莱克笑着站了起来。

"仔细考虑一下吧。我要给伊茨打电话,告诉她泰根已经泄露了绞刑架的秘密。"

他走开了,消失在人群中,寻找一个安静的地方打电话,留下罗宾喝着现在已经不温不火的香槟,思考斯特莱克刚才说的话。她竭力想把这些互不相干的信息联系起来，可是依然毫无关联。几分钟后，她放弃了，只是坐在那里，享受着暖风撩起肩上的头发。

尽管她疲惫不堪，婚姻破碎，而且对晚些时候要去小山谷挖掘一事深感忧虑，但坐在这里，呼吸着马场的气息，闻着散发着草皮、皮革和马的柔和空气，闻到此刻从酒吧走到看台的女人们身上的香水，还有附近的面包车正在烹饪的鹿肉汉堡的烟熏味，还是感觉到十分惬意。一周以来，罗宾第一次意识到自己真的饿了。

她拿起香槟酒瓶塞，用手指把它翻过来，想起了另一个瓶塞，那是她在二十一岁生日派对上留下的，马修和一群新朋友从大学回来参加她的生日派对，莎拉也在其中。回想起来，她知道父母想为她举办一个盛大的二十一岁生日派对，以补偿没举办他们期待已久的毕业派对。

斯特莱克已经打了很长时间的电话。也许伊茨泄露了所有的细节，现在他们知道了勒索的实质，或者，罗宾想，伊茨只是一直不想挂断电话。

不过，伊茨不是斯特莱克喜欢的类型。

这个想法使她有点吃惊。她为产生这样的念头感到有点内疚，而想到另一个时，她感到更不舒服了。

他所有的女朋友都很漂亮，而伊茨不漂亮。

斯特莱克会吸引非常漂亮的女人，当你考虑到他通常像熊一样的外表，以及她听到过他所说的"阴毛一样"的头发。

我打赌我看起来很恶心，这是罗宾接下来的无关紧要的想法。那天早上，当她坐上路虎时，脸上浮肿苍白，在那以后，她又哭了很久。她正在考虑是否有时间去趟洗手间，至少梳理一下头发，这时她看见斯特莱克向她走来，两只手里各拿着一个鹿肉汉堡，嘴里叼着一张投注单。

"伊茨没有接电话，"他咬着牙对她说，"我给她留了言，过来拿一个汉堡，我刚刚在棕豹身上押了十英镑。"

"我竟然不知道原来你还是个赌徒。"罗宾说。

"我不是，"斯特莱克说着，把投注单从牙齿上取了下来装进了口袋，"但我今天觉得很幸运。走吧，我们去看看比赛。"

斯特莱克转过身去，罗宾悄悄地把香槟的软木塞放进了口袋。

"棕豹，"当他们走近跑道时，斯特莱克咬着一口汉堡说道，"不过他不是，是吗？黑色的鬃毛，所以他是……"

"红棕色，是的，"罗宾说，"他不是黑豹，你也不高兴吗？"

"我只是想尽量遵守逻辑。我在网上找到的那匹种马——勃朗·德·勃朗斯是栗色的，不是白色的。"

"你是说，不是灰色的。"

"他妈的。"斯特莱克咕哝着，半开玩笑，半生气。

65

我想知道有多少人会做同样多的事——谁敢做呢?

——亨利克·易卜生《罗斯莫庄》

棕豹获得第二名。他们把斯特莱克赢来的钱花在了食物和咖啡帐篷里,消磨了好几个小时,一直到动身去伍尔斯通和小山谷的时间。每当罗宾想到路虎车后座的工具和满是荨麻的黑暗盆地时,胸口就感到一阵恐慌。而斯特莱克,不知是有意还是无意,一直拒绝解释德拉·温恩和拉斐尔·奇斯韦尔的证词是如何吻合的,或者他从中得出了什么样的结论以分散她的注意力。

"想一想,"他不停地说,"你就好好想想吧。"

但是罗宾已经筋疲力尽,而且更为容易的是,催促他一边喝咖啡和吃三明治进行解释,自己一边享受着他们工作生活中这段不寻常的插曲,因为她和斯特莱克以前从来没有在一起待过那么多小时,除非是在危机时刻。

可是,当太阳越来越接近地平线时,罗宾的思绪更加坚定地冲向山谷,每一次都引起她的胃小小的翻滚。斯特莱克注意到她越来越沉默,于是第二次建议她待在路虎车里,让他和巴克利去挖掘。

"不,"罗宾简短地说道,"我不是为了坐在车里而来的。"

他们花了四十五分钟才到达伍尔斯通。当他们第二次下到白马谷的时候，西边的天空在迅速地泛着血红色。他们到达目的地时，几颗微弱的星星已经挂到了灰蒙蒙的天空中。罗宾把路虎开上通往斯泰达小屋的杂草丛生的小路，车子摇晃着，越过深深的沟壑、缠绕的荆棘和树枝，驶入了顶上浓密的树冠赋予的更深的黑暗之中。

"你能开进多远就多远，"斯特莱克一边用手机查看时间，一边指导她，"巴克利得把车停在我们后面。他应该已经到了，我告诉他九点钟到。"

罗宾停好车，关掉了引擎，注视着小路和奇斯韦尔家之间的茂密树林。也许没人能看见他们，但他们仍属于非法入侵。不过，对于可能被人发现的焦虑，和她真正害怕的在斯泰达小屋外面那个黑暗的盆底纠缠的荨麻下面的东西相比，根本算不了什么。因此，她又回到她整个下午用来分散注意力的话题上来了。

"我已经告诉过你——想一想，"斯特莱克说，已经是无数次说这样的话了，"想想那些拉克西丝药片。你认为它们很重要。想想奇斯韦尔一直在做的那些奇怪的事情：当着大家的面嘲笑阿米尔，说拉克西丝'知道每个人什么时候会死掉'，告诉你'一个接一个，他们会把自己绊倒的'，还在寻找弗雷迪的钱夹，而钱夹却出现在他的口袋里。"

"我想过这些事情了，可我还是不明白……"

"氦气和管子伪装成一箱香槟进入屋内。有人知道他不会喝香槟，因为他会过敏。问问你自己，弗利克是怎么知道吉米对奇斯韦尔有所有权的。想想弗利克和她的室友劳拉的争吵吧。"

"那和这件事有什么关系呢？"

"想想！"斯特莱克恼怒地说道，"奇斯韦尔垃圾桶里的空橙汁纸盒里没有发现阿米替林。还记得金瓦拉对奇斯韦尔的行踪耿耿于怀吗？猜猜看，如果我给德拉蒙德美术馆的小弗朗西斯卡打电话，她会告诉我什么。想想那个打给奇斯韦尔选区办公室的电话，说人们'死的时候尿裤子'——我向你保证，这本身并不是结论性的，但当你停下来想一想，就会发现这是一种他妈的暗示。"

"你把我弄晕了，"罗宾怀疑地说，"你的想法把这一切都联系起来了吗？有意义吗？"

"是的，"斯特莱克得意扬扬地说，"这也解释了温恩和阿米尔是如何知道外交部有照片的，大概是杰克·奥肯特的绞刑架，阿米尔已经好几个月没有在那里工作了，而据我们所知，温恩从来没有涉足过……"

此时，斯特莱克的手机响了。他查看了一下屏幕。

"伊茨打回来的。我到外面去接，我想抽烟。"

他下了车。罗宾听到他说了声"嗨"，然后砰的一声关上了门。她坐在车里等他，脑子嗡嗡作响。要么是斯特莱克真的灵光乍现，要么是他在开玩笑，而她稍微倾向于后者，所以他刚才列出的那独立的信息似乎完全不相干。

五分钟后，斯特莱克回到了乘客座位。

"我们的客户很不高兴，"他说着又砰地关上了门，"泰根本应该告诉我们，那天晚上金瓦拉偷偷溜出去杀了奇斯韦尔，而不是证实她有不在场的证明，而且还大谈奇斯韦尔兜售绞刑架的事。"

"伊茨承认了吗？"

"她别无选择，对吧？但是她不喜欢，坚持告诉我，当时出口绞刑架是合法的。我告诉她，她父亲骗走了吉米和比利的钱，你说得对。杰克·奥肯特死时，有两套绞刑架已经做好准备出售，但没有人告诉他的儿子们。她更不愿意承认这一点。"

"你认为她会担心他们会对奇斯韦尔的财产提出索赔吗？"

"我看不出这对吉米在他所处的圈子里的名声有多大好处，他接受第三世界国家实施绞刑赚来的钱，"斯特莱克说，"但你永远不会知道。"

一辆汽车在他们后面的路上疾驰而过，斯特莱克满怀希望地四处张望。

"我想那可能是巴克利……"他看了看表，"也许他错过了转弯。"

"科莫兰，"罗宾说，她对伊茨的情绪和巴克利的行踪远没有斯特莱克对她隐瞒的理论那么感兴趣，"你真的有办法能解释你刚才告诉我的一切吗？"

"是的，"斯特莱克挠着下巴说，"我有。麻烦的是，它让我们更接近他们，但如果我能明白他们为什么这么做，我还是会被诅咒，除非这是出于盲目的仇恨——但这感觉不像是一时热血的激情犯罪，不是吗？这不是锤子砸到头上这么简单。这是一次精心策划的处决。"

"'动机之前的手段'怎么讲？"

"我一直把注意力放在手段上，这就是我来到这里的原因。"

"你连'他'或是'她'都不告诉我吗？"

"没有一个好的导师会剥夺你自己解决了问题后的满足感。饼干还有剩的吗？"

"没有。"

"那么，幸亏我还带着这个。"斯特莱克说着，从口袋里掏出一根特趣巧克力棒，打开包装，递给她一半，她很不高兴地收下了，逗得他发笑。他们一直没有说话，等吃完后，斯特莱克比以往更加严肃地说道：

"今晚很重要。如果在山谷底部埋着的粉红色的毯子里没有东西，那么整个比利的业务就结束了：他想象出了扼杀，我们可以让他安心，而我可以试着证明我对奇斯韦尔死亡的理论，不受干扰，不用担心一个死去的孩子埋在哪儿，是谁杀了她。"

"或者是他，"罗宾提醒斯特莱克，"你说比利不确定是男是女。"

她说这话的时候，难以控制的想象力向她展示了一具裹在毯子里的残骸的小骨架。有可能从剩下的东西中分辨得出尸体是男性还是女性吗？会有发夹、鞋带、纽扣，或是一缕长发吗？

希望那里什么都没有，她想，上帝啊，让那里什么都没有。

但她大声问道：

"如果——有什么东西——有什么人——埋在山谷里呢？"

"那么我的理论就错了,因为我不明白一个在牛津郡被勒死的孩子怎么会符合我刚才提到的任何事情。"

"没必要,"罗宾理性地说,"关于谁杀死了奇斯韦尔,你可能是对的,这可能是完全不同的……"

"不,"斯特莱克摇摇头说,"这太巧了。如果山谷里埋着什么东西,它会与其他一切都联系起来。弟弟在孩提时代目睹了一场谋杀,而哥哥却在二十年后敲诈了一名被谋杀的男子,孩子被埋葬在奇斯韦尔的土地上……如果山谷里埋着一个孩子,它就适合埋在某个地方。但我敢打赌那儿什么也没有。如果我真的认为山谷里有具尸体,我就会尽量说服警察去做这件事。今晚是为了比利,我答应过他的。"

他们坐在那里,看着小路在黑暗中逐渐消失,斯特莱克偶尔查看一下他的手机。

"该死的巴克利在哪儿?啊!"

此时车子前灯正好转到他们身后的小径上。巴克利把一辆旧高尔夫车开上小径,刹车,关掉车灯。从后视镜里,罗宾看到巴克利的身影离开了汽车,走到斯特莱克的窗前,变成了血肉之躯的巴克利,拿着和侦探一样的工具包。

"晚上好,"他简短地说道,"是盗墓的好夜晚。"

"你迟到了。"斯特莱克说。

"是啊,我知道。刚刚接到弗利克的电话,我认为你们会想听听她说了些什么。"

"到后面去,"斯特莱克提议道,"我们在等待的时候你来告诉我们这件事。我们再等上十分钟,确保天完全黑下来后再行动。"

巴克利爬进路虎的后座,关上车门。斯特莱克和罗宾在座位上转过身去和他说话。

"是这样,她打电话给我,问候……"

"请说清楚一点。"

"哭了——更不用说取笑自己了。今天警察来了。"

"差不多是该来了,"斯特莱克说,"然后呢?"

"他们搜查了浴室,发现了奇斯韦尔的便条。她已经受到询问了。"

"她对此有何解释?"

"她不信任我,她只想知道吉米在哪里,她现在状态他妈的不错,只是说'告诉吉米他们找到了,他会知道我的意思的'。"

"吉米在哪儿,你知道吗?"

"不晓得,昨天见到他,他没有提到任何计划,但他告诉我他让弗利克很生气,因为他问她有没有波比·坎利夫的电话号码。他有点喜欢小波比,"巴克利笑嘻嘻地对罗宾说,"弗利克告诉他,她不知道;同时想知道他为什么这么感兴趣。吉米说他只是想让波比去参加一个会议,但是,你知道,弗利克可没那么蠢。"

"你认为她意识到是我向警方告密了吗?"罗宾问道。

"还没有,"巴克利说,"她吓坏了。"

"好吧,"斯特莱克说着,眯起眼睛,看着透过头顶上的树叶他们能看到的一小片天空,"我想我们该动手了。拿起你旁边的那个袋子,巴克利,我把工具和手套放在里面了。"

"你的腿那样怎么能挖地呢?"巴克利怀疑地问道。

"你一个人干不了,"斯特莱克说,"否则明晚我们都还会在这里。"

"我也一起挖吧。"罗宾坚定地说道。在听了斯特莱克的保证他们极有可能在那小山谷里找不到任何东西之后,她感到更加勇敢了。"把那双雨靴递给我,山姆。"

斯特莱克已经从他的工具包里取出了手电筒和拐杖。

"我来背。"巴克利说,他把斯特莱克的包和自己的包一起扛到肩上时,传出了重金属工具的碰撞声。

他们三个沿着小径出发了,罗宾和巴克利与斯特莱克的步伐保持一致。斯特莱克小心翼翼地向前走,把手电筒的光束对准地面,不时使用手杖,既靠在上面,又把路上的障碍物拨开。他们的脚步声被松软的地面减弱了,但宁静的夜晚放大了巴克利携带的工具的撞击声,微小的、看不见的生物在躲避侵入他们荒野的巨人时发出的沙沙声,以及从奇斯韦尔庄园方向传来的狗吠声。罗宾想起了那只诺福克小猎犬,希望它没有被松开。

他们走到空地时,罗宾看到夜晚将废弃的小屋变成了女巫的巢穴。很容易想象会有什么人躲在破裂的窗户后面,她坚定地告诉自己,情况已经够毛骨悚然了,不能再想象出新的恐怖景象,于是她转过身不去看小屋。随着轻轻的哐当声,巴克利把工具箱放在了小山谷的边缘,拉开两个包的拉链。借着手电筒的光亮,罗宾看到了一大堆工具:一把镐、一把鹤嘴锄、两根撬杆、一把叉子、一把小斧头和三把铲子,其中一把铲子有尖头。还有几副厚厚的园艺手套。

"耶,这些对我们会有帮助,"巴克利说着,眯起眼睛往他们下面漆黑的盆地看了看,"在我们有机会'破土动工'之前,我们要把那些清理掉。"

"没错。"罗宾说着,伸手去拿了一副手套。

"你确定能干吗,大个子?"巴克利问斯特莱克,斯特莱克也拿了一副手套。

"看在上帝的分上,我能拔荨麻。"斯特莱克烦躁地说道。

"拿斧子来,罗宾,"巴克利说着,抓起了鹤嘴锄和一根撬杆,"有些灌木丛需要砍下一些。"

他们三人滑下山谷陡峭的山坡,开始工作。将近一小时的时间里,他们砍断了粗壮的树枝,拔起了荨麻,偶尔交换一下工具,或是回到高处去取不同的工具。

尽管夜晚越来越冷,罗宾很快就出汗了,她一边干活一边脱衣服。另一方面,斯特莱克花了相当大的力气假装自己在光滑不平的地面上不断地弯曲和扭动不会伤害到他的残肢末端。黑暗掩盖了他的畏缩,每当巴克利或罗宾打开手电筒查看他们的进展时,他都小心翼翼地调整好自己的表情。

体力活动有助于消除罗宾对他们脚下可能隐藏的东西的恐惧。

也许,她想,这就像在军队一样:艰苦的体力劳动和同事们的友爱,帮助你把注意力集中在一些事情上,而不是未来可能发生的可怕的现实。两位退伍军人有条不紊地、毫无怨言地埋头干活,当顽固的树根和树枝撕扯着衣物和肉时,才会偶尔咒骂几句。

"该挖了。"巴克利终于说道。这时,他们已经把盆底清理得尽可能干净了。"你得离开这里,斯特莱克。"

"我先开始挖,罗宾可以接替。"斯特莱克说。"去吧,"他对她说,"你去休息一下,替我们把电筒拿稳,把叉子递给我。"

和三个兄弟一起长大的经历教会了罗宾一些宝贵经验,让她懂得了男人的自我意识,懂得了如何挑起她的争斗。相信斯特莱克的命令更多是源于骄傲而不是理智,她无论如何也得妥协,于是爬上山谷陡峭的山坡,坐下来,在他们干活时为他们稳稳地举起手电筒,偶尔递给他们不同的工具以消除岩石和处理特别坚硬的地面。

工作进展缓慢。巴克利挖地的速度要比斯特莱克快三倍,罗宾一眼就看出斯特莱克在苦苦挣扎,尤其是用脚把尖头铲压入泥土的时候,如果要求义肢在不平的地面上支撑他的全部重量,义肢是不可靠的。压在有抵抗力的金属上时,他会非常痛苦。罗宾一分钟一分钟地拖延着不去干预,直到斯特莱克口里冒出来"他妈的"一声,只见他弯下腰来,痛苦地做着鬼脸。

"要我来接手吗?"她建议道。

"我想你得这么做了。"他粗鲁地嘟囔着。

他吃力地从山谷里爬了出来,尽量不把更多的重量压在义肢上。他从往下爬的罗宾手里接过手电筒,在他们俩干活时,稳稳地举着。他怀疑残肢的末端在剧烈跳动,还摩擦着伤口。

巴克利在第一次休息之前,已经挖出了一个几英尺深的短通道。他从洞里爬出来,去他的工具包里拿了一瓶水。他喝水的时候,罗宾倚在铲子柄上休息了一会儿,狗叫声又传了过来。巴克利眯起眼睛注视着看不见的奇斯韦尔庄园。

"她养的是什么狗?"他问。

"一只老拉布拉多犬和一只爱叫的小猎狗。"斯特莱克说。

"如果她放开狗我们就麻烦了,"巴克利用胳膊擦着嘴说,"小猎犬会直接穿过那些灌木丛的。他们的听力真他妈的好,小猎犬。"

"那么,还是希望她别放它们出来吧,"斯特莱克说,接着补充道,"让它叫上五分钟吧,罗宾。"然后关掉了手电筒。

罗宾也从盆地里爬出来,从巴克利手里接过一瓶新鲜的水。现在她不再挖洞了,寒冷使她裸露的皮肤起了鸡皮疙瘩。在黑暗中,草丛和树林里的小动物扑腾、疾走的声音显得格外响亮。狗还在叫,罗宾觉得听到远远地有个女人在喊叫。

"你们听到了吗?"

"是的,听起来像是她在叫狗闭嘴。"巴克利说。

他们等待着。终于,小猎犬停止了吠叫。

"再等上几分钟,"斯特莱克说,"等它睡着吧。"

他们等待着,每一片树叶低语都在黑暗中放大了,随后罗宾和巴克利低下身子爬回到山谷里,再次开始挖掘。

此时,罗宾的肌肉在乞求着怜悯,戴着手套的手掌开始起泡。他们挖得越深,工作就越困难,土壤越密,岩石越多。巴克利的战壕要比罗宾的深得多。

"让我来挖一下吧。"斯特莱克建议道。

"不行,"她厉声说道,她太累了,只能直言,"会把你的腿彻底毁掉的。"

"她说得没错,伙计,"巴克利气喘吁吁地说,"再给我来一瓶水,我喘不过气来了。"

一个小时后,巴克利站在齐腰深的泥土里,罗宾的手掌在超大手套下流着血,她用铲子的钝头试图把一块重石撬出地面时,手套擦去了层层的皮肤。

"出来——吧——你这——该死的——东西!"

"需要帮忙吗?"斯特莱克说道,准备爬下去。

"待在那儿,"她生气地对他说,"我没有能力帮忙把你抬回车上，不是在这之后……"

当她成功地挖翻小圆石时，不由自主地发出了最后一声尖叫。几只附着在下面的蠕动的虫子，从手电筒的光亮中滑了出去。斯特莱克把光束引回到巴克利。

"科莫兰，"罗宾尖叫道，"怎么了？"

"我需要光线。"

她声音里的某种东西让巴克利停止了挖掘。斯特莱克没有把光束对准她，也没有理睬她刚才的警告，而是滑回到坑里，落在松软的地上。手电筒在四处乱转，罗宾一时睁不开眼。

"你看到了什么？"

"照来这里，"她说，"岩石上。"

巴克利爬向他们，他的牛仔裤从下摆到口袋都沾满了泥土。

斯特莱克照罗宾的要求做了。他们三个低头凝视着岩石的表面。粘在泥上的显然不是植物而是羊毛纤维之类的东西，虽然微弱，但很明显是粉红色的。

他们一起转过身来，检查岩石所在的地方留下的凹痕，斯特莱克把电筒的光射进洞里。

"哦，妈的。"罗宾喘息道，她不假思索地把两只沾满泥土的花园手套拍在脸上。几英寸厚的脏东西露了出来，在手电筒的强光下，它也是粉红色的。

"把那个给我。"斯特莱克说着，从她手里把鹤嘴锄拽了出来。

"不！"

但他几乎把她推到一边。借着偏转的电筒光线，她看到了他的表情，严峻而愤怒，仿佛那粉红色的毯子使他蒙受了极大的冤屈，仿佛他受到了人身侮辱。

"巴克利，你来拿着这个。"

他把鹤嘴锄推给巴克利。

"尽你所能把它拆开，别把毯子扎破了。罗宾，到另一头去，用叉子弄，当心我的手。"斯特莱克对巴克利说。他把电筒塞进嘴里，这样就能借着光看到东西,他跪在泥土里,开始用手指拨开泥土。

"听。"罗宾小声说道,僵住了。

那只小猎狗的狂吠又一次穿过夜空传来。

"我翻那块石头的时候,尖叫了一声,不是吗?"罗宾小声说道,"我想我又把它吵醒了。"

"现在别管这些了,"斯特莱克说,手指一边扒开毯子上的泥土,"挖。"

"但如果……?"

"假如发生那样的情况,我们会处理的,快挖。"

罗宾拨动了叉子。几分钟后,巴克利把锄头换成了铲子。慢慢地,粉红色毯子的长度暴露出来,里面的东西埋得太深,仍然无法取出。

"不是个大人。"巴克利审视着那条肮脏的毯子说道。

而那只小猎犬仍然远远地从奇斯韦尔庄园的方向继续狂吠着。

"我们应该打电话给条子,斯特莱克,"巴克利说着停了下来,抹去眼中的汗水和污泥,"我们难道不是打扰这儿的犯罪现场吗?"

斯特莱克没有回答。看着他的手指感受着藏在肮脏毯子下面的东西的形状,罗宾感到有点恶心。

"去拿我的工具包,"他对罗宾说,"里面有一把刀,斯坦利刀,快点。"

那只小猎犬还在发狂似地狂吠。罗宾觉得它的声音听起来更响了。她爬上山谷陡峭的一侧,在袋子的黑暗深处摸索着,找到了那把刀,又朝斯特莱克滑了下来。

"科莫兰,我想萨姆说得对,"她低声说道,"我们应该把这个留给……"

"把刀给我,"他说着,伸出手来,"行了,快点,我能感觉到,这是头骨。快!"

她违背自己的本能,交出了那把刀。传来刺穿织物的声音,然后是撕裂的声音。

"你在干什么？"看着斯特莱克拽着地上的东西，她惊恐地问道。

"他妈的，斯特莱克，"巴克利生气地说，"你是要撕开它的……"

伴随着可怕的嘎吱嘎吱的响声，泥头中露出了一个又大又白的东西。罗宾轻轻地叫了一声，向后退了一步，半倒在了山谷的墙上。

"妈的。"巴克利重复道。

斯特莱克把手电筒移到他那只空着的手上，以便照到他刚从地里拖出来的东西上。罗宾和巴克利惊呆了，他们看到了一个褪色的、部分破碎的马头骨。

66

不要坐在这里苦思冥想无法解决的难题。

——亨利克·易卜生《罗斯莫庄》

马头骨多年来一直被毯子保护着,在手电筒的照耀下闪着苍白的光,鼻子的长度和下颚的锋利程度都让它看起来像个奇怪的爬行动物。上面还剩下几颗钝牙。除了眼洞外,头骨上还有几个洞,一个在下颚处,一个在头的一侧,每个洞周围的骨头都裂开了。

"被枪射死的。"斯特莱克说着,双手慢慢地转动着头骨。第三个凹痕显示了另一颗子弹的轨迹,子弹已经断裂,但没有穿透马头。

罗宾知道,如果这是人的头骨,她会感觉更糟糕。但她还是感到震撼,听到头骨从泥土中拔出来时发出的噪声,以及意外地看到这个曾经生活和呼吸过的脆弱的外壳被细菌和昆虫剥光的景象。

"兽医对马实施安乐死时,只会对着马的前额开上一枪。"她说,"他们是不会用子弹乱射马的。"

"是来复枪,"巴克利权威地说道,爬得更近了一些,仔细察看骸骼,"有人朝它开了几枪。"

"不是很大,对吗?是小马驹吗?"斯特莱克问罗宾。

"也许吧,但我觉得它更像一匹小马,或者一匹迷你马。"

他用手慢慢地转动着它，三个人都看着它在手电筒光线下移动。他们费尽周折才把它从地下挖掘出来，它似乎隐藏着超越其本身存在的秘密。

"这么说，比利确实目睹了下葬过程。"斯特莱克说道。

"但不是埋葬一个孩子。你不必重新考虑你的理论了。"罗宾说。

"理论？"巴克利重复道，但无人应答。

"我不知道，罗宾。"斯特莱克说，他的脸在电筒光下如幽灵一般，"如果他没有发明葬礼，我想他也没有发明……"

"妈的，"巴克利说，"她干了，她把狗放出来了。"

小猎犬的吠声和拉布拉多犬低沉、洪亮的吠声，已不再被墙壁所阻挡，在黑夜中回荡，向他们冲来。斯特莱克不假思索地扔下了马头骨。

"巴克利，带上所有的工具离开这里。我们会把狗拦住。"

"这个怎么办？"

"别管它了，没时间填埋了，"斯特莱克说，他爬出山谷，全然不顾残肢末端的剧痛，"罗宾，快点，你跟我一起！"

"如果她报警了那怎么办？"罗宾说着，她先爬到山谷顶上，然后转身帮忙把斯特莱克拉上来。

"我们就见机行事吧，"他气喘吁吁地说道，"快点，我想在狗找到山姆之前把它们拦住。"

树林密密麻麻、错综复杂。斯特莱克把手杖落下了。罗宾抓住他的胳膊，他一瘸一拐地尽可能快地走着，每次需要义肢承受他的重量时，他都痛苦地咕哝着。罗宾瞥见树丛中有一丝亮光。有人拿着手电筒从屋里走出来。

突然，诺福克猎犬从矮树丛中冲了出来，凶猛地狂吠不止。

"好孩子，是的，你找到我们了！"罗宾气喘吁吁地说道。

小猎犬无视她友好的姿态，向她发起攻击，试图咬她一口。罗宾用她穿着威灵顿长筒靴的脚把它踢开，这时，拉布拉多更为低沉的吠叫向他们袭来。

"小混蛋。"斯特莱克说，诺福克梗在他们周围窜来窜去，咆哮着，他想把它赶走，但几秒钟后，小猎犬就捕捉到了巴克利的踪迹。它把头转向山谷，他俩还没来得及阻止它，它又狂吠起来，近乎疯狂。

"糟糕。"罗宾说。

"没关系，继续走。"斯特莱克说，尽管他的残肢末端正在燃烧，他不知道它还能支撑他多久。当胖胖的拉布拉多犬靠近他们时，他们只是尽量走了几步。

"好孩子，是的，好孩子。"罗宾低声说，拉布拉多犬对追逐不那么热心，于是罗宾紧紧抓住了它的项圈。"走吧，跟我们走吧。"罗宾说，她半拖着它，斯特莱克仍然靠着她，朝着长满杂草的槌球草坪走去，此时他们看见一个电筒在黑暗中越来越近了。一个尖锐的声音喊道：

"贝吉！拉滕伯里！是谁？谁在那儿？"

电筒光线后面的剪影是个女性，身材庞大。

"没事的，奇斯韦尔太太！"罗宾叫道，"只有我们！"

"'我们'是谁？你是谁？"

"听我的，"斯特莱克低声对罗宾说，然后喊道，"奇斯韦尔太太，我们是科莫兰·斯特莱克和罗宾·埃勒克特。"

"你们在这儿干什么？"她隔着他们之间越来越小的距离喊道。

"我们在村里采访泰根·布切尔，"斯特莱克喊道，他、罗宾和不情愿的贝吉正艰难地穿过长草，"我们开车往回走，看见有两个人闯进了你的领地。"

"那两个人呢？在哪里？"

"他们跑进了后面的树林。"斯特莱克说。在树林的深处，诺福克小猎犬还在狂吠。"我们没有你的电话号码，否则我们会打电话通知你的。"

金瓦拉现在到了只离他们几英尺的地方，他们看见她套着一件厚厚的棉袄，里面穿着一件黑色丝绸短睡衣，威灵顿长筒靴上面的腿光着。斯特莱克用完全保证的口气来应对她震惊和怀疑。

"我想我们应该做点什么,因为我们是唯一的目击证人。"他气喘吁吁地说,在罗宾的帮助下蹒跚着走向金瓦拉时,有点畏缩,有种自我贬低的英勇行为。"为我们的样子向你道歉,"他停了下来补充道,"那些树林泥泞不堪,我摔倒了好几次。"

一阵冷风吹过黑暗的草坪。金瓦拉盯着他,困惑不解,满腹狐疑,然后把脸转向那只小猎犬继续吠叫的方向。

"拉滕伯里!"她喊道,"拉滕伯里!"

她转身对着斯特莱克:

"他们长什么样?"

"男人,"斯特莱克杜撰道,"从他们行动的样子来看,年轻而健康。我们知道你以前和入侵者有过纠纷……"

"是的,是的,我有过。"金瓦拉说,听起来很害怕。当斯特莱克重重地靠在罗宾身上,痛苦地扭曲着脸时,她似乎第一次接受了他的处境。

"我想你们最好进来。"

"非常感谢,"斯特莱克感激地说,"你真是太好了。"

金瓦拉把拉布拉多的项圈从罗宾的手里拽回来,又一次吼道,"拉滕伯里!"但那只远处吠叫不停的小猎犬没有回应,于是她把表现出反抗迹象的拉布拉多拉回家的方向,罗宾和斯特莱克跟在后面。

"如果她报警怎么办?"罗宾对斯特莱克小声嘟囔。

"船到桥头自然直。"斯特莱克回应道。

客厅的一扇落地窗开着。金瓦拉显然是跟着她那狂乱的狗穿过这里的,这是通往树林最快的路线。

"我们一身泥土。"当他们嘎吱嘎吱地穿过环绕着房子的砾石小路时,罗宾提示她。

"把你们的靴子放在外面就行了。"金瓦拉说,没有脱鞋就径自走进了客厅,"反正我正打算要换掉这块地毯。"

罗宾脱下长筒靴,跟着斯特莱克进了屋,关上了窗户。

又冷又暗的房间只亮着一盏灯。

"是两个男人吗?"金瓦拉重复道,再次转向斯特莱克,"你究竟看见他们从什么地方进来的?"

"越过马路边的墙上。"斯特莱克回答。

"你认为他们知道你已经看见他们了吗?"

"哦,是的,"斯特莱克说,"我们把车停了下来,但他们跑进了树林。不过,我想一旦我们跟踪他们,他们可能已经藏起来了,不是吗?"他问罗宾。

"是的,"罗宾说,"你把狗放出来的时候,我们认为是听到他们跑回到路上了。"

"拉滕伯里还在追逐某个人——当然,可能是一只狐狸。它迷上了树林里的狐狸。"金瓦拉说。

斯特莱克刚才注意到,房间和他上次看见的情况相比,发生了一些变化。壁炉架上贴着一张崭新的深红色方形壁纸,就在原来挂着母马和小马驹那幅画的地方。

"你的画呢?"他问。

金瓦拉转过身来去看斯特莱克在说什么。她回答道,也许太迟了几秒钟:

"我把它卖了。"

"哦,"斯特莱克说,"我还以为你特别喜欢那幅画呢?"

"自从托奎尔那天说了那番话以后,我就不喜欢了。从那以后,我就不想把它挂在那儿了。"

"哦。"斯特莱克说道。

拉滕伯里持续不断的吠叫声继续在树林里回响,斯特莱克肯定它在树林里发现了巴克利,他正提着两个装满工具的工具包吃力地回到车上。此时,金瓦拉松开了贝吉的项圈,肥胖的拉布拉多犬发出一声低沉的吠叫,小跑到窗前,开始呜咽着用爪子抓起玻璃。

"即使我给警察打电话,他们也不会及时赶到这里的。"金瓦拉说道,半是担心,半是生气,"我从来都不是最重要的。至于入侵者,他们认为都是我编造出来的。"

"我要去看看马的情况。"她说,做了个决定,但没有从落地窗出去,而是跺着脚走出客厅,进入大厅。据他们所能听到的,她从那里进入了另一个房间。

"我希望那只狗没有抓住巴克利。"罗宾低声说道。

"但愿他没有用铁锹撬开它的脑袋。"斯特莱克低声说。

门重新打开了,金瓦拉回来了,令罗宾吃惊的是,她拿着一把左轮手枪。

"我来拿那个,"斯特莱克说着,一瘸一拐地走上前,令她吃惊地从她手里拿过手枪。他检查了一下手枪。"哈林顿和理查德森7-发枪?这是违法的,奇斯韦尔太太。"

"那是贾斯帕的,"她回答,好像这是一张特别的许可证,"我宁愿拿……"

"我跟你一起去检查一下马匹,"斯特莱克坚定地说,"罗宾可以留在这里照看房子。"

金瓦拉本想抗议,但斯特莱克已经拉开了客厅的落地窗。拉布拉多犬乘机笨拙地回到黑暗的花园里,它低沉的吠声在庭院里回荡。

"啊,看在上帝的分上——你不该让他出来——贝吉!"金瓦拉喊道。她转身对罗宾说,"你就待在这个房间里!"然后跟着拉布拉多回到花园,斯特莱克拿着枪一瘸一拐地跟在她后面。两人都消失在黑暗中。罗宾站在他们离开她的地方,被金瓦拉的命令的强烈震撼到了。

敞开的窗户让充足的夜间空气进入本已寒冷的室内。罗宾走近火炉旁的木篮子,里面装满了诱人的报纸、树枝、木柴和点火器,但金瓦拉不在,她几乎无法生火。房间里的一切都和她记忆中的一样破旧,墙上现在只剩下四幅牛津郡风景画。外面的院子里,两只狗还在吠叫,但屋里唯一的声音是角落里一只老式落地钟的响亮的滴答声,罗宾上次来的时候没有注意到,因为当时这家人一直在聊天和争吵。

经过长时间的挖掘,罗宾身上的每一块肌肉都开始疼痛,她起泡的手也开始刺痛。她刚在那张松垮垮的沙发上坐下来,紧紧地抱着自己取暖，忽然听见头顶上传来一声很像是脚步声的嘎吱声。

罗宾抬头盯着天花板，这也许是她想象出来的。老房子会发出听起来像人类发出的奇怪响声，直到让你熟悉为止。她父母的散热器会在夜里发出咔嚓的声响，他们的旧门会在中央供暖系统中发出嘎吱声。也许上面什么都没有。

第二声嘎吱声响了起来，距离第一声嘎吱声发出的地方几英尺远。

罗宾站了起来，扫视了一下房间，寻找可以用来当武器的东西。沙发旁边的桌子上放着一个丑陋的小小的青铜青蛙饰品。她的手指抓住坑坑洼洼的装饰品的表面时，听到头顶传来第三声嘎吱声。除非是她想象出来，否则脚步声已经一路穿过了她所在房间正上方的一间屋子。

罗宾一动不动地站了将近一分钟，竖起耳朵。她知道斯特莱克会说什么：原地不动。然后她听到头顶上又传来一个小小的动静。她确信有人在楼上蹑手蹑脚地走来走去。

罗宾踮起穿着袜子的脚尽可能悄无声息地移动，她绕过客厅的门，不去碰它，以免它嘎吱作响，然后悄悄地走进铺着石板的大厅中央，那里悬挂着的灯笼投射出一片斑驳的光来。她在灯笼下面停了下来，竖起耳朵，心脏怦怦直跳，想象着一个陌生人站在她上面，一动不动，听着，等着。她的右手仍然紧紧地抓着青铜青蛙，她走到楼梯脚下。她上方的楼梯平台一片漆黑。狗叫声在树林深处回荡。

她正上楼走到到一半的时候，忽然听见上面又传来一个小小的声音：一扇门关上的嗖嗖声后一只脚踩在地毯上发出的摩擦声。

她知道没有必要喊"谁在那里？"，如果躲着她的人已经准备好露面，就不会让金瓦拉独自离开房子，去面对那些引发狗吠的东西。

到了楼梯的顶端，罗宾看到一条垂直的光线，就像光谱手指一样穿过黑暗的地板，从唯一亮着的房间里倾泻出来。她蹑手蹑脚地走向房间，脖子和头皮有点刺痛，害怕未知的潜伏者正从她经过的敞开着门的三个黑暗房间中的一间向外窥探。她不停地转过头检查，然后用指尖推开了那间亮着灯的卧室的门，把青铜青蛙高高地举起，走了进去。

显然，这是金瓦拉的房间：凌乱、杂乱、空无一人。离门最近的床头柜上亮着一盏灯。床没有收拾好，一副匆忙离开的样子，奶油色的羽绒被皱巴巴地躺在地板上。墙上挂满了许多马的图片，即使在罗宾这个未受过绘画教育的人眼里，这些画作的质量都比客厅里不见了的那幅画差很多。衣柜的门敞开着，但也仅够一个侏儒藏在里面密密麻麻的衣服里。

罗宾回到黑暗的楼梯口。她紧紧地抓住那只青铜青蛙，确定了自己的方位。她听到的声音是从正上方的房间里发出来的，意味着可能就正对着她关着门的那个房间。

她把手伸向门把手时，那种看不见的眼睛正注视着她的可怕感觉加剧了。她推开门，没有进去，摸了摸内墙，发现了一个电灯开关。

在强烈的光线下，可以看到一间空荡荡的寒冷的卧室，里面只有一张黄铜床架和一个抽屉柜。老式的黄铜挂环的厚窗帘已经拉上，底部遮住了地面。双人床上放着那幅《母马在哀悼》，棕色和白色相间的母马永远在嗅着蜷缩在稻草里的纯白小马驹。

罗宾没有拿东西的那只手在夹克口袋里摸索着，找到了手机，拍了几张照片那幅画躺在床罩上的照片。那幅画看起来是匆忙放在那儿的。她突然感到身后有什么东西在移动。

她猛一回头，试图眨掉相机闪光灯在视网膜上留下的镀金镜框的闪光印象。接着，她听到斯特莱克和金瓦拉在花园里的声音越来越响，知道他们正在返回客厅。

罗宾啪的一声关上了空房间的灯，尽可能安静地跑回楼梯口，下了楼梯。她担心自己不能及时赶到客厅迎接他们，于是直接冲向楼下的浴室，冲了冲马桶，然后跑过大厅，刚好在女主人从花园里进来时回到客厅。

67

我有足够的理由在我们的契约上画一个隐藏的面纱。

——亨利克·易卜生《罗斯莫庄》

诺福克猎犬在金瓦拉的怀里挣扎着,爪子上沾满了泥土。一看到罗宾,拉滕伯里又狂吠起来,挣扎着想要挣脱。

"对不起,我非常想上厕所。"罗宾气喘吁吁地说说道,把青铜青蛙藏在背后。旧水槽支撑着她的故事,发出响亮的汩汩声和叮当声,在铺着石板的走廊上回荡。"有收获吗?"罗宾朝斯特莱克喊道,他正艰辛地跟着金瓦拉走进房间。

"一无所获。"斯特莱克说,此时他已经疼得憔悴不堪。等那只气喘吁吁的拉布拉多犬跳回房间后,他关上窗户,另一只手里拿着左轮手枪。"不过,肯定有人在那里。狗知道这一点,但我想他们已经跑了。他们爬过墙时,我们路过的几率有多大?"

"哦,别叫了,拉滕伯里!"金瓦拉喊道。

金瓦拉放下了小猎犬,它还在对罗宾狂吠,金瓦拉举起一只手威胁它,它呜咽着退到角落里,加入了拉布拉多犬。

"马还好吗?"罗宾问道,走到放了青铜青蛙的茶几前。

"马厩有一扇门没有关好,"斯特莱克说,弯下腰去摸膝盖时抽搐了一下,"但是奇斯韦尔太太认为,可能那扇门本来就没有关好。你介意我坐下吗,奇斯韦尔太太?"

"我——不,我想不介意。"金瓦拉粗鲁地回答。

她走到屋角的一张酒桌前,打开了威雀,给自己倒了一大杯威士忌。等她转过身,罗宾已经把镇纸放回桌上。她想吸引住斯特莱克的眼睛,但他已经瘫倒在沙发上,发出微弱的呻吟声,转向了金瓦拉。

"如果你给我喝点酒,我不会拒绝的。"他厚颜无耻地说道,一边揉着右膝,一边又激灵了一下,"实际上,我想得把这个东西取下来,你介意吗?"

"嗯——不,我想我不介意。你想喝什么?"

"我也要一杯苏格兰威士忌。"斯特莱克说着,把左轮手枪放在青铜青蛙旁边的桌子上,卷起裤腿,用眼睛示意罗宾也应该坐下。

金瓦拉把另一个量具扔进玻璃杯时,斯特莱克开始取下义肢。金瓦拉转过身递给他酒,惊讶地看到斯特莱克在弄他的义肢,眼睛避开了发炎的残肢。斯特莱克气喘吁吁地把义肢靠在脚凳上,把裤腿盖到被截掉的腿上。

"非常感谢。"他说着从她手里接过威士忌,喝了一大口。

金瓦拉被困在一个不能走路的男人身边,理论上她应该感激这个男人,而且刚刚给他倒了一杯酒。金瓦拉也坐了下来,但表情很冷漠。

"实际上,奇斯韦尔太太,我本来就想给你打电话,想确认一下我们早些时候从泰根那里听到的一些事情,"斯特莱克说,"如果你愿意,我们现在就可以过一遍,确认一下。"

金瓦拉微微打了个寒战,瞥了一眼空空的壁炉。罗宾提出帮助:"你想让我……?"

"不用,"金瓦拉打断了罗宾的话,"我自己能做。"

她走到壁炉旁的深篮子旁,从里面抓出一张旧报纸。当金瓦拉在一堆报纸和一个点火器上搭起一个小木块结构时,罗宾成功地吸引了斯特莱克的目光。

"楼上有人。"她用口型说出了这句话,但她不确定他是否理解了。他只是好奇地扬起眉毛,然后转向金瓦拉。

一根火柴点燃了。火焰围绕着壁炉里的一堆纸和棍子燃烧起来。金瓦拉拿起酒杯回到酒桌,加了一些纯苏格兰威士忌,然后,把外套裹得更紧,回到木头篮子里,挑出一大块木头,扔进迅速蔓延的火上,然后倒回沙发上。

"那么,你继续说吧,"她阴沉着脸对斯特莱克说,"你想知道什么?"

"就像我说的,我们今天和泰根·布切尔谈过了。"

"然后呢?"

"现在我们知道了吉米·奈特和杰兰特·温恩在勒索你丈夫什么了。"金瓦拉并没有表现出惊讶的神色。

"我告诉过那些傻姑娘,你们会发现的,"她耸耸肩说道,"伊茨和菲茨。这里的每个人都知道杰克·奥肯特在谷仓里干什么,当然有人会说的。"

她喝了一大口威士忌。

"我想你全都知道了,是不是?绞刑架?津巴布韦的那个男孩?"

"你是说塞缪尔?"斯特莱克冒险问道。

"没错,塞缪尔·穆—— 穆拉普什么的。"

火突然燃烧出来,火苗从圆木上跳了起来,圆木在一阵火花中移动着。

"我们一听到那个男孩被绞死的消息,贾斯帕就担心用的是他的绞刑架。你都知道,是吗?有两套?但是只有一套送到了政府那里。另一套因为走错了路,卡车被劫持了什么的,所以落在了荒无人烟的地方。

"显然,这些照片非常恐怖。外交部认为,很可能是认错人了。贾斯帕不知道他们是怎么找到他的,但吉米说他能证明他们是贾斯帕的。

"我知道你会发现的,"金瓦拉有点苦涩地说道,"泰根是个可怕的长舌妇。"

"那么，说得清楚一点，"斯特莱克说，"吉米·奈特第一次来这儿看你的时候，他是想要回他和比利应得的，他父亲死时留下的两套绞刑架的份额吗？"

"没错，"金瓦拉一边说，一边喝着威士忌，"两套值八万英镑，他想要四万英镑。"

"不过想必，"斯特莱克说道，想起奇斯韦尔曾说过，吉米第一次来要钱的一个星期后，他又回来要求减少金额，"你丈夫告诉他，他只收到过其中一套的付款，因为另一套在途中被盗了吗？"

"是的，"金瓦拉耸耸肩说道，"于是吉米索要两万英镑，但我们已经把钱花光了。"

"吉米第一次来要钱的时候，你对他的要求怎么看？"斯特莱克问道。

罗宾不确定金瓦拉的脸是否变得更红了些，可能是因为威士忌起了作用。

"嗯，我明白他的意思，如果你想知道真相的话。我能理解他为什么觉得自己有权利这么做。绞刑架的一半收益属于奈特兄弟。这是杰克·奥肯特在世时的安排，但贾斯帕认为吉米不能索要被偷去的那套的钱，而且考虑到一直把绞刑架存放在他的谷仓里，还要承担所有的运输费用等等……他说吉米不能起诉他，即使他想这样干。他不喜欢吉米。"

"是的，嗯，我想他们的政见很不一样。"斯特莱克说。

金瓦拉几乎傻笑起来。

"要比那个更私人一点。你没听说吉米和伊茨的事吗？不……我想泰根太小了，没听过那个故事。哦，只有一次，"她说，显然是觉得斯特莱克很震惊，"但那对贾斯帕来说已经足够了。像吉米·奈特这样的男人，玷污了他亲爱的女儿，你知道……

"但是即使愿意，贾斯帕也不可能给吉米钱，"她接着说，"他已经把钱花光了，那笔钱暂时解决了我们的透支问题，修复了马厩的屋顶。在那天晚上吉米向我解释贾斯帕和杰克·奥肯特之间的安排之前,我对此事一无所知,"她补充说,仿佛觉察到了无言的批评,"贾斯帕告诉我绞刑架是他的,我相信了他。我自然相信他,他是我的丈夫。"

她又站了起来,朝饮料桌走去,这时那只胖胖的拉布拉多犬离开了它遥远的角落,摇摇摆摆地绕着土耳其脚凳走着,瘫倒在熊熊燃烧的炉火前。诺福克猎犬紧随其后,对斯特莱克和罗宾咆哮着,金瓦拉生气地说道:

"闭嘴,拉滕伯里。"

"我还有几件事想问你,"斯特莱克说,"首先,你丈夫的手机上有密码吗?"

"他当然有啊,"金瓦拉说,"他很有安全意识。"

"那么说,没有多少人知道他的手机密码?"

"他甚至没有告诉我密码,"金瓦拉说,"你为什么这么问?"

斯特莱克没有理会这个问题,继续说道:

"你的继子现在给我们讲了一个不同的故事,来解释他在你丈夫去世那天早晨到这里来的经过。"

"哦,真的吗?他这次说了什么?"

"说他想阻止你卖掉家里的一条项链,因为……"

"说实话,是吗?"她打断了他的话,转身对着他们,手里拿着一瓶新倒的威士忌。长长的红头发被夜风吹乱了,两颊通红,此时她显得有点放纵的样子,回到沙发上时忘了把外套合上,黑色的睡衣露出了一道乳沟。她扑通一声倒在沙发上。"是的,他想阻止我拿着项链乱跑,顺便说一句,我完全有权这么做。根据遗嘱条款,它是我的。如果贾斯帕不想让我得到它,他应该写得他妈的更仔细一点,不是吗?"

罗宾想起了金瓦拉的眼泪,上次他们在这个房间里的时候,她是如何为她感到难过的,尽管她在其他方面表现得并不讨人喜欢。可她此时的态度已经不像寡妇那样伤心欲绝了,不过罗宾想,也许是因为喝了酒,以及刚刚他们闯入她的领地所引起的震惊使然。

"这么说,你是在支持拉斐尔的说法,他开车到这里来是阻止你把项链带走的吗?"

"难道你不相信他吗?"

"不完全相信,"斯特莱克说,"不相信。"

"为什么不相信?"

"听起来是假的,"斯特莱克说,"我不相信你丈夫那天早上的状态是还能记得他在遗嘱里写了什么或是没写什么。"

"他状态很好,打电话给我,问我是不是真的要抛弃他。"金瓦拉说。

"你告诉过他你要卖掉那条项链吗?"

"没有说那么多话,没说。我说一旦尽快为我和马找到别的地方,我马上就离开。我想他可能想知道我会怎么做到的,我自己并没有钱,这就使他想起了那条项链吧。"

"这么说,拉斐尔来这儿纯粹是出于对父亲的忠诚,可他父亲却一个子儿都不给他,把他踢出了遗嘱?"

金瓦拉透过威士忌酒杯,久久地敏锐地瞪着斯特莱克,然后对罗宾说道:

"你能再往火上扔根木头吗?"

罗宾注意到她没有说"请"字,但还是照她说的做了。那只诺福克猎犬现在已经与睡在壁炉前地毯上的拉布拉多犬待在一起,对着她咆哮,直到她再次坐下。

"好吧,"金瓦拉说,带着要做出决定的神气,"好吧,就是这样。不管怎么说,我想这已经无关紧要了。那些该讨厌的女孩最终会发现的,拉斐尔活该。"

"他确实是来试图阻止我拿走项链,但不是为了贾斯帕、菲茨或弗洛普西——我想,"她咄咄逼人地对罗宾说道,"你知道所有家庭成员的昵称,是不是?你和伊茨一起工作的时候,你可能听到这些昵称笑得很开心吧?"

"呃……"

"哦，别装了，"金瓦拉相当不客气地说道，"我知道你会听到的这些昵称的。他们叫我丁丁二号或其他什么的，不是吗？伊茨、菲茨和托奎尔在拉斐尔背后叫他'拉斯德①'。你知道吗？"

"不知道。"罗宾说，金瓦拉仍然瞪着她。

"真好心，不是吗？他们所有人都称拉斐尔的母亲为奥卡②，因为她穿着黑白相间的衣服。

"不管怎么说……当奥卡意识到贾斯帕不会娶她时，"金瓦拉说，此时脸涨得通红，"你知道她做了什么吗？"

罗宾摇摇头。

"她把这条著名的家族项链送给了后来成为她下一个情人的男人，他是个钻石商人。她让他拿走了真正有价值的宝石，用立方锆石来替代，就是人造钻石，"金瓦拉解释道，以防斯特莱克和罗宾不明白，"贾斯帕根本没有意识到她做了什么，我当然也没有意识到。我想每次我被拍到戴着项链，以为自己戴着价值十万英镑的石头的时候，奥卡一定会开怀大笑。

"总之，当我亲爱的继子听到我要离开他父亲的消息，并听说我说有足够的钱买地养马时，他意识到我可能会把项链拿去估价。所以他赶紧跑到这里来，因为他最不想让家人知道他妈妈做了什么。如果事情败露，他再用甜言蜜语骗取回到他父亲的遗嘱里的可能性有多大呢？"

"你为什么不把这件事告诉其他人？"斯特莱克问道。

"因为那天早上拉斐尔答应我，如果我不告诉他父亲那头虎鲸干了什么，他可能会设法说服他母亲把石头还回来，或者至少补偿我同等的价值。"

"你还在努力找回丢失的石头吗？"

---

① 有令人作呕之意。
② 虎鲸的意思。

金瓦拉恶毒地眯起眼睛，越过玻璃杯框看着斯特莱克。

"自从贾斯帕死后，我什么也没做过，但这并不意味着我不会去做。我为什么要让该死的虎鲸带着本该属于我东西离开呢？在贾斯帕的遗嘱里，房子里的东西还没有明确地——明确地——被排除在外，"她一字一句地说道，此时舌头有点打结了，"是属于我的，所以，"她说，锐利的眼睛盯着斯特莱克，"你觉得这更像是拉斐尔的话吗？到这儿来是想替他亲爱的妈妈掩饰一下吗？"

"是的，"斯特莱克说，"我不得不说是这样的。谢谢你的诚实。"

金瓦拉盯着老爷钟，钟上显示现在是凌晨三点，但斯特莱克没有接受这个暗示。

"奇斯韦尔太太，我还有最后一件事想问，恐怕这是很私人的事。"

"什么事？"她生气地说。

"我最近和温恩太太交谈过。德拉·温恩，你知道，就是那个……"

"德拉——温恩——体育——部长，"金瓦拉说，就像斯特莱克第一次见到她丈夫时，她丈夫说的那样，"是的，我知道她是谁，是个非常古怪的女人。"

"哪方面？"

金瓦拉不耐烦地扭动着肩膀，似乎这是显而易见的。

"没什么，她说什么了？"

"她说她一年前遇到你的时候，你正处于极度的痛苦之中，从她所了解到的情况来看，你当时很难过，因为你丈夫承认有外遇。"

金瓦拉张开嘴，然后又闭上了。她就这样坐了几秒钟，然后摇了摇头，仿佛要把思绪清理一下，然后说道：

"我……我以为他不忠，但我错了，我完全搞错了。"

"据温恩太太说，他对你说了一些相当残酷的话。"

"我不记得我对她说了什么。我当时身体不太好，太情绪化，把一切都搞错了。"

"很抱歉,"斯特莱克说,"但是,作为一个局外人,你的婚姻似乎……"

"你的工作真糟糕,"金瓦拉尖声说道,"你做的工作真是令人恶心又肮脏。是的,我们的婚姻出了问题,那又怎么样?你以为,现在他死了,现在他自杀了,我还想和你们这两个——我那愚蠢的继女拖进来的完全陌生的人——一起重温这一切,把事情搞得更糟十倍吗?"

"这么说你改变想法了,是吗?你认为你丈夫是自杀的吗?因为我们上次来这儿的时候,你提出是阿米尔·马利克……"

"我不知道我当时说了什么!"她歇斯底里地叫道,"你难道不明白自从贾斯帕自杀以后,和警察、家人和你这样的人待在一起,是什么滋味吗?我没想到会发生这种事,我不知道,这似乎不是真的——在最后的几个月里,贾斯帕承受着巨大的压力,他喝得太多,脾气很坏——还有勒索,害怕一切会暴露——是的,我想他是自杀的,我一生都得和这一事实相伴,那天早上我离开他,也许是最后一根稻草!"

诺福克猎犬又开始狂吠起来。拉布拉多犬被惊醒了,也跟着吠叫。

"请你们离开!"金瓦拉喊道,站了起来,"出去!我一开始就不想让你们卷入这件事!走吧,好吗?"

"当然可以,"斯特莱克礼貌地说道,放下空杯子,"你介意等我把腿装起来吗?"

罗宾已经站起来了。斯特莱克把义肢装了回去,金瓦拉看着他,胸部起伏着,手里拿着酒杯。终于,斯特莱克准备站起来,但他的第一次尝试却让他倒回沙发上。在罗宾的帮助下,他最终站了起来。

"好吧,再见,奇斯韦尔太太。"

金瓦拉唯一的回答是走到窗前,把落地窗再次推开,对着兴奋地站起来的狗大叫,让它们待在原地。

不受欢迎的客人刚走到碎石路上,金瓦拉就砰的一声关上了他们身后的窗户。罗宾穿上惠灵顿长筒靴时,他们听到金瓦拉拉上窗帘时黄铜窗帘环发出的吱吱声,然后把狗叫出了房间。

"罗宾,我不确定我能不能回到车上,"斯特莱克说,没有把他的重量压在义肢上,"回想起来,这次挖掘可能……可能是个错误。"

罗宾无言地挽起他的胳膊,放在自己的肩上,他没有抗拒。他们一起慢慢地穿过草地。

"你明白我刚才对你说的吗?"罗宾问道。

"是说楼上有人吗?是的,"他说,每次放下假脚,他就可怕地畏缩起来,"我明白了。"

"你看起来不……"

"我并不吃惊——等等,"他突然说道,停了下来,仍然靠在她身上,"你没有上去吧?"

"我上去了。"罗宾说。

"看在上帝的分上!"

"我听到了脚步声。"

"如果你被抓了那会怎么样?"

"我拿了一件武器而且我没有——而且如果我没有上楼,我就看不到这个了。"

罗宾拿出手机,找出床上那幅画的照片,递给他。

"你没有看到金瓦拉看到那堵空白的墙时的表情。科莫兰,直到你问她,她才知道这幅画被移走了。不管楼上的人是谁,那人想趁她在外面时把它藏起来。"

斯特莱克盯着手机屏幕看了很长时间,手臂重重地搭在罗宾的肩膀上。最后,他说道:

"那是花斑马吗?"

"你是认真的吗?"罗宾说,完全不敢相信,"询问马的颜色吗?在这个时候?"

"回答我。"

"不是的,花斑马是黑白相间的,不是棕色的,而且……"

"我们需要报警,"斯特莱克说,"另一起谋杀案发生的几率呈指数上升。"

"你不是认真的吧?"

"我非常认真。扶我回到车上,我会告诉你一切……但在这之前,别让我说话,因为我的腿他妈的快要疼死了。"

68

我现在已经尝过鲜血的滋味了……

——亨利克·易卜生《罗斯莫庄》

三天后,斯特莱克和罗宾收到了前所未有的邀请。出于礼貌,他们没有抢警察的风头,而是帮助传递弗利克偷来的纸条和《母马在哀悼》的信息。伦敦警察厅欢迎这对侦探搭档进入新苏格兰场的调查中心。斯特莱克和罗宾习惯了被警察当作不方便的人或喜欢炫耀的人来对待,对这种意想不到的关系解冻感到惊讶,同时也心存感激。

到达后,带领队伍的高个子金发苏格兰人从审讯室里探出头来,和他们握了握手。斯特莱克和罗宾知道警察已经把两名嫌疑人带进来审问,尽管还没有人被起诉。

"我们整个上午都在应付歇斯底里和断然否认,"中情局局长朱迪·麦克默伦对他们说,"但我想,到今天结束的时候,我们就能把她搞定了。"

"朱迪,我们能不能让他们看一眼?"她的下属迪·乔治·雷伯恩问道。雷伯恩在门口遇见了斯特莱克和罗宾,把他们带到楼上。他是一个矮胖的男人,让罗宾想起了那个自以为风趣的交通警察,在她惊恐症发作时出现在隔离墩旁。

"那就看吧。"麦克默伦微笑着说。

雷伯恩领着斯特莱克和罗宾拐过一个拐角,穿过右边的第一扇门,进入一个黑暗狭窄的区域,其中有半面墙是一面通往审讯室的双向镜子。

罗宾只在电影和电视上见过这样的空间,她被迷住了。金瓦拉·奇斯韦尔坐在桌子的一边,旁边是一位穿着细条纹西装、嘴唇薄薄的律师。金瓦拉脸色苍白,没有化妆,穿着一件浅灰色的丝绸衬衫,衣服皱巴巴的,好像是她穿着睡觉似的。在她对面坐着另一个探长,穿着比律师的衣服便宜得多的西装,表情很冷漠。

他们看到,中情局局长麦克默伦重新走进房间,坐在她同事旁边的空椅子上。感觉过了很长时间,但可能只有一分钟,中情局局长麦克默伦说话了。

"关于你在酒店的那一夜,你依然无话可说吗,奇斯韦尔太太?"

"这就像一场噩梦。"金瓦拉低声说道,"我不敢相信会发生这样的事。我不敢相信我会在这里。"

她的眼睛是粉红色的、肿胀的,很明显没有睫毛膏,因为她已经哭掉了睫毛膏。

"贾斯帕自杀了,"她颤抖着说,"他很沮丧!大家都会这么说的!勒索正在侵蚀着他……你和外交部谈过了吗?甚至可能是那个被绞死的男孩的照片——你难道看不出贾斯帕有多害怕吗?要是那件事曝光了……"

她的声音嘶哑了。

"你指控我的证据在哪里?"她问,"在哪里?在哪里?"

她的律师干咳了一声。

"回到酒店的话题上来,"麦克默伦说,"为什么你认为你丈夫打电话给他们,是想弄清楚……"

"去旅馆不是犯罪!"金瓦拉歇斯底里地说,然后转向她的律师,"这太荒谬了,查尔斯,他们怎么能控告我,因为我去了一个……"

"奇斯韦尔太太会回答你关于她生日的任何问题，"律师带着罗宾所认为的异乎寻常的乐观态度对麦克默伦说，"但同样……"

观察室的门开了，撞到了斯特莱克。

"没问题，我们会换班的。"雷伯恩对他的同事说，"走吧，伙计们，我们到事故室去。还有很多东西要给你们看。"

他们拐过第二个弯时，他们看见埃里克·沃德尔朝他们走来。

"从没想过我会看到这一天。"他说道，笑着和斯特莱克握手，"真的会受到伦敦警察厅的邀请。"

"沃德尔，你留在这里吗？"雷伯恩问道，他似乎对另一个警察要和他分享自己急于打动客人们的前景有点愤愤不平。

"不妨和你们一起吧，"沃德尔说，"看看这几个星期以来我一直在帮什么忙。"

当他们跟着雷伯恩进入事故现场时，斯特莱克说道："一定付出了代价，把我们找到的所有证据都传递了出去。"

沃德尔窃笑着。

罗宾习惯了丹麦街上那狭窄、略显破旧的办公室，看到苏格兰场专门用于调查一桩引人注目的可疑死亡案件的空间，不禁被迷住了。墙上的白板上写着杀人的时间表，旁边的墙上贴着死亡现场和尸体照片的拼贴。尸体照片是奇斯韦尔拿掉了塑料包装后拍的，所以他充血的脸出现在可怕的特写镜头中，脸颊上有一道铁青的抓痕，浑浊的眼睛半睁着，皮肤呈黑黑的斑驳的紫色。

发现罗宾很感兴趣，雷伯恩给她看了警方用来立案的毒理学报告和电话记录，然后打开装着物证并贴上标签的大柜子，包括破裂的拉克西丝药片管，一个肮脏的橙汁纸盒和金瓦拉写给丈夫的告别信。看到从弗利克那里偷来的纸条，以及那幅《母马在哀悼》的复印件，罗宾知道这两张照片现在都成了警察案件的核心，她感到一阵骄傲。

"好了，"雷伯恩探长说着，关上橱柜，走到电脑显示器前，"是时候看看这位正在行动的小女士了。"

他在最近的机器上插入了一个视频光盘,示意斯特莱克、罗宾和沃德尔靠近一些。

帕丁顿车站人头攒动的前院显露无遗,黑白相间的人影东奔西走。时间和日期显示在左上角。

"她来了,"雷伯恩说着按了一下"暂停"键,然后指向一个矮胖的身影的女人,"看到她了吗?"

尽管有些模糊,但可以辨认出那个人就是金瓦拉。镜头里有个留着胡子的男人盯着她看,可能是因为她的外套敞开着,露出了她在残奥会上穿的紧身黑色连衣裙。雷伯恩再次按下"播放"键。

"看她,看她——施舍给无家可归的人。"

金瓦拉把钱捐给了一个在门口拿着杯子的裹着衣服的男人。

"看着她,"雷伯恩不必要地说道,"直接去找车站工作人员——毫无意义的问题,给他看她的票……看着她,现在……走到站台,停下来问另一个男人一个问题,确保她记住了路上的每一个他妈的步骤,即使她没有被摄像机拍到……然后……上了火车。"

画面动了一下又变了。一列火车驶进了斯温登进站,金瓦拉下了车,和另一个女人说话。

"看到了吗?"雷伯恩说,"还是要确保人们记住她,以防万一。而且……"

画面又变了,变成了斯温登车站的停车场。

"她在那儿,"雷伯恩说,"汽车就停在摄像机旁边,很方便。她上了车,下了车。回到家,坚持让马房女孩留在家里过夜,睡在隔壁房间,第二天早上在女孩的视线之内骑马……不在场的铁证。

"当然,就像你们一样,我们已经得出结论,如果是谋杀,那一定是两个人合伙干的。"

"是因为橙汁吗?"罗宾问道。

"主要是的,"雷伯恩说,"如果奇斯韦尔(他说的是这个名字的拼写)在不知不觉中服用了阿米替林,最有可能的解释是,他把自己调制好的果汁从冰箱里的一个纸箱里倒了出来,但箱子里的纸箱没有拆封,上面只有他的指纹。"

"不过,一旦他死了,就很容易在小物件上留下他的指纹。"斯特莱克说,"只要把他的手按在上面就行了。"

"没错,"雷伯恩说着大步走到挂着照片的墙上,指着杵和臼的特写镜头,"现在我们又回到了这个话题。奇斯韦尔指纹的位置和残留粉末的摆放方式表明是伪造的,这意味着篡改过的果汁被人几个小时前就弄好了,这个人有钥匙,还知道奇斯韦尔的妻子在服用哪种抗抑郁药,知道他的味觉和嗅觉受损,知道他总是在早晨喝果汁。然后他们要做的就是让帮凶在箱子里放一个未经处理的果汁盒,上面印上他死去后的指纹,然后把那个有阿米替林残留的盒子拿走。

"好吧,有谁比那位太太更有资格知道这一切,更有资格做这一切呢?"雷伯恩反问道,"可当他正在吞下抗抑郁剂的时候,她却在七十多英里以外,有在他死亡时间不在场的铁证。更不用说她留下了那封信,试图给我们一个干净利落的故事:丈夫已经面临破产和勒索,意识到妻子要离开他,这让他处于崩溃的边缘,所以他结束了自己的性命。

"可是,"雷伯恩指着死去的奇斯韦尔的脸的放大照片说,已经被撕掉了塑料袋,脸颊上出现了一道深红色的刮痕,"我们不喜欢这个东西,从一开始我们就认为这个印记很可疑。过量服用阿米替林会引起躁动和嗜睡,那个痕迹看起来好像是别人把袋子套在他头上似的。

"然后是敞开的门。最后一个进来或出去的人都不知道正确关闭它的诀窍,所以看起来奇斯韦尔不是最后一个接触到门的人。另外,药片的包装没有了——从一开始就有异味。贾斯帕·奇斯韦尔为什么要把它处理掉?"雷伯恩问道,"只是犯一些粗心的小错误。"

"它差点就成功了。"斯特莱克说,"要是阿米替林按照计划让奇斯韦尔睡着的话,要是他们能把最小的细节都想得清清楚楚——把门关好,把药丸的包装留在原处。"

"但是他们没有,"雷伯恩说,"她自己也不够聪明,无法说出能够脱身的说辞。"

"'我不敢相信会发生这样的事',"斯特莱克引用道,"她的说法是一致的。周六晚上,她对我们说,'我没想到会发生这种事','似乎不是真的'。"

"到法庭上去试试。"沃德尔轻声说道。

"是啊,亲爱的,当你压碎一堆药片,把它们放进他的橙汁里时,你在期待什么?"雷伯恩说,"有罪就是有罪。"

"令人惊讶的是,当人们随着更强的个性而随波逐流时,他们会对自己撒谎。"斯特莱克说,"我敢跟你打赌十英镑,当麦克默伦最终攻破她,金瓦拉会说他们一开始是希望奇斯韦尔自杀,然后试图迫使他自杀,最后到了试图逼他自杀和自己把药片放进橙汁之间没有太大区别的地步。我注意到,她还想把绞刑架的事作为他要自杀的理由。"

"你们把要点连接到绞刑架上,做得很好,"雷伯恩承认道,"在这一点上我们有点落后于你们,但它解释了很多东西。这是高度机密的,"他补充道,从旁边桌子上拿起一个牛皮信封,从里面抽出一张大照片,"但我们今天早上从外交部拿到了这个。正如你们所见。"

罗宾已经过去看了,却希望自己没有看到。真的,她看到的似乎是一个十几岁男孩的尸体,眼睛被腐肉鸟啄出了,挂在满是碎石的街道上的绞刑架上,看这个有什么好处呢?男孩晃来晃去的脚是光着的。罗宾猜测,有人偷走了他的运动鞋。

"载有第二套架绞刑架的卡车被劫持了。政府从来没有收过货物,奇斯韦尔也从来没有收到过货款。这张照片表明他们最终被叛军用于法外杀戮。这个可怜的孩子,塞缪尔·穆拉普,在错误的时间出现在错误的地方。英国学生,空档年,去拜访家人。具体情况还不太清楚,"雷伯恩说,"但是看那儿,就在他的脚后面……"

"是的,那可能是白马的标志。"斯特莱克说。

罗宾的手机已被调成静音,此时在她的口袋里振动起来。她在等一个重要的电话,但那只是一个未知号码发来的短信。

我知道你屏蔽了我的电话,但我需要见你。出现了紧急情况,解决它对你我都有好处。马特

"没什么。"罗宾告诉斯特莱克,把手机放回了口袋。

这是马修那天留下的第三条信息。

紧急情况,去你妈的。

汤姆可能已经发现他的未婚妻和他的好朋友一直睡在一起。也许汤姆威胁要打电话给罗宾,或者顺道去丹麦街的办公室看看她知道多少。如果马修认为这对罗宾来说是"紧急情况",那么他错了。罗宾此时正站在多张政府部长被麻醉和窒息的照片旁边。经过一番努力,她重新把注意力集中在事故室里的谈话之上。

"……项链生意,"雷伯恩正在对斯特莱克说,"比他告诉我们的故事更有说服力。那些想阻止她伤害自己的废话。"

"是罗宾让他改变了他的说法,而不是我。"斯特莱克说。

"啊——很好,干得好,"雷伯恩带着施恩的意味对罗宾说道,"当我听到他最初的陈述时,我以为他是个油腔滑调的小混蛋。自高自大,刚从监狱里出来。对撞倒那个可怜的女人没有任何悔意。"

"你们和弗朗西斯卡联系得怎么样?"斯特莱克问道,"画廊里的那个女孩。"

"我们设法联系到了她在斯里兰卡的父亲,他很不高兴。实际上,相当碍事,"雷伯恩说,"他试图为她争取时间请律师。他妈的真不方便,他们全家都在国外。我不得不在电话里对他不客气。我能理解为什么他不想在法庭上把一切都说出来,但太糟糕了。让你真正了解上层社会的心态,嗯,像这样的案子?对他们来说有一条规则……"

"就这个问题,"斯特莱克说,"我想你已经和阿米尔·马利克谈过了吧?"

"是的,我们就是在你的孩子——哈钦斯,对吗——的地方找到

他的，是吗？说他是。在他姐姐家。他找到了一份新工作……"

"哦，我很高兴。"罗宾冲口而出。

"开始他并没有因为我们的出现而欣喜若狂，但最后他变得非常坦率，乐于助人。他说他找到了那个精神失常的小伙子——比利，是吗？在街上，比利想去见他的老板，为一个被勒死后埋在奇斯韦尔土地上的孩子大喊大叫。马利克带他回家，打算送他去医院，但他先征求了杰兰特·温恩的意见。温恩非常愤怒，叫他绝对不要叫救护车。"

"是吗，那么现在呢？"斯特莱克皱着眉头说。

"从马利克告诉我们的情况来看，温恩担心与比利的故事扯上关系会损害他自己的可信度。他不想让一个精神失常的流浪汉把水搅浑。因为马利克把比利带到一栋属于温恩家的房子里，他对马利克大发脾气，让马利克把比利赶出家门。问题是……"

"比利不肯去。"斯特莱克说。

"没错。马利克说，比利显然是疯了，以为自己被强行关押。比利大部分时间都蜷缩在浴室里。不管怎么说，"雷伯恩深吸了一口气，"马利克已经受够了为温恩夫妇做掩饰。他已经证实，在奇斯韦尔去世的那天早上，温恩没有和他在一起。温恩后来告诉马利克，当他给马利克施加压力让他撒谎时，他在那天早上六点接到了一个紧急电话，那也就是他早早离开家的原因。"

"你追踪到那个电话了吗？"斯特莱克问道。

雷伯恩拿起打印出来的电话记录，快速浏览了一遍，然后递给他几页有标记的纸。

"给你，一次性手机，"他说，"到目前为止，我们得到了三个不同的号码。可能还有更多。用过一次后就没再用过，除了记录在案的一个实例之外，无法追踪。这是计划了几个月的。

"那天早上，有人用一次性的手机与温恩取得了联系，前几周，还用另外两部电话分别在不同的场合给金瓦拉·奇斯韦尔打了电话。她'不记得'谁给她打过电话，但两次——看到了吗？她和那个人

611 | 致命的白色

谈了一个多小时。"

"温恩为自己说了些什么呢？"斯特莱克问道。

"像牡蛎一样封闭起来，"雷伯恩说，"我们正在对付他，别担心。有些色情明星被×的方式都要比杰兰特少——对不起，亲爱的，"他笑着对罗宾说，罗宾觉得这个道歉比雷伯恩说的任何话都更冒犯人，"但你明白我的意思。他不妨现在就把一切都告诉我们，他搞砸了每……唉。"他说，又一次失误。"让我感兴趣的是，"他又开始说道，"那个妻子知道多少，奇怪的女人。"

"在哪方面？"罗宾问道。

"哦，你知道的。我想她在这个问题上耍了一点花招，"雷伯恩说，对着他的眼睛做了一个模糊的手势，"很难相信她不知道他在做什么。"

"说到人们不知道他们的另一半在做什么，"斯特莱克插嘴道，他觉得在罗宾的眼睛里发现了一丝武侠的光芒，"我们的朋友弗利克怎么样了？"

"啊，我们在这方面取得了非常好的进展，"雷伯恩说，"她的父母帮了她的忙。他们都是律师，一直在敦促她合作。她承认自己是奇斯韦尔的清洁工，在奇斯韦尔告诉她再也付不起钱请清洁工之前，她偷了纸条，并收到了一整箱香槟，她说把它放在厨房的橱柜里了。"

"是谁运送的香槟？"

"她不记得了。我们会找到答案的。快递服务，我不会奇怪，是用另一个一次性电话预订的。"

"那信用卡呢？"

"那是你们发现的另一个好证据，"雷伯恩承认道，"我们不知道有张信用卡不见了。今天上午我们从银行得到了详细情况。就在弗利克的室友意识到信用卡不见了的同一天，有人收取了一箱香槟的费用，并在亚马逊上购买了价值一百英镑的东西，所有这些都被送到迈达谷的一个地址。没有人提货，所以它被退回仓库，当天下午被一个收到发货不成功通知的人取走了。我们正试图找到能够识别收货者的工作人员,我们对在亚马逊上购买过的东西有了突破,但我的钱都花在了氦气、油管和乳胶手套上。

"这一切都是提前几个月就计划好的,好几个月。"

"那么这个呢?"斯特莱克指着奇斯韦尔手写的那张纸条的复印件问道,那张纸条放在塑料袋的一边,"她告诉你为什么偷它了吗?"

"她说她看到了'比尔',以为是她男朋友的弟弟。真是讽刺,"雷伯恩说,"如果不是她偷的,我们就不会这么快就明白了,对吧?"

罗宾想,真是大胆。因为是斯特莱克"领会"了奇斯韦尔的意思,在他们从奇斯韦尔庄园开车回伦敦的路上,斯特莱克终于明白了奇斯韦尔便条的意义。

"罗宾在这方面也有很大功劳,"斯特莱克说,"她发现了那纸条,她注意到了'朗勃·德·朗勃'和'大维特拉'。当它盯着我的脸看时,我就把它拼凑起来。"

"嗯,我们滞后在你们后面了,"雷伯恩心不在焉地挠着肚子说,"我敢肯定我们已经到了那儿。"

罗宾的手机又在口袋里震动起来:这次是有人打电话来。

"我得接这个电话。有什么地方我能……"

"从这儿过去。"雷伯恩打开一扇侧门说道。

那是一间影印室,一扇小窗户上遮着百叶窗。罗宾关上了门,把其他人的说话声挡在门外,接听了电话。

"嗨,莎拉。"

"嗨。"莎拉·沙德洛克说道。

她听起来完全不像那个罗宾认识了近九年的莎拉,那个自信、夸夸其谈的金发碧眼女郎,罗宾甚至在他们十几岁的时候就感觉到,莎拉希望马修和他女朋友的异地恋会遭遇不幸。多年来,莎拉一直在她们身边,听着马修的笑话咯咯地笑,抚摸着他的手臂,询问很多有关罗宾与斯特莱克之间关系的问题。莎拉和其他男人约会过,最后选择了可怜乏味的汤姆,他有着高薪的工作和秃顶,把钻石戴在莎拉的手指和耳朵上,却从未平息莎拉对马修·坎利夫的渴望。

可今天,她的神气活现劲儿全都消失了。

"嗯,我问过了两位专家,但是,"她说,声音显得脆弱又恐惧,"他们不能肯定,从手机拍的照片上看不出来……"

"嗯,显然不是,"罗宾冷冷地说道,"我在短信里不是说过我没有期待一个明确的答案吗?我们不是要求明确身份或估价。我们想知道的是,是否有人会相信……"

"好吧,那么,是的,"莎拉说,"事实上,我们的一位专家对此非常兴奋。其中一本旧笔记本上列出了一幅画,画的是一匹母马和一匹死去的小马驹,但一直没有找到。"

"什么笔记本?"

"哦,对不起,"莎拉说,在罗宾的身边,她从来没有听起来这么温顺、这么害怕,"斯塔布斯。"

"如果是斯塔布斯的画作呢?"罗宾问,转身望着窗外的羽毛酒吧,她和斯特莱克有时在那里喝酒。

"显然,这完全是猜测……但如果是真品,如果是他在1760年列出的那幅画,可能会值很多钱。"

"给我一个粗略的估计。"

"嗯,他的画作《传奇的撒拉布列特马》价值……"

"两千两百万英镑,"罗宾说,突然感到头晕目眩,"是的,你在我们家的乔迁派对上说过。"

莎拉没有回答。也许一提起那次聚会,她就吓了一跳,那次聚会她带着百合花到了情人妻子的家里。

"那么,假如《母马在哀悼》是斯塔布斯的真迹……"

"那么在拍卖会上,它可能会比《传奇的撒拉布列特马》卖得更好。这是一个独特的主题,斯塔布斯是个解剖学家,同时又是科学家和艺术家。如果这是对一匹致命的白色小马驹的描绘,这可能是第一个有记录的例子。它可能会创下纪录。"

罗宾的手机在她手里嗡嗡震动。另一条短信送达了。

"这很有帮助，莎拉，谢谢。你会保守这个秘密吗？"
"是的，当然。"莎拉说。然后，又匆忙说道：
"罗宾，你听我说……"
"不了，"罗宾说，努力保持冷静，"我正在办案。"
"一切都结束了，一切都结束了，马特支离破碎……"
"再见，莎拉。"
罗宾挂了电话，然后读了刚刚收到的短信：

　　下班后来见我，否则我要向媒体发表声明。

罗宾急切地想回到隔壁的那群人里去，把刚刚收到的轰动的消息告诉他们，但她仍然站在原地，暂时被威胁弄糊涂了，然后回了短信：

　　对媒体发布什么样的声明？

几秒钟后，他就回复了，满是愤怒的拼写错误：

　　今天早上有媒体往办公室打电话，留言问我对我老婆和科莫兰·斯特莱克同居这件事感觉如何。今天下午《太阳报》就是其中一家。你可能知道他两次在耍你，但也许你根本不在乎。我不会让媒体记者在我工作的时候打电话给我。要么见我，要么我去发表声明，让他们别再烦我。

罗宾正在重读这条信息时，又收到了一条短信，这次附有附件：

　　以防你还没看过

罗宾放大了附件，这是《标准晚报》上一篇日记的截图：

夏洛特·坎贝尔和科莫兰·斯特莱克之间的奇事

　　夏洛特·坎贝尔自从离开第一所私立学校后，就成了八卦专栏的主角，她的一生都生活在公众的注视下。大多数人会选择在一个不引人注目的地方咨询私人侦探，但怀孕的坎贝尔女士——现在是杰戈·罗斯夫人——选择了伦敦西区最繁忙的餐厅之一的靠窗位置。

　　他们之间激烈的推心置腹的谈话，是在讨论侦探服务，还是一些更为私人的事情呢？历史色彩斑斓的斯特莱克先生是摇滚明星强尼·洛克比的私生子、战争英雄、现代版的夏洛克·福尔摩斯，也是坎贝尔的前任情人。

　　毫无疑问，坎贝尔的商人丈夫将热衷于解开这个谜团——是生意还是娱乐？等他从纽约回来揭晓。

罗宾心里涌起一股不舒服的感觉，其中最主要的是恐慌、愤怒和羞愧，因为一想到马修对媒体讲话的方式，是会恶意地让人觉得她和斯特莱克确实睡在了一起。

她试着拨打这个号码，但它直接转到了语音信箱。两秒钟后，另一条愤怒的短信出现了。

　　我和一个客户在一起，我不想在他面前谈这个，来见我吧。

此时罗宾生气了，发短信回复他：

　　我现在在新苏格兰场。找个安静的地方自己待着去吧。

　　她可以想象，当客户看着马修时，他会彬彬有礼地笑着，然后会流畅地说："对不起，只是办公室里的事。"一边敲打出愤怒的回答：

> 我们有事情要处理，而你却表现得像个孩子一样拒绝见我。要么你来跟我谈谈，要么我八点就通知报纸。顺便说一句，我注意到你并没有否认你和他上床了。

异常愤怒，但又感觉无路可走，罗宾回复道：

> 好吧，我们当面谈谈，在哪儿？

他发短信告诉她在小威尼斯的一家酒吧。罗宾推开了事故室的门，浑身还在发抖。这群人现在挤在一台显示器前，上面显示的是吉米·奈特的一页博客，斯特莱克正在大声朗读：

"'……换句话说，在四季农庄酒店里，一瓶葡萄酒的价格就比一个失业的单身母亲每周为全家人提供衣食住行的费用还要高'。于是，"斯特莱克说道，"我觉得，如果他想痛斥保守党和他们的开支的话，特别选择这个餐馆来谈有点奇怪。所以我感觉他最近去过那里。后来罗宾告诉我'朗勃·德·朗勃'是该酒店一间套房的名字，但是我没有像我应该做的那样快速地把它们组合起来。几个小时后我才突然想到了。"

"他是个彻头彻尾的伪君子，不是吗？"沃德尔说，他站在斯特莱克身后，双臂交叉。

"你去伍尔斯通查过了？"斯特莱克问道。

"查理蒙特路的鬼地方，伍尔斯通，到处都查了，"雷伯恩说，"不过别担心。我们有他在达利奇的一个女朋友的电话。现在正在查那里，幸运的话，我们今晚就能把他收押起来。"

雷伯恩注意到罗宾站在那里，手里拿着手机。

"我知道你已经让人在核实了。"她告诉雷伯恩。

"但我在佳士得有个熟人，我给她发了一张《母马在哀悼》的照片,她刚刚给我回了电话。据他们的一位专家称,那幅画有可能是斯塔布斯的作品。"

"就连我都听说过斯塔布斯。"雷伯恩说。

"如果是的话,它值多少钱?"沃德尔问道。

"我的联系人估算要超过两千两百多万英镑。"

沃德尔吹了声口哨。雷伯恩说道:"我 ×。"

"它值多少钱与我们没有关系。"斯特莱克提醒他们说,"重要的是,是否有人发现了它的潜在价值。"

"两千两百万英镑,"沃德尔说,"这是一个可怕的动机。"

"科莫兰,"罗宾说着,把她放在椅背上的夹克扯下来,"我能到外面和你说句话吗?对不起,我得走了。"她对其他人说。

"一切都好吗?"斯特莱克问道,他们一起回到走廊里,罗宾关上了那群警察的门。

"是的,"罗宾说,然后又说,"嗯——不完全是。也许,"她说着把手机递给他,"你最好读读这条信息。"

斯特莱克皱着眉头,慢慢地滚动着翻看罗宾和马修的对话,包括《标准晚报》的剪辑。

"你要去见他吗?"

"我必须去,这一定是米奇·帕特森四处打探的原因。如果马修用媒体煽风点火,他完全有能力做⋯⋯他们已经对你感到兴奋了,而且⋯⋯"

"忘了我和夏洛特吧,"他粗暴地说,"那是她强迫我和她一起待了二十分钟。他是想胁迫你⋯⋯"

"我知道,"罗宾说,"但我迟早都得和他谈谈。我的大部分东西还在阿尔伯里街,我们还有一个共同的银行账户。"

"要我陪你去吗?"

感动之余,罗宾说道:

"谢谢,但我觉得那样没什么用。"

"那么过会儿给我打电话,好吗?让我知道发生了什么事。"

"我会的。"她答应道。

她独自走向电梯,甚至没有注意到刚刚是谁从对面走过,直到听到有人在叫:"波比?"

罗宾转过身。弗利克·普渡站在那里,和一名女警察从卫生间走出来,那名女警察似乎是护送她去的。像金瓦拉一样,弗利克已经哭掉了她的妆容。罗宾怀疑是她的父母坚持要她穿一件白色衬衫,而不是她的真主党 T 恤,她穿着这件衬衫显得瘦小而干瘪。

"我是罗宾。你好吗,弗利克?"

弗利克似乎在与那些可怕得难以启齿的想法作斗争。

"我希望你能合作,"罗宾说道,"把一切都告诉他们,好吗?"

她仿佛看见弗利克的头微微摇了一下,一种本能的反抗,忠诚的余烬还没有熄灭,甚至在她发现自己陷入麻烦时也没有熄灭。

"你必须配合,"罗宾轻声说道,"他下一个会杀了你的,弗利克,你知道得太多了。"

69

我早就预见到所有的意外事件。

——亨利克·易卜生《罗斯莫庄》

乘坐地铁二十分钟后,罗宾出现在沃里克大街地铁站,这是伦敦一个她几乎不知道的地方。她对小威尼斯一直有种模糊的好奇心,因为她那醒目的中间名"威尼西亚"是在真正的威尼斯孕育出来的。毫无疑问,从此以后,她一定会把这个地方和马修,还有在运河下游等着她这次痛苦而紧张的会面联系在一起。

她走在一条叫克利夫顿别墅的大街上,那里的梧桐树把半透明的玉叶铺在乳白色的方形房子上,房子的墙壁在夕阳下闪着金色的光芒。这个轻柔夏夜的宁静美丽突然让罗宾感到无比的忧郁,因为让她回想起在约克郡的一个夜晚。十年前,她只有十七岁,穿着高跟鞋摇摇晃晃地从父母家匆匆走出来,极度兴奋与马修·坎利夫的第一次约会,马修当时刚刚通过了驾照考试,晚上要载她去哈罗盖特。

而现在,她又朝他走去,为的是把他们的生活永久地分开。罗宾鄙视自己,因为她感到悲伤,因为记得那些导致了爱情的快乐的共享经历,而此时,应该把注意力集中在他的不忠背叛和不近人情上才更为可取。

她向左转，穿过街道，继续往前走。此时，在与运河平行的布洛姆菲尔德路右手边的砖墙冰冷的阴影中，她看见一辆警车在街道的尽头疾驰而过。看到警车，给了她力量。感觉就像她现在所知道的真实生活的一股友好波浪，向她来涌只是为了提醒她，她应该是个什么样的人，而这与作为马修·坎里夫的妻子是多么不相容。

墙上有两扇高高的黑色木门，马修在短信上告诉她，这两扇门通向运河边的酒吧，罗宾推一下，门是锁着的。她扫视了一下马路，没有看到马修的踪影，于是她把手伸进包里拿出手机，虽然设置成了无声，但此时有一个打来的电话的震动声。她把手机拿出来时，电动门打开了，她走了进去，一边把手机举到耳边。

"嗨，我刚刚……"

斯特莱克在她耳边喊道：

"离开那儿，那个人不是马修！"

可是，几件事都同时发生了。

有人从她手中抢走了手机，在呆若木鸡的一瞬间，罗宾注意到眼前没有酒吧，只有桥下一片凌乱的运河堤岸，被杂草丛生的灌木包围着。一艘黑色的驳船"奥黛尔"就停在她下面的水里，破破烂烂的。接着，一只拳头重重地打在她的太阳穴上，她的手被从后面绑起来，喘不过气来。她弯下腰，听到手机被扔进运河里溅起的水花声，随即有人一把抓过她的头发和裤腰，趁她还没来得及有力气尖叫，就把她拖向驳船。她被扔进敞开的船门口，撞在一张窄窄的木桌上，整个身体倒在地板上。

门砰地关上了，她听到上锁的刮擦声。

"坐下。"一个男人的声音说道。

罗宾气喘吁吁地爬到桌旁的木凳上，上面盖着一个薄垫子。转过身来，发现自己正对着左轮手枪的枪管。

拉斐尔就蹲坐在她对面的椅子上。

"刚才谁给你打电话了？"他问道，罗宾推断，在努力把她弄上船的体力劳动中，他担心她可能会发出声音被别人听到，所以他还没有时间,也没有机会查看她的手机屏幕。

"我丈夫。"罗宾小声地谎称。

刚才被他拉扯头发的地方,头皮在发烫。她的腹部疼痛难忍,她怀疑是不是被拉斐尔弄断了一根肋骨。她在努力把空气吸进肺里,有那么几秒钟,她似乎迷失了方向,从远处看到她的困境的缩影,被一颗颤抖的时间之珠包裹着。她预见到拉斐尔会在夜里把她沉重的尸体倒进黑暗的水中,而显然是马修把她引诱到运河里的,马修因此会接受审讯,也许还会受到指控。她看到父母和兄弟们在马沙姆她的葬礼上心烦意乱的面容,她看到斯特莱克站在教堂的后面,如同在她的婚礼上,因他所担心的事情已经发生而愤怒,她死了,由于自己的过失而死去。

但每次喘息都使罗宾的肺部得以重新充气,她在远处观看到的幻觉消失了。此刻,她就在这条肮脏的船上,呼吸着它陈腐的气味,被困在木墙里,左轮手枪的枪口瞪着她,拉斐尔的眼睛在枪上面。

在船上,她的恐惧是实实在在存在的,她必须远离恐惧,因为它帮不上忙,只会碍手碍脚。她必须保持冷静,集中精神。她选择不说话,如果她不肯打破沉默,那么拉斐尔刚才从她身上夺走的力量就会恢复一些。这是治疗师的诀窍:让暂停不言自明;让更脆弱的人来填补它。

"你可真酷,"拉斐尔终于说道,"我还以为你会歇斯底里地尖叫呢,所以我才揍你。否则我不会那样做的。不管怎样,我喜欢你,威尼西亚。"

她知道他试图重新扮演那个在下议院违背她意愿迷住她的男人。显然,他认为,即使她的头皮在灼烧,肋骨有瘀伤,脸上有枪指着,过去那种悔恨和懊悔交织在一起的混合物也会使她原谅他,使她软化。罗宾一言不发。拉斐尔那微弱的、恳求的微笑消失了,他直截了当地说道:

"我需要知道警察已经知晓多少,假如我还能从他们已知的情况中逃出来,那么恐怕,"他举起枪指着罗宾的前额说道(她想起了兽医，想起了在山谷里那匹马被打死的那一枪），"你就完蛋了，我会把子弹塞进垫子里，天黑后把你扔到海里去。但如果他们已经知道了一切，那么今晚我就在这里结束自己，因为我再也不会回到监狱了。所以你看，诚实对你最有利，不是吗？我们中只有一个人能下船。"

看到她没有说话，他恶狠狠地说道：

"回答我！"

"好的，"她说，"我明白了。"

"那么，"他轻声问道，"你刚才真的就在新苏格兰场吗？"

"是的，"

"金瓦拉在吗？"

"是的。"

"被逮捕了吗？"

"我认为是的，她和律师在审讯室里。"

"他们为什么要逮捕她？"

"他们认为你们俩有外遇，而你是一切的幕后主使。"

"'一切'指什么？"

"勒索，"罗宾说，"还有谋杀。"

他把枪向前推进，把枪紧贴着罗宾的前额。罗宾感觉到小小的冰冷的金属环压在皮肤上。

"在我听起来简直是一派胡言，我们俩怎么会有外遇？她恨我，我们从来没有单独在一起待过两分钟。"

"是的，你们是的，"罗宾说，"你出狱后，你父亲邀请你去奇斯韦尔庄园，他在伦敦被耽搁的那个晚上，你和她就单独在一起了。我们认为就是从那时开始的。"

"证据呢？"

"没有，"罗宾说，"但我认为你能引诱任何人，如果你真的把你的……"

"别阿谀奉承了，没用的，严肃点，'我们认为就是从那时开始的'？你们就只得到这些吗？"

"不，还有其他迹象表明到底发生了什么。"

"告诉我迹象，所有的。"

"要是你不用枪指着我的额头，"罗宾沉稳地说道，"我就能记得更清楚一些。"

他把枪收回来一点，但仍然用手枪指着她的脸，说道：

"继续说，快点。"

罗宾有点想要屈服于身体想要溶解的欲望，想带着她进入幸福的无意识状态。她的手麻木了，肌肉感觉像软蜡一样。拉斐尔把枪压进她皮肤的那个地方感觉很冷，就像第三只眼睛的白色的火环。他没有打开船上的灯，他们在越来越深的黑暗中面对面，也许，等他开枪打她的时候，她已经看不清他了……

"集中注意力。"一个细小而清晰的声音透过恐慌说道，"集中注意力，你让他说的时间越长，他们找到你的时间就越多。斯特莱克已经知道你被骗了。"

她突然想起那辆超速行驶在布洛姆菲尔德路尽头的警车，不知道它是否一直在盘旋，在找她，警察是否知道拉斐尔把她引诱到这个地方，是不是已经派警察去寻找他们了。这个假地址离运河岸边有一段距离，拉斐尔的短信上就是这么写的，要通过黑色的大门。斯特莱克会猜到拉斐尔有武器吗？

她深深地吸了一口气。

"去年夏天，金瓦拉在德拉·温恩的办公室里崩溃了，她说有人告诉她，她从来没有被爱过，她只是被当作游戏的一部分。"

她必须说慢一点，不能着急，每一秒钟都很宝贵，每一秒钟她都能让拉斐尔等着她把话说完，那么下一秒钟，也许会有人来帮助她。

"德拉以为她是在说你父亲，但我们查了一下，德拉记不起金瓦拉说过他的名字。我们认为你引诱金瓦拉是为了报复你的父亲，让这段婚外情持续了几个月，可是当她变得黏人、占有欲太强时，你就抛弃了她。"

"全是臆想,"拉斐尔厉声说,"因此全是胡扯,还有什么?"

"为什么金瓦拉在她心爱的母马可能被杀掉的那天要进城去?"

"也许她不敢面对那匹马被射杀,也许她是在否认马的病情有多严重。"

"或者,"罗宾说,"也许是她怀疑你和弗朗西斯卡在德拉蒙德的画廊里干什么。"

"没有证据,下一个。"

"她回到牛津郡的时候有点崩溃,她袭击了你父亲,然后被送进了医院。"

"她还在为她的死胎而悲伤,过分依恋她的马,总的来说很沮丧,"拉斐尔急促地说道,"伊茨和菲茨会努力站出来解释她当时的情绪有多么不稳定,还有什么?"

"泰根告诉我们,有一天,金瓦拉又变得异常快乐,问她原因时,她撒了个谎。她说你父亲已经同意把她的另一匹母马拿去给托提拉斯配种。我们认为真正的原因是,你已经和她重归于好,我们认为这个时机不是巧合,你刚刚把最新一批画送到德拉蒙德的画廊进行估价。"

拉斐尔的脸突然松弛下来,仿佛他的本质暂时离开了它。枪在他手中颤动着,罗宾手臂上的细毛轻轻扬起,仿佛一阵微风拂过。她等着拉斐尔开口,但他没有说话。过了一会儿,她接着说道:

"我们认为,当你把这些画拿去估价时,你第一次近距离看到了《母马在哀悼》,然后意识到它可能是斯塔布斯的作品,于是你决定用另一幅母马和小马驹的画来代替估价。"

"证据呢?"

"亨利·德拉蒙德看到了我在奇斯韦尔庄园的那张空床上拍的《母马在哀悼》那幅画的照片。他准备好作证,说这幅画不在他为你父亲估价的那些画之列。他估价为五千到八千英镑的那幅画是约翰·弗雷德里克·赫林的作品,画的是一匹黑白相间的母马和小马

625 | 致命的白色

驹。德拉蒙德还准备作证,你对艺术有足够的了解,已经发现《母马在哀悼》可能是斯塔布斯的作品。"

拉斐尔的脸已失去了面具般的轮廓。现在,他那近乎黑色的虹膜从一边到另一边微微地转动着,仿佛在读只有他自己看得见的东西。

"我一定是不小心拿了弗雷德里克·赫林的作品……"

几条街外响起了警笛声。拉斐尔转过头去,警笛呜咽了几秒钟,然后又像开始那样突然地消失了。

他转身面对罗宾。此时警笛已经停止了鸣叫,他似乎并不担心。当然,他抓住罗宾的时候,罗宾接到的那个电话,他以为是马修打来的。

"是的,"他说,重新理清了思路,"这就是我要说的。我错把那幅花斑马的画拿去估价了,从来没有看过《母马在哀悼》,也不知道它可能会是斯塔布斯的作品。"

"你不可能错拿了花斑马的画,"罗宾轻声地说道,"它不是来自奇斯韦尔庄园,而且这家人也准备这么说。"

"那家人,"拉斐尔说,"根本没注意到他们鼻子底下有什么。一幅斯塔布斯的画作已经在潮湿的空卧室里挂了将近二十年了,没有人注意到,你知道为什么吗?因为他们是他妈的如此傲慢自大的势利小人……《母马在哀悼》是老丁丁的。是她在我祖父之前嫁过的那个精神崩溃、嗜酒如命、疯疯癫癫的爱尔兰老男爵那里继承来的。她不知道它值多少钱,她保存着这幅画是因为它画的是马,她很喜欢马。

"她的第一任丈夫去世后,她跑到了英国,耍了同样的把戏,成为我祖父昂贵的私人护士,然后成为他更为昂贵的妻子。她死时没有留下遗嘱,她所有的废物——大部分都是废物——都被奇斯韦尔庄园吸收了。弗雷德里克·赫林的作品很可能也是她的,但没人注意到,它被困在那所他妈的房子里的某个肮脏的角落里。"

"如果警察追踪到那花斑马的画怎么办?"

"他们不会的,这是我的母亲的,我会毁了它。等警察问我的时候,我会说我父亲告诉我他要卖掉它,现在他知道它值八千英镑。'他一定是私下卖掉的,警官'。"

"金瓦拉不知道这个新故事。她不能支持你的说法。"

"这就是她众所周知的不稳定和对我父亲的不满对我有利的地方。伊茨和菲茨会争先恐后地告诉全世界,她从来没有过多关注过他在做什么,因为她不爱他,只是贪图他的钱财。我只需要合理的怀疑就够了。"

"要是警察告诉金瓦拉,你只是因为意识到她可能会变得非常富有才重新开始这段婚外情时,会发生什么呢?"

拉斐尔发出长长的、缓慢的嘶嘶声。

"好吧,"他轻声说道,"如果他们能让金瓦拉相信那一点,我就完蛋了,是不是?可是目前,金瓦拉相信她的拉斐尔爱她胜过世界上的任何东西,她需要大量的说服来证明这不是真的,否则她的整个生活将会崩溃。我反复灌输给她:如果他们不知道这桩婚外情,他们就不能碰我们。事实上,在我和她上床时,我都让她背诵。我警告她,如果我们中的任何一个人受到怀疑,他们就会试图让我们反目成仇。我把她训练得很好,我告诉她,当你拿不准的时候,就哭出来,告诉他们从来没有人告诉过你任何事情,并且表现出非常困惑。"

"为了保护你,她已经撒了一个愚蠢的谎,警察已经知道了。"罗宾说。

"撒了什么谎?"

"关于项链的事,在周日凌晨。她没告诉你吗?也许她意识到你会生气。"

"她说了什么?"

"斯特莱克对她说,你父亲死的那天早晨,你到奇斯韦尔庄园去,他不相信你的新解释——"

"你是什么意思,他不相信吗?"拉斐尔说,罗宾看到他愤怒的虚荣心和恐慌交织在一起。

"我觉得很有说服力,"她向他保证道,"很聪明,讲一个你似乎只是不情愿地放弃的故事。每个人都更倾向于相信他们自己发现的东西……"

拉斐尔举起枪,让它再次靠近罗宾的前额,尽管冰冷的金属环还没有再次碰到她的皮肤,她还是感觉到了。

"金瓦拉撒了什么谎?"

"她说你是去告诉她,你妈妈把项链上的钻石取走,换上了假货。"

拉斐尔看上去吓坏了。

"他妈的她为什么这么说?"

"我想,因为你躲在楼上的时候,她发现了斯特莱克和我,吓了一跳。斯特莱克说他不相信项链的故事,所以她惊慌失措,编造了一个新的版本。问题是,这个是可以核实清楚的。"

"愚蠢的女人。"拉斐尔轻声说道,但带着一种让罗宾的后颈刺痛的恶意,"那个愚蠢的、愚蠢的傻瓜……她为什么不坚持我们的故事呢?而且……不,等等……"他说道,带着男人突然做出欢迎的表情,令罗宾既惊愕又宽慰的是,他把枪从几乎碰到她的地方拿开了,他轻声笑了起来,"这就是她在星期天下午把项链藏起来的原因。她跟我说了一些该死的废话,说她不想让伊茨或菲茨偷偷溜进去拿走它……嗯,她很蠢,但也不是没希望。除非有人检查石头,否则我们仍然是清白的……他们必须把马厩拆开才能找到它。好吧,"他说,好像在自言自语,"好吧,我想这些都是可以弥补的。

"就这些吗,威尼西亚?你知道的全部就是这些吗?"

"不是的,"罗宾说,"还有弗利克·普渡。"

"我不知道那是谁。"

"不,你知道她是谁。几个月前你就勾搭上了她,你告诉了她绞刑架的真相,知道她会把消息告诉吉米。"

"我是多么忙碌的男孩啊,"拉斐尔轻松地说道,"那又怎样?弗利克不会承认和保守党大臣的儿子上过床,尤其是如果吉米发现的话。她对吉米就像金瓦拉对我一样痴迷。"

"没错,她原本是不想承认的,但第二天早上肯定有人看见你从她的公寓里悄悄出来,她只好设法假装你是个印度侍者。"

罗宾感觉看到了一丝惊讶和不快。拉斐尔的自尊心受到了伤害,想到自己竟然可以被描述成这样。

"好吧,"过了一两分钟,他说道,"好吧,让我想想……如果和弗利克上床的是服务员,但她恶意地声称那就是我,是出于她那阶级勇士的废话,而且她男朋友对我的家人怀恨在心呢?"

"你从她放在厨房的包里偷走了她室友的信用卡。"

从拉斐尔紧闭的嘴中,罗宾可以看出他没有料到这一点。毫无疑问,他认为,鉴于弗利克的生活方式,任何经过她狭小拥挤的公寓的人都会受到怀疑,尤其是吉米。

"证据呢?"他又问道。

"弗利克可以提供你在她公寓的日期,如果劳拉证明她的信用卡就是那天晚上不见了。"

"但是没有确凿的证据证明我曾经去过那儿。"

"弗利克是怎么发现绞刑架的事的?我们知道她把这事告诉了吉米,而不是吉米告诉她的。"

"唔,不可能是我干的,对不对?我是家里唯一不知道此事的人。"

"你知道一切。金瓦拉从你父亲那里听到了整个故事,她把一切都告诉了你。"

"不,"拉斐尔说,"我想你会发现弗利克是从布切尔兄弟那里听说了绞刑架的事。我得到了可靠的消息,他们中有一个现在住在伦敦。是啊,我想我听说了一个传闻,他们中的一个和他们的朋友吉米的女朋友上床了。相信我,布切尔兄弟俩在法庭上不会有好下场,这两个狡猾的家伙在黑暗的掩护下载着绞刑架到处转悠。如果要上法庭的话,我会比弗利克和布切尔兄弟看起来更可信、更体面,而我真的就是如此。"

"警察已经拿到通话记录，"罗宾坚持说，"他们知道有人给杰兰特·温恩打了个匿名电话，电话是在弗利克发现绞刑架事件的时候打的。我们认为是你匿名向温恩透露了关于塞缪尔·穆拉普的事，你知道温恩对奇斯韦尔一家怀恨在心。金瓦拉把一切都告诉你了。"

"我对那通电话一无所知，法官大人，"拉斐尔说，"我很抱歉，我已故的哥哥是里安农·温恩的战利品，但那与我无关。"

"你到伊茨办公室的第一天，就给她打了那个恐吓电话，说人们死去的时候会尿尿，"罗宾说道，"我们认为那是你的主意，让金瓦拉假装一直听到有人闯入领地。设计出这一切都是为了有尽可能多的证人证明你父亲有理由焦虑和偏执，以至于他可能会在极端的压力下崩溃……"

"他是承受着极大的压力，他被吉米·奈特敲诈了，杰兰特·温恩试图迫使他辞职。这些可都不是谎言，而是事实，它们在法庭上将会引起轰动的，尤其是一旦塞缪尔·穆拉普的故事曝光之后。"

"只是你犯了一些愚蠢的、可以避免的错误。"

拉斐尔坐得更直了，身子向前倾，胳膊肘往下滑了几英寸，因此枪口变得更大了。他的眼睛原本在阴影里已经很模糊，现在又变得清晰了，黑玛瑙和白玛瑙相间。罗宾不知道她以前怎么会认为他很英俊。

"什么错误？"

他说话的时候，罗宾从眼角的余光中看到一道闪烁的蓝光掠过了桥，从她右边的窗户正好可以看到，但拉斐尔的视线被船边挡住了。光线消失了，桥又被越来越深的黑暗吞没了。

"首先，"罗宾小心谨慎地说道，"在谋杀的前导过程中，一直和金瓦拉见面是个错误。她一直假装忘了要去哪里见你父亲，是吗？她只是想和你待上几分钟，只是想看看你，查看你……"

"这不是证据。"

"金瓦拉生日那天，有人跟踪她去了四季农庄酒店。"

拉斐尔的眼睛眯了起来。

"谁跟踪她了？"

"吉米·奈特，弗利克证实了这一点。吉米以为你父亲和金瓦拉在一起，想公开质问他为什么不给他钱。很明显，你父亲当时不在，所以吉米回家写了一篇愤怒的博客，说高贵的保守党人是如何挥霍钱财，还点了四季农庄酒店的名。"

"好吧，除非他看见我偷偷溜进金瓦拉的酒店套房，"拉斐尔说，"而他没有看见，因为我他妈的小心谨慎，确保没人看见，所以这也只是猜测。"

"好吧，"罗宾说，"那你第二次被人听到在画廊的浴室里做爱要怎么解释呢？对方不是弗朗西斯卡，你是和金瓦拉在一起。"

"证明。"

"那天金瓦拉在城里买了些拉克西丝药片，假装对你父亲还在照顾你而很生气，这都是她恨你的表象的一部分。她打电话给你父亲，确认他是否在别处吃午饭。斯特莱克无意中听到了那通电话。你和金瓦拉没有意识到的是，你父亲就在离你们做爱的地方只有一百码远的地方吃午饭。

"你父亲强行进入浴室时，他发现地板上有一管拉克西丝药，这就是他差点心脏病发作的原因。他知道了金瓦拉进城来的原因，他知道了刚才是谁在浴室里和你做爱。"

拉斐尔的微笑更像是在做鬼脸。

"是啊，那真是他妈的一场灾难。有一天，他走进我们的办公室，谈起了拉克西丝——'知道每个人的寿命'。我后来意识到，他是想吓唬我，不是吗？我当时不知道他在说什么。但是，当你和你那跛脚老板在奇斯韦尔庄园提到那些药片时，金瓦拉意识到，我们在做爱的时候，药片从她的口袋里掉了出来。我们起先不知道是怎样泄露出去的……直到我听到他给四季农庄酒店打电话，谈到弗雷迪的钱夹，我才知道他一定意识到发生了什么事。然后他邀请我去埃伯里街，我知道他要和我正面交锋，所以我们需要行动起来，杀了他。"

他谈论弑父行为时那种完全实事求是的态度让罗宾不寒而栗,他仿佛好似在谈论给房间贴墙纸一样。

"他一定是打算在他说'我知道你在干我老婆'的演讲中提到那些药片……为什么我没有在地板上看到药片?后来我试着把房间收拾好,可药片一定是从他的口袋里或别的什么地方滚出来的……这比你想象的要难得多,"拉斐尔说,"在你刚刚弄死的一具尸体周围收拾东西。实际上,我很惊讶它对我的影响有这么大。"

罗宾从来没有如此清晰地听过他这么自恋。他的关心和同情完全只为自己,他死去的父亲什么都不是。

"警方现在已经从弗朗西斯卡和她的父母那里获得了证词,"罗宾说,"她绝对否认第二次和你在浴室里做过。她的父母从来不相信她,可是……"

"他们不相信她,因为她比金瓦拉还要蠢。"

"当你和金瓦拉在浴室的时候,警察正在仔细检查她说的她当时所在商店的监控录像。"

"好吧,"拉斐尔说,"到万不得已的时候,而且他们能证明她没有和我在一起的时候,我可能不得不坦白,那天和我在浴室里的是另一位年轻女士,我一直在英勇地努力维护她的名誉。"

"你真的能在法庭上找到一个女人为你在谋杀指控上撒谎吗?"罗宾难以置信地问道。

"拥有这艘游艇的女人为我发了疯,"拉斐尔温柔地说道,"在我进去之前,我们之间有了关系。她去监狱和其他地方都看望过我。她现在在康复中心。疯狂的婊子,喜欢戏剧,自认为是个艺术家,她喝得太多了,实际上她是个讨厌鬼,性交起来像兔女郎。她从来没有从我这儿拿走这地方的备用钥匙,她把她妈妈家的钥匙就放在那边那个抽屉里……"

"你不会碰巧把氦气、管子和手套送到她妈妈的房子那里吧,是吗?"罗宾问道。

拉斐尔眨了眨眼睛,他没有想到这一点。

"你需要一个似乎与你无关的地址。你要确保它是在主人不在或工作的时候送到的,然后你就可以自己进去,去拿送货失败的卡片……"

"把它包装起来,伪装起来,用快递送到亲爱的老爸家里,是的。"

"弗利克接收了货物,金瓦拉确保她把箱子藏起来不让你父亲看到,直到要杀他的时候?"

"是的,"拉斐尔说,"在监狱里你会学到很多小技巧。假身份证、空房子、空地址,你可以用它们做很多事情。一旦你死了……"罗宾的头皮刺痛了……"没有人会把我和任何一个地址联系起来。"

"这艘驳船的船主……"

"会告诉所有人她和我在德拉蒙德的浴室里做爱,记得吗?她和我是一伙的,威尼西亚,"他轻声说道,"所以这对你来说不太好,是吗?"

"还有别的错误。"罗宾说道,感到口干舌燥。

"比如说?"

"你告诉弗利克,你父亲需要一名清洁工。"

"是的,因为这会让她和吉米看起来相当可疑,所以她通过哄骗进入了我父亲的房子,陪审团会关注这个,而不是她是如何发现他想要一名清洁工的。我已经跟你说过了,她在被告席上看起来像码头上一个心怀怨恨的肮脏小骚货。这只是又一个谎言。"

"可是她从你父亲那儿偷了一张纸条,是他写的,当时他正在核查金瓦拉和四季农庄酒店的故事。我在弗利克的浴室里找到的。金瓦拉撒了个谎,告诉你父亲,她妈妈要和她一起去酒店。酒店通常不会透露客人的信息,但他是一名政府部长,之前也去过那里,所以我们认为,他成功地骗过他们,让他们能记得家里的车,很遗憾她的母亲没有来。他把金瓦拉住的套房记了下来,假装忘记了,然后试图想拿到账单,看看有没有两顿丰盛的早餐或晚餐的迹象,我猜。当控方在法庭上出示小纸条及账单时……"

"你找到那张纸条了,是吗?"拉斐尔说。

罗宾的胃翻了个底朝天,她并没有打算给拉斐尔另一个射杀她的理由。

"我们在南龙乐沙克尔吃过晚饭以后,我就知道低估了你。"拉斐尔说。这不是赞美,他眯起眼睛,鼻孔因厌恶而张得大大的。"你的生活简直就是一团糟,但你还在问一些他妈的不方便的问题。你和你老板与警察之间的关系也比我想象的要好,甚至在我给《每日邮报》通风报信之后……"

"原来是你,"罗宾说道,纳闷自己怎么从来没有想到过这一点,"是你让媒体和米奇·帕特森注意到我们……"

"我告诉他们你因为斯特莱克已经离开你的丈夫了,但是他还在和他的前女友鬼混。伊茨给我说了一些流言蜚语。我以为你们需要慢下来,你们两个,因为你们一直在找我的不在场证明……可是,等我把你打死以后,"——罗宾浑身一阵冰凉——"你的老板就会忙着回答媒体关于你的尸体怎么会掉进运河的问题,是不是?我认为这简直是一举两得。"

"即使我死了,"罗宾说,尽量保持声音平稳,"仍然会有你父亲的便条和酒店的证词——"

"好吧,所以他担心金瓦拉在四季农庄酒店的所作所为,"拉斐尔粗声粗气地说道,"我刚才告诉过你,没有人看见我在房子里。这头笨母牛确实要了两杯香槟,但她本来可以和别人在一起的。"

"你不会有任何机会和她编造一个新的故事,"罗宾说,她的嘴比以往任何时候都感觉干燥,舌头粘在上腭,她尽量让自己听起来平静而自信,"她现在被拘留了,她不如你聪明——你还犯了其他的错误,"罗宾接着说道,"愚蠢的错误,因为一旦你发现你父亲盯上了你,你就不得不匆忙地制定计划。"

"比如说?"

"比如金瓦拉在篡改了橙汁后,拿走了阿米替林的包装。金瓦拉忘了告诉你正确关闭前门的诀窍,还有,"罗宾说,意识到她正在打最后一张牌,"她把前门钥匙扔给了你,在帕丁顿。"

在他们之间无言的空间里,罗宾感觉听到了近在咫尺的脚步声。她不敢往窗外看,以免惊动拉斐尔。拉斐尔似乎被她刚才说的话吓到了,无法接受其他任何东西。

"'把前门钥匙扔给了我?'拉斐尔带着脆弱的虚张声势的语调重复道,"你他妈的到底在说什么?"

"埃伯里街的钥匙是受限制的,几乎不可能复制。你们俩只能拿到一把:就是她那把钥匙,因为你父亲在他死的时候对你们俩都很怀疑,而且他已经确保你们拿不到备用钥匙。

"她需要钥匙进入房间给橙汁重新配制药方,而你需要钥匙第二天一早进去把他闷死。所以你在最后一刻草草拼凑出一个计划:她会在帕丁顿一个事先安排好的地方把钥匙给你,你在那里伪装成一个无家可归的流浪汉。

"你被摄像机拍了下来。警方现在已经找人放大并澄清了图像。他们认为你一定是匆匆忙忙地从慈善商店买了东西,这就可能会产生另一个有用的证人。警方正在搜索监控录像,寻找你从帕丁顿开始活动的行踪。"

几乎有一分钟的时间,拉斐尔一声不吭。他的眼睛从左到右转动着,试图找到一个漏洞,一个出口。

"那个……很麻烦,"他终于说道,"我没想到坐在那里会出现在镜头里。"

罗宾感觉她能看到希望正在从他身边溜走。她轻声地继续说道:"按照你的计划,金瓦拉回到了牛津郡的家,给德拉蒙德打了电话,留下信息,说她希望能对项链进行估价,以此编出整个故事的背景。

"第二天一早,你用一次性手机给杰兰特·温恩和吉米·奈特打电话。两人都被引诱出了家门,大概是你许诺要提供有关奇斯韦尔的信息。那是你打的电话,如果到时候怀疑是谋杀的话,你要确保他们都会受到怀疑。"

"没有证据。"拉斐尔不由自主地嘀咕道,但他的眼睛仍然东张西望,寻找着看不见的生命线。

"你一大清早就进了屋子,以为你父亲喝了早上的橙汁后几乎昏迷不醒,可是……"

"起初,他并没有昏迷,"拉斐尔说道。眼睛变得呆滞,罗宾知道他正在回忆发生过的事,在他的脑海里注视着它,"他瘫倒在沙发上,昏昏沉沉的。我径直从他身边走进厨房,打开我的玩具盒——"

有那么一瞬间,罗宾又看到了那个收缩包装里的脑袋,灰白的头发紧紧地贴在脸上,只有嘴巴张开的那个黑洞可见。是拉斐尔干的,而拉斐尔,此时正拿着枪指着她的脸。

"不过在我安排这一切的时候,那个老混蛋醒了,看到我把管子固定在氦气罐上,他妈的他又活了过来。他跟跟跄跄地站起来,从墙上抓起弗雷迪的剑,想跟我决斗,但我把剑从他身上夺走了,把刀刃弄弯。强迫他坐到椅子上——他还在挣扎——然后……"

拉斐尔模仿着把袋子套到他父亲的头上。

"咔嚓。"

"然后,"罗宾说,她的嘴唇仍然干干的,"你用他的电话拨打了那些用来证明你不在场的电话。当然,金瓦拉告诉过你他的手机密码,你没关好门就走了。"

罗宾不知道她是否在想象舷窗在向左移动,她的眼睛盯着拉斐尔和那支微微晃动的手枪。

"这些都是间接的,"他喃喃地说,目光仍然呆滞,"弗利克和弗朗西斯卡都有说谎的动机……我和弗朗西斯卡的结局不太好……我也许还有机会……我可能……"

"没有机会了,拉夫,"罗宾说,"金瓦拉不会再为你而说谎了。只要警察告诉她关于《母马在哀悼》的真相时,她会马上把所有的事情都组合在一起。我想是你坚持让她把这幅画搬到客厅去,以防止在备用房间受潮。你是怎么做到的?你编了什么让你想起她死去的母马的废话吗?然后她会意识到,一旦你知道这幅画的真正价值,你又再次挑起了这段婚外情,而你在结束这段恋情时曾对她说的所有可怕的话都是真的。最糟糕的是,"罗宾说,"她会意识到,当你们听到有两个入侵者侵入她的领地时——这一次是真的,你让那个认为你疯狂地爱上了她的女人身穿睡衣,在黑暗中走向荒地,而你却留下来保护……"

"够了!"他突然喊道,往前推进了枪口,把枪口再次压进了她的前额,"别他妈的说话了,好吗?"

罗宾静静地坐着。她想象着拉斐尔扣动扳机时的感觉。他说过他会透过垫子向她开枪以此消音,但也许他忘了,也许他就要失控了。

"你知道在监狱里是什么滋味吗?"他问道。

罗宾想说"不知道",但声音就是发不出来。

"那种噪声,"他低声说道,"那种气味,那些丑陋、愚蠢的人——有些像动物一样,比动物还要糟糕。我从来不知道会有人喜欢它。他们让你吃喝拉撒的地方,一直监控着你的背影,等待暴力。叮当声,叫喊声,还有那该死的肮脏。我宁愿被活埋,也不愿再进去了……

"我要过梦想中的生活。我要自由,彻头彻尾的自由。我再也不用向他妈的德拉蒙德这样的人磕头了。我看上卡普里的一栋别墅很久了,可以眺望那不勒斯海湾。然后,我会在伦敦有一个不错的住所……新车,一旦我的禁令解除……想象一下,走在街上,你知道你可以买任何东西,做任何事情。梦想的生活……

"在我完全整理好之前,有几个小问题需要解决……弗力克,很容易解决:深夜,黑暗的道路,刀插在肋骨上,街头犯罪的受害者。

"还有金瓦拉……一旦她立了一份对我有利的遗嘱,几年之后,她就会骑着不合适的马摔断脖子,或者在意大利淹死……她游泳水平很糟糕……

"然后让他们所有的都去死吧,不是吗?奇斯韦尔一家,我的婊子妈妈。我不需要从任何人那里得到任何东西。我会拥有一切……

"但这一切都没有了,"他说道,虽然他皮肤黝黑,但此刻罗宾却看到他已经变成了灰白色,在半明半暗的光线下,他眼睛下面的黑影显得很空洞,"全都没有了。你知道吗,威尼西亚?我要打爆你的脑袋,因为我已经决定不喜欢你了。在我的脑袋掉下来之前,我想看着你那该死的脑袋爆炸!"

"拉夫!"

"拉夫……拉夫……"他模仿她,咩咩地叫着,"为什么女人都觉得自己与众不同?你们没有什么不同,你们都一样。"

他伸手去拿身边的软垫子。

"我们会一起走,我很愿意带着一个性感的姑娘和我一起下地狱!"

随着木头的破裂,门砰的一声被撞开了。拉斐尔转过身来,用枪指着刚掉进来的庞然大物。罗宾纵身跃过桌子,想抓住他的胳膊,但拉斐尔用胳膊肘把她向后撞了一下,她感到嘴唇裂开了,血溅了出来。

"拉夫,不,不要——不要!"

他站了起来,在狭窄的空间里弯下腰,把枪管塞进嘴里。斯特莱克靠在门上,气喘吁吁地站在离他几步远的地方,身后是沃德尔。

"那么,继续吧,你这个懦弱的小混蛋。"斯特莱克说。

罗宾想抗议,但发不出声来。

传来了轻微的金属咔嗒声。

"我在奇斯韦尔庄园把子弹取出来了,你这个愚蠢的混蛋。"斯特莱克说着一瘸一拐地走过去,把拉斐尔嘴里的手枪打掉了,"你没有你想象的那么聪明,啊?"

罗宾的耳朵嗡嗡作响。拉斐尔用英语和意大利语咒骂着,尖叫着威胁着,斯特莱克把他按在桌上让沃德尔把他铐起来时,他拳打脚踢,扭来扭去。罗宾仿佛在做梦一般,跌跌撞撞地离开了人群,退回到厨房区域,那里挂着锅碗瓢盆,白色的厨房卷纸就在小小的水槽旁,普通得可笑。她能感觉到被拉斐尔打的地方嘴唇肿胀。她扯下一些卷纸,放在冰冷的水龙头下,然后把它压在流血的嘴上。透过舷窗,她看到身穿制服的警察们匆匆穿过黑色的大门,带走了那支枪和挣扎中的拉斐尔,沃德尔刚刚把他拖到岸上。

她刚刚被人用枪指着,似乎没有什么是真实的。此时,警察们在驳船上进进出出,但到处都是噪音和回声,她意识到斯特莱克就站在她身边,而他似乎是唯一一个有真实感的人。

"你是怎么知道的?"她透过冰冷的薄纸问道。

"你走后五分钟。你给我看了你以为是马修发来的短信的手机号,它的最后三个数字和一个临时电话号码相同。我去追你,但你已经走了。雷伯恩派出了巡逻车,从那以后我就一直不停地给你打电话,你为什么不接电话?"

"我的手机原来设为静音放在包里,现在它已经在运河里了。"

她渴望喝上一杯烈酒。也许,她模糊地想道,附近真的有个酒吧……当然,她是不允许去酒吧的。她还得在新苏格兰场待上数小时。他们需要一份很长的声明,她必须详细地重温最后一个小时发生的事,她感到筋疲力尽。

"你怎么知道我在这儿?"

"我打电话给伊茨,问她在那个他让你去的假地址附近是否有拉斐尔认识人。她告诉我他有个时髦的吸毒女友,她有一艘驳船。他快没有地方可去了,过去两天警察一直在监视他的公寓。"

"那么你知道枪是空的吗?"

"我希望它是空的,"他纠正她说,"据我所知,他已经检查过并重新装上子弹了。"

他在口袋里摸索着,点燃香烟时手指微微在颤抖。他吸了一口气,然后说道:

"罗宾,你让他讲了这么久,你做得太棒了。可是下次,如果你接到一个未知号码的电话,你他妈的最好打过去查看一下对方是谁。你再也不要——永远——不要再把你的私生活告诉给一个嫌疑人。"

"给我两分钟的时间,可以吗?"罗宾问道,把冰冷的卷纸压在肿胀出血的嘴唇上,"能否在你开始数落我之前,让我享受一下不死的感觉?"

斯特莱克喷出一股烟来。

"好的,有道理。"他说完,笨拙地用一只胳膊把她拉入怀里。

一个月后

尾声

你的过去已经死了,吕贝克。它不会再像现在这样束缚着你——它已经与你毫无关联。

——亨利克·易卜生《罗斯莫庄》

残奥会已经过去了,九月份正尽其所能抹去人们被国旗充斥的漫长夏日记忆,伦敦已经受到全世界的瞩目多达数周之久。雨淅沥淅沥地拍打在切恩沃克啤酒店高高的窗户上,与塞吉·甘斯布从隐蔽的扬声器里低声吟唱的《黑色长号》一较高下。

斯特莱克和罗宾是一起来的,刚刚坐下,伊茨就来了。伊茨选择这家餐厅是因为离她的公寓很近,她穿着有点蓬乱的巴宝莉风衣,拿着湿漉漉的雨伞,后者要花些时间才在门口折叠起来。

自从案件侦破以后,斯特莱克只和他们的委托人谈过一次话,很简短,因为伊茨当时太震惊、太痛苦,说不出什么话来。他们今天是应斯特莱克的要求会面的,因为奇斯韦尔案还有最后一件未了结的事。他们安排午餐时,伊茨在电话里告诉斯特莱克,自从拉斐尔被捕以来,她很少外出。"我不能面对别人,这一切太可怕了。"

"你好吗?"她焦虑地说道,斯特莱克从铺着白布的桌子后面走出来,接受了一个潮湿的拥抱。"哦,可怜的罗宾,我很抱歉,"她接着说道，急忙绕到桌子的另一边去拥抱罗宾，然后心烦意乱地对那位拿走了她的湿雨衣和雨伞的面无笑容的女侍者说道，"哦，好的，拜托了，谢谢你。"

坐下来后，伊茨说道："我答应过自己不会哭的，"随即从桌上抓起一张餐巾纸，紧紧地贴在泪腺上，"对不起……一直都这样。尽量不让自己难堪……"

她清了清嗓子，挺直了腰。

"真是太令人震惊了。"她低声说道。

"当然啊。"罗宾回应道，伊茨含泪对她笑了笑。

"这是生命中的秋天，"甘斯布唱道，"再加上我的名字……"

"那么，你们觉得这个地方还好吗？"伊茨一边说，一边摸索着寻找传统的谈话基础。"很漂亮，是不是？"她说，并邀请他们欣赏这家普罗旺斯餐馆。斯特莱克一走进来，就觉得有点像伊茨的公寓，只是译成了法语。这里同样是传统与现代的保守结合：黑白照片挂在纯白色的墙上，椅子和长凳上盖着猩红色和绿松石色的皮革，老式的青铜和玻璃吊灯上罩着玫瑰色的灯罩。

那位女侍者拿着菜单回来了，提出要为他们点饮料。

"我们需要再等等吗？"伊茨指着空座位问道。

"他要迟到了，"斯特莱克说道，他正想喝杯啤酒，"不如先点饮料吧。"

毕竟，没有更多的东西可发现了，今天是关于解释的。女侍者走开后，尴尬的沉默再次降临。

"哦，天哪，我不知道你有没有听说，"伊茨突然对斯特莱克说道，发现了对她而言是标准的流言蜚语后，一副如释重负的样子，"夏丽已经住院了。"

"真的吗？"他问道，没有特别感兴趣的迹象。

"是的，卧床休息。她有什么东西——我想是羊水破了——总之，他们想让她接受观察。"

斯特莱克点了点头，面无表情。罗宾为自己想知道更多情况而感到羞愧，于是也保持沉默。饮料来了。伊茨似乎太过激动，没有注意到斯特莱克对这个她认为双方都会感兴趣的安全话题反应冷淡。她接着说道：

"我听说杰戈在报上看到你们俩的故事后勃然大怒，也许他很乐意让她待在他能照管的地方……"

不过伊茨从斯特莱克的表情中捕捉到了某些东西，使她没有再往下说。她喝了一大口酒，查看了一下周围几张坐满了人的桌子上有没有人在偷听，然后说道：

"我想警察会通知你们的吧？你们知道金瓦拉承认了一切吗？"

"是的，"斯特莱克说，"我们都听说了。"

伊茨摇了摇头，眼里再次充满了泪水。

"太可怕了，朋友不知道说什么……我还是不敢相信，太不可思议了。拉夫……我想去看他，你知道的。我真的很想见他……但是他拒绝了，他不会见任何人。"

她又喝了一些酒。

"他一定是疯了什么的。他一定是病了，对吧？做了这样的事？一定是精神上出了问题。"

罗宾想起了那艘黑暗的驳船，拉斐尔曾在那里用神圣的口吻谈论起他想要的生活，谈到了卡普里的别墅，伦敦的单身公寓，一旦对撞倒一位年轻母亲的禁令解除了，还会有新车。她想，拉斐尔是如何精心策划他父亲的死啊，他所犯的这些错误，只是因为实施谋杀太过匆忙了。她想象着他隔着枪的表情，当时他问她，为什么女人会认为自己与众不同：他称之为婊子的母亲，他引诱的继母，还有罗宾，他要杀了她，这样他就不用一个人下地狱了。他是不是生病了？是不是应该把他送进精神病院，而不是把他送进让他如此恐惧的监狱呢？或者他的弑父之梦是在疾病和不可减少的恶意之间的阴暗荒原中孕育出来的？

"……他的童年很可怕，"伊茨说道，然后，尽管斯特莱克和罗宾都没有应答，她继续往下说道，"他确实度过了糟糕的童年，你知道,他真的有过。我不想说爸爸的坏话,但弗雷迪就是他的一切。爸爸对拉夫和虎鲸不太好——我的意思是,奥内拉,他的母亲。嗯,托克斯总是说她更像一个高级妓女而不是别的什么。拉夫不在寄宿学校的时候,她拖着他四处跑,总是在追逐新的男人。"

"有些人的童年更糟糕。"斯特莱克说道。

罗宾刚才一直在想,拉斐尔和他母亲的生活,听起来很像她所了解的斯特莱克的早期生活,尽管如此,听到斯特莱克如此直率地表达这一观点还是感到十分惊讶。

"很多人都经历过比起有个派对女孩当母亲更为糟糕的事情,"他说,"但他们最终不会犯下谋杀罪。看看比利·奈特。他一生中大部分时间都没有母亲。有一个暴力酗酒的父亲,被殴打、被忽视,最终患上了严重的精神疾病,但他从来没有伤害过任何人。他在精神错乱的痛苦中来到我的办公室,试图为他人伸张正义。"

"是的,"伊茨急忙说道,"是的,那是真的,当然。"

但罗宾却感觉到,即使是现在,伊茨也不会把拉斐尔和比利的痛苦相提并论。前者的痛苦总是比后者的痛苦更能引起她的怜悯,因为奇斯韦尔家的人天生不同于那种没有母亲的、被藏在树林里殴打的男孩,那里的工人们按照自己的法则生活。

"他来了。"斯特莱克说道。

比利·奈特刚刚走进餐厅,雨点在他剪短的头发上闪闪发光。虽然体重仍然不足,但他的脸丰满了一些,整个人和衣服都干净多了。他一个星期前才出院,目前住在吉米在查理蒙特路的公寓里。

"你好,"他对斯特莱克说道,"对不起,我迟到了。乘地铁花的时间比我想象的要长。"

"没关系的。"两个女人同时说道。

"你是伊茨,"比利说着,在她旁边坐下,"好久没见到你了。"

"是啊,"伊茨说,显得有点过分热情,"好久不见了,是不是?"

罗宾隔着桌子伸出一只手来。

"嗨,比利,我是罗宾。"

"你好,"他又说了一遍,握了握罗宾的手。

"比利,你是想喝点葡萄酒,"伊茨问道,"还是啤酒呢?"

"我在吃药,不能喝酒。"他对伊茨说。

"啊,不,当然不能喝。"伊茨慌张地说道,"嗯……好吧,那么喝点水,这是你的菜单……我们还没有点菜……"

女服务员点完餐走后,斯特莱克就对比利说道:

"我去医院看你的时候许下过承诺,我告诉你,我会查出你看到的那个被勒死的孩子是怎么回事。"

"是的,"比利担心地说道,他冒雨从东汉姆来到切尔西,就是希望能听到这个二十年前的谜团的答案,"你在电话里说你已经找到答案了。"

"是的,"斯特莱克说,"但我想让你听一个清楚这件事的人来说此事,这个人当时在场,这样你就能了解全部情况。"

"是你吗?"比利转向伊茨问道,"你当时在场?在马上吗?"

"不,不是的,"伊茨急忙说道,"那件事发生在学校放假期间。"

她又喝下了一大口酒,放下杯子,深深地吸了一口气,说道:

"当时菲茨和我都住在学校的朋友家里。我——我后来听说了发生的事……

"事情是这样的……弗雷迪从大学回家,带回来了几个朋友。爸爸把他们留在家里,因为他要去伦敦参加一些老团的晚宴……

"弗雷迪可能……事实上,他有时非常淘气。他从地窖里拿出许多好酒,他们都喝得烂醉如泥,然后其中一个女孩说,她想试试关于白马故事的真实性……你知道那个故事,她对住在乌芬顿的本地人比利说道,'如果你转动三次眼睛,许了个愿望……'"

"是的。"比利点点头说道。他那双闹鬼似的眼睛睁得大大的。

"于是他们都在黑暗中离开了房子,但是弗雷迪……他很淘气……他们绕道穿过树林到你家去了。斯泰达小屋。因为弗雷迪想买一些,啊,大麻,是吗,你哥哥当时已经长大了?"

"是的。"比利又说了一遍。

"弗雷迪想买一些,这样就可以趁姑娘们许愿的时候,在马背上抽大麻。当然,他们不应该开车。他们已经喝醉了。"

"嗯,他们到你家的时候,你父亲不在……"

"他在谷仓里,"比利突然说道,"在完成一套……你知道的。"

随着伊茨的叙述,比利的脑海中似乎浮现出了那段记忆。斯特莱克看见比利的左手紧紧地抓着自己的右手,以防止抽搐的复发,抽搐对比利来说,似乎有某种驱除邪恶的意义。雨水继续拍打着餐馆的窗户,塞尔日·甘斯布正唱道:"哦,我想永远待在这里……"

"所以,"伊茨说,又深吸了一口气,"我听到的就是这样,是一个当时在场的女孩告诉我的……我不想说出她是谁,"她对斯特莱克和罗宾补充道,"那是很久以前的事了,她受到了整个事件的创伤……弗雷迪和他的朋友们咔嗒咔嗒地跑进小屋把你吵醒了,比利。里面有一大群人,他们出发前吉米给他们卷了一个大麻烟卷……然后,"伊茨咽了口唾沫,"你饿了,吉米……也许,"她打了一个激灵说道,"也许是弗雷迪,我不知道……他们觉得把自己抽的一些东西弄碎放进你的酸奶里会很有趣。"

罗宾想象着弗雷迪的朋友们,他们中的一些人也许在享受着与一个卖毒品的本地小伙坐在黑暗的工人小屋里的奇异刺激,但是其他人,像那个告诉伊茨这个故事的女孩,对发生的事情感到不安,但是因为太年轻,太害怕正在大笑的同伴们而不敢进行干预。对五岁的比利来说,他们就像成年人一样,但现在罗宾知道,他们那时至多是十九岁到二十一岁。

"是的,"比利轻声说道,"我知道他们给了我一些东西。"

"于是,吉米想和他们一起上山。我听说他看上了其中一个女孩子,"伊茨有点拘谨地说道,"但是你喝了酸奶之后身体不太好。在那种状态下,他不能把你一个人留在屋里,所以他把你一起带走了。"

"你们都挤进了几辆路虎车里,然后出发去了龙山。"

"但是……不,这不对,"比利说道,他的脸上又恢复了那种不安的表情,"那个小女孩在哪儿?她已经在那里了。她和我们一起在车里,我记得我们到山上时他们带她出去了,她在哭着找妈妈。"

"它——它不是一个女孩,"伊茨说,"那只是弗雷迪的——嗯,那是他的幽默的想法。"

"那是个女孩,他们叫她女孩的名字,"比利说,"我记得。"

"是的,"伊茨痛苦地说道,"拉斐尔拉。"

"就是它!"比利大声叫道,引得餐厅的人们都看向他,"就是这个名字!"比利睁大眼睛,低声重复着,"拉斐尔拉,他们就是这么叫她的!"

"那不是女孩,比利……是我的小……是我的小……"伊茨又把纸巾按在眼睛上。

"非常抱歉……那是我的小弟弟拉斐尔。弗雷迪和他的朋友们本应该在我父亲不在家的时候照看他的。拉夫小时候非常可爱。我想他也被他们吵醒了,姑娘们说不能把他留在家里,应该把他带走。弗雷迪不想带。他想把拉夫一个人留在家里,但姑娘们答应会照顾他。

"可是他们一到那儿,弗雷迪已经喝得烂醉如泥,还吸了好多大麻,拉夫不停地哭,弗雷迪就生气了。他说拉夫在毁掉一切,然后……"

"他掐住了拉夫的脖子,"比利带着惊恐的表情说道,"是真的,他杀了……"

"不,不是的,他没有!"伊茨苦恼地说道,"比利,你知道他没有——你一定记得拉夫,他每年夏天都来我们这儿,他还活着!"

"弗雷迪用手掐住拉斐尔的脖子,"斯特莱克说,"掐得他失去了知觉,拉斐尔撒尿了,他昏倒在地,但没有死。"

比利的左手还紧紧地抓着右手。

"我确实看到了。"

"是的,你看了,"斯特莱克说,"而且,从各方面考虑,你是一个非常好的证人。"

女侍者端着菜回来了。每个人的菜都上来了,斯特莱克的是肋眼牛排和薯条，两位女士点的是藜麦沙拉，比利点的是汤，这似乎是他唯一有信心点的菜，伊茨继续讲她的故事。

"我度假回来后拉夫告诉我发生了什么事。他那么小，那么心烦意乱，我试图把这件事告诉爸爸，可他就是不听，他有点不理睬我。他说拉斐尔爱发牢骚，而且总是……总是抱怨……

"而我回头去看，"她对斯特莱克和罗宾说道，眼睛里又充满了泪水，"我想到了这一切……在经历了那样的事情之后，拉夫一定感受到了多少仇恨……"

"是啊，拉斐尔的辩护队很可能会利用这些事情，"斯特莱克一边吃着牛排，一边轻快地说道，"但事实依然是，伊茨，直到他发现楼上挂着一幅斯塔布斯的画作，他才按照自己的意愿害死了你父亲。"

"一个有争议的斯塔布斯，"伊茨纠正道，一面从袖口里抽出手帕，擤了擤鼻子，"亨利·德拉蒙德认为那是复制品。佳士得拍卖行的人倒是满怀希望，但美国一位斯塔布斯的狂热爱好者飞过来检查了这幅画，他说这幅画与斯塔布斯记录的丢失的画中所作的笔记不符……但说实话，"她摇了摇头，"我一点也不在乎。那东西导致了什么，对我们的家庭造成了什么……我才不在乎呢。有比金钱更重要的东西。"伊茨嘶哑地说。

斯特莱克有一个不用回答的借口，他嘴里塞满了牛排。不过他在想，伊茨是否想到，坐在她身旁的那个脆弱的男人正和他的哥哥住在东汉姆的一套两居室的小公寓里，严格地说，比利应该得到出售最后一套绞刑架的钱。也许，一旦斯塔布斯的那幅画被卖掉，奇斯韦尔一家会考虑履行这一义务。比利喝汤的时候几乎处于恍惚的状态，他的眼睛没有集中注意力。罗宾觉得他沉思的状态似乎很平静，甚至很快乐。

"那么说，我一定是弄糊涂了，是不是？"比利终于问道，他现在说话时，带着一个在现实中站稳脚跟的人的自信，"我看到那匹马被埋了，以为是那个孩子。我只是搞混了，仅此而已。"

"嗯,"斯特莱克说道,"我想事情可能不止如此。你知道掐死孩子的那个人就是和你父亲一起把马埋在山谷里的那个人。我想因为弗雷迪不常在身边,他又比你大那么多,所以你并不完全清楚他是谁……但是我想你已经把这匹马和它的死因混淆在一起了,你把同一个人犯下的两种残忍行为混为一谈了。"

"那匹马发生了什么事?"比利问道,现在有点担心了。

"你不记得斯波蒂了吗?"伊茨问道。

比利吃惊地放下汤勺,把手平放在离地面大约三英尺的地方。

"那个小不点——是的……它不是在槌球草坪上吃草吗?"

"她是一匹古老的小型斑点马,"伊茨向斯特莱克和罗宾解释道,"她是丁丁的最后一匹马,丁丁的品位糟糕透顶,庸俗不堪,甚至对马的品位也是如此……"

(……没人注意到,你知道为什么吗?因为他们是如此傲慢自大的势利小人……)

"……但是斯波蒂非常可爱,"伊茨承认道,"如果你在花园里,她会像狗一样跟着你转……

"我认为弗雷迪不是故意的……可是,"她绝望地说道,"噢,我再也不可能知道了。我不知道他当时在想什么……他的脾气总是很坏。有件事惹恼了他,当时爸爸出去了,他就从枪柜里拿出爸爸的步枪,爬上屋顶,开始朝鸟射击,然后……好吧,事后他告诉我,他本不想打斯波蒂的,但他一定是瞄准了她的附近要杀了她,是不是?"

他就是瞄准了她,斯特莱克想,你不会无缘无故地从那么远的地方把两颗子弹射入动物的头部。

"然后他就慌了,"伊茨说,"他叫杰克·奥——我是说,你的父亲,"她告诉比利,"帮他埋葬尸体。当爸爸回家时,弗雷迪假装斯波蒂晕倒了,说他打电话给把斯波蒂带走的兽医,但是当然,这个故事持续不了两分钟,爸爸发现真相后大发雷霆,他不能忍受虐待动物。

"我听到这个消息很伤心,"伊茨悲伤地说,"我非常喜欢斯波蒂。"

"你是否在她下葬的地方放了个十字架呢,伊茨?"罗宾问道,她的叉子悬在半空中。

"你究竟是怎么知道的?"伊茨惊讶地问道,眼泪又从她的眼睛里流了出来,她再次伸手去拿手帕。

大雨还在继续下,斯特莱克和罗宾一起离开了啤酒店,沿着切尔西河堤向阿尔伯特桥走去。灰岩色的泰晤士河永远向前翻滚,表面几乎没有受到大雨的影响,而大雨差点浇灭了斯特莱克的香烟,雨水浸湿了罗宾雨衣风帽上的几缕头发。

"好吧,对你来说那就是上流社会,"斯特莱克说,"无论如何都要掐死他们的孩子,但不能碰他们的马。"

"不完全公平,"罗宾责备他,"伊茨认为拉斐尔是受到了可怕的对待。"

"跟他在达特穆尔的生活比起来,这算不了什么。"斯特莱克无动于衷地说道,"我的同情心是有限的。"

"是的,"罗宾说,"你已经说得很清楚了。"

他们的鞋子湿漉漉地拍打在发亮的人行道上。

"认知行为治疗进行得还好吗?"斯特莱克问道,他把这个问题限制在每周一问,"坚持锻炼了吗?"

"勤奋着呢。"罗宾说。

"别耍贫嘴,我是认真的!"

"我也是,"罗宾心平气和地说道,"我正在做我必须做的事,我的恐慌症已经好几个星期没有发作了,你的腿怎么样?"

"越来越好了,在做伸展运动,注意饮食。"

"你只吃了半块土豆地和一头牛的大部分。"

"这是我能吃奇斯韦尔家的最后一顿饭了,"斯特莱克说道,"想要充分利用一下。你今天下午有什么计划?"

"我需要从安迪那里拿到那份文件,然后给芬斯伯里公园的那个人打电话,看他是否会和我们谈一谈。哦,尼克和凡尔莎问你今晚想不想去吃外卖咖喱。"

在尼克、凡尔莎和斯特莱克的共同坚持下,罗宾已经屈服了。他们一致认为,罗宾在枪口下被挟持为人质后,住在满是陌生人的房间里是不可取的。三天后,她将搬进厄尔宫公寓的一个房间,与凡尔莎的一位同性恋演员朋友合住,他的前任已经搬离。罗宾的新室友提出的要求是:要干净、理智以及容忍不规律的工作时间。

"好啊,太棒了,"斯特莱克说道,"我得先回趟办公室,巴克利认为这一次他有足够的把握能逮到滑头医生。他和另一个十几岁的少女一起进出酒店。"

"太棒了,"罗宾说,"不,我不是说太棒了,我是说……"

"太棒了,"斯特莱克坚定地说道,此时雨水已经溅了他们一身,"有另一个满意的客户;银行存款余额看起来异常健康;也许能提高一点你的工资。总之,我会去的。那么,待会儿在尼克和凡尔莎家见吧。"

他们挥手告别,彼此都隐藏着曾经安全离开时的微笑,他们都很高兴,因为知道,过不了几个小时,他们就会在尼克和凡尔莎家里吃上咖喱、喝着啤酒。不过很快,罗宾就把注意力转移到需要从芬斯伯里公园的一个男人那里得到答案的问题之上。

她低下头避开雨,没有多余的精力去注意她正经过的那座富丽堂皇的大厦,那被雨水打得斑驳的窗子正对着大河,前门上刻着两只天鹅。

致谢

出于与情节的复杂性不完全相关的原因,《致命的白色》是我写过的最具挑战性的一本书,但也是我最喜欢的书。倘若没有得到下列人士的帮助,我将无法完成该书的创作:

大卫·雪莱是我出色的编辑,他给了我足够的时间把小说创作成我想要的样子。没有他的理解、耐心和技巧,这本书可能根本就不会问世。

我丈夫尼尔在我写手稿的时候就阅读了该书。他的反馈非常宝贵,同时,他以一千种实际的方式来支持我,但我最感激的是,他从来没有问过我,为什么在我决定写一部大型、复杂的小说的同时,还要写一部戏剧和两个剧本。我知道他知晓原因,但没有多少人会抗拒这种诱惑。

加尔布雷斯先生仍然不太相信能有这样的运气,有一位出色的经纪人,同时也是好朋友。谢谢你,另一位尼尔(布莱尔)。

在这个故事的创作过程中,很多人帮助我研究了斯特莱克和罗宾去过的各个地方,并让我受益于他们的经验和知识。对以下人员致以我最深切的感谢:

西蒙·贝瑞和斯蒂芬·弗莱,他们带我去普拉特俱乐部吃了一顿难以置信、难以忘怀的午餐,让我看到了博彩之书;杰斯·菲利普斯议员非常乐于助人,带我参观了下议院和议会大厦的内部,并与索菲亚·弗兰西斯-坎斯菲尔德、大卫·多伊格和伊恩·史蒂文斯一起回答了关于在威斯敏斯特生活的无数问题；乔安娜·希尔兹男爵夫人非常友好，慷慨仁慈地抽出时间带我参观了文化、媒体与体育部，回答了我所有的问题，并让我参观了兰开斯特宫。拉克尔·布莱克帮了我大忙，尤其是在我手机没电的时候帮忙拍照；伊恩·查普曼和詹姆斯·约克，他们带我参观了兰开斯特宫，非常棒的旅行；布莱恩·斯潘纳，陪我马岛一日游。

如果没有我的办公室和家庭支持团队，我会完全迷失。非常感谢迪·布鲁克斯、丹尼·卡梅伦、安吉拉·米尔恩、罗斯·米尔恩和凯莎·丁素的辛勤的工作和良好的幽默感，对这两位我都深表感激。

在一起十六年之后，我希望菲奥娜·沙普科特知道她对我有多么重要。谢谢你，菲，谢谢你所做的一切。

我的朋友大卫·古德温一直是我灵感的源泉，没有他，这本书就不会是现在这个样子。

另一方面，QSC 刚刚有了头绪。

感谢马克·哈钦森、丽贝卡·索尔特和尼基·斯通希尔，感谢你们今年把一切都团结在一起，尤其是你们把我团结在一起时的那些片段。

最后，但绝不，绝不，绝不是最不重要的：感谢我的孩子们，杰西卡、大卫和肯齐，谢谢你们对我的包容。有一个作家母亲并不总是一件容易的事情，不过，如果没有你们和爸爸，生活在真实的世界里就不值得了。

附录

《罗斯莫庄》引文,选自《亨利克·易卜生全集》(哈斯廷斯:德尔斐经典,电子书),2013年,罗伯特·法克森翻译。

《无论你要去哪里》(第22页和第25页)由亚伦·卡明和艾利克斯乐队作词作曲。2001年艾利克斯乐队音乐/环球音乐事业/BMG白金歌曲/阿米多音乐。环球音乐出版有限公司/BMG版权管理(美国)有限公司版权所有经哈尔伦纳德欧洲有限公司许可使用。

《没有女人就没有哭泣》(第91页和第92页),文森特·福特著,由五十六希望路音乐有限公司/原声浪/蓝山音乐出版。版权所有。

"听拉克西丝的话,必然之女"(第186页),《柏拉图对话录》(纽约:斯克里布纳,阿姆斯特朗&可,电子书),1873年。

《你去哪儿了》(第413页),作词作曲:卢卡斯·古特瓦尔德、杰夫·麦克、亚当·怀尔斯、埃丝特·迪恩和亨利·拉塞尔·沃尔特。2012年卡斯货币出版/Dat该死的迪恩音乐/处方药歌曲/环球公司的歌曲/解梦学出版/TSJ梅林授权BV/希尔和范围南风音乐公司/科巴特音乐出版有限公司/环球/麦卡音乐有限公司/百代音乐出版有限公司。版权所有。由哈尔·伦纳德欧洲有限公司许可使用。

《巴黎的黑鬼》(第 443 页和第 445 页) 作词作曲：马丁·唐纳森牧师、坎耶·韦斯特、昌西·霍利斯、肖恩·卡特和麦克·迪恩。2011 年尼恰佩尔音乐公司（BMI）/ 百代布莱克伍德音乐公司 / 环球之歌公司 / 请给我的出版公司 / 你不能教贝因斯赫公司 / 卡特男孩音乐（ASAP）/ 爸爸乔治音乐（BMI）。百代音乐出版有限公司 / 环球 / 麦卡音乐有限公司。华纳 / 沙佩尔北美有限公司管理的乔治爸爸音乐、卡特男孩音乐和尼恰佩尔音乐公司的所有权利，版权所有。由哈尔·伦纳德欧洲有限公司、索尼 / 亚视音乐出版公司和华纳 / 沙佩尔北美有限公司许可使用。

《黑色长号》(第 643 页和第 644 页)，作词作曲：塞吉·甘斯布。1962 年梅洛迪·尼尔森出版公司 / 华纳·沙佩尔音乐公司。意讯音乐 / 华纳 / 沙佩尔海外控股有限公司。由哈尔·伦纳德欧洲有限公司和华纳 / 沙佩尔海外控股有限公司许可使用。

《落叶颂歌》(第 648 页)，作词作曲：塞吉·甘斯布。1961 年梅洛迪·尼尔森出版公司 / 华纳·沙佩尔音乐公司。意讯音乐 / 华纳 / 沙佩尔海外控股有限公司。由哈尔·伦纳德欧洲有限公司和华纳 / 沙佩尔海外控股有限公司许可使用。